定本
夢野久作全集

2

国書刊行会

●編集●
西原和海
川崎賢子
沢田安史
谷口基

●装画●
夢野久作

●装幀●
柳川貴代

定本　夢野久作全集　2

目次

定本　夢野久作全集

2

一足お先に

一

……聖書に曰く「もし汝《なんぢ》の右の眼《め》、なんぢを罪に陥《おと》さば、抉《ゑぐ》り出《だ》してこれを棄《す》てよ……もし右の手、なんぢを罪に陥さば之《これ》を断《き》り棄てよ。蓋《そは》、五体の一つを失ふは、全身を地獄に投げ入れらるるよりは勝れり」と……。

……けれどもトツクの昔に断《き》り棄てられた、私の右足の幽霊が私に取り憑いて、私に強盗、強姦、殺人の世にも恐ろしい罪を犯させてゐる事がわかつたとしたら、私は一体どうしたらいいのだらう。

……私は悪魔になつてもいいのかしら……

右の膝小僧の曲り目の処が、不意にキリキリと疼《いた》み出したので、私はビツクリして跳ね起きた。何《なに》かしら鋭い刃物で突き刺された様な痛みであつた……

……と思ひ〱、半分夢心地のまま、そのあたりと思ふ処を両手で探りまはしてみると……

……私は又ドキンとした。眼がハツキリと醒《さ》めてしまつた。

……私の右足が無い……

私の右足は股《もも》の付根《つけね》の処からスツポリと消失《きえう》せてゐる。毛布の上から叩いても……毛布をめくつても見当らない。小さな禿頭《はげあたま》の様にブルブル震へてゐる股《もも》の切口《きりぐち》と、ブクブクした敷蒲団《しきぶとん》ばかりである。

しかし片つ方の左足はチヤンと胴体にくつ付いてゐる。縒《よ》れ縒《よ》れのタオル寝巻の下に折れ曲つて、垢《あか》だらけの足首を覗かせてゐる。それだのに右足はいくら探しても無い。タツタ今飛び上るほど疼《いた》んだキリ、影も形も無くなつてゐる。

これはどうした事であらう……怪訝《をか》しい。不思議だ。

私はねぼけ眼《まなこ》をこすりこすり、其処《そこ》いらを見まはした。

森閑《しんかん》とした真夜中である。

黒いメリンスの風呂敷に包《くる》まつた十燭の電燈が、眼《め》の前にブラ下がつてゐる。

窓の外には黒い空が垂直に屹立《きつた》つてゐる。

その電燈の向うの壁際にはモウ一つ鉄の寝台《しんだい》があつて、その上に逞しい大男が向うむきに寝てゐる。脱けはだかつたドテラの襟元から、半出来《はんでき》の龍《りう》の刺青《ほりもの》をあらはして、まん中の薄くなつたイガ栗頭《ぐりあたま》と、鬚《ひげ》だらけの達磨《だるま》みたいな横顔を見せてゐる。

その枕元の茶器棚《ちやきだな》には、可愛《かあい》い桃の小枝を挿《さ》した薬瓶《くすりびん》が乗つかつてゐる。妙な、トンチンカンな光景……。

……さうだ。私は入院してゐるのだ。此処《ここ》は東京の築地《つきぢ》の奎洋堂《けいやうだう》といふ大きな外科病院の二等室なのだ。向うむきに寝てゐる大男は私の同室患者で、青木《あをき》といふ大連《たいれん》の八百屋《やほや》さんである。その枕元の桃の小枝は、昨日《きのふ》私の妹の美代子《みよこ》が、見舞ひに来た時に挿《さ》して行つたものだ……。

……こんな事をボンヤリと考へてゐるうちに、又も右脚《みぎあし》の膝小僧の処が、ズキンズキンと飛び上る程疼《いた》んだ。私は思はず毛布の上から、其処《そこ》を圧《おさ》へ付けようとしたが、又、ハツと気が付いた。

……無い方の足が痛んだのだ……今のは……。

私は開《あ》いた口が塞《ふさ》がらなくなつた。そのまま眼球《めだま》ばかり動かして、キヨロキヨロと其処《そこ》いらを見まはして居《ゐ》たやうであつたが、そのうちにハツと眼《め》を据ゑると、私の全身がゾーツと粟立《あはだ》つて来た。両方の眼《め》を拳固で力一パイこすりまはした。寝台《しんだい》の足の先の処をヂイツと凝視《みつめ》たまま、石像の様に固くなつた。

……私の右足がニユーと其処《そこ》に突つ立つてゐる。

それは私の右足に相違ない……瘠《や》せこけた、青白い股《もも》の切《き》り口《ぐち》が、薄桃色にクルクルと引《ひ》つ括《くく》つてゐる。……そのまん中から灰色の大腿骨《だいたいこつ》が一寸《いつすん》ばかり抜け出してゐる。……その膝つ小僧の曲り目の処へ、小さなミツトの形をした肉腫《にくしゆ》が、血の気を無くしたまま、シツカリと獅噛《しが》み付いてゐる。

……それはタツタ今、寝台《しんだい》から辷《すべ》り降りたまんまヂツとしてゐたものらしい。リノリウム張りの床《ゆか》の上に足の平《ひら》を当てて、尺蠖《しやくとりむし》のやうに一本立ちをしてゐた。さうして全体の中心を取るかの様に、薄くらがりの中でフウラリフウラリと、前後左右に傾いてゐたが、そのうちに心もち「く」の字型に曲つたと思ふと、普通の人間の片足がする通りに、ヒヨコリヒヨコリと左手の窓の方へ歩き出した。

私の心臓が二度ばかりドキンドキンとした。さうして其《そ》のまま又、ピツタリと静まつた。……と思ふと同時に頭の毛が一本々々ザワザワザワザワと動きまはりはじめた。

そのうちに私の右足は、さうした私の気持を感じないらしく、悠々と四足《あし》か、五足《あし》ほど歩いて行つたと思ふと、窓の下の白壁《しらかべ》に、膝小僧の肉腫をブツ付けた。そこで又、暫《しばら》くの間《あひだ》フウラリフウラリと躊躇してゐたが、今度は斜《ななめ》に横たふしになつて、切り立つた壁をすこしづつ、爪探《つまさぐ》りをしながら登つて行つた。さうしてチヤウド窓枠の処まで来ると、框《かまち》に爪先《つまさき》をかけながら、又もとの垂直に返つて、そのまま前後左右にユラリユラリと中心を取つてゐたが、やがて薄汚れた窓硝子《まどがらす》の中を、影絵のやうにスツと通り抜けると、真暗い廊下の空間へ一歩踏み出した。

「……ア…アブナイツ……」

と私は思はず叫んだが間《ま》に合はなかつた。私の右足が横たふしになつて、窓の向う側の廊下に落ちた。森閑《しんかん》とした病院ぢうに「ドターン」といふ反響を作りながら…………。

「モシモシ……モシモシイ。」

　と濁つた声で呼びながら、私の胸の上に手をかけて、揺すぶり起す者がある。ハツと気が付いて眼《め》を見開《みひら》くと、痛いほど眩《まぶ》しい白昼《まひる》の光線が流れ込んだので、私は又シツカリと眼《め》を閉ぢてしまつた。

「モシモシ。新東《しんとう》さん新東さん。どうかなすつたんですか。もうぢき廻診ですよ。」

　といふ男の胴間声《どうまごゑ》が、急に耳元に近づいて来た。

　私は今一度、思ひ切つて眼《め》を見開《みひら》いた。シビレの切れかかつたボンノクボを枕に凭《もた》せかけたまま、ウソウソと四周《あたり》を見まはした。

　たしかに真昼間《まつぴるま》である。奎洋堂病院の二等室である。タツタ今、夢の中……どうしても夢としか思へない……で見た深夜の光景はアトカタも無い。今しがた私の右脚が出て行つた廊下の、モウ一つ向うの窓の外には、和《な》ごやかな太陽の光りが満ち満ちて、ヱニシダの黄色い花と、深緑《しんりよく》の糸の乱れが、窓硝子《まどがらす》一パイになつて透きとほつてゐる。その向うの、ダリヤの花壇越《ごし》に見える特等病室の窓に、昨日《きのふ》までは見かけなかつた白麻《しろあさ》の、素晴らしいドローンウオークのカーテンが垂れかかつてゐるのは、誰《たれ》か身分のある人でも入院したのであらうか……。

　ふり返つてみると右手の壁に、煤《すす》けた入院規則の印刷物が貼り付けてある。「医員の命令に服従すべし」とか「許可なくして外泊すべからず」とか「入院料は十日目毎《ごと》に支払ふべし」とか云ふ、トテモ旧式な文句であつたが、それを見てゐるうちに私はスツカリ吾《われ》に還《かへ》る事が出来た。

　私は此《こ》の春休みの末《すゑ》の日に、この外科病院に入院して、今から一週間ばかり前に、股《もも》の処から右足を切断して貰つたのであつた。それは、その右の膝小僧の上に大きな、肉腫《にくしゆ》が出来たからで、私が母校のW大学のトラックで、ハイハードルの練習中にこしらへた小さな疵《きず》が、現在の医学では説明不可能な……しかも癌以上に恐ろしい生命取《いのちと》りだと云はれて居《ゐ》る、肉腫の病原を誘《さそ》ひ入れたものらしいと云ふ院長の説明であつた。

「ハツハツハツハツ……どうしたんですか。大層唸つておゐでになりましたが。痛むんですか。」

　今しがた私を揺り起した青木という患者は、かう云つて快《かい》闊《くわつ》に笑ひながら半身《はんしん》を起した。私も同時に寝台《しんだい》の上に起き直つたが、その時に私はビツショリと盗汗《ねあせ》を掻《か》いてゐるのに気が付いた。

「……イヤ……夢を見たんです……ハハハ……」

　と私はカスレた声で笑ひながら、右足の処の毛布を見た。……がもとより其処《そこ》に右足が在らう筈は無い。ただ毛布の皺が山脈のやうに重なり合つてゐるばかりである。私は苦笑も出来ない気持ちになつた。

「ハハア。夢ですか。ヱヘヘヘヘ。それぢや若《も》しや足の夢を御覧になつたんぢやありませんか。」

「エツ……」

私は又ギツクリとさせられながら、さう云ふ青木のニヤニヤした鬚面《ひげづら》をふり返つた。どうして私の夢を透視したのだらうと疑ひながら、その脂肪光りする赤黒い顔を凝視した。

この青木といふ男は、コンナ奇蹟じみた事を云ひ出す性質《たち》の人間では絶対になかつた。長いこと大連に住んでゐるお蔭で、言葉付きこそ少々生温《なまぬる》くなつてゐるけれども、生れは生《き》つ粋《すゐ》の江戸ツ子で、親ゆづりの青物屋《あをものや》だつたさうであるが、女道楽で身代《しんだい》を左前《ひだりまへ》にしたあげく、四五年前に左足の関節炎にかかつて、此《この》病院に這入《はひ》ると、一と思ひに股《もも》の中途から切断して貰つたので、トウトウ身代限りの義足一本になつてしまつた。ところが、その時まで一緒に居た細君といふのが又、世にも下らない女で、青木の義足がシミジミ嫌になつたらしく、ほかの男と逃げてしまつたので、青木の方でも占《し》めたとばかり、早速なじみの芸者をそのかして、合はせて三本足で道行《みちゆ》きを極め込んだが、それから又、色々と苦労をしたあげくに、やつと大連で落ち付いて八百屋《やほや》を開《ひら》く事になつた。すると又そのうちに、大勢の女を欺《だま》した天罰かして、今度は右の足首に関節炎が来はじめたのであつたが、青木はそれを大連に沢山ある病院のどこにも見せずに、わざわざお金を算段して、昔なじみの此《この》病院に入院しに来た。……だから今度右の足を切られたら又、今の女房が逃げ出して、新しい女が入れ代りに来るに違ひない。それが楽しみで楽しみで……と誰《たれ》にも彼にも自慢さうにポカポカ話してゐる。それくらゐ単純なアケスケな頭の持ち主である。だからタツタ今見たばかりの私の夢を云ひ当てるやうな、深刻な芸当が出来よう筈が無い。それとも、若《も》しかしたら今、私が夢を見てゐるうちに、囈言《うはごと》か何《なに》か云つたのぢや無いかしらん……なぞと一瞬間に考へまはしながら、独りで赤面《せきめん》してゐると、その眼《め》の前で、青木はツルリと顔を撫でまはして、黄色い歯を一パイに剝き出して見せた。

「ハツハツハツ。驚いたもんでせう。千里眼でせう。多分そんな事だらうと思ひましたよ。さつきから左足を伸ばしたり縮めたりして歩く真似をして居《ゐ》なすつたんですからね。ハツハツハツ。おまけにアブナイなんて大きな声を出して……」

「……………」

私は無言の儘《まま》、首の処まで赤くなつたのを感じた。

「ハツハツ。実は私もそんな経験があるんですよ。この病院で足を切つて貰つた最初のうちは、よく足の夢を見たもんです。」

「……足の夢……」

と私は口の中でつぶやいた。いよいよ煙《けむ》に捲かれてしまひながら……。すると青木も、いよいよ得意さうにうなづいた。

「さうなんです。足を切られた連中は、よく足の夢を見るものなんです。それこそ足の幽霊かと思ふくらゐハツキリしてゐて、トツテモ気味がわるいんですがね。」

「足の幽霊……」

「さうなんです。しかし幽霊には足が無いつて事に、昔から相場が極《きま》つて居《ゐ》るんですから、足ばかりの幽霊と来ると、まことに調子が悪いんですが……もつとも此方《こつち》が幽霊になつちや敵《かな》ひませんがね。ハツハツハツ……」

唖然《あぜん》となつてゐた私は思はず微苦笑させられた。それを見ると青木は益々乗り気になつて、片膝で寝台《しんだい》の端《はし》まで乗出《のりだ》して来た。

「しかし何《なん》ですよ。そんな足の夢といふものは、切つた傷口が痛んでゐるうちはチツトモ見えて来ないんです。夜《よる》も昼も痛いことばつかりに気を取られてゐるんですからね。ところが其《そ》の痛みが薄らいで、傷口がソロソロ癒りかけて来ると、色んな変テコな事が起るんです。切《き》り小口《こぐち》の神経の筋《すぢ》が縮んで、肉の中に引つ釣り込んで行《ゆ》く時なんぞは、特別にキンキン痛いのですが、それが実際に在りもしない膝つ小僧だの、足の裏だのに響くのです。」

　私は「成る程」とうなづいた。さうして感心した証拠に深い溜息をして見せた。青木は平生《へいぜい》から無学文盲《むがくもんまう》を自慢にしてゐるけれども、世間が広い上に、根が話好きと来てゐるので、ナカナカ説明の要領がいい。

「実は私《あつし》も、あんまり不思議なので、そん時院長さんに訊いたんですが、何《なん》でも足の神経つて云ふ奴は、みんな脊骨の下から三つ目とか四つ目とかに在る、神経の親方につながつてゐるんださうです。しかも其《そ》の脊骨の中に納まつてゐる、神経の親方つてえ奴が、片つ方の足が無くなつた事を、死ぬが死ぬまで知らないで居《ゐ》るんださうでね。つまり其《そ》の神経の親方はドコ〳〵までも両脚《りやうあし》が生れた時と同様に、チヤンとくつ付いた積りで居るんですね。グツスリと寝込んでゐる時なんぞは尚更のこと、さう思つてゐる訳なんですが……ですから切られた方の神経の端《はし》ツコが痛み出すと、その親方が、そいつをズツト足の先の事だと思つたり、膝の節《ふし》の痛みだと感違ひしたりするんださうで……むづかしい理窟はわかりませんが……とにかくソンナ訳なんださうです。そのたんびにビツクリして眼《め》を醒ますと、タツタ今痛んだばかしの足が見えないので、二度ビツクリさせられた事が何度あつたか知れません。ハハハハハ。」

「……僕は……僕はけふ初めてこんな夢を見たんですが……」

「ハハア。さうですか。それぢやモウ治《なほ》りかけてゐる証拠ですよ。もうぢき義足がはめられるでせう。」

「ヘエ。そんなもんでせうか。」

「大丈夫です。さう云ふ順序で治つて行《ゆ》くのが、オキマリになつてゐるんですからね……青木院長が請合《うけあ》ひますよ。ハツハツハ。」

「どうも……ありがたう。」

「ところがですね……その義足が出来て来ると、まだまだ気《き》色《しよく》のわるい事が、いくらでもオツ始《ぱじ》まるんですよ。こいつは経験の無い人に話してもホントにしませんがね。大連みたやうな寒い処に居《ゐ》ると、義足に霜やけがするんです。ハハハハハ。イヤ……した様に思ふんですがね。……とにかく義足の指の先あたりが、ムズムズして痒《かゆ》くてたまらなくなるんです。ですから義足のそこん処を、足袋《たび》の上から揉んだり掻いたりして遣ると、それがチヤンと治るのです。夜《よる》なぞは外した義足を、煖房《ペーチカ》の這入《はひ》つた壁に立てかけて寝るんですが、大雪の降る前なぞは、その義足の爪先《つまさき》や膝つ小僧の節々《ふしぶし》がズキズキするのが、一間《けん》も離れた寝台《しんだい》の上に寝てゐる、此方《こつち》の神経にハツキリと感じて来るんです。気色《きしよく》の悪い話ですが、よくそれで眼《め》を覚まさせられますので……とうとうたまらなくなつて、夜中に起き上つて、御苦労様に義足をはめ込んで、そこいらと思ふ処へ湯タンポを入れたりして遣ると、綺麗に治つてしまひましてね。何時《いつ》の間《ま》にか眠つてしまふんです。ハハハハ。馬鹿々々しいたつて、これぐらゐ馬鹿々々しい話はありませんがね。」

「ハア……つまり二重の錯覚ですね。神経の切《き》り口《ぐち》の痛みが、脊髄に反射されて、無い処の痛みのやうに錯覚されたのを、もう一度錯覚して、義足の痛みのやうに感ずるんですね。」

私はこんな理窟を云つて気持ちのわるさを転換しようとした。青木の話につれて、タツタ今見た自分の足の幻影が、又も眼《め》の前の灰色の壁の中から、クネクネと躍り出して来さうな気がして来たので……しかし青木は、そんな私の気持ちにはお構ひなしに話をつづけた。

「ヘヘエ。成る程。そんな理窟のもんですかねえ。私《あつし》も多分そんな事だらうと思つてゐるには居《ゐ》るんですが……ですから一緒に寝てゐる嬶《かかあ》がトテモ義足を怖がり始めましてね。どうぞ後生《ごしやう》だから、枕元の壁に立てかけて寝る事だけは止《よ》して呉《く》れ……気味がわるくて寝られないからと云ひますので、それから後《のち》は、冬になると寝台《ねだい》の下に別に床《とこ》を取つて、その中に此《こ》の義足を寝かして、湯タンポを入れて寝る事にしたんですが……ハハハハハ。まるで赤ん坊を寝かしたやうな恰好で、その方がヨツポド気味が悪いんですが、嬶《かかあ》はその方が安心らしく、よく眠るやうになりましたよ。ハツハツハツ……でもヒヨツト支那人《チヤンチヤン》の泥棒か何《なに》かが這入《へえ》りやがつて……彼方《あつち》では泥棒と云つたら大抵チヤンチヤンなんで、それも旧の師走《しはす》頃が一番多いんですが、そんな奴がコイツを見付けたら、肝《きも》つ玉《たま》をデングリ返すだらうと思ひましてね。アツハツハツハツ。」

私も仕方なしに青木の笑ひ声に釣られて

「アハ……アハ……アハ……」

と力なく笑ひ出した。けれども、それに連れて、ヒドイ神経衰弱式の憂鬱が、眼《め》の前に薄暗く蔽ひかぶさつて来るのを、ドウする事も出来なかつた。

……コツコツ……コツコツコツ……

とノツクする音《おと》……。

「オ——イ」

と青木が大きな声で返事をすると同時に、足の先の処の扉《ドア》が開《あ》いて、看護婦の白い服がバサバサと音《おと》を立てて這入《はひ》つて来た。それはシヤクレた顔を女給みたいに塗りこくつた女で、此《この》病院の中でも一番生意気な看護婦であつたが、手に持つて来た大きな体温器をチヨツトひねくると、イキナリ私の鼻の先に突き付けた。外科病院の看護婦は、荒療治を見つけてゐるせゐか、何処《どこ》でもイケゾンザイで生意気ださうで、此《こ》の病院でも、コンナ無作法な仕打ちは珍らしくないのであつた。だから私は温柔《おとな》しく体温器を受け取つて腋《わき》の下に挟んだ。

「此方《こつち》には寄こさないのかね。」

と横合ひから青木が頓狂《とんきよう》な声を出した。すると出て行《ゆ》きかけた看護婦がツンとしたまま振り返つた。

「熱があるのですか。」

「大いにあるんです。ベラ棒に高い熱が……」

「風邪でも引いたんですか。」

「お気の毒様……あなたに惚れたんです。おかげで死ぬくらゐ熱が……」

「タント馬鹿になさい。」

「アハハハハハハハ。」

看護婦は怒《おこ》つた身ぶりをして出て行《ゆ》きかけた。

「……オツトオツト……チヨツト〱。チヨ〱〱〱〱チヨツト……」

「ウルサイわねえ。何《なん》ですか。尿器ですか。」

「イヤ。尿瓶《しびん》ぐらゐの事なら、自分で都合が出来るんですが……ヱヱ。その何《なん》です。チヨツトお伺ひし度《た》いことがあるんです。」

「イヤに御丁寧ね……何《なん》ですか。」

「イヤ。別に何《なん》てことも無いんですが、……あの……向うの特別室ですね。」

「ハア……舶来の飛び切りのリネンのカーテンが掛かつて、何十円もするチユーリツプの鉢が、幾つも並んでゐるのが不思議と仰有《おつしや》るのでせう。」

「……そ……その通りその通り……千里眼々々々……尤《もつと》もチユーリツプは此処《ここ》から見えませんがね。あれは一体どなた様が御入院遊ばしたのですか。」

「あれはね……」

と看護婦は、急にニヤニヤ笑ひ出しながら引返《ひつかへ》して来た。真赤な唇をユの字型に歪《ゆが》めて私の寝台《しんだい》の端《はし》に腰をかけた。

「あれはね……青木さんがビツクリする人よ。」

「ヘエ——ツ。あつしの昔なじみか何《なに》かで……」

「プッ。馬鹿ねアンタは……乗り出して来たつて駄目よ。そんな安つぽい人ぢや無いのよ。」

「オヤオヤ……ガツカリ……」

「それあトテモ素敵な別嬪《べつぴん》さんですよ。ホホホホホ……。青木さん……見たいでせう。」

「聞いた丈けでもゾツ——とするね。どつかの筥入娘《はこいりむすめ》か何《なに》か……」

「イイエ。どうしてどうして。そんなありふれた御連中ぢや無いの。」

「……そ……それぢや何処《どこ》かの病院の看護婦さんか何《なに》か……」

「……プーツ……馬鹿にしちや嫌よ。勿体なくも歌原《うたはら》男爵の未亡人様《びばうじんさま》よ。」

「ゲ——ツ……あの千万長者の……」

「ホラ御覧なさい。ビツクリするでせう。ホツホツホ。あの人が昨夜《ゆんべ》入院した時の騒ぎつたら無かつてよ。何《なに》しろ歌原商事会社の社長さんで、不景気知らずの千万長者で、女盛りの未亡人《びばうじん》で、新聞でも大評判の吸血鬼《バンバイア》と来てゐるんですからね。」

「ウ——ン。それが又何《なん》だつてコンナ処へ……」

「エエ。それが又大変なのよ。何《なん》でもね。昨日《きのふ》の特急で、神戸の港に着いてゐる外国人の処へ取引《とりひき》に行《ゆ》きかけた途中で、まだ国府津《こふづ》に着かないうちに、藤沢《ふぢさは》あたりから左のお乳《ちち》が痛み出したつて云ふの……それでお附きの医者に見せると、乳癌かも知れないと云つたもんだから、すぐに自動車で東京に引返《ひきかへ》して、旅支度のまんま当病院《こ》へ入院したつて云ふのよ。」

「フ——ン。それぢや昨夜《ゆんべ》の夜中だな。」

「さうよ。十二時近くだつたでせう。ちやうど院長さんが此間《このあひだ》から、肺炎で寝ていらつしやるので、副院長さんが代りに診察したら、やつぱし乳癌に違ひなかつたの。おまけに痛んで仕様が無いもんだから副院長さんの執刀で今朝《けさ》早く手術しちやつたのよ。バンカインの局部麻酔が利かないので、トウトウ全身麻酔にしちやつたけど、それあ綺麗な肌だつたのよ。手入れも届いてゐるんでせうけど……副院長さんが真白《まつしろ》いお乳に、ズブリとメスを刺した時には、妾《わたし》、眼《め》が眩《くら》むやうな思ひをしたわよ、乳癌ぐらゐの手術だつたら、いつも平気で見てゐたんだけど……美しい人はやつぱし得ね。同情されるから……」

「フ——ム、大したもんだな。ちつとも知らなかつた。ウ——ム」

「アラ。唸つてゐるわよ此人《この》は……イヤアね。ホホホホホホ。」

「唸りやしないよ。感心してゐるんだ。」

「だつて手術を見もしないのにサア。……」

「一体幾歳《いくつ》なんだえその人は……」

「オホホホホホ。もう四十四五でせうよ、だけどウツカリすると二十代ぐらゐに見えさうよ。指の先までお化粧をしてゐるから……」

「ヘエ――ッ。指の先まで……贅沢だな。」

「贅沢ぢや無いわよ。上流の人はみんなさうよ。おまけに男《をとこ》妾《めかけ》だの、若い燕だのがワンサ取り巻いて居《ゐ》るんですもの……」

「呆れたもんだナ。そんなのを連れて入院したんかい。」

「……まさか……。そんな事が出来るもんですか。現在《いま》附き添つてゐるのは年老《としと》つた女中頭《ぢよちうがしら》が一人と、赤十字から来た看護婦が二人と、都合四人キリよ。」

「でもお見舞人で一パイだらう。」

「イイエ。玄関に書生さんが二人、今朝《けさ》早くから頑張つてゐて、専務取締とか云ふ頭の禿《はげ》た紳士のほかは、みんな玄関払ひにしてゐるから、病室の中は静かなもんよ。それでも自動車が後《あと》から後《あと》から押しかけて来て、立派な紳士が入れ代り立ち代り、名刺を置いては帰つて行《ゆ》くの。」

「フ――ン、豪気なもんだナ。ソ――ツと病室を覗くわけには行《ゆ》かないかナ。」

「駄目よ。トテモ。妾達《わたしたち》でさい這入《はひ》れないんですもの……。彼《あ》の室《しつ》に這入《はひ》れるのは副院長さんだけよ。」

「何《なん》だつてソンナに用心するんだらう。」

「それがね……それが泥棒の用心らしいから癪に障るぢや無いの。威張つてゐるだけでも沢山なのにサア。」

「ウ――ム。シコタマ持ち込んでゐるんだな。」

「さうよ。何《なに》しろ旅支度のまんまで入院したんだから、宝石だけでも大変なもんですつてサア。」

「そんな物あ病院の金庫に入れとけあいいのに……」

「それがね。あの歌原未亡人《びばうじん》つて云ふのは、日本でも指折りの宝石キチガヒでね。世界でも珍らしい上等のダイヤを、幾個《いくつ》も仕舞ひ込んだ革のサツクを、誰《たれ》にもわからない様に肌身に着けて持つてゐるんですつてさあ。」

「厄介な道楽だナ。しかし、そんなものを持つてゐる事がどうしてわかつたんだ。」

「それがトテモ面白いのよ。誰でも全身麻酔にかかると、飛んでも無い秘密をペラペラ喋舌《しやべ》るもの……つて云ふ事を歌原未亡人《びばうじん》は誰《たれ》からか聞いて知つてゐたんでせう。副院長さんが、それでは全身麻酔に致しますよつて云ふと直ぐにね。懐《ふところ》の奥の方から小さな革のサツクを出して、これを済みませんが貴方《あなた》の手で、病院の金庫に入れといて下さいつて云つたのよ。さうして全身麻酔にかかると間《ま》もなく、そのサツクの中の宝石の事を、幾度《いくど》も幾度《いくど》も副院長に念を押して聞いたのでスツカリ解《わか》つちやつたのよ。」

「フ――ン。ぢや副院長だけ信用されてゐるんだナ。」

「ええ。あんな男前の人だから、未亡人《おくさん》の気に入るくらゐ何《なん》でもないでせうよ。」

「ハハハハハ嫉《や》いてやがら……」

「嫉けやしないけど危《あぶな》いもんだわ。」

「何《なん》とか云つたつけな。ヱート。胴忘《どうわす》れしちやつた。副院長の名前は……」

「柳井《やなゐ》さんよ。」

「さうさう。柳井博士《はかせ》、柳井博士。色男らしい名前だと思つた。……畜生《ちくしやう》。うめえ事をしやがつたな。」

「オホホホ。あんたこそ嫉いてるぢやないの。」

「ウ――ン。羨《うらやま》しいね。涎《よだれ》が垂れさうだ。一目でもいいから其《その》奥さんを……」

「駄目よ。あんたはもう二三日うちに退院なさるんだから……」

「エツ。本当かい。」

「本当ですとも。副院長さんがさう云つてゐたんだから大丈夫よ。」

「フ――ン。俺が色男だもんだから、邪魔つけにして追払《おつぱら》ひやがるんだな。」

「プーツ。まさか。新東さんぢやあるまいし……アラ御免なさいね。ホホホホ……」

「畜生《ちくしやう》ツ。お安くねえぞツ。」

「バカねえ。外《ほか》に聞こえるぢやないの。それよりも早く大連の奥さんの処へ行つていらつしやい。キツト、待ち兼ねていらつしやるわよ。」

「アハハハハ。スツカリ忘れてゐた。違《ちげ》えねえ違《ちげ》えねえ。エヘヘヘ……」

　看護婦は眼《め》を白くして出て行つた。

　私は情なくなつた。こんな下等《かとう》の病院の、しかも二等室に入院《はひ》つた事を、つくづく後悔しながら仰向けに寝ころんだ。体温器を出して見ると六度二分しか無い。二三日前から続いてゐる体温である。……ああ早く退院し度《た》い……外の空気を吸ひ度《た》い……と思ひ思ひ眼《め》をつぶると、眼《め》の前に白いハードルが幾つも幾つも並んで見えた。私にはもう永久に飛び越せないであらうハードルが……。

　私はすつかりセンチメンタルになりながら、切断された股《もも》の付け根を、繃帯の上から撫でて見た。さうして眠るともなくウトウトしてゐると、突然に又もや扉《ドア》の開《あ》く音《おと》がして、誰《たれ》か二三人這入《はひ》つて来た気はひである。

　眼《め》を開《ひら》いて見るとタツタ今噂をしてゐた柳井副院長が、新米らしい看護婦を二人従へて、ニコニコしながら近づいて来た。鼻眼鏡《はなめがね》をかけた、背のスラリと高い、如何《いか》にも医者らしい好男子であるが、柔和な声で
「どうです。」

　と等分に二人へ云ひかけながら、先づ青木の脚《あし》の繃帯を解《と》いた。色の黒い毛ムクジヤラの脛《すね》のあたりを、拇指《おやゆび》でグイグイと押しこゝろみながら
「痛くないですな……此処《ここ》も……こちらも……」

と訊いてゐたが、青木が一つ一つにうなづくと、フンフンと気軽さうにうなづいた。

「大変によろしい様です。もう二三日模様を見てから退院されたらいいでせう。何《なん》なら今日《けふ》の午後あたりは、ソロソロと外を歩いてみられてもいいです。」

「エツ。もういいんですか。」

「ええ。さうして、痛むか痛まないか様子を御覧になつて、イヨイヨ大丈夫ときまつてから、退院されるといいですな。御遠方ですから……」

　青木は乞食みたいにピヨコピヨコと頭ばかり下げたが、よつぽど嬉しかつたと見える。

「お蔭様で……お蔭様で……」

　さう云ふ青木を看護婦と一緒に、尻目にかけながら副院長は、私の方に向き直つた。さうして一と通り繃帯の下を見まはると、看護婦がさし出した膿盤《のうばん》を押し退《の》けながら、私の顔を見て、女の様にニツコリした。

「もうあまり痛くないでせう。」

　私は無愛想にうなづきつつ、ピカピカ光る副院長の鼻眼鏡《はなめがね》を見上げた。又も、何《なん》とは無しに憂鬱になりながら……

「体温は何《なん》ぼかね。」

　と副院長は傍《そば》の看護婦に訊いた。

　私は無言のまま、最前《さつき》から挟んで置いた体温器を取り出して、副院長の前にさし出した。

「六度二分。……ハハア……昨日《きのふ》とかはりませんな。貴方《あなた》も経過が特別にいい様です。スツカリ癒合してゐますし、切口《きりぐち》の恰好も理想的ですから、もう近いうちに義足の型が取れるでせう。」

　私はやはり黙つたまま頭を下げた。われながら見すぼらしい恰好で……「罪人《ざいにん》は、罪を犯した時には、自分を罪人《ざいにん》とも何《なん》とも思はないけれど、手錠をかけられると初めて罪人《ざいにん》らしい気持になる」と聞いてゐたが、その通りに違ひないと思つた。手術を受けた時はチツトもそんな気がしなかつたが、タツタ今義足といふ言葉を聞くと同時に、スツカリ片輪《かたわ》らしい、情ない気もちになつてしまつた。

「……何《なん》なら今日《けふ》の午後あたりから、松葉杖を突いて廊下を歩いて見られるのもいいでせう。義足が出来たにしましても、松葉杖に慣れて置かれる必要がありますからね。」

「……どうです。私が云つた通りでせう。」

　と青木が如何《いか》にも自慢さうに横合ひから口を出した。外出してもいいと聞いたので、一層浮き浮きしてゐるらしい。

「新東さんは先刻《さつき》から足の夢を見られたんですよ。」

　私は「余計な事を云ふな」と云ふ風に、頰を膨らして青木の方を睨《にら》んだが、生憎《あいにく》、青木の顔は、副院長の身体《からだ》の蔭になつてゐるので通じなかつた。

　その中《うち》に副院長は青木の方へ向き直つた。

「ハーア。足の夢ですか。」

「さうなんです。先生。私《あつし》も足が無くなつた当時は、足の夢をよく見たもんですが、新東さんはけふ初めて見られたんで、トテも気味を悪がつて御座るんです。」

「アハハハハ。その足の夢ですか。ハハア。よくソンナ話を聞きますが、よつぽど気味がわるいものらしいですね。」

「ねえ先生。あれは脊髄神経が見る夢なんでげせう。」

「ヤツ……こいつは……」

と柳井副院長は、チヨツト面喰《めんくら》つたらしく、頭を掻いて、苦笑した。

「えらい事を知つてゐますね貴方《あなた》は……」

「ナアニ。私《あつし》は此《こ》の前の時に、此処《ここ》の院長さんから聞かして貰つたんです。脊髄神経の中に残つてゐる足の神経が見る夢だ……と云つたやうなお話を伺つたやうに思ふんですが。」

「アハハハハ。イヤ。何《なに》も脊髄神経に限つた事はないんです。脳神経の錯覚も混つてゐるでせうよ。」

「ヘヘーエ。脳神経……」

「さうです。何《なに》しろ手術の直後といふものは、麻酔の疲れが残つてゐますし、それから後《あと》の痛みが非道《ひど》いので、誰《たれ》でも多少の神経衰弱にかかるのです。その上に運動不足とか、消化不良とかが、一緒に来る事もありますので、飛んでもない夢を見たり、酷《ひど》く憂鬱になつたりする訳ですね。中には可なりに高度な夢遊病を起す人もあるらしいのですが……現に此《こ》の病院を夜中に脱け出して、日比谷《ひびや》あたりまで行つて、ブツ倒れてゐた例がズツト前にあつたさうです。私は見なかつたですけれども……」

「ヘエ、そいつあ驚きましたね。片つ方の足が無いのに、どうしてあんなに遠くまで行《ゆ》けるんでせう。」

「それあ解りませんがね。誰《たれ》も見てゐた人がないのですから。しかし、どうかして片足で歩いて行《ゆ》くのは事実らしいですな。欧洲大戦後《ご》にも、よく、そんな話をききましたよ。甚《はなは》だしいのになると或る温柔《おとな》しい軍人が、片足を切断されると間《ま》もなく夢中遊行《むちういかう》を起すやうになつて、自分でも知らないうちに、他所《よそ》のものを盗んで来る事が屢《しばしば》あるやうになつた。しかも、それはみんな自分が欲しいと思つてゐた品物ばかりなのに、盗んだ場所をチツトモ記憶しないので困つてしまつた。とうとうおしまひには遠方に居《ゐ》る自分の恋人を殺してしまつたので、スツカリ悲観したらしく、その旨を書き残して自殺した……といふやうな話が報告されてゐますがね。」

「ブルブル。物騒物騒。まるつきり本性《ほんしやう》が変つてしまふんですね。」

「まあそんなものです。つまり手でも足でも、大きな処を身体《からだ》から切り離されると、今まで其処《そこ》に消費されてゐた栄養分が有り余つて、ほかの処に押しかける事になるので、スツカリ身体《からだ》の調子が変る人があるのは事実です。」

「ナアル程、思ひ当る事がありますね。」

「さうでせう。ちやうど軍縮で国費が余るのと同じ理窟ですからね。手術前の体質は勿論、性格までも全然違つてしまふ人がある訳です。神経衰弱になつたり、夢中遊行を起したりするのは、そんな風に体質や性格が変化して行《ゆ》く、過渡時代の徴候だと云ふ説もあるくらゐですが……」

「ヘエ――。道理で、私は足を切つてから、コンナにムクムク肥りましたよ。おまけに精力がとても強くなりましてね。ヘツヘツヘツ。」

　副院長は赤面しながら慌てて鼻眼鏡《はなめがね》をかけ直した。同時に二人の看護婦も、赤い顔をしいしい扉《ドア》の外へ辷《すべ》り出た。

「しかし……」

　と副院長は今一度鼻眼鏡《はなめがね》をかけ直しながら、青木の冗談を打ち消すやうに言葉を続けた。

「しかし御参考までに云つて置きますが、そんな夢中遊行を起す例は、大抵そんな遺伝性を持つてゐる人に限られてゐる筈です。殊《こと》に新東君なぞは、立派な教養を持つて居《を》られるんですから、そんな御心配は御無用ですよ。ハツハツハツ。まあお大切になさい。体力が快復すれば、神経衰弱も治るのですから……」

　副院長はコンナ固くるしいお世辞を云つて、自分の饒舌《しやべ》り過ぎを取り繕《つくろ》ひつつ、気取つた態度で出て行つた。

　私はホツとしながら毛布にもぐり込んだ。徹底的にタタキ付けられた時と同様の残酷さを感じながら……。

二

　午食《ごしよく》が済むと、青木が寝台《しんだい》の隅で、シヤツ一貫になつて、重たい義足のバンドを肩から斜《はす》かひに吊り着けた。その上からメリヤスのズボンを穿《は》いて、新しい紺飛白《こんがすり》の袷《あはせ》を着ると、義足の爪先《つまさき》にスリツパを冠せて遣りながら、大《おほ》ニコニコでお辞儀をした。

「それぢや出かけて参ります。今夜は片つ方の足が、何処《どこ》かへ引つかかるかも知れませんが、ソンな時は宜しくお頼み申しますよ。アハハハハハ。お妹さんのお好きな紅梅焼《こうばいやき》を買つて来て上げますからナ。ワハハハハ。」

　と訳のわからない事を喋舌《しやべ》つて燥《はし》やいでゐるうちに、ゴトンゴトンと音《おと》を立てて出て行つた。

　青木の足音が聞えなくなると私もムツクリ起き上つた。タオル寝巻を脱いで、メリヤスのシヤツを着て、その上から洗ひ立ての浴衣《ゆかた》を引つかけた。最前看護婦が、枕元に立てかけて行つた、病院備《そな》へ付《つけ》の白木《しらき》の松葉杖を左右に突つ張つて、キマリわる〳〵廊下に出てみた。

　云ふ迄もなく、コンナ姿をして人中《ひとなか》に出るのは、生れて始めての経験であつた。だから扉《ドア》を締めがけに、片つ方の松葉杖の処置に困つた時には、思はず胸がドキドキして、顔がカツカと熱くなる様に思つたが、幸ひ廊下には誰《たれ》も居《ゐ》なかつたので、十歩も歩かないうちに、気持がスツカリ落ち着いて来た。

　私は生れ付きの瘠《や》せつぽちで、身軽く出来てゐる上に、ランニングの練習で身体《からだ》のコナシを鍛へ上げてゐたので、松葉杖の呼吸を呑み込むくらゐ何《なん》でも無かつた。敷詰めた棕梠《しゆろ》のマツトの上を、片足で二十歩ばかりも漕いで行つて、病院のまん中を通る大廊下に出た時には、もう片つ方の松葉杖が邪魔になる様な気がしたくらひ、調子よく歩いてゐた。その上に、久し振りに歩るく気持よさと、持つて生れた競争本能で、横を通り抜けて行《ゆ》く女の人を追ひ越して行《ゆ》くうちに、もう病院の大玄関まで来てしまつた。

　その玄関は入院しかけに、担架の上からチラリと天井を見ただけで、本当に見まはすのは今が始めてであつた。花崗石《みかげいし》と、木煉瓦《もくれんぐわ》と、蛇紋石《じやもんせき》と、ステインドグラスと、白ペンキ塗りの材木とで組上げた、華麗荘重なゴチツク式で、その左側の壁に「御見舞受付……歌原家」といふ貼札《はりふだ》がしてある。その横に、木綿の紋付きを着た頑固そうな書生が二人、大きな名刺受けを置いたデスクを前にして腰をかけてゐるが、その受付のうしろへ曲り込んだ廊下は、急に薄暗くなつて、ピカピカ光る真鍮の把手《ノツブ》が四つ宛《づつ》、両側に並んでゐる。その一番奥の左手のノツブに白い繃帯が捲いてあるのが、問題の歌原未亡人《びばうじん》の病室になつて居《ゐ》るのであつた。

　私は其処《そこ》で暫《しばら》く立ち止《ど》まつてゐた。ドンナ人間が歌原未亡《びばう》人《じん》を見舞ひに来るかと思つたので……けれども其《そ》のうちに、受付係の書生が二人とも、ヂロヂロと私の顔を振り返り初めたので、私はさり気なく引返《ひきかへ》して、右手の廊下に曲り込んで行つた。

　其《そ》の廊下には、大きな診察室兼手術室が、会計室と、外来患者室と、薬局とに向ひ合つて並んでゐたが、その薬局の前の廊下をモウ一つ右に曲り込むと、手術室と壁一重《ひとへ》になつた標本室の前に出るのであつた。

　私は其《そ》の標本室の青い扉《ドア》の前で立ち止《ど》まつた。素早く前後左右を見まはして、誰《たれ》も居ない事をたしかめた。胸をドキドキさせながら、出来る丈け静かに真鍮の把手《ハンドル》を廻してみると、誰《たれ》の不注意かわからないが、鍵が掛かつて居《ゐ》なかつたので、私は音《おと》もなく扉《ドア》の内側に辷《すべ》り込む事が出来た。

　標本室の内部は、廊下よりも二尺ばかり低いタタキになつて居《ゐ》て、夥《おびただ》しい解剖学の書物や、古い会計の帳簿類、又は昇《しよう》汞《こう》、石炭酸、クロロホルムなぞ云ふ色々な毒薬が、新薬らしい、読み方も解らない名前を書いた瓶《びん》と一所に、天井まで届く数層の棚を、行儀よく並んで埋めて居《ゐ》る。さうしてソンナ棚の間《あひだ》を、二つほど奥の方へ通り抜けると、今度は標本ばかり並べた数列の棚の間《あひだ》に出るのであつたが、換気法がいいせゐか、そんな標本特有の妙な臭気がチツトモしない。大小数百の瓶《びん》に納まつてゐる外科参考の異類異形な標本たちは、一様に漂白されて、お菓子の様な感じに変つたまま、澄明なフオルマリン液の中に静まり返つて居《ゐ》る。

私は其《そ》の標本の棚を一つ一つに見上げ見下《みおろ》して行つた。さうして一番奥の窓際の処まで来ると、最上層の棚を見上げたまま立ち止《ど》まつて、松葉杖を突つ張つた。

私の右足が其処《そこ》に立つてゐるのであつた。

それは最上層の棚でなければ置けないくらゐ丈の高い瓶《びん》の中に、股《もも》の途中から切り離された片足の殆んど全体が、こころもち「く」の字型に屈んだままフオルマリン液の中に突つ立つてゐるのであつた。それは最早《もう》、他《ほか》の標本と同様に真白《まつしろ》くなつてゐたし、足首から下は、棚の縁《ふち》に遮られて見えなくなつてゐたが、その膝つ小僧の処に獅噛《しが》み付いてゐる肉腫《にくしゅ》の形から、全体の長さから、肉付きの工合なぞを見ると、どうしても私の足に相違なかつた。そればかりでなく、なほよく瞳を凝らしてみると、その瓶《びん》の外側に貼り付けてある紙布《かみきれ》に、横文字でクシヤクシヤと病名らしいものが書いてある中に、「23」といふ数字が見えるのは、私の年齢《とし》に相違無い事が直覚されたのであつた。

私はソレを見ると、心の底からホツとした。

何《なに》を隠さう私は、これが見たいばつかりに、わざわざ病室を出て来たのであつた。午前中に同室の青木だの、柳井副院長だのから聞かされた「足の幽霊」の話で、スツカリ神経を攪《か》き乱された私は、もう二度と「足の夢」を見まい……今朝《けさ》みたやうな気味のわるい「自分の足の幻影」にチヨイチヨイ悩まされる様な事になつては、とてもタマラナイ……とスツカリ震へ上がつてしまつたのであつた。……のみならず私は、この上に足の夢を見続けてゐると、そのうちに副院長の話にあつた様な、片足の夢中遊行《むちういうかう》を起して、思ひもかけぬ処へ迷ひ込んで行つて、飛んでもない事を仕出かす様な事に、ならないとも限らないと思つたのであつた。……私たち兄妹《きやうだい》は、早くから両親に別れたし、親類らしい親類も別に居《ゐ》ないのだから、私の血統に夢遊病の遺伝性が在るかどうか知らない。しかし、些《すく》なくとも私は、小さい時からよく寝呆《ねぼ》ける癖があつたので、今でも妹によく笑はれる位だから、私の何代か前の先祖の誰《たれ》かにソンナ病癖があつて、それが私の神経組織の中に遺伝してゐないとは、誰《たれ》が保証出来よう。しかも、その遺伝した病癖が、今朝《けさ》みたやうな「足の夢」に刺戟されて、極度に大きく夢遊し現はれるやうな事があつたら、それこそ大変である。否々《いないな》……今朝《けさ》から、あんな変テコな夢に魘《うな》されて、同室の患者に怪しまれる様な声を立てたり、妙な動作をしたりした処を見ると、将来そんな心配が無いとは、どうして云へよう。天にも地にもタツタ一人の妹に心配をかけるばかりでなく、両親がやつとの思ひで残して呉《く》れた、無けなしの学費を、此上《このうへ》に喰《く》ひ込む様な事があつたら、どうしよう。

私は今後絶対に足の夢を見ない様にしなければならぬ。私は自分の右足が無いといふ事を、寝た間《ま》も忘れない様にしなければならぬ義務がある。

それには取りあへず標本室に行つて、自分の右足が立派な標本になつてゐるソノ姿を、徹底的にハッキリと頭に印象づけて置くのが一番であらう。

「貴方《あなた》の足に出来てゐる肉腫《にくしゆ》は珍らしい大きなものですが……当病院の標本に頂戴出来ませんでせうか。無論お名前なぞは書きませぬ。ただ御年齢《おとし》と病歴だけ書かして頂くのですが、如何《いかが》でせうか……イヤ。大きに有り難う。それでは……。」

と院長が頭を下げて、特に手術料を負けて呉《く》れた位だから、キット標本室に置いて在るに違ひ無い。その自分の右足が、巨大な硝子筒《がらすとう》の中にピツタリと封じ籠められて、強烈な薬液の中に涵《ひた》されて、漂白されて、コチンコチンに凝固させられたまゝ、確かに、標本室の一隅《いちぐう》に蔵《しま》ひ込まれて居《ゐ》るに相違無い事を、潜在意識のドン底まで印象させて置いたならば、それ以上に有効な足の幽霊封じは無いであらう。それに上越《うへこ》す精神的な「足禁《あしど》め」の方法は無いであらう。

かう決心すると私は矢《や》も楯《たて》もたまらなくなつて、同室の青木が外出するのを今か今かと待つてゐたのであつた。さうしてヤツト今、その目的を遂げたのであつた。果して足の幽霊封じに有効かドウカは別として……。

私のかうした心配は局外者から見たら、どんなにか馬鹿々々しい限りであらう。あんまり神経過敏になり過ぎてゐると云つて、笑はれるに違ひ無いであらう事を、私自身にも意識し過ぎるくらゐ意識してゐた。だから副院長に話したら訳なく見せて貰へるであらう自分の足の標本を、わざわざ人目を忍んで見に来た位であつたが、しかし、さうした私の行動がイクラ滑稽に見えたにしても、私自身に取つては決して、笑ひ事では無いのであつた。此《こ》の不景気のさ中に、妹と二人切りで、利子の薄い、限られた貯金を使つて、ドウデモカウデモ学校を卒業しなければならないといふ、兄らしい意識で、いつも一パイに緊張して来た私は、もう自分ながら同情に堪へないくらゐ神経過敏になり切つてゐた。妹に話したら噴き出すかも知れないほど、臆病者になり切つてゐたのであつた。それはもう此時《このとき》既に、逸早《いちはや》く私の心理に蔽ひかかつてゐた、片輪者《かたわもの》らしいヒガミ根性のせゐであつたかも知れないけれども……。

さう思ひ〳〵私は、変り果てた姿で、高い処に上がつてゐる自分の足を見上げて、今一つホーツと溜息をした。

その溜息はホンタウの意味で「一足お先きに」失敬した自分の足の行方を、眼《め》の前に見届けた安心そのもののあらはれに外《ほか》ならなかつた。同時に、これからは断然足の夢を見まい……両脚《りやうあし》のある時と同様に、快活に元気よくしよう……片輪者のヒガミ根性なぞを、ミヂンも見せない様にして、他人様《ひとさま》に対しよう……放つたらかしてゐた勉強もポツポツ始めよう。さうして妹に安心させよう……と心の底で固く固く誓ひ固めた溜め息でもあつた。

私はアンマリ長い事あふむいて首が痛くなつたので、頭をガツクリとうつ向けて頸《くび》の骨を休めた。其《そ》のついでに、足下《あしもと》の棚の低い瓶《びん》の中に眠つてゐる赤ん坊が、額《ひたひ》の中央から鼻の下まで切り割られた痕《あと》を、太い麻糸でブツブツに縫ひ合はされたまま、奇妙な泣き笑ひみた様な表情を凝固させてゐるのを見返りながら、ソロソロと入口の扉《ドア》の前に引返《ひつかへ》した。そこで耳を済まして扉《ドア》を開《ひら》くと、幸ひ誰《たれ》も居《ゐ》ない様子なので、大急ぎで廊下へ出た。さうして元来た道とは反対に、賄場《まかなひば》の前の狭い廊下から、近道伝ひに自分の室《へや》に帰ると、急にガツカリして寝台《しんだい》の上に這《は》ひ上《あが》つた。枕元に松葉杖を立てかけたまま、手足を投げ出して引つくり返つてしまつた。

久しく身体《からだ》を使はなかつたせゐか、僅かばかりの散歩のうちに非常に疲れてしまつたらしい。私は思はずグツスリと眠つてしまつた。しかし余り長く眠つた様にも思はないうちに眼《め》を醒ますと、いつの間《ま》にか日が暮れてゐて、窓の外には青い月影が映つてゐる。その光りで室《へや》の中も薄明くなつてゐるが、青木はまだ帰つてゐないらしく、夜具を畳んだままの寝台《しんだい》の上に、私の松葉杖が二本とも並べて投げ出してある。大方、私が眠つてゐるうちに看護婦が来て、室《へや》の掃除をしたものであらう。

いつたい何時頃《なんじころ》かしらんと思つて、枕元の腕時計を月あかりに透かしてみると驚いた……四時をすこしまはつてゐる。恐ろしくよく寝たものだ。ことによると時計が違つてゐるのかも知れないが、それにしても病院中が森閑《しんかん》となつてゐるのだから、真夜中には違ひ無いであらう。とにかく用を足して本当に寝る事にしようと思ひ思ひ、もう一度窓の外を振り返ると、その時にタツタ今まで真暗《まつくら》であつた窓の向うの特等病室の電燈が、真白に輝き出して居《を》るのに気が付いた。此方《こつち》の窓一パイに乱れかかつてゐるエニシダの枝越《えだごし》に、白いドローンウオークの花模様が、青紫《あをむらさき》色の光明《くわうみやう》を、反射さしてゐるのがトテモ眩《まぶ》しくて美しかつた。

私はその美しさに心を惹かるるともなく、ボンヤリと見惚《みと》れてゐたが、そのうちに又、奇妙な事に気が付いた。

気のせゐか知れないけれども、病院中がヒツソリと寝鎮まつてゐる中に、玄関の方向から特等室の前の廊下へかけては、何《なに》かしらバタバタと足音がして居《ゐ》る様である。さう思つて見ると、その特等室の眩《まぶ》しい電燈の光りまでもブルブルと震へてゐる様で、人影は見えないけれども室《へや》の中まで何《なに》かしら混雑してゐるらしい気はひが感じられる様である。……若《も》しかしたら歌原未亡人《びばうじん》の容態が変つたのかも知れない……と思ふうちに、何処《どこ》か遠くからケタタマしく自動車の警笛《サイレン》が聞えて、素晴らしい速度《スピード》でグングン此方《こつち》へ近付いて来た。さうして間《ま》もなく病院の前の曲り角で、二三度ブーブーと鳴らしながらピツタリと止《と》まつた。……と思つて見てゐるうちに、今度は特等室の電燈がパツと消えた。ドローンウオークの花模様のネガチブをハツキリと、私の網膜に残したまま……。

その瞬間に……サテは歌原未亡人《びばうじん》が死んだのだな……と私は直覚した。さうして……タツタ今死体を運び出して、自宅へ持つて行《ゆ》く処だな……と考へ付いた。

私はさう考へ付きながらタツタ一人、腕を組んで微笑した……が……しかし……ナゼこの時に微笑したのか自分でもよく解らなかつた。多分、一昨日《いつさくじつ》の夜中から昨日《きのふ》の昼間へかけて、さしもに異常なセンセーションを病院中に捲き起した歌原未亡人《びばうじん》……まだ顔も姿も知らないまんまに、私の悪夢の対象になりさうに思はれて、怖くて怖くて仕様が無かつた其《そ》の当の本人が、案外手もなく、コロリと死んでしまつたらしいので、チヨツト張り合ひ抜けがしたのが可笑《をか》しかつたのであらう。それと同時に、介抱が巧《うま》く行《ゆ》かなかつた当の責任者の副院長が、嘸《さぞ》かし狼狽して居《を》るだらうと想像した、嘲りの意味の微笑も交つてゐた様に思ふ。とにかく此時《このとき》の私が、妙に冷静な、悪魔的な気分になりつつ、寝台《しんだい》から辷《すべ》り降りたことは事実であつた。それから悠々と片足をさし伸ばして、寝台《しんだい》の下のスリツパを探す可《べ》く、暗い床《ゆか》の上を爪先《つまさき》で掻きまはしたのであつたが、不思議な事に、この時はいくら探してもスリツパが足に触れなかつた。私は昨日《きのふ》が昨日《きのふ》まで、片つ方しか要らないスリツパを、両方とも、寝台《しんだい》の枕元の左側にキチンと揃へて置く事にしてゐたのだから、ドツチかに探り当らない筈は無いのであつたが……。

そんな事を考へまはして居《を》るうちに私は、何《なに》かしら、ドキンドキンとするやうな、気味のわるい予感に襲はれたやうに思ふ。さうして尚も不思議に思ひ思ひ、慌てて片足をさし伸ばして、遠くの方まで爪先《つまさき》で引つ掻きまはして居《を》るうちに又、フト気が付いた。これは寝がけに松葉杖を突いて来たのだから、ウツカリして平生《いつも》と違つた処にスリツパを脱いだものに違ひ無い。それぢやイクラ探しても解らない筈だと、又も微苦笑しいしい電燈のスヰツチをひねつたが……その途端に私はツイ鼻の先に、思ひもかけぬ人間の姿を発見したので、思はずアツと声を上げた。寝台《しんだい》のまん中に坐り直して、うしろ手を突いたまま固くなつてしまつた。

それは入口の扉《ドア》の前に突つ立つてゐる、副院長の姿であつた。いつの間《ま》に這入《はひ》つて来たものかわからないが、大方私がまだ眠つてゐるうちに、コツソリと忍び込んだものであらう。霜降りのモーニングを着て、派手な縞のズボンを穿《は》いてゐるが、鼻眼鏡《はなめがね》はかけてゐなかつた。髪の毛をクシヤクシヤにしたまま、青白い、冴え返るほどスゴイ表情をして、両手を高々と胸の上に組んで、私をヂイと睨《にら》み付けてゐるのであつたが、その近眼《きんがん》らしい眩《まぶ》しさうな眼付きを見ると、発狂してゐるのでは無いらしい。鋭敏な理智と、深刻な憎悪の光りに満ち満ちてゐる様である。

臆病者の私が咄嗟《とつさ》の間《ま》に、これ丈けの観察をする余裕を持つてゐたのは、吾《われ》ながら意外であつた。それは多分、眼《め》が醒めた時から私を支配してゐた、悪魔的な冷静さのお蔭であつたらうと思ふが、そのまま瞬《また》きもせずに相手の瞳を見詰めてゐると、柳井副院長も、私に負けない冷静さで私の視線を睨み返しつつ、タツタ一言《ひとこと》、白い唇を動かした。

「歌原未亡人《びばうじん》は、貴方《あなた》が殺したのでせう。」

「…………」

　私は思はず息を詰めた。高圧電気に打たれた様に全身を硬直さして、副院長の顔を一瞬間、穴の明くほど凝視した……が……その次の瞬間には、もう、全身の骨が消え失せたかと思ふくらゐ力が抜けて来た。そのまゝフラ〱と寝床《ねどこ》の上にヒレ伏してしまつたのであつた。

　私の眼《め》の前が真暗になつた。同時に気が遠くなりかけて、シイイインと耳鳴りがし初めた……と思ふ間《ま》もなく、私の頭の奥の奥の方から、世にもおそろしい、物すごい出来事の記憶がアリアリと浮かみ現はれ初めた……と見るうちに、次から次へと非常な高速度でグングン展開して行つた。……と同時に私の腋《わき》の下からポタポタと、氷の様な汗が滴り初めた。

　それはツイ今しがた、私が起き上る前の睡眠中に起つた出来事であつた。

　私はマザマザとした夢中遊行《むちういうかう》を起しながら、此《こ》の室《しつ》をさまよひ出て、思ひもかけぬ恐ろしい大罪を、平気で犯して来たのであつた。しかも、その大罪に関する私の記憶は、普通の夢中遊行者のソレと同様に、夢遊発作のあとの疲れで、グツスリと眠り込んでゐるうちに、あとかたもなく私の潜在意識の底に消え込んでしまつてゐたので、ツイ今しがた眼を醒ました時には、チツトモ思ひ出し得ずに居《ゐ》たのであつたが……そのタマラナイ浅ましい記憶がタツタ今、副院長の暗示的な言葉で刺戟されると同時に、いともアザヤカに……電光の様に眼まぐるしく閃めき現はれて来たのであつた。

　それは確かに私の夢中遊行に違ひ無いと思はれた。

……フト気が付いてみると私は、タオル寝巻に、黒い革のバンドを捲き付けて、一本足の素《す》跣足《はだし》のまま、とある暗い廊下の途中に在る青ペンキ塗りの扉《ドア》の前に、ピツタリと身体《からだ》を押し付けてゐた。さうして廊下の左右の外れにさしてゐる電燈の光りを、不思議さうにキヨロキヨロと見まはしてゐるところであつた。

　その時に私はチヨツト驚いた。……ここは一体どこなのだらう。俺は松葉杖を持たないまま、どうしてコンナ処まで来て居《を》るのだらう。そもそも俺は何《なん》の用事があつてコンナペンキ塗りの扉《ドア》の前にヘバリ付いてゐるのだらう……と一生懸命に考へ廻してゐたが、そのうちに、廊下の外れから反射して来る薄黄色い光線をタヨリに、頭の上の鴨居《かもゐ》に取り付けてある瀬戸物の白い標札を読んでみると、小さなゴヂツク文字で「標本室」と書いてあることがわかつた。

それを見た瞬間に私は、私の立つてゐる場所が何処《どこ》なのかハツキリとわかつた。……と同時に私自身を、この真夜中にコンナ処まで誘《さそ》ひ出して来た、或るおそろしい、深刻な慾望の目標が何《なん》であるかといふ事を、身ぶるひするほどアリアリと思ひ出したのであつた。

私はソレを思ひ出すと同時に、暗がりの中で襟元をつくろつた。前後《ぜんご》を見まはしてニヤリと笑ひながら、タオル寝巻の片袖で、手の先を念入りに包んで、眼《め》の前の青ペンキ塗りの扉《ドア》に手をかけたが、昼間の通りに何《なん》の苦もなく開《あ》いたので、そのまま影法師のやうに内側へ辷《すべ》り込んで、コトリとも云はせずに扉《ドア》を閉め切る事が出来た。

向うの窓の磨硝子《みがきガラス》から沁み込む、月の光りに照らし出されたタタキの上は、大地と同様にシツトリとして冷めたかつた。私はその上を片足で飛び飛び、向うの棚の端《はし》まで行つたが、その端の方に並んでゐる小さな瓶《びん》の群《むれ》の中でも、一番小さい一つを取り上げて、中を透かしてみると、何《なに》も這入《はひ》つてゐない様である。キルクの栓を開《あ》けて嗅いでみても薬品らしい香気が全く無い。

私は其《そ》の瓶《びん》を片手に持つたまま、室《へや》の隅に飛んで行つて、其処《そこ》に取り付けてある手洗場の水でゆすぎ上げて、指紋を残さない様に龍口栓《コック》の周囲まで洗ひ浄めた。それから其《そ》の瓶を懐中《ふところ》に入れて、又も一本足で小刻みに飛びながら棚の向う側に来たが、ちやうど下から三段目の眼《め》の高さの処に並んだ、中位の瓶の中でも、タツタ一つホコリのたかつてゐない紫色のヤツを両袖で抱へ卸《おろ》して、月あかりに透かしてみると、白いレツテルに明瞭な羅馬《ローマ》字体で「CHLOROFORM」……「十ポンド」と印刷してあつた。

その瓶の中に七分通り満たされてゐる透明な、冷たい麻酔薬の動揺を両手に感じた時の、私の陶酔気分と云つたら無かつた。この気持ちよさを味はひ度《た》いために、私は此《こ》の計画を思ひ立つたのだと考へても、決して大袈裟では無いくらゐに思つた。

私はその瓶を大切に抱へたまま、ソロソロと月明りの磨《みがき》硝子《ガラス》にニジリ寄つた。窓の框《かまち》に瓶の底を載せて、パラフインを塗つた固い栓を、矢張《やは》り袖口で捉へて引き抜いた。顔をそむけながら、その中の液体を少し宛《づつ》小瓶の中に移してしまふと、両方の瓶の栓をシツカリと締めて、大きい方を元の棚に返し、小さい方を内懐《うちぶところ》に落し込んだ……が……その濡れた小瓶が、臍《へそ》の上の処で直接に肌に触れて、ヒヤリヒヤリとするその気持ちよさ……。

それから私はソロソロと扉《ドア》の処へ帰つて来て、聴神経を遠くの方まで冴え返らせながら、ソツト扉《ドア》を細目に開《ひら》いてみると、相変らず誰《たれ》も居《ゐ》ない。病院中は地の底の様にシンカンと寝静まつてゐる。

私の心は又も歓喜にふるへた。心臓がピクンピクンと喜び踊り出した。それを無理に押ししづめて廊下に出ると、ゼンマイ人形の様にピョンピョン飛び出したが、鍛へに鍛へた私の跣《あしゆび》の弾力は、マットを敷いた床《ゆか》の上に何《なん》の物音も立てないばかりでなく、普通人が歩くよりも早い速度で飛んで行《ゆ》くのであつた。

　私の胸は又も躍つた。

　片足の人間がコンナに静かに、早い速度で飛んで行《ゆ》けるものとは誰《たれ》が想像し得よう。これは中学時代からハードルで鍛へ上げた私にだけ出来る芸当では無からうか。これならドンナ罪を犯しても知れる気づかひは無いであらう。……逃げる早さだつて女なぞより早いかも知れないから、逸早く自分の病室に帰つて来て寝て居《を》れば、誰《たれ》一人気づかないであらう。……俺は片足を無くした代りに、ドンナ悪事をしても決して見付からない天分を恵まれたのかも知れない……なぞと考へまはすうちに、モウ玄関の処まで来てしまつた。

　……これは拙《まづ》かつた。此方《こつち》へ来てはいけなかつた。やはり一先づ自分の病室に帰つて、裏の廊下伝ひに行《ゆ》かなければ……と私はその時に気が付いたが、さう思ひ思ひ壁の蔭からソツと首をさし伸ばしてみると、いい幸ひに重症患者が居《ゐ》ないと見えて、玄関前の大廊下には人つ子一人影を見せてゐない。玄関の正面に掛かつた大時計が、一時九分のところを指しながら……コクーン……コクーン……と金色《きんいろ》の玉《たま》を振つてゐるばかりである。

　その大きな真鍮の振り子を見上げてゐるうちに、私の胸が云ひ知れぬ緊張で一パイになつて来た。

……グヅグヅするな……。

……ヤツチマへ……ヤツチマへ……。

　と舌打ちする声が、廊下の隅々から聞えて来るやうに思つたので、我れ知らずピョンピョンと玄関を通り抜けて、向うの廊下のマットに飛び乗つて行つた。さうして昼間見た特等一号室の前まで来ると、チヨツト其処《そこ》いらを見まはしながら、小腰を屈めて鍵穴のあたりへ眼《め》を付けたが、不思議な事に鍵穴の向うは一面に仄白《ほのじろ》く光つてゐるばかりで、室内の模様がチツトモわからない。変だなと思つて、なほよく瞳を凝らしてみると何《なん》の事だ。向う側の把手《ハンドル》に捲き付けてある繃帯の端《はし》ツコが、ちやうど鍵穴の真向《まむか》うにブラ下がつてゐるのであつた。

　私は此《こ》の小さな失敗に思はず苦笑させられた。しかし又、そのお蔭で一層冷静に返りつつ、扉《ドア》の縁《ふち》と入口の柱の間《あひだ》の僅かな隙間に耳を押し当てて、暫くの間《あひだ》ギツトしてゐたが、室《へや》の中からは何《なん》の物音も聞えて来ない。一人残らず眠つてゐる気はひである。

「一般の入院患者さん達よ。病院泥棒が怖いと思つたら、ドアの把手《ハンドル》を繃帯で巻いてはいけませんよ。すくなくとも夜中《やちう》だけは繃帯を解《と》いて鍵をかけて置かないと剣呑《けんのん》ですよ。その証拠は……ホーラ……御覧の通り……」

　とお説教でもしてみ度《た》いくらゐ軽い気持ちで……しかし指

先は飽く迄も冷静に冴え返らせつつソーッと扉《ドア》を引き開《ひら》いた。その隙間から室《へや》の中を一渡り見まはして、四人の女が四人ともイギタナイ眠りを貪つてゐる様子を見届けると、なほも用心深く室《へや》の中にニジリ込んで、うしろ手にシツクリと扉《ドア》を閉ぢた。

私は出来るだけ手早く仕事を運んだ。

室《へや》の中にムウムウ充満してゐる女の呼吸と、毛髪と、皮膚と、白粉《おしろい》と、香水の匂ひに噎《む》せかへりながら、片手でクロロフオルムの瓶《びん》をシツカリと握り締めつつ、見事な絨毯の花模様の上を、膝つ小僧と両手の三本足で匍《は》ひまはつた。第一に、歌原男爵未亡人《びばうじん》の寝床の側《そば》に枕を並べてゐる、人相のよくないお婆さんの枕元に在る鼻紙に、透明な液体をポタポタと落して、あぐらを掻いてゐる鼻の穴にソーッと近づけた。しかし最初は手が震へてゐたらしく、薬液に濡れた紙を、お婆さんの顔の上で取り落しさうになつたので、ヒヤリとして手を引つこめたが、そのうちにお婆さんの寝息の調子がハツキリと変つて来たのでホツと安心した。同時にコレ位の僅かな分量で、一人の人間がヘタバルものならば、俺はチツトばかり薬を持つて来過ぎたな……と気が付いた。

その次には厚い藁蒲団と絹蒲団を高々と重ねた上に、仰向けに寝てゐる歌原未亡人《びばうじん》の枕元に匍ひ寄つて、そのツンと聳《そび》えてゐる鼻の穴の前に、ソーッと瓶《びん》の口を近づけたが、何《なん》だか効果が無ささうに思へたので、枕元に置いてあつた脱脂綿を引きち切つて、タツプリと浸《した》しながら嗅がしてゐると、ポーツと上気してゐたその顔が、何時《いつ》となく白くなつたと思ふうちに、何《なん》だか大理石のやうな冷たい感じにかはつて来たやうなので、又も慌てて手を引つこめた。

それから未亡人《びばうじん》の向う側の枕元に、婦人雑誌を拡げて、その上に頬を押し付けてゐる看護婦の前に手を伸ばしながら、チヨツピリした鼻の穴に、夫人のお流れを頂戴させると、見てゐるうちにグニヤグニヤとなつて横たふしにブツ倒れながら、ドタリと大きな音《おと》を立てたのには胆を冷やした。思はずハツとして手に汗を握つた。すると又それと同時に、入口の近くに寝てゐた一番若い看護婦が、ムニヤムニヤと寝返りをしかけたので、私は又、大急ぎで其《そ》の方へ匍ひ寄つて行つて、残りの薬液の大部分を綿《わた》に浸《ひた》して差し付けた。さうして其《そ》の看護婦がグツタリと仰向けに引つくり返つたなりに動かなくなると、その綿《わた》を鼻の上に置いたままソロソロと離れ退《しりぞ》いた。……モウ大丈夫といふ安心と、スバラシイ何《なん》とも云へない或るものを征服し得た誇りとを、胸一パイに躍らせながら……。

私は、その嬉しさに駆られて、寝てゐる女たちの顔を見まはす可《べ》く、一本足で立ち上りかけたが、思ひがけなくフラフラとなつて、絨毯の上に後手《うしろで》を突いた。その瞬間にこれは多分、最前から室《へや》の中の息苦しい女の匂ひに混つてゐる、麻酔薬の透明な芳香に、いくらか脳髄を犯されたせゐかも知れないと思つた。……が……しかし、ここで眼《め》を眩《ま》はしたり何《なに》かしたら大変な事になると思つたので、モウ一度両手を突いて、気を取り直しつつソロソロと立ち上つた。並んで麻酔してゐる女たちの枕元の、生冷《なまつめ》たい壁紙のまん中に身体《からだ》を寄せかけて、落ち付から落ち付かうと努力しいしい、改めて室《へや》の中を見まはした。

室《へや》のまん中には雪洞型《ぼんぼりがた》の電燈が一個ブラ下つて、ホノ黄色い光りを放散してゐた。それはクーライト式になつてゐて、明るくすると五十燭以上になり相《さう》な、瓦斯《ガス》入りの大きな球《たま》であつたが、その光りに照し出された室内の調度の何一つとして、贅沢で無いものはなかつた。室《へや》の一方《いつぱう》に輝き並んでゐる螺鈿《らでん》の茶棚、同じチヤブ台、その上に居並ぶ銀の食器、上等の茶器、金色燦然《こんじきさんぜん》たる大《だい》トランク、その上に置かれた枝垂《しだ》れのベコニヤ、印度《いんど》の宮殿を思はせる金糸《きんし》の壁かけ、支那の仙洞を忍ばせる白鳥の羽箒《はばうき》なぞ……そんなものは一つ残らず、未亡人《びばうじん》が入院した昨夜《さくや》から、昨日《きのふ》の昼間にかけて運び込まれたものに相違ないが、トテモ病院の中とは思へない豪奢ぶりで、スースーと麻酔してゐる女たちの夜具までも、赤や青の底眩《そこまば》ゆい緞子《どんす》づくめであつた。

そんなものを見まはしてゐるうちに、私は、タオル寝巻一枚の自分の姿が恥かしくなつて来た。吾《わ》れ知らず襟元を掻き合せながら、男爵未亡人《びばうじん》の寝姿に眼《め》を移した。

白いシーツに包んだ敷蒲団を、藁蒲団の上に高々と積み重ねて、その上に正しい姿勢で寝てゐた男爵未亡人《びばうじん》は、麻酔が利いたせゐか、離被架《リヒカ》の中から斜《はす》かひに脱け出して、グルグル巻きの頭を此方向《こちらむ》きにズリ落して、胸の繃帯を肩の処まで露はしたまま、白い、肉付きのいい両腕を左右に投げ出した、ダラシない姿にかはつてゐる。ムツチリした大きな身体《からだ》に、薄光りする青地の長襦袢《ながじゆばん》を巻き付けてゐるのがちやうど全身に黥《いれずみ》をしてゐるやうで、気味のわるいほど蠱惑的《こわくてき》に見えた。

その姿を見返りつつ私は電球の下に進み寄つて、絹房《きぬぶさ》の付いた黒い紐を引いた。同時に室《へや》の中が眩《まぶ》しいほど蒼白くなつたが、私はチツトも心配しなかつた。病室の中が夜中に明るくなるのは決して珍らしい事では無いので、窓の外から人が見てゐても、決して怪しまれる気遣ひは無いと思つたからである。

私はそのまま片足で老女の寝床を飛び越して、男爵未亡人《びばうじん》の藁布団に凭《も》たれかかりながら、横坐《よこずわ》りに坐り込んだ。胸の上に置かれた羽根布団と離被架《リヒカ》とを、静かに片わきへ引き除《の》けて、寝顔をヂイツと覗き込んだ。

麻酔の為めに頬と唇が白味がかつてゐるとは云へ、電燈の光りにマトモに照し出された其《そ》の眼鼻立ち、青い絹に包まれてゐるその肉体の豊麗さは何《なに》にたとへ様もない。正にあたたかい柔かい、スヤスヤと呼吸する白《はく》大理石の名彫刻である。ラテン型の輪廓美と、ジュー型の脂肪美と併せ備へた肉体美である。限り無い精力と、巨万の富と、行《ゆ》き届いた化粧法とに飽満した、百パーセントの魅惑そのものの寝姿である……ことに、その腮《あご》から頸《くび》すぢへかけた肉線の水々しいこと……。

私はややもするとクラクラとなりかける心を叱り付けながら、末亡人《びばうじん》の枕元に光つてゐる銀色の鋏を取り上げた。それは新しいガーゼを巻き付けた眼鏡型《めがねがた》の柄《え》の処から、薄つペラになつた尖端まで一直線に、剣《つるぎ》のやうに細くなつてゐる、非常に鋭利なものであつたが、その鋏を二三度開《ひら》いたり、閉ぢたりして切れ味を考へると間《ま》もなく、末亡人《びばうじん》の胸に捲き付けた夥《おびただ》しい繃帯を、容赦なくブスブスと切り開《ひら》いて、先づ右の方の大きな、まん丸い乳房を、青白い光線の下に曝《さら》し出した。

その雪のやうな乳房の表面には、今まで締め付けてゐた繃帯の痕跡《あと》が淡紅色《たんこうしよく》の海草のやうにダンダラになつてへバリ付いてゐたが、しかし、私は溜息をせずには居《ゐ》られなかつた。

この女性が、エロの殿堂のやうに唄はれてゐるのは、その比類の無い美貌のせゐではなかつた。又はその飽く事を知らぬ恋愛技巧のせゐでもなかつた。この女性が今までに、あらゆる異性の魂を吸ひ寄せ迷ひ込ませて来たエロの殿堂の神秘力は、その左右の乳房の間《あひだ》の、白い、なめらかな皮肌《ひふ》の上に在る……底知れぬ××××と、浮き上《あが》るほどの××××××を、さり気なくほのめき輝かしてゐるミゾオチのまん中に在る……といふことを眼《ま》のあたり発見した私は、それこそ生れて初めての思ひに囚《とら》はれて、思はず身ぶるひをさせられたのであつた。

それから私は、瞬《また》きも出来ないほどの高度な好奇心に囚はれつつ、末亡人《びばうじん》の左の肩から掛けられた繃帯を一気に切り離して、手術された左の乳房を光線に晒《さら》した。見ると、まだ焮衝《きんしよう》が残つてゐるらしく、こゝろもち潮紅《てうこう》したまま萎《しな》び潰《つぶ》れてゐて、乳首《ちちくび》と肋《あばら》とを間近く引き寄せた縫ひ目の処には、黒い血の塊がコビリ着いたまま、青白い光りの下にシミジミと戦《をのの》きふるへてゐた。

私は余りの傷《いた》ましさに思はず眼《め》を閉ぢさせられた。

……片つ方の乳房を喪つた偉大なヴイナス……

……黄金《わうごん》の毒気に蝕ばまれた大理石像……

……悪魔に嚙じられたエロの女神……

……天罰を蒙つたバムパイヤ……

なぞと云ふ無残な形容詞を次から次に考へさせられた。けれども、そんな言葉を頭に閃めかしてゐるうちに又、何《なん》とも知れない異常な衝動がヅキヅキと私の全身に疼《うづ》き拡がつて行《ゆ》くのを、私はどうする事も出来なくなつて来た。この女の全身の肉体美と、痛々しい黒血《くろち》を嚙み出した乳房とを一所《いつしよ》にして、明るい光線の下に晒《さら》してみたら……といふ様なアラレモナイ息苦しい願望が、そこいら中にノタ打ちまはるのを押し止《とど》めることが出来なくなつたのであつた。

私は夫《そ》れでもヂツと気を落ち着けて鋏を取り直した。軽い緞子《どんす》の羽根布団を、寝床の下へ無造作に摑み除《の》けて、末亡人《びばうじん》の腹部に捲き付いてゐる黒繻子《くろじゆす》の細帯《ほそおび》に手をかけたのであつたが、その時に私はフト奇妙な事に気が付いた。

それは幅の狭い帯の下に挟まつてゐる、ザラザラした固いものの手触りであつた。

私はその固いものが指先に触れると、其《そ》の正体が未《ま》だよくわからないうちに、一種の不愉快な、蛇の腹に触つたやうな予感を受けたので、ゾツとして手を引つこめたが、又すぐに神経を取り直して両手をさしのばすと、その緩やかな黒繻子の帯を重なつたまま引き上げて、容赦なくブツリブツリと切断して行つた。さうして其《そ》の下の青い襦袢《じゆばん》の襟に絡まり込んでゐる、茶革のサツク様《やう》のものを引きずり出したが、その二《に》重《ぢう》に折り曲げられた蓋を無造作に開《ひら》いて、紫天鵞絨《むらさきびらうど》のクツシヨンに埋《うづ》められた宝石行列を一眼見ると、私はハツと息を呑んだ。……生れて初めて見る稲妻色の光りの束《たば》……底知れぬ深藍色《しんらんしよく》の反射……静かに燃え立つ血色《ちいろ》の焔……それは考へる迄もなく、男爵未亡人《びばうじん》の秘蔵の中でも一粒選《え》りのものでなければならなかつた。生命《いのち》と掛け換への一粒々々に相違なかつた。

私はワナナク手で茶革の蓋を折り曲げて、タオル寝巻の内懐《うちぶところ》に落し込んだ。さうしてヂツト未亡人《びばうじん》の寝顔を見返りながら、堪らない残忍な、愉快な気持ちに満たされつつ、心の底から押し上げる様に笑ひ出した。

「……ウフ……ウフ……ウフウフウフウフウフ……。」


それから私がドンナ事を特一号室の中でしたか、全く記憶してゐない。ただ、いつの間《ま》にか私は一糸も纏はぬ素《す》つ裸体《ぱだか》になつて、青白い肋体《あばら》を骸骨のやうに波打たせて、骨だらけの左手に麻酔薬の残つた小瓶《こびん》を……右手にはギラギラ光る舶来の鋏を振りまはしながら、瓦斯《ガス》入り電球の下に一本足を爪《つま》立《だ》てて、野蛮人のやうにピヨンピヨンと飛びまはつて居《ゐ》た事を記憶してゐるだけである。さうして其《そ》の間《あひだ》ぢう心の底から、

「ウフウフウフ……アハアハアハ……。」

と笑ひ続けてゐた事を、微《かすか》に記憶してゐるやうである……。

……が……しかし、それは唯それだけであつた。私の記憶はそこいらからパツタリと中絶してしまつて、その次に気が付いた時には奇妙にも、やはり丸裸体《まるはだか》のまま、貧弱な十燭の光りを背にして、自分の病棟付きの手洗場の片隅に、壁に向つて突つ立つてゐた。さうして片手で薄黒いザラザラした壁を押さへて、ウツトリと窓の外を眺めながら、長々と放尿してゐるのであつたが、その時に、眼《め》の前のコンクリート壁に植ゑられた硝子《ガラス》の破片に、西に傾いた満月が、病的に黄色くなつたまま引つかかつてゐる光景が、タマラナク咽喉が渇いてゐたその時の気持ちと一緒に、今でも不思議なくらゐハツキリと印象に残つてゐるやうである。

私はその時にはもう、今まで自分がして来た事をキレイに忘れてゐた様に思ふ。さうしてユツクリと放尿してしまふと、

電球の真下の白いタイル張りの上に投げ出してある白いタオル寝巻きと、黒い革のバンドを取り上げて、不思議さうに検《あら》ためてゐた事を記憶《おぼ》えてゐる。……俺はドウしてコンナに丸《まる》裸《はだか》になつたんだらう……と疑ひながら……。しかし私は子供の時分から便所に這入《はひ》る時に限つて、冬でも着物を脱いで行《ゆ》く習慣があつたので、多分夢うつつのうちに、さうした習慣を繰り返したのだらうと考へ付くと、格別不思議にも感じなくなつた様に思ふ。さうして別に深い考へも無しに、何処《どこ》かへ汚《よご》れでも着いてゐはしないかと思つて、一通り裏表を検ためて、バンドと一緒に二三度力強くハタイただけで、元の通りにキチンと着直した。それから片隅の手洗場のコツクを捻《ねぢ》つて、勢《いきほひ》よく噴き出る水のシブキに噎《む》せかへりながら、ゴクゴクと腹一パイになるまで呑んだ。それから、そのあとで丁寧に手を洗つたのであつたが、それとても平生《へいぜい》よりイクラカ念入りに洗つた位の事で、左右の掌《てのひら》には何《なん》の汚染《よごれ》も残つてゐなかつた様に思ふ。さうしてヤツトコサと自分の室《しつ》に帰ると、いつもの習慣通り、寝がけに枕元に引つかけて置いた西洋手拭で、顔と手を拭いたが、その時にはもう死ぬ程ねむくなつて居《ゐ》たので、スリツパを穿《は》かずに出かけてゐたことなぞは、ミヂンも気付かないまま、倒れるやうに寝台《しんだい》に這《は》ひ上《あが》つたのであつた……。

　私の記憶は此処《ここ》で又中絶してしまつてゐる。さうしてタツタ今眼《め》を醒ましても、まだ其《そ》の記憶を思ひ出さずに居《ゐ》た。

……昼間からズーツと眠り続けた積りで居《ゐ》たのであつたが、さうした深い睡眠と、甚だしい記憶の喪失が、私の恐ろしい夢中遊行《むちういうかう》から来た疲労のせゐであつたことは、もはや疑ふ余地が無かつた。しかも、さうしたタマラナイ、浅ましい記憶の全部を、現在眼《め》の前で、副院長に図星を差された一刹那に、電光の様な超スピードで、ギラギラと恢復《くわいふく》してしまつた私は、もう坐つてゐる力も無いくらゐ、ヘタバリ込んでしまつたのであつた。

　……相手はソンナ実例を知りつくしてゐる、医学博士《はかせ》の副院長である。私の行動を隅から隅まで、研究しつくして来てゐるらしい人間である。神の審判の前に引き出されたも同然である……。

　……と……そんな事までハツキリと感付いてしまふと、私の腸《はらわた》のドン底から、浅ましい、おそろしい、タマラナイ胴ぶるひが起つて来た。どうかして逃れる工夫は無いかと思ひ思ひ……その戦慄を押さへ付けようとすればする程、一層烈しく全身がわななき出すのであつた。

三

　その時に副院長の、柔かい弾力を含んだ声が、私の頭の上から落ちかかつて来た。

「さうでせう。それに違い無いでせう。」

「……………」

「歌原男爵夫人を殺したのは貴方《あなた》に違ひ無いでせう。」

私は返事は愚《おろか》、呼吸をする事も出来なくなつた。寝台《しんだい》の上にひれ伏したまま胴震ひを続けるばかりであつた。

副院長はソツト咳払ひをした。

「……あの特等室の惨事が発見されたのは、今朝《けさ》の三時頃の事です。隣家《となり》の二号室の附添看護婦が、あの廊下の突当《つきあた》りの手洗ひ場に行《ゆ》きかけると、あの室《へや》の扉《ドア》が開《あ》いて、眩《まぶ》しい電燈の光りが廊下にさしてゐる。それで看護婦はチヨツト不思議に思ひながら、室《へや》の中を覗いたのですが、そのまま悲鳴をあげて、宿直の宮原君の処へ転がり込んで来たものです。私はその宮原君から掛かつた電話を聞くとすぐに、中野の自宅からタクシーを飛ばして来たのですが、其《そ》の時にはもう既に、京橋署の連中が大勢来てゐて、検屍が済んでしまつて居《を》りましたし、犯人の手がかりを集められるだけ集めてあつたらしいのです。ですから私は現場《げんぢやう》に立ち会つてゐた宮原君から、委細の報告を聞いた訳ですが、その話によりますと歌原男爵未亡人《びばうじん》はミゾオチの処を、鋭利なトレード製の鋏で十サンチ近くも突き刺されてゐる上に、暴行を加へられてゐた事が判明したのです。それから入口の近くに寝てゐた看護婦も、麻酔が強過ぎた為めに、無残にも絶息してゐる事が確かめられましたが、その上に犯人は、未亡人《びばうじん》が大切にしてゐた宝石容れのサツクを奪つて逃走してゐる事が、間《ま》もなく眼《め》を醒ました女中頭の婆さんの証言によつて判明したのださうです。

……しかし、犯人が、それから何処《どこ》へドウ踪跡《そうせき》を晦《くら》ましたかといふ事は、まだ的確に解つてゐないらしいのです。……室《へや》の中には分厚い絨毯が敷いてあるし、廊下は到る処にマツトが張り詰めてありますから、足跡《あしあと》なぞは到底、判然しないだらうと思はれるのですが、しかし、それでも警察側では犯人が夕方から、見舞人か患者に化《ば》けて、此《こ》の病院の中に紛れ込んで居《ゐ》たもので、出て行《ゆ》きがけには、明け放しになつてゐた屋上庭園から、玄関の露台に降りて、アスフアルト伝ひに逃走したものと見込みを付けてゐるらしく、そんな方面の事を看護婦や医員に聞いて居《を》りましたさうです。私が来ました時にも官服や私服の連中が、屋根の上から、玄関のまはりを熱心に調査して居《ゐ》た様です。

……一方に歌原家からは、身内の人が四五人駈け付けて来ましたので、其筋《そのすぢ》の許可を得て、夫人の死体を引き渡したのが、今から約三十分ばかり前の事ですが……むろん確かな事はわかりませんけれども其筋《そのすぢ》では、余程大胆な前科者か何《なに》かと考へて居《ゐ》るらしく、敷布団の血痕や、雪洞型《ぼんぼりがた》の電球蔽ひに附着してゐるボンヤリした血の指紋なぞを調べながら「おんなじ手口だ。」と云つて肯《うなづ》き合つたり「田端《たばた》だ〳〵。」と口を辷《すべ》らしてゐた……と云ふやうな事実を聞きました。チヤウド一週間ばかり前のこと、田端で同じ様な遣り口の後家さん殺《ごろし》があつた事が、大きく新聞に書き立ててあつたのですから、その筋では事によると、同じ犯人と睨《にら》んでゐるのかも知れません。

……併し私はまだ、それでも不安心の様に思つて居《を》りますうちに、丁度玄関で帰りかけてゐる旧友の予審判事に会ひましたので、私はいい幸ひと思ひまして、特に力強く証言して置きました。歌原未亡人《びばうじん》が此《こ》の病院に這入《はひ》つたのは、まだ昨《さく》夜《や》の事で、新聞にも何《なに》も出て居《ゐ》ないのだから、これは多分、兼ねてから未亡人《びばうじん》を付け狙《ねら》つてゐた者が、急に思ひ付いて実行した事であらうと思ふ。此《こ》の病院の現在患者は、皆《みな》相当の有産階級や知識階級である上に、動きの取れない重症患者や、身体《からだ》の不自由な者ばかりで、こんな無鉄砲な、残忍兇暴な真似の出来るものは一人も居《ゐ》ない筈《はず》である……と……。」

　私は頭をシツカリと抱へたまま、長い、ふるへた溜息をした。それは今の話を聞いて取りあへず、気が遠くなる程安心すると同時に、わざわざこんな事を私に告げ知らせに来てゐる、副院長の心を計り兼ねて、何《なん》とも云へない生々《なまなま》しい不安に襲はれかけたからであつた。……だから……私はさう気付くと同時に、その溜息を途中で切つて、続いて出る副院長の言葉を聞き澄ますべく、ピツタリと息を殺してゐた。

「……新東さん。御安心なさい。貴方《あなた》は私がオセツカイをしない限り、永久に清浄な身体《からだ》で居《を》られるのです。すくなくとも社会的には晴天白日の人間として、大手を振つて歩けるのです。……けれども貴方御自身の良心と同時に、私の眼《め》を欺く事は出来ないのですよ。いいですか。……私は特一号室の出来事を耳にすると同時に、何《なに》よりも先に貴方の事を思ひ出しました。昨日《さくじつ》の午前中に、貴方を回診した時の事を思ひ出したのです。彼《あ》の夢遊病の話を聞いて居《を》られた貴方の、異様に憂鬱な表情を思ひ出したのです。さうして誰《たれ》よりも先に貴方に疑ひをかけながら、自動車を飛ばして来たのです。……さうして歌原未亡人《びばうじん》の死体を家人《かじん》に引き渡すとすぐに、病室の取片付《とりかたづ》け方《かた》を看護婦に命じて、新聞記者が来ても留守だと答へるやうに頼んでから、コツソリと裏廊下伝ひに此《こ》の室《へや》に来て、貴方の寝台《しんだい》のまはりを手探りで探したのです。盗まれた茶皮のサツクが何処《どこ》かに隠して在りはしまいかと思つて……。

　……ところで私は先づ第一に、あなたの枕元に在る、その西洋手拭ひを摑んでみたのですが、果せる哉《かな》です。タツタ今手を拭いた様に裏表から濡れて居《を》りました。貴方《あなた》がズツト以前から熟睡して居《を》られたものならば、そんな濡れ方をしてゐる筈はないのです。それから私は気が付いて、彼《か》の向うの二等病室づきの手洗ひ場に行つてみましたが、手洗ひ場の龍口《コツ》栓《ク》は十分に締まつてゐない上に、床《ゆか》のタイルの上に水滴が夥《おびただ》しく零《こぼ》れて居《を》りました。多分貴方《あなた》は、コンナ事は怪しむに足りない。よくある事だからと思つて、故意《わざ》とソンナ風にして血痕を洗はれたのかも知れませんが、私の眼《め》から見ると左様《さう》は思はれません。血痕といふ特別なものを、其処《そこ》で洗ひ落された貴方が、貴方自身の心の秘密を胡麻化す為にさうされたので、頭のいい、技巧を弄し過ぎた洗ひ方だとしか思はれないのです。

……私はそれから正面に三つ並んでゐる大便所を、一つ一つに開《ひら》いてみましたが、あの一番左側の水洗式の壺の中に、キルクの栓が一個浮いてゐるのを見逃しませんでした。マッチを擦つてみると、その水の表面にはホコリが一粒も浮いてゐない。つまり最近に流されたものである事を確かめて、イヨイヨ動かす事の出来ない確信を得ました。貴方《あなた》は彼《か》の特一号室から出て来て、此室《このへや》に品物を隠された後《のち》に、彼処《あすこ》に行つて手足の血痕を洗ひ落されました。さうして愚《おろか》にも、麻酔に使はれた硝子《ガラス》の小瓶《こびん》を、水洗式の壺に投げ込んで打ち砕いたあとで、水を放流されたまでは、誠に都合よく運ばれたのですが、その軽いコルクの栓が、U字型になつてゐる便器の水《みづ》堰《せき》を超え得ないで、烈しい水の渦巻きの中をクルクル回転したまま、又もとの水面に浮かみ上がつて来るかどうかを見届けられなかつたのは、貴方にも似合はない大きな手落ちでした。明日《あす》にも私が警官に注意をすれば、あの便所の中から瓶《びん》の破片を発見する事は、さして困難な仕事では無いだらうと思はれます。……どうです。私がお話しする事に間違ひがありますか。」

私は私の身体《からだ》の震へが何時《いつ》の間《ま》にか止《と》まつてゐるのに気が付いた。さうして私が丸ツキリ知らない事までも、知つてゐる様に話す副院長の、不可思議な説明ぶりに、全身の好奇心を傾けながら耳を澄ましてゐる私自身を発見したのであつた。

……何《なん》だか他人の事を聞いてゐるやうな気持になりながら……。

その時に副院長は又一つ咳払ひをした。さうして多少得意になつたらしく、今迄より一層滑かに、原稿でも読むやうにスラスラと言葉を続けた。

「……警察の連中はたしかに方針を誤つてゐるのです。十中八九まで此《こ》の事件を、強力犯係《がうりきはんがかり》の手に渡すに違ひ無いと思はれます。その結果、此《こ》の事件は必然的に迷宮に入つて、有耶《うや》無耶《むや》の中《うち》に葬られる事になるでせう。……しかし、かく申す私だけは、専門家ではありませんが、警察の連中に欠けてゐる医学上の知識を持つてゐる御蔭で、この事件の真相をタヤスク看破する事が出来たのです。この事件が当然智能犯係の手に廻るべきものである事を、一目で看破してしまつたのです。

……此《こ》の事件は時日《じじつ》が経過するに連れて、非常に真相のわかり難《にく》い事件になるでせう。……何故《なぜ》かと云ふと此《こ》の事件は、すくなくとも三重の皮を冠《かぶ》つて居《ゐ》るのですからね……その表面から見ると疑ひも無い普通の強窃盗事件ですが、その表面の皮を一枚めくつて、事件の肉ともいふ可《べ》き部分を覗いてみますと、極めて稀有な例ではありますが、夢遊病者が描《ゑが》き現はした一種特別の惨劇と見る事が出来るのです。夢中遊行者《むちういうかうしや》の行動は必ずしもフラ〱ヨロ〱とした、たよりのないものばかりに限られてゐる訳ではありませんからね。普通人のやうにシツカリした足取りで、普通人以上に巧妙な智慧を使つて、複雑深刻を極めた犯罪を遂行する事があると、記録にも残つてゐるくらゐですが正にその通りです。貴方《あなた》は、貴方特有の強健な趾《あしゆび》と、アキレス腱の跳躍力を利用して、この事件を遂行されたに違ひ無いのです。あなた独得の明敏な頭脳と、スバラシク強健な足の跳躍力とを一緒にして、この惨劇を計画されたに相違無いのです。あなたは標本室の薬液を盗んで、四人の女を眠らせて、此《こ》の兇行を遂げられたのです。さうして夫人の懐中《かみいれ》を奪つて、此室《このへや》に帰つて、その懐中《かみいれ》を寝床の下に隠してから知らぬ顔をして便所に行《ゆ》かれたのでせう。其処《そこ》で血痕を残らず洗ひ浄めた後《のち》に、初めて安心して眠られたのでせう。」

私は又も、肋骨《あばらぼね》が疼《うづ》き出す程の、烈しい動悸に囚《とら》はれてしまつた。今の今まで他人の事のやうに思つて耳を傾けてゐた事件の説明が、急角度に私の方に折れ曲つて来たので……さうして身動きも出来ない理詰の十字架に、ヒシヒシと私を縛り付け初めたので……。

「……貴方は最早《もう》、それで十分に犯罪の痕跡を堙滅したと思つて居《ゐ》られるかも知れませんが……しかし……若《も》し……万が一にも私が、あの標本室に残された、貴方の重大な過失を発《あば》き立てたらドウでせう、あなたが持つて行《ゆ》かれた、あの小さな瓶《びん》のあとに残つて居る薄いホコリの輪と、クロロホルムの瓶《びん》の肩に、不用意に残された仔指《こゆび》らしい指紋の断片とを、司法当局の前に提出したらどうでせう。……さもなくとも直接事件の調査に立ち会つた宿直の宮原君が、警官から当病院内の麻酔薬の取扱《とりあつかひ》方について質問された時に「それは平生《いつも》、標本室の中に厳重に保管してある。しかも其《そ》の標本室の鍵は、此《こ》の通り、宿直に当つたものが肌身離さず持つてゐるのだから、盗み出される気遣《きづかひ》は絶対に無い。」と答へて居《ゐ》なかつたらどうでせう。そればかりでなく、その後《あと》で、警官たちが他《ほか》の調査に気を取られて居《ゐ》る隙《すき》に、宮原君が念の為め先廻りをして、標本室の扉《ドア》に鍵が、掛かつて居《ゐ》るかどうかを確かめて居《ゐ》なかつたとしたら、どうでせう。……彼処《あすこ》から麻酔薬を盗み出したものが確かに居《ゐ》る。……その人間の仔指《こゆび》の指紋はコレダといふ事を警官に突《と》き止められたとしたら、ソモソモどんな事になつたでせうか。」

「…………………。」

「……あなたは夫《そ》れでも、すべてを夢中遊行のせゐにして、知らぬ存ぜぬの一点張りで押し通されるかも知れませんね。又、司法当局も、あなたの平常の素行から推《お》して、今夜の兇行を貴方の夢中遊行から起つた事件と見做《みな》して、無罪の判決を下《くだ》すかも知れませんネ。しかし……しかし、多分、その裁判には私も何《なに》かの証人として呼び出される事と思ひますが……又、呼び出されないにしても、勝手に出席する権利があると思ふのですが……その裁判に私が出席するとなれば、断じてソンナ手軽い裁判では済みますまいよ。どの方面から考へても、貴方《あなた》は死刑を免れない事になるのですよ。……私は事件の真相のモウ一つ底の真相を知つて居《ゐ》るのですから……。」

……私は愕然として顔を上げた。

私は今の今まで私の胸の上に捲き付いて、肉に喰ひ込むほどギリギリと締まつて来た鉄の鎖が、この副院長の最後の言葉を聞くと同時に、ブツツリと切れた様に感じたのであつた。さうして吾《われ》を忘れて、まともに副院長の顔を見上げた……其《そ》の唇にほのめいてゐる意地の悪い微笑《びせう》を……その額《ひたひ》に輝いてゐる得意満面の光りを、臆面もなく見上げ見下《みおろ》す事が出来たのであつた。……事件の真相の底……真相の底……私の知らない此《こ》の事件の真相の奥底……と、二三度心の中《うち》で繰返してみながら……。さうして、

……此《こ》の男は、まだ此《こ》の上に、何《なに》を知つて居《ゐ》るのだらう……。

と疑ひ迷つて居《ゐ》るうちに、又もグツタリと寝台《しんだい》の上に突つ伏して、重ね合はせた手の甲は額《ひたひ》の重みを押し付けたのであつた。ヘトヘトに疲れた気持ちと、グングン高まつて来る好奇心とを同時に感じながら……。

その時に副院長は、すこし音調を高くして言葉を継いだ。恰《あたか》も私を冷やかすかのやうに……。

「……あなたはヱライ人です。あなたは此様《こん》な仕事に対する隠れたる天才です。あなたは昨日《きのふ》の朝、足の夢を見られると同時に……さうして彼《か》の有名な宝石蒐集狂の未亡人《びばうじん》が、入院した事を聞かれると同時に、此《こ》の仕事の方針を立てられたのです。……否《いな》……あなたはズツト前から、何《なに》かの本で夢遊病の事を研究して居《を》られたもので、足の夢を見られたといふのも、あなたが此《こ》の事件に就いて計画された、一つの巧妙なトリツクだつたかも知れないのです。

……その証拠といふのは、特別に探すまでもありません。昨夜《さくや》の出来事の全部が、その証拠になるのです。貴方は、あなたが遂行された歌原未亡人《びばうじん》惨殺事件の要所々々に、夢遊病の特徴をハツキリとあらはして居《を》られるのです。……雪洞型《ぼんぼりがた》の電燈の笠にボヤけた血の指紋をコスリ付けられた処と云ひ、一等若い、美しい看護婦の唇の上に、わざとクロロフオルムの綿《わた》を置きつ放しにして、殺してしまはれた残忍さと云ひ……その綿《わた》は馬鹿な警官が、大切な証拠物件として持つて行つたさうですが……そのほか男爵未亡人《びばうじん》の枕元に在つた鼻紙と、その上に置いて在つた硝子《ガラス》製の吸呑器《すひのみき》を蹴散《けち》らしたり、百燭の電燈を点けつ放しにして出て行つたり、如何《いか》にも夢遊病者らしい手落ちを都合よく残して居《を》られます。その中でも特に、男爵未亡人《びばうじん》の着物や帯をムザムザと切断したり、繃帯を切り散らして、手術した局部を露出したり、最後に又、そ

の兇行に使用した鋏を、モウ一度深く胸の疵口《きずぐち》に刺し込んだまま出て行《ゆ》かれたりしてゐる処は、百パーセントに夢中遊行者特有の残忍性をあらはして居《を》られるのです。曾《かつ》て専門の書類でそんな実例を読んだ事のある私とても、この事件に対する貴方《あなた》の準備行為を見落してゐたならば……ただ、事件そのものだけを直視してゐたならば、物の見事に欺かれてゐたに違ひ無いと思はれるほどです。あなたの天才的頭脳に飜弄されて、単純な夢遊病の発作と信じてしまつたに違ひ無いと思つて、人知れず身ぶるひをしたくらゐです。」

「…………。」

「……どうです。私が此《こ》の以上にドンナ有力な証拠を握つてゐるか、貴方《あなた》にわかりますか。此《こ》の惨劇の全体は、夢遊病の発作に見せかけた稀に見る智能犯罪である。貴方の天才的頭脳によつて仕組まれた一つの恐ろしい喜劇に過ぎないと、私が断定してゐる理由がおわかりになりますか。」

「…………。」

「……フフフフフ。よもや知るまいと思はれても駄目ですよ、私は何《なに》もかも知つてゐるのですよ。……貴方は昨日《さくじつ》の午後のこと、同室の青木君が外出するのを待ち兼ねて、この室《へや》を出られたでせう。さうして彼《か》の特一号室の様子を見に、玄関先まで来られたでせう。それから標本室へ行つて、麻酔薬の瓶《びん》が在るかどうかを確かめられたでせう。貴方は彼《か》の標本室の中に、いろんな薬瓶《くすりびん》が置いてあるのを前からチヤント知つて居《を》られたに違ひ無いのです。……さうでせう……どうです……。」

「……………。」

「……ウフフフフ、私が此《こ》の眼《め》で見たのですから、間違ひは無い筈《はず》です。それは貴方の巧妙な準備行為だつたのです。私があの時に、あなたの散歩を許さなければコンナ事にはならなかつたかも知れませんが、貴方は巧みに偶然の機会を利用されたのです。さうして此《こ》の犯行を遂げられたのです。」

「…………。」

「……私の申上げ度《た》い事はこれ丈けです。私は決して貴方を密告する様な事は致しません。私は貴方がW文科の秀才で居《ゐ》られる事を知つてゐますし、亡くなられた御両親の学界に対する御功績や、現在の御生活の状態までも、ある人から承つて詳しく存じて居《ゐ》る者です。此様《このやう》な事を計画されるのは無理も無いと同情さへして上げて居《ゐ》るのです。ですからこそ……かうしてわざわざ貴方《あなた》の為に、忠告をしに来たのです。」

「……………。」

「……もう二度とコンナ事をされてはいけませんよ。人を殺すのは無論の事。かり初《そ》めにも貴重品を盗んだりされてはいけませんよ。貴方《あなた》の有為な前途を暗闇にするやうな事をなすつては、第一あなたの純真な……お兄さん思ひのお妹さんが可哀想《かあいさう》ではありませんか。彼《あ》の美しい、お兄様大切《だいじ》と思ひ詰めて居《を》られる、可哀想なお妹さんの前途までも、永久に葬る事になるではありませんか。」

副院長は声を励まして斯様《かう》云ひながら、ポケットに手を突つ込んだ。さうして薄黒い懐中《かみいれ》みたやうなものを取り出すと、掌《てのひら》の中で軽々と投げ上げ初めた。

「……いいですか。これはタツタ今、あなたの寝台《しんだい》のシーツの下から探し出した、歌原未亡人《びばうじん》の宝石入りのサックです。此《こ》の事件と貴方《あなた》とを結び付ける最後の証拠です。同時に貴方《あなた》の夢中遊行《むちういかう》が断じて夢中の遊行では無かつた。極めて鋭敏な、且《か》つ、高等な常識を使つた計画的な殺人、強盗行為に相違無かつた事を、有力に裏書する証人なのです。もう一つ詳しく説明しますと、この中に在る宝石や紙幣の一つ一つを冷静に検査して行《ゆ》かれた貴方の指紋は、そのタツタ一ツでも間違ひなく、貴方を絞首台上に引つぱり上げる力を持つて居《ゐ》るでせう……それ程に恐ろしい唯一無上の証拠物件なのです。……ですから……コンナものを貴方が持つて居《を》られると大変な事になりますから、とりあへず私がお預かりして行《ゆ》くのです。もう間《ま》もなく、彼《あ》の特等病室の汚れた藁蒲団を、人夫が来て片付ける筈《はず》ですから、その時に私が立ち会つて、寝床の下から出て来た様にして報告して置いたらドンナものかと考へてゐる処ですが……むろん其前《そのまへ》に此中《このなか》の指紋をキレイにして置かなければ何《なに》もなりませんが……ドチラにしても死んだ人には気の毒ですが、今更取返しが付かないのですから、後《あと》はこの病院の中から、縄付きなどを出さない様にしなければなりません。すぐに病院の信用に響いて来ますからね……いいですか。……忘れてはいけませんよ。今夜の事は此《こ》の後《のち》ドンナ事があつても、二度と思ひ出してはいけない……他人に話してはならない。勿論お妹さんにも打ち明けてはいけません……といふ事を……。」

さう云ふうちに副院長は、ヂリヂリと後《あと》しざりをした。さうして扉《ドア》のノツブに凭《よ》りかかつたらしく、ガチヤリと金属の触れ合ふ音《おと》がした。

その音《おと》を聞くと同時に、ベツトの上にヒレ伏したままの私の心の底から、形容の出来ない不可思議な、新しい戦慄が湧き起つて、みる／＼全身に満ちあふれ初めた。それにつれて私は奥歯をギリギリと嚙み締めて、爪が喰ひ入る程シツカリと両手を握り締めさせられたのであつた。

しかし、それは最前のやうな恐怖の戦慄ではなかつた。

……俺は無罪だ……どこまでも晴天白日の人間だ……

といふ力強い確信が、骨の髄までも充実すると同時に起つた、一種の武者振るひに似た戦慄であつた。

その時に副院長が後手《うしろで》で扉《ドア》のノツブを捻《ねぢ》つた音《おと》がした。さうして強ひて落ち付いた声で、

「……早く電燈を消してお寝みなさい。……さうして……よく考へて御覧なさい。」

といふ声が私を押さへ付ける様に聞えた。

途端に私は猛然と顔を上げた。出て行《ゆ》かうとする副院長を追つかける様に怒鳴つた。

「……待てツ……。」

それは病院の外まで聞えたらうと思ふくらゐ、猛烈な喚《わ》めき声であつた。さう云ふ私自身の表情はむろん解らなかつたが、恐らくモノスゴイものであつたらう。

副院長は明かに胆を潰《つぶ》したらしかつた。不意を打たれて度を失つた恰好で、クルリと此方《こつち》に向き直ると、まだ締まつたままの扉《ドア》を小楯《こだて》に取るかのやうに、ピツタリと身体《からだ》を寄せかけて突つ立つた。電燈の光りをまともに浴びながら、切れ目の長い近眼《きんがん》を釣り上らして、瞬《またた》きもせずに私の顔を睨《にら》み付けた。

その真正面《まつしやうめん》から私は爆発するやうに怒鳴り付けた。

「犯人は貴様だ……キ……貴様こそ天才なんだゾツ……。」

副院長の身体《からだ》がギクリと強直した。その顔色が見る見る紙のやうに白くなつて来た。扉《ドア》のノツブに縋《すが》つたままガタガタとふるへ出してゐることが、その縞のズボンを伝はる膝のわななきでわかつた。

かうした急激の打撃の効果を、眼《め》の前に見た私はイヨイヨ勢《いきほひ》を得た。

その副院長の鼻の先に拳固《げんこ》を突き付けたまま、片膝でヂリヂリと前の方へニジリ出した。

……と同時に洪水のやうに迸り出る罵倒の言葉が、口の中で戸惑ひし初めた。

「……キ……貴様こそ天才なのだ。天才も天才……催眠術の天才なのだ。貴様は俺をカリガリ博士の眠り男みたいに使ひまはして、コンナ酷《むご》たらしい仕事をさせたんだ。さうして俺のする事を一々蔭《かげ》から見届けて、美味《うま》い汁だけを自分で吸はうと巧らんだのだ。……キツト……キツト左様《さう》に違ひ無いのだ。さもなければ……俺の知らない事まで、どうして知つてゐるんだツ……。」

「…………。」

「……さうだ。キツト左様《さう》に違ひ無いんだ。貴様は昨日《きのふ》の正午《ひる》過ぎに、俺がタツタ一人で午睡《ひるね》して居る処へ忍び込んで来て、俺に何《なに》かしら暗示を与へたのだ……否《いや》……左様《さう》ぢや無い……その前に俺を診察しに来た時から、何《なに》かの方法で暗示を与へて……俺の心理状態を思ひ通りに変化させて、こんな事件を起すやうに仕向けたのだ。さうだ……それに違ひ無いのだ。」

「…………。」

……バタリ……と床《ゆか》の上に何《なに》か落ちる音《おと》がした。それは副院長の手から、床《ゆか》の上の暗がりに辷《すべ》り落ちた、茶革の懐中《かみいれ》の音《おと》に相違無かつた。

しかし私はその方向には眼《め》もくれなかつた。のみならず、その音《おと》を聞くと同時にイヨイヨ自分の無罪を確信しつつ、メチヤクチヤに相手をタタキ付けてしまはうと焦燥《いらだ》つた。

「……さうなんだ。それに違ひ無いのだ。俺に散歩を許したのは誰《たれ》でも無い貴様なんだ。標本室の扉《ドア》の鍵をコッソリと開《あ》けて置いたのも貴様だらう、クロロフオルムの瓶《びん》を彼処《あすこ》に置いたのも貴様かも知れない。……男爵未亡人《びばうじん》を凌辱したのも貴様に違ひ無い。さうして残虐を逞ましくして茶革の懐中《かみいれ》を奪つて、俺の処へ……イヤ……イヤ……左様《さう》ぢや無い。左様《さう》ぢや無いんだ。……俺は決して嘘は云はない。俺は今夜偶然に夢中遊行を起したのだ。さうして彼《か》の室《へや》に行つて、四人の女を麻酔さして、未亡人《びばうじん》の繃帯と帯とを切つたに違ひ無いのだ。けれども、それ以上の事は何《なに》もして居《ゐ》なかつた……それ以上犯罪に属する仕事は……みんな貴様がした事なんだ。宿直員の話でも、その宝石に残つてゐる俺の指紋の一件でも、ミンナ貴様の出まかせの嘘ツパチなんだ。貴様はただ偶然に、昨日《きのふ》の昼間、標本室に這入《はひ》つて行《ゆ》く俺の姿を見付けたに過ぎないんだ。それから今夜も、歌原未亡人《びばうじん》の容態を監視するつもりか何《なに》かで、此《こ》の病院に居残つてゐるうちに、又も偶然に、俺の夢中遊行を見付けたので、あとからクツ付いて来て様子を見届けてゐるうちに思ひ付いて、スツカリ計画を立ててしまつたのだ。さうして俺が出て行つたあとでソノ計画通りにヤツツケて、一切の罪を俺に投げかけて、俺の口を閉《ふさ》がうといふ巧《たく》らみの下《もと》に、わざわざ此《こ》の室《へや》まで押しかけて来て……イヤツ……ソ……左様《さう》ぢや無いんだツ……。そ……そんな事ぢや無いんだツ……。」

私は突然に素晴らしいインスピレーションに打たれたので、片膝を叩いて飛び上つた。

私は私自身が徹底的に絶対無限に潔白である事を、遺憾なく証明し得るであらう、そのインスピレーションを眼《め》の前に、凝視したまま、躍り上《あが》らむばかりに喚《わ》めき続けた。

「……オ……俺は何《なん》にもしてゐないんだ。昨日《きのふ》の夕方から此室《このへや》を出ないんだぞツ……チ畜生《ちくしやう》ツ……コ……此《こ》の手拭は貴様が濡らしたんだ。その茶革のサツクも貴様が持つて来たんだ。さうして貴様はやつぱり催眠術の大家《たいか》なんだツ。」

「…………。」

「俺は此《こ》の事件と……ぜ絶対に無関係なんだ……。俺は貴様の巧妙な暗示にかかつて、昨日《きのふ》の午後から今までの間《あひだ》、この寝台《しんだい》の上で眠り続けてゐたんだ。さうして貴様から暗示された通りの夢を見続けてゐたんだ。夢遊病者が自分で知らない間《ま》に物を盗んだり、人を殺したりするといふ実例を貴様から話して聞かせられた……その通りの事を自分で実行してゐる夢を見続けてゐたのだ。さうして丁度いい加減の処で貴様から眼《め》を醒《さ》まさせられたのだ……それだけなんだ。タツタそれだけの事なんだ……。」

「…………。」

「しかも、そのタツタそれだけの事で、俺は貴様の身代りになりかけてゐたんだぞ。貴様がした通りの事を、自分でした様に思ひ込ませられて、貴様の一生涯の悪名《をめい》を背負ひ込ませられて、地獄のドン底に落ち込ませられかけてゐたんだぞ。罪も報いも無いまんまに……本当は何《なに》もしないまんまに……エエツ。畜生《ちくしやう》ツ……。」

私の眼《め》が涙で一パイになつて、相手の顔が見えなくなつた。けれども構はずに私は怒鳴り続けた。

「……ええつ……知らなかつた……知らなかつた。俺は馬鹿だつた。馬鹿だつた。貴様が俺に夢遊病の話をして聞かせた言葉のうちに、こんなにまで巧妙な暗示が含まれてゐようとは、今の今まで気が付かなかつた。エエツ……この悪魔……外道《げだう》ツ……。」

私は此処《ここ》迄云ひさすと堪まらなくなつて、片手で涙を払い除《の》けた。

さうして、なほも、相手を罵倒すべく、カツと眼《め》を剝き出したが……そのままパチパチと瞬《また》きをして、唾液をグツと呑み込んだ。呆れ返つた様に自分の眼《め》の前を見た。

何時《いつ》の間《ま》に取り上げたものか、私の松葉杖の片ツ方が、副院長のクシヤクシヤになつた髪毛《かみのけ》の上に振り翳《かざ》されてゐる。二股になつた撞木《しゆもく》の方が上になつて、両手で握り締められたままワナワナと震へてゐる。……その下に、全く形相の変つた相手の顔があつた。……放神《はうしん》したやうにダラリと開《ひら》いた唇、真赤に血走つたまま剝き出された両眼《りやうがん》、放散した瞳孔、片《かた》跛《びつこ》に釣り上つた眉。額《ひたひ》の中央にうねうねと這《は》ひ出した青すぢ……悪魔の表情……外道の仮面……。

その上に振り上げられた松葉杖のわななきが、次第々々に細かい戦慄にかはつて行つた。今にも私の頭の上に打ち下《おろ》されさうに、みるみる緊張した静止に近づいて行《ゆ》くのを私は見た。

私はその杖の頭を見上げながら、寝床の上をギリギリと後《あと》しざつて行つた。片手をうしろに支へて、片手を松葉杖の方向にさし上げながら、大きな声を出しかけた。

「助けて下さアーーイ」

……と……。けれども其《その》声は不思議にも、まだ声にならないうちに、大きな、マン丸い固りになつて、咽喉の奥の方に閊《つか》へてしまつた。

……何秒か……何世紀かわからぬ無限の時空が、一パイに見開《みひら》いてゐる私の眼《め》の前を流れて行つた。

…………………………………………………………。

「……お兄《にい》さま……お兄様、お兄様……オニイサマつてばよ……お起きなさいつてばよ……。」

……………………………………………………………。

……私はガバと跳ね起きた。……そこいらを見まはしたが、ただ無闇に眩《まぶ》しくて、ボーーツと霞んでゐるばかりで何《なに》も見えない。その眼《め》のふちを何遍も何遍も拳固《げんこ》でコスリまはしたが、擦《こす》ればこする程ボーーツとなつて行つた。

その肩をうしろから優しい女の手がゆすぶつた。

「お兄様つてば……あたしですよ。美代子ですよ。ホホホホホ。モウ九時過ぎですよ。……シツカリなさいつたら。ホホホホホホ。」

「…………。」

「お兄様は昨夜《ゆふべ》の出来ごと御存じなの……。」

「……まあ呆れた。何《なん》て寝呆助《ねぼすけ》でせう。モウ号外まで出て居《ゐ》るのに……オンナジ処に居《ゐ》ながら御存じないなんて……」

「…………。」

「……あのねお兄様。あのお向ひの特等室で、歌原男爵の奥さんが殺されなすつたのよ。胸のまん中を鋭い刃物で突き刺されてね。その胸の周囲《まはり》に宝石やお金が撒き散らしてあつたんですつて……おまけに傍《そば》に寝てゐた女の人達はみんな麻酔をかけられて居《ゐ》たので、誰《たれ》も犯人の顔を見たものが居《ゐ》ないんですつてさ。」

「…………。」

「……ちやうど院長さんは御病気だし、副院長さんは昨夜《ゆふべ》から、稲毛《いなげ》の結核患者の処へ往診に行つて、夜通し介抱して居《ゐ》なすつた留守中の事なので、大変な騒ぎだつたんですつてさあ。犯人はまだ捕まらないけど、歌原の奥さんを怨んで居《ゐ》る男の人は随分多いから、キツトその中《うち》の誰《たれ》かがした事に違ひ無いつて書いてあるのよ。妾《わたし》その号外を見てビツクリして飛んで来たの……。」

妹の声が次第に怖《おび》えた調子に変つて来た。

すると其《その》向うからモウ一つ大きな、濁つた声が重なり合つて来た。

「アハハハハハハ。新東さん。今帰りましたよ。あつしも号外を見て飛んで帰つたんです。ヒヨツトしたら貴方《あなた》ぢやあるめえかと思つてねアハハハハハ。イヤもう表の方は大変な騒ぎです。さうしたら丁度玄関の処でお妹さんと御一緒になりましてね……ヘヘヘヘ……これはお土産《みやげ》ですよ。約束の紅梅《こうばい》焼《やき》です。お眼ざましにお二人でお上んなさい。」

「……アラマア……どうも済みません。お兄さまつてば、お兄さまつてば、お礼を仰有《おつしや》いよ。こんなに沢山いいものを……まだ寝ぼけて居《ゐ》らつしやるの……。」

「アハハハハ……ハ。又足の夢でも御覧になつたんでせう……。」

「……まあ……足の夢……。」

「ええ。さうなんです。足の夢は新東さんの十八番《おはこ》なんで……ヘエ。どうぞあしからずつてね……ワハハハハハハ。」

「マア意地のわるい……オホホホホ……。」

「……………………。」

霊　感！

――これは外国のお話――

「ゲーツ。ゲーツ。ガワ〳〵〳〵〳〵」

といふ嘔吐の声が、玄関の方から聞えて来た……と思ふ間もなく看護婦が

「……先生……先生……急患です……」

と叫びながら薬局を出て来る気はひがした。ドクトル、オルデスオル、パーポンは顔を上げた。夕食前の閑つぶしに読んでゐた小説を、太鼓腹の上に伏せて、片手で美事な禿げ頭をツルリと撫で上げながら、大きな欠伸《あくび》を一つした。

「アーツ。ウハフハフハ〳〵フイツト……と……何だらう一体……嘔きよるらしいが……まだ虎列拉《コレラ》の出る時候ぢや無いやうだが……」

こんな独言を云つてゐるうちに患者はもう、看護婦の先に立つて、診察室の入口まで来て立ち止まつたが、其の姿を見ると、流石の老医パーポン氏も、思はず小説の読みさしを取り落して、肱掛椅子から立ち上つた。

その患者は刈り立ての頭をピツタリ二ツに分けて、仕立卸しのフロックに縞ズボンといふ、リウとした礼服姿をしてゐたが、どうしたものか、顔の色が瀬戸物の様に真青で、眉が垂直に逆立つて、血走つた両眼が鼻の附け根の処へ一つになるほど引き付けられてゐる。鼻から下は白いハンカチでシツカリと押へられてゐるので様子がわからないが、その形相の恐ろしさといふものは、トテモ人間とは思へない。サタンの死に顔か、メヂユサの首かと思はれる乱脈な青筋を顔一面に走り出さしたまゝ、手探りをするやうにしてドクトルの椅子の方へソロリ〳〵と近付いて来るのであつた。

椅子から立ち上つたパーポン氏は余りの恐ろしさに膝頭をガク〳〵と震はした。生命あつての物種といふ恰好で、横の手術室の扉の方へ逃げ出さうとしたが、患者はヒンガラ眼のまゝ気が付いたらしく、片手をあげて制し止めたので、それも出来なくなつた。さうして患者が無言のまゝ指し示すまに〳〵元の肱掛椅子の中へ、オツカナビツクリ腰を卸させられたのであつた。

それを見ると患者は安心したらしかつた。片手を幽霊のやうにブラ下げたまゝフラ〳〵とパーポン氏の前に蹌踉《よろ》めき寄つて来て、心持ちだけお辞儀をするやうにグラ〳〵と頭を下げた。さうして鼻から下を蔽ふたハンカチを取り除けて、恐

ろしく大きく……河馬のやうにアングリと開いた口を指して見せながら、何やら云ひ度げに眼を白黒さしてゐたが、忽ち、

「アウ〳〵〳〵〳〵……」

と奇声を発したと思ふと、又もはげしい嘔気《はきけ》に襲はれたと見えて、

「ゲヱ〳〵〳〵。ガワ〳〵〳〵〳〵」

と夥しい騒音を立てた。口のまはりをハンカチでシツカリと押へ付けて、額から滝のやうに汗を流し初めるのであつた。

ドクトル、パーポン氏は其の顔を凝視したまゝ、一寸の間呆気に取られてゐたが、間もなく訳がわかつたと見えて、鼻の穴から長い呼吸を吐き出した。さうしてやう〳〵血色を恢復した顔を平手でクル〳〵と撫でまはすと、腹を抱へて笑ひ出した。

「アハヽヽヽヽ。さうですか〳〵。やつとわかりました。貴方は顎を外されたのですね。……それで嘔気が付いたのですね」

患者は懸命に苦しみながら何度も〳〵うなづいた。ドクトルも一所にうなづいた。

「さうですか〳〵、アハヽヽヽ。イヤ……ビツクリしましたよ。あなたの様にヒドイ嘔気が付いた方は初めて見たものですからね。アハ〳〵〳〵。イヤ。笑つては失礼でしたね。サア椅子に腰をお掛けなさい……サアどうぞ……」

先刻から患者のうしろにポカンと突立つてゐた看護婦も、此時やつと安心したらしく、小さなタメ息をしい〳〵患者の尻に椅子を当てがつた。

「サア。モツト此方へお寄りなさい。貴方はトテモ幸運な方ですよ。顎をはめる手術にかけては憚りながら此の私は世界一の名人を以て自ら任じてゐる者ですからね。……イヤ。冗談ではありません。タツタ今其の証拠をお眼にかけます。私独特のステキな秘伝があるのですからね……サア。安心してモツト此方へお寄りなさい。サウ〳〵……さうしてハンカチをお取りなさい。……オイ〳〵……お前は何をボンヤリ其処に突立つとるのか。……早くお客様に差し上げる紅茶を持つて来んか。熱いのをすぐに持つて来い。……それからお嗽《うが》ひの水も……塩をすこし余計に入れてナ……ヱ、カ……すぐに持つて来るんだぞ」

から云つて看護婦を叱り飛ばすと、ドクトルは今までと打つてかはつた得意満面の態度で、白い診察服を二ノ腕までマクリ上げた。患者のヌル〳〵した涎だらけの唇の左右へ、拇指を容赦なくグイ〳〵と突込んで、左右の顎の骨を両手で力強く引つ摑んだが、そのまゝ患者のヒンガラ眼を覗き込むやうに睨み付けると、室中に響き渡るやうな大きな声で怒鳴り付けた。

「……あなたは何といふ馬鹿ですか。……立派な礼服を着てゐながら、何だつて顎を外すやうなヘマな事をしたんです……ヱ、ツ……此の大馬鹿野郎の、大間抜け奴がアツ」

患者はこれを聞くと血走つた白眼をグル〳〵と回転さした。ビツクリしたが上にもビツクリしたらしく、青い顔を一層青くしてドクトルの顔を睨み返しながら、物云ひたげに舌の先を震はしたが、彼の時遅く此の時早く、老ドクトルが「ハツ」と気合ひをかけながら、両手で摑んだ下顎を力一パイ突き上げたので……ガチーン……と音を立てゝ患者の奥歯がブツカリ合つた。……と思ふと其の次の瞬間にはピツタリと閉まつた口の上をハンカチで蔽ふた患者が、今にも気絶しさうに眼を閉ぢたまゝ、涙をポロ〳〵と流してゐた。

「アハヽヽヽ。どうです御気分は……もう嘔気は無くなつたでせう。誰でも顎を外すと、舌圧器で押へ付けられたのと同様の作用を舌の根の筋肉に起して、多少の嘔気を催すものですがね。しかし貴方の様に猛烈なのは珍らしいですよ……全く……ハツ〳〵〳〵〳〵……」

　から云ひながら老ドクトルが室の隅で手を洗つて帰つて来ると、患者はやつと眼を開いて眼の前の空間を見まはした。さうして看護婦が持つて来た塩水で恐る〳〵含嗽《うがひ》をして、すゝめられるまに〳〵熱い紅茶を一杯飲み終つたが、やつと気が落ち付いたらしく、口の周囲を拭ひまはしながらソロ〳〵と顔を上げた。見ると最前の恐ろしい形相はあとかたも無くなつて居るばかりでなく、いかにも人なつゝこさうな二十二三の美青年で、相当の教養を持つてゐる事が一眼でわかる眼鼻立ちであつたが、タツタ今老ドクトルに罵倒された驚きが未だ消えぬかして、如何にも不思議さうに眼を瞭《みは》つたまゝ口をモゴ〳〵させてゐるのであつた。その顔を見下しながら老ドクトルは大得意の体で椅子の上に反り返つた。

「ハヽヽヽ。イヤ。顎の外れたのは生命に別条はありませんが案外苦しいものでね。おまけに一度外れると又外れ易いものですから、これから余程気をお付けにならんと、いけませんよ。たとへば大きな欠伸をするとか、クシヤミをするとか云ふ時には御注意をなさらんといけません。特に只今はドンナ原因でお外しになつたものか存じませんが、此の次に又、今度と同じ様な事をなさる時には特に御注意が必要ですよ。前に外れた時と同じ動作を顎にさせると、何の苦もなく外れる事が多いのですからナ……尤も片手で、それとなく顎を押へてお出でになれば大丈夫ですがね……ハヽヽ……処で如何です……紅茶をもう一ツ……」

「……ハ……ハイ……」

　と青年はやつと頭を下げて返事をしかけたが、そのまゝ生《なま》唾液《つば》を嚥み込むと、まだ口を利くのが怖いといふ風に舌なめづりをしい〳〵其処いらを見まはした。さうして室の中に誰も居ない事がわかると今一度、不思議さうにドクトルの顔を見直しながら、オヅ〳〵と唇を動かした。

「……私は……もう二度と……コンナ眼に会つて……顎を外さうとは思ひませぬ」

「ハハア……成る程……それでは乱暴者にでもお会ひになり

ましたので……」

「イヤ其様なノンキな事では御座いません」

「……では大きな欠伸《あくび》でも……」

「イヤ〱。欠伸でもクサメでも何でもありませぬ」

「ホヽー。それは妙ですナ。今までの私の経験によりますと顎を外した原因といふのは大抵欠伸か、クサメか、大笑ひか、喧嘩なぞで、その以外にはラグビー、拳闘、自動車、電車の衝突ぐらひに限られてゐるのですが……そんな事でも無いのですナ……成る程……して見ると余程、特別な原因で顎をおはづしになつたのですな……それでは……」

青年は老ドクトルからこんな風に問ひ詰められて来れば来る程、イヨ〱その驚ろきを増大させて行くらしかつた。さうして終ひには口を噤《つぐ》んだまゝ、眼をまん丸く瞠《みは》つて相手の顔を凝視し初めたので、老ドクトルは又もクシヤ〱と顔を撫でまはさなければならなくなつた。

「いつたい夫《それ》では……ドンナ原因で顎をお外しになつたのでせう」

……」

しかし青年は急に返事をしなかつた。なほもマジ〱と大きな瞬たきを続けてゐたが、やがて何事かを警戒するやうに恐る〱問ひ返した。

「……ヘヱ……それぢや先生は……今朝からの出来事をまだ御存じないので……」

「ハア……無論ドンナ事か存じませんが……第一貴方のお顔もタツタ今始めてお眼にかゝつた様に思ふのですが……」

「……ヘヱ……それぢや今朝の新聞に載つて居ります私の写真も、まだ御覧になりませぬので……」

「ハア……無論見ませぬが……。元来私は新聞といふものを此の十年ばかりと云ふもの一度も見た事が無いのです。此頃の新聞といふものは、社会の腐敗堕落ばかりを報導して居りますので、古来の美風良俗が地を払つて行くやうな感じを毎日受けさせられるのが不愉快ですからね。思ひ切つて読まない事にしてしまつたのです。ですから……」

「……チヨツトお待ち下さい」

と青年は片手をあげて滔々と迸りかけた老ドクトルの雄弁を遮り止めた。

「……でも……人の噂にでもお聞きになりましたでせう。近頃大評判の「名無し児裁判」といふのを……」

「……ところがソンナ評判もまだ聞かないのです。……実を申しますと私は、留学中の倅が帰つて来るまで、ホンノ看板つなぎに開業して居りますので、往診といふものを一切やりませんからナ。世間の噂なぞが耳に這入る機会は極めて稀なのですが……」

「ヘヱ――……それでは最前あなたが私をお叱りになつて……「礼服を着ながら顎を外す、大馬鹿野郎の大間抜け」と仰言つたのは……アレはイツタイ……」

「アツハツ〱〱。あれですか。アツハツ〱〱」

と老ドクトルは半分聞かないうちに吹き出した。腹を抱へて、反りかへつて、シンから堪まらなさうに全身を揺すり上げて笑ひつゞけた。

「アツハツ〳〵〳〵。あれは何でも無いですよ。ワツハツ〳〵〳〵」

それを見るに青年は、もう不思議を通り越して気味が悪いといふ顔になつた。さうして魘《おび》えたやうに唇をわなゝかしつゝ切れ〴〵に云つた。

「私は……あのお言葉を聞きました時に……それではもう……私の身の上はもとより……ツイ今さつき私の身の上に起つた……前代未聞の怪事件までも御存じなのかと思つて、胸に釘を打たれた様に思つたのですが……私は、お言葉の通りの大馬鹿野郎の大間抜けだつたのですから……」

「アハ、、、、。イヤ。それはお気の毒でしたね。ハツ〳〵〳〵。私は何の気もなく云つたのですが……実を申しますとアレは私が顎をはめる秘伝になつて居りますのでネ」

「ヘヱ……患者をお叱りになるのが、顎をはめる秘伝……」

「さうなんです。要するに何でも無いのですよ。すべて顎の外れた患者を癒すのに、患者が「今顎をはめられるナ」と思ふと、思はず顎の筋肉を緊張させるものなのです。さうするとナカ〳〵うまく這入りませんので、何かしら患者をビツクリさせるやうな事を云つて、顎の事を忘れさせた一瞬間にハツと気合ひをかけて入れてしまふのです。これは尾籠なお話ですが脱腸を押し込む時でも同様で、患者にお尻の事を気にかけるなと云つても、指が脱腸に触れると、ドウしてもお尻の穴の周囲に在る括扼筋を引き締めるのです。ですから、トンチンカンなお天気の話なぞをしかけて、患者が変に思ひながら窓の外を見たりしてゐるうちに押し込むと、他愛もなくツルリと這入るのです。これは永年の経験から来た秘伝なので……決してあなたを罵倒した訳ではありませんから……どうぞ気を悪くなさらないで……」

「イヤ……そんな訳ではありませんが……」

と云ひながら青年は如何に感心したらしく長い、ふるへた深呼吸をした。

「ヘヱ――……成る程……それならば不思議は御座いませぬが……実は私が顎を外しましたのはツイ此の向ふの地方裁判所の法廷なので、しかもタツタ今先刻の事でしたから、もう、それがお耳に這入つたのかと思つてビツクリしたのですが……」

「ヘヱーツ」

と今度はドクトルがアベコベにビツクリさせられたらしくグツト唾液を嚥み込んで眼を丸くした。

「……あの裁判所で……しかも法廷で顎を外されたのですか……」

といふうちに、如何にも好奇心に馳られたらしく身を乗り出した。すると青年も、何かしら急に気まりが悪くなつたらしく、ハンカチで顔を拭ひまはしながらうなづいた。

「さうなんです……私は、私が関係して居りました長い間の訴訟事件が、今すこし前にヤツトの事で確定すると同時に顎を外してしまつたのです。……否……私ばかりではありません。恐らく世界中のどなたでも、私と同様の運命に立たれましたならば、顎を外さずには居られないであらうと思はれる出来事に出合つたので御座います」

「ハハア——ツ」

とドクトルは愈々面喰らつた顔になつた。小さな眼をパチ〳〵させながら身を乗り出して、椅子の端からズリ落ちさうになつた。

「ヘヱヱツ。それはイヨ〳〵奇妙なお話ですナ。法廷と云へば教会と同様に、此の地上に於ける最も厳粛な、静かな処である可き筈ですが……そんナ処で顎を外されるやうな場合があり得ますかナ」

「ありますとも……」

と青年は断然たる口調で答へた。

「……此の私が何よりの証拠です。……尤もこんな事は滅多にあるものでは無いと思ひますが……」

「なるほど……それは後学の為に是非ともお伺ひし度いものですが……治療上の参考になるかも知れませんから……」

青年は老ドクトルからかう云はれると、又も耳のつけ根まで真赤になつて、さしうつむいてしまつた。さうして上眼づかひにチラ〳〵とドクトルの顔を見上げたが、やがて悲し気に眼をしばたゝいた。

「ハイ。私も実は此の事を先生にお話しゝたいのです。さうして適当な御判断を仰ぎ度いのですが……しかし……私が此事を先生にお話した事が世間に洩れますと非常に困るのです。ハルスカイン家……彼女の家と、イグノラン家……私の家の間に絡まるお恥かしい秘密の真相が、私の口から他に洩れた事がわかりますと……」

「イヤ……それは御心配御無用です。断じて御無用です」

と云ひながら老ドクトルは、いつの間にか昂奮してしまつたらしく自烈度《じれつた》さうに拳固を固めて両膝をトン〳〵とたゝいた。

「その御心配なら絶対に御無用に願ひ度いものです。患家の秘密を無暗に他所で饒舌《しやべ》るやうでは医師の商売は立ち行きませんからね」

青年はこれを聞くとやう〳〵安心したらしかつた。組んでゐた腕をほどいて深呼吸を一つすると、ドクトルの顔を正視しながらキツパリと云つた。

「それではお話し申します。実は私が顎を外した原因といふのはアンマリ呆れたからです」

「ヱヽツ……呆れて……顎を外したと仰言るのですか」

「さうです。私は「呆れて物が言へない」といふ諺は度々聞いた事がありますが、呆れ過ぎて顎が外れるといふ事は夢にも知りませんでしたので、ツイうつかり外してしまつたのです」

「へへ――ツ。それは又どんなお話で……」

「ハイ。それはもう今になつて考へますと、かうやつて、お話しするさへ腹の立つくらゐ、馬鹿々々しい事件なのですが……しかし先生は今、お忙がしいのぢやありませんか」

「イヤ〳〵。私が忙がしいのは朝の間だけです。夕方は割合ひに閑散ですからチツトモ構ひません」

「さやうで……それではまあ、掻い摘まんで概要だけお話しするとかうなんです」

青年はこゝで看護婦が持つて来た紅茶を一口啜つた。さうして、さも恥かしさうに耳を染めながら、うつむき勝ちにポツリ〳〵と話し出した。

(1)

……先生は何事も御存じないやうですから最初から残らずお話し致しますが、最近此の町で大評判になつてゐる「名無し児裁判」といふ事件が御座います。

その「名無し児裁判」といふのは、全世界の裁判の歴史を引つくり返しても前例が一つも無いといふ世にも恐ろしい、不可思議な事件なのですが、併し、この事件の女主人公のレミヤ、ハルスカインと申しますのは、何の恐ろしさも不思議さも無い良家の令嬢で御座いまして、たゞその姿と心が、あんまり女らしくて優し過ぎるのが此事件の恐ろしさと不思議さを生み出す原因になつてゐるのでは無いかと、考へれば考へられる位のことで御座います。

レミヤの両親は御承知かも知れませんが、此の町から十里ばかりの山奥に住んで居ります素封家で、ハルスカインと名乗る老夫婦の間に生まれた一人娘なので御座いますが、さうした世間の実例に洩れず、老夫婦のレミヤの可愛がり様といふものは一通りや二通りでは御座いませんでした。人の噂によりますと、蝶よ花よは愚かな事、ゴムのお庭に水銀の池を湛へむばかり……出来る事ならイエス様を家庭教師にしてマリヤ様を保姆《ほぼ》にし度い位だつたさうで、在らん限りの手を尽して育てました甲斐がありましたものか、レミヤはだん〳〵と生長するに連れて、実に絵にも筆にも描けない美しい姿と、指のさし様も無い柔順な心を持つた娘になつて参りました。さうして、両親の大自慢の中に、十七の花の齢を重ねたのがチヤウド一昨々年の事で御座いました。

レミヤは実に、世にも比ひの無い天使の生れがはりで御座いました。その心も「否《ノー》」といふ言葉を知らないのかと思はれるくらゐ柔和で、両親の言葉に反いた事が生れて一度も無いばかりでなく、女一通りの学問や、手仕事の勉強は申すも更らなり、毎朝、毎夜のお祈りや、あの固くるしい、長たらしい説教やお祈りをする天主教会への日曜毎の参詣を、物心ついてから一度も欠かした事が無いので、年老いた僧正様から「娘のお手本」と賞め千切られる程の信心家で御座いました。

ハルスカイン老夫婦の娘自慢が、それにつれて、親馬鹿式の宇頂天にまで高まつて行つた事はお話し申し上げる迄も御座いますまい。毎日一着を占める優良馬でも、彼れ程には大切にかけられまいと噂される位で御座いましたが、それにつきましても老夫婦が、自分達の老い先の短かい事が日に増しわかれば解かるほど……又はレミヤの評判が日を逐ふて高まれば高まるほど……出来るだけ早く良い婿を選んで、娘と財産を預け度い。安心して天国へ行き度いとあくがれ願ひます心も亦、さうした世間の例に洩れませんでしたので、しかもレミヤの美しさと、其の財産の大きさが世間並外れて居りましたゞけに、さうした心配も世間並を外れてゐた訳で御座いませう。まだレミヤが年頃にならぬ中から、八方に手をひろげて、及ぶ限りの手段をつくして探し廻はつたのですが、サテ探すとなるとナカ〳〵思ひ通りに目付からないのが一人娘の婿養子ださうです。……わけても此の両親の註文といふのは、あらん限りの贅沢を極めたもので、娘と同等以上の姿と心を持つた男といふのですから到底当世の世の中に見つかるものでは御座いますまい。第一、ハルスカイン老夫婦が知つてゐる限りの若い男で、レミヤ嬢に恋文を贈らない者は一人も居ないと云ふのですから遣り切れませせぬ。中には図々しくも直接行動に出て、花束を片手にハルスカイン山荘の玄関に立つた為めに、ハルスカイン老人からステッキを振り廻はされて、這々の体で逃げ帰つた者も尠くないといふ有様で御座いました。

ところが此処に唯一人……否……タツタ二人だけ、レミヤ嬢に花束も恋文も送らない青年がありました。それは老ハルスカイン氏の死んだ兄の息子たちで、レミヤの従兄に当るイグノラン兄弟……すなはち私たち二人で御座いました。

(2)

私たち兄弟は元来、従妹のレミヤと幼友達になつてゐた者でしたが、其の後仔細がありまして、家族全部が都に出ると間もなく、流行病の為めに両親を喪ひまして私達兄弟は天涯の孤児となつてしまひました。しかし僅かばかり残つた財産がありましたから、それを便りにして仲よく勉強を続けて居りますと、やつと一昨年の春、揃つて商科大学の課程を終りましたので、直ぐに奉公口を探す可く此町《この》に遣つて来たもので御座います。……ですから無論レミヤの評判は二人とも知り過ぎる位よく知つて居たので御座いますが、それにも拘はらず二人が二人ともレミヤに手紙一本出さず、訪問もしなかつた……といふ事につきましては世にも恐ろしい理由があつたので御座います。

……と申しました丈けではお解りになりますまいが……何をお隠し申しませう。私共、アルマ、マチラの兄弟は生まれ落ちるとからの双生児で、私の方が後から生まれました為めに、今までの習慣に従つて、仮りに兄貴と名乗つて居るには居るので御座いますが実は揃ひも揃つた瓜二つで、声から、眠る時間から、学校の成績から、ネクタイの好みまで、弟のマチラと一分一厘違はない。たゞ違ふところは弟の方が私よりもホンノ少しばかりセツカチといふ丈けですから、誰が見たとて区別が付く筈はありませぬ。向ひ合つて議論したりして居るうちに、自分が自分を攻撃してゐるやうな妙な気持ちになつて、同時に笑ひ出すやうな事も度々あつた位で御座います。ですから万一私共が一度でもレミヤの姿を見ましたならば最後、キツト二人とも夢中になつて終ふに違ひ無い。さうして猛烈な争ひを初めて、今迄の友情をメチヤ〳〵に打ち毀して終ふにきまつてゐる。のみならず、たとひ万一一方が敗けてレミヤを譲る事になつたとしても、あとから一方の姿に化けて、隙を見てレミヤを誘拐するか、又は一方を殺して置いて、正当防衛を主張するのは何の雑作も無い話で、つまる処はレミヤを世界一の不倖な、恐しい境界に陥れる結果になる事が最初からチヤント解かり切つて居るのです。

私共は……ですから……初めから約束をしまして従妹のレミヤの事は夢にも思ふまい。レミヤの両親の叔父叔母達へも手紙を出さないのは無論の事、自分達の居所も知らさない様にしよう。さうして吾々兄弟は、イクラ間違つても罪にならない位よく肖《に》た双生児の娘を二人で探し出して、同じ処で、同じ日に結婚の式を挙げよう……と云ふ事に固い約束をきめて居たのです。

けれども先生……世の中といふものは思ひ通りに行かないものですね。私たち兄弟のかうした申合はせは、却つて正反対の結果を招く原因となつてしまつたのです。……と申しますのは外でもありませぬ。叔父達老夫婦は前にも申しました通りの熱心さで、色々と婿の候補者を探しまはつたのですが、どうしても思ふ通りの青年が見つかりませぬ。そのうちに一年は夢のやうに経つてレミヤは十八の嫁入盛りになる。自分達の寿命は間違ひ無く一年だけ縮まつたといふので、気が気で無いまゝに、閑さへあれば夫婦で額を鳩《あつ》めて婿探しの工夫を凝らして居りますうちに、叔父と叔母とのドチラが先に気が附くともなく、私たち二人の事を思ひ出したのださうです。

叔父と叔母は私達兄弟が極めて近い親類でありながら……しかも二人ともレミヤの幼友達でありながら、一度もレミヤに手紙を出した事が無い……のみならず学校を出てから後の居所も知らさないで居る事を、其の時初めて気付いたのださうです。さうして夫れと同時に私達二人の心づかひと、兄弟仲の親しさを、察し過ぎるくらゐ察してしまひましたので、其の感心のしやうと云ふものはトテモ尋常では無かつたさうで御座います。二人が同時に涙を一パイ溜めた顔を見合はせ

て
「二人が双生児で無かつたらネヱ。アナタ」

「ウーム。アルマチラと名乗る一人の青年だつたらナア」

と同じ事を云ひながら、長い〳〵ため息を吐いたと、後でレミヤが話して居りました。

レミヤの話によりますと叔父夫婦はそれから後といふものは、その事ばかりを繰り返し〳〵云つて愚痴をこぼして居たさうです。

「ドツチでもいゝから一人、自動車に轢かれて呉れないかナア」

なぞとヒドイ蔭口を云つた事もありましたさうで……。

「お前はアルマとマチラとどつちが好きなのかい？」

とレミヤに尋ねた事も一度や二度では無かつたさうです。けれどもレミヤは何時も顔を真赤にして、

「どちらでも貴方がたのお好きな方を……妾にはわかりませんから……」

と答へたさうですが、これはレミヤの云ふのが本当で、そんな下らない事をきく両親の方が間違つて居ります。私と弟のドチラがいゝかと云ふ事は神様でもきめる事が出来ないのですから……。

けれども、そこが老人の愚痴つぽさと云ふもので御座いませうか。叔父夫婦は、それから後といふもの考へれば考へる程、娘の婿として適当な人間は私達二人以外に無いやうにシミ〴〵と思はれて来るのでした。申すまでも無く叔父達夫婦のさうした気持ちの中には、今までに手を尽して探しあぐんだ苦労づかれも交じつて居たらうと思はれるのですが、せめてドチラかに鵜の毛で突いた程でもいゝから欠点がありはしまいか。あつたらそれを云ひ立てに、片つ方を落第させて遣らうといふので、私達兄弟の事を念入りに探らせてみたのですが、探らせれば探らせるほど其の報告がコンガラガツてしまつて、ドチラがドウなのかサツパリ解からなくなります。……のみならずさうした報告を聞けば聞く程、兼ねてから娘の婿として、空想してゐた通りの若者に二人が見えて来ますので、老夫婦はもう夜の眼も寝られぬくらゐ悩まされ初めたものださうです。……骰子コロ投げやトランプ占ひ式の残酷な方法で二人の中から一人を選み出すやうな事は、娘が信心する神様の御名にかけて出来ないし、それかと云つて昔物語にある様に、娘を賭けて競争をさせる様な野鄙《やひ》な事もさせられない。……又、よしんば何とかした都合のよい方法で、二人の中の一人を選み出す事が出来たにしても、取り残された一人の慰め様が無いので……事によると、これは神様が娘のレミヤを生涯独身で暮させようと思し召す体徴《しるし》ではあるまいか……といふ様な取越苦労が、次から次に湧いて来るので、その悩まされやうと云ふものは並大抵で無かつたさうです。

さうして老夫婦はたゞ此事ばつかり苦にした為めに見る〳〵うちに眼のふちが黒ずんで、隅々の皮がたるんで、衰弱に衰

弱を重ねて行つたあげく、一昨年の秋の初め頃、二人とも聊かの時候の変化に犯されたが原因で、相前後して天国へ旅立つてしまひました。しかも二人が二人とも、死ぬが死ぬまで、枕元に集まつてゐる親類たちの顔を見まはして、

「何とかしてアルマとマチラの二人の中から娘の婿を選んで下さい。これは神様の思し召しですから……娘の行く末をお頼み申します」

「あなた方の智恵にお縋りします。……」

と繰り返して遺言をしながら、息を引き取つたと云ふのです。

(3)

自分の為めに両親の寿命を縮めたレミヤの歎きは申すまでもありませぬが、それよりも何よりも、差し詰め困つてしまつたのは、後に残つた親類たちでした。世の中に厄介と云つてもこれ位厄介な遺言は無いので、如何に智恵者が寄り合つたにしてもモト〳〵不可能な事は、永久に不可能にきまつてゐるのです。併し左様かと云つて、さしもの大財産と、妙齢の一人娘を、放つたらかし置く訳にも行かないと云ふので叔父達夫婦の葬式が済んだ後に開かれた親類会議が、何度も〳〵行き詰まつたり、後戻りをしたりしましたが其のあげく、とう〳〵思案の行き止まりに誰かがこんな事を云ひ出しました。

「……これは寧《い》つその事、思ひ切つて、アルマ、マチラの二人を呼び出して、同時にレミヤに引き合はせた方が早道になりはしまいか。さうして三人でトツクリと相談をして、二人の中の一人を選む方法を決定させたらどんなものだらうか。今までの話のやうに第三者の吾々が選むとなるとドツチにしても不都合な点が出来て、怪しからぬ状態に陥り易いが、三人が得心づくで決める事なら、別に不公平にも不道徳にもならぬでは無いか、怪しかりやうがないではないか。さも無くともイグノラン兄弟は此頃音信不通になつて居るには居るらしいが、実を云ふと故人夫婦に一番近しい親類だから、此際ハルスカイン家の不幸を通知するのが当然の事では無いか。レミヤ嬢にお悔みを云はせるのが至当では無いか」

……と……。これを聞きますと親類たちは皆、救け船に出会つた様に喜びました。さうして言葉の終るのを待ち兼ねて

「成る程それはステキな名案だ」

「どうして今まで其処に気付かなかつたらう」

「故人夫婦も、それに異存は無いだらう」

「いかにも夫《そ》れがいゝ……賛成々々……」

といふので、即座に満場一致の可決といふ事になりました。

私達兄弟が予想して居りました危険な運命は、かうして叔父叔母の死によつて、思ひがけも無く眼の前の事実となつて押し寄せて来たのです。「ハルスカイン家の最近い親類」と

いふ理由の下に、親類会議の代表者から否応なしに引つぱり出されて、ハルスカイン家の祭壇の前で、無理やりに久し振りの挨拶を交換すべく余儀なくされましたレミヤと私達兄弟はタツタ一眼でもう、絶対の運命に運命づけられてしまつたのです。お互ひに永劫の敵となつて一人の女性を争ふ可くスタートを切らせられてしまつたのです。さうして夫れからといふものは三人が三人とも、ハルスタイン家の別々の室に住んで、夜は別々に寝て、昼間は一ツ室で睨み合ひながら、味も臭ひもわからない山海の珍味を、三度々々嚥み込まなければならなくなつたのです。

その間の恐ろしさと、悩ましさといふものはトテモ局外者の想像の及ぶ処では御座いますまい。私達兄弟はお互ひに、お互ひの気持を知り過ぎる位知り合つてゐるのです。相手の心がソツクリ其のまゝ自分の心なのですからドウにもカウにも仕様が無いのです。殺し合ふ事も出来なければ逃げ出す事も出来ませぬ。又レミヤはレミヤで二人の心を、恋人の敏感さで見透かしながらも、何方を何様する事も出来ないといふやうな、此世に又とない苦しみに囚はれてしまひましたので、その為めに三人が三人共、行く末の相談どころで無く、口を利き合ふ事すら出来ない……さながらに生きながら地獄に堕ちたやうな有様になつてしまひました。

中にもレミヤは同じ姿と、おなじ心と姿の恋人が二人眼の前で睨み合つて居るといふ、夢のやうな恐ろしい事実に、死ぬ程悩まされましたせゐか、葬儀が済んでから一週間も経たぬうちに見る眼も気の毒なくらゐ瘠せ衰へてしまひました。さうしてドツと病床に就いてお医者様のお見舞ひを受けるやうになりましたが、喰べ物はもとよりの事、お薬も咽喉に通らないといふ弱りやうで、放つたらかして置いたらば遠からず両親の後を逐ふに違ひ無い……同じ様に私たち二人の幻影に悩まされつゝ、彼の世に追ひ立てられて行くに違ひ無い運命が、ハツキリと見え透いて来るやうになりました。

「妾は妾の財産をお二人に残して行きます。それだけが、妾のせめてもの心遣りです。どうぞ此の財産を妾と思つて、お二人で半分々々に分けて、思ふ存分に使つて下さい」

といふ様な事まで夢うつゝに口走るやうになつて参りました。

(4)

此の報告をお医者から聞きますと、私はもう堪まらなくなつてしまひました。さうして或る深刻な決心を固めましたので、誰にも知れない様に旅行服を身に着けまして、帽子と外套を抱へながら裏口からソツと脱け出さうとしますと、弟も同じ報告を医師から聞いて、同じ考へになつたらしく、同じ様に旅行服を着込んで出て行かうとする処でしたので、二人はゆくりなくも裏門の前でブツカリ合つてしまひました。

二人は仕方なしに立ち止まつたまゝ、今にも泣き出しさうな苦笑ひを交換しました。さうして無言のまゝハルスカイン家の奥庭の方へ引返して来まして、池の前に在る芝生の上に相並んで腰を下しましたが、そこで久方振りに口を利き合つてみますと、弟も私と同様に「一切を譲り渡す」といふ手紙を投函して行衛を晦《くら》ます積りであつたと云ふのです……。ハルスカイン家の血統が、かうして吾々二人の為めに咀《のろ》はれて、あとかたも無く亡びて行くのをボンヤリ眺めて居る訳には行かない。……況《いは》んや其の跡に残つた巨万の財産を二人で分配するなど云ふ事は堪へられ得る限りでない……レミヤを見殺しにして金持ちになる位なら、一思ひに死んだ方が増しでは無いか……と眼を真赤にして云ふのです。

私はさう云ふ弟の顔を見てゐるうちに胸が一パイになつてしまひました。さうして昔にも増した友情を回復しました二人は其の芝生の上で手を取り交はして、膝を組み合はせながら色々と善後策を協議しましたが、イクラ友情を回復してもハルスカイン家の婿定めは依然として不可能で、結局は二人がゝりでレミヤを見殺しにするより外に方法は無いのです。

二人は其処で又、幾度となく歎息を繰り返しましたが、其の中に弟のマチラは何か思ひ付いたらしくノートの一片を引き裂いて何かしら書き初めました。それを見ると私も、弟の心を察しましたので、同じ様にノートを引き破つて鉛筆を走らせましたが、出来上つた文句を交換して、二人が同時に読み下してみますと、揃ひも揃つてコンナ意味の事が書いてありました。

（一）二人は二人とも仮りにアルマチラと名を附けて同時にレミヤの婿になる事。但し、一週間宛《づつ》交代にハルスカイン家に泊つて養子の役目を果す事。

（二）日曜日は休みにしてレミヤを教会に行かせる事。同時に二人は、もとの下宿に落ち合つて、一週間の出来事を報告し合つて、其の晩は下宿に寝る事。

（三）レミヤに子供が生れたならば、その生れた日から二百八十日を逆に数へて、その週にハルスカイン家に居た一人が正当の婿となり、内縁の妻レミヤと正式の結婚をする。これは天意だから仕方が無いときめて、失恋した方は永久にハルスカイン夫妻の前に姿を見せぬ。決して執念を残さない約束を今からして置く事。

（四）三人の生命を同時に救ふ途は、此の以外に絶対に無い事をレミヤに説き聞かせて、レミヤが承知をしたならば、二本の籤を作らせて二人で引く事。

（五）レミヤが若し承知をしなければ、二人はレミヤの眼の前でピストルを出して狙ひ合ふ事。それでもレミヤが黙つて居るならば一、二、三を合図に引金を引く事——以上——

以上は大同小異の文句でしたが、かうした極端な場合になつても、二人の考へがコンナにまで一致しようとは全く思ひもかけませんでしたので、二人は唇を白くして驚き合つた事でした。さうして今更に宿命の恐ろしさに震へ上りつゝ、相並んでレミヤの病室の扉をノツクした事でした。

二人が別々に書いたノートの切端を、瘠せ細つたレミヤの両手に渡しますと、レミヤは未だスツカリ読んでしまはぬうちに涙を一パイに湛へました。さうして二枚の紙片を大切相に重ねて枕の下に入れますと私達の手を執つて、自分の胸の上でシツカリと握手をさせました。

「お二人とも死なゝいで頂戴。……仲よくしてちやうだい……」

と云ふうちに窶《やつ》れた頬を真赤に染めて、白い布団に潜つてしまひました。

レミヤは其の翌る日から、お医者様がビツクリされるほど元気を回復し初めました。さうして夫れから一週間目には以前とは見違えへるほど晴れやかな顔に、美しくお化粧をして、私たちと一所の食卓に着いてくれましたが、其の時の食事の愉快でお美味かつた事ばかりは永久に説明の言葉を発見し得ないであらうと思はれる位で御座いました。

私達二人は其の席上でレミヤの手から籤を引いてドチラが先に帽子と外套を取るかを決めましたが、其の結果は此のお話の筋に必要がありませんから略さして頂きます。

(5)

三人は、それから後病気一つせずに、固く約束を守り続ける事が出来ました。さうして私達兄弟は学校に居る時よりもズツト面白おかしく日曜を楽しみ合ふやうになりましたが、一方にレミヤも頗る満足してゐるらしく見えました。私達が二人ともアルマチラと名が附いて居りましたお蔭で、二人の夫を持つてゐる気持ちなぞはミヂンもしないらしく、極めて公平に真情を籠めて私たちに仕へて呉れましたので、私達兄弟は今更ながら自分達の妙案にツク〴〵感心した事でした。さうして二人とも新婚生活の楽しさと、独身生活の呑気さとを交る〴〵飽満して居りましたが、レミヤも亦レミヤで、かうした幸福と満足は、神様の特別の思し召しから来た事に違ひ無いと信じて、教会へ行く度に感謝の祈禱を捧げない事は無いと申して居りました。

しかし私たち三人のかうした平和な生活はさう〳〵長くは続きませんでした。それから未だ半年も経たないうちに、レミヤが早くも妊娠した事がわかつたのです。さうして夫れが判明《わか》ると同時に私達兄弟は、ちやうどボート・レースの日が迫つて来るやうな不安と圧迫感に襲はれ初めたのです。

二人はそれから後、日曜を一緒に楽しむは愚かな事、口を利くだけの心の余裕すら失くして終つたのです。中にも私はレミヤが行き付けの天主教会に献金をして、僧正の位を持つてゐるといふ老牧師に天祐を祈つて貰つたり、何人もの産婆にレミヤを診察させて、生れる日取りを勘定して貰つては肝を冷したり、さうかと思ふと有名な占ひ婆の門口で今一人のアルマチラとぶつかり合つて、赤面しながら引き返したり……なぞ、あらん限りの下らない事ばかりを、選りに選つて繰り返して居りましたが、そんな事をしてゐるうちにもレミヤのお腹は容赦なくせり出して来て、今にも赤ん坊が飛び出しさうになつて参りました。

私共がそれに連れて夢中になつてしまつた事は申す迄もありませぬ。

日記帳と首引きをしながら

「……今日生れては大変だが」

と指折り数へて青くなつてゐるうちにヤツト弟の週間を通り越して自分の週間に這入つて来た其の嬉しさ……と思ふと又、何事もなく其の週間を通過して行く其の恐ろしさ。

思ひは同じ弟も、同じ下宿の闇黒の中に眼を瞭《みは》りながらチツト時計のセコンドを数へてゐる気はひが、一所に眼を醒ましてゐる私にアリ〳〵と感じられるやうになりました。

かうして予定から一箇月も遅れた昨年の十月の末の火曜日にレミヤはやつとの事で、玉のやうな男の児を生み落したのですが……しかし、どうでせう……それから約束の二百八十日を逆に数へてみますと……ナント驚く可き事には、其の日は私の週間でもなければ弟の領分でも無い……ちやうどレミヤが教会に行つて、二人が下宿に休んでゐる、その日曜日に当つてゐるでは御座いませぬか。……私たちが二百八十日といふ日数を定めましたのは医者の書物に書いてある普通の女の妊娠期間を標準にしたものですが、それがコンナ皮肉な結果にならうとは誰が思ひ及びませう。……イクラ神様の思し召しでも、これは又余りに残酷な……イタヅラ子僧の思ひ付きとしか思へない思し召し様では御座りませぬか。

私たち三人の運命はお蔭で又も完全に行き詰まつてしまひました。

けれども其の行き詰まり状態は、以前の様な遠慮や妥協の利く行き詰まり状態とは全然程度が違つて居りました。

其の児は男の子に有り勝ちの母親肖《に》で、実に可愛らしく丸々と肥つて居りましたが、どうしたものか生れ落ちると間もなく、母親以外の誰が抱いても承知しなくなりましたのでレミヤはもう有頂天になつて可愛がつて居るのです。私達もそれを見ますと直ぐにも抱き上げて頬擦りしてみたい衝動で一パイになるのですが、まだ何方の子とも決定《きま》らない以上どうする事も出来ません。ウツカリ先に手でも出さうものなら其場《そのば》で決闘が初まり相な気がするのです。そこで、もうスツカリ破れかぶれになつてしまつた私達兄弟は、間もなく此町で一流の弁護士を頼んで、一か八かの勝敗を決定して貰ふ可く、双方から同時に訴訟を提起する事になりました。

●第2回配本 2017年5月

定本
夢野久作全集

月報 2

夢野久作という感覚　藤野可織

ゐつか、どこかの、三月一〇日　佐藤究

国書刊行会

夢野久作という感覚

藤野可織

夢野久作の名前がペンネームだなどということは考えたことがなかった。ましてや、「夢想家」をあらわす九州地方の方言がもとになっているということも、ごくごく最近まで知らなかった。47歳で死んだことも知らなかったし、なんだかややこしい生まれであることも知らなかった。読んでいれば自然とわかりそうなものだが、生まれ育った土地がどこかということもとくに思い当たらなかった。顔写真もずっと見たことがなかった。写真があるという当然のことに驚き、顔があることにもっと驚いた。

ほんの少しだけ知ってもっと知りたいと思ういっぽうで、ふしぎと私のなかの夢野久作は、その背景を知らなかったときと変化はない。顔は写真が載っているページを閉じたとたんに忘れたし、生まれのことも死のこともいまだぜんぜん知らず、生まれても死んでもいないような気がする。私にとって、夢野久作は夢野久作という四文字の漢字であって、人ではない。

小学生の、だいぶ学年が上がってからのことだったと思うが、夢野久作の文字は気がつけば薄汚れた角川文庫の『ドグラ・マグラ』の、米倉斉加年による淫靡な装画とともに頭におさまっていた。それは私の本ではなくて、学級文庫か図書室にあったものだった。ずっと前からあったその本があるときとうとう何人かの男子に見つかり、たちまち騒ぎになった。彼らは、「いやらしい」「気持ち悪い」とやけにはしゃぎ笑っていた。「きたない」という声も少なからず聞こえた。混じって見てみて、なるほどと思った。上下巻とも陰毛みたいな髪の毛をした、細面の女の人がうつろな目をしてこちらを見ている。上巻では彼女は乳房と大きく開いた脚のあいだを露出させ、下巻では丸出しにした尻を向けて自分の体ごしに私たちを見ている。いや、何も見てなどいないのかもしれなかった。焦点が合っているかどうかも怪しい。どうもふつうなら他人に見せてはいけないような、呆けた表情をしている。他人に見せてはいけないということは、他人が見てはいけないというのと同じだ。その上、どちらも肝心の性器のところが「角川文庫」

と赤字で書いた黒い札で隠されていて、ますます見てはいけないものを見てしまっているという気分にさせられる。その気分は恐怖に近く、だからあの男子たちはあんなに笑い囃し立てなければその文庫本を見ていられなかったのだろう。

その挑発的でありながら禁忌を印象づける装画と、左上にほっそりと並んだ夢野久作の文字が、私にはアンバランスに思えた。夢野久作の文字は、一瞬にして胸になじんだ。夢やら久しいやらいうのは、すでになんとなくおぼえのあることだった。それらは過去と未来の遠いところにほの見えるふわふわした甘さや切なさやきらめきであり、「野」がそれらとのはるかな距離を実感させ、「作」の間の抜けた響きが浮遊を許さず、私の足をつかんで鬱陶しく地面につなぎとめていた。夢野久作は、だから、人の名前という気がしなかった。むしろ前々から知っていた感覚の名前を、やっと見つけた気がした。

それにひきかえ、装画のほの暗い性のにおいは、他人事のようだった。私は性的な欲望やその表象の美しさについてはうすうす知っていたが、自分の脚のあいだになにがあるのかはまだ知らなかった。ただ、装画に描かれた女の人の、「角川文庫」の黒札で隠されているものと同じものを自分も持っているのだろうという見当だけはついた。もったいぶって、あるいは意味ありげに隠してこのように男子どもを騒がせているこの本は、きっとそのことについて書いてあるのだろう。

しかし、私はそのときはその本に手を伸ばせなかった。男子たちが、装画を注視している私を「女のくせにいやらしい」と糾弾しはじめたからだった。今考えてみても理解不能な言い分だが、あれは今思い出してみてもぞっとするような嫌悪あふれる声だった。

そのせいか、私は自分勝手に夢野久作という感覚を楽しむばかりで、実際に夢野久作の本を触ったのはずいぶんあとになってからだった。読んで、期待とまったくちがうことに仰天した。『ドグラ・マグラ』もほかの小説も、ぜんぜん性器にまつわることなんか書いてない。そこには美しい少女または青年への苦痛すらともなうほどの性的な渇望や、人を恋う狂気じみた気持ち、さまざまな美しい造形物に対する驚嘆に満ちた賛美、正常とされるものへの徹底的な不信、そして血塗られた残酷な殺人の数々があって、過剰な独白文や書簡体でうねうねと書き連ねてある。それは、たしかに熱病のように官能的だ。でも、夢野久作を読むとき、『ドグラ・マグラ』で脳髄脳髄としつこく言われなくても、はなから私は首から上しかなくなったような気分になる。

生首だけになるのは、悪くない。あれからうんざりするほど知ってしまった脚のあいだにあるもののことはまたしても謎となり、黒い札で封印される。私はもうあの『ドグラ・マグラ』の装画を恐れなくなっていて、禁忌とももったいぶっているとも感じられたあの絵とあのデザインは、夢野久作の表紙を飾るものとして意外と的を射ていたのだなあとなつかしく思い返す。

夢野久作という感覚は、読まなかったころに比べると豊かににぎやかになった。夢やら久しいは、相変わらず過去と未来の遠いところにあるが、その遠さは以前よりずっと遠く、しかし甘さや切なさやきらめきは狂おしい熱情が加わって異常な輝きを放っている。『死後の恋』で殺された恋人の下腹部からこぼれ落ちる宝石はこんなふうだろうかとぼんやり思う。「野」はかつてはなんにもないただの漠然とした「野」だったけれど、今はキチガイとか地獄とか死体というのが、カクカクとした文字として転がっていてますます楽しい。「作」だけは以前と同じく間の抜けた響きで過去や未来にまっしぐらに飛んでいくことを許さず、キチガイや地獄や死体の転がる荒野に私の足首を固定する。

そしてそれはやっぱり、夢野久作の小説を読んだときだけに喚起される感覚ではない。そもそも、夢野久作を読んでいる時間なんて私の人生ではほんのわずかだ。それなのに、私はしばしば夢野久作としか名付けようのない感覚に耽溺し、そういうときはだいたい、小説を書いている。

（ふじの　かおり・小説家）

ゐつか、どこかの、三月一〇日

佐藤究

奇縁。

否、これは運命だ――と言い切れるほど、私は大した者ではないので、やはり奇縁と呼ぶほかはない。

三月一〇日。今日の日付だ。金曜日で、かつ当月報の締切である。だが私は、新宿の自宅を空けている。そして九州は福岡、二日市温泉の宿にPCを持ちこみ、この文章を書いている。なぜ福岡にいるのか――

「夢野久作と杉山3代研究会」、その第五回目の全国大会がここ筑紫野市で開かれ、私が基調講演を務める予定だからだ。

開催は明日である。日付は三月一一日。この日が何を意味するのか、全集をお読みになる皆様には説明するまでもないだろう。

そう、急逝した夢野久作の命日だ。

そんな日におこなわれる大会の講演となれば、一筋縄ではいかない。しかも夢野久作――杉山泰道――だけでなく、そこに〈魔人〉杉山茂丸がからみ、〈インド緑化の父〉杉山龍丸までも加えた三代をテーマにするとなれば、学者の先生方だってきっと尻ごみするはずだ。彼らを語ることは、一般常識とされている明治以降から今日までの歴史を、丸ごとひっくり返す作業を意味するからである。

原稿を書いている場合ではない。講演のためにわずかな時間にもすがりついて、資料を頭に入れなくてはならない。しかしそんな私の前に大きく立ちはだかっているものがある――それが夢野久作その人の全集付録月報なのだ。命日の前日、講演の前日が締切とは、これほどの奇縁、まるで夢野久作本人が仕掛けたような皮肉《アイロニー》を感じられる状況が、いったいあるだろうか？　だから私は畳んだままの浴衣を尻目に、こうして月報を書き続けている。温泉どころか、食堂に下りられるのかさえも怪しい。締切りは今日、講演は明日。

講演に招かれたきっかけは、昨年秋の西日本新聞の取材だった。

第六十二回江戸川乱歩賞を拝受した私へのインタビューであるが、西日本新聞がわざわざ東京に来たのは、私の郷里もまた夢野久作と同じく福岡だからだ。つまり私にとって西日本新聞とはホームの媒体であり、夢野久作とは偉大な地元の伝説《レジエンド》である。

しかし……だ。私は福岡で夢野久作の知名度がいかに低いかを知っている（東京でそれを知る人は少ない）。さらに、これまで一〇年ほど純文学畑の底辺を這いずり回った私を、日の当たる場所に引き上げてくれた江戸川乱歩賞——その賞を創った当の大乱歩が、夢野久作という作家と深い友情をはぐくみ、一周忌の会で講演した史実も知っている。

こうしたわけで、取材に向かう私の胸は、ある種の義侠心めいたもので一杯になっていた。東京ではなく、福岡の皆様が読む新聞だ。であれば私には、賞の喜びや今後の目標などよりも、伝えるべきことがある。

私は受賞作『ＱＪＫＪＱ』ではなく、夢野久作著『近世快人伝　頭山満から父杉山茂丸まで』を携えて取材に臨んだ。その文庫の帯にはこうあった。「生命知らずの大バカ者」、と。……これだ、と私は思った。まさにこれこそ夢野久作の根幹にある美学であり、福岡が、東京が、いや、われわれ日本人が軒並み失った〈人としての度量〉なのだ。「夢野久作賞があればそっちに応募してましたよ」郷里の偉人への思いを込めて、私は記者に言った。「たとえ賞金五万円でも」

……江戸川乱歩賞の賞金は一千万円だ。夢野久作をめぐる現状への投げかけとして、金額を引き合いに放った発言だが、「賞金五万円でも」のくだりは紙面には載らなかった。

ところがこの発言が、福岡におられる夢野久作の孫、杉山満丸氏のお耳に入ることになったのだ。夢野久作賞は本当にないのか、そう記者が問い合わせたことから、私の発言を杉山満丸氏が知るところとなり、おそらく「この人物は面白い」というたったそれだけの理由——いかにも杉山家のご当主らしい——で、私の講演がセッティングされた。そして私はたんに義侠心から、二つ返事でお引き受けしてしまったのだ。学者でもないのに、夢野久作講演の壇に立つというのは、それこそ「生命知らずの大バカ者」の所業であるというのに……

……私は目を閉じ、明日の聴衆を思い浮かべて、その想像の中でしゃべりはじめる。明日の私は、筑紫野生涯学習センターの視聴覚室にいる……

……皆様。今日は三月一一日であります。この日付は、志半ばにして渋谷で急逝された夢野先生の命日であるばかりでなく、もう一つの重大な意味を持つことを、我々日本人は熟知しております。

　二〇〇五年に福岡から上京してきた私の頭には、正直に言うと夢野先生のことは一切ありませんでした。過去に読んではいましたが、私は文芸誌「群像」出身の純文学系作家としてアメリカの作家たちを念頭に、職を転々として食いつなぎながら、細々と書き続けておりました。

　その私を根底から揺さぶったのは、二〇一一年、あの三月一一日であります。当時私は、新宿で施設警備をしていて、ある社屋の玄関口に立哨《りっしょう》しておりました。

　午後二時四六分。アスファルトがゆるゆると震えはじめ、やがて大きな波のようなうねりが町を包みました。新宿ゴールデン街に違法駐輪された自転車の列がドミノ倒しのように倒れ、その間隙をぬって、普段はあくびなどしている三毛猫が、野生の豹を思わせる速さで駆け抜けていきました。

　見上げる空に、灰色にくすんだ太陽が光っておりました。

　警備がその場を離れることは職務上許されません。私は波打つ大地に立って、「止まれ、止まれ」と念じるばかりでした。背後から同僚の「ニュースを見ろ。仙台空港が壊滅するぞ」という声が聞こえてきました。何がどうなっているのか、誰にもわかりません。午後三時一四分に内閣府緊急災害対策本部が設置されましたが、被害のスケールは人智を超えたまさに空前絶後でした。学校が消え、病院が消え、家が消え、町そのものが消えたのです。春の兆しの見えはじめたごく普通のやや肌寒い午後、こんな日に一万五千人を上回る命が奪われ、自衛隊員一〇万人が出動する事態になるなどと、誰に予期できたでしょう？

　数日後、新宿は閑散となりました。電力制限でネオンの消えた暗い歌舞伎町を私は歩きました。コンビニをのぞくと、よく食べていたおにぎりやカップ麺は一品《いっぴん》もありません。テレビのニュースには安全圏へ避難しようと駅や空港に殺到する人々が映っておりました。やがて画面が切り替わり、凄まじい津波の映像が流れ、原子炉の黒煙が映り、放射線の線量を伝える〈未来の気象情報〉めいたものが始まりました。

　そしてゴーストタウンの新宿に、雨が降りました。放射線に染まった雲から落ちた雫《しずく》が、ビルや道路、警備に立つ私の靴やレインコートを濡らしておりました。そのとき、私の胸の内にすっと浮かんできた名があったのです。夢野久作――

　彼の目がいつも見ていたのは、こういう光景だったのかもしれない。そう思いました。それは単に彼が関東大震災を取材すべく九州から上京した記録に収まる話ではありません。

　夢野久作が読み継がれる理由、同時に顧《かえり》みられない理由、その何もかもが、現実として目の前にあるように感じられたのです。夢野久作の目には、いつだって人類の破局《カタストロフィー》が見えていたのではないでしょうか？　なぜか彼の目には映っていたのです。死者だけが触れられる、秘密のようなものが。

……今日の日付は三月一〇日……明治なのか、昭和なのか、平成なのか、はたまた新元号なのか。西暦何年かもまるでわからない……ゐつか、どこかの、三月一〇日……

　雨に濡れた路地を一人の少女が歩いてくる。

すると、煙管《きせる》をくわえて釜型の帽子を冠《かぶ》つたルパシカ姿の夢野久作が、折《おり》よく向こうからやつてくる。

「先生」と少女は声をかける。「先生待つて」

「何だい」

「あの、おしまいは……いつ来るの？」

　夢野久作は、煙管の灰を落として微笑む。「……明日だ……」

「それで全部、終わつちやうの？」

　夢野久作は少女の頭をポンと叩く。それから何かを言う。彼が何を言つたのか、我々はまだつかめていない。

……そして今日の日付は、三月一〇日のまま……

破局《カタストロフィー》の一日前……ずつと……

（さとう　きわむ・小説家）

表紙写真

博多の古賀胃腸病院に入院中の夢野久作、昭和六年。

4頁図版

「一足お先に」挿絵、内藤賛・画、『文学時代』（昭和六年二月号）所収。

●次回配本

第3巻　小説Ⅲ

暗黒公使／氷の涯／爆弾太平記ほか

2017年9月刊行予定

ところが此の裁判の係長を引き受けた人は、此の界隈でも名判官の評判を取つてゐるテロル、ウイグといふ主席判事で御座いましたが、事件の性質上、裁判の内容を絶対秘密にする旨を関係者一同に宣誓させた上で、双方の主張を聴取る段取りになりますと、私の方の弁護士がタッタ一ッ取つて置きの「兄の権利」を主張してマチラの主張を押へ付け様とするのに対して相手側の弁護士は「双生児の兄と弟を区別する事は出来ない筈である。従来の様に後から生れた方を兄と認めるのは要するに迷信的な判別法で、医学上ではドチラが兄か弟か区別出来ない事になつて居る」といふ事実を専門家の説明付きで主張して一歩も後へ引きません。……それでは二人の父親の血液を採つて、赤ん坊の血液と比較研究して、ドチラカに近い方の血液の持ち主を本当の親と認めてはドウかと云ふ事になりましたので、取りあへず私達二人の血を採つて調べてみますと、これが又生憎と揃ひも揃つた同類同型の血液で、赤ん坊の血清に対する反応も隅から隅まで同一なのです。……では指紋でもいゝから似通つた方を親子と決めようと云ふので双方同意の上で調べて貰ひますと、これは又兄弟とも全然型が違つて居る上に、赤ん坊の指紋は又飛び離れた形になつて居りますので、これも問題にならなくなりました。

かやうして裁判官も弁護士も、それから此の裁判の為めに特別に召集されました陪審員たちまでも、ドン底まで行き詰まつてしまふ一方に、赤ん坊は誰も名前の付けて遣り手が無いまんまズン〳〵と大きくなつて行きます。そのうちに此の裁判の秘密が、どこから洩れたものかわかりませんが、だん〳〵と評判になつて参りまして、方々の新聞がヨタ交りに書き立てるやうになりました。すなはち此の裁判が、どうなるかと云ふ事は全世界の裁判史上に一つの大きなレコードを止める意味になりますので……しかも、此のまゝ無期延期にするとか、双方の示談にするとか云ふ事は、絶対に不可能といふのですから、新聞が飛び切りの題目として、徳義を構はず書き立てるのは無理も無い事と思はれます。

(6)

名裁判長ウイグ氏は、かうした形勢を眼の前に見ますと、今までの行き詰まりの一切合切を総決算的に引き受けた気持ちになつて、モノスゴイ苦心を初めたらしいのです。其の証拠には殆んど裁判毎に、其の鬢が白くなつて行く様に見えたのですが、しかし、それと同時にウイグ氏は、此の裁判を自分の名誉にかけても片付けなくてはならぬと固い決心の臍を固めたらしいのです。さうして、あらゆる方面から正しい親子の鑑別法を研究しました結果、とう〳〵最後の最後とも云ふ可き一ツの方法を思ひ付いたらしく、今一度裁判を開いて窮極の断案を下す事に相成りました。すなはちウイグ裁判長は今から一週間ばかり前に数十通の通告書を発しまして、双方の弁護士、私達二人、十二人の陪審官は申すに及ばず、レミヤ母子、ハルスカイン、イグノラン両家の親類縁者、家庭関係の牧師、教師、医師なんぞの一切合切に搗《か》てゝ加へて、当地の大学に奉職して居られます医学、法学、哲学、文学、動物学其他の自然科学者で、一流と呼ばるゝ大学者連の十数名を参考人として、けふの午後三時まで当地方裁判所の第一号法廷に参集すべしといふ指定を与へたので御座います。しかもウイグ氏が、斯様に多種多様の大勢を、如何なる意図の下に第一号法廷に召集するのであらうか……といふ事は、裁判の当日まで全く不明で、双方の弁護士の一流の頭脳を以てしても尚且つ、想像だに及ぼし得ない処で御座いました。

此事が例に依つて世間に洩れ伝はりますと、其の評判の素晴らしさといふものは又特別で御座いました。「名裁判長ウイグ氏は今日こそ、さしもの難事件を解決するに違ひ無い」といふので多大のセンセーシヨンを捲き起しましたらしく、朝刊の報導する処に依りますと此町に到着する列車の一等席は昨日から全部売り切れといふ盛況だつたさうで……私も今日の午後になつてから時間通りに裁判所に出頭すべく向うの町角まで参りますと、群集の為めに馬車が進められなくなりましたばかりでなく、目敏《めざと》い新聞記者連に取り巻かれさうになりましたので、慌てゝ馬車を引返して、ちやうどお宅に面して居ります未決檻の、賄《まかなひ》部屋の勝手口から命から〲逃げ込む始末で御座いました。

けれども、さうしてヤツトの事で第一号法廷に立つ段になりますと、私は尚更の事、気を奪はれてしまひました。正面に居並ぶ裁判長、陪席判事以下、弁護士、書記に到るまで、平生に倍した人数が法服厳めしく、綺羅星のやうで……そのほか十二人の陪審員、参考人として列席した博士教授連、又は各地から特別に傍聴に来た法官連、ハルスカイン、イグノラン両家の親類縁者、家庭関係の人々の礼服、盛装姿なぞで、さしもに広い法廷も立錐の余地が無いくらゐ……普通の傍聴人や新聞社関係の人々は一人も入場を許さなかつた故か法廷内の空気は一層物々しく厳粛を極めて居りましたやうで……その真ん中に、私と弟とは、スヤ〳〵と眠つた赤ん坊と、それを抱きかゝへたレミヤを挟んで、小さくなつて腰を卸した事で御座いました。

サテ……さうした緊張した気分の中に参列者一同が裁判の内容に就いて秘密を守る旨の宣誓が終りまして、書記が今までの事件の経過を読み上げ終りますと、裁判長のウイグ氏は徐ろに壇上に立ち上りまして、咳一咳、次の様な演説を初めました。

「本官は只今から此事件に対する最後の解決法に就いて説明しようとする者である。

本事件は元来アルマ、マチラの双生児兄弟が、ハルスカイン家の一粒種となつてゐるレミヤに対する恋愛に就いて、法律以上の法律、道徳以上の道徳を尊重した結果として惹き起された、超自然的な訴訟事件であつて、現代の法律、科学智識、若しくは常識を以てしては永久に判決を下し得ざる奇怪、不可思議を極めた事件である。故に之を解決しようとするには、現代の法律、科学智識、若しくは常識を以てしては到底測り得べからざる天の配剤による自然の解決を待つより外に方法は無いと信ずる者である。

ところで……此処に本官が云ふ処の、天の配剤による自然の解決法なるものは僅かに二種類しか無いのである。その一つは誰人も考え得るであらう通りに此の裁判を無期延期とする事である。さうして二人の父親の中の何れかゞ死亡、若しくは他の恋愛によつてレミヤと離れ去る事によつて解決されるのを待つ方法であるが、しかし、そのやうな解決手段は、法律、道徳、常識の何れから見ても許さる可き事では無い。レミヤ所生の男児を其様に永く無名の子として放置しておく時は社会生活上あらゆる不都合を生ずる事になるので、此一事を以てしても此事件は一日も早く解決しなければならぬ事になる。本官が所謂、第二の解決法を提唱して当法廷列席者諸氏の賛同を求むる所以も亦、実に此処に存するのである。

本官の所謂第二の解決法といふのは外でもない。すなはち一切の生物に共通して存在する「霊感」を応用する方法である。

此の生物の「霊感」なるものは今日の処ではまだ科学者諸氏の間に、纏まつた研究が行はれて居ない様である。……が併し、其の存在は確実に認められてゐるので、強ちに学者諸君に限らず、普通人と雖もよく眼を開いて見る時は、地上到る処に「霊感」の存在を認める事が出来るのである。

植物に於ては、眼も鼻も口も持たない草木の根が、壁一重向ふの肥料の方へズン〳〵と伸びて行く。又は同じ様に五官を持たない蔓草の蔓が、支柱の在る方へサツサと延長して行くのも同じ道理で、何かは知らず一般生物界には、人間の五官以上の霊感が存在してゐる事を気付かずには居られないのである。そのほか林の樹々の枝が、決して摺れ合はない様に一定の距離間隔を保つて居るのを見ても、春に先立つて地下茎が芽ぐむのを見ても、其他一切の造化の微妙な作用を観察するに付け聞くにつけて、何かしら人間の五官を超越した、或る偉大なる「霊感」の存在を肯定せずには居られないのである。

しかも、これが動物となると一層吾々人間の注意を惹き易いので、その最も顕著な実例だけでも殆んど枚挙に暇が無いくらゐである。……たとへば七面鳥は山の向ふに鷹が来てゐる事を知つて雛鳥を蔽ひ隠し、駱駝は行く手の地平線下にライオンが居るのを知つて立ちすくむ。蜘蛛は明日の晴天を確信して風雨の中に網を張りまはし、蛭は水中に在りながら不断に天候の変化を予報する。其他、馬が乗り手の上手下手を只一眼で区別し、猫が猫好きを選んで身体をスリ付けるなど、一々挙げて行くのは其の煩に堪へないであらう。すなはち換言すれば、吾々人間は余りに其の五官の働らきに信頼し過ぎて居る結果、かうした本来の霊感の作用を退化させてゐるので、下等な生物になればなる程、斯様な霊感が発達してゐる事は、所謂文明国人と野蛮人のソレとを比較しても容易に首肯され得るであらう。

しかも此の「下等な生物ほど霊感が発達してゐる」といふ原則こそは、本官が採つて以て、此裁判に応用して、最後の断案を下さむと欲する、所謂第二の手段の憑拠となる可き、根本原則に外ならないのである。

すなはち当法廷に参列してゐるレミヤ所生の男児は、まだ東西を弁ぜざる嬰児である。しかも本官の調査する処に依れば、生れ落ちると間も無い頃から母親の手に抱かれてゐる間だけ温柔《おとな》しく、安らかに眠るに反して、他人が抱き取らうとすると何も彼も無く泣き出す習性がある。すなはち其の真実の親を区別する霊感の如何に明敏なものであるかといふ事実を日常に証拠立てゝ居るものと認められるのである。

本官は確信する。レミヤの児は同じやうにして本当の父親をその霊感に依つて容易に区別し得るであらう事を……アルマとマチラの二人の中、自分の父親で無い方が抱いたならば直ぐに泣き出すであらうと同時に、本当の父親が抱いたならば直ぐに泣き止むであらう事を……。

但し……此の方法は云はゞ超常識的、若しくは超学理的の事実を根拠としたものであるから或は牽強附会の誹を免れ得ないであらう事を本官は最初から覚悟して居るものである。

故に本官は今日只今職権を以て此手段を此法廷に強ひようとするものでは無い。たゞ、此の方法以外に此裁判を確定する手段は、恐らく絶無であらう事を信ずるが故に、敢て御迷惑をもかへり見ず、斯く多数の御出席を要望した次第である。すなはち現代の常識を代表する陪審員諸氏。……科学智識を代表する参考人諸氏……及び……ハルスカイン、イグノラン両家の家庭の内事に対して、多少共に発言権を有して居られる限りの紳士淑女のすべてを此の法廷に招集してその「此の如き解決手段を用ゐるの止むを得ざるに出でた理由」を訴へ、其の公明正大なる判断による満場の御賛同を得た後に、此の解決方法を採用し度いと考へて居る者である。

然して、此の前代未聞の裁判を確定し度いと希望して居る者である」

(7)

此の演説が終りました時に満場の官民が一度に吐き出した溜め息は、お互ひ同志を吹き飛ばす位で御座いました。さうして其の溜め息が終るのを待つて、不賛成者の起立を要望しました裁判長の声も、再び起つた歎息の渦巻きによつて答へられるばかりで御座いました。

私達兄弟は其様な緊張した空気の中を相並んで裁判長の前

に進み出まして、運命の切迫にわなゝく指で、受験の順番をきめる籤を引きましたが、第一番の籤はどうした廻り合はせか弟に当りましたので私はガツカリしてしまひました。……赤ん坊は今スヤ〳〵と眠つて居るのですから、ソツと抱き取れば、わからないかも知れないのです。さうして丁度その次に私が抱き取る時に眼を醒ましてヒー〳〵泣き出すかも知れないと思つたからです。……私は其の時に此の裁判法の不公平を主張しなかつた事を心から後悔しましたが、もう間に合ひませんので、全身の血がカーツと頭に上つて来るのをヂツト我慢しながら、弟のする事を眼も離さずに見て居りました。

ところが結果は案外な事になつてしまつたのです。案外にも意外にも、私は自分の顎が外れたのに気が付かなかつた程の、驚き呆れた結論があらはれて来たのです。

神ならぬ弟のマチラは、そんな事にならうとは夢にも知らずに、第一の籤を引いたのでスツカリ自信が出来たらしく、満場の息苦しい注目の裡に大得意でレミヤの傍に進み寄つてスヤ〳〵と眠つてゐる赤ん坊を出来るだけソーツと抱き取らうとしましたが、弟の手が身体に触れたか触れないかと思ふうちに赤ん坊は、早くも眼を醒ましたものと見えまして、身体を弓のやうに反りかへらせながら火の付く様に泣き出したのです。

「オヤア。オヤア。オニヤ〳〵〳〵」……と……。その時の弟の顔は何と形容したら宜しいでせうか。魂がパンクした表情とは彼のやうな顔付きを云ふのでせうか。レミヤの膝の上に赤ん坊を取り落したまゝ、射抜かれた飛行船のやうにフラ〳〵と回転したと思ふと、バツタリと床の上にヘタバリたふれてしまひました。

満場のドヨメキの中に弟の身体が運び出されますと、私はもう嬉し泣きの涙で向ふが見えなくなつてしまひました。その涙を払う間も無く無我夢中でレミヤに飛び付いて、人眼も恥ぢずキツスの雨を降らせますと、又もスヤ〳〵と眠りかけてゐる赤ん坊を抱き上げて、シツカリと抱き締めました。

「サア〳〵、お父さんだよ〳〵」

と揺すり上げながら、思ひ切り頬ずりをしようとしましたが、その私のチヨツキの上を、思ひもかけぬ力強さでメチヤクチヤに蹴立てた赤ん坊は、又も焦げ付く様に泣き藻掻き初めました。

「ウギヤー。ウギヤー。オヤア。オヤア。ヒヤア〳〵〳〵。フニヤー〳〵〳〵」

私は赤ん坊を抱へたまゝ、棒の様に立ち竦んでしまひました。余りの事に途方に暮れながら、割れる様な法廷の動揺の中にレミヤの顔を見返りますと……これは又、どうした事でせう……。レミヤは法廷の床の上に転び落ちて、美しい顔を引き歪めながら、虚空を摑んで悶絶して居るでは御座いませんか。しかも、それと同時に背後の方で

「……あゝ……神様よ……おゆるしを……」

といふ奇妙な声が聞こえましたので、思はず其の方を振り向いてみますと、傍聴席のズツト向ふの壁際で、一人の黒い服を着た老人が失神しかけて居るのを、左右に座つて居る人が支へ止めてゐる様子です。……さうして其の顔をよく〳〵見ますと、それはレミヤが日曜毎に参詣してゐた天主教会の僧正様で、私の為めに天祐を祈つて呉れたアノ老牧師さんではありませんか……。

……あゝ……。

……何といふ、恐ろしい天の配剤で御座いませう。……何といふ適切な自然の解決で御座いませう。……さうして又、何といふ名裁判で御座いませう。

……レミヤは日曜も休んでゐなかつたので御座います……。

……私は抱いてゐた赤ん坊を何処へ取り落したか全く記憶致しません。たゞ夢うつゝの様に法廷をよろめき出て、最前這入つて来た通りの道を歩いて、まつ直ぐに先生の処に来た様に思ふだけで御座います。

(8)

……イヤもう……こんな恐ろしい、馬鹿々々しい眼に会はうとは、今日が今日まで夢にも想像してゐませんでした。

……私はもう、失恋していゝのか悪いのか、わからなくなつてしまひました。……これが失恋といふものか、どうなのかすら自分で解からない様な、奇妙キテレツな気持ちになつてしまひました。……ですから此様な秘密を打ち明けて先生の御判断を仰ふぐのです。

……先生……一体私はこれから、どうしたらいゝのでせうか……。

……彼の児の本当の父親は……レミヤの正当の夫は……イツタイ誰にきめたらいゝのでせうか……。

……………………………………

から云ひ〳〵アルマ青年は、やつと顔を上げた。さうして流るゝ汗を拭ひ〳〵、老ドクトル・パーポン氏の顔を見上げたが、そのまゝ二三度眼をパチ〳〵させたと思ふと、折角、タツタ今はめて貰つたばかりの顎を、又も、ガツクリと外してしまつた。

ドクトルの顎が、いつの間にか外れてゐたので……。

ココナツトの実

妾《わたし》は今、神戸海岸通りのレストラン・エイシヤの隅《すみ》ツこに、ちよこりんと腰をかけてゐる。油気《あぶらけ》のない前髪をうひ〳〵しく垂らして、紫ミラネーゼの派手な振袖を着て、金《きん》ピカの塩《しほ》瀬《せ》を色気よく高々と背負《しよ》つてゐるのだから、ウツカリした男の眼には十四五ぐらゐにしか、うつらないでせうよ。どうぞ、そのおつもりでネ……ホヽヽヽ……。

妾の手にはタツタ今ボーイさんが買つて来てくれた号外が一枚載つてゐる。これは今から三時間ばかし前に、こゝから二三町先の海岸通りの横町で起つた事件で、あちこちのテーブルに固まつてゐる男のお客たちも首をつき合はせながら引つぱり合つてゐる。西洋人までが鹿爪《しかつめ》らしく耳を傾《かし》げてゐるせゐか室《へや》の中が急にシンカンとなつてゐる。妾もその中の大きな活字だけを拾ひ読みしてみると……この号外を此処《ここ》に挟んでおくわ……ごらんの通りトテモ大変な活字だらけなの……

——財界のムッソリニ、高利貸王、赤岩権六《あかいはごんろく》氏粉砕さる
——

——本日午後五時頃、同氏経営の通称ゴンロク・アパート前、海岸通《どほり》横町街路上で——××党の爆弾か？　路面のアスフアルトに二個の大穴——

——スバラシイ爆発の威力——同氏の遺骸と名刺、同氏乗用の自動車の破片八方に散乱し、該自動車の運転手とアパート勝手口附近事務室に残留せる女事務員二名惨死し、路上の男女数名即死重軽傷——十数間《すうけん》を隔てた十字路を整理中の交通巡査も打倒《うちたふ》されて人事不省——電柱其他《そのた》附近の店頭メチヤ〳〵——

——〔続報〕——事件後約一時間を経て出勤した同アパートの宿直小使《こづかひ》白木《しろき》某《ぼう》は、五階に居住してゐた美少女ヱラ子（本名年齢等一切不明）のコツク兼従僕にして身長七尺に近い印度《インド》人ハラムと称する巨漢が、同少女の寝室床上《ゆかうへ》に一糸も纏はざる裸形《らぎやう》のまゝ、射殺されて居《ゐ》るのを発見——次いで同少女ヱラ子が情夫の××党員らしき青年と共に行方を晦《くら》まして居《ゐ》るらしい事が判明した——

——美少女ヱラ子は赤岩氏が一箇月ばかり前に何処《どこ》からか連れて来て匿《かく》まつてゐる同氏の私生児で、今日《けふ》まで固く口止《くちどめ》されてゐた事実を小使の白木某が陳述した——

——同アパートは新築匆々《そうそう》の為め、一階の事務室と、ヱラ

子の居室のほか全部がガラ空《あ》きであつた。——且《かつ》、爆発現状の目撃者が重傷、惨死、又は人事不省に陥つてゐる為め目下の処、事件の真相について、何等《なんら》の手がかりを得ず——

——警察当局は曰《いは》く——××党とは絶対に無関係だ。赤岩氏が同アパートの空室《あきべや》に秘密運搬中の、鉱山用の火薬類が、取扱ひの不注意の為めに発火したものと、少女ヱラ子に絡まる情痴関係の殺人が、偶然に一致したものでは無いか——爆弾ならば一発で効果は充分の筈《はず》である。路面《ろめん》に残つてゐる二個の大穴が何《なん》と云つても疑問の中心でなければならぬ——なほ目下詳細に亘《わた》つて取調中云々《うんぬん》——

——疑問の美少女ヱラ子の行方は——正体は？——


妾はフキ出してしまつた。あんまりトンチンカンな記事なので、一人でゲラ〳〵笑ひ出したらカフヱーぢうの西洋人や日本人《にほん》が一時《いちじ》に此方《こつち》をふり向いた。帳場の男も註文を通しながら妾の横顔に、色眼《いろめ》みたいなものを使つてゐる。だけど妾がこの事件のホントーの犯人で、疑問の少女ヱラ子だなんて事は一人も気付いてゐないらしい。何《なん》と云つたつて妾のメーキアツプは、やつと女学校に這入《はひ》つたぐらゐのオチヤツピイにしか見えないのだから……。

そんな連中のポカーンとした顔を見まはしてゐるうちに、妾はたまらなくユカイになつてしまつた。スコシ酔つてゐるせゐかも知れないけど……妾はわざつと黄色い声を出して、帳場の男に頼んでやつた。

「……あのね。すみませんけど、レターペーパと鉛筆を貸してちやうだいナ……」

帳場の男が眼をパチクリさせた。兵隊みたいに固くなつて
「かしこまり……ました。」

と云ひ〳〵すぐにペーパと万年筆を持つて来てくれた。

妾は一気にペンを走らせはじめた。ジン台のカクテルをチビリチビリ飲みながら……

……みんな面喰《めんくら》つてゐるらしい。そんなことなんか、どうでもいゝんだけど……

あたしは事件の真相を発表する前にタツタ一こと書いておく光栄を有します。

妾がこの手紙を書き上げるまでには、まだどれくらゐ時間がかゝるかわからないけど、その間《あひだ》にこのあたし……疑問の少女ヱラ子を見つける事が出来なければ、日本の警察も新聞記者も、みんなお馬鹿さんよ……つて……ネ……

大丈夫よ。誰《たれ》も妾を捕まへに来やしないわよ。妾が此処《ここ》を出たあとで此《こ》の置手紙を見て騒ぎ出すぐらゐがセキのヤマよ。

妾は本当の事を書いて置きます。妾はつく〴〵神戸がイヤになつてしまひました。シンカラお友達になつてみたいと思ふ人が一人も居《ゐ》ない事がわかりました。ですからモウこれつきり神戸に来まいと思つて、タツタ一人で此《こ》のカフヱーに乾《かん》盃《ぱい》をしに来たら、ちやうどコンナ号外が出たので、ツイ持ち

前のイタヅラ気《け》を出してしまつたのです。

妾は今朝《けさ》早く窓際のベツドの中で眼を醒ました。前の晩に遅くまで遊んだ朝は、いつでも、おひる頃まで睡《ねむ》たいのに、今朝《けさ》はよつぽどどうかしてゐた。

妾は窓のカアテンを引いた。硝子《がらす》が一面にスチームで露つぽくなつてゐたから、手の平《ひら》で拭いた。冷たかつたので頭がハツキリとなつた。

妾の室《へや》はゴンロク・アパートの五階だつた。窓の外は神戸の海岸通りの横町になつてゐた。左手に胡粉絵《ごふんゑ》みたいな諏訪《すは》山《やま》の公園が浮き出してゐる。右手の港につながつてゐる船の姿がまるで影絵のやう。その向うから冷たい太陽がのぼつて霜の真白な町々を桃色に照してゐる。窓硝子が厚いから何《なん》の音《おと》もきこえない。

そんなシンカンとした景色を見てゐるうちに、妾はヘンに淋《さび》しくなつて来た。何故《なぜ》つて云ふ事はないけれど……こんな事は今までに一度もなかつた。

妾は古代更紗《さらさ》のカアテンを引いて、つめたい外の景色を隠した。思ひ切つて寝返りをしてみた。

妾の寝台《しんだい》は隅から隅まで印度《インド》風で凝り固まつてゐた。白いのは天井裏のパンカアと、海月色《くらげいろ》に光る切子《きりこ》硝子《がらす》のシヤンデリアだけだつた。そのほかは椅子でも、机でも、床《ゆか》でも、壁でも、みんなアクドイ印度《インド》風の刺繍や、更紗《さらさ》模様で蔽ひかくしてあつた。その中でも隣りの室《へや》との仕切りの垂れ幕には、特別に大きい、黄金色《きんいろ》のさそりだの、燃え立つ様な甘草《かんさう》の花だの、真青《まつさを》な人喰ひ鳥だのがノサバリまはつてゐた。

その垂幕《たれまく》の間《あひだ》から、隣りの化粧部屋と、その向ふの白い浴《バ》槽《ス》がホノ暗くのぞいてゐる。浴槽《バス》の向うには鏡の屏風《びやうぶ》が立つてゐる。そんなものゝ隅々にビカ〳〵チカ〳〵光つてゐる金銀だの、瀬戸物だのゝ装飾が、一ツ〳〵にブルドツク・オヤヂ……妾の旦那になつてゐる赤岩権六の金《きん》ピカ趣味をサラケ出してゐた。見れば見るほど淋《さび》しい、つまんないものばかりだつた。

そのブルドツグ・オヤヂの赤岩権六は、ゆんべ夜中に急用が出来て、諏訪山裏の本宅の白髪婆《しらがばあ》のところへ帰つた。だから妾は今朝《けさ》、一人ぼつちで眼を醒したのだつた。

だけど妾がコンナに淋《さび》しいのはブル・オヤヂが居《ゐ》ないせゐぢや無かつた。ブル・オヤヂが百人出て来たつて、妾の気持ちを、とり直すことなんか出来やしなかつた。今までだつてさうだつた。今もさうに違ひなかつた。

妾はタツタ一人でベツドの上に長くなつたまんま、暗いところへグン〳〵落ち込んで行《い》くやうな気もちになつてゐた。

妾はいつの間《ま》にか枕元のベルを押したらしい。入口の横の垂れ幕を押し分けて、コツクのハラムがノツソリと這入《はひ》つて来た。

ハラムは印度《インド》人の中《うち》でも図抜けの大男だつた。背の高さが二米突《メートル》ぐらゐあつて左右の腕が日本人の股《もも》とおんなじ大きさをしてゐた。それがいつもの通り、妾の大好きな黄色い上等の印度《インド》服を引つかけて、おなじ色のターバンを高々と頭に捲き上げてゐるばかりでなく、眼のまはりが青ずんで、瞳がギヨロ〱して、鼻が尖《と》んがつて、腮鬚《あごひげ》や胸毛を真黒くモジヤ〱と生やしてゐるのだから、ちやうどアラビアン・ナイトに出て来る強盗の親分みたいなスバラシサで、見上げただけでも気持ちがスーツとした。この印度《インド》人は故郷に居《ゐ》る時分からうらなひが本職で、四十二歳の今日《けふ》がけふまで、何《なん》とか云ふバラモンの神様に誓つて、童貞を守つてゐるのだ……と自分で云つてゐた。だけど色が黒いからホントだか嘘だかよくわからなかつた。

妾は毎朝ブル・オヤヂが帰つたあとで、誰《たれ》も居《ゐ》なくなると、この男に抱《だ》かれてユツクリお湯に入れて貰ふのを何《なに》よりの楽しみにしてゐた。それは思ひ様によつては此《こ》の上もない、ステキな冒険に違ひなかつたから……。

けれどもハラムは妾の処に来た最初から、どこまでも柔順な妾の家来になり切つてゐた。今朝《けさ》もやつぱりいつもの通り憂鬱なまじめな顔をしながら、黒い逞ましい両腕を悠々とまくり上げて、妾をヤンワリと抱《だ》き上げてくれた。さうして赤チヤンを扱ふやうに親切に身体《からだ》を流して、新しいタオルで包んでくれた。

「今朝《けさ》はたいそう、お早う御座います……お姫様《ひいさま》……」

ハラムの日本語は、本物の日本人よりもズツトお上品で、立派に聞えた。シンガポールの一流のホテルで日本人専門のボーイを志願して稽古したのだと云つてゐたが、発音がハツキリしてゐる上に、セロみたいな深い響きをもつてゐた。

「……あたし……淋《さび》しいのよ……」

妾は濡れたまんまの両腕をハラムの太い首に捲きつけた。その拍子にハラムの身体《からだ》に塗りつけた香油の匂ひがムウウとした。

ハラムはすこしビツクリしたらしく、眼をまん丸にして、白眼《しろめ》をグル〱と動かしながら、高らかに笑ひだした。

「ハツ〱〱〱〱。……おほかたお姫様《ひいさま》は……お腹《なか》がお空《す》きになつたので御座いませう。」

妾はイキナリ、その毛ムクヂヤラの胸に飛び付いて、甘たれる様に首を振つて見せた。

「イヽエ〱。あたしチツトモひもじかない。ゆんべ遅くまで色んなものを喰べたんだもの……それよりも妾ホンタウに淋《さび》しいのだよ。お前にかうして抱《だ》つこされてゐてもよ……綱渡りの途中で綱が切れちやつて、そのまんま宙に浮いてゐるやうな気もちよ。ドツチへ行つたらいゝのか解んなくなつた様な気もちよ。教へておくれよ。ハラム、どうしたらいゝんだか……」

妾はさう云ひながらハラムの頸《くび》をヤケにゆすぶつた。逞ましい脂切つた筋肉に、爪を掘り立てるくらゐキツクゆすぶつた。けれどもハラムはビクともしなかつた。軽々と妾を抱へたまゝ長椅子の前に突立《つつた》つて、妾の顔をマジリ〳〵と見詰めてゐるきりだつた。

「……ヨウ……ハラムつたら。教へてよう。どうして妾こんなに淋《さび》しいんだか……、お前は妾の家来ぢや無いか。何《なん》でも妾の云ひ付け通りの事をして呉れなくちやダメぢや無いの……お前はいつも妾の云ひつけ通《どほ》りに……」

　ハラムがやつと表情を動かした。妾の瞳の底の底をのぞき込むやうに、青黒い瞳を据《す》ゑたまゝ……赤い大きな舌を出して、口のまはりの鬚をペロリと嘗《な》めまはした。さうしてシンミリとした、落ち付いた声を出した。

「……わかりまして御座います……お姫様《ひいさま》……何《なに》もかも運命で御座います。」

　ハラムは、さうした気持ちの妾を又も軽々と抱き上げて、ノツシ〳〵と歩きながら、室《へや》の真中に在る紫檀《したん》の麻雀台《マーヂャンだい》の前に来た。それは牌《パイ》なんか一度も並べた事の無い、妾達の食卓になつてゐた。その前に据《すわ》つてゐる色真《いろま》綿《わた》の肘掛椅子の中に妾の身体《からだ》を深々と落し込むと、その上から緞子《どんす》の羽根布団を蔽ひかぶせて、妾の首から上だけ出してくれた。

　ハラムのこんなシグサは、まつたく、いつもに無い事だつた。けれども妾は別段に怪しみもしないで、される通りになつてゐた。今から考へると、その時の妾の恰好は、ずゐぶん変テコだつたらうと思ふけど……

　そればかりぢやなかつた。ハラムは平生《いつも》のやうにパンカを引き動かして、妾の身体《からだ》を乾かしてくれる事もしなかつた。そんな事は忘れてしまつたやうに、室《へや》の隅《すみ》から籐椅子を一つ、妾の前に引き寄せて来て、その上に威儀堂々とかしこまつた。さうして塔のやうに捲き上げたターバンを傾けて、妾の瞳にピツタリと、自分の瞳を合せると、そのまゝ瞬《また》き一つしなくなつた。妾も仕方なしに、真綿の椅子の中で羽根布団に埋《うづま》つたまゝ、おなじやうにしてハラムの顔を見上げてゐた。

　籐椅子がハラムの大きな身体《からだ》の下でギイ〳〵と鳴つた。

　その時にハラムは底深《そこふか》い、静かな声で、ユル〳〵と口を利きはじめた。妾の瞳をみつめたまゝ……。

「……何事も運命で御座います。私は、お姫様《ひいさま》の運命をはじめからおしまひまで存じて居《ゐ》るので御座います。あなた様の過去も、現在も、未来の事までも、残らず存じ上げて居《ゐ》るので御座います。此《こ》の世の中の出来事といふ出来事は、何一つ残らず、運命の神様のお力によつて出来た事ばかりなのでございます。」

　ハラムの顔付きがみる〳〵うちに、それこそ運命の神様のやうに気高く見えて来た。ターバンのうしろに光つてゐる海月《くらげ》色のシャンデリヤまでが、後光のやうに神秘的な光りをあらはして来た。それにつれてハラムの低い声が、銀線みたいに美しい、不思議な調子を震はしはじめた。

「……その運命の神様と申しますのは、竈《かまど》の神、不浄場の神、湯殿の神、三ツ角《かど》の神、四つ辻の神、火の山の神、タコの木の神、泥海《どろうみ》の神、または太陽の神、月の神、星の神、リンガムの神、ヨニの神々のいづれにも増して大きな、神々の中《うち》の大神様で御座いまする。その運命の大神様の思召しによつて、此《こ》の世の中は土の限り、天の涯《はし》までも支配されて居《ゐ》るので御座います。」

妾はハラムの底深《そこぶか》い声の魅力に囚はれて、動くことが出来なくなつてしまつた。電気死刑の椅子に坐らせられて、身体《からだ》がしびれてしまつた様になつてしまつた。大きな呼吸《いき》をしても……チヨイト動いても、すぐに運命の神様の御心《みこころ》に反《そむ》いて、大変な事が起りさうな気がして来た。

そんなに固くなつてゐる妾を真正面《ましやうめん》にして、ハラムは裁判官のやうに眼を据ゑた。なほも、おごそかな言葉をつゞけた。

「……けれども……けれども……御発明なお姫様《ひいさま》は、今朝《けさ》から、それがお解りになりかけてお出でになるので御座います。……お姫様《ひいさま》は今朝《けさ》から、眼にも見えず、心にも聞えない何《なに》ものかを探し求めてお出でになるので御座います。……で御座いますから、そのやうにお淋《さび》しいのでございます。」

妾は返事の代りに深いため息を一つした。さうして今一度シツカリと眼を閉ぢて見せた。ハラムのお説教の意味がすきとほるくらゐハツキリと妾にわかつたから……。

ハラムは毛ムクジヤラの両手を胸に押し当てゝ、黄色いターバンを心持ち前に傾げてゐた。その青黒《あをぐろ》い瞳をヂイと伏せたまゝ、洞穴《ほらあな》の奥から出るやうな謙遜した声を響かした。

「……おそれながら私は、今日《けふ》といふ今日《けふ》までの間《あひだ》、運命の神様のお仕事が、お姫様《ひいさま》の御身《おみ》の上に成就致しまするのを《を》、来る日も〳〵お待ち申して居つたので御座います。それを楽しみに明け暮れお側にお付き添ひ申上げて居《を》つたので御座います。眼に見えぬ運命の神様のお力を借りまして、あの赤岩権六様を、あなた様にお近づけ申し上げましたのも、かく申す私なので御座います。それから、あの共産党の中川さまを、お伽《とぎ》におすゝめ致しましたのも、ほかならぬ私めが仕事で御座いまする。さうして、かやうに申しまする私が、赤岩様のお眼鏡《めがね》に叶ひまして、あなた様の御守役《おもり》として、御奉公が叶ひまするやうに取り計らひましたのも、皆《みな》、この私めが、私の霊魂を支配して居《を》られまする神様の御命令によつて致しました事なので御座いまする。」

ハラムは此処《ここ》まで云ひさすと、何故《なぜ》だかわからないけれどもフツツリと言葉を切つてしまつた。つゝ伏したまゝ黙りこくつて、身動き一つしなくなつた。それにつれて、その下の籐椅子の鳴る音《おと》が、微かにギイ〳〵ときこえて来た。運命の神様の声のやうに、おごそかに……ひめやかに……

妾は今までに泣いた事などは一度もなかつた。人間が何人殺されたつて、どんなに大勢からイヂメられたつて、悲しいなんか思つたことはコレンばかしも無かつた。それだのに此《こ》の時ばつかりは、何故《なぜ》ともわからないまんまに、泪《なみだ》が出て来て仕様が無かつた。ハラムのお説教とは何《なん》の関係もなしに胸が一パイになつて来て仕様がなかつた。何《なに》が悲しいのかチツトモ解《わ》からないのに泣けて〱たまらなかつた。

……すると、そのうちに何《なん》だか胸がスウ――として来たやうなので、妾は羽根布団からヒヨイと顔を出してみた。

両方の眼をこすつて見るとハラムはまだ妾の前に頭を下げてゐる。妾を拝むやうに両手を握り合はせて、両股を広々と踏みはだけてゐる。さうして心の中《うち》で御祈禱か何《なに》かしてゐるらしく、唇をムチ〱と動かしてゐる。

さうしたハラムの姿を見てゐるうちに、妾はフツと可笑《をか》しくなつて来た。何《なん》だか生れかはつた様に気が軽くなつて、思はずゲラ〱と笑ひ出してしまつた。

ハラムはビツクリしたらしかつた。白眼《しろめ》をグル〱とまはしながら顔を上げて、妾の顔をのぞき込んだから、妾はもう一度キヤラ〱と笑つて遣つた。

「……ハラムや御飯をちやうだい……」

「……ハ……ハイ……」ハラムは面喰らつたらしかつた。妾の為めに一生懸命で、ラドウーラ様をお祈りしてゐた最中だつたらしく、毒気を抜かれたやうに眼ばかりパチクリさせてゐた。

「それからね。御飯が済んだら、妾に運命を支配する術《じゆつ》を教へて頂戴ね。自分の運命でも他人の運命でも、自分の思ひ通りに支配する術《じゆつ》を教へて頂戴……あたし……悪魔の弟子になつてもいゝから……ネ……」

「……ハ……ハ……ハイ……ハイ……」

ハラムはイヨ〱泡を喰《く》つたらしかつた。ムニヤ〱と唇を動かしてゐたが、やがて、こんな謎のやうな言葉を、切れ〲に吐き出した。

「……運命の神様……ラドウーラ様の前には……善も……悪も……御座いませぬ。」

「ダカラサ。何《なん》でも構はないから教へて頂戴つて云つてるぢや無いの……あたしの運命を、お前の力で、死ぬほど恐ろしいところに導いてくれてもいゝわ。」

こゝまで云つて来ると妾は思はず羽根布団を蹴飛《けと》ばしてしまつた。妾のステキな思ひ付きに感心してしまつて、吾《わ》れ知らず身体《からだ》を前に乗り出した。両手を打ち合はせて喜んだ。

「いゝかい。ハラム。妾はまだハラ〱するやうな怖い目に会つた事が一度もないんだから、お前の力でゼヒトモそんな運命にブツカル様にラドウーラ様に願つて頂戴……妾は自分で気が違ふほど怖い眼だの、アブナツカシイ眼にだの会つてみたくて〱仕様が無いんだから。」

「……ハイ……ハハツ……」ハラムはやつと息詰まるやうな返事をした。

「その代りに御褒美には何《なん》でも上げるわ。妾はナンニモ持たないけど……妾の此《こ》の身体《からだ》でよかつたらソツクリお前に上げるから、八ツ裂《ざ》きにでも何《なん》でもしてチヤウダイ。」

ハラムはイヨ〳〵肝《きも》を潰したらしかつた。眼の玉を血のニジムほど剝き出した。唇をわなゝかして何《なに》か云はうとした。……と思ふと、その次の瞬間には、みる〳〵血の色を復活さして、身体《からだ》ぢうを真赤な海老茶色《えびちやいろ》にしてしまつた。口をアングリと開《ひら》いて、白い歯をギラ〳〵光らせながら、思ひ切つて卑しい……獣《けだもの》のやうな……声の無い笑ひ顔をした。

その顔を見てゐるうちに妾はヤツトわかつた。ハラムの本心がドン底までわかつてしまつた。ハラムは運命の神様のラドウーラ様から、この妾を生涯の妻とするやうに命令《いひつけ》られてゐるに違ひなかつた。

ハラムはズツト前から、妾に死ぬほど惚れ込んでゐたに違ひない。さうして其《そ》の悪魔みたいな頭のよさと、牡牛のやうな辛棒強さとで、妾の気象を隅から隅まで研究しながら、妾の心を捉《つかま》へる機会を、毎日々々、一心にねらひ澄ましてゐたにちがひない。

「オホヽヽヽ。をかしなハラム……そんなに真赤にならなくたつていゝよ。妾は嘘を吐《つ》かないから……その代りお前も嘘を吐《つ》いちやいけないよ。」

ハラムは幾度も〳〵唾液を呑みこみ〳〵した。御馳走を見せつけられた犬みたいに眼を光らせながら……

「キツト……キツトお眼にかけます。ハイ。ハイ。私はお姫《ひい》様《さま》の奴隷で御座います。ハイ……私は……私はまだ誰にも申しませぬが、世にも恐しい……世にも奇妙なオモチヤを二つ持つて居《を》ります。印度《インド》のインターナシヨナルの言葉で「コヽナツトの実」と申しますオモチヤを二つ持つて居《を》ります。それは輸入禁止になつて居《を》りまする品物でナカ〳〵手に這入《はひ》らない珍らしいもので御座いますが、私は、その取次ぎを致して居《を》りまするので……」

「そのオモチヤは何《なん》に使ふの……云つて御覧……」

ハラムは急に両手をさし上げた。いかにも勿体をつけるやうに頭を烈しく振り立てた。

「イヤ……イヤ〳〵〳〵。それは、わざと申し上げますまい。お許し下さいませ。只今《ただいま》はそれを申上げない方が、運命の神様の御心《みこころ》に叶ふからで御座います。……しかし……それはもう間《ま》もなく、おわかりになる事で御座います。私はその「コヽナツトの実」を、けふ中《ぢう》に二つとも、ある人の手に渡すので御座います。その方《かた》は、お姫様《ひいさま》がよく御存じの方《かた》で御座いますが……さうしますると、その「コヽナツトの実」が、その方《かた》と、それから矢張《やは》り、お姫様《ひいさま》がよく御存じのモウ一人の方《かた》の運命を支配致しまして、お二方ともお姫様《ひいさま》のところへは二度とお出《い》でになる事が出来ない様な、恐ろしい運命に陥られる事になるので御座います。お姫様《ひいさま》の眼の前で……お身体《からだ》の近くで、其様《そのやう》な恐ろしい事が起るので御座います。さうして……さうして……お姫様《ひいさま》は……お姫様《ひいさま》は……」

「ホヽヽヽヽ。キツトお前一人のものになると云ふのでせう。」

ハラムは真赤な上にも真赤になつた。眼に泪《なみだ》を一パイに溜めた。口をポカンと開《ひら》いて、今にも涎《よだれ》の垂れさうな顔をしたが、両手をさし上げたまゝ床《ゆか》の上にベツタリと、平蜘蛛《ひらぐも》のやうにヒレ伏してしまつた。

「もういゝ〳〵。わかつたよ〳〵。それよりも早く御飯の支度をして頂戴……お腹《なか》がペコ〳〵になつて死にさうだから……」

妾のお腹《なか》の虫が、フオツクス・トロツトとワルツをチヤンポンに踊つてゐた。そこへ美しい印度《インド》式のライスカレーが一皿分天降《あまくだ》つたら、すぐに踊りをやめてしまつた。妾はお腹《なか》の虫の現金なのに呆《あき》れてしまつた。それからハラムの御自慢の、冷《つめ》めたいニンニク水《みづ》をグラスで二三杯流し込んで遣ると虫たちはイヨ〳〵安心したらしく、グー〳〵とイビキをかいて眠り込んでしまつた。だから妾もすぐに、寝台《しんだい》の上に這ひ上《あが》つて、羽根布団にもぐり込んで寝た。死んだ様にグツスリと眠つてしまつた。

それから三時頃眼をさまして、羽根布団の中で焼き林檎《りんご》を喰べてゐると、何時《いつ》の間《ま》に這入《はひ》つて来たのか、狼《ウルフ》が枕元に突立つてゐた。

狼《ウルフ》といふのは最前ハラムが云つた中川青年のことだつた。左翼の左翼の共産党の中でも一等スバシコイあばれ者だと自分で白状してゐたが、それはハラムの童貞とおんなじにホンタウらしかつた。青黄色い、骸骨みたいに瘠《や》せこけた青年で、バラ〳〵と乱れかゝつた髪毛《かみのけ》の下から、眼ばかりが薄暗く光つてゐた。唇だけが紅《べに》をつけたやうに真赤なのも此《こ》の青年の特徴だつた。

このウルフ青年は妾に、いろんな事を教へてくれた。インキの消し方だの、音《おと》を洩らさないピストルの撃ち方だの、台所にある砂糖とか、曹達《ソーダ》とか云ふものばかりで出来る自然発火装置だの、ドブの中に出来る白い毒石の探し方だの……そんなものは、みんな印度《インド》のインターナシヨナルの連中から伝はつたので、共産党の仕事に入り用なものばかりだと云つて、得意になつて話してくれた。けれどもカンジンの共産党の主義の話になると、ウルフの頭がわるいせゐか、まるつきりチンプンカンプンなので困つてしまつた。ウルフはたゞ小器用《こきよう》なのと、感激性が強くて無鉄砲なだけが取り柄の人間らしかつた。

「……だから僕は一文も無いのだ。おまけに親ゆづりの肺病だから、生命《いのち》だつてもうイクラも無いやうなもんだ。その上にあんたから毎日からうして虐待されるんだからね。」

ウルフはいつも詩人らしい口調でさう云つては、黒ずんだ歯を見せて薄笑ひをした。けふも散々パラ遊んだあげくに、もとの寝台《しんだい》にかへつてさし向ひになると、又おんなじ事を云つたから、妾は思ひ切つて冷かして遣つた。

「又はじまつたのね。あんたのおきまりよ。ナマイダ〳〵ナマイダつて。」

　ウルフは慌てゝ手を振つた。妾の言葉を打ち消しながら、やはり薄笑ひをつゞけた。

「……そ……さうぢやないよ。ヱラチヤン。さうぢや無いつたら。だから……僕はだから、生命《いのち》のあるうちに、何《なに》か一つスバラシイ、思ひ切つた事をやつゝけなくつちや……」

「……また……生命《いのち》々々つて……そんなに生命《いのち》の事が気になるのだつたら、サツサとお帰んなさいよ。」

　妾から、かう云はれると、ウルフは急にだまり込んで、うなだれてしまつた。寝台《しんだい》の向う側に妾の爪先とスレ〳〵にかしこまつたまゝ、それこそ狼《ウルフ》ソツクリのアバラ骨を薄い皮膚の下で上げたり下げたりして、一生懸命に咳を押へ〳〵してゐた。

「ヱラチヤンは肺病は怖くないかい。」

「チツトモ怖かないわ。肺病のバイキンなら何処《どこ》でもウヨ〳〵してゐる。けれども達者な者には伝染しないつて本に書いてあるぢや無いの。妾その本を読んだから、あんたが無性に好きになつたのよ。あんたが肺病でなけあ、妾こんなに可《か》愛《はい》がりやしないわ。妾はあんたが呉《く》れた赤い表紙の本を読んでゐるうちに、あんた以上の共産主義になつちやつたのよ。……あんたが妾にサクシユされて、どんな風にガラン胴になつて、ドンナ風に血を吐いて死んで行《い》くか、見たくつて〳〵たまんなくなつたのよ。だからこんなに一生懸命になつて可《か》愛《はい》がつて上げるのよ。」

　妾がかう云つて笑つた時の狼《ウルフ》の顔つたらなかつた。蒼白《あをじろ》く並んだ肋骨を、鬼火のやうに波打たして、おびえ切つたウツロ眼から泪《なみだ》をポトリ〳〵と落しはじめた。泣くやうな……笑ふやうな皺を顔中に引き釣らして泪の流れを歪《ゆが》みうねらせた。……と思ふと不意に妾の両脚《りやうあし》の間《あひだ》の、真白なリンネルの上に、骨だらけの身体《からだ》を投げ伏せて、両手をピツタリと顔に押し当てた。

　妾はハツとして起き直つた。血を吐くのぢや無いかしらんと思つた。そのモヂヤ〳〵と乱れ重なつた髪毛《かみのけ》の下を、ドキ〳〵しながら見守つてゐた。しかし、さうぢや無いらしい事が間《ま》もなくわかつたので、妾はガツカリしてしまつた。

　ウルフは、差し出した妾の手をソツと押し退《の》けた。さうして泪でよごれた顔を手の甲で拭ひ〳〵寝台《しんだい》から降りて、長椅子の上に投げ出した洋服を着はじめた。

　けれども継ぎ〳〵だらけのワイシヤツとズボン下を穿《は》いて、黒いボロ〳〵のネクタイを上手に結んでしまふと、ウルフは、穴だらけの黒靴下を両手にブラ下げたまゝ、又、ヂツとうなだれて考へはじめた。

　すると、そのうちにヂツト考へ込んでゐたウルフは、何《なん》と思つたか両手に提げてゐた古靴下を麻雀台《マーヂヤンだい》の上に投げ出した。髪毛《かみのけ》をうしろにハネ上げて、入口の扉《ドア》の方へヒヨロ〳〵と近づいた。其処《そこ》の棚の上に置いてある黒い風呂敷包みを丁寧にほどいて、新しい食パンの固まりを二つ、大切さうに取り出した。さうして、その一つを両手で重たさうに抱へながら引《ひっ》返《かへ》して来て、寝ころんでゐる妾の眼の前に突きつけた。

「これは……約束の品です。」

「ナアニ。コレ……食パンぢや無いの。」

ウルフはニヤ〳〵と笑ひ出した。笑ひながらパンの横腹を妾の方に向けて、其処《そこ》についてゐる切口を、すこしばかり引き開けるとその奥にテニスのゴム毬《まり》ぐらゐの銀色に光る球が見えた。ところどころに黒いイボ〳〵の附いた……。

「アツ……コレ爆弾、アブナイヂヤ無いの、こんなもの。」

「ヱラチヤンは……此間《このあひだ》……云つたでせう。日暮れ方に此《こ》の窓から覗いてゐると、あのブルドツクの狒々《ひひ》おやぢが、往来を向うから横切つて、妾の処へ通《かよ》つて来るのが見える。その威張つた、人を人とも思はぬ図々しい姿を見ると、頭の上から爆弾か何《なに》か落してみたくなるつて……」

「えゝ……さう云つたでせうよ。今でもさう思つてゐるから……」

「その時に僕が、それぢや近いうちにステキなスゴイのが仲間の手に這入《はひ》るから、一つ持つて来て上げませう。その代りにキツト彼奴《あいつ》の頭の上に落してくれますかつて念を押したら、貴女《あなた》はキツト落して遣るから、キツト持つて来るやうに……」

「えゝ。さう云つたわ。タツタ今ハツキリと思ひ出したわ。」

「その約束をキツト守つて下さるなら、此《こ》のオモチヤを……おいしい「コヽナツトの実」を貴女《あなた》に一つ分けて上げます。どうぞ彼奴《あいつ》に喰べさして遣つて下さい。あいつは財界のムツソリニです。彼奴《あいつ》はお金《かね》の力で今の政府を押へ付けて、亜米《アメ》利加《リカ》と戦争をさせようとしてゐるんです。現在の財界の行《ゆ》き詰りを戦争で打ち破らうと企んでゐるのです。日本は紙と黄《わう》金《ごん》の戦争では世界中のどこの国にも勝てない。下層民の血を流す鉄と血の戦争以外に日本民族の生きて行《ゆ》く途《みち》は無い。不景気を救ふ道は無いと高唱してゐるのです。彼奴《きやつ》は此世《このよ》の悪魔です。吾々《われわれ》の共同の敵なのです……彼奴《あいつ》は……イヤあなたの旦那の事を悪《わ》るく云つて済みませんが……」

「……いゝわよ……わかつてるわよ。そんな事どうでもいゝぢや無いの。もうヂキ片付くんだから……」

「……大丈夫ですか……」

「大丈夫よ。訳《わけ》は無いわ。あのオヤヂは此処《ここ》へ来るたんびにキツト、此《こ》の窓の真下の勝手口の処で立ち止《ど》まつて汗を拭くんだから……さうして色男気取りでシヤツポをチヤンと冠《かぶ》り直して、ネクタイをチヨツト触つてから勝手口の扉《ドア》を押すのが紋切型になつてゐるんだから、その前に落せば一ペンにフツ飛んでしまふかも知れないわね。さうしたら、なほの事おもしろいけど……ホホホ……」

妾がかう云ふとウルフはチヨツト心配相な顔をした。室《へや》の中をジロ〳〵と見まはしたが、鉄筋コンクリートの頭丈づくめな構造に気が付くと、やつと安心したらしく妾の顔を見直した。真赤な唇を女のやうにニツコリさせつゝ、無言のまゝ、ウドン粉《こ》臭いパンの固まりを私のお臍の上に乗つけた。その無産党らしい熱情の籠もつた顔付き……モノスゴイ眼尻《めじり》の光り……青白い指のわなゝき……

　本当を云ふと妾はこの時に身体中《からだぢう》がズキン〳〵するほど嬉しかつた。約束なんかどうでもいゝ……こんなステキなオモチヤが手に這入《はひ》るなんて妾は夢にも思ひがけなかつた。妾はウルフに獅嚙《しが》み付いて喰《く》つてしまひ度《た》いほど嬉しかつた。丸い銀の球《たま》を手玉に取つて、椅子やテーブルの上をトーダンスしてまはり度《た》くてウヅ〳〵して来た。

　けれども妾は一生懸命に我慢した。その新しいパンの固まりを、お臍の上に乗つけたまゝ、ソーツとあふのけに引つくり返つた。その中の銀色の球の重たさを考へながら、静かに息をしてゐると、そのパンの固まりが妾の鼻の先で、浮き上つたり沈み込んだりする。その中で爆弾が温柔《おとな》しくしてゐる。そのたまらない気持ちよさ。面白さ。たうとうたまらなくなつて妾は笑ひ出してしまつた。

　あんまりダシヌケに笑ひ出したので、ウルフは驚いたらしかつた。靴を穿《は》きかけたまゝ妾の処へ駈け寄つて来て、妾のお臍の上から辷《すべ》り落ちさうになつてゐるパンの固まりをシツカリと両手で押へ付けた。サツキのやうに、おびえて、ウツロな眼付きをしい〳〵パンの固まりを抱へ上げて、妾の寝台《しんだい》の下に並んでゐる西洋酒の瓶《びん》の間《あひだ》に押し込んだ。ホツと安心のため息をしい〳〵立ち上り、又服を着直した。靴穿きのまま、ダブ〳〵のコール天のズボンと上衣《うはぎ》を着て、その上から妾の古いショールをグル〳〵と捲き付けた。その上から厚ぼつたい羊羹《やうかん》色の外套を着て、ビバのお釜帽を耳の上まで引つ冠《かぶ》せた。それから膝をガマ足にして、背中をまん丸く曲げて、首をグツとちゞめると五寸ぐらゐ背が低くなつた。何方《どつち》から見てもズングリした、脂肪肥りのヘボ絵かきぐらゐにしか見えなくなつた。

　妾はいつもながらウルフの変装の上手なのに感心してしまつた。口をへの字なりにして頰の肉をタルましたりしてゐる顔付きのモツトモらしいこと……妾だつて往来のまん中でウルフを見つける事は出来ないだらうと思つた。

　そのうちに厚ぼつたい手袋のパチンをかけたウルフはヨロ〳〵と入口の方へ歩いて行つた。もう一つのパンを黒い風呂敷包みにつゝみ直して、大切相に小腋《こわき》に抱へると、扉《ドア》を静かに開《ひら》いて廊下に出たが、扉《ドア》を閉めがけに今一度、共産党らしい、執着に冴えた眼の光りを妾の顔に注《そそ》いだ。さうして念を押すやうに淋《さび》しくニツコリと笑ひながら扉《ドア》を閉ぢた。

　その足音を聞き送ると、妾は、枕元のスヰツチをひねつてシヤンデリヤを消した。パジヤマと羽根布団で身体《からだ》を深々と包みながら、横のカアテンを引いた。硝子《がらす》窓を開《ひら》いて首を出した。

窓の外はもう夕方で、山の手の方から海へかけて一面に灯《ひ》がともつてゐる。そのキラ〳〵した光りの海を青い、冷たい風が途切れ〳〵に吹きまくつて、横町から五階の窓まで吹き上げて、妾の頬を撫でて行《い》くのがトテモ気持ちがいゝ。スチームのムン〳〵する室《へや》に居《ゐ》るよりも、窓からスーツと飛び出して、冷たい風の中を舞ひまはつた方がいゝと思つた。

さう思ひながらも、妾はヂツと瞳を凝らして、真下に在るアパートの勝手口の処を見てゐた。今のウルフの中川が、どんなに巧みな歩き方をして、街を横切つて行《ゆ》くか見たかつたから……さうして街を横切つてしまはないうちに、そこいらにウロ付いてゐる私服に摑まつたら……その時にあの爆弾を投げ付けたら……モウ〳〵と起《おこ》る土けむり……バラ〳〵散り落ちる家々《いへいへ》の硝子《がらす》窓……転がる首……投げ出す手……跳ね飛ぶ足……乱れ散る血しほ……ホンモノの素晴らしいトオキー……

ところが眼の下のスクリーンはなか〳〵妾の思ふ通りに進展しなかつた。狼《ウルフ》の中川は待つても〳〵往来に姿をあらはさなかつた。気が付いてみるとサツキからヱレベーターの音《おと》がチツトモ響いて来ないのは、もしかすると、どこかに故障が出来てゐるのかも知れない。だから中川はコツ〳〵と階段を降りて行つてゐるのかも知れないと思つた。あとから考へると此時《このとき》にハラムが何《なに》かしら運命の神様にお祈りをしてゐるのを、薄々気付いてゐたやうにも思ふけど……

妾は寒い往来を辷《すべ》りまはる自動車を、あとから〳〵見送つてゐるうちに、鼻の穴がムズ痒《がゆ》くなつて来た。今にもクシヤミが出さうになつたから、慌てゝ窓から首を引つこめようとした。

すると其時《そのとき》だつた。そんな自動車の群れの中から、見おぼえのある新型のフオードが眼の下のアパートの勝手口にスル〳〵と近付いた……と思ふと、その中からブルドツク・オヤヂの黒い外套が茶色の中折れを冠《かぶ》り直しながらヒヨロ〳〵と降りて来た。その足どりを見ると可なり酔つてゐるらしく、石段の前に立ちはだかつて、もう一度帽子を冠り直しながら、あぶなつかしい手付きでネクタイを直し初めた。すると又それと殆《ほと》んど同時に勝手口の扉《ドア》が開《ひら》いたらしく、ウルフの猫脊の姿がヨタ〳〵と石段を降りて来たが、その拍子に、這入《はひ》りかけて来るブル・オヤヂと真正面から衝突してしまつた。

妾はハツとした。今にも爆弾が破裂するかと思つて、首を引つこめる心構へをした。けれども爆弾は破裂しなかつた。

妾は生唾《なまつば》をグツト呑み込んだ。あんまり出来事が不意打ちで案外だつたので、正直のところ胸がドキ〳〵した。けれども、それが静まつて来ると、一緒に、かうした不意打ちの出来事の原因がハツキリと妾にわかつて来た。これは運命の神様のイタヅラに違ひ無いと云ふことが……。

運命の神様ラドウーラの御《お》つかはしめになつてゐるハラムは、ツイ今しがた妾の処からウルフが帰りかけたのを見るや否や、何処《どこ》かでお酒を飲んでゐるブル・オヤヂに何《なに》かしら大変な急用を知らせたに違ひ無い。ことによると昇降器に故障が出来たのもラドウーラ様がハラムに御命令遊ばしたトリツクの一つかも知れない。さうしてウルフの帰りを手間取らして、妾の旦那と色男が、わざつと妾の眼の下の往来でブツカリ合ふ様に時間を手加減なすつたのかも知れない。

　さう思ひながら腋の下の寒いのも忘れて一心に見とれてゐると、ブルとウルの二人は、だしぬけにブツカリ合つてビツクリしたらしく一寸《ちよつと》の間《ま》、睨《にら》めくらをしてゐる様であつたが、そのうちにブル・オヤヂはツカ〳〵と二三歩踏み出した。……と……いかにも傲慢らしくウルフの肩に手をかけて二三度グイ〳〵と小突《こづ》きまはした。けれどもウルフは、それに対して手向ひも何《なに》もせずにヨロ〳〵とよろめきまはつてゐる。左手の黒い包みをシツカリと握り締めたまゝ……

　妾はこんな面白い光景を見た事が無かつた。あの包みが直ぐ横の電柱か、自動車の横腹《よこばら》にぶつかつたら……と思ふと、何度もハラ〳〵させられた。

　ところが不思議な事に、二人はそのまゝ別れて行《い》かなかつた。

　ブル・オヤヂはウルフを睨み付けたまゝ、右手をあげて相図をすると、自動車の中から、菜葉《なつぱ》服《ふく》に鳥打帽の、肩幅の広い運転手が降りて来た。この運転手はブル・オヤヂが用心棒に雇つてゐる相馬といふ男で、刑事の経験がある上に、柔道を四段とか五段とか取る恐ろしい人だとハラムがいつぞや話して聞かせた。本当だか嘘だかわからないけども、何《なに》しろブル・オヤヂがまん丸く膨《ふく》れて、赤い浮標《ブイ》のやうにフラ〳〵してゐるのに、片つ方の運転手は弗箱《ドルばこ》みたいに重々しくて真四角い恰好をしてゐるから、見かけだけでも頑固らしい。おまけに、そればかりでなく、其《そ》の男が自動車の手入れをする姿のまゝで来たのだから、何《なん》でもヨツポド素敵な大事件を耳にしてフル・スピードで飛び出したとしか思へない。さうして何《なに》かしら思ひ切つた冒険を覚悟して此処《ここ》へ乗り付けたものに違ひ無い。……と思ふ間《ま》もなく相馬運転手は、今まで自動車の中からウルフに差し向けてゐたらしいピストルをキラリと菜葉服のポケツトに落し込みながら、直ぐにウルフのうしろに廻つて、両方の手首を黒い包みごとシツカリと押へ付けてしまつた。

　それを見ると其処《そこ》いらを通りかゝつてゐる三四人の洋服男が立ち止まつて見物し出した。ズツト向うの四ツ辻に突立《つつた》つてゐる交通巡査も、こつちの方を注意しはじめた。

　妾はブル・オヤヂの大胆なのに呆れてしまつた。おほかたブル・オヤヂは相手の正体を知らないでゐるのだらう。よしんば正体を知つてゐるにしても、その相手が持つてゐる黒い包みの中味ばつかりは知つてゐよう筈《はず》が無い……だから自分の経営してゐるビルデングから出て来た怪しげな浮浪人を咎《とが》めるくらゐの積りでゐるのぢやないかしら……と考へてゐるうちに、吹き荒《すさ》んでゐた風が突然ピツタリと止《や》んで、ブル・オヤヂの大きな怒鳴り声が、五階の上から見下《みおろ》してゐる妾のところまで聞えて来た。

「……俺は貴様の正体ぐらゐ、トツクの昔に知つてゐるぞ。貴様はお尋ね者の……だらう。」

妾は夢中になつて身体《からだ》を引つこめかけた。ブル・オヤヂが、わざと云はなかつた名前が相手にハツキリ通じたに違ひないと思つた。それと同時にウルフが正体をあらはすにちがひないと思つた。今にも運転手の強力《がうりき》に押へられてゐる両手を振り切つて、黒い包みを相手にタヽキ付けるかと、息を詰めて身構へてゐたが、ウルフは矢張《やは》り、そんな気振りをチツトモ見せなかつた。ブル・オヤヂからさう云はれると同時に、意気地なくグツタリと首をうなだれてしまつた。

ウルフのさうした姿を見ると、ブル・オヤヂは、なほのこと大きな声でタンカを切り出した。

「貴様等《ら》の秘密行動は一から十まで俺の耳に筒抜けなんだぞ。日本の警察全体の耳よりも俺の耳の方がズツト上等なんだぞ。貴様が此《この》ごろ此処《ここ》へ出這入《ではひ》りし初めた事も、タツタ今、貴様の変装と一緒に、或る方面から電話で知らせて来たんだ。だから俺は大急ぎで飛ばして来た。貴様の面《つら》を見おぼえに来たんだ。いゝか……」

「…………」

「……敵にするなら敵でもいゝ。貴様等《ら》の首を絞めるくらゐ何《なん》でもない。論より証拠この通りだ。貴様等《ら》みたいな青二才におぢけて俺の荒仕事が出来ると思ふか。しかし、けふは許して遣る。俺の可愛《かはい》い奴の為めに見のがして遣る。此処《ここ》で出会つたんだから仕方があるまい。」

「…………」

「行《い》け…………」

ブル・オヤヂが、かう云ふのと一緒に、ウルフの両手を摑んでゐた運転手が手を離して、グルリと相手の横ワキへまはつた。その菜つ葉服のポケツトの中でピストルを構へてゐるのが真上から見てゐるせゐか、よくわかつた。

けれどもウルフは行《い》かなかつた。その代りに今まで猫脊に屈まつてゐた身体《からだ》をシヤンと伸ばすと、共産党員らしい勇敢な態度にかはつて、ブル・オヤヂの真正面《ましやうめん》にスツクリと突立《つつた》つた。二人はそのまま睨《にら》み合ひをはじめた……。

妾は何《なん》だかつまんなくなつて来た。

睨み合つてゐる二人はお互ひに、お互ひ同志の事を知り過ぎるくらゐ知り合つてゐるのだつた。それでゐて此《こ》の妾に気兼ねをしてゐる為めに、何《な》んにも手出しが出来ずに居《ゐ》るのだつた。

妾は窓から首を引つこめて、大きなクシヤミを一つした。寝台《しんだい》の下に手を入れて、コロ〳〵倒れる瓶《かめ》の間《あひだ》から、重たいパンの固まりを取り上げると、その横腹をやぶきながら、もう一度窓の下をのぞいてみた。

　五階の下の往来では二人がまだ睨《にら》み合つてゐる。見物人も元の通りに四五人突立《つった》つてゐる。その真上に重たい銀色の球《たま》をさし出して手を離しながら、すばやく窓を閉めて、耳の穴に指を突込《つっこ》んだ。建物の全体がビリ〳〵とふるへた。

……それだけだつた……けれども、タツタそれだけで、妾は身体中《からだぢう》が汗ビツシヨリになるほど昂奮してしまつた。

　それから何十分ぐらゐ経つてゐたか、わからなかつた。

　隣りの室《へや》の仕切りの大きな垂れ幕の裾にハラムの全裸体《まるはだか》の屍骸が長々と横《よこた》はつてゐた。その横の化粧部屋で、妾は久し振りにお垂髪《さげ》に結つて、新しいフエルト草履《ざうり》を突つかけながら、振り袖のヨソユキと着かへてゐた。

　それはウルフが四五日前に教へてくれたピストルの無音発射の試験を実地にやつてみて、成功したばかしの処だつた。妾の寝台《しんだい》の上にだらしなく眠りこけてゐたハラムの真黒い、おほきな腹の弾力が、妾の小さなブローニングの爆音を、あらかた丸呑みにして呉《く》れたのだつた。反動がずゐぶん非道《ひど》くてビツクリしたけども、逆手《さかて》に持つた引金の引き方をウルフから教はつてゐたので、指を折るやうなヘマな事はしなかつた。その代りに手の中から飛び出したピストルが天井にぶつかつて、風車のやうに廻転しながら床《ゆか》の上に落ちて、又も二三べんトンボ返りを打つた。

　ハラムはそのあとからワレガネみたいな悲鳴をあげて床《ゆか》の上に転がり落ちた。そのまゝ絨毯の上をドタリ〳〵とノタ打ちまはると、それにつれて真赤な帯がグル〳〵とハラムの胴体に巻き付いて行つた。

　ハラムは、その間《あひだ》ぢう息詰まるやうな唸り声をあげつゞけた。

「……オヒイ……サマ……オオオヒヒ……サママ……アア……アア……」

　妾はそれを見下《みおろ》しながら麻雀台《マーヂヤンだい》の傍《かたはら》に突立つてゐた。「恋」といふものゝ詰らなさ……アホラシサをゾク〳〵するほど感じさせられながら、シンミリした火薬の煙と、腥《なまぐさ》い血の匂ひの中に立ちすくんでゐた。百五十キロもある大きな肉体が、椅子やテーブルを引つくり返して転がりまはるのを見守つてゐた……まだ死なゝいのか……まだ死なゝいのか……と思ひながら……。

犬神博士

一

ハハア。吾輩《わがはい》の話を速記にして新聞に掲《だ》すと云ふのか。物《もの》数奇《ずき》な新聞もあればあるものだナ。

第一吾輩は新聞に話を書かれる様な名士ぢや無いよ。

ナニ。吾輩の名前を知らない者は此《こ》の介隈《かいわい》に居《ゐ》ないと云ふのか。フーン。これは初耳だ。吾輩の本名を知つてゐる人間はあまり居《ゐ》ない筈《はず》だがナ。

フウン。本名ぢや無い。綽名《あだな》で有名なのか。これはイヨ〳〵聞き棄てにならんぞ。どんな綽名だ。云つて見ろ。構ふ事は無い本人が許すんだ。殴りはしないから安心しろ。綽名を聞いて憤《いきどほ》る様な狭量な吾輩では無い。

ズツト昔では皆《みな》、綽名を本名にしてゐたものだ。恐れ多い話ではあるが、アメ・ノ・ミナカヌシを初め奉りウガヤ・フキアヘズでも、タケミカヅチでもヤマト・タケルでも皆《みな》御本名ではない。はたから奉つた名だ。下《くだ》つては長随彦《ながすねひこ》、雉啼女《きじなきめ》、入鹿《いるか》、蹴速《けはや》、鼻垂《はなた》れ、耳垂れ、猿面冠者《さるめんくわんじや》、狸親爺《たぬきおやぢ》、モット下《くだ》つては土方人足のボン州、ツン州《しう》に到るまで数へ上げたら数限りも無い。名は体《たい》を現はすといふのは此《こ》の時代の通り言葉で、今の世の中には通用しないのだ。もつとも此頃《このごろ》みたいに人間の数が殖えて来ると、水溜りに湧いたオタマジヤクシと同様ドレモ、コレモが似たり寄つたりに見えて、一々綽名を附ける訳に行《ゆ》かなくなつたから、めい〳〵勝手に自分で名前をつく様になつた訳だが、それでも学生や何《なん》かは一人残らず先生を綽名で呼んでゐる位だ。

第一この綽名で人を呼ぶ様にして置くと名前を聞いただけで其《そ》の人間の印象がパツと来る。話が朗かで愉快になる上に一生涯その印象を忘れないから便利だ。呼ばれた本人も自分の綽名に対して謹《つつし》む処がわかるから非常な修養になる。ところが之《これ》に反して自分勝手な名前を名乗るとなると、所謂《いはゆる》名が体《たい》は現はさない事になるから間違ひがヤタラに出来て困る。花野露子《はなのつゆこ》がウンシヤンだつたり石部金吉《いしべきんきち》が好色漢《すけべゑ》だつたりするから、名前を聞いた丈《だ》けで惚《ほ》れ込んだり飛んでも無い目に会ふことになる。これは歎かはしい人文《じんぶん》の堕落だと吾輩は考へてゐる位だ。構は無いから云つて見ろ。吾輩の綽名を云つて見ろ。参考になるから……。

ナニ。キチガヒ博士？

これあ怪《け》しからん。吾輩が何《なん》でキチガヒだ。

イヤ。憤《おこ》つてゐるんぢや無い。人相の悪いのは生れ付きだ。胴間声《どうまごゑ》も地声《ぢごゑ》だ。サア云つて見ろ。これ程の博学多才、多芸多能、人格高潔な人間は滅多《めつた》に居《ゐ》る者では無い。其《そ》の吾輩の何処《どこ》がドウなつて居《を》ればキチガヒと云ふのだ。その理由を云つて見ろ。

その理由はわからない。わからないけれども多分左様《さう》だらうと云ふのか。ハハア。左様《さう》ぢや無い。ハハア左様《さう》らしいと云ふのか。イヨ〳〵怪《け》しからんぢや無いか。

フーン。成る程。松原《まつばら》の中の穢《きた》ない一軒屋に住んでゐる親兄弟妻子眷族《けんぞく》も何《なに》も無い一人者で、犬や猫をゴチヤ〳〵飼つて、頭や髯《ひげ》を延び放台にして、夏冬ブツ通しの二重《にぢう》マントを着て、福岡市中をブラ〳〵歩きまはつて、掃溜《はきだめ》や塵箱《ごみばこ》を掻きまはして居《ゐ》る様な人間ならば、大抵キチガヒにきまつて居《ゐ》ると云ふモツパラの評判か。成る程ナア。

それなら尋ねるが、戦争も無いのにサアベルを吊るして、見せて呉《く》れとも云はないのに勲章を並べて、電車自動車がある世の中に馬に乗つて、エライとも云はないのに反りくり返つて行《ゆ》くのはあれあ何《なん》だ。誓文払ひの広告か。それともオツチニの親方か。

まだある。

銭《ぜに》も無いのに一等旅館に泊つて、何事も無いのにフロツクコートを着て、配つてはいけないのに大きな名刺を配つて、先祖代々下げなかつたアタマを下げて、頼まれもしないのに演説会を開いて、万世一系金甌無欠《きんおうむけつ》の日本を亡びる〳〵と怒《ど》鳴《な》つて居《ゐ》る連中はあれあ何《なん》だ。舶来の乞食《こじき》か。それとも大本教の凝り固《こ》まりか。

まだある。

何百万の身代《しんだい》でありながら爪に火を灯《とも》して、算盤《そろばん》と首つ引きで風車《かざぐるま》を廻し、一生美味《うま》いものを食はず良い物を着ず。電車自動車にはむろん乗らず。慈善人助け善根功徳《ぜんこんくどく》を嫌ふこと疫病神《えきびやうがみ》の如く、乞食ルンペンを恐るゝ事悪魔の如く、義理人情と恥の掻きつ放《ぱな》しで、妻子眷族に怨まれながら、ホツとする隙《すき》も無いうちに、手前が銭を出して飼つて置く妾《めかけ》の処へ、ドブ鼠みたやうにコソ〳〵と逃げ込む奴はあれあ何《なん》だ。

二

吾輩の眼から見れば世間の奴等の方がよつぽどキチガヒじみてゐる。頼まれもしないのに無駄な苦労ばかりしてゐる。世界中の人間はみんな無駄骨折《むだぼねをり》がし度《た》さに生きてゐる様なもんだ。

之《これ》に反して吾輩の生活状態を見ろ。みんな廃物利用の原理原則に叶つた堂々たるものばかりだ。

第一此《こ》の家《いへ》が其処《そこ》いらに並んでゐる様な月賦住宅や借家とは違ふ。自分の家《うち》の様な、他人の家《うち》の様な中途半端な気持で住んで居《ゐ》るんぢや無い。流木《ながれぎ》やトタン板を丹念に拾ひ集めて、風通しと日当りを考へながら、自分で作つた構成派風の新様式住宅だ。画家《ゑかき》や写真師なぞが、よく立ち止《と》まつてスケッチして居《ゐ》るのを見受ける位だ。尤《もつと》も四本柱と裏の動物小舎《ごや》の金網は銭を出して買つたがね……

地所かね。地所は箱崎八幡宮《はこざきはちまんぐう》のものだが、八幡宮とはズツト前から心安くしてゐるからね。お礼心に石燈の倒れたのを起して遣つてゐるから喜んでゐるよ。

その次は帽子だ。この山高《やまたか》は九大真野《まの》総長のお下《さが》りだが此《こ》の通り天井がマツチと煙草入れになつてゐる。それから此《こ》の二重《にぢう》マントも真野君のお下りで、ジヤンクの帆みたいに継ぎハギだらけだが、此《こ》の通り胸から胸にかけてポケツトが四つ付いてゐて野良猫《のらねこ》や野良犬の仔を拾ひ込んで来る様になつてゐる上に外から見たつてチヨツトわからないから重宝だらう……。それから此《こ》のバスケツトは中に詰まつてゐる空缶と同様拾ひ物で、犬猫の食料を集めて帰る用に供してゐる。又此《この》古蝙蝠《ふるかうもり》も傘なら早速化けて出る位グロテスクな恰好《かつかう》だが雨霜《うさう》を凌《しの》ぐには充分だ。着物は別にない。寒い時に浴衣《ゆかた》を一枚着るくらゐのもんだ。寒い時には寒い。暑い時には暑いといふのが吾輩の信念だ。信念は暑くも寒くも無いのが当然だ。それから穿物《はきもの》は見付かれば穿《は》く。無ければ穿かない。

ナニイ。褌《ふんどし》？　そんなものを締《しめ》た経験は生れて無いよ。ブラ下がるべきものはブラ下げて置くのが衛生的ぢやないか。煙草入れを風呂敷に包む奴は居《ゐ》ないだらう。そんな苦労をする奴が早死をするんだ。

ドウダ。吾輩の生活状態は此《こ》の通一《とほりピン》から十《キリ》まで合理的になつてゐる。利用厚生の道に叶つてゐる。それを世間の奴等がキチガヒ呼ばはりするんなら世間の奴等はキチガヒ以上のキチガヒだらう。それとも無駄骨折りに発狂するのが正気の沙汰で、悠々と天道《てんだう》を楽《たのし》むのがキチガヒだと云ふ定義がどこかに在るのか。又はキチガヒが二十億居《ゐ》て、正気の人間がタツタ一人居《を》れば、その一人の方がキチガヒと云ふ事にきまつてゐるのか。

ウン。それならば勘弁して遣る。すべてキチガヒと云ふものは自分だけが本気で、ほかの奴はキツト何処《どこ》かゞをかしいものと決めてゐるものだからナ。ウス〳〵自分のをかしい処を気付いてゐる奴は尚更のこと、正当防衛の意味で他人をキチガヒ呼ばはりするものだからナ。

ウム。まだ綽名があるだらう。フーン。山高乞食《こじき》。乞食をした事は無いぞ畜生。アハ……君に云つてゐるんぢや無い。その次は何《なん》だ。何《なん》でも博士。予言者。ウ――ム。これは適評だ。吾輩は天下の事を見通してゐるからナ。閻魔《えんま》大王《だいわう》。鍾馗《しようき》大臣《だいじん》。そんなに怖い顔をしてゐるかナ。チツト気を付けよう。こんな風にニタ〳〵した処はどうだ。尚更気味が悪い。弱つたナ。大切な寒暑除《よ》けの頭やヒゲを剃る訳にも行《ゆ》かないし……。

その次は何《なん》だ。エツ。犬神博士《いぬがみはかせ》。

どう云ふ意味だ、それは……。吾輩は大神二《おほかみに》瓶《へい》といふ立派な姓名があるのだ。その大神のアタマの大《おほ》の字の横ビンタへ何《なん》で石ころをブツ付けた。誰にことわつて犬にしてしまつた。吾輩が犬を飼つてゐるからと云ふのか。

　フーム。左様《さやう》ぢやない。吾輩の云ふ事が犬神さまみたいに適中《あた》ると云ふのか。馬鹿にしてゐる。吾輩の予言と犬神様の御託宣と一緒にする奴があるか。元来こゝいらに犬神が流行《はや》るのか。ナニ。俺が居《ゐ》るから流行《はや》らない。馬鹿にするな。そんなら犬神の故事来歴を知つてゐるのか。知らない。ソレ見ろ。知りもしないのに利いた風な事を云ふな。

　ナニ。犬神の話を聞かせろ。ウン。知らなけあ話してもいゝ。元来犬神といふのは吾国に伝はる迷信の中《うち》でも一番下等なものなんだが、それだけにトテモ愚劣な、モノスゴイ迷信なんだ。主として中国、山陰道方面に流行したものだがね……

三

　先《ま》づ或る村で天変地異が引き続いて起る。又は神隠し、駈落ち、泥棒、人殺しなんどの類が頻々《ひんぴん》として、在来の神様に伺ひを立てた位では間に合はなくなつて来ると、村中の寄り合ひで評議して一つ犬神様を祭つてみようかと云ふ動議が成立する。そこで村役世話役、肝煎役《きもいりやく》なんどが立ち上つて山の中の荒地を地均《ぢならし》して、犬神様の御宮《おみや》を建る一方に、熱心家が手を分けて一匹の牡犬《をすいぬ》を探し出して来る。毛色は何《なん》でも構はないが牝犬《めすいぬ》では駄目ださうだ。牝は神様になる前にヒステリーになつてしまふからね。

　その牡犬を地均《ぢなら》した御宮の前に生き埋めにして、首から上だけを出したまゝ一週間放《ほ》つたらかして置くと、腹が減つてキチガヒの様になる、そこで其《そ》の汐時《しほどき》を見計らつて、その犬の眼の前に、肉だの、魚だの、冷水だのとタマラナイものばかりをベタ一面に並べて見せると犬はモウキチガヒ以上になつて、眼も舌も釣り上つた神々しい姿をあらはす。その最高潮に達した一刹那《せつな》を狙つて、背後から不意討ちにズバリと首をチヨン斬《ぎ》つて予《か》ねて用意の素焼きの壺に入れて黒焼きにする。その壺を御神体にして大変なお祭り騒ぎを初める。

　ところで其《そ》の犬神様に何《なん》でもいゝから、お犬様のお好きになり相なものを捧げて、お神籤《みくじ》を上げると、ほかの神様にわからなかつた事が何《なん》でも中《あた》ると云ふから妙だ。天気予報から作の収穫《みいり》、漁獲《れふ》のある無しはむろんの事。神隠しが出て来る。駈落ちが捕《とら》まる。間男《まをとこ》、泥棒、人殺しが皆《みな》わかると云ふのだが成る程考へたね。人間だつてそんな眼に会はせたら大抵神様になるだらうが。

　尤《もつと》も吾輩は別だ。そんな手数《てすう》をかけなくとも現在が既に神様以上だ。お神酒《みき》を一本上げれば大抵の事は聞く。しかも善悪にかゝはらないから便利だ。運気、縁談、待ち人、家相、人相、地相、相性を初めとして、人事、政事、商売、其他《そのた》百般何《なん》でもわかる。但《ただし》、即座にわかる事もあれば、二三日一週間くらゐかゝる事もあるが、これは止《や》むを得ない。吾輩の御託宣はソンナ犬神様みた様な非科学的なものぢや無いからナ。

ハハア？　何処《どこ》でそんな神通力を得たと云ふのか。それはナカ〳〵大きな質問だ。第一吾輩の身の上話を聞かないと解らん。ウーム。問はれて名乗るも嗚滸《をこ》がましいが、所望《しよまう》とあれば止《や》むを得ない。ハツ〳〵トウ〳〵喋舌《しやべ》らせられる事になつた。大抵煙に捲かれて逃げ出すだらうと思つてゐたが、逃げ出さない処が新聞記者だな。ナニナカ〳〵面白い。畜生。あべこべにオダテてゐやがる。

俺の身の上話はしてもいゝが、何処《どこ》から始めていゝか見当が付かないので困るのだ。とりあへず両親が俺を生んだ処から始めたいのだが、其処《そこ》いらの記憶が甚《はなは》だ茫漠としてゐて取り止めが無い。世の中には記憶のいゝ奴があればあるもので、蜀山人《しよくさんじん》といふ狂歌師が、文政六年の四月頃、七十五で大病にかゝつて寝てゐると、近所に火事が始まつたので、門弟どもが手取り足取り土蔵の中に避難させた。その時に門弟の中の・・・あわてものが、先生此処《ここ》で一句如何《いかが》ですと云ふと、蜀山人片息になりながら声に応じて詠《よ》んだ。

生《うま》るゝも慥此処《たしかここ》らと思ひしが死にゆく時も又倉の中

とね。ヒドイ辞世を詠ませたものだ。尤《もつと》も七十いくつになつて死にかゝつてゐながら是《こ》れ位のエロ気があるんだから、大したオヤヂだらう。生れた時のことを記憶してゐるのも無理は無いが、吾輩はソンナ記憶が全く無い。ないばかりで無く、俺の記憶に残つてゐる両親はドウやら本物の両親では無いらしいから困るんだ。よくわからないが、何処《どこ》かで棄子《すてご》か何《なに》かになつてゐる吾輩を拾ひ上げて育てたものらしい。事によると本当の両親に売られたのかも知れないね。手前《てめえ》の身体《からだ》には金が掛かつてゐるとか。生みの恩より育ての恩とか何《なん》とか云つてはよく吾輩を打《ぶ》つたり叩いたりしたものだから……。生れた時の事なんか尋ねたらブチ殺されたかも知れない。

四

仮《か》りにも親と名の付いた者を悪く云つては相済まぬ訳だが、吾輩の所謂《いはゆる》両親なるものは縦から見ても横から見ても親とは思へない。さうかと云つて雇主《やとひぬし》とも思へないと云ふ世にも変テコな男女であつた。

その両親と名乗る方《かた》は、普通の人間よりも眼立つて小さい頭をイガ栗にした黒アバタで、アゴの干物《ひもの》見たいに痩《や》せこけた小男であつた。冬はドテラ。夏は浴衣《ゆかた》の上から青い角帯《かくおび》を締《しめ》て赤い木綿のパツチを穿《は》いて、コール天の色足袋《いろたび》に朴歯《ほほば》の下駄。赤い手拭《てぬぐひ》で覆面をして鳥追ひ笠を冠《かぶ》つて、小鼓を一挺《ちやうさ》提げて、背中に莫蓙《ござ》二枚と傘を二本背負つてゐた。

又女の方は男と正反対に豚みたいに赤肥りしたメツカチで、

模範的な獅子鼻《ししばな》を顔のマン中に押しつけて、赤い縮れつ毛を櫛巻《くしまき》にして三味線を一挺抱へてゐた。そのほかは亭主……だか何《なん》だかわからない男と揃ひであつたが冬になると黒襟《くろえり》のかゝつた縞《しま》の袢纏《はんてん》みた様なものを着るだけが違つてゐた。

　かう説明して来たら其頃《そのころ》の吾輩の扮装《いでたち》も大抵想像が付くだらう、お合羽《かつぱ》さんに振《ふ》り袖《そで》、白足袋《たび》に太鼓帯、真白《まつしろ》な厚化粧、頬と肩の下と唇と眼尻に紅《べに》を引いて、日傘と風呂敷包みを一個と云ふのだから何《なん》の事はない最新流行のモガが焼芋を買つた恰好だ。おまけに親子三人とも皮膚の色から着物から下駄まで、雨風に晒《さら》された七ツ下《さが》りで、女親の持つてゐる三味線の三の糸だけが黄色いのと、男親の小鼓の調紐《しらべ》が半分以上細《ほそ》引《びき》で代用してあるのが、今でも気になつて仕様が無いほど見《み》窄《すぼ》らしいものであつた。

　吾輩は此《こ》の両親にあらゆる悪い事を仕込まれた。世間並の親だと自分たちは勝手な悪事を働いてゐながらも子供にだけは善い事をさせようとする。継母《ままはは》が継《まま》ツ子をイヂメるのでも、悪い事を取り立てゝ叱るもんだが此《こ》の両親はまるで正反対だつた。吾輩が悪い事をすればする程機嫌がよくて、その上にもモツト〱悪い事を仕込まうとするのだから敵《かな》はない。

　此《こ》の両親が吾輩を引率して一つの村里《むらざと》に来かゝると、たいてい村の入口の橋の処あたりから女親が片肌を脱いで、派手な襦袢《じゆばん》をヒラ〱させて三味線を弾きはじめる。オツト。忘れてゐた。その前にモウ一つ仕事があるのだ。ズツト道を後《おく》れてゐる吾輩を女親が振返つて三味線を縦に抱へ直しながら、編笠の下の暗い処で小さな片眼をギヨロリと光らす。同時に梅雨明けの七面鳥みたいな猛烈な金切声を出すのだ。ソイツが最初の間は何《なに》を云つてゐるのかサツパリ判らなかつたが、後《あと》になつてヤツト判つた。吾輩の歩き方が遅いのを叱つてゐるのだ。

「ニヤーゴツしよんかア。コン外道《げだう》サレエ」これが村へ這入《はひ》るたんびに繰り返されるのだから、吾輩も何時《いつ》の間《ま》にか慣れつこになつてしまつて、後《のち》には三味線を弾き初めるキツカケ位にしか思はれない様になつた。

　ところで吾輩が何故《なぜ》道を遅れるかと云ふと、身体《からだ》不相応な風呂敷包を提げてゐるからだ。この風呂敷の中には三人分の着換へと、女親の手鏡が一個這入《はひ》つてゐるのだが、その手鏡の重さがヒシ〱と腕にこたへた。ことに冬はいゝが暖かくなると冬着が三枚這入《はひ》る訳だからトテモ大きな重たい包みになる。おまけに今から考へてみると三月から十月一パイは親子三人共派出《はで》な浴衣《ゆかた》で居《ゐ》るのだから、一年の中《うち》で八箇月は重たい包みを担がせられてゐた訳だ。

　女親が担いだらよささうなものだが、あんまり肥り過ぎてゐて冬でも股擦《またず》れがする。三味線一挺がヤツトコサで、天気になるとすぐに下駄を吾輩の包みに突込《つきこ》んで草履《ざうり》を穿《は》く位だつたから、正直の処、荷物なんか持てないらしかつた。男親は男親で傘二本と茣蓙《ござ》二枚でヒイ〱云ふ位の意久地《いくぢ》無しだから、結局、吾輩以外に包みの持ち手が無いと云ふ訳になる。

その上に、田舎道の事だから春になると蝶々が飛ぶ。花が咲く。秋になるとトンボが流れる。柿が並ぶ。汽車が行《い》く。シグナルが落ちると云つた塩梅《あんばい》で、荷物を担いで行《い》く子供に取つては、シンカラ地獄めぐりと同様の誘惑を感ずるのであつた。ところが親たちは又吾輩と全然正反対の考へで、一刻も早く向ふの村に着いて、一銭でも余計に稼がうと云ふのだから、双方の主張が一町二町の相違となつて現はれるのは当り前だ。吾輩の体力と健脚はその時分から養生されてゐたんだね。

吾輩が所謂両親から仕込まれた善い事はタツタこれ一つだつたね。あとはみんな碌《ろく》でも無い事ばかりだつた。

五

ところで吾輩が今から話すやうな事を新聞に載せると、うちの子供の教育にならぬと云つて抗議を申込む親たちが現れるかも知れないが其点《そのてん》は御心配御無用だ。吾輩の両親みたいな両親は絶対に外《ほか》に居《ゐ》ないし、吾輩みたいな児《こ》も亦《また》滅多に居《ゐ》るものでない。但し五十歩百歩の程度のなら肉親の親子でも無いとは限らないがそれならそれで又、参考になるだらう。論より証拠吾輩が或る処で此《こ》の意味の演説をして聞かせたら「それあ左様《さう》かも知れませんね。しかし憚《はばか》りながらポン〳〵ながら私の子供は私が勝手に育てます。ハタから余計な差出《さしで》口《ぐち》は止《よ》して下さい」と云ふ無反省な親が出て来た。此《こ》の親なんかは吾輩の両親とソツクリ其《そ》のまゝだから面白いね。吾輩が打《ぶ》たれるのを見るに見兼ねて止《と》めに来た人達に、吾輩の両親はソツクリ其《そ》のまゝの文句を云つてゐたから愉快ぢや無いか。

尤《もつと》も吾輩の両親も、村中《むらなか》で吾輩をいぢめる様な事は滅多にしなかつた。

一番恐ろしいのは山道か何《なに》かの人通りの絶えた処であつた。そんな処でウツカリ道に後《おく》れやうものなら、すぐに引つ捕《とら》へられて裸体《はだか》にされて、それこそ息も絶え〴〵の眼に会はされるのであつた。

それも初めは母親が吾輩を膝に乗せて、処嫌《ところきら》はずブン殴るのだが心臓が悪いか何《なに》かで、ヂキに息が切れて来る。さうすると今度は男親に命じて打《ぶ》たせるのであるが、此《こ》の男親と云ふのが又阿呆《あはう》みたいな人間で、吾輩を草の中か何《なに》かに押へ付けて、いつまでも〳〵呑気《のんき》さうに、ピシヤリ〳〵とタヽキ続けるのだからたまらない。イクラ泣くまいと強情を張つても、今に大きくなつたら見ろ〳〵と思ひ直しても、トウ〳〵屁古《へこ》垂《たれ》て悲鳴を揚《あ》げずには居《ゐ》られなくなる。

そこで土の上に両手を突いて、（これは絶対に土の上でなくてはいけないのだ。代議士の戸別訪問がゼヒトモ畳の上に手を突かなくちやいけないのと同格だ）私が悪う御座いました。これから決して遅れませんと謝罪《あやま》らせられて誓はせられる。時によると二度も三度も念を押されるから、此方《こつち》も仕方なしに観念して、二度でも三度でもあやまり、且《か》つ誓ふ。ところが心の中では決して悪いとも、遅れまいとも思つてゐないのだ。当り前だ畜生。ドウするか今に見ろと子供心に思つてゐるのだから大変な親子だ。まるで嘘を吐《つ》く猛練習をやらされてゐる様なもんだ。

しかし両親は此《こ》の嘘を吐《つ》かせた処で満足するらしい。むろん親らしい見識慾を満足させられるからでもあらうが、しかし吾輩が男親に打《ぶ》たれてゐるうちに女親が何度も〳〵片《かた》ツ方《ぱう》の見えない眼を引つくり返して、アクビをする事があるのを見ると、ソレ許《ばか》りとは思へない。つまり一休みする序《ついで》に、道《みち》傍《わき》の蛙《かへる》をいぢめる様な考へで、云はゞ退屈凌《しの》ぎにやつてゐるのだから、一通り疲れが休まると、すぐに先を急ぐ気になるのが当然だ。そんな人情の機微を四ツや五ツの吾輩が理解したと云ふと嘘の様に思ふかも知れないが、実は絶体絶命の苦し紛れからソンナ頭が働く様になつたものらしい。

とにかく其処《そこ》で吾輩は襟首を引つ立てられて、大急ぎで着物を着せられる。

「シブテエ児《こ》だ。サツサと帯を結ばう。アレツ。其《そ》の手で涙拭くと面《つら》が汚《よご》れるでネエケエ。コツチ来《こ》う」

と女親に引き寄せられて、お合羽《かつぱ》さんを撫で付けられて、白粉《おしろい》や紅《べに》を直して貰ふ。左様《さう》なると又生れ付き単純な吾輩は、何《なん》となく親らしいなつかし味《み》を感じて、今までの怨み辛《つ》ら味《み》を忘れながら、縋《すが》り付いて行《ゆ》き度《た》い様な気持ちになつてゐる。其処《そこ》をモウ一つ

「サツサと歩かう」

とがみ付《つ》けられて、荷物と一緒に突き離される、又口惜《くや》しい。残念だと思ひ直す。だから村が見えて来るとホツトする訳だ。つまり村の近くになりさへすれば両親が吾輩をドウもし得ない事を見越してゐるから、平気でと云ふよりも寧《むし》ろ讐討《かたきう》ちの気味合ひでブラリ〳〵と遅れ初めるのだ。此《こ》の親にして此《こ》の子ありと云ふ恰好だね。

コンナ調子で村に着くと又、言語道断な騒ぎが初まるのだ。

六

村の入口《いりぐち》に来ると前云つた通りに、女親が一度吾輩を鵞鳴《がな》り付けて、持つてゐる荷物を邪慳《じやけん》に引つたくつて男親に渡す。男親が不精無精に引き取つて左の二の腕に引つかける。其処《そこ》で女親はモウ一度三味線を抱へ直してペコ〳〵と弾き初める。それをキツカケに吾輩が、振袖をヒラ〳〵させながら真ツ先に立つと、その後《あと》から男親がホイ〳〵と掛け声をしながら鼓を打つて跟《つ》いて来る。そのあとから女将軍が三味線を弾き〳〵練り出して行《ゆ》くんだが、女の三味線は大した事は無いけれども男の鼓が非常に軽妙だから三味線の調子ばかりでなく、

吾輩の足どりまでも浮き〱して来る。何《なん》といふ囃子《はやし》だか知らないが、鯔《どぢやう》すくひと木遣《きや》り音頭を一所にした様なものだと云へば、聞いた事のある人は大抵思ひ出すだらう。近来よく来る虫下《むしくだ》し売りなぞも、似た様なものをチヤンチキリンや太鼓入りでやつてゐるやうだ。

そのうちに程よい空地か神社の境内、又は道幅の広い処に来ると、男親が荷物を卸《おろ》して茣蓙《ござ》を二枚道傍に向つて拡げる。一枚が舞台で一枚が楽屋だ。その楽屋の上に両親が座つて、同時にイヤアホウといふ掛け声をかけると、囃子の調子がかはるのに連れて、吾輩が両袖を担いで三番叟《さんばそう》の真似を初める。此《こ》の辺は仲々本格だが実は此《こ》の三番叟の中で、男がかける突飛な掛け声を聞いて人が集まる仕かけになつてゐるので、そのうちに五六人も大人が立ち止《と》まると、又も囃子の調子が一変して、普通の手踊りの地《ぢ》を男が謡ひ出す。女も時々継ぎ穂を唄ふには歌ふが、ギン〱した騒々しい声でトテモ男には敵はない。男の声は俗に云ふ瘖痕声《ジヤンコーごゑ》と云ふ奴で永年《ながねんの》野天《てん》で唄つてゐるせゐか朗かな中《うち》に寂《さび》がある。

唄ひ出すものはカツポレ、奴《やつこ》さん、雨シヨボ、雪はチラ〱なんぞのありふれた類《るい》で、ソイツに合はせて吾輩が踊る訳だが、吾輩は踊りの天才だつたらしいね。今でも天才かも知れないが其頃《そのころ》から既に大衆を惹き付ける技巧を持つてゐたと見えて、貰ひがナカ〱多かつた。今は無いが二十銭銀貨を投げるお客が珍らしくなかつたんだから豪気なもんだらう。お祭りの村なぞにブツカルと夜通し方々で引つぱり凧《だこ》になつたもんだ。

むろん吾輩の踊りばかりが上手《じやうず》な訳ぢやなかつた。吾輩に振りをつけてくれた男親の地唄が又トテモよかつたもので、吾輩も女親の三味線なんかテンデ問題にしないで、男の鼓と歌に乗せられて踊つてゐたもんだが、こゝに一つ困つたのは男の唄の文句だつた。

他所《よそ》のお座敷でやる時なんかは左程《さほど》でも無いが、往還傍《わうくわんばた》や、空地の野天でやる時は、トテモ思ひ切つた猥雑《わいざつ》な文句を、平気の平佐《へいざ》でイヤアホーと放送する。その文句に合はせて、そんな身ぶりを習つた通りに踊らなくちやならないのだからトテモ難儀だ。むろん四つか五つの子供だから意味なんかテンデ解らないが、矢鱈《やたら》にお尻を振つたり色眼を使つたりして、踊りの手を崩して行《ゆ》くのが子供心に辛《つら》かつた。何《なん》だか芸術を侮辱してゐる様でネ。ハツ〱……。

しかしそのお尻の振り工合が悪いと、アトで非道《ひど》い眼にブン殴られるのだから、イヤでも一生懸命にやる。さうなると見物が哄《どつ》と笑ふ。情ないにも何《なに》もお話にならない。しかも見物は女の児の積りで猥雑な身ぶりを喜んで居《ゐ》るのに踊つてゐる本人の正体は、泣きの涙の男の子なんだから、イヨ〱ナンセンス此《こ》の上無しだ。

イヤ。まつたく冗談ぢや無いよ。コンナ話を教育上ためにならないなぞと軽蔑する連中は考へてみるがいゝ。吾輩の両親みたいな方角違ひの児《こ》を育てゝゐる両親が其処《そこ》いらにウジヤ〳〵居《ゐ》はしないか。

　早い話が支那人《チャンチャン》は支那人《チャンチャン》の児《こ》を育てゝゐる。露助《ろすけ》はロスキーの児《こ》を育てゝゐる。印度《いんど》人は印度ツ子を育て、エスキモーはエスキモーツ子を教育してゐるさなかに、日本人ばかりが吾《わ》れも〳〵と西洋人みたいな児《こ》を育てたがるのはドウした事だ。大切な親様を生れ立ちからパパ、ママと呼び棄てにさして、頭を鏝《こて》で縮らして、腕を肩まで出させて、片仮名語を使はせて、裸体人形《はだかにんぎやう》を机の上に飾らせて、ピアノを小突かせて、靴拭ひダンスを稽古させて、自由結婚や友愛結婚を奨励する本を読ませて、麦稈《むぎわら》で水を飲まして、ハンカチで尻を拭かせて平気で居《ゐ》る。吾児《わがこ》が毛唐らしく見えて来れば来るほど高等教育を施した積りで、高くもない鼻をヒク付かせて居《ゐ》るのは何《なん》と云ふノンセンスだ。家鴨《あひる》の雛《こ》を育てる鶏《にはとり》だつてモウちつとは心配するもんだ。しかも、それが上流の智識階級になればなる程、盛んなんだからウンザリせざるを得ざるべけんやぢやないか。おまけにソンナ親たちは寄ると触ると、子供の為めに苦労する様な事ばかり云つてゐる。まるで外国の為めに苦労してゐる様なもんだ。さうかと思ふと心ある連中は、日本を通り越して、ジヤバかスマトラみたやうな子供を育てゝゐる。何《なん》の事だか訳がわからない。

七

　此《こ》の点になると吾輩の親たちは断然、最新式《モダーン》の尖端《トップ》を切つてゐた訳だね。毛唐の真似どころぢやない。男の児《こ》を無理やりに女の児《こ》にして育て上げて、生活の合理化を遣《や》ると同時に、性教育まで施してゐたんだから嶄新奇抜《アラモード》だらう。

　ただし此《こ》のアラモード教育は吾輩に何等の効果を及ぼさなかつた。尤《もつと》も及ぼしては大変だが、お蔭で吾輩は七八ツ頃まで男と女の区別を知らなかつた。男の風をして居《ゐ》る女もあるし、女の風をしてゐる男も居《ゐ》るものだと、自分に引き比べて想像してゐた。さうして頭が白髪《しらが》になるまで腕力で頑張つた強い奴が爺《ぢぢい》になつて、口先ばかりの弱い奴が婆《ばばあ》になるんだらう。オレの両親なんかは、おしまひに男と女とアベコベになるのかも知れない。オレも今の中《うち》は小《ちつ》ちやくて弱いから女で我慢して居《ゐ》て遣るが、そのうちにモツト強くなつたら、両親を二人とも女にして、茣蓙《ござ》の上で踊らせて、自分だけが男になつて歌を唄つて鼓を叩いて遣らう……くらゐにしか考へてゐなかつた。今でも時々ソンナ夢を見る事があるがね。その頃の吾輩が考へてゐた世の中は実に奇妙不可思議なものだつたね。

　ところがかうした吾輩に対する尖端的《アラモード》性教育も、巡査の影を見ると一ペンに早変りをしたものだ。全然予告なしのダンマリで、恐ろしく古典的な、真面目《まじめ》腐つたものに変るのだから面喰《めんく》らつたね。

　吾輩の男親は、歌を唄つたり囃《はや》したりしながら、時々頭を低くして、ドブ鼠みたやうな眼をキヨロ〳〵させて、群集の股倉越《またぐらご》しに往来の遠くの方を覗《のぞ》きまはる。さうして巡査の影をチラリと見るか、サアベルの遠音《とほね》でも聞いたが最後、済ましかへつて歌の文句を換へる。「奥の四畳半」が「沖の暗いの」にかはり「いつも御寮《ごりよん》さん」が「いつも奴《やつこ》さん」に急変する。ところが踊つてゐる吾輩の方では今云ふ通り性的観念が全く無いのだから、文句がドンナに変化しても無感覚だ。ウツカリ真面目腐つた文句の中《うち》で色眼を使つたりSの字になつたりしてゐると、男親がエヘンと云ふ。それでも気が付かないでやつてゐると男親が鼓を止《や》めて莫蓙を直す振りをしながらグイと引つぱる。あぶなく足を取られてノメリ相《さう》になるので、ヤツト気が付いて普通の「活惚《かつぽれ》」や「奴《やつこ》さん」をやつて居《ゐ》ると、そのうちに何時《いつ》の間《ま》にか巡査が遠くへ行つてしまつて文句が又、猥雑なものに逆戻りしてゐる。知らずにやつてゐると又莫蓙を引つぱられる。こんな風でアンマリ何度も手数《てかず》をかけると、あとで恐ろしく小突かれるのだから、踊りながらも緊張してゐなければならない。

　ところが油断がならないのは単に巡査ばかりではない。こんな小さな一座でも相当な苦手が居《ゐ》て、色々な迫害を加へる場合がナカ〳〵多いのだ。中には面白半分に弥次《やじ》るのもあるらしいが、相当の収入があると睨《にら》んで恐喝同様の手段に訴へる奴が又チヨイ〳〵居《ゐ》るからたまらない。大道芸人や縁日商人は云ふに及ばず、寄席芸人や浪花節《なにはぶし》語り、香具師《やし》や触《ふ》れ売り商人など云ふ、チヨツト見にノンキ相《さう》な商売であればある程かうした苦手が色々居《ゐ》るもので、彼等はそんな連中を一口にケダモノと云つてゐるが、そんな連中の御蔭で、人知れぬ苦労が多いことは、表面上立派に見える商売であればある程、裡面《りめん》に見つともない半面があるのと同様だ。

　吾輩が半畳の舞台で盛んに馬力をかけて、小さなお尻を器用に振りまはす。見物がドツト来る。今にも穴の明《あ》かないお金が降りさうな空模様になつてゐる処へ、群衆を押し分けて、四十か五十位のオヤヂが出て来る。ソイツが区長さんとか村長さんとか云ふ人間で、大道芸人に云はせると、やはりケダモノの一種なのだ。

「コラツ。此《こ》の村でコンゲな踊り踊らする事ならん。去年から盆踊り止《や》めさせられたチウ事知らんか。サツサと此《こ》の村出て行《ゆ》き腐れ。見る奴も見る奴ぢや。阿呆《あはう》な面《つら》さげて、三つや四つの子供が尻打ち捨《すて》るのが何《なに》が面白いか。ソンゲな隙《すき》に田甫《たんぼ》のシイラでも引け。帰れ〳〵」

　こんなケダモノに出会つたら何《なに》もかもワヤだ。営業妨害もヘツタクレもあつたもので無い。匆々《そうそう》に莫蓙を捲いて逃げ出さねばならぬ。念入りなケダモノになると、ワザ〳〵村外《むらはづ》れまで見送つて来るのがある。さうかと思ふとズツと離れた向ふの部落で新規蒔直《まきなほ》しの興行をやつて居《ゐ》る処へ、最前とおんなじ風俗改良のケダモノが又吠《ほ》え付いて来る。よく聞いてみると、今やつて居《ゐ》る部落は最前とおんなじ部落の別れでおんなじケダモノの支配下だつたりする。惨憺たる光景だ。

　しかも其様《そん》な打撃のお尻は後《あと》でキツト、八ツ当り式に吾輩に報いて来るんだから遣り切れない。踊が拙《まづ》いから貰ひが些《すく》ないとか何《なん》とか云つて打《ぶ》たれるのだが、イクラ吾輩が舞踊の天才だつて、風俗改良係を感心させる程巧妙にお尻は振れまいぢや無いか。

　まだある。

八

　その頃は日清戦争前後だつたが、今よりも景気がよかつたのだらう。色々なお節句や、お祭り、宮座、お籠《こも》りなぞ云ふ年中行事も今より盛んだつたらしく、酔つ払ひがナカ〳〵多かつた。地酒の頭にあがつたのや、真夏の炎天に焼酎を飲んで飛び出した奴なんかゞ、鼓や三味線の音《おと》をきゝ付けて野次《やじ》りに来る。タチのいゝのはフラ〳〵しながら割込んで来て「日清談判」を踊れの「高砂やア」を唄へなぞと無理な註文を出す位のものだが、タチの悪いのになると吾輩と一緒に茣《ご》座《ざ》の上に上《あが》つて踊り散らして、折角の興行をワヤにしてしまふ。中には折角投げて貰つた茣座の上のお宝を、汚ない足の裏へクツ付けて行《ゆ》く奴さへある。こんなのも大道商人に取つてはケダモノに違ひない。

　しかし一番恐ろしいケダモノは何《なん》と云つても無頼漢《ゴロツキ》と、親分だ。

　無頼漢《ゴロツキ》と云つても、吾々《われわれ》をイヂメに来るのは一番下等な連中に違ひないが、いづれ賭博《とばく》の資本《もとで》か、飲み代《しろ》にする積りだらう。ペコ〳〵三味線の音《おと》を聞き付けるとスゴイ眼を光らせて遣つて来て、イキナリ茣蓙を引んめくつて、踊つてゐる吾輩を引つくり返す。乱暴な奴になると茣蓙と吾輩を引つ抱へて何処《どこ》かへ連れて行《ゆ》かうとする。それからペチヤクチヤと何《なに》か云ひ出す女将軍の横ツ面《つら》を一つチ切れる程ブン殴つて大見得を切る。

「此《こ》の村の何兵衛《なにべゑ》を知らんか」

　とか何《なん》とかわめく。もとより知つてゐる筈《はず》はないから、女将軍が歪《ゆが》んだ顔を抱へながら、平あやまりに謝罪《あやま》つて、いくらかお金を握らせる。その手を開《ひら》いて見て足りないと思ふと、モウ一度タンカを切るか、拳固《げんこ》に息を吐きかけるかする。そこで又いくらか足《た》して遣ると、大抵満足して大威張りで帰つて行《ゆ》く。イヤ。笑つてはいけない。乞食《こじき》から銭を貰つて威張る商売はまだほかにイクラでもあるんだぜ。

　ところで吾輩は、その間《あひだ》ぢう何様《どう》してゐるかと云ふと、どうもしない。ゴロツキに抱へられた儘《まま》か、又は地びたに尻餅を突いたまゝ、泣きも笑ひもしないで眺めてゐる。さうして一体ドツチが悪いのだらうと子供心に考へてゐたものだが、これは解り様が無かつた。近頃になつて社会科学とか何《なん》とか云ふものが流行《はや》り出して、矢鱈《やたら》に文明社会の解剖が行はれるやうになつてからヤツト合点《がつてん》が行つた位だ。すなはち吾々見た様な大道乞食を高尚にしたものが、資本階級の幇間《たいこもち》とも云ふ可《べ》きオベツカ芸術団である。又ゴロツキを大きくしたものが所謂《いはゆる》暗黒政治家と云ふ奴で、何《いづ》れもブルジヨア文明の傍系的寄生虫である……と云ふ様な七八釜《しちやかま》しい理窟がヤツト解つて来た。だから結局ドツチがドウなつてもオンナジ事で、正《せい》邪曲直《じやきよくちよく》の判断なんかは最初から下《くだ》し様が無かつた訳だが、吾輩も小さい時から頭がよかつたと見えて、ソンナ感じがしてゐたんだね。ドツチがドウだか解らないまゝ「此《こ》のゴロツキの小父《をぢ》さんが連れて行《い》つて呉《く》れないかナア。さうすれあ毎日お尻を振らなくて済むかも知れないけどナア」とか何《なん》とか考へながら、ボンヤリ指を啣《くは》へて見ると、イキナリ女親が吾輩の頸《くび》を押へ付けて、鼻のアタマを地面《ぢびた》にコスリ付けながら、

「コオレ……お礼申上げろチタラ」

と厳命する。そこで吾輩がお座敷でやる通りの声を張り上げて
「尾張《おはり》が遠《と》う御座います」

とハツキリ云ふ。これは男親が極秘密《ごくないい》で教へて呉《く》れた洒落《しやれ》で、九州から行《ゆ》くと大阪よりも名古屋の方が遠いのださうだ。ところが此《こ》の洒落がナカ〳〵有効な洒落で、何《なに》も知らない、お客が聞くと「ウム。感心だ。貴様も一銭遣るぞ」と投げて呉《く》れる。ゴロツキだと大抵の処で負けて帰るのだからドウしても尾張が遠い訳だ。横浜の俥屋《くるまや》が毛唐《けたう》から余分に俥賃《くるまちん》を貰ふと、頭を一つ下げて「有り難う御座います。タヌキ〳〵(thank you…)」と云つて喜ばせるのと同じ格だらう。


その次が親分だが、これは各《おのおの》土地々々に乞食、芸人、縁日商人の親分が居《ゐ》て、それ〴〵縄張りを持つてゐる。お祭の時なんかは此《こ》の親方の許可を受けて、指定された場所で興行しないと非道《ひど》い眼に会はされるのであるが、この事実は知つてゐる人が多い様だし、おんなじ様な話ばかり続くから、こゝいらで切り上げて、今度は木賃宿《きちんやど》の話をしよう。その木賃宿で、吾輩が天才的神通力を現はして、両親を初めとして、大勢の荒くれ男を取つちめた一条だ。

九

コンナ風にミヂメな稼ぎをして一円かそこら貰ひ溜めると、女親がいゝ加減な処で見切りを付けてあまり立派でも無い三味線を、大切相《さう》に木綿縞《もめんじま》の袋に入れる。それをキツカケに男親が、着物の包みを吾輩に渡す。さうして村外れの木蔭とか橋の下とか、お寺の山門とか云ふ人気《ひとけ》の無い処で貰ひ溜めの勘定をする。すべて斯様《かう》云ふ連中は十中八九、人前で銭勘定をしないのが通則で、身体《からだ》ぢうの何処《どこ》に銭を隠してゐるかす

ら人に知らせないのが普通になつてゐる。これは宿に着いてから寝てゐる間《ま》に盗まれない用心の意味も無論含まれてゐるが、第一金《かね》を持つてゐる風に見られないのが主要な目的なのだ。コンな仲間で金をチヤラ〳〵させて見せるのは大抵、街道流れの小賭博《こばくちう》打ちと思つてゐれば間違ひは無い。

ところで吾輩の両親は、一通り貰ひ高の勘定が済むと、今度は二人で分《ぶ》わけを初める。七分三分だか四分六分だかわからないが女親が余計に取つて居《ゐ》たのは事実だ。さうして最後に鐚銭《びたせん》が五文か七文残ると、それまでも平等に分けて最後の一厘は有無を云はさず女親が占領する。一厘半の文久銭《ぶんきうせん》だと四捨五入して、やはり女親が取るのだから厳重なものだ。

それから途中の村々をサツサと飛ばして、木賃宿の在る村へと急ぐ。時にはまだ日が高いこともあるが、女親が歩き疲れて頭痛を起したりすると、まだ正午《ひる》下《さが》りで、イクラも稼ぎが無いうちでも、巡業中止を宣告する事がある。しかもソンナ時にはキツト吾輩の御難が来るので、大きな包みを抱へて赤い鼻緒の下駄を引きずり〳〵後《おく》れて来る吾輩を、女親が休み〳〵振り返つて、胴突《どうづ》きまはすのが吉例になつてゐる。つまり頭痛がするのと稼ぎ高が少いのとをゴチヤ〳〵にしたムシアクシアの腹癒《はらい》せを吾輩にオツ冠《かぶ》せる訳だが、何《なに》も吾輩が知つた事ぢや無いと憤慨してみた処が初まらない。憤慨して黙つてゐれば居《ゐ》るほど猛烈に来るので、トヾのつまり悪くもないのに地びたに手を突いて、あやまらせられる処までタヽキ付けられるのが落ちだ。今でも正午《ひる》下《さが》りのピカ〳〵光る太陽を仰ぐと其《そ》の時分の恐ろしさを思ひ出させられると同時に、女親のガミ付ける声が何処《どこ》からか聞える様に思つて、ビクツと首を縮める事がある位だ。そのうちに下駄が切れる。掌《てのひら》を擦《す》り剝く。足の裏が焼けてヒリ〳〵する。カン〳〵照り付ける道を汗ダク〳〵で先に立つて歩くと、木賃宿の遠い事〳〵。

ところで、よく「社会の裡面《りめん》を研究するには木賃宿に泊つて見るべし」とか何《なん》とか物の本に書いてある様だが、あれは嘘だね、要するに真実《ほんたう》のドン底生活をやつた事のない半可通《はんかつう》のブルジヨアが云ふ事だ。人間性の醜い裡面を知り度《た》ければ金を儲けて、華族や富豪の裡面生活を探る可《べ》しだ。第一ソンナ人間性の裏表なんかを使ひ分ける様な余裕のある人間は木賃宿には絶対に泊らない。みんな人間性の丸出しで善も悪も裏も表も無いトテモ朗かな愉快な連中ばかりだ。

今は何様《どう》だか知らないが、その頃の木賃宿では、足を洗つて上《あが》つても宿帳なんか付けに来なかつた。つけ様たつて無宿《むしゆく》のガン八や、ヤブニラミのおチイでは仕様が無い。自分の名前が書けない処か、本名を知らない連中が多いのだ。吾輩なんぞはお蔭で今日《こんにち》まで両親の名前を知らないばかりか、自分の名前でさへも本当の事は知らないで通して来たが、しかし人間は元来名前なんか在らうが無からうが問題ぢや無いね。お互《たがひ》の商売さへわかれば泥棒だらうが掏摸《すり》だらうが心置きなく話が出来るものだ。況《いはん》や木賃宿に泊る連中だつたらタツタ一眼《ひとめ》で商売は勿論、生れ故郷までわかることが多い。中国生れの鳥追ひ、長崎生れの大道手品、上方訛《かみがたなまり》のアヤツリ使ひ、丹後の昆布売り、干鰈《ほしかれひ》売り、上等の処で越後の蚊屋売り、越中の薬売り、サヌキの千金丹《せんきんたん》売りの類《るい》で、あとは巡礼、山伏、坊主、お札《ふだ》売りなぞ、と大体客筋がきまつてゐる。何処《どこ》の者ともわからないのは吾々《われわれ》親子三人位のものであつた。

　しかも何処《どこ》の木賃宿に着いても一番贅沢を極めるのは吾輩の両親だつたから奇妙であつた。もつとも贅沢と云つても米が一升五六銭から十銭が最極上の時代だから高《たか》が知れてゐる。屋根代が三銭に木賃が二三銭、飯を誂《あつら》へれば一人前《ひとりまへ》三銭でほかに一銭出せばお汁《つゆ》と、煮たものがお椀やお皿に山盛つく。湯銭は二文か三文取る処もあれば取らない処もある。今から考へると熊本の白川《しらかは》だつたと思ふが、橋銭を一銭宛《づつ》取られると云ふので、橋番の婆《ばば》と吾輩の女親が大喧嘩をした。つまり吾輩の橋銭だけ負けろと云つて盛んに悪態を吐き合つた上げ句一里ばかり遠まはりをした時代だからね。

　そこで女親が湯に這入《はひ》つて来ると急に元気付いて晩酌を初める。そのうちに吾輩と一所に湯に這入《はひ》つた男親も、さし向ひに座つて晩酌のお流れを頂戴する。朝鮮土産《みやげ》ではないが吾輩の両親はコンナ処まで天下女将軍《てんかぢよしやうぐん》、地下男将軍《ちかだんしやうぐん》だつた。

十

　ところで晩酌と云ふと大層立派に聞こえるが、お燗《かん》をして盃《さかづき》でチビリ〱やるやうな、アンナ小面倒な気まづいものぢや無い。本当の酒の味は冷酒《ひやざけ》にあるので、しかもコツプ酒に限つたものだ。むろん吾輩の両親たちの晩酌も此《こ》の式の神髄を窮めたものであつたが、そのコツプ一パイが三銭か四銭くらゐ。木賃の亭主が手造りのドブロクだと二銭位の時もあつた。その頃は勝手に酒を造つてよかつた時代だからね。

　そんな風に酒は非常に安かつたものだが、その代りにコツプが高価《たか》かつた。と云つてもコツプ其《そ》の物が高価《たか》いのでは無い。コツプの底が恐ろしく上《あが》つて居《ゐ》てギリ〱一パイにしてもイクラも這入《はひ》らないから結局、高価《たか》い酒につく訳だつた。ちやうど横から見ると小人島《こびとじま》の手水鉢《てうづばち》か何《なん》ぞの様に見える硝子《ガラス》製の奴を、膳の横に据ゑると、その前に小山の様なアグラを掻いた天下女将軍《てんかぢよしやうぐん》が、先《ま》づ口からお迎ひに出てチユーと音《おと》を立てる。さうしてフウーウツと団栗眼《どんぐりまなこ》を引つくり返しながら、コツプをヌツと眼の前に差し出す。そいつを坐り直して畏《かし》こまつた地下男将軍《ちかだんしやうぐん》が恭しく受け取つて、恐る〱一口嘗《な》めると、如何《いか》にも酸《す》つぱさうに眼をしかめて、ヒヨツトコ見た様に唇を突《と》んがらす。それからチヨツト押し戴く真似をして、又も恭しく女将軍のお膳に据ゑる。あとは向ひ同志で互ひ違ひにドングリ眼《まなこ》を引つくり返したり、口を突《と》んがらしたりするのであるが、その間《あひだ》ぢう腹を減らしたまゝ見物させられてゐる吾輩に取つては、コレ位御叮嚀《ごていねい》な、自烈度《じれつた》いものは無かつた。

そのうちにヤツトの事で一杯がオシマイになるが、これで御飯になるのかと思ふとナカ〱どうして、そんな運びに立ち到らない。女将軍《ぢよしやうぐん》がアグラの上に両肱を張つてニタリと笑ひながら「モウ一パイいかんチエ」と云ふ。男将軍《だんしやうぐん》が「どうぞ」と云はむばかりに恭しく揉《も》み手《で》をする。そこで女将軍が懐中から毛糸の巾着《きんちやく》を出して、モウ二銭か四銭ばかりヂヤラリと膳の横に置いて、ヘツツイの前あたりをウロ〱してゐる木賃の亭主に空《から》のコツプを高々と差し上げて見せる。ザツト和製の自由女神の像！　とでも評し度《た》い勇壮偉大な見得《みえ》だ。

「まー ちよ呉《く》れんけえ」

とやると、そのコツプを見上げながら男将軍がペロ〱と舌なめづりをしたり顔を撫でまはしたりする。近頃の新しい夫婦なんかは愧死《きし》すべきダラシの無い情景だ。

しかし其頃《そのころ》の吾輩は、其《そ》のコツプを見上げても何等《なんら》の有難《ありがた》味《み》を感じなかつた。それどころか、あべこべに心《しん》から涙ぐましくなつたものであつた。まだ飯にならないのかナアとタメ息をさせられたものであつた。明治元年を待ち焦れた高山彦《たかやまひこ》九郎《くらう》だつて、これ程の思ひはしなかつたらうと思はれるほど極度に純真な気持ちになつてゐたものだが、時勢の推移と云ふものはナカ〱思ひ通りに行《ゆ》くものでなかつた。

そのうちにラムプが点《つ》いて、二人の顔がとてもグロテスクなものに見えて来る。女親の顔が真赤に光り出して、獅子鼻をヒク〱させ初める処は金冬瓜《きんとうくわ》の真ン中に平家蟹《へいけがに》がカヂリ付いた様だ。同時に男親の黒痘痕《くろあばた》が、いよ〱黒ずんで来て、欠けた小鼻の一部分が血がニヂンだ様に生々しく充血した下から、黒い長い鼻毛が一束《ひとたば》ブラ下つてゐる光景はナカ〱奇観だつた。耶馬渓《やばけい》に夕日が照りかゝつたのを十里先から眺めてゐる様な感じであつた。

吾輩は、その両親の顔を見上げたり見比べたりしながら、酒といふものをタツタ一度でもいゝから飲んでみたいナ……と子供心に咽喉《のど》をクビ〱鳴らしてゐたね。元来酒好きに生れ付いてゐたのだからね。今日《こんにち》に到つてヤツト本望を遂げてゐる訳だが、その頃の身分家柄ではトテも酒どころでは無かつた。第一飯が最初から二人前しか取つて無いのだ。

吾輩は、その両親の傍《かたはら》で、女親の汁椀が空《あ》くのを待つて、女親の御飯を山盛り一パイ貰ふのがおきまりだつた。無論一パイ切りであつたが、今云ふ通り飯は二人前しか取つて無いのだから、お茶椀が足りないのだ。もつとも茶椀を一個《ひとつ》買つて呉《く》れた事があるにはあつたが、間《ま》もなく熱《あ》ついお茶を飲まされて取り落した拍子に、ブチ壊してしまつて以来、二度と買つて貰へなくなつた。大方懲罰の積りだつたのだらう。

十一

当世流に云ふと吾輩の両親は、コンナ風に何彼《なにか》につけて資本家根性丸出しであつた。一厘《りん》一銭でも吾輩を搾取しないと、自分達の生活が脅かされるかの様に考へてゐるらしかつたが、それでも男親の方はイクラカ温情主義の処が無いでも無かつた。

吾輩が、懐中《ふところ》に仕舞つて置いた短い箸を出して、ボロ〳〵の唐米飯《たうまいめし》をモソ〳〵やつてゐると、その途中で、女親の眼を窃《ぬす》みながら蒲鉾《かまぼこ》だの、焼き肴《ざかな》の一切《ひときれ》をポイと椀の中へ投げ込んで呉《く》れる事がチヨイ〳〵あつたが、これは今になつて、よく考へて見ると単純な温情主義ばかりでは無かつた様に思ふ。男親も吾輩と同様に、女親から絞られて居《ゐ》る組だから所謂《いはゆる》同病相憐《あひあは》れむと云つた様な気味合ひがあつたと同時に、吾輩の踊りに対して非常な同情を持つてゐたせゐであつたと思はれる。つまり男親は、吾輩に踊りの手振りを仕込んで呉《く》れた師匠だけに、吾輩の天才に対しては深い理解を持つてゐたので、稼ぎ高《だか》の多し些《すく》なしにかゝはらず、吾輩の踊りがピツタリと地唄や鼓に合つた時には、吾輩自身は勿論のこと男親も嬉しくて〳〵たまらなかつたらしい。その御褒美の意味でコンナ事をしたらしいので、吾輩も、その蒲鉾や、干魚《ひもの》の一片《ひときれ》を貰つた翌《あく》る日は、前の日に倍して一生懸命に踊つたものであつた。しかも女親から分けて貰つた御本尊の飯の方はチツトモ有り難くなくて、男親が投げて呉れた蒲鉾の喰ひさしの方がピーンとこたへるなんて、随分勝手な話だが、人間といふものは元来ソンナ風なカラクリに出来てゐるものらしい。特に吾輩はソンナ種類の電気に感じ易く生れ付いてゐるのだから仕方が無からう。

そんな事で、とにも角にも汁椀に山盛りの唐米飯を片付けてゐると、その中《うち》にモウたまらない程睡《ね》むくなつて来る。ウツカリすると箸や汁椀を取り落して女親に叱られる位だ。

そこでお先に床《とこ》を取つて貰つて寝る訳だが、どうかすると飯を喰つてしまつてもチツトモ睡《ねむ》くない事がある。さうするとエライ事が見られるのだ。

それは大抵興業の途中で、山門や拝殿に転がつて午睡《ひるね》をした時か何《なに》かであつたに違ひ無いが、夕飯《ゆふめし》を喰つてしまつても睡《ね》むくならないまゝに、寝床の中でモゴ〳〵やつてゐると、お膳を片付けた両親は、そのまゝ直《す》ぐに差し向ひでバクチを初めるのだ。

そのバクチの戦場は普通の場合一枚の古座布団で、それをさし挟んで、真赤な、妖怪じみた大女と小男が、煤《すす》けたランプの光りを浴びながら、花札を引いたり骰子《さいころ》を転がしたりする。調子に乗つて来ると男の方はイヨ〳〵固くなつて襟元を繕つたり、膝をかき合はせたりして気取り初めるのに反して、女の方は片肌脱ぎから双肌脱《もろはだぬ》ぎになつて、しまひには太股《ふともも》までマクリ出すから痛快だ。しかも其《そ》の結果はと云ふと、これが又一年三百六十五日、一度も間違ひはないオキマリなので、十遍のうち七八遍まで男親の方が負けるにきまつてゐるから不思議である。さうして折角ひるまのうちに一厘半厘を争つて頒《わ》けて貰つたお金をキレイに捲き上げられるばかりか、毎晩チツト宛《づつ》、借りが出来るのが、積りつもつて可《か》なりの額に達して居《ゐ》るらしい。

そこで男親はいよ〳〵一所懸命になつて、その借銭を返すべく、飯が済むのを待ち兼ねて、サア来いとばかり座蒲団を借り出して来る。座蒲団が無い時には、古毛布でも褞袍《どてら》でも、何《なん》でも構はず四角に畳んで女の前に店を出す。それを見ると女はニヤリと笑つて

「又負けに来るのけえ……今夜頭痛がヒデエからイヤだよ」

とか何《なん》とか口では云ひながら、実はチヤント期待してゐる恰好で、ユタ〳〵と男の方に向き直る。実はソンナ事を云つて焦《じ》らすのが女の一つの手なのであるが、男はむろん気付く筈《はず》は無い。最初からカン〳〵になつて、座つた時から眼の玉を釣り上げてゐるのだから勝てないのは当り前であらう。

のみならず、相手の女が百戦百勝する理由はモツト深い処に在るのだから、たまらない。

十二

吾輩は元来勝負事が大嫌ひである。一方が勝てば一方が負ける事が最初から解り切つてゐるのだから、これ位つまらない物は無い。両方勝てば五分《ごぶ》々々だからイヨ〳〵詰まらない事になるのだ。

ところが此《こ》の理屈は百人が百人とも骨の髄まで心得てゐないから一度コイツに引つかゝると止《や》められなくなるのは、その百人が百人とも自分の運命に対する自惚《うぬぼ》れを持つてゐるからだと博奕《ばくち》哲学の本に書いてあるが、成る程左様《さう》云はれると一言《いちごん》も無い。吾輩だつて人生五十、七十は古来稀《まれ》なりと云ふ事実は、飽きるくらゐ見たり聞いたりしてゐる筈《はず》である、が、目下《もくか》の処では何時《いつ》まで生きるかわからない思惑買《おもはくか》ひで、ノウ〳〵と山勘をかけて酒を飲んでゐる。つまる処人間万事はバクチ心理から出来上つてゐるので商売をするのも、学問に凝《こ》るのも、天下を取るのも同じ事。成功を夢みて働く以上、バクチ心理を伴はない仕事は一つも無い。その中で運よく当つた奴が歴史に載つてゐるので、世界歴史は要するに賭博の当つた奴の歴史と云ふ事になる。但し此処《ここ》にタツタ一つ例外があるのは源平八島《やしま》の戦ひで、能登守教経《のとのかみのりつね》が、源氏の大将義経《よしつね》を狙つて平家随一の強弓《がうきゆう》を引き絞つた時に、スワ主人の一大事とばかり大手を拡げて、矢面《やおもて》に立ち塞《ふさ》がつた佐藤嗣信《さとうつぎのぶ》ださうだ。つまり十が九つまで当らぬ積りだつたと云ふが、其処《そこ》まで研究すると賭博哲学も当《あて》にならなくなる。

しかし万人が万人さうした意味の賭博心理を持つてゐるのは否定出来ない事実であると同時に、その賭博心理をスポーツ化したバクチといふ奴が、色々な形式であらはれて来るのは、すべてのものゝ遊戯化を文化の向上と心得てゐる人間世界の事とて止《や》むを得ない現象であらう。しかも其《そ》のスポーツ

には労力の報酬として受け渡しするお金を賭けるのだから悪い事にはきまつてゐる。さも無くとも電車や自動車が足り無いと云ふくらゐ働き疲れてゐる人間世界のたゞ中で、運動にも修養にもならない不生産的な時間をブツ潰すのだから、誠に相済まないスポーツに相違無いのであるが、しかも其《そ》の相済まない気持が又、よくて堪まらないと云ふ奴が多いのだから遣り切れない。

しかも、さうして又、その相済まない気持ちを楽《たのし》む心理がモウ一ツ昂《たか》ぶつて来ると、今度は相済まない序《ついで》に是非とも百戦百勝し度《た》い。

どんなインチキ手段でもいゝから、相手の金《かね》を全部捲き上げ度《た》いと云ふ絶対に相済み様の無い気持ちを楽《たのし》む心理にまで発生して来るから手が付けられない。つまりバクチ中毒の第三期といふ奴で、此《こ》の手の人間に比較すると、金を賭けるだけでインチキを知らない人間は第二期、金を賭けない奴は第一期といふ事になるだらう。

吾輩の両親の中《うち》でも、女房はこの第三期のバリ〳〵で、男親の方は第二期のホヤ〳〵だつたらしいが、第三期と第二期とではイクラ何《なん》だつて勝負にならないのは当り前である。何《なん》の事はない男親は女親にバクチの相手をして貰ひ度《た》いばつかりに一生無代償で御奉公をしてゐる様なもので、女親も亦《また》、その積りで夫婦になつてゐるのだからコレ位馬鹿げた夫婦は無からう。おまけに左様《さう》した馬鹿げた夫婦であることを、二人ともチツトも自覚しないで、毎晩夢中になつて「めくつたア」「振つたア」をやつてゐるのだから馬鹿を通り越してゐるだらう。

吾輩は子供だからソンナ理屈はむろん解らなかつたが、それでもそれ位の馬鹿々々しさは、たしかに感じながら両親のバクチを眺めてゐた。すると又不思議なもので、そんな冷評的なアタマで眺めてゐるうちに、女親がやつてゐるインチキ手段が一つ残らず判然《わか》つて来たのには、子供心ながら驚いたね。

今から考へると吾輩はインチキ賭博の方でも天才だつたらしいね。生れながらの第三期といふ奴だ。これでバクチが好きだつたら今頃は臭《くさ》い飯と上白米《じやうはくまい》をチヤンポンに喰つてゐる訳だが、しかし嫌ひだつたから、なほの事インチキがよく解つたのかも知れないだらう。

女親のやつてゐるインチキ手段は、博奕打《ばくちうち》仲間で「サシミツ」とか「テハチ」とか云ふ奴だつたらしい。手の中に一枚か二枚都合のいゝ札《ふだ》を隠して置いて配る時に素早く差し換へたり、札を切る時に自分の記憶《おぼ》えてゐる札を、自分の番に来る様に突き合はせたりするので、ナカ〳〵熟練したものであつたが、それでも煎餅布団《せんべいぶとん》の中から覗いてゐると、手附きが丸で違ふからスグにわかつた。どうして是《これ》がわからない位だらうとヒヤ〳〵するのだつた。

しかし自分でやつて見たいと思ふ気持ちには全然なれなか

つた。第一其《そ》の頃の吾輩には金《かね》の有難味がわからなかつたし、物心付いてからイヂメられ通しで、正義観念が人一倍強くなつてゐたからね。

　ところが或る晩のこと其《そ》の吾輩が子供ながら、憤然として起《た》ち上らなければならぬ大事件が起つた。小学校にも行《ゆ》かない年頃でバクチを打たなければならぬ言語道断な破目《はめ》に陥つた。

　その成り行きをこれから話すが、まあゆつくり聞き給へ。

十三

　それは忘れもしない吾輩が七歳の時の夏で、大牟田《おほむた》の近くの長洲《ながす》といふ処で長雨を喰《く》つた時だつた。

　その頃の長洲と云つたら実にミヂメな寒村であつた。熊本へ行《ゆ》く街道の片側に藁屋根《わらやね》や瓦葺《かはらぶき》が五つ六つ並んでゐるばかり。その北端の木賃の二階から眺めると、小雨の中を涯《は》てしもなく広がつた青田《あをた》が、海岸線で一直線に打ち切られてゐる向ふに温泉嶽《うんぜんだけ》がニユーと屹立《きつりつ》してゐる。それが灰色の雲の中で幽霊みたやうに消えたり顕《あら》はれたりするのを眺めてゐるうちに、吾輩の背後《うしろ》では両親がコソ〳〵汚い座蒲団を持ち出して、パチリ〳〵と六百ケンを初めてゐるのであつた。

　吾輩はその音《おと》を聞きながら、ボンヤリと来《こ》し方行《かたゆ》く末《すゑ》の事を考へまはしてゐたが、その時に吾輩が幼稚なアタマで考へてゐた事は、今でもハツキリと印象されてゐて、現在の吾輩の生活に深刻な反映を見せてゐるくらゐで、実に堂々たる社会観であつた。

　今までの話でも判然《わか》る通り、吾輩の育つた家庭は、極度に尖鋭化された資本主義一点張りの家庭であつた。何処《どこ》の鳶《とんび》か鴉《からす》かわからぬ男女が夫婦になつて、何処《どこ》を当てともなく流れまはりながら、女が三味線を弾《ひ》き出すと、男が唄をうたつて鼓を打ち初める。それに合はせて、ヤハリ何処《どこ》の雀《すずめ》かわからない吾輩が、尻を振り〳〵エロ踊りををどる。その収入は一文残らず女親の懐中《ふところ》に流れ込む様に仕かけてあるので、その中でも一番過激な労力を提供する吾輩は、文句無しの搾取されつ放しであるが、いくらか理屈のわかる男親は、花札とサイコロのインチキ手段で絞り上げられる。其処《そこ》に親子夫婦の関係が成立して、太平無事な月日が流れて行《ゆ》くので、根を洗つて見れば三人が三人とも、縁もゆかりも無い赤の他人同志といふのが此《こ》の家庭の真相であつた。

　だから今の赤い主義みたいに物質本位の根性玉で考へて行《ゆ》くと、此《こ》の三人は血を啜《すす》り、肉を喰《くら》ひ合つても飽き足らぬ讐敵《かたき》同志でなければならなかつた。一口でも権利義務を云ひ出したら忽《たちま》ち大喧嘩になる筈《はず》であつた。

　ところが妙なもので、人間といふ動物は犬猫みた様に虚無的な、極端に合理的な世界には生きて居《を》られないらしい。そこに人情といふ奴が加味されて行《ゆ》くので、物事が何処《どこ》までもトンチンカンになつて行《ゆ》くのであつた。話がスツカリ馬鹿げて来て、筋道の見当が付かなくなつて、善悪の道理がウラハラのチヤンポンになつて、七ツや八ツの子供には考へ切れなくなつて行《ゆ》くのであつた。その辻褄の合はない世の中の悲哀を、七ツや八ツの吾輩が何《なん》と云ふ事なしに感じてゐた、だからステキだらう。

むろん吾輩はズツト前から、今云つた様な家庭の事情を察しるには察してゐたが、それがだん〳〵ハツキリとわかつて来るに連れて何《なに》よりも先にさうした両親の生活が、阿呆らしくて、焦燥《じれ》つたくて堪《た》まらなくなつて来た。他人から金《かね》を絞るのならば兎《と》も角、両親が内輪同志でコンナに無駄な骨を折《をつ》て、金の遣り取りに夢中になつてゐるのが苦になつて〳〵仕様が無くなつた。殊に女親のインチキ手段を発見して以来といふものは、一層此《こ》の不愉快がヒドくなつて、毎晩寝がけになると、両親のバクチを止《や》めさせる手段ばかり考へるくらゐ神経質になつてしまつた。

しかし何《なに》を云ふにも子供の事だから、適当な方法がナカ〳〵見付かる筈《はず》が無い。つまる処モツトお金が出来たらバクチを止《や》めるのぢや無いか知らん。それならばモツト〳〵上手《じやうず》にお尻を振ればいゝ訳になるがと、その翌《あく》る日から茣蓙《ござ》の外にハミ出すくらゐ跳《はね》まはつたり「オワリガトウゴザイマス」を今までよりもズツト悲しさうな声を張り上げて云つて見たりしたが、無論何《なん》の効果も無かつた。却つて収入が殖えれば殖えるほど両親とも一生懸命になつてバクチを打つ傾向が見えるばかりでなく、男親の借銭が目に立つて増大して行《ゆ》くのが毎晩の二人の口喧嘩《くちいさかひ》でもハツキリとわかつて来るのであつた。

吾輩は悲観せざるを得なかつた。同時に自業自得とは云へ女親から引つかけられ通しでゐる男親が可愛相で〳〵仕様が無くなつて来たので、何《なん》とかして男親を、このインチキ地獄から救ひ出す手段は無いものか知らんとその時も、走馬燈《まはりどうろ》の様に明滅する温泉嶽を眺めながら、色々苦心惨澹してゐたのであつたが其《そ》のうちに、何《なん》だか其処《そこ》いらが妙に静かになつたので気が付いて振り返つてみると、両親はいつの間《ま》にかバクチを打ちくたびれたらしく、花札を枕元に放り出したまゝグー〳〵と八の字形《なり》に午睡《ひるね》をしてゐるのであつた。それを見ると吾輩はフイツとステキな手段を考へ付いたので思はず胸をドキ〳〵させたね。

吾輩が花札を手にしたのは、無論、その時が初めてだつた。しかも、コイツでインチキ手段を上手になつて、女親をピシヤンコにして遣らうと云ふので、早速練習に取りかゝつたものであつた。

まづ女親の真似をして、一枚の札《ふだ》を手の中に振り込んで、残りの四十七枚の札を全部切つて、最後の手札を配りがけに握り込んだ一枚を自分の処へ置く真似をしてみたが、最初は掌《てのひら》が小さいのでチヨツト巧く行《ゆ》き兼ねたけれども慣れて来るうちに三枚ぐらゐまでは何《なん》でもなくなつた。それから今度は札の裏を記憶する方法を研究してみたが、これは札切るのよりもズツト優しい。封を切つたばかりの札ならともかく、二三度使つたものだから一枚毎《ごと》に眼印の無い札は無い。猪鹿《ゐのしか》蝶《てふ》の三枚なぞは女親がした事らしく片隅に小さな爪痕が付いてゐる有様だつた。

其処《そこ》で正直の処を告白すると吾輩も小々面白くなつて来たね。賭博《ばくち》といふものてこんな容易《やさし》いものならば勝つぐらゐの事は何《なん》でも無いと思ひ〳〵、兼ねてから見覚えてゐる役札を、自分の方へ配る練習を幾度となくやつてゐるうちに又も大変な大発見をした。それは吾輩の指先の感覚が、ダン〳〵鋭敏になつて来る事であつた。

十四

眼をつむつたまゝ指の先でチヨツト触つただけで、其処《そこ》に現はれてゐる色模様が何《なん》でも判ると云つたら、世間の常識屋はトテモ本当にしないであらう。しかし生物《せいぶつ》の特殊感覚といふものを研究した科学者は皆《みな》知つてゐる筈《はず》である。七六《しちむ》つかしい理屈は抜きにしても、盲人《めくら》が他《ほか》の着物を撫でまはしながら

「まあ結構な柄で……ほんとによくお似合ひで……」

なぞと挨拶をするのを見たら成る程と、うなづけるであらう。あんなのは盲人《めくら》特有の知つたか振りか負け惜《をし》み位に思つてゐる人が在るかも知れないが、それは大変な間違ひである。カンのいゝ盲人《めくら》に取つては着物の縞柄や、散らしの模様を探り当てるのは大した困難な仕事では無いので、自分の娘に手探りで紅《べに》化粧をして遣つて、お客に連れて行《ゆ》く瞽女《ごぜ》さへ在るくらゐである。つまり普通の人間は、その眼の感覚があんまりハツキリし過ぎてゐるので、色を指先で探る必要が無い為めに、そんな感じが鈍つてしまつてゐるので、吾輩みた様な指先のするどい人間ならば、すこし練習をしてゐるうちには、くら暗《やみ》に慣れて物の形が見えて来るのと同様に、いろ〳〵な色合ひが指先に感じられて来ること請合ひである。

しかも今云ふ様な実感は皆《みな》、一度も見た事の無い色模様を指先だけで探り当るのであるが、吾輩のはソンナのに比べると何《なん》でもない。幾度も〳〵見飽きるほど記憶したキマリ切つた毒々しい絵模様を触つてみるのだから気楽なものだ。チヨツト撫でるか押《おさ》へるかしただけで、青丹《あをたん》なら青丹、坊主なら坊主とわかる様に絵模様そのものがなつてゐるのだから訳は無い。おまけに裏の黒地や赤地のデコボコが一枚として同じ物は無いのだから、二三度札《ふだ》を切りまはしてゐるうちには眼をつぶつてゐても札の順序がわかつて来るのだ。

しかもタツタそれ丈《だ》けの練習と記憶力の動かし方で、別段インチキを使はなくとも、相手の持ち札と、此《こ》の次に出て来るメクリ札がわかるのだから、世の中に花札ぐらゐ馬鹿々々

しいものは無いだらう。

吾輩が其処《そこ》まで練習をして結局文字通りに馬鹿々々しくなつて花札を投げ出してしまつたのは、それから一週間ばかり後《のち》の事であつた。しかも何時《いつ》でも両親が眠つてゐる間《あひだ》を狙つて練習をしたので、チツトモ気付かれないまゝで済んだ。さうして其《そ》のうちに、お天気がよくなつたので、三人は又も、雨上りのカン〱照る日の下を、村々の鶏《にはとり》の声を聞きながら、久し振りの巡業に出かけなければならなかつた。

ところで夏になると吾々《われわれ》三人は日盛《ひざか》りの間《あひだ》三時間ばかり、キツト何処《どこ》かで午睡《ひるね》をするのであつた。しかも成る可《べ》く田甫《たんぼ》の仕事の忙しく無い都会の夕方を狙つて興業をするので、夜《よる》になつても吾輩は睡《ね》むくない事が多かつたから、両親のバクチをまぜ返す機会は充分にあつた訳である。ところが又生憎《あいに》くな時には生憎くな事が起《おこ》るもので、此《こ》の夏は三人が此《こ》の福岡に着くと間《ま》もなく、女親が何《なん》だかエタイの判らないブラ〱病気《やまひ》にかゝつて、大水で流れて来た様な恰好をして木賃に寝込んでしまつたので、バクチなんか打つ元気はトテも無いらしかつた。

そこで吾輩は男親と二人切りで毎日稼ぎに出なければならなくなつた訳であるが、これが吾輩に取つて願つてもない幸福であつたことは云ふ迄も無い。第一寝がけに大嫌ひなバクチを見なくて済む上に男親がすこし宛《づつ》小遣を溜め込んでチヨイ〱吾輩に菓子を買つて呉《く》れる。その上に女親の三味線でウンザリさせられる事無しに踊り抜けると云ふのだから踊り好きの吾輩たるもの有頂天にならざるを得ない。花札の事なんかキレイに忘れてしまつて、喜び勇んで稼ぎに出かけたものであつた。恐らく吾輩の子供の時分で一番幸福な時季と云つたら此《この》福岡へ来てから一週間ばかりの間《あひだ》であつたらう。

ところがその幸福があんまり高潮し過ぎた為めに大変な事件が持上る事になつた。二人の興業があんまり成功し過ぎて警察へ引つぱられる事になつたのだ。

吾輩の一行が泊つてゐる木賃宿は、今の出来町《できまち》の東の町外《はづ》れで、大きな楠《くすのき》の木の在る近くであつたが、その頃はまだ博多駅が出来立てのホヤ〱で、出来町の東口はまだ太宰府《だざいふ》往還の出入口の面影を残してゐた。その店屋だらけの往来へ男親と一所に初めて繰出した時に、男親は肥料《こやし》車の間《あひだ》で吾輩の耳に口を寄せてコンナ事を囁《ささや》いた。

「福岡の町は警察が八釜《やかま》しいよつてに、あんまり尻振るとあかんで……」

吾輩は大《おほ》ニコ〱で首肯《うなづ》きながら男親を見上げた。けふこそは本当に一心籠《こ》めて踊つて遣らうと子供心に思ひながら……。

十五

その頃の福岡市の話をしたら若い人は本当にしないかも知

れぬ。東中洲《ひがしなかす》がほとんど中島《なかしま》の町一と通りだけあつたので、あとは南瓜畑《かぼちやばたけ》のズツト向ふに知事の官舎と測候所が並んでゐて、其《その》屋根の上に風見車がキリ〳〵まはつてゐるのが中島橋の上から見えたの、箱崎《はこざき》と博多の間は長い〳〵松原で、時々追剝《おひは》ぎが出てゐたの、因幡町《いなばちやう》と土手の町の裏は一面の堀で、赤坂門や薬院門の切れ途《と》を通ると蓮の花の香《か》が噎《む》せ返るほどして、月夜には獺《かはうそ》が間誤《まご》々々してゐたの、西中洲の公会堂のあたりが一面の萱原《かやはら》であつたの、西公園に住む狐狸《きつねたぬき》が人を化かしてゐたのと云つたら、三百年も昔の事と思はれるかも知れない。第一、そんな風では何処《どこ》に町が在つたのかと尋ねる人が出て来るかも知れないが、しかし、それでも九州では熊本と長崎に亜《つ》ぐ大都会だつたので、田舎ばかりまはつてゐた吾輩は、かなりキヨロ〳〵させられたものであつた。

　吾輩はこの福岡市中を、父親の鼓に合はせて、心ゆくまで踊りまはつて、心ゆくまで稼いだものであつた。ところがさすがに福博《ふくはく》は昔からドンタクの本場だけあつて芸ごとのわかる人が多かつたらしい。男親の鼓の調子にタヽキ出される吾輩の踊りは、最初の約束通り全然エロ気分抜きの、頗《すこぶ》る古典的なものであつたが、却つて其《そ》の方が見物を感心させたらしく、二十銭銀貨を一つや二つ貰はない日は無かつたので、吾輩はトテモ得意になつたものであつた。生れて初めて稼ぐ面白さを感じた様に思つた。

　その或る日の午後であつた。男親と吾輩とは福岡部の薬院《やくゐん》方面から柳原へかけて一巡すると東中洲へ入《い》り込んで、町裏の共進館といふ大きな建築の柵内へ入《い》り込んで那珂《なか》川縁《がはべり》に並んでゐる栴檀《せんだん》の樹の間《あひだ》の白い砂の上に莫蓙《ござ》を敷いて午睡《ひるね》をした。これは此頃《このごろ》夕方になると中洲券番《けんばん》のあたりへ人出が多い事がわかつたので、夕方になつてから其処《そこ》を当て込んで一興業する準備の午寝《ひるね》であつたが、稍暫《ややしばら》く睡《ねむ》つてゐるうちに、あんまり蟻《あり》が喰ひ付くので眼を醒ましてみると川一面に眩《まぶ》しい西日の反射がアカ〳〵とセンダンの樹の間《あひだ》を流れて、ワシ〳〵殿の声が空《そら》一パイに大浪《おほなみ》を打つてゐた。男親を振りかへつて見ると腐つた蜊《あさり》の様な口を開《あ》いてガー〳〵とイビキを掻いてゐる。

　その時であつた。何処《どこ》からか

「チヨツト〳〵」

　といふ優しい女の声がしたのでムツクリ起き上つて、キヨロ〳〵と其処《そこ》いらを見まはしてみると、木柵の向ふから派出《はで》な浴衣《ゆかた》を着たアネサンが、吾輩の顔を見てニコ〳〵笑ひながら手招きしてゐるのであつた。

　吾輩はチヨツト面喰らつた。コンナ美しいアネサンに知り合ひは無かつたから……。しかし元来人見知りをした事の無い吾輩は、すぐに莫蓙の上から立ち上つて、チヨコ〳〵走りに柵の処へ来て見ると、そのアネサンの連れらしい肥《ふと》つた旦那が、其処《そこ》に在つた石屋の石燈籠の蔭に立つて、やはりニコ〳〵してゐるのが眼についた。

アネサンは近づいて行《ゆ》く吾輩を見るとイヨ〳〵眼を細くした。

「アンタクサナー。チヨツト妾達《わたしたち》と一所に来《き》なざらんナ。父《とと》さんも連れて……ナ……」

と云ひ〳〵吾輩におひねりを一つ渡した。それを柵の間《あひだ》から猿みたいに手を出して受け取りがけに触つてみると、十銭銀貨が三枚這入《はひ》つてゐる。吾輩は何故《なぜ》そんな事をするのか意味はわからなかつたが、しかし、そんな意味を問ひ返す必要は毛頭無い金額《きんだか》であつた。

吾輩は眼を丸くしながら男親の処へ飛んで行《い》つてゆり起した。さうして三十銭のおひねりを見せると、これも何《なん》だかわからないまゝねぼけ眼《め》をこすりまはして、鼓と莫蓙《ござ》を荷ぎ上げて、頬ペタの涎《よだれ》を拭ひ〳〵大慌てに慌てゝ吾輩のあとから跟《つ》いて来た。

立派な旦那とアネサンは、共進館前のカボチヤ畠の間《あひだ》から町裏の狭い横路地に曲り込んで十間《けん》ばかり行つてから又一つ左に曲ると券番の横の大きな待合《まちあひ》の前に出た。そこは十坪ばかりの空地になつてゐたが田舎の麦打場の様に平《たひら》かで、周囲の家《いへ》にはまだ明るいのにラムプがギラ〳〵点《つ》いてゐた。その中を夕方の散歩らしい浴衣《ゆかた》がけの男女がぞろ〳〵してゐたが、遠くの方の横町には大勢の子供が

「燈籠《とうろ》〳〵灯《と》ぼしやあれ〳〵や。消えたな爺《ぢい》さん婆《ばば》さん復旧《まあど》いやあれ〳〵やア」

と唄ふ声が流れてゐた。

その声に聞き惚《ほ》れてボンヤリ突立《つつた》つてゐると吾輩の振袖を男親が急に引つ張つたので、ビツクリして振り返つてみると、その空地のまん中に今まで見た事も無い四枚続きの青々とした花莫蓙が敷いてある。男親はその一角にかしこまつて鼓を構へてゐる。その真正面《ましやうめん》に今の旦那とアネサンがバンコ（腰かけ）を据ゑて団扇《うちは》を使つてゐたがアネサンは、赤い酸漿《ほほづき》を赤い口から吐き出しながら旦那を振り返つた。

「見居《みよ》つて見なざつせえ。上手《じやうず》だすばい」

旦那は二つ三つ鷹揚《おうやう》にうなづいた。見れば見る程脂切《あぶらぎ》つた堂々たる旦那で、はだけた胸の左右から真黒な刺青《いれずみ》の雲が覗《のぞ》いてゐるのが一層体格を立派に見せた。コンナ旦那は気に入るといくらでも金《かね》を呉《く》れるものである……と吾輩はすぐに思つた。

男親がその時に特別誂《あつら》への頓狂《とんきやう》な声を立て、

「イヤア……ホウ――ツ」

と鼓を打ち出した。吾輩は赤い鼻緒の下駄を脱いで青い莫蓙の上に飛び上ると、すぐに両袖を担《かつ》いで三番叟《さんばそう》を踏み出した。

十六

旦那とアネサンが顔を見交《みかは》して点頭《うなづ》き合つた。

莫蓙《ござ》の周囲にはモウ黒山では無い白山の様に浴衣《ゆかた》がけの人だかりが出来てゐた。その中でヒラ〳〵と動く団扇《うちは》の扇が、そこいらの二階のラムプを反射して眩《まぶ》しかつた。そのまん中で大得意《おほとくい》になつた吾輩は、赤い鼻緒の痕《あと》の付いた小さな白足《しろた》袋《び》を莫蓙一パイに踏みはだかつて、色の褪《さ》めた振袖に夕風を孕《はら》ませながら舞ひまはつた。

「三番叟《さんば》」が済んで一足飛《いつそくと》びに「奴《やつこ》さん」に移ると見物の中で「ウーン」と感心する者が出来て来た。竹のバンコの上のアネサンも団扇《うちは》の手を止《や》めて旦那と頻《しき》りに耳打ちしてゐたが、しまひには、それさへしなくなつて二人ともバンコからズリ落ちるほど身を乗り出したまゝ動かなくなつた。

そのうちに銀貨や、銅貨やその頃出来たての白銅《はくどう》の生々《なまなま》しい光りの雨がバラ〳〵と降り出した。それを見ると吾輩が踊りながらの相《あひ》の手《て》に、調子よく身体《からだ》を曲げながら

「オワリガトウ……ゴザイマス」

を遣《や》つたら見物が一斉にどよめいた。

それは、よかつたが其《そ》の見物の中から頓狂な声が飛び出して

「……ウーム……真実《ほん》な事云ひよる。名古屋の方が大阪よりか遠か……」

と云ふより早く皆《みな》ドツと笑ひ出したのにはギヨツとさせられた。成る程博多は油断のならない処だ。田舎とは違ふといふ様な感じをハツキリと受けたので、今一度ヒヤリとさせられた。

けれども、そんな連中も男親の唄が「雪はチラ〳〵」に移ると又も「ウーム」と唸《うな》り出した。「おぼえとる〳〵」と云ふ者もあつた。それから「棚の達磨《だるま》さん」が済んで「活惚《かつぽ》れ」が済んで「寝忘れた」「宮さん〳〵」「金毘羅《こんぴら》フネ〳〵」とゴチヤ〳〵に続いて「踏破《ふみやぶ》る千山万岳《ざんばんがく》のーウ、書生さんに惚れてエー」と来た時には、流石《さすが》の吾輩も踊り疲れて汗ビツシヨリになつた。さうするとバンコの姉さんが吾輩を招き寄せて、懐中《くわいちう》から取り出した小さな兎《うさぎ》の足で、吾輩の化粧崩れを直して呉《く》れたが、そのうちに

「あゝ臭《くさ》さ〳〵。あんた何日風呂い這入《はひ》らんとナ」

と云つたので見物が又もやドツと笑ひ崩れた。

「ホンニなあ。可愛想《かあいさう》に……」

と云ふ者もあつた。

それを聞くと吾輩は心の底で大いに憤慨した。今まで踊つて来た元気が急に抜けてしまつたやうな気持ちで、スゴ〳〵と莫蓙の上に戻ると何《なに》を感ずつたのか竹バンコの上の刺青《いれずみ》の大旦那が、吾輩の足下《あしもと》に大きな一円銀貨をペタリと投げ出して、太いドラ声でわめいた。

「マツト面白かとば遣《や》れエ」

吾輩は呆《あき》れた。一円銀貨なるものは見た事はあるがそれを貰はうなぞとは夢にも思はなかつたので、その銀貨と旦那の顔を見比べながらボンヤリ突つ立つてゐたが、そのうちに、

ゴソ〳〵と茣蓙の端《はし》から匐《は》ひ出して来た男親が、その一円銀貨を恭しく押し頂いた上に額《ひたひ》をコスリ付けてひれ伏した。黒《くろ》痘痕《じゃんこ》だから表情はよくわからなかつたが、感激の余りガタ〳〵震へてゐた様で、そのミヂメな恰好と云つたらなかつた。

けれども其《そ》の態度があんまり真剣なので、見物が皆《みな》シンとさせられてゐた様であつた。何処《どこ》か隅の方で……一円……三斗俵一俵……とつぶやく声が聞こえてゐた様にも思ふ。

そのうちに茣蓙の隅に退却した男親が、細引絡《から》げの鼓を取り上げたから、何《なに》を唄ひ出すかと思ふと、誰でも知つてゐる「アネサン待ち〳〵」であつた。見物は皆《みな》アンマリ詰まらない物を出したので失望したらしく、ザワ〳〵と動き出して帰る者も四五人あつたが、しかし吾輩は、その唄ひ出しを聞くと同時にハツとした。

何故《なぜ》かと云ふと此《こ》の「アネサンマチ〳〵」は巡査が絶対に来ない村でしか遣らない一曲であつた。つまり此《こ》のアネサンマチ〳〵の一曲までは頗《すこぶ》る平凡な振り付けに過ぎないので、普通の女の身ぶりで文句の通りのアテ振りをして、おしまひに蚊を追ひながら、お尻《しり》をピシヤリとたゝく処で成る程とうなづかせるといふシンキ臭い段取りになつて居《ゐ》たのであるが、しかし是《これ》は其《そ》の次に来る「アナタを待ち〳〵蚊屋《かや》の外《そと》」の一曲のエロ気分を最高潮に引つ立てる前提としてのシンキ臭さに外《ほか》ならなかつたのだ。だから、お次の「アナタ待ち〳〵」の文句に這入《はひ》つたら最後ドウニモからにも誤魔化《ごまか》しの絶対に利かない言語同断のアテ振りを次から次に遣らねばならない。さうしてそのドン詰めの「アチヤエエ、コチヤエエ」の処でドツト笑はせて興業を終る趣好になつてゐるので大方男親の手製の名振付だらうと思ふがタツタ此《こ》の一句だけの要心の為めに吾輩が、いつも俥屋《くるまや》の穿《は》くやうな小さな猿股を穿かされてゐるのを見てもその内容を推《お》して知るべしであらう。恐らく吾輩が好かない踊りの中でも、これ位不愉快を感ずる一曲は無かつたのである。

しかし吾輩が如何《いか》に芸術的良心を高潮させてみた処が、一円銀貨の権威ばかりはドウする事も出来なかつた。今更に最初の約束が違ふと云つても追付く沙汰《さた》では無くなつてゐたので、泣く〳〵男親の歌に合はせて「アネサンマチ〳〵」を踊つてしまつて、ビク〳〵もので茣蓙の上にベツタリと横座りしながら「アナタを待ち〳〵」に取りかゝつてゐると、まだ蚊に喰はれない中《うち》に果《はた》せる哉《かな》、群集のうしろで

「コラツ」

といふ厳《いか》めしい声が聞こえた。同時にガチヤ〳〵と云ふサアベルの音《おと》が聞こえたので、吾輩はすぐに踊りを止《や》めて立ち上つた。群集と一所に声のする方向を振り返つた。

十七

その頃の巡査は眉庇《ひさし》の馬鹿に大きい、黄色い筋のまはつた、

提灯の底みたいな制帽を冠《かぶ》つてゐた。サーベルも今の佩剣《はいけん》の五倍ぐらゐある、物々しいダンビラ式で、奉職するものは士族の成《な》り下《さが》りが多いと聞いてゐたが、タツタ今、吾輩の踊りを大喝したのは、その士族の倅《せがれ》ぐらゐの若い巡査であつた。しかもわざと帽子を脱いで、佩剣の茄子環《なすくわん》を押へて群衆のうしろから覗いてゐたものらしく、そのまゝの姿勢で満面に朱を注《そそ》ぎながら靴のまゝツカ／＼と茣蓙《ござ》の上に上《あが》つて来たが、帽子を冠るとイキナリ、吾輩の襟首《えりくび》と男親の襟首を、両手で無手《むず》と引つ摑んだ。

「怪《け》しからん奴ぢや。内務省の御布告を知らんか。……拘留して呉《く》れるぞ」

と云ふより引つ立てた。

男親はモウ鼓をダラリとブラ下げたまゝ土気色《つちけいろ》になつて、死人の様に横筋かひに伸びながらズル／＼と引つ立てられた。吾輩も悪い事をしたと思つたので、悪びれもせずにうなだれたまゝ突立《つつた》つてゐた。

巡査はそこでいよ／＼得意になつたらしい。其処《そこ》らをグルリと睨《にら》みまはしながら茣蓙の外に二人を引き出して

「下駄を穿《は》けツ」

と怒鳴り付けて引つ立てようとしたが、その時にバンコの上の旦那がヤツト立ち上つて、巡査の前にノツソリと立ち塞《ふさ》がつた。

「エヽ……旦那……」

と気取つた声で云つたが、団扇《うちは》を片手にニヤ／＼笑つてゐる処を見ると巡査を物とも思つてゐないらしい。巡査はその態度に威圧された様に一足後《ひとあしうしろ》に退《さが》りかけるとサアベルが足の間《あひだ》に引つかゝつたので、あぶなく尻餅を突き相《さう》になつた。それを吾輩の肩で支へ止《と》めながら慌てゝ

「何《なん》ぢや貴様はツ」

と怒鳴りかけたが、その拍子に立て直しかけた両足が、又もや自分のサアベルに引つからまつて、今度は前の方へノメリ相《さう》になつたので、群集が思はずゲラ／＼と笑ひ出した。そこで巡査はイヨ／＼真赤になつて、モウ一度怒鳴り立てた。

「何《なん》ジヤツ。貴様は本官の職務の執行を妨害するのかツ」

旦那はさうした巡査の昂奮を見ると、正反対に落ち付いた態度を執つた。団扇を使ひ／＼眼を細くした。

「イヤ。そげな訳ぢやあがアせん。あつしやア直方の大友《おほとも》と申すもので……」

と如何《いか》にも心安さうに反りくり返つた。ところが又生憎な事に此《こ》の巡査は他県の人間か何《なに》かで、大友親分の名前を知らないらしかつた。ビクともしないで大友親分の顔の前に自分の顔を突き付けて歯を剝き出した。

「それが何《なん》ぢやツ。大友ぢやらうがコドモぢやらうが、官憲の職務執行を妨害するチウ法があるかツ」

大友親分は此《こ》の巡査の頑固一点張りに驚いたらしい。団扇使ひをやめて眼をパチクリさせた。さうして今度は態度を改

めて、団扇をブラ下げると無恰好な不動の姿勢を取つた。胸の刺青《いれずみ》を取り繕《つくろ》ひながら恭しく巡査に向つて一礼した。

「さう仰言《おつしや》ると一言《いちごん》もがアせん。しかし高《たか》が町流れの乞食《こじき》でがアすから……キット後来《こうらい》を戒《いまし》めますから……」

「ナニ。何《なに》を云つちよる。後来は後来ぢや。本官は後来を咎《とが》めよるのぢや無いぞツ。今の踊りを咎めよるんぢやぞツ」

「イヤ。さう仰言ると……」

「云ふ必要は無かぢやないか。後来を戒めるのは官憲の仕事ぢや。アーン貴様に法律の執行権でもあるチウのか」

「イヤ。その……」

「黙れツ。第一貴様はタツタ今まで此奴《こやつ》どもの踊りを喜んで見とつたぢや無いか」

「ハイ……」

流石《さすが》の大友親分もピシヤンコになつて頭を垂れた。理の当然に行《ゆ》き詰まつたらしい。そこで却つて親分らしく見えて来た。吾輩も子供心に此《こ》の巡査の六法全書式論法が、訳はわからないまゝ痛快に感じられたので、大きくなつたら巡査にならうか知らんと思ひ〳〵傾聴してゐた。

「来い……」

と突然に巡査は云ひながら男親の襟首を右手に移して小突き立てた。同時に襟首を放された吾輩はこれから何様《どう》なるかと云ふ事が急に心配になり初めたので、男親の袂《たもと》にシツカリと縋《すが》り付いてチヨコ〳〵走りして行つた。

「フ――ン。慣れとると見えてナア。泣きもせんばいナア彼《あ》の子供は……」

といふ声が其時《そのとき》に群集の中から聞えた。しかし吾輩は何《なん》だかタマラなく恥しくなつたので振り返つて見る勇気も出なかつた。

中島の橋のマン中あたりまで来ると巡査が男親の襟首を離したので吾輩は何《なに》かしらホツとした。さうしてヤツトうしろを振り返つてみると櫛田《くしだ》の大銀杏《おほいてふ》の向ふの青い〳〵山の蔭からマン丸いお月様がノツと出て、橋の上の吾輩と向き合つてゐた。その光りを見ると吾輩は妙に悲しくなつた。

「モウ少し早く彼《あ》のお月様が出て呉《く》れたらよかつたのになあ。こんな事にならないで済んだかも知れないのにナア」

といふやうな理窟に合はない事を考へまはしながら、木橋の上をゴトン〳〵と小走りして父親の袂《たもと》に縋《すが》り付いて行つた。

十八

その頃の福岡警察署は今の物産陳列所の所に在つた。自動車小舎《こや》を大きくした位の青ペンキ塗りの瓦葺《かはらぶ》きで、玄関の正面に、直径一尺位の金ピカの警察星がはめ込んであつたが、その当時では福岡市内唯一のハイカラ建築で、田舎者が何人《なんにん》も〳〵立ち止《ど》まつて見上げてゐるくらゐであつた。

男親と吾輩は、その玄関前の石段を追ひ上げられると、右手の留置所の前の訊問室の片隅に在る木製のバンコ（腰かけ）に並んで腰かけさせられた。さうして立派な建築に似合はない見窄《みすぼ》らしい三分心《さんぶしん》のランプの下《した》で、宿直の黒い髯《ひげ》を顔一パイに生やした巡査が立会ひの下《もと》に、若い巡査から訊問される事になつたが、男親は頭が膝の間《あひだ》に落ち込む程恐縮した恰好をしながら、蚊の啼くやうな小さな声で巡査の言葉が終らないうちにオド〳〵と返事をして行つた。吾輩は又吾輩で、窓越しに見える東中洲の芸者街《まち》の灯《ともしび》が、月を含んで青々となつた那珂川《なかがは》の水にゆらめき流れるのを、夢のやうな気持ちで眺めながら、二人の問答を聞くともなく聞いてゐた。

「この児《こ》はお前の本当の子か」

「ヒエ――。ワテエの女房が生みましたのや」

「つまりお前の子ぢやな」

「さいや。ことし七つになります」

「チヨツトも似とらんぢや無いか」

「ヒエ――。もとはよう似とりましたのんやけど、ワテエの顔がコナイになりましてからと云ふものアンジヨ……」

「フ――ン。とにかく誘拐したものでは無いぢやろな」

「ヒエ――。よう知りまへんけど七年前《ぜん》に夫婦になりますとアンジヨ出来ましたのんや」

「ウーム。それはわかつとる。それはわかつとるが名は何《なん》といふか」

「ヒエー。チイ〳〵と申します」

「ナニ。チイ〳〵……」

「ヒエー。チイと申します」

「フム。一つだけなら一つだけ云へ。二つ云ふ必要は無い」

と巡査は睨《にら》み付けながら、指の先に唾液《つば》をつけて帳面の上をこすつた。

「ヒエー。どうぞ御勘弁を……」

「……そこでと……其処《そこ》でお前の原籍は……」

「ヒエー。ワテ知りまへんのえ」

「フム。知らん。それならば山窩《さんくわ》か、それとも……」

「ヒエー。サンカたら存じまへんがな」

「山の中に寝る乞食《こじき》かと云ふのだ」

「ヒエー。そない処《とこ》へ寝たことおまへんのえ」

「木賃宿に泊つとるのか」

「ヒエー。踏みたふいた事一度もおまへんノエ」

「馬鹿、誰が踏みたふいたと云ふたか。聞きもせん事云ふな」

「そやから山に寝た事おまへんノエ。どうぞ御勘弁を……」

「わからん奴だな。本官の訊いた事だけ返事せよと云ふとるぢや無いか。お前の名前は……」

「ヒエー、市川鯉次郎《いちかはこひじらう》と申します」

「立派さうな名前だな。年は……」

「ヒエー。ワテよう知りまへんノエ」

「馬鹿。自分の年を知らんチウのか」

「さいや……よう知りまへんけど若いうちに天然痘《ほうそ》しまして
エライ難儀な目見ましてナ。とうとコナイな商売になりましたがナ。その時が十七やたら十八やたら云ひましたけどワテにはようわかりまへんね」

「はゝあ。白痴ぢやつたのかお前は……」

「ヒエー。バクチぢやおまへんね。ホーソだんがナ」

「イヨ〱わからん奴だな。お前の両親は……」

「ヒエー。ワテの両親は何処《どこ》ジロアンジヨしとるかも知れへんけどワテを放《ひ》り棄《す》てゝアンジヨにげよりました」

「フーン。生れながらの孤児《こじ》ぢやナ」

「いえ。腹からの乞食《こじき》ぢやおまへん。ホーソするまでは役者して居《を》りました」

「ナニ役者。その面《つら》でか」

「さいや。えゝ男だしたがな立女形《たておやま》で……」

「プツ。イヨ〱白痴だな。……そこで前科は無いか」

「ヒエー、そないなものおまへん、情婦《をなご》は仰山《ぎやうさん》居《ゐ》よりましたけんど、実《じつ》のあるのは今の女房だけでやす。今患《わづ》ろとりまして、吉塚《よしづか》の木賃に寝とりまんがな、わてヤ可愛想《かあいさう》で〱敵《かな》ひまへんがナ。ヘツ〱……」

「馬鹿。泣いとるのか貴様は……」

「どうぞ御勘弁なさつて下はりませや。女房子が……飢《かつ》ゑて……死によりますよつて……ヒツ〱……ダ……旦那様ア……アア……」


と云ふうちに男親は手離しでオイ〱泣き出した。吾輩も何《なに》かしら堪《た》まらなく馬鹿々々しい様な涙ぐましい様な気持になつて、汗の乾いた身体《からだ》をモゴ〱とさせながら水涕《みづばな》をすゝり上げた。

すると最前から欠伸《あくび》をしい〱横から様子を聞いてゐた髯巡査が上役らしく膝を抱へ直しながら笑ひ出した。

「アハ〱〱。これあイカン〱オイ横寺巡査。手《て》牒《てふ》につけるのは止《や》めた方がえゝ」

若い巡査は不平らしく帳面と鉛筆を下《おろ》した。

「全体君は何《なん》でコンナ者を引つぱり込んで来たんか。アーン」

「ハイ。その子供が風俗壊乱の踊りを踊つて居《を》りましたので……」

「その女の児《こ》がか……」

「ハイ……」

十九

「フーム」

と髯巡査は大きな欠伸《あくび》を噛み殺しながら、改めて吾輩の振袖姿を見上げ見下《みおろ》した。さうしていゝ退屈凌《しの》ぎといふ風に、黒いアゴ髯を撫で上げて、帽子をツルリと阿弥陀《あみだ》にすると、モウ一度片膝をグツと抱へ上げた。

「ウーム。風俗壊乱も程度によりけりぢやが、子供ぢやから高《たか》が知れとるぢやらう。ドゲナ踊りををどつたんか此の児《こ》が……」

と髯の先で吾輩を指した。若い巡査は自分が訊問されるかの様に固くなつて、髯巡査の方に向き直つた。

「ハイ。そのアネサンマチ〳〵とか云ふのを此《こ》の男親が唄ひ出しますので……」

「ハツ〳〵。そらあ普通の流行歌《うた》ぢや無ツか。本官もヨウ知つとる……蚊が喰ふて痒《かゆ》いと云ふだけの事ぢや。チヨツトも差支《さしつかへ》ない」

「ハイ。ところが其《そ》の……ソノ……踊りが怪《け》しからぬ踊りで……」

と若い巡査は又も激昂の気味で帳面と鉛筆を握り締《しめ》た。男親はイヨ〳〵小さくなつた。

「フーン。それはドゲナ踊りかな」

「ハイ。私には踊れません」

と云ひ〳〵若い巡査は、腰から大きな西洋手拭を出して汗を拭いた。

「アハハ。君に踊れチウのぢや無い。言葉で説明して見たまへと云ふのぢや」

「ハイ。それがその……実に言語道断な踊りで……トテモ私には説明が……」

「アハハ。成る程君は芸の方は不得手《ふえて》ぢやつたナ。ハツ〳〵。それならば論より証拠ぢやオイ非人。貴様その娘の児《こ》を其処《そこ》で踊らせてみい」

「ヒエー」

と男親はバンコに両手を突いて尻ゴミした。

「遠慮する事は無い。叱りもドウモせん。歌の文句だけでもえゝから唄ふて見よ」

「ヒエー。どうぞ御勘弁を……」

と男親はモウ一度尻ゴミをしたが、その拍子にアブナクうしろへ引つくり返りさうになつた。それを見ると吾輩は、可《を》笑《か》しいよりも何《なに》よりも、男親の意久地の無さ加減が自烈度《じれつた》くなつて来た。同時に一文も銭を投げないまゝ無理な註文を出して威張り腐つてゐる二人の巡査が妙に癪《しやく》に障《さは》つて来た。警察でも何《なん》でも糞《くそ》を喰《く》らへと云ふ気持ちになつたのは吾《われ》ながら不思議であつた。

しかしソンナ事を知らない髯巡査はイヨ〳〵調子に乗つたらしく、眼尻《めじり》を垂らしてニタ〳〵笑ひ出した。

「ウム。勘弁して遣るから踊らせてみい。其《その》風俗壊乱踊りチユのをやらせて見い。……オイ娘の児《こ》オヂサンの前で一つ踊つて見よ。ハハハ……踊つたら褒美《ほうび》を遣るぞ」

「いやヤ……」

と吾輩は待ち構へてゐた様に勢《いきほひ》よくお合羽《かつぱ》さんを振つた。

「フ――ン」

と髯巡査が面白さうに眼を光らした。

「踊らんと監獄へ遣るぞ」

「ワテ監獄に行《い》きたい」

「……ナニ……」

「ワテ監獄に行《い》き度《た》い」

「フ――ン。何《なん》で監獄に行《い》き度《た》いんか。怖い処ぢやぞ監獄は……」

「そんでも監獄へ行《い》たらアネサンマチ〳〵踊らんでもえゝから」

「アハハ。これやナカ〳〵面白い児《こ》ぢやぞ。お前はそんなにアネサンマチ〳〵が嫌ひか」

「アイ。銭投げて貰ふて踊る舞踊《をどり》みな嫌ひや」

「フーム。ナカ〳〵見識が高いナ、貴様は……銭貰ふて礼云ふのが嫌か」

「礼は云はんがな。洒落《しやれ》云ふだけや」

「ナニ洒落を云ふ？」

男親が吾輩の振袖を引つぱつた。しかし二人の巡査に睨《にら》まれて手を引つこめた。

「あい。オワリガトウゴザイマスと云ふのや。こゝから行《ゆ》くと名古屋の方が大阪より遠いと云ふ心や。最前一円呉《く》れた人には云ふのん忘れたけど……」

と云ひさして吾輩は正面に居《ゐ》る若い巡査の顔を睨《にら》み上げた。

「ワツハツ〳〵〳〵〳〵」

と髯巡査が天井を向いて反りくり返つた。若い巡査も顔を真赤にしてうつむいた。

「アツハツ〳〵〳〵。ワツハツ〳〵〳〵。これや愉快な奴ぢや。銭呉れた奴こそエゝ面《つら》の皮ぢや、アツハツ〳〵〳〵。愉快ぢや〳〵、オイ横寺。君はえゝものを引つぱり込んで来たぞ」

横寺巡査はいよ〳〵赤面して汗を拭いた。すると髯巡査もすこし真面目に返りながら、吾輩の前に髯を突き出した。

「ウーム。しかし夫れは子供にはチツト出来過ぎた洒落ぢやが、一体誰に習ふたんか」

「父《とと》さんに習ひました」

「この父《とと》さんにか」

「アイ。踊りも習ひました。この父《とと》さんワテ好きや」

「ハハア母《かか》さんは嫌ひか」

「よその人より好きやけど……」

と吾輩はSの字形に身体《からだ》を曲げた。すこし涙ぐましくなりながら……。髯巡査はイヨ〳〵顔を近付けた。吾輩の答弁ぶりに何《なに》か曰《いは》くがありさうなのに気付いたのであらう。

二十

「フフム。何故《なぜ》に父《とと》さんが好きで母《かか》さんが嫌ひか。他所《よそ》の子と反対ぢやないか」

「あい。そんでも毎晩母《かか》さんが、父《とと》さんに勝ちよりますよつて」

「コレ……」

と男親がたまり兼ねて吾輩を引き寄せようとした。それを髯巡査が一睨《ひとにら》みして引き分けると、男親は真青になつて震へ出した。しかし吾輩は別に両親から口止《くちど》めをされた記憶《おぼえ》が無いので、男親がコンナにふるへ上る理由《わけ》がわからなかつた。その様子を見て髯巡査はイヨ〳〵眼を光らした。

「フーム。そんなに毎晩、夫婦喧嘩をするんか」

「アイ。イーエ。喧嘩や無いけどバクチを打つのや」

「コレッ」

と男親が又もタマリ兼ねて近寄つて来るのを髯巡査が

「引つ込んどれツ」

と大喝して押し退《の》けた。若い巡査はスワコソ一大事といふ風に、男親と吾輩との間《あひだ》に割り込んで腰をかけた。その横から髯巡査はイヨ〳〵眼を光らして吾輩の顔を覗き込んだ。

「ハハア。バクチを打つて父親《てておや》が負けるのか」

「サイヤ。毎晩父《とと》さんが負けて銭取られるよつてワテが母《かか》さんを負かいて皆《みな》取り戻いて遣ろ思とつたけんど、此間《このあひだ》から母《かか》さんが病気しよつたけんで、可愛相《かあいさう》になつて止《や》めたんや」

「アハヽヽ。これあイヨ〳〵出《い》でゝイヨ〳〵奇抜ぢや。お前は其《そ》の強い母《かか》さんに勝つ見込があるのか」

「アイ。何《なん》でもアラヘンがな」

「フーム。これは物騒ぢやよ。それぢやあお前もバクチを余程打つた事があるな」

「イイエ。バクチは嫌ひやから打つた事無いけど、勝つくらゐ何《なん》でもアラヘン。札《ふだ》の裏から一枚々々手役が見えるよつて……」

と云ふうちに吾輩はだん〳〵勢ひ込んで来た。髯巡査は面《めん》喰《く》らつたらしく顔を撫でまはした。

「ウワー。こらあイカン。此《こ》の児《こ》は何《なん》か取り憑いとるぞ。ノウ横寺巡査……」

と云ひ〳〵眼をマン丸にした顔を吾輩にさし寄せた。

「ハイ」

と横寺巡査も顔を撫でまはしながら、気味悪さうに吾輩を振り返つたが吾輩はしかし臆面もなく云ひ張つた。

「何《なん》も憑いとらヘンがな。札《ふだ》持つて来て見なはれ。皆《みな》当てゝ見せるがな」

三人が三人ともシインとなつて、吾輩の顔を見守り初めた。吾輩も何《なん》で三人がソンナに驚くのか判らないまゝマヂ〳〵と三人の顔を見まはした。

その時に表の玄関の方向で突然に甲走《かんばし》つた女の声がした。と同時に下駄と靴の音《おと》がガタ〳〵と石段を上《のぼ》つて来たと思ふと、最前の美しいアネサンと大きな風呂敷包みを抱へた小使らしい男が、板張りの上へ案内無しに上《あが》り込んで来て、大きな音《おと》を立てた。

「アラツ。何処《どこ》い行《い》たもんぢやろかい。あツ。此室《ここ》い居《を》んなざつた。小使さん〳〵、チヨト其《そ》の風呂敷包みば此室《ここ》に持つて来《き》ちやんなざい。あゝ暑《あ》つ〳〵。それから其《そ》の署長さんの手紙は荒巻部長さんにイ上《あ》げちやんなざい。……まあ……荒巻さんならチヤウドよかつた。御免なざつせえ。あゝ暑つ〳〵」

　とアネサンは独りでペチヤクチヤ饒舌《しやべ》り立てながら、遠慮会釈なく吾輩が腰をかけてゐるバンコの端《はし》にペタリと腰をかけた。鼻紙で汗を押へ〳〵小さな扇を使つた。

　荒巻部長といふのは髯巡査の事であつたが、小使ひが持つて来た茶色の封筒を受取るとチヨツと押し戴いた。帽子を冠《かぶ》り直して、威儼を正しながら読み終つたが、その眼を美しいアネサンの顔に移すと急にニタ〳〵した笑ひ顔になつた。

「フーン。直方の大友親分チウのは、お主《ぬし》の旦那ぢやつたんか」

　アネサンはイキナリ扇を振り上げて髯巡査をタヽク真似をした。さうして髯巡査が首を縮めた拍子に、お尻《しり》を持ち上げて横寺巡査の椅子に乗りかへた。

「まあ。嫌《いや》らつさなあ荒巻さんチウタラ。アタシヤ其様《そげ》なこと調べられエ来たとぢや御座《ござ》つせん」

「ホホオ。そんなら何《なに》しに来た」

「其処《そこ》に書いてありまつせうが。妾《わた》しや読み得《きり》まつせんばつて……」

「ウム。その児《こ》は評判の孝行者にて、親を養はむが為めに犯したる微罪に相違なき旨、県会議員大友氏より内訴あり。穏便の処置を頼むと書いてある」

「そらあ懲役に遣るなチウ事だつしよ」

「ウム。其《そ》の通りぢや。よう知つとる」

「それで妾《わた》しやあ、その児《こ》ば貰ひイ来ましたとたい。あなた立ち会ふてやんなサツセエヤ」

二十一

　美しいアネサンの黄色い声で、場面がスツカリ急転してしまつた。折角吾輩が花札の神技《しんぎ》を見せて遣らうと思つてゐた二人の警官と、吾輩の男親の視線は一斉に、吾輩を連れて行《ゆ》くといふ美しいアネサンの、ツンとした鼻の頭に集中した。そのアネサンの白いヒラキをかけた水々しい銀杏返《いてふがへ》しが何《なに》かしら物々しいものに見えた。

「ウーム。さうするとお前は此《こ》の児《こ》を引き取つて育てようと云ふんか」

　と髯巡査はモウ一度髯を逆撫でにして乗り出した。

　アネサンは無造作にうなづいたその鼻の頭の処で、青い絹扇を使ひながら、いよ〳〵ツンと反りかへつた。

「まあ聞いちやつてんなざい。斯様《こげ》な仔細《わけ》だすたい、此《こ》の頃《ごろ》この子供の踊りが貴方《あなた》ア、博多中の大評判だつせうが」

「フーム。左様《さう》かなあ。俺あ知らざつたぞ」

「イヤラッサナア。知んなざれんと。中券《なかけん》の芸妓《げいしや》でもアレ丈《だ》け踊り切る者なあ無かちうて、云ひよりますつちやが」

「ハヽア。成る程。そこでお前が憤慨したちう訳か」

「フンガイか何《なに》か知りまつせんばつて、妾《わたし》も中券のトンボだす。道ばたの非人と……アラ御免なざつせなあ……こげな子供と競《せ》り合はうたあ思ひまつせんぢやつたけんなあ……ハハハハ……、宜《よ》か加減《くら》ゐ聞いとりましたところが貴方《あなた》、チヤウド一昨日《をととひ》の仏様迎への晩だすたい。相券《あひけん》の蝶々《てふてふ》さんとお座敷で会ひましたりや、その話の出とりますつたい。蝶々さんが貴方、アノ大きな眼《め》んクリ玉ばマン丸うないて、まあ一遍あの子供の踊りば見てんなざい。妾《あたし》や大浜のお恵比寿様《えべすさま》のお鳥居の下で踊りよるとば見て気色《きしよく》の悪うなつた。トテモ大人《おせ》にやあ出来んと思ふて感心しとつたれあ、荷の腐るとも構《かん》まんな立ち止《ど》まつて見とつた魚市場《いちば》の兄哥《あんちやん》から「ドウナ姐《あね》たん。アンタ達よか上手《じやうず》ばい」て云はれて、返事の出来《でけ》ん儘《なり》い赤恥かいて逃げて来た。それから彼《あ》の子供ば彼《あ》ん儘《なり》い棄てとくたあ惜《をし》かちうて、車引きさんに頼んで昨日《きのふ》一日探させたばつてん何処《どこ》さい行《い》たかわからぢやつた。アンタも一ペン見てんなざい。地唄も上方《かみがた》仕込みで口切れのよかばつてん、踊リイ合ふちや勝ち切らん。福岡博多で彼《あ》が程《しこ》をどり切る者《もん》なあチヨツト居《を》るめえやチウ話だつせうが」

「フーン。そんなに踊りが上手なんかお前は……」

髯巡査は眼を丸くして振り返つた。吾輩は臆面もなくうなづいた。皆《みな》啞然となつた。

「そげな風だつせうが、気色のよかの何《なん》のつて……。生れ付き爪外《つまはづ》れの揃ふとるとだすやなあ」

「そらあ其《そ》の筈《はず》ぢや。役者の子ぢやから……」

「アラ。それがくさ……それが違ふとりますつちやが」

とトンボ姐《ねえ》さんは髯面《ひげづら》を扇であふぎ退《の》けた。

「この子供は貴方《あなたア》、拾ひ児《こ》で、何処《どこ》の者《もん》やら解らんとだすが」

「ふうん。其《そ》の通りか。コラツ」

と髯巡査は男親を睨《にら》み付けた。男親は一縮《ひとちぢみ》になつてしまつた。その男親の頭と、髯巡査の顔の間《あひだ》にトンボ姐《ねえ》さんは扇を突き込んで話を引き取つた。

「チヨツト待つとつちやんなざい荒巻さん。この子の親元があんまり詳しう解かると妾《わたし》が困りまつせうが。察しの悪かなあ貴方ア……」

「フーン、成る程〳〵」

と髯巡査は急に思ひ出した様に苦笑《にがわらひ》しい〳〵頭を掻いた。若い巡査と吾輩の男親は不思議な顔をして眼をパチ〳〵させた。しかしトンボ姐《ねえ》さんは構はずに話を進行させた。

「まあ聞いて遣つてんなざい、斯様《こげ》な訳だすたい」

「ウン〳〵」

と髯巡査はテレ隠しらしく顔を撫でまはして身体《からだ》を乗り出した。

「あたしや蝶々姐《ねえ》さんから其《そ》の話ば聞いて、あんまり不思議だすけん、昨日《きのふ》から心探ししよりましたとたい。幇間《ほうかん》の淀八さんば大将にして、男衆やら、俥引《くるまひ》きさんやら三四人頼うで其処此処《そこここ》探させて見ましたつたい」

「ふうむ。何《なん》でソンナに熱心に探したんか」

「そらあ……その……何《なん》だすたい」

と今度はトンボ姐《ねえ》さんがチヨツト鼻白《はなじら》んだ。

「されがチヨツト云はれん訳のありますつたい」

二十二

「云はれんチウても俺ならよかろうもん」

と荒巻部長は大人物らしく反りかへつて髯をしごいだ。その顔をマジリ〳〵と見てゐたトンボ姐《ねえ》さんは、やがて如何《いか》にも真剣らしく顔をさし寄せて声を落した。

「人《ひと》い云ひなざんなや」

「うん云はん」

「云ふたにや大事件《おほごと》いなりますばい」

「ウン云はん〳〵」

「斯様《こげん》だすたい」

とトンボ姐《ねえ》さんは又一段声を落した。

「……これだけ評判になつとる小供ばヒヨツト相券《あひけん》に取られて見なざつせえ。中券《なかけん》の恥いなりまつせうが貴方《あなた》。蝶々さんにや済まんばつてんが」

「フーン。成る程なあ、此頃《このごろ》中券は何彼《なにか》に附けて相券と競争しよるからナ。ウン〳〵」

「その子供をばドウしても相券より先《さき》い見付けて、上方《かみがた》いのぼせて一廉《ひとかど》のお師匠さん株いしよ、中券に置いとかにやならんチウて、意地いなつとりますつたい」

「ふうん。まあだ此《こ》の児《こ》の踊りをば、お前が見もせぬ中《うち》にか……」

「そらあ貴方。相券の蝶々さんが魂消《たまが》つたて云ひなされあ、折紙の付いた様なもんだすけんなあ」

「ううむ。えらいもんぢやなあ。そこで其《そ》の後ろ立てに大友が付いたチウ訳か」

「それがだすたい。まあ聞いて遣つてんなざい」

中券のトンボ姐《ねえ》さんが、これから手やう眼やうをして話し出した事実は、何《なん》だか妙に理窟つぽくて子供の耳には這入《はひ》り兼ねたが、何《なに》しろ自分の一大事と思つて一生懸命で聞き分けた処によると、此《こ》のトンボ姐《ねえ》さんと云ふのは可なり勝気《き》の気短《みじか》もので、昨日《きのふ》から吾輩を探し出すべく、可なりヤキモキと慌てまはつたものらしい。何《なん》でもカンでも相券の先を越して置きさへすればいゝと云ふので、昨日《きのふ》の朝から八方へ人を出して雲を摑むやうな人探しをさせながら、一方の金《かね》の工面を考へ〳〵待ち構へて居《ゐ》る処《ところ》に、探しに遣つた連中の中《うち》の二三人がいゝ事を聞き出して来た。何《なん》でも其《そ》の踊りの上手な子供は出来町《できまち》の方から毎日出て来るらしいといふ噂をけふの正午《ひる》前に飯喰ひ旁《かたがた》報告して来たのであつた。

　そこで今度はこの出来町の木賃宿を一軒一軒調《しらべ》させると果して、その子供の女親といふのが、出来町名物の楠《くす》の木の下の木賃宿に寝てゐることがわかつたので、そんな談判に慣れた遊び人の何《なん》とか云ふ男を遣つて、その児《こ》の引き取り方を掛け合はせると、その女親はナカ〳〵強硬で、容易に承知しなかつたが、その何《なん》とか云ふ男は前以て、その児《こ》が現在の両親の子でないらしい噂を聞き込んでゐた。しかも何処《どこ》かで誘拐したものらしく、毎日ヒドイ目に会はしてゐることがチヤントわかつて居《ゐ》たので、其処《そこ》を突込《つきこ》んで威《おど》かして行《ゆ》くと女親も身体《からだ》の不自由な折柄とて閉口したらしく結局八十円で話がついた。今のところでは柳町《やなぎまち》で最極上の花魁《おいらん》の相場が五百円で行《ゆ》き止《ど》まりの世の中だから、八十円といふ相場は可なり張つた相場であつたが、急ぐ話だつたから其処《そこ》で見切りを付けて、手附《てつけ》をいくらか遣つて木賃宿の亭主を保証に立たして来た。

　しかしまたカンチンの玉《たま》と男親が、何処《どこ》をウロ付いてゐるか見当が付かなかつたので、明日《あす》の朝早く引取りに来る約束をして来たのであつたが、とにかく夫《そ》れで先づ一安心をしたトンボ姐《ねえ》さんが、大友親分と連れ立つて新築劇場の敷地を見に行《い》つた序《ついで》に、共進館《きようしんくわん》の前を通ると、運よく目的の親子の乞《こ》食《じき》が川縁《かはぶち》の栴檀《せんだん》の根方に昼寝してゐるのを見付けたので、早速券番の前に連れて来て踊らせて感心しながら見てゐると横寺巡査が飛び出して来て、風俗壊乱の廉《かど》で此処《ここ》へ引つぱつて来た。そこで大友親分が署長さんの処へ二人《ふたり》引《び》きで駈け付けて談判をする。一方にトンボ姐《ねえ》さんは取りあへず着物の算段をして、あとから署長さんの処へ押しかけたので署長さんも気持ちようこの手紙を書いて呉《く》れた。

　そこで其《そ》の手紙を持つた署長さんの家《うち》の男衆とトンボ姐《ねえ》さんとが待たせて在つた二台の人力車《くるま》に乗つて汗ダク〳〵で此《こ》処《こ》へ来た訳であるが、何《なに》しろ此《こ》の児《こ》の為めではあるし、此《こ》の児《こ》を拾つたのは女親で、男親さんは後《あと》から一所になんなざつたチウ事ぢやけん、可愛《かあい》からうが何卒《どうぞ》承知して貰ひ度《た》い。あなたには別に、女親《かか》さんに秘密《ないしよ》で手切金を二十円上げる。女親《か》さんの手附の受取証文はこゝに在る。話がきまれば、すぐ女親の方へ人を遣つて話をつけさせる。この児《こ》は裏の川椽《かはぶち》で小使さんの盥《たらひ》借りて行水させて持つて来た着物ば着せて、今夜から妾《わたし》が抱《いだ》いて寝て遣る。貴方だち夫婦も何処《どこ》か別府あたりで小間物店《こまものみせ》でも出《だ》いて暮らしやあ、その方が気楽でよからう。大友親分の云ふ事をば聞いとけあ悪い事あ無か。済みまつせんばつてん承知して遣んなざい。荒巻部長さんも署長さんの代りい立ち会ふて遣んなざい……と云つた様な訳で、トンボ姐《ねえ》さんは一息にまくし立てると、又も暑い〳〵と云つて扇づかひを初めるのであつた。

二十三

荒巻巡査部長は腕を組みながらトンボ姐《ねえ》さんの雄弁を傾聴してゐた。しまひにはシツカリと眼を閉ぢて、気味の悪いほど恐ろしい顔をしい〳〵、時々思ひ出した様に髯をしごいで思案をしてゐるらしかつたが、トンボ姐《ねえ》さんの話が終ると、やつと思案がきまつたらしく、おもむろにうなづいた。さうして徐《しづ》かに眼を開《ひら》くと、今までとは打つて変つた威儼のある態度で両手をチヤンと両膝の上に置いてトンボ姐《ねえ》さんを見下《みおろ》した。

「……ウーム。いかにも。お前の云ふ事はよう判つた」

「ありがたう御座います」

とトンボ姐《ねえ》さんは慌てゝ頭を下げた。荒巻巡査はそれを押し止《と》めた。

「まあ待て。礼を云ふのはまだ早い。まだ俺の合点《がつてん》の行《ゆ》かん事がタツタ一つある」

「ヘエ」

とトンボ姐《ねえ》さんは急に暗い顔になつて髯巡査を見上げた。髯巡査はその顔を半眼《はんがん》に見下《みおろ》して咳払ひを一つした。

「ほかでも無いのぢや。お前が此《こ》の児《こ》を引き取るのはまあえゝとして、若《も》し此《こ》の後《のち》に、此《こ》の児《こ》の本当の親が出て来た時には、文句なしに此《こ》の児《こ》を引き渡すかどうか」

トンボ姐《ねえ》さんの顔が又急に明るくなつた。髯巡査の前に逆立ちする程頭を下げた。

「ヘエー。そらあ渡しまつせにやあこて。大友さんも人《ひと》い知られた顔だす。妾《わたし》も中券《なかけん》のトンボだす」

「俺が転任しても、その言葉に間違ひはあるまいな」

トンボ姐《ねえ》さんの顔が又サツと緊張した。見る〳〵真青になつて、眼をキリ〳〵と釣り上げながら、髯巡査を睨《にら》み返した様子の恐ろしかつたこと……眥《めじり》に涙がニジンで居《ゐ》る様にも見えた。さうして唇をブル〳〵と震はしながら云つた。

「……ヘエエ……あたしやドウデが芸者だす。お客ば欺《だま》すとが商売だす。……ばつてんが……バツテンガ巡査さんば欺さにやならん様なお粗末な事をばした事あー一ペンも御座いまつせん」

と云ひ切つて唇をキリ〳〵と噛んだ。

荒巻巡査は、しかし返事をしなかつた。依然として緊張した表情を、そのまゝ男親の方に向けると重々しい口調で命令した。

「お前は此《こ》の児《こ》を女に渡せ。直方の大友親分が引き取るのぢや。文句は無からう」

「ヒエ――」

と男親は一縮みになつた。その拍子にズル〳〵と腰掛《バンコ》の端《はし》からズリ落ちてベタリと坐り込むと塵埃《ごみ》だらけの板張りに両手を突いてヘタバツタ。しかし髯巡査は、眼《ま》じろぎもせずに言葉を続けた。

「お前《ま》達夫婦は元来野合《どれあ》ひの夫婦ぢやらう。のみならずこの児《こ》は、何処《どこ》からか誘拐して来たのぢやから、正式に咎《とが》め立てすれば誘拐罪が成立して、お前《ま》達は懲役に行《い》かんけれあ成らんのぢやぞ。え丶かわかつたか。……のみならず、お前《まへ》達は旅から旅へ流れ歩く者ぢやから、お前《まへ》達に此《こ》の児《こ》を渡して置くと、何時《いつ》本当の両親に会へるかわからん。そんな機会は先づ無いと云ふてもえ丶のぢや。然《しか》るに此《こ》の女に渡してさへ置けば、この児《こ》はキツト名が高うなる。さうすれば何時《いつ》かは両親にめぐり合ふ機会が出来るといふものぢや。え丶かお前《ま》達も此様《こげ》な小さい子供ば残酷《むご》い眼に会はせて、ワイセツな尻振《しりふ》り踊りをどらせて、道ばたで非人する様な苦労をせずとも、何《なに》か小さい商売を初めて、気楽な身体《からだ》になつた方がえ丶では無いか。な……其処《そこ》を考へて俺が立ち会ふて遣るのぢや。どうぢや理解《わか》つたかえ丶……コラ。わかつたかと云ふのぢや。返事をせんか」

「ホンニイ済みまつせんばつて……」

とトンボ姐《ねえ》さんも半分ばかり顔色を和らげながら言葉を添へた。

二十四

吾輩は少々癪《しやく》に障《さは》つて来た。お金の力と警察の力で無理矢理に吾輩を今の両親から奪ひ取らうとしてゐる髯巡査とトンボ姐《ねえ》さんの目論見《もくろみ》が子供心にもハツキリと判明《わか》つた様に思つたので、何様《どう》して呉《く》れ様かと思ひながら、キツカケが無いので黙つて見てゐると、男親の方はモウ髯巡査の説諭にスツカリ叩き付けられてしまつたらしく、顔を上げる力も無くなつたかして泥だらけの板張りの上にヘバリ付いてしまつた。メソ〳〵泣いては水涕《みづばな》をすゝり上げ、すゝりあげては涙をこすり付けてゐたが、あんまり何時《いつ》までも返事をしないのでトンボ姐《ねえ》さんが自烈度《じれつた》くなつたと見えて、髯巡査にチカツト眼くばせをすると、帯の間《あひだ》から、用意して来たものらしい紙包みを取り出して、ひれ伏してゐる男親の手の甲に載せた。

「それならドウゾ。承知してやんなざいなあ」

と念を押すやうに云ひ〳〵元の椅子に返つた。

すると男親はドウヤラ泣き止《や》んだらしく、女の様に袖口で両眼《りやうがん》をコスリ〳〵金《かね》の包みを取り上げて額《ひたひ》に当《あ》て押し戴かうとしたが、彼《か》の時遅く此《こ》の時早く我慢し切れなくなつた吾輩は横寺巡査の前をチヨロ〳〵と走つてその金の包みを男親の掌《てのひら》から取り上げるとすぐにトンボ姐《ねえ》さんの膝の上に投げ返した。

二人の巡査と姐《ねえ》さんは勿論のこと、男親も口をあんぐりと開《ひら》いて、包みを押し戴いた恰好のまゝ吾輩の額を見上げた。

その中で吾輩はピツタリと男親に寄り添うて肩に両手を廻した。

「ワテエ。アネサンの処へ行《ゆ》くのは嫌《いや》や。父《とと》さんと一所に居《ゐ》るがえゝ」

　四人の大人はイヨ〳〵啞然となつた。髯巡査はモウ一度物々しく腕を組み直した。

　トンボ姐《ねえ》さんの眼に涙が一パイ溜つた。それを鼻紙で押へるとイキナリ吾輩の傍《そば》へ走り寄つて脊中を撫でた。

「ホンになあ。こげな親孝行な児《こ》ばなあ」

とトンボ姐《ねえ》さんは水洟をすゝり上げたが、又もや髯巡査と顔を合はせると二つ三つうなづいた。唾《つばき》をグツと嚥《の》み込みながら鼻の詰まつた声で吾輩に云ひ聞かせた。

「あのなあ。ようときゝなざいや、あんたの父《とと》さんと母《かか》さんな、外《ほか》の処い居《を》んなざるとばい。あんたの帰つて来なざるとば待ち焦れとんなざるとばい。そのホンナ父《とと》さんと母《かか》さんの処へ妾《あたし》が連れて行《い》て上げるとぢや故《けん》な……あたしが云ふ事ば聞きなざいや」

「ワテエ。父《とと》さんも母《かか》さんもモウ要《い》らん。此《こ》の父《とと》さんと母《かか》さんと、二ア人《ふたり》だけでモウ結構や……」

　トンボ姐《ねえ》さんの眼に泪《なみだ》が又も一パイになつた。

「ふうん。なあ。どうしたまあ親思ひの……」

と云ひさしたが、その泪を拭ひ〳〵髯巡査の顔を見上げると、絶体絶命の恰好で吾輩の前に顔をさし寄せた。

「あのなあ。此《こ》の姐《ねえ》さんナア、ホンな事云ひよりますとばい。あんたがなあ。妾《あたし》の処へ来なざれあナア。毎日敲《たた》かれも蹴られもせん……」

「蹴られても宜《え》え。踊りをどるのが好きや」

「踊りやイクラでも踊られるけん……」

「此《こ》の父《とと》さんの歌で無うて踊るのは嫌《いや》や」

「……まあ……どうした解らん人ぢやらうかいなあ。この父《とと》さんは、これから毎日あんたの処へ来なざるとばい」

「嘘や。父《とと》さんと母《かか》さんは、お金を貰ふたら、ワテエを棄てゝ何処《どこ》かへ去《い》んでしまふのや」

「まあ。どうしたまあ物の解《わ》かつた……わからん人ぢやらうカイナア…………夫《それ》ならチヨツト見てんなざい。こげな美しい着物ば毎日着せて上げるとばい」

　と云ひながらトンボ姐《ねえ》さんは、手早く傍《かたはら》の風呂敷包みを解《と》いた。その中の折り畳んだ新聞紙の下から、今まで見た事も無い様な美しい振袖と、端《はし》の方に金筋《きんすぢ》の這入《はひ》つた赤いシゴキ帯と鈴の這入《はひ》つたカツポレ（表付塗下駄《おもてつきぬりげた》）を出して吾輩の鼻の先にブラ下げて見せながら、最前大友親分にして見せた様な笑ひ顔をニツコリとして見せた。

　吾輩はイヨ〳〵腹が立つて来た。今まで担がせられた荷物でさへ重たくて堪《た》まらないのに此上《このうへ》に着物が殖《ふ》えてたまるものか。大人といふものは何様《どう》してコンナに聞き分けの無いものだらう……どうぞ来て下さいと手を下げて頼めば、何《なに》も呉《く》れなくとも踊りに行つて遣るのに……と思ひながら返事もせずに男親の肩に縋《すが》り付いてゐると、今度は髯巡査が、大きな眼を刮《む》いて吾輩を睨《にら》み付けた。

「コラ。云ふ事を聴かんと懲役に遣るぞ」

しかし吾輩はチツトも怖《こは》くなかつた。子供ながら此方《こつち》の方が正しいと思つてゐたから平気の平左《へいざ》であつた。

「懲役に行《い》てもえ。父《とと》さんと母《かか》さんと一所なら何処《どこ》へでも行《ゆ》く。これワテエの父《とと》さんや」

と男親の脊中越しに首《くび》ツ玉《たま》ヘカヂリ付いた。

ところが吾輩がかう云ふと間《ま》もなく室中《しつぢう》に不思議な現象が起つた。

髯巡査の眼から涙がポロ〳〵流れ出した。ちやうど棕梠箒《しゆろはうき》に小便を放《ひ》りかけた様に……。トンボ姐《ねえ》さんの目が真赤になつた。首を切り落される魚《さかな》の様に……。男親が四ツン這ひになつたまゝ身体《からだ》をゆすり上げ〳〵して、エヘツ〳〵と区切りを付けて泣き出した。この頃毎日見る汽鑵車《きくわんしや》の止《と》まりがけの様に……。その中央《まんなか》に坐つた横寺巡査が両方の二の腕で涙を薙《な》ぎ払ひ〳〵し初めた。

吾輩は可笑《をか》しいのを我慢しながらニコ〳〵と見まはしてゐた。

二十五

吾輩は四人の大人が代る〳〵シヤクリ上げては涙を拭き〳〵してゐるのを面白さうに見まはしてゐたが、あんまり何《い》時《つ》までも泣き止まないので自烈度《じれつた》くなつて来た。その上にお臍《へそ》のまはりから脊骨の処へかけてグル〳〵と云ふ物音が廻転し初めて、急にお腹が空《す》いて来たので男親の耳ヘソツト口を寄せて
「帰らんけえ」

と囁《ささや》いた。

吾輩がさう云ふと男親はピツタリと泣き止んだがヂツト考へ込んだまゝナカ〳〵起《た》ち上《あが》らうとしなかつた。これは多分、木賃宿に寝てゐる女親の事を思ひ出したので、あんまり遅くなつたからと云つて叱られはしまいかと心配してゐるらしかつたが、これは吾輩も同感であつた。都合によつては此《こ》のまゝ男親と一所に何処《どこ》かへ逃げて行《い》つてもいゝと考へながら、男親の首すぢへアゴを載せてゐると、そのうちに漸《やつ》と、トンボ姐《ねえ》さんが泣き止んで口を利き出した。

「アーア。泣かせられた。こげな親孝行な子供あ無か。一夜添ふても妻は妻ばいなあ」

「馬鹿」

と髯巡査が姐《ねえ》さんを睨《にら》み付けた。

「それとコレとは訳が違ふぞ」

トンボ姐《ねえ》さんの顔が泣き笑ひに変つた。

「おんなし事だすたい貴方《あなた》ア、一と晩抱《だ》かれても親は親だつせうもん。お蔭で妾《わたし》ア自分の親不孝まで思ひ出させられた。両親の云ふ事をば聴かんナ芸者になつたりして……あア〳〵。

芸者ば止《や》め度《た》うなつた妾やア」

「勝手に止《や》めて帰るが宜《え》え」

　髯巡査はイヨ〳〵不機嫌な顔になつた。

「その両親がモウ死んどりますつたい。アハヽヽヽヽ」

「……コ……此《こ》の馬鹿奴《め》え……親が死んだチユテ笑ふ奴があるか。よく〳〵親不孝な奴ぢやなあ貴様ア……えゝコレ……」

　と髯巡査が摑みかゝらん許《ばか》りに身体《からだ》を乗り出した。その見幕を見るとトンボ姐《ねえ》さんはビツクリして身を退《ひ》きながら、急に笑ひ顔を呑み込まうとして眼を白黒さした。

「あたしが悪う御座んした。親孝行には勝たれまつせん」

「勝たれんのが当り前ぢやア、親不孝作りが商売ぢやもの……」

　と云ひ〳〵髯巡査はヤツト自分の椅子に落ち付いた。その顔をジロリと横目で見い〳〵トンボ姐《ねえ》さんは、ヤケに襟を突《つき》越《こ》した。唾液《つば》をグツと嚥《の》み込みながらキツパリとうなづいた。

「何《なん》でもよございます。斯様《かう》なりや妾《わたし》も中券《なかけん》のトンボだす。意地でも此《こ》の児《こ》ば両親込みに引き受けて匿《かく》まひます。二度と非人ナアさせまつせん。大友さんにや妾から承知させます」

「ウムツ。よしつ……」

　と髯巡査が突然に大きな声を出したので、皆《みな》ビツクリして其《そ》の顔を見た。その中で髯巡査は皆《みな》にわかる様に幾度も〳〵首肯《うなづ》いて見せながら眼を光らして一同を見まはした。

「ヨシツ。それで話の筋が通る様になつた。俺も立ち会ふて大友君を説き伏せて遣る」

「ありがたう御座います。ホンニ済みまつせん」

　髯巡査は又もうなづき〳〵威儀を正して男親を振り返つた。

「わかつたか」

「ヒエー。わかり……ました」

「ウム。よし〳〵、それならば、モウ用は無い。此事《このこと》を帰つて女親によう話せよ。さうして此方《こちら》から誰か行《ゆ》くまで何処《どこ》へも出ずに待つて居《を》れ。違背すると承知せんぞ」

「ヒエー。わかり……ました」

「これといふのも此《こ》の児《こ》の親孝心のお蔭ぢや。これから決して此《こ》の児《こ》を粗末にする事はならんぞ」

「ヒエー」

「女親にもヨク云ふて聞かせよ」

「……か……かしこまり……ました。ヒエ――ヒエ――……」

「よし。わかつたならモウ晩《おそ》いから帰れ」

「チヨツト待つちやんなざい」

　とトンボ姐《ねえ》さんが白い手をあげて制し止《と》めた。さうして御飯でも喰はせるのかと思つたらコンナ事を云ひ出した。

「チヨツト待つちやんなざいや。着物の寸法ば合はせてみるけん」

二十六

気の早いトンボ姐《ねえ》さんは、吾輩をモウ自分の抱《かか》へ妓《こ》にしたかの様に思ひ込んでしまつたらしい。躾《しつけ》のかゝつた振袖と帯を取り上げて左腕に引つかけながら、チヨコ〳〵と吾輩の傍《そば》へ寄つて来た。さうして男親の脊中に凭《もた》れてゐる吾輩を狎《な》れ〳〵しく引き起して、赤い振袖に両手を通させて、これ見よがしにタメツすがめつし初めた。

「まあ。ちやうど良かたい、立派な別嬪《しやうもん》さんばい。なあ荒巻さん」

「うむ。行《ゆ》く末が案じられる」

「要《い》らん事ば云ひなざんな。此《こ》の児《こ》は何《なん》事でもわかるとぢやが」

「ハヽヽヽ。此《こ》の姐《ねえ》さんが如《ごと》なりさいせにや良《よ》か」

「なりまつせん……。あたしや親孝行者《もん》だすけん、トンボ姐《ねえ》さんた違ひますツテ云ひなざい……ばつてんがチヨツト身幅の狭かごとある。チヨツト帯ば解《と》いてんなざい」

「おい横寺君。ソツチから帯を解《と》いて遣り給へ」

「イヽエ。よう御座す。妾《わたし》が……アラ済みません」

と云ふうちに二人がゝりで吾輩を丸裸体《まるはだか》にしてしまつた。

「アラ。此人《このひと》あ出臍《でべそ》ばい。嫌《いや》らつさなあ」

「アハハ。それ位なら治るもんぢやよ」

「さうだつせうか……さうしてアナタア猿股《さるまた》ば何《なん》ごと穿《は》いとんなざるとナ。こげな穢《きた》なか猿股をば……」

とトンボ姐《ねえ》さんは不審さうに吾輩に問ふた。ところが吾輩も実は猿股を穿かせられてゐる理由を此時《このとき》までは知らなかつたので、至極単純にお合羽頭《かつぱあたま》を振つた。

「ワテエ知らん」

トンボ姐《ねえ》さんはチヨツト妙な顔をして吾輩を見上げた。さうして手早く爪の先で猿股の紐《ひも》を引いてスツポリと下に落したが
「アラツ」

と云つたなりにヒンガラ眼をして真青になつてしまつた。ちやうど吾輩の出臍の処に喰ひ付き相《さう》な顔で気味が悪くなつた位であつた。それと同時に吾輩の足下《あしもと》に坐つてゐた男親がゴソ〳〵と縮まつて、頸《くび》を抱へ込みながらブル〳〵と震へ出したので吾輩はイヨ〳〵不思議な気持ちになつた。

「何《なん》ぢや〳〵、どうしたんか」

と髯巡査がトンボ姐《ねえ》さんの銀杏髷《いてふまげ》越しに覗き込んだ。それに釣り込まれて横寺巡査も、吾輩のうしろから、さし覗いたが、二人とも同時に腰かけの上にドタンと尻餅を突いて引つくり返らんばかりに噴飯《ふきだ》した。

「ワツハツ〳〵〳〵〳〵」

「ウワアツハツ〳〵〳〵」

それは文字通りに笑ひの大爆発であつた。二人とも靴で床《ゆか》

板《いた》をガタン〳〵と踏み鳴らして笑ひコケた。制服の手前も何《なに》も忘れて、胸を叩いて、横腹を押へまはつて、涙と汗を拭ひもあへず右に左に身体《からだ》を捻ぢりまはつたが、しまひには眼が眩《くら》みさうになつたらしく、横寺巡査は慌てゝ立ち上つて、室《しつ》の隅のテーブルに逃げて行《ゆ》かうとした拍子に、又も自分の佩《はい》剣《けん》に引つかゝつて、物の美事にモンドリ打つて、髯巡査の前に引つくり返つた。そのまゝ机に匐《は》ひ付いて、尻《しり》を押へ〳〵笑ひこけた。それが可笑《をか》しかつたので吾輩もついゲラ〳〵と笑ひ出した。ビツクリして顔を上げた男親も思はずブーと吹き出してしまつたので、トウ〳〵室中《しつぢう》がクツ〳〵ゲラ〳〵アハハハハといふ笑ひ声だらけになつてしまつた。

　しかしその中でトンボ姐《ねえ》さんはタツタ一人笑はなかつた。振袖を床の上に取り落したまゝ白い眼をギヨロ〳〵させて、吾輩の顔と股倉とを何度も何度も見上げ見下《みおろ》してゐたが、やがて幽霊にでも出会つたかの様に血の気の無い唇をワナ〳〵と動かした、さうして独り言のやうに気の抜けた声で問ふた。

「あなたア男だすな？　モシ……」

「ワテエ知らん」

　と吾輩は笑ひ止《や》めて答へた。あんまりトンボ姐《ねえ》さんの態度が真剣だつたので……。

　しかし吾輩の返事を聞くと荒巻髯巡査もトウ〳〵我慢が出来なくなつたらしく、帽子を落つことして、禿頭《はげあたま》を丸出しにしながら、テーブルの処へ逃げて行つた。横寺巡査と差し向ひに板の平面に匐《は》ひ縋《すが》つて、テーブルの奪ひ合ひを始めた。

　それをヂツと睨《にら》みまはしたトンボ姐《ねえ》さんは、これも泥だらけの床《ゆか》の上に匐ひ付いて笑つてゐる男親の脊中にチヨツト眼を配ると、又も吾輩の顔を見つめた。額のまん中に青すぢを立てゝ、唇をギリ〳〵と噛んだ。

　吾輩も指を啣《くは》へたまゝ、その顔をヂツと見上げてゐた。

二十七

　そのうちに丸裸体《まるはだか》のまゝ吾輩は小々寒くなつた。元来みんなが何故《なぜ》こんなに笑ひころげるのか、さうしてトンボ姐《ねえ》さんが何故《なぜ》こんな怖い顔をするのか、チツトモ見当が付かなかつたので、キヨロ〳〵と室《しつ》の中を見まはしながら、早く着物を着せ換へて呉《く》れるといゝと思つてゐると、そのうちにトンボ姐《ねえ》さんがヤツト魘《おび》えたやうな声を出した。

「あなたあホンナ事い、自分で、男か女か知んなざれんと？」

　吾輩はモウ一度無造作にうなづいた。

「知らん。そやけどドツチでもえゝ」

　トンボ姐《ねえ》さんはイヨ〳〵我慢し切れなくなつたと云ふ見得《みえ》で、だしぬけに金切声を立てゝ吾輩にガミ付いた。

「どつちでもえゝチウがありますかいな。歯搔《はが》いタラシ気《け》なか此《こ》の人ア。大概知れたもんたい。セツカク人が足搔《あが》き手搔《たが》きして福岡一番の芸妓《げいこ》い成《な》いて遣らうとしよるとい……」

「芸妓《げいこ》さんは嫌ひや。非人がえゝ」

「太平楽は云ひなざんな。芸者いどうしてなられますな。こげな物《もん》ば持つとつて……こらあ何《なん》な……」

「チンコぢやがな」

「こげなもんをば何《なん》ごと持つとんなざるな。馬鹿らしげなか」

「モトから持つとるがナ」

「そらあ解つとります。後《あと》から拾ひ出《だ》いたもんなあ居《を》りまつせん。バツテンが持つとるなら持つとるごとナシ早やう出しんしやらんな。フウタラヌルカ……」

「アホラシイ姐《ねえ》さんや。早やう出せてて此処《ここ》で小便されるかいな」

「小便も小便。大《おほ》小便ぢや無いな。見てんなざい。何《なん》もかんもワヤいなつてしまふて……」

「まだ小便しとらヘン。これから小便するのや。最前から辛《しん》棒《ばう》しとつたんや……」

「……知らんツ……」

とトンボ姐《ねえ》さんは吾輩を突き離した。床の上に落ちた美しい振袖と帯を拾つてツンケンしい〳〵椅子に帰つたが、まだ腹が立つてゐるらしく吾輩を睨《にら》んでゐる。

「……モ……モウ……堪《こら》へて呉《く》れい。カンニンして呉れい」

「あゝ。死ぬ〳〵。アハ……アハ……モウいかん……」

と云ふ二人の巡査の声が同時にテーブルの上から聞こえた。

トンボ姐《ねえ》さんは恨《うら》めしさうに唇を噛んで其《そ》の方を振り返つたが

「喧嘩過ぎての棒千切《ばうちぎ》りて此《こ》の事《こつ》たい。ホンナ事オ……」

と吾輩を睨《にら》み付けながら云つた。しかし吾輩は別段睨まれるオボエが無かつたから、指を啣《くは》へたまゝ睨み返して遣つた。その吾輩の足もとへトンボ姐《ねえ》さんはチリメンの着物を包みごと投げ付けた。

「いらん」

「持つて行《い》きなんせえ」

と吾輩は下駄で蹴《け》かへした。包みの中でカツポレの鈴がチロ〳〵と鳴つた。

「まあ〳〵左様《さう》腹立《はらか》くな」

と髯巡査が云ひ〳〵席に帰つて来た。横寺巡査の西洋手拭ひで顔を撫でまはして、無理に真面目な顔を作りながら……。

「男の児《こ》なら男の児《こ》で話の仕様があるぢや無いか。これ程の孝行者ぢやから、大友君に話したら何《なん》とかして呉れるぢやらう……アハ……アハ……」

「あなた話《はな》いて遣んなざつせえ」

とトンボ姐《ねえ》さんは投げ返す様に云つた。

「コゲエナ恥掻いた事あ無か。両親も両親たい。往還バタで拾ふた男の児《こ》ば知らん振りして芸者い売らうとして……詐欺《さぎ》だつせうもん是《こ》らあ」

「ヨシ〳〵。俺が知つとる。コラ非人。貴様達はモウ帰れ。

さうして此方《こちら》から通知するまで木賃で待つとれ」

「ヒエツ。かしこまり……ました」

と云ふうちに男親は、トンボ姐《ねえ》さんが投げ棄てた包みを慌てゝ拾つて、結び目を締直したが其《そ》の素早やかつたこと……。その隙《すき》に吾輩は丸裸のまゝ警察の裏手へ駆け出して、石垣の上から立小便をし始めたが、二人の巡査は叱りもドウもしなかつた。

二十八

吾輩が警察の中で立小便をしたのは此時《このとき》が皮切りであつた。ところが其《そ》の小便が、最前から我慢して居《ゐ》たせゐか何時《いつ》までも／＼出る。そのうちに夜《よる》の河風に吹かれてだん／＼寒くなりながらも、河向ふにさして来る汐《しほ》が最前よりも倍も倍も高くなつて、東中洲《ひがしなかす》の灯《あかり》がイヨ／＼美しく行列を立てゝ、吾輩が放《ひ》り出す小便の下まで流れ漂よつて来る……其《その》美しさ。吾輩は身ぶるひしい／＼それを眺めながら、自分の身の行《ゆ》く末がドウなつて行《ゆ》くのか考へてみた。さうして何《なに》が何《なん》だか解らないまゝ「明日《あした》は何処《どこ》に居《ゐ》るだらう、面白いなあ」と思ひ／＼いゝ心持ちになつて、もう一つ二つ身ぶるひをしてゐると、そのうちに男親がダシヌケに慌てた声で
「チイよ／＼」
と呼んだので、何事《なにごと》かと思つて走つて帰つてみると何《なん》だか室《へや》の中の様子が変テコである。
第一みんなが笑ひ止《や》めて、真面目腐つた顔になつて居《ゐ》る上に髯巡査が大急ぎで釦《ぼたん》をかけ直して、床《ゆか》に落ちた制帽の泥を払ひ／＼坐り直してゐる。
トンボ姐《ねえ》さんが粉白粉《こおしろい》を首のまはりから、額《ひたひ》から、頬ペタにコスリ付けて平手でタヽキまはした上から兎の手で撫でまはして居《ゐ》る。
吾輩の男親が、膝や、掌《てのひら》のゴミを払ひ落して居《ゐ》るのを、うしろから横寺巡査が西洋手拭片手に手伝つてやつて居《ゐ》る。
そこへ丸裸体《まるはだか》の吾輩が飛び込んで行《ゆ》くと、有無を言はさずトンボ姐《ねえ》さんと男親に引つ捉へられて、古い方の着物を着せられた。新しい方の着物は男親が包みごとしつかりと抱へこんだ。ちやうど親の死目か火事場へでも駈けつける様な形勢である。其《そ》のさなかで
「ワテエもう一度小便がしとうなつた」
と言ふ我輩を三人が
「警察で小便する事アならん」
と叱り叱り手とり足とりし兼ねない恰好で警察の門前に来ると、其処《そこ》に来て居《ゐ》る四台の人力車の中《うち》の一番先頭の車に乗せられた。さうして
「タツタ今裏でしたやないか」
と言ふ我輩一流の口返答をする間《ま》もなく、其《その》次の車に男親、其《その》次の車にトンボ姐《ねえ》さん、ドン尻に荒巻髯巡査といふ順序で

乗り込んで一斉に梶棒を上げると
「……ハイツ……ハイツ……」

と言ふ素晴らしい勢ひで行列を立てて馳け出した。

我輩は背後《うしろ》を振り返る間《ま》もなく夢のやうな気持ちになつた。生れ付き恐ろしい事を知らない我輩も此《こ》の時ばかりは少々気味が悪くなつた。ちやうど田舎者が飛行機に乗せられたやうな塩梅で、何処《どこ》へ連れて行《ゆ》かれるのかマルツキリ見当が付かない。おまけに身体《からだ》が小さいものだから俥《くるま》の上ではね上ること〳〵……。

そのうちに中島の橋を一気に渡つて、両側の町の灯《あかり》が一しきり行列を立てて、うしろへ〳〵と辷《すべ》つたと思ふと、どこをどう曲つたのか解らないうちに、最前我輩と男親がフン捕まつた券番《けんばん》の前の広場に来た……と思ふうちに、其《そ》の横の大きな待合の入口に四台の車が威勢よく馳け込んだ。

すると、まつ先に梶棒を下《おろ》した我輩の車屋が、立派な玄関に向つて大きな声で
「お着きイ――」

と怒鳴つた。

我輩は又ビツクリして了《しま》つた。何《なに》しろ今日《けふ》が今日《けふ》まで何処《どこ》へ行《い》つても「サツサト歩み居《を》らう」式でお着きになつた事なぞは一度も無かつたので、何様《どう》していいか解らないまま、シツカリと人力車の左右の幌に摑まつて居《ゐ》ると、あとから来た三台の車から降りた荒巻部長とトンボ姐《ねえ》さんがドン〳〵玄関から上《あが》り込んで行《い》つたから、我輩も俥から飛び降りて、あとから来た男親と一緒に玄関から上《あが》らうとすると其処《そこ》へドヤ〳〵と五六人出て来た女達の中でも、一番年をとつた意地の悪さうな奴が片手を上げて
「アラ。あんな達あ、此方《こつち》イ来なざい」

と言ひ〳〵庭下駄を穿いて玄関から降りて来た。

二十九

今から考へると、その人相の悪い婆《ばばあ》は、此《こ》の待合の女中頭か何《なに》かであつたらう。揃ひの浴衣《ゆかた》に揃ひの前垂《まへだれ》かけた女中たちの中でタツタ一人眉を剃つて、オハグロをつけて、小さな丸髷《まるまげ》に結《ゆ》つて、黒つぽい涼しさうな着物を着てゐた様であるが、そいつが髯巡査に二言三言愛相《あいさう》を云ふと、庭下駄をカタ〳〵鳴らしながら、吾輩親子の先に立つて、玄関の横の茂みの蔭に突つ立つてゐる巨大な瀬戸物の狸の背後から築山のうしろへ案内して行つた。

吾輩はその時にもスツカリ腹ペコになつてゐた。おまけに俥の上でサン〴〵ゆすぶられて来たので其処《そこ》へ坐り込み度《た》い位に弱り切つて居《ゐ》たのであつたが、その瀬戸物の狸が、あんまり意外な処に突立つてゐたのに驚かされたせゐか、又、ちよつと元気を回復したやうであつた。さうして其《そ》の狸の巨大《おほき》な睾丸《ふぐり》の横顔を振り返り〳〵男親に手を引かれて行《ゆ》くと、や

がてガチヤ〳〵と音《おと》のする台所の前を通り抜けて行つたが、その時に、出来かゝつてゐる御馳走のたまらない匂ひを嗅がされたので、又もやハツキリし過ぎる程、空腹を思ひ出させられて、眼が眩《くら》みさうになつたのには弱らされた。お腹《なか》の空いたのならば、今日《こんにち》まで鍛《きた》はれ続けて来たお蔭で、可なりの抵抗力を持つてゐる積りであつた吾輩も此《こ》の時ばかりは少々屁古垂《へこた》れかけた。男親はドウしてコンナに何時《いつ》までも飯を喰はないで我慢出来るのか知らんと今更に不思議なやうな恨めしいやうな気持ちにさへなつた。

そのうちに先に立つた婆《ばばあ》は台所の横を一まはりして、暗い壁に取り付けてある小さな潜《くぐ》り戸《ど》をコトンと押し明けると

「此処《ここ》から這入《はひ》んなざい」

と吾輩親子を追ひ込んで、あとから自分も

「ドツコイシヨ」

と這入《はひ》つて来た。

見ると内部《なか》は狭い湯殿になつてゐて濛々と立ち籠《こ》むる湯気《ゆげ》の中に小さな二分蕊《にぶしん》ぐらゐのラムプが一個《ひとつ》ポツネンとブラ下つてゐる。

「さあ。此処《ここ》で行水ばして、充分《よう》と汚垢《あか》ば落しなざい。あとでお化粧ばして、美しか衣服《きりもん》と着かへさせて遣る故《けん》な」

と婆《ばば》はヒシヤゲた声で、命令的に云ふのであつた。

ところが吾輩には其《そ》の命令が少々癪《しやく》に障《さは》つて来た。むろん腹が減り過ぎた棄《す》て鉢《ばち》のヤケ気味も交《まじ》つて居《ゐ》た様であるが、とにもかくにも初めて会つた人間の癖に、他人《ひと》の気持ちも構はないで、イヤに押し付けがましい口を利く婆《ばば》だと思つたから、とりあへず吾輩の帯を解《と》きかけた婆《ばば》の手をスリ抜けながら断然反抗して遣つた。

「ワテエ。お湯に這入《はひ》らんでもえゝ。着物も要らん」

「何故《なし》な」

と婆《ばば》は吾輩を取り逃がした恰好のまゝ、蹲《しやが》み込んで眼を丸くした。そのうしろから男親が

「コオレ……チイよ……」

と眼顔《めがほ》でたしなめたが、しかし吾輩はひるまなかつた。

「何故《なし》云ふたて、お腹《はら》が空《す》いてたまらんやないか」

と思ひ切つて、唇を突《とん》がらしたが、まだ後《あと》の文句を云はないうちに、たまらなく胸にコミ上げて来た。どうしてコンナ眼に会はされるのだらうと思つたので……。

ところが、その吾輩の顔を見ると婆《ばば》がだしぬけに笑ひ出した。

「エヘヽヽヽ……」

と薄紅《うすべに》を塗つた唇の内側を引つくり返して狒々《ひひ》みたいな顔になつたが、その拍子にウツスリと塗つたお化粧が、顔中に白い浅ましい皺の群《むれ》を描《ゑが》きあらはした。腹の減つた子供に取つては一番コタへるであらう実に冷酷無情を極めた笑ひ顔であつた。さうして其《そ》の声が薄暗い湯殿の中に反響して消え失《うせ》ると、何《なん》だか鬼婆にでも見込まれた様な情《なさけ》ない不愉快だけが、

シインとして残つた。吾輩が所謂《いはゆる》婆《ばば》なるものゝ大部分を好かなくなつたのは此時《このとき》の印象が残つてゐるせゐかも知れない。

　しかし、それでも婆《ばば》は吾輩を親切にアヤナシて居《ゐ》る積りらしく

「エヘヽヽ。千松さん〳〵」

　と云ひながらモウ一度手をさし伸ばして吾輩の帯を解《と》きかけた。その手を吾輩は慌てゝ振り解《ほど》いて逃げ出しながら睨《にら》み付けた。

「センマツて何《なに》や……」

「フウンなあ」

　と婆《ばば》がまだニタ〳〵しながらうなづいた。

「あんたあ芝居ば見なされんけん知んなさるめえ。おなかゞ空《す》いてもヒモジウないて云ふ忠義な子たい」

「それ芝居やから、そないに云ふのや。お腹が空いたらヒモジイのが本当《ほんま》や」

三十

「まあ……此《こ》の人ア……ドウシタロの利いた……」

　と婆《ばば》は眼を丸くした。其処《そこ》を吾輩は隙《すか》さず追撃した。

「ワテエ。口が利いとらせん。芝居の千松やたら御飯たべとるからヒモジウない云ふのや。ワテエ御飯喰べとらんからヒモジイ云ふのや。当り前やないか」

　婆《ばば》は吾輩に云ひ込められて真赤になつた。しかし、それでも乞食の子供にやられたのが口惜《くや》しいらしく、衣紋《えもん》を突つ越して詰め寄つた。

「それでもアンタア……千松は忠義者ぢやらうが」

「忠義て何《なに》や」

　と吾輩は男親に裸体《らたい》にされながら反問した。事実吾輩が忠義といふ言葉を聞いたのは此時《このとき》が初めてだつたのだからね。

「まあ。此《こ》の人あ。どうしたまあ、日本人に生まれて忠義ば知んなざれんと？」

「知らんがな。知らんけんど日本人やがな」

「まあ此《こ》の人あ……」

　と婆《ばば》はイヨ〳〵呆《あき》れ返つたらしい。裸体《らたい》のまゝ流し板の上に突立《つつた》つてゐる吾輩を、白い眼で見上げ見下ろした。

「忠義ちうたあなあ。目上の人の云はつしやる事をば何《なん》でも聞くとが忠義たい」

「目上の人の云ふ事なら何《なん》でもよう聞きよるがな、尻《しり》振れ云ふたら振りよるがな。どないな悪い事でも……」

　と云ふうちに男親が、頭からザブリと熱い湯を引つかぶせたので眼も口も明かなくなつた。

　婆《ばば》は慌てゝ飛び退《の》いたらしい。

「それ〳〵、それたい〳〵。何《なん》でも目上の人の云はつしやる事を聞いとれあヨカトたい。どげな事でもカンマン。……其《そ》の上なあ。今夜のお客は又特別のお方ぢやけんなあ。充分《よう》と

気ばつけて要《い》らん事をば子供に云はせなさんなや。よかな？　わかつたな若い衆さん」

男親は吾輩の顔から背中へ石鹼を塗りながらペコ〳〵頭を下げて首肯《うなづ》いたらしい。しかし吾輩の方はまだ忠義の意味を呑み込み得ないうちに婆《ばば》は

「エヘヘヘ、、、、……」

と嘲るやうな笑ひ声をして出て行つた。

そのうちに男親の手でスツカリ洗ひ上げられた吾輩は、迎へに来た女中の手に引き取られると、綿《わた》のやうな柔かい感じのする大きな手拭ひみたやうなもので、身体中《からだぢう》の雫《しづく》を拭ひ上げられた。その序《ついで》によく見ると、その柔かい布《きれ》といふのは、此頃《このごろ》往来でハイカラな書生さんが襟巻にしてゐるソレで、身体《からだ》を拭くものとは夢にも知らなかつたタオルの大きいのであつた。しかし何《なん》にしてもステキにいゝ心持ちだつたので、腹の減つたのも忘れて、される通りになつてゐた。ヤツパリこれも忠義の一つか知らん……忠義といふものはコンナにいゝ心持ちのものか知らん……なぞと子供心に思ひながら……。

ところが其《そ》のうちにスツカリ拭ひ上げられて、あとから出て来た背の高い丸髷の叔母さんに引き渡されて、大きな鏡台が五ツと、ステキに明るい丸蕊《まるじん》のラムプが二つギラ〳〵と輝き並んだ部屋に連れ込まれると、又もや大変な事が初まつた。女中と二人がゝりで吾輩のお化粧をし初めたのだ。それも平生《いつも》のやうに安白粉《やすおしろい》を顔に塗りこくつた程度の簡単なものでは無い。先づ頭は生え際を剃つて、首すぢの処で一直線に切り揃へて、スキ腹にコタエる程いゝ匂ひのする油を塗り込んで、その上から櫛目をキチンと入れた。それから、その次には足の爪先から指の股まで、全身残る隈《くま》なく真白《まつしろ》に塗り上げたものだ。それからモウ一度、腮《あご》から首すぢへかけて白壁《しらかべ》のやうに固ねりを塗り付けて、眉の下と、眥《めじり》と、頰へ薄紅《うすべに》をさして、唇を玉虫色に光らせると、眉とマツ毛を黛《すみ》で黒々と塗り上げたので、自分でも誰だかわからない、妙テケレンな人形じみた顔になつた。それから新しい白足袋《しろたび》を穿《は》いて、肌に沁《し》み入る様な赤いゆもじと、桃色の薄い肌着と、最前の美しい着物を着せられて、金糸《きんし》づくめの板のやうな帯をギユー〳〵と巻き付けられると、腹の皮が背中にくつ付きさうになつた。腹が減つたのか、それとも満腹してゐるのか、自分の身体《からだ》だか他人《ひと》の身体《からだ》だか解らないやうな変テコな気持ちになつてしまつた。

しかし吾輩の扮装よりも男親の扮装《それ》の方がモツト物騒で大変であつた。

三十一

吾輩がアヤツリ人形式の振袖姿に変装させられながら、生れて初めて聞いた忠義といふ言葉の意味について、色々と考

へさせられてゐる一方に、男親は生れが役者だけあつて、芸《げい》妓《ぎ》に惚れられようとでも思つたものであらう、長いことかゝつて一生懸命でコスりあげたらしく、吾輩が羽子板結びの帯の上から赤い扱帯《しごき》を結び下げて貰つてゐる時分に、ヤツト、新しい越中 褌《あつちうふんどし》一つで上《あが》つて来た。

ところで其処《そこ》まではよかつたがアトがいけない。モトは役者とは云へ、久しく白粉気《おしろいけ》を離れてゐた上にヒドイ黒アバタと来てゐるので、白粉のノリが迚《とて》も悪いらしく、何《なん》べんも〳〵洗ひ落しては塗りコクリ、塗りこくつては湯殿に走り込んだ。しかし何遍洗ひ直してもうまく行《ゆ》かないらしく、「モウあかん。顔ぢうがヒリ〳〵しよつて……」

と越中褌一貫でベソを掻き〳〵鏡の前をマゴ〳〵してゐるので、吾輩の帯の間《あひだ》に赤い扇を挿込んで、顔を直しかけてゐた、着付け屋さんらしい丸髷の女と、手伝つてゐる女中の二人は、可笑《をか》しいのをヤツト我慢してゐるやうであつた。さうしてトウ〳〵おしまひがけに見るに見兼ねたらしい二人の女から教はつて、赤黒い砥《とこ》の粉をベタ〳〵と顔一面に塗《ぬ》すくつて、その上からモウ一度白粉を塗り付けて、見る〳〵うちに人間とも化物ともつかぬ、コンニヤクの白和《しろあ》へみた様な呆れ返つた顔を作り上げてしまつた。さうして其《そ》のまんま派出《はで》な浴衣《ゆかた》を着て、茶色の角帯《かくおび》を締《しめ》て、襟元をグイと突つ越しながら

「オホン。どんなもんや……」

と云はむばかりにキヨロリと吾輩の方を振り向いたのにはニ人の女も仰天させられたらしい。殆《ほと》んど同時に吾輩を突き離して、タツタ二人で押し合ひヘシ合ひながら立ち上つてバタ〳〵と廊下へ逃げ出して行つた。さうして長い〳〵畳廊下の向ふの端《はし》まで行《ゆ》き着かないうちに、二人が折り重なつてブツ倒れると抱き合つたり縋《すが》り合つたりして笑ひころげてゐる気はひが、吾輩の居《ゐ》る化粧部屋まで聞こえて来た。

しかし吾輩は笑はなかつた。何《なん》だか知らないが、これからイヨ〳〵腹の減つたのも我慢して「忠義」といふものを習ひに行《ゆ》かなければならないと云ふやうな大切な場合らしく感ぜられたので、妙に緊張した気持ちになつたまゝ突つ立つて、マジ〳〵と男親の顔を見てゐた。吾輩がコンナ大きな帯を背負はされたのも、男親がコンナ不手際な顔になつたのも、やつぱりその忠義とやら云ふものゝ為ぢや無いか知らんと考へ付くと何《なん》だか訳のわからない物悲しい淋《さび》しさをさへ感じてゐた位であつた。さうして吾々《われわれ》親子に、かうした忠義を要求してゐる当の相手はソモ〳〵何処《どこ》の何者だらう。又銭を投げないで威張るやうな役人面《やくにんづら》ぢや無いか知らん。それとも最前、宵《よひ》の口に、大友親分が投げて呉《く》れた一円銀貨の効能の残りを、此処《ここ》でモウ一度発揮させられるのか知らん。一体全体吾輩親子の忠義の買ひ主はドンナ風体の奴か知らん。早く顔が見たいな。さうして出来る丈《だ》け早く忠義の取引を済まして夕飯《ゆふはん》を喰べさして貰ひ度《た》いな……なぞと子供心に考へまはしてゐる

うちに、何処《どこ》から来たのか最前の婆《ばば》がヘタ〳〵と内股で這入《はひ》つて来た。さうして
「此方《こつち》い来なさい」

と云ひ棄てたまゝ、如何《いか》にも冷淡なヨソ〳〵しい態度で先に立つて行《ゆ》くのであつた。その後《あと》から、チヨコ〳〵走りの吾輩と、乙《おつ》に取り済ました男親とが跟《つ》いて行《ゆ》くのであつたがそのうちに吾輩は此《こ》の家《いへ》の中が、外から見て考へたよりもずつと広いことがわかつて来たので、チヨツト不思議な気持になつた。長い畳廊下から玄関へ出て筧《かけひ》のかゝつた泉水の横を通《とほ》つて、月あかりのさした便所の前を通過して、モウ一度竹藪《たけやぶ》みた様なお庭の前に出て、それから築山《つきやま》の蔭の外廊下をグルリとまはつて行《ゆ》く間《あひだ》ぢう、猫の子一匹出くはさない、どの室《へや》も〳〵ヒツソリ閑《かん》としてゐるので、何《なん》だか化物屋敷にでも迷ひ込んで来た様な気がした。

尤《もつと》もこれは今から考へてみると無理もなかつた。第一先に立つてゐる婆《ばば》なるものが尋常の婆《ばば》ではない。五十位の皺苦茶顔に薄化粧を塗つて、薄紅をつけて、銀杏髷《いてふまげ》に結《ゆ》て済まして居《ゐ》るのだから、普通の人間から見れば、たしかに変態の半化《はんば》け婆《ばば》である。化物屋敷の先触《さきぶ》れには似合ひ相当の処であつたらう。又、あとから来る男親と来たら、これは文句無しに金箔付きの化物であつた。博多名物のドンタクにも出て来さうに無い白黒塗り分けのノツペラボーが、派出《はで》な安浴衣《ゆかた》の衣紋《えもん》を抜きながら、両手を束《たば》ねた、伏し目勝ちの柳腰か何《なん》かでヘナ〳〵と跟随《つい》いて来るのに気が付いたら、知らない人はヒツクリ返るであらう。

但《ただし》、その中に立つてチヨコ〳〵走りをして行《ゆ》く吾輩が又、前後の二人に輪をかけたバケモノの特選であることが吾輩自身にチツトモ自覚されなかつたのは是非もない事とは云へ遺憾千万であつた。しかしそれにしても此《こ》の三人がお眼見えに出かけたら、気の弱い妖怪は退散するにきまつてゐたので、そんな異妖な気持ちが、何《なに》も知らない幼稚な吾輩のアタマに反映した結果、こんな感じがしたものであらう。

そのうちにやつと外廊が尽《つ》きて此処《ここ》らしいと思はれる中二階の階子段《はしごだん》をトン〳〵と五つばかり上《のぼ》ると、立派な簾《すだれ》を下げた板張りの前に来た。その向ふの襖《ふすま》の中で、大きな男の声とキイ〳〵笑ふ女づれの声が聞こえたが、何人ぐらゐ居《ゐ》るのか、よくわからなかつた。

三十二

その襖の前の玄関みたやうな板張りの上で立ち止《ど》まつた半化けの婆《ばば》は、白眼《しろめ》をジロ〳〵させながら吾々《われわれ》親子を振り返つた。さうしてサモ〳〵勿体らしく声を落して注意を与へた。

「……よかな……此《こ》の襖ば明けて這入《はひ》るとなあ……正面に御座るとがなあ……」

といふうちにモウ一度声を落して眼を白黒さした。それこ

そ妖怪の巣窟にでも案内するやうな恰好である。

「よかな。正面に御座るとが知事さんだすばい。それから右い御座るとが署長さんばい。よかな……要らん事ば云はんとばい。さうして這入《はひ》るとすぐ父さんと並うで、坐つてお辞儀しなざいや。さうしてお礼云ひなざいや」

　さう云ふ中《うち》に半化け婆《ばば》は今までと打つて変つた謹んだ態度で、襖《ふすま》の蔭にヘエツク這《ば》つた。さうして襖をソーツと開《ひら》くと、眼顔《めがほ》で中へ這入《はひ》れと指図した。それと同時に室《へや》の中の笑ひ声が急にシイーンとなつた。

　吾輩はその中へ、おめず臆せず先に立つて這入《はひ》つて行つたが、入口に近い畳のまん中に立ち止《ど》まつたまゝ室《へや》の中を一渡り見まはすと思つたよりも明かるくて広い座敷であつた。

　奇妙な木目の板を張つた天井のまん中から、これがラムプかと思はれるほど大きい硝子《ガラス》づくめの盆燈籠みたやうなものがギラ〳〵光りながらブラ下がつてゐる。その上に床《とこ》の間《ま》の前から室《へや》のまん中あたりへかけて押し並んだ御馳走のあひま合ひ間に、雪洞型《ぼんぼりがた》の置ラムプが四ツ五ツ配置してあるので、昼間よりもズツトまぶしい位である。その真正面《ましやうめん》の床の間のまん前に、大きな紫色の座布団を二枚重ねて脇息《けふそく》に凭《もた》れてゐる禿頭《はげあたま》の爺《ぢい》が、知事さんと呼ばれる人間であらう、蚊蜻蛉《かとんぼ》みたいに瘠《や》せこけた小柄な色の黒い梅干爺《ぢい》で、白髪髭《しらがひげ》をムシヤクシヤと鼻の下に生《はや》してゐる。そこいらの辻占《つじうら》売りの爺《ぢい》よりもモツト見すぼらしい恰好であつたが、たゞ眼の玉ばかりは鷹の様に鋭く吾輩の顔を直視してゐた。ずつと後《あと》になつて聞いた処に依ると此《こ》の爺《ぢい》が有名な錦鶏《きんけい》の間祗候《ましこう》の筑波《つくば》子爵《ししやく》であつたが、有名なカンシヤク持ちだつたので宮中からも中央の政界からも敬遠されて、県知事に左遷されたものださうで、福岡県庁支配下の役人どもは元よりの事、県下に充満してゐる玄洋社《げんやうしや》式の豪傑ども初めとして、その時分から盛んになりかけてゐた筑豊三池《ちくほうみいけ》にかけた炭坑界の生命《いのち》知らずの親分までも、頭ゴナシに大喝してピリ〳〵させてゐるといふ豪傑だつたさうであるが、むろん子供の吾輩にはソンナ事が解からう筈《はず》が無い。只の禿茶瓶《はげちやびん》にしか見えなかつたのは返す〴〵も気の毒であつた。

　それから其《そ》の右に坐つてゐる天神髭のノツペリした大男が署長さんであらう。ちよつと見たところ此《こ》の男の方が華族様らしい上品な風付きであつたが、それでも眼付き丈けはやはり底意地の悪さうな光りを帯びてゐた。それから、その又右手の座蒲団の上に窮屈さうに正座してゐるのは最前の荒巻巡査部長であつたが、胸と手足の毛ムクジヤラが、まるで熊かアイヌの兄弟分の様に見えた。

　又、知事の禿茶瓶の向つて左手には、すこし離れて大友親分が坐つてゐたが、美事な龍の刺青《ほりもの》をムキ出しにしてゐるせゐか、一番堂々とした、満場を圧する態度を構へてゐた。

　そんな男たちは全部揃ひの浴衣《ゆかた》で、打ち寛《くつろ》いで一杯呑んだものらしく天神髯の署長さんを除いたほかは皆《みな》真赤になつてゐた。そのあひ間《ま》〳〵から左手の縁側へかけて盛装をした十四五人の芸妓や舞妓《まひこ》がズラリと並んで、手に〳〵団扇《うちは》を動かして男たちを扇《あふ》いでゐたが、吾輩が振り袖姿で乗り込んで行《い》くと、皆《みな》申し合はせた様にピタリと手を止《と》めて吾輩の方を見た。知事の禿茶瓶の前で一パイ頂戴してゐた平常着《ふだんぎ》姿のトンボ姐《ねえ》さんも、盃《さかづき》片手に振り返つた。そのほかの男たちも一斉に吾輩の方を見守つたが、吾輩は指を啣《くは》へて突つ立つたまゝ、そんな連中の顔を一と渡り見返すと、最後に正面に居《ゐ》る知事の禿茶瓶にピタリと視線を合はせた。

此《こ》の爺《ぢぢい》が吾々《われわれ》親子に忠義を要求するのかと思つて……。

すると知事の禿茶瓶は一層眼の光りを鋭くしてギユーと吾輩を睨《にら》み付けた。そこで吾輩も、指を啣へたまゝヂイツと睨み返した。そのまんま二人の視線が期せずして睨み合ひにまで緊張して行つた。

三十三

此《こ》の時の睨《にら》み合ひは、その頃の福岡の新聞に出たさうである。「乞食の子、雷霆《かみなり》子爵を睨み返す」といふ標題で大評判になつたさうであるが、何《なに》しろ天下に聞えた癇癪貴族の一と睨みを受け返したものは、福岡県下に吾輩タツタ一人だつたといふのだから豪気なもんだらう。むろん列席してゐた連中も、眼の前に意外な情景が展開し初めたので、どうなる事かと手に汗を握つたさうであるが、しかし当の本人の吾輩に取つては左程《さほど》の問題では無かつた。たゞ……此《こ》の知事とか何《なん》とか云ふ禿茶瓶《はげちやびん》は、よく往来で、吾輩親子の興業を妨害しに来る無頼漢式のスゴイ眼付きをしてゐるが、若《も》しやそんなケダモノ仲間の親方みたいな人間ぢや無いか知らん。それが、おいんなじケダモノ仲間の巡査の親分と棒組《ばうぐ》んで、吾々《われわれ》親子を取つちめようと企らんでゐるのぢや無いか知らん……と疑ひながら、ヂイツと睨み付けてゐたのだから、子供ながらも一生懸命の眼付きをしてゐたに違ひ無いと思ふ。

ところで、カンシヤク知事の禿茶瓶と、踊り子姿の吾輩とがコンナ風にして無言のまゝ、睨み合ひを緊張させて行《ゆ》くと、シインとなつた座敷の中で、芸者や舞妓《まひこ》の連中が一人々々に居住居《ゐずまひ》を正して行つた。トンボ姐《ねえ》さんも片手を支《つ》いて振り返つたまゝ、呆れた様な顔をして吾輩を見上げ初めた。大安座《おほあぐら》を掻いてゐた大友親分も、急に坐り直しながら、両腕を肩までまくり上げて半身を乗り出しつゝ知事と吾輩の顔を互違《たがひちが》ひに見比《みくら》べはじめた。署長が天神髯を摑んだまゝ固くなつた。髯巡査が腕を組んだまゝ微《かすか》なタメ息を一つした。

一座が又もシイ――ンとなつた。

それでも知事の禿茶瓶は、横すぢかひに脇息《けふそく》に凭《もた》れたまゝ吾輩を睨み付けてゐた。そこで吾輩も指を啣《くは》へて突立《つつた》つたまゝ負けない様に睨み返してゐたが、そのうちに相手の禿茶瓶が、吾輩を睨み付けたまゝ豹《へう》みた様な声を出して

「ウ——ムムム」

と唸り出したので流石《さすが》の吾輩も気味が悪くなつた。そのまゝあとしざりをして逃げ出さうか知らんと思つた位モノスゴイ唸り声であつたが、間《ま》もなくその禿茶瓶が二三度ショボ〳〵と瞬《また》きをしてモウ一度、

「フ——ム」

とため息をしたので、吾輩はヤツト睨《にら》み合ひに勝つた事を意識してホツとさせられた。

「ウーム。これは面白い児《こ》ぢやノウ大友……」

「ハイ。礼儀を弁《わきま》へませんで……甚《はなは》だ……」

と大友親分は如何《いか》にも恐縮した恰好になつて頭を掻いた。しかし禿茶瓶はまじめ腐つた顔付きで頭を左右に振つた。

「イヤ〳〵礼儀なぞは知らんでもえゝ。忠孝が第一ぢや。のみならずナカ〳〵意気の盛んな奴らしい。余の前に出て怯《ひる》まぬ処が頼もしいぞ。ハハハ……」

と顎を天井に突き上げて嘯《うそぶ》き笑ひをした。自分の前に出て来る人間は一人残らず縮み上ることにきめて居《ゐ》る様な笑ひ方である。

「ハハイ。イヤ恐れ入ります。ハハハ……」

と大友親分が又頭を掻いた。

「オイ〳〵。そこな子供。此方《こちら》へ来い。爺《ぢい》の処《ところ》へ来いよ。許す〳〵」

と禿茶瓶が上機嫌になつたらしく、眼を細くして吾輩をさし招いた。同時に皆《みな》がホツとしたらしく、四五の団扇《うちは》が一斉に動き出した。

しかし吾輩は動かなかつた。依然として突立《つつた》つたまゝ反問した。

「何《なに》や。何《なに》か呉《く》れるのけエ」

「アハハハヽヽヽヽヽ……」

と禿茶瓶がイヨ〳〵上機嫌になつたらしく大口を開《ひら》いて笑ひこけた。すると、それに共鳴するかの様に満座の連中がアハ〳〵イヒ〳〵オホ〳〵と止《と》め度《ど》もなく笑ひ崩れはじめたので、吾輩はイヨ〳〵腹が立つて睨みまはした。

「アハヽヽ。氏《うぢ》より育ちぢやノウ署長……」

「御意に御座います」

と署長は笑ひもせずに頭を下げた。一方に吾輩は、何《なん》だか侮辱されてゐる様な気がしたので、青々と月のさしたお庭の樹を見上げながら鼻汁をスヽリ上げた。

「アハ〳〵〳〵。これは一段と変つた座興ぢや。アハ〳〵……イヤナニ子供……そちはナカ〳〵親孝行者ぢやさうぢやなう」

「そないな事ワテ知らんがな」

「イヤ。知らん方がえゝ。「知らざるは是《こ》れ知れるなり」ぢや。その親孝行に賞《め》でゝ余が盃《さかづき》を取らする。近う参れ。許すぞ……」

三十四

「まああんたくさ。座らにやこて……さうして此方《こつち》来て御前様のお盃《さかづき》ば頂かにやこて……許すて、お言葉のかゝりよらうが」

　トンボ姐《ねえ》さんが、たまり兼ねたものか立ち上つて来て、吾輩を押しやらうとした。しかし「許す」といふ言葉の有難味がピツタリ来なかつた吾輩は依然として動かうともしなかつた。

　その吾輩の背中ばモウ一度向ふへ押し遣らうとした。

「行《ゆ》きなざれんか。お許しの出とらうが」

「許されんでもえゝ」

「まあ何事《なんこと》云ひ居《よ》んなざるとな」

　とトンボ姐《ねえ》さんが吾輩の顔を、上から覗き込んで、大きな〳〵眼を剥いて見せた。それを吾輩は上目づかひに見上げた。

「許されんでもえゝ云ひよるやないか。行《ゆ》かうと思たら何処《どこ》へでも行《ゆ》くがな」

「まあ此《こ》の人あ……」

　とトンボ姐《ねえ》さんは二の句が継げなくなつた。

「ハツ〳〵〳〵。これはイヨ〳〵愉快ぢや。此《こ》の児《こ》は生れながらにして自由民権の思想があるわい。ノウ大友……」

「お言葉の通りで……」

「ウーム。生れながらにして忠孝の志操《こころざし》と自由民権の思想があれば、日本国民として満足ぢや。国権党でも自由党でも木《こ》ツ葉《ば》微塵《みぢん》ぢやア。ワハハハ……」

　とエラ相《さう》な事を云ひながら禿茶瓶《はげちやびん》は反り返つて笑つた。大友親分もアグラを掻き直しながら腹を抱へた。

「アハ〳〵〳〵。イヤ愉快ぢや〳〵。コレ子供。余が悪かつた。此方《こつち》へ来て余に盃《さかづき》を指して呉《く》れい。ナ……其方《そち》の親孝行にあやからせて呉れい……此《こ》の通りぢや……」

　と云ふうちに禿茶瓶はかしこまつて、盃《さかづき》を高々とさし上げながら、吾輩の方へ頭を下げた。それを見遣りながら吾輩は、お合羽《かつぱ》さんを強硬に左右へ振り立てた。

「ワテエ。盃《さかづき》、要《い》らん」

「…………」

　一座が急にシンと白《し》らけ渡つた。その中で吾輩はモトの通りに指を啣《くは》へたまゝ云ひ放《はな》つた。

「御飯喰《た》べ度いのや」

「何《なに》。飯を喰ふて居《を》らんのか」

　と禿茶瓶が急に機嫌の悪い顔になつて、盃《さかづき》を下に置いた。

「アイ。最前からヒモジイてペコ〳〵や。誰も喰べさして呉れんよつてに……」

「フーム」

　と禿茶瓶が、前と違つたスゴイ唸り声を出しながら、室《しつ》の中の顔を一つ〳〵に睨《にら》みまはした。さうすると其《そ》の顔が一つに青い顔になつて行つた。

「ムムム――。自分で飯を喰ふ隙《ひま》は無かつたのか」

「あらへんがナ、ワテエと父《とつ》さんと道ばたで寝とつたんを、その旦那さんと、此《こ》の姐《あね》さんが手招きして、此の家《いへ》の前に連れて来て、アネサンマチ〳〵踊らしたんや。さうしたら若い巡査のケダモノサンが、その踊りアカン言ふて、警察へ連れて行《い》き居《よ》つたんや」

「フーム。ちよつと待て。アネサン待ち〳〵と云ふ踊《をどり》を踊つたと云ふ廉《かど》で、警察へ拘引されたと云ふのぢやな」

「サイヤ」

「フーム。それはドンナ踊りぢや」

「ハハハ。爺《とつ》さんもそれが見たいのけえ」

「ウム。見たい。見せて呉《く》れい」

「ハハハハ。馬鹿やなあ」

「……まあ……あんたクサ……」

と背後《うしろ》からトンボ姐《ねえ》さんが吾輩の肩を小突《こつ》いた。

「そげな事ば……御無礼な……」

吾輩は振り返つて唇をツキ出した。

「……阿呆《あほ》な姐《あね》さんやなあ。最前ワテエに踊れ云ふて銭投げたやないか」

「……ま……要《い》らん事ばつかり……」

とトンボ姐《ねえ》さんは泣き笑ひみた様な顔をしながら吾輩の頭の上で袖を振り上げた。吾輩は一尺ばかり逃げ退《の》いた。それを見ると禿茶瓶の機嫌が又直つたらしい。

「アハハ……構ふな〳〵……その踊りを此《こ》の爺《ぢい》に見せて呉れい」

「嫌《いや》や。ワテエの大嫌ひの踊りやからモウ踊らん。ホントは父《とつ》さんと母《かあ》さんが一番喜ぶ踊りやけど……」

「フフム。何《なん》で喜ぶのか」

「みんなが銭投げて呉れるよつて……」

「それならば余《よ》も何《なに》か投げて遣はすから一つ踊つて見い」

「イヤヤ。あないな踊り見たい云ふて銭投げるお客シンカラ好かん」

三十五

吾輩から一本遣られた禿茶瓶《はげちやびん》は眼の玉を凹《へこ》ませながら杯《さかづき》をグツト干した。フーツと息を吹いて眼を据ゑた。

「フーム。ナカ〳〵一筋縄では行《ゆ》かぬ奴ぢやな。成る程。しかし親孝行の為めに踊るのならば構はぬでは無いか。……ノウ左様《さやう》ではないか」

「アネサンマチ〳〵踊るのが何《なん》で親孝行になるのヤ」

「余の言ふ事を聞いて居《を》れば、此上《このうへ》もない親孝行になるのぢやぞ。余は福岡の県知事ぢやぞ。眼上《めうへ》の者の云ふ事は聞くものぢや」

「それが忠義といふものかいナ」

「ウーム。イヤ。ナカ〳〵明敏な児《こ》ぢやノウ貴様は……その通りぢや〳〵……」

「嘘や〳〵。アネサンマチ〳〵踊つても、親孝行にも忠義にもならへン」

「フーム。それは又、なぜか」

と禿茶瓶は盃《さかづき》を置いて乗り出した。一座の連中も顔を見合はせた。

「何故《なぜ》云ふたかて親孝行やたら忠義やたら云ふ事は、人に賞《ほ》められる良《え》え事やろが」

「ウムム。それは左様《さやう》ぢや。良《え》え事どころではない。せねばならんと云ふて、天子様からおすゝめになつてゐる位ぢや。此《こ》の世の中で一番よい事ぢや」

「そんならアネサンマチ〳〵踊るのは良《え》え事かいな……わるい事かいな」

「ウムム。これは六箇《むづか》しい事を云ふ児《こ》ぢやぞ。まるで板垣か犬養《いぬかひ》の口吻《こうふん》ぢや。……余は其《そ》の踊りを見んからわからん」

「そんならアノ踊り知らんのけえ」

「……知らん……知らんから見たいのぢや」

「知らんけえ。知らんなら云ふて聞かそか。あの踊りはフウゾク・カイラン云ふて巡査に叱られる踊りやがな」

「ウツフツ〳〵。これは呆《あき》れた奴ぢや。どうして其《そ》の様な事を知つて居《ゐ》るのか」

「知らいでか爺《とつ》さん。タツタ今、警察で聞いたばつかりぢやがな」

「ハツ〳〵〳〵。成る程ノウ……」

「彼《あ》の踊りを見たがるノンは田舎の二本棒ばつかりやがな」

「フーム。二本棒とは何《なん》の事ぢや」

「アネサンマチ〳〵見たがる鼻垂《はなたれ》オヤヂの事や」

「コレツ……」

と髯巡査が末席から眼の色をかへて乗り出して来さうにした。しかし禿茶瓶の顔色を見た天神髯の署長に押へられて、不承無精に座り直した。そのうちに禿茶瓶が又一杯酌をさせた。

「ウーム。それならば余も二本棒のうちぢあな」

「サイヤ。巡査さんやたら、知事さんやたら、親分さんやたら、みんなフウゾクカイラン見たがる馬鹿たれや」

「……………」

「往来で踊ることならん云ふといて、ナイショで自分たちだけ見たがる阿呆《あほ》タレや」

「……………」

「男はミンナ二本棒や。おおイヤラシ。ハハハハ……」

斯様《かう》云ひ放した吾輩は、一人残らず顔色を喪《うしな》つてゐる一座の連中を見まはして、小気味よく笑ひつゞけた。何《なん》だか知らないが今日《けふ》まで押へ付けられ通して来た鬱憤と、現在タツタ今、腹が減つても飯に有り付けない目に会はせられてゐるヤケクソ気分を一ペンに吐き出した様な気がして、涙ぐましいくらゐ清々《すがすが》した気持ちになつてしまつた。さうして此《こ》の上にも禿茶瓶が命令がましい事を云ふ様だつたら、サツサと着物を着かへて、男親と一所に帰つてしまはう。さうして何処《どこ》かで甘たれて饂飩《うどん》か何《なに》か喰はせて貰はう。その方がヨツポド早道だ……と一人で胸算用をしてゐた。

　ところが生憎《あいに》く当の相手の禿茶瓶がチツトモ憤《おこ》り出す様子を見せなかつた。それどころか、吾輩と問答をしてゐるうちに、何時《いつ》の間《ま》にか酒の酔《ゑ》ひも醒《さ》めてしまつたらしく、青い顔になつて、盃《さかづき》を下に置いて、両肱をキチンと膝の上に張つて、何《なに》か御祈禱でもするかの様に眼を閉ぢて、頭をうなだれてゐた。その禿茶瓶の滑々《つるつる》したマン中に、猫の鬢《びん》みたいな白髪《しらが》が十四六本バラ〳〵と生えてゐるのをサモ大切さうに七八本宛《づつ》左右に分けて並べてゐるのを発見した吾輩は大人なんてドウしてコンナ詰まらないお洒落《しやれ》をするものだらうと思ふと、腹の立つたのも忘れてしまつて、可笑《をか》しいのを我慢しい〳〵見《み》惚《と》れてゐた。

　その時に禿茶瓶はやつと顔を上げて吾輩の顔を見た。その眼は今までのスゴイ光りをスツカリ失つてしまつて、何《なん》だか吾輩を見るのが恐ろしくてたまらないやうな……妖怪《ばけもの》にでも出会つた様な魘《おび》えた眼付きに変つてゐた。さうして間《ま》も無く気味の悪い梟《ふくろふ》みたいな声を出した。

「……ウムム……これは天の声ぢや……」

三十六

　みんなは黙つて居《ゐ》た。禿茶瓶《はげちやびん》の知事さんが云つた「天の声」の意味がわからなかつたらしい。無論吾輩も「テンの声」だのイタチの屁だの云ふものは聞いた事が無かつたので、少々面喰らひながら指を啣《くは》へてゐると、その吾輩に向つて禿茶瓶は、如何《いか》にも恭しく頭を一つ下げた。

「……天の声ぢや……神様の声ぢや。此《こ》の児《こ》は神様のおつかい、い、はしめぢや。皆《みな》わかつたか」

　と云ひながら今度は又スゴイ眼つきをして一同を見まはした。しかし誰にもわからなかつたらしくポカンとした顔になつて、禿茶瓶の顔を見守つてゐた。

「天の声ぢや。天の声ぢや。えゝか。皆《みな》よく聞けよ。今此《こ》の児《こ》が余に向つて言ふた言葉は、政治に裏表があつてはならぬと云ふ神様のおさとしぢや。余は福岡県下の役人に一人残らず此《こ》の児《こ》の言葉を記念させたいと思ふ。人民がしてならぬ不正な事で、役人だけがしてよいと云ふ事は只《ただ》の一つもない事を骨の髄まで知らせて置き度《た》いと思ふ。此《こ》の一言《ひとこと》さへ徹底すれば日本帝国の前途は万々歳ぢや。……えゝか……わかつたか……」

　一同は禿頭《はげあたま》に向つて低頭平身した。吾輩の方には見向きもしなかつた。

「……えーか……此《こ》の児《こ》は余の先生ぢや。同時に万人の模範として仰ぐ可《べ》き忠臣孝子の典型ぢや。マンロクな両親を持つて死ぬ程可愛《かあい》がられて、腹一つ学問をさせて貰つても、その学問を屁理窟に応用して、自分の得手《えて》勝手ばかり働く青年男女が多い中に、此様《このやう》な境遇の子供の中から斯様《かやう》な純忠純誠の……」

此処《ここ》まで禿茶瓶が喋舌《しやべ》つて来ると、吾輩は何《なに》が何《なん》だかわからなくなつて来た。魚が死にかゝつた様に欠伸《あくび》が出て来た。けれども、ほかの連中は皆《みな》禿茶の云ふことがわかるらしく、揃つて畏《かしこ》まり奉つて傾聴してゐたが、その中でタツタ一人一番背後の縁側に近い処《ところ》に居《ゐ》る、一番可愛《かあい》らしい美しい女の子がソツと欠伸《あくび》を嚙み殺しながら吾輩の方を見てにつこりと笑つた。ソレヲ見ると吾輩はスツカリ共鳴してしまつて、思はずニツコリしながら今一ツ取つときの新らしい、大きな欠伸をして見せてやつた。モウ少し年を取つてゐたらすぐに恋に落ちてしまつたかも知れないくらゐ嬉しかつた。

すると、そのうちに禿茶瓶のお説経がすんだらしく皆《みな》一斉に頭をさげたが、その中《うち》でも大友親分は両手を畳に支《つ》かへたまゝ、切り口上で挨拶をした。

「……まことに御訓誡の程恐れ入りました。何《なに》にせい私共《わたくしども》は無学な者で御座いますから、御趣意の通りに出来るかどうか存じまつせんが此《こ》の子の将来はきつと私《わたくし》が受持ちましてエライ人間に……」

と云ひ乍《なが》ら又頭を下げた。それをエラさうに見下《みおろ》しながら禿茶瓶は、学校の先生の様に片手を上げた。

「……イヤ……此《こ》の子供は其方達《そのはうたち》には渡さぬ。他人と云はず余が自身に引き取つて教育をして遣るから其《そ》の積りに心得て居《ゐ》よ。此児《このこ》に昔風の漢学教育を施したならば、キツト今の天《あま》岡鉄斎《おかてつさい》のやうな偉人になる事と思ふ。現在滔々《たうたう》として流入しつゝある西洋崇拝熱に拮抗《きつかう》して……」

又わからなくなつて来た。第一吾輩の身の振り方が、次から次へと変化して来たあげく、禿茶瓶のお蔭で又一転換したらしいので、何《ど》れが本当なのか、見当が付かなくなつた。そればかりでなく、その有難い勿体無《もつたいな》い神様のお使はしめを放《ほ》つたらかしたまゝ、見向きもしないで勝手な講釈を始めたり、それを拝み上げたりし初めるので自烈度《じれつた》い事夥《おびただ》しい。とう〳〵我慢し切れなくなつた吾輩は思ひ切つて禿茶瓶の方へ一歩進み出た。

「爺《とつ》さま、御飯《ごはん》の話しドウしたけエ」

「ウム。左様《さやう》〳〵。左様《さやう》ぢやつたノウ」

と禿茶瓶は慌てゝ返事をしながら、座り直して左右をかへり見た。

「さうしてモウ何時《なんじ》かノウ」

署長と、大友親分と、髯巡査が同時に時計を出してみた。

「ちやうど十時で御座います」

と真先に署長が返事をした。

「ちやうどその頃で御座います……」

　とその次に大友親分が云つた。

「小官のは十分過ぎて居《を》りまする」

　とあとから髯巡査が附け加へた、何処《どこ》まで手数《てかず》のかゝるおやぢかわからない。

三十七

「ウーム」

　と禿茶瓶《はげちやびん》が又唸り出した。ちやうど十時といふ時間に驚いた様な恰好であつたが、心持ち青い顔になりながらジロリと吾輩を見た。

「ウーム。其処《そこ》で何処《どこ》まで話を聞いて居《を》つたかノウ最前の話は……」

「アイ。警察に引つぱられた処までや」

「ウムさう〳〵。それから何様《どう》したのぢや」

「それから警察に来てその髯巡査さんに叱られよつたら此《こ》の姐《ねえ》さんが来て、ワテエを芸者にすると云ふて此《こ》の美しい着物呉《く》れたんや。さうして此処《ここ》へ来て、お湯使ふたり、お化粧したりして此《こ》のお座敷へ来たんや。さうしたら又、爺《とつ》さまが何《なん》ぢやら解らん、六箇《むづか》しい事ばつかり云ふて、チヨツトモ御飯《ごはん》食《たべ》さして呉《くれ》んのエ。そやから御飯喰べる隙《ひま》が無かつたのや。もう腹ペコで死にさうや」

「ウーム」

　と禿茶瓶が又唸り出した。ちやうど自分が腹を減らしたかのやうにイヨ〳〵青い顔になつて眼の球を凹《へこ》ましたが、最前から吾輩にサン〴〵遣り込められた上に、話の腰を折られたりしたので多少御機嫌に触つて来たらしい。芸者どもをヂロリと見渡しながら
「早く飯を喰はせんか」

　と顎で吾輩の方を指して頬を膨らました。

　芸者どもは此《こ》の言葉を聞くと同時にハツとしたらしく、三四人一斉に中腰になりながらトンボ姐《ねえ》さんの顔を見ると、トンボ姐《ねえ》さんも中腰になつたまゝ当惑した恰好になつた。

「用意して無いとだつしよ」

「……」

　一人の芸者が黙つてうなづいた。同時に禿茶瓶の方をチラリと見たが、その意味が吾輩にはよくわかつた。お説教がはじまつたので御飯の用意をする隙《ひま》が無かつたといふ、不平の意味に違ひなかつた。

「誰か彼方《あちら》へ用意して来てやんなざいや」

「台所でよござつしよ」

「サアー」

　とトンボ姐《ねえ》さんが又躊躇しながら大友親分の顔を見た。

「次の間《ま》いしまつしよか」

「サア……」

と女共が三四人中腰のまゝでポツ〳〵云ひ合つた。その時であつた。

「馬鹿ツ……何《なに》をしよるのかツ」

と突然大砲の様な声を出して、禿茶瓶が大喝したのは……しかもその顔の恐ろしかつたこと、お祭りの見せ物にでも出したらキツト人がビツクリするに違ひないと思はれるくらゐ急激な大変化をあらはして見せたのであつた。肩が逆立つて、眼が皿の様に光つて、口が耳まで裂けたかと思はれるくらゐであつた。

それを見ると中腰になつて向ひ合つてゐた女たちは、このまゝペタリと坐り込んでしまつた。大友親分も面喰らつたまゝ座蒲団から辷《すべ》り降りた。そのまん中で禿茶瓶は血相をかへたまゝ威丈高《ゐたけだか》になつた。

「馬鹿共がツ……貴様どもはみんな自分の事ばかり考へとるからコンナ残酷な事をするのぢや、何《なん》の罪があれば此《こ》の子供に夜《よる》の十時まで飯を喰はせんのか。第一警察で人を拘留したら、其《そ》の晩は飯を喰はせん規則になつとるのか……」

今まで座蒲団の上に頑張つてゐた二人の警官は此《こ》の一言《いちごん》を聞くと慌てゝ畳の上に辷り落ちて両手を突いた。

吾輩は知事といふ役人の勢力の素破《すば》らしいのに驚いた。まさかこれ程とは思はなかつた。

「又女子《をなご》どもも女子《をなご》供《ども》ぢや。非人の子を連れて来たら何《なに》より先に飯を喰ふとるか、喰ふとらんか聞いて見る位の気が何故《なぜ》つかんのか。腹を干《ほ》し上《あ》げた子供を、御馳走の前で踊らせて余が喜ぶとばし思ふて居《ゐ》るかツ………不注意も甚だしいツ。此《こ》の馬鹿共がツ……」

禿茶瓶の怒鳴る声は身体《からだ》に似合はず益々大きくなつて来た。永年のカンシヤクで鍛へ上げたものらしく、家《いへ》の中は勿論の事、遠い処の屋根の上までワン〳〵と反響するくらゐ素晴らしいものがあつた。ことに其《そ》の言葉の切れ目〳〵にギラ〳〵と光り出す、その眼の色の物すごい事……家《うち》の中の連中は一人として顔を上げるものが無いくらゐであつたが、しかし、そのカンシヤクの圏外に立たされた吾輩から云はせると、此《こ》の禿茶瓶のカンシヤクは全然なつて居《ゐ》なかつた。吾輩に腹を干《ほ》させた責任は当然自分も負はなければならないのに、そんな事は気が付かないまゝ巡査や芸者たちを怒鳴り付けるなんて随分得手勝手《えてかつて》な禿茶瓶と云はなければならなかつた。大方これは吾輩に凹《へこ》まされつゞけて来た埋合はせにコンナ出鱈目《でたらめ》なカンシヤクを爆発させてゐるのだらうと思ふと子供ながら可笑《をか》しくもあり可哀想《かあいさう》にもなつた。

三十八

しかし当の本人の禿茶瓶はとてもカン〳〵の白真剣《しらしんけん》であつた。震へ上がつて平伏してゐる一同を見まはしながら、額《ひたひ》にみみず見たいな青すぢを一本ウネ〳〵とオツ立てゝ、コメカ

ミをヒク〳〵動かしてゐたが、又も突然に
「……たはけ奴《め》がツ……その上余に恥を掻かせ居《を》つて……エヽツ……」

と云ふなり、手に持つてゐた盃《さかづき》を膳の上にタタキ付けた。お皿か何《なん》かゞ盃《さかづき》と一所にグワチヤンと割れる音《おと》がした。それはスバラシイ勢ひであつた。とにも角にも此《こ》の世の中ではカンシヤクの一番強い奴が、一番エラクなるのぢや無いかと、吾輩自身の女親に引き比べて思ひ当つたくらゐ大した威光であつた。ところが其時《そのとき》に
「えゝ。恐れ入ります。皆私《みなわたくし》が不行届き……」

と大友親分がヤツト口を利き出した。すると、その真似をするかの様にトンボ姐《ねえ》さんが頭を畳にコスリ付けた。

「イエ〳〵。わたくしが最前から気付きませずに……」

「黙れ〳〵ツ」

と禿茶瓶は二人の云ふ事を半分聞かずに怒鳴り立てたが、その拍子に額《ひたひ》の青筋が二本になつた。

「黙れ〳〵。そんな不注意なことで、どうして此《こ》の児《こ》を引き取つて……一人前《ひとりまへ》に育てる事が出来るのかツ。まだ引き取らぬうちから虐待しよるぢや無いかツ」

「ハイ……何《なん》とも……」

「……何《なん》とも申し訳が……」

署長もトンボ姐《ねえ》さんのあとから両肱を張つてヘエ突く張つた。

「イヤ。私が不注意で……」

「イヤ。本来を申せば此《こ》の私が……」

と髯巡査も署長のお尻《しり》に向つて三拝九拝した。

指を啣《くは》へながらソンナ光景を見てゐた吾輩は、モウたまらない位馬鹿々々しくなつて来た。吾輩は元来、毎晩木賃宿で夕食に有り付く際に、両親の晩酌が済むまで待たせられる習慣が付いてゐたのでコンナ眼に会はせられても左程《さほど》驚きはしなかつたが、それにしても是《こ》れほど手数《てかず》のかゝる晩飯を喰つた事は生れて一度も無かつた。政府の農民救済だつてモウすこしは手ツ取り早いだらう。カンヂンの飯を喰はせることは後《あと》まはしにして、怒鳴りクラと、あやまりクラの共進会を開《ひら》いてゐるやうなもんだ。しかも本来ならば吾輩が飯に有り付けなかつたのは、あやまつてゐる連中の不注意に違ひないのだから、其《そ》の方を怨まなければならない筋合ひであつたが、そんな気がチツトモしなかつたのは吾《わ》れながら不思議であつた。それよりも何《なに》よりも、取りあへず、まん中でカンシヤクを破裂させてゐる禿茶瓶の馬鹿さ加減が、腹が立つて〳〵たまらなくなつた。一切合財が一つ残さず禿茶瓶の責任のやうな気がして来たので、思ひ切つてトンボ姐《ねえ》さんの背後《うしろ》から口を突《つ》んがらして遣つた。

「……爺《とつ》さま。そないに憤《おこ》つたてアカンがな。それより早う喰べさしてんか。難儀な爺《とつ》さんやなあ……」

吾輩が斯様《かう》云ふと禿茶瓶は威丈高になつたまゝ、白眼《しろめ》と黒《くろ》

眼《め》をクル〳〵と回転さした。ヤツト自分の不注意に気が付いたらしい。さうして突然にパンクした様に腰を落して、白茶気た顔になりながら脇息《けふそく》にグツタリと凭《もた》れかゝつた。スツカリ気の抜けた力の無い声でトンボ姐《ねえ》さんに指図をした。

「早う喰はせい」

「かしこまりました」

と云ふうちに又も芸者が四五人立ちかけた。禿茶瓶がパンクすると同時に室《へや》の中が急に景気付いたやうなアンバイである。

「其処《そこ》に一つ余つた膳があるでは無いか」

「……はい……いえ……あのお次の間《ま》で……」

「此処《ここ》で喰はせて苦しう無い。喰はせるのが目下《もくか》の急務ぢや。その膳をそのまゝ遣《つか》はせ」

トンボ姐《ねえ》さんは慌てゝ立ち上つて向ふの端《はし》に置いてある膳を抱へて、吾輩の前に持つて来た。そのあとから最前吾輩に笑つて見せた美しい舞妓《まひこ》が二の膳を持つて来て吾輩の足もとに置いた。

「さあ……おあがんなさいまつせえ」

とトンボ姐《ねえ》さんが吾輩に向つてお膳の向ふから三つ指を突いた。

三十九

吾輩の前にお膳が据ゑられたので皆《みな》ホツとしたらしかつた、めい〳〵に顔を上げて眼と目を見交《みかは》すと、皆《みな》申し合はせた様に吾輩の顔を注視した。

しかし吾輩は座らなかつた。指を啣《くは》へて突つ立つたまゝ、足下に並んでゐる一の膳と二の膳を見まはした。それからマジリ〳〵とトンボ姐《ねえ》さんの顔を見つめながら云つた。

「ワテエの父《とと》さんもまだ喰べとらんがな」

「おゝ左様《さう》〳〵……」

とトンボ姐《ねえ》さんは真赤になつて片膝を立てた。

「ホンニイ、済みまつせんぢやつたなあ。……ばつてんが……父《とと》さんなあ……彼方《あつち》の室《へや》で喰べさせるけん……」

「嫌《いや》や。父《とと》さんと一所に喰べるのや」

「フーン。なあ……」

とトンボ姐《ねえ》さんは一つ大きくうなづいたが、そのうちにモウ眼を真赤にしてしまつた。此《こ》の女は吾輩が父親の事を云ひさへすれば泣く事にきめてゐるらしく、警察で泣いた時と同様にあたり構はず鼻紙を出して眼がしらを拭いた。ところが、それと一所にそこいらに坐つてゐた十四五人の芸者どもがトンボ姐《ねえ》さんの真似をするかの様に手に〳〵ハンケチや鼻紙を取り出し初めたのには呆れた。最前吾輩に笑つて見せた可愛《かあい》い舞妓《まひこ》までもが、大粒の涙をポタ〳〵と落してゐるので吾輩は妙な気持ちになつてしまつた。

「やつぱなあ……親孝行もんなあ違ふばい」

といふ囁《ささや》き声が聞こえた。

「苦しうない。男親も此処《ここ》で喰べさせえ。膳をモウ一つ用意せえ。早うせんか」

と禿茶瓶《はげちやびん》が又もカンシヤクを起しさうな声を出した。その声に応じて向ふの椽側《えんがは》の端《はし》から、今まで見なかつた女中が二人出て来て、膳を作り初めた。

「父《とと》さん。酒好きやから、一本貰ふてや……」

と吾輩はすこし調子に乗つて甘えてみた。

しかし誰も笑はなかつた。たつた一人禿茶瓶が鼻紙を顔一パイに押し当てたまゝ、うるみ声で云つた。

「……飲めるだけ飲まして遣れえ。……ああ……感心な奴ぢや……オホン〳〵……」

お膳が出来上るとトンボ姐《ねえ》さんは、最前から開《ひら》いたまんまになつてゐる入口の襖《ふすま》の向ふをさし覗いてその蔭に小さくなつてゐるらしい男親をさしのぞいた。

「……そんなら……アノ……どげん云やあよかかいな。……アンタクサ……あの……父《とと》さんクサ……此方《こつち》い這入《はひ》つて……御膳をば……」

と云ひかけたが、其《そ》の途端にドタンバタンと組み打ちみた様な音《おと》がし初めたので、皆《みな》ビツクリして中腰になつた。吾輩も男親が何様《どう》かされてゐるのぢや無いか知らんと心配しい〳〵、駈け付けて見ると、男親は最前の半化けの婆《ばばあ》と何《なに》かしら摑み合ひみた様なことをしてゐる。さうして隙《すき》があつたら逃げ出さう〳〵としてゐるのを半化け婆《ばばあ》がシツカリと袖を捉へて、逃がすまい〳〵としてゐる。それを又男親が無言のまゝ突き離して、俥《くるま》に轢《し》かれた犬みたいに腰を引きずり〳〵這《は》ひ出して行《ゆ》かうとする。大方腰が抜けてゐたのであらう。其処《そこ》へトンボ姐《ねえ》さんが駈け付けて、加勢をして押へ付けたので、男親はトウ〳〵悲鳴をあげてしまつた。

「助けてえ……助けてえ……チイヨ……助けてエ……」

吾輩は助けて遣らうと思つて傍《そば》へ寄りかけたが、芸者に押へ付けられて縮み上がつてゐる男親の恰好が、あんまり可笑《をか》しかつたので、ついゲラ〳〵と笑ひ出してしまつた。

「何事《なんごと》かいな。こらあ……」

と其《そ》の時にトンボ姐《ねえ》さんは男親の両手を摑まへて、尻餅を突いたまゝの半化け婆《ばばあ》をかへりみた。

「……あなたあ……」

と半化け婆《ばばあ》は、珍妙なシカメツ面《つら》をしい〳〵、芝居がゝりの大業《おほげふ》な恰好で起き上つた。

「あなたあ……今御前様のお声のしましつらうが。さうしたら貴方《あなた》あ……此《こ》の人のガタ〳〵震ひ出して逃げて行《い》かうとしてだつせうが。それで貴女《あなた》あ……あたしやあ一生懸命で押へ付けとりましたとたい」

「堪忍《かに》しとくれやす……堪忍《かに》しとくれやす……」

と男親は芋虫のやうに自分の膝の間《あひだ》へ顔を突込《つきこ》みながら蚊の泣くやうな声を出した。

「何《なん》ぢや〳〵何《なに》をしよるのぢや其処《そこ》で……」

と又も禿茶瓶がカンシヤクじみた声を出した。

「とゝさんナ、此処《ここ》で御膳たべんて云ひ居《よ》るがな。アンタがあんまり憤《おこ》るよつてに……」

「ウーム」

と禿茶瓶が又眼を白黒して頬を膨らましたが、其《そ》のまゝ横を向いて宣言した。

「それならば仕方が無い。どこか次の間《ま》で喰はせえ。しかし其《その》まゝ帰すことはならんぞ」

大友親分と一所に芸者一同が頭を下げた。そのうしろから女中が三四人出て来てお膳を持つて廊下へ出て来た。

四十

こんな風にして、前代未聞の手数《てかず》の掛つた晩飯が、やつとの事で我々親子に提供されたのであつた。

提供された場所は最前来た長い廊下を半分以上逆戻りした、玄関の横の狭い、みすぼらしい部屋であつたが、それでも欄間や床の間《とこま》がくつついて居《ゐ》たから木賃宿より立派であつたらう。その真中に据ゑられた四つの御膳に差向ひに坐つて、半化け姿に御給仕をして貰ひながら今迄見た事もない御馳走の箸を取つたわけであるが、吾輩がまだ飯を一杯喰ひ終らないうちに男親は前に伏せてあつた盃《さかづき》を取り上げて立て続けに五六杯がぶ〳〵と呑んだ。その顔を半化け婆《ばばあ》はあきれかへつた様に眼を丸くして見て居《ゐ》たが、やがて顔中を飯粒だらけにして居《ゐ》る吾輩を振返るとニヤリと笑つた。

「アナタも一杯どうだすな」

吾輩は左手に茶碗をかかへたまゝ、箸を持つた方の手で盃《さかづき》を取り上げて無言のまゝ婆《ばば》の方へつき出した。ちやうど何《なに》かしら液体が欲しくなつて居《ゐ》たところだつたので……。

吾輩が其《そ》の盃《さかづき》をがぶりと一口に呑み干すと婆《ばば》が又目を丸くしてニヤリと笑つた。

「ドウしたまあ……。こらあ感心……ま一杯どうだすな」

吾輩は遠慮しなかつた。それから二三杯たて続けに飲んだが、しまひには口の中がエガラツポクなつたので冷《つ》めたい御清汁《おすまし》をぐつと呑んで残つた飯をガツ〳〵とかき込んだ。

ところがそれから先、何杯御飯を食つたか……、生れて初めて有りついた御馳走がどんなに美味《おい》しかつたか、まるで記憶に残つて居《ゐ》ないのは残念であつた。何《なん》の気なしに飲んだ二三杯の酒が、之以《これもつ》て生れて初めての事であつたばかりでなく、すき腹《ばら》であつたので、素敵にきいたらしく、振袖にオカツパさん姿のまゝベロ〳〵に酔つぱらつてしまつた。さうしていい心持にふらり〳〵しながら男親の方を見ると、之《これ》も空《す》き腹《ばら》に熱燗がきいたらしくつい今先《さつ》きの屁古垂《へこた》れ加減はどこへやら、両腕を肩迄まくり上げて大気焔を上げて居《ゐ》た。

「知事が何《なん》ぢやい、署長が何《なん》ぢやい、文句云ふなら此処《ここ》へ失《う》せ居《を》らう。ハハヽヽヽ。どんなもんぢやい、この鼻様を知らんかい」

さう云つてペロリと舌なめずりをしながら盃《さかづき》を差出す男親の妖怪じみたトノコ面《づら》を見ると、吾輩も滅多無精に嬉しくなつた。

「ああチイよ、知事やたら禿頭《はげあたま》やたら、テントあかんなあ」

と云ひ〳〵一杯干した男親が盃《さかづき》をさした。

「サイヤ気のきかんヘゲタレ唐人《たうじん》や」

と云ひ〳〵吾輩は受取つた。

「アンタまあーだ飲みなさると、いやらしさなあ」

と叱りながら半化け婆《ばば》がにらみつけた。

「アホやなあ、呑まれるだけ呑ませれて禿茶瓶《はげちやびん》が云ふたやないか」

「黙つてヘツコンデけつかれ、之《こ》の糞《くそ》たれ婆《ばば》あ。市川鯉次郎《こひじらう》はんを知らんかい」

婆《ばば》は面《つら》を膨らせながら酌をした。

「あんまれ、彼《あ》の人達の事をば悪ふ云ひよんなさると、あとで私が届けますばい」

「ハハ……。届けてもよかたい。なあ父《とと》さん。一寸《ちよつと》もこはい事あらへん。可愛《かあい》らしい禿茶瓶や」

「ワテやかて恐い事あらへん。あの禿茶瓶親切者や、あゝえゝ心持になつた。チイよ一つ踊つて見んかい」

と云ふうちに男親はヒヨコ〳〵と立上つた。

「アイ、何《なん》でもえゝから唄ふてや」

と云ひ〳〵吾輩も立上りかけたが、酔つて居《ゐ》たであらうべタンと尻餅をついた。

半化け婆《ばば》は親子ばりの醜態にあきれ返つたらしく、慌てて御膳を引き初めたが、そのうちに男親は障子や襖《ふすま》に行《ゆ》き当りながら、両手をたゝいて首を振り〳〵何《なに》やら唄ひ出した。我輩も其《そ》の歌につれて立上りながら、ひよろ〳〵と、踊り出した。

それからどこをどう歩いたか吾輩親子は手を引き合ひながら、長い廊下を伝《つた》つて最前の中二階の階子段《はしご》のところへ来て居《ゐ》た。其《そ》の階子段を男親がはひ上《あが》つては滑り落ち、滑り落ちてははひ登りして居《ゐ》る内に、吾輩は半分開《ひら》いたまゝの入口の襖のところに行つて室内を覗いて見ると、あんまり様子が変つて居《ゐ》たので、酔も何《なに》も醒《さ》めてしまふ程ビツクリしてしまつた。

四十一

吾輩が襖の間《あひだ》から顔を差し出すと殆《ほと》んど同時に眼の前を火の様な真赤なものが横切つたので、ビツクリした。慌てゝ首を引つこめながら、よく〳〵見ると、それは緋縮緬《ひぢりめん》の長襦袢《ながじゆばん》の前褄《まへつま》を高々と取つた髯巡査で、これも青い長襦袢を引きずつたトンボ姐《ねえ》さんと手に手を取つて達磨《だるま》の道行きみたいなものを踊つてゐる処であつた。

その横手で手拭を姉《あね》さん冠《かぶ》りにした署長さんがペコン〱と三味線を弾いてゐるがドウモうまく行《ゆ》かないらしく、水ッ洟《ばな》をコスリ上げては天神鬚《てんじんひげ》をシゴイでゐるが、何《なん》べんシゴイてもうまく弾けないらしい。

それと向ひ合つた椽側《えんがは》のまん中には大友親分が、昇り龍降《くだ》り龍の黒雲《くろくも》と火焔を丸出しにした双肌《もろはだ》脱ぎの向ふ鉢巻で、署長さんの三味線に構はず両手をたゝいて大きな声で歌を唄つてゐる。

「達磨さんえい。達磨さんえい。赤いおべべは誰《た》がくれたア。どこのドンシヨの誰《た》がくれたア」

「ヨイ〱」

と芸者が一斉に手をたゝきながら共鳴した。署長の三味線も何《なに》も何処《どこ》かフン飛んでしまふくらゐスバラシイ景気である。そのさなかで髯巡査が胴間声《どうまごゑ》を張り上げながらドタン〱と踊り上《あが》つた。

「これは天竺《てんぢく》。色町《いろまち》横町の。オイラン菩薩《ぼさつ》の赤ゆもじ」

「ヨイ〱」

吾輩は髯巡査の踊りの要領を得て居《ゐ》るのに感心してしまつた。赤い長襦袢から、毛ムクジヤラの手足を、煙花《はなび》線香みたいに突き出して跳《はね》まはるのだから、チヨツト見には非常に乱暴な、武骨な踊りの様であるが、その中に云ひ知れぬ風雅な趣《おもむき》と愛嬌がある。それがその据《す》わりのいゝ腰付きに原因してゐることを発見したので子供ながらモウ一度感心しながら見惚《みほ》れてゐた。

「達磨さんエイ〱。チヨツト此方《こちら》を向かしやんせ。味な話があるわいな」

「ヨイ〱」

「味な話と。聞いてうしろを。チヨイと見たれば。梅や桜の花ざかり」

「ヨイ〱」

「達磨さんエイ。〱。チヨイとこゝらで、座禅休みに。お茶を一パイ飲ましやんせ」

「ヨイ〱」

「そげに云ふなら。一つ呉《く》れいと。グイと一杯。飲んでみれば酒ぢやつた」

「ワハヽヽヽヽヽ」

「オホヽヽヽヽヽ」

「イヒヽヽヽヽヽ」

と云ふ笑ひ声のうちに髯巡査は盃洗《はいせん》に一パイ注《つ》いだ酒をグーツと飲み干すと、赤い長襦袢を引きずつたまゝ自分の席に逃げ帰つた。

「イヨ――オオ……」

と大友親分が手を打つて喝采した。それに連れてほかの芸者が一斉に手を打つて黄色い声をあげた。署長も渋々三味線を置いて手をたゝいたが、その時に最前からコクリ〱と居眠りをしてゐた禿茶瓶《はげちゃびん》が、凭《もた》れてゐた脇息《けふそく》から肱を外《はづ》してビツクリしながら眼をさました。同時に鼻からプーツと丸い提灯を吹き出したので、吾輩は思はずケラ〳〵と笑ひ出した。

皆《みな》は一斉に此方《こちら》を見た。その中にもトンボ姐《ねえ》さんは逸早《いちはや》く吾輩を見付けて青い襦袢《じゆばん》を引きずつたまゝ走り寄つて来た。

「まあ……よう来なざつたなア。ばつてんがどうかいなア。顔中ば御飯粒だらけえして……」

と云ひ〳〵、傍《かたはら》に居《ゐ》た若い芸妓《げいぎ》の懐中《くわいちう》を借りて吾輩の顔を直してくれた。

吾輩はトンボ姐《ねえ》さんに抱きついて顔を直して貰ひながらヘラ〳〵と笑つた。

「こんどはワテエが踊つて見せて遣《や》ろかい。アネサンマチ〳〵でも何《なん》でも……」

「ウワア。賛成……」

と髯巡査が双手《もろて》をあげて踊り上つた。禿茶瓶も酔眼モーローとして手をたたいた。

「この帯解《と》いてや。あんまり食《たべ》て苦しいよつて……」

「この帯解《と》かんな踊らにやこて……お行儀のわるか……」

とトンボ姐《ねえ》さんが白い眼をして見せた。

「構はん〳〵。アネサン待ち〳〵なら帯の無い方がえゝぞ。ハハ……」

と大友親分が吾輩に声援をしたお蔭で吾輩は羽子板の帯から解放されたが、同時に酒の酔ひが一時《いちじ》に上がつて来たらしい。何《な》んだか眼がクラ〳〵して来た。

其処《そこ》へ最前から階段の処で寝てゐたらしい男親が、酒を運んで来た女中に起こされると同時に鵞鳥みたいな声をあげて

「祝ふたア〳〵」

と座敷のまん中に転がり込んで来た。

その風体を見ると女連中は皆《みな》引つくり返つて笑つた。一方に男連中は

「イヨー。色男〳〵」

と鯨《とき》の声をあげて拍手喝采したので座敷中が一時《いちじ》にドヨメキ渡つた。

それまではハツキリ記憶してゐるやうであるが、それから先の記憶がハツキリしてゐない。さうしてホンタウに気が付いた時には、何処《どこ》かわからない広々とした大川のまん中を、白い帆をかけた船に乗つて走つてゐた。

四十二

吾輩はあんまり様子の変りやうが甚だしいので、夢では無いかと思ひながら、又ヂツト眼を閉ぢた。

しかし眼を閉ぢて考へてみるとドウモ夢では無いらしい。吾輩は現在たしかに固い板張りの上に、大きな風呂敷包みを枕にして寝てゐる様である。傍《そば》には男親と女親が座つてヒソ〳〵話し合つてゐる声がきこえる。

「アンジヨ助かつた」

「まだわからヘン。この船、木屋《こや》の瀬から下《くだ》り船《ぶね》に乗りかへて若松に出《い》で、そこから尾の道に渡らんと此方《こつち》のもんにならへん」

とか何《なん》とか……。その話の切れ目〳〵に頭の上の高い処からハタリ〳〵と帆柱の鳴る音《おと》がきこえる、枕の下からはパタリ〳〵ピチヤリ〳〵といふ水の音《おと》が入れ交《かは》つて伝はつて来る。決して夢では無い。

「をかしいな」

と吾輩はモウ一度子供心に不思議がりながら昨夜《ゆふべ》？の事を思ひ出してみた。さうすると、色々なアラレもない光景が、夢ともなく、うつつともない絵巻物の様に、眼の前に展開されて来た。

吾輩は、あれから白木綿の襦袢《じゆばん》と赤い腰巻一つになつて、知事公や、署長や、大友親分や、芸者たちの前でアネサン、マチ〳〵以下の妙技を御披露に及んで大喝采を博した様である。実にアカメン・エント・アセガンの到りで、吾輩が酒の為めに失敗したのは此時《このとき》を以て嚆矢《かうし》とする次第であるが、しかし其《そ》の時にはたしかに大得意《だいとくい》だつた様である。況《いは》んや、それに感激して飛び出して来た髯巡査が、赤い長襦袢の尻《しり》をまくつて吾輩の横に横坐りをして、吾輩の妙技を真似しながら芸者連中を引つくり返らせて、座敷中を這ひまはらせた時の愉快だつた事……。

ところが又そのうちに誰かゞ「ドンタク〳〵」と怒鳴り立てると聞くより早く皆《みな》総立ちになつて、茶碗やお皿をたゝいて、座敷をグル〳〵まはり初めた。それを見ると吾輩もメチヤクチヤに愉快になつたので、大いに大人と張り合ふ気で、お椽側《えんがは》に置きつ放しになつてゐたお櫃《ひつ》の中から、杓子《しやくし》を二本抜き出して、御飯粒をスツカリ嘗《な》め剥がして、ビシヤリ〳〵と叩き合はせながら、その行列に参加した……すると其《そ》の杓子の音《おと》が非常に効果的だつたらしく、台所から新しい杓子が十数本徴発されて来たのを、男連中が奪ひ合ふ様にして、吾《わ》れも〳〵とタヽキ初めた……そのまゝ吾輩を先頭にした男連中が先に立つて、そのうしろから芸者が三味線を弾き〳〵従《つ》いて来る。その一番うしろから男親が、鼓《つづみ》をタヽキ〳〵奇妙なかけ声を連発して来ると云つた様な訳で、都合二十人近い同勢が中二階を練り出して、広い料理屋中を、ぐる〳〵とドンタクリ初めた。

……それから暫くの間《あひだ》は、何《なに》が何《なに》やらメチヤクチヤになつてゐたが、そのうちに何時《いつ》の間《ま》にか同勢から取り残された吾輩が、お庭の切石の上に突立《つつた》つて、泉水の底に光つてゐる満月に小便を放《ひ》りかけてゐると、これも同勢からハグレたらしい男親が見付出して、大急ぎで吾輩を湯殿《ゆどの》に引つぱり込んだ、さうして自分の口を押へて見せて

「物云ふたらアカンデ」

と云ひ〳〵二階へ舞ひ上《あが》つてゐるドンタク騒ぎを指してみ

せた。

　吾輩は、さう云ふ男親の意味がわからないので少々面喰らつた。さうして男親の云ふなりになりながら眠《ね》むくなりかけた眼をコスリまはしてゐた様であるが、しかし男親の方は何《なに》かしら吾輩以上に面喰《めんくら》つてゐるらしかつた。キヨロ〳〵と前後を見まはしながら、泳ぐやうな恰好で湯殿のクヾリ戸をあけて脱《ぬ》け出すと、台所の前の横門を音《おと》のしない様に開《あ》けて、見覚えのある中島の町筋に出て、折よく通りかゝつた人力車に二人で乗つた。……までは何様《どう》やら記憶に残つてゐる様であるが、そのあとがパツタリと中絶して居《を》る様である。多分そのまゝ人力車の上で眠つたのであらう。

　その次に眼が醒《さ》めた時は汽車の中で吾輩は女親と差向ひになつて男親の膝に凭《もた》れながら寝てゐた。その時に二人は誰も居《ゐ》ない車室の暗いランプの下で、今まで見た事もない立派な金具の附いた蟇口《がまぐち》や、折り畳《たたみ》になつた紙入《かみいれ》を三つ四つ出して、腰かけの上に並べて、中から一円銀貨や、大黒様や猪《ゐのしし》の絵の付いた札《さつ》をザラ〳〵かき出して勘定してゐた。しかし半分夢心地でゐた吾輩は、多分御褒美に貰つたものだらうぐらゐに考へて格別不思議がりもしないまゝ薄目で見てゐたが、そのうちに、又も睡《ねむ》つてしまつたらしい。

　それから又、何処《どこ》かわからない処で揺り起されて大急ぎで汽車を降りた。さうして長い〳〵石の段々を降りつくすと、そこらでウドンを一杯喰《く》つた様であつたがしかし此時《このとき》も半分眠りながら喰《く》つたので美味《うま》かつたか不味《まづ》かつたか記憶してゐない。……それから一足《いつそく》飛びに現在になつてゐる様である。

　云ふ迄もなく此様《このやう》な記憶は、今から其《そ》の当時の事を追憶した大人の吾輩の記憶である。だからよく考へて見ると前後の連絡がチヤント付いてゐる様で決して夢ではなかつたと思はれる。つまり男親は酔つてゐた為に大胆になつたものか、今までに無い出来心を起したものらしい。ドンタクの騒ぎに紛れて何処《どこ》かの部屋に置いてあつた知事や、警察署長や、大友親分なぞいふ飛んでもない連中の持ち物を失敬すると其《その》まゝ逃げ出して、木賃宿に寝て居《ゐ》る女親を誘《さそ》ひ出して、博多駅から夜行列車に乗つて折尾《をりを》を出て、其処《そこ》から飯塚通《いひづかがよ》ひか何《なに》かの石炭舟《ぶね》に便乗したらしい事情がアラカタ推測されるのであるが、しかし、その当時七ツか八ツぐらゐであつた吾輩にはむろん何《なに》が何《なに》やらわかり様がなかつた。況《いは》んや何様《どう》してコンナ風に形勢が急転直下したか。何《なん》の為めにコンナ処まで逃げて来たのか……と云ふ理由なんぞは、テンデ解《わ》からなかつたのであつた。

四十二

　ところがそんな事を考へて居《ゐ》るうち板子の上に寝てゐる吾輩の襟首の処から冷たい風が吹き込んで来たので、大きなクシヤミを一つ二つした。その拍子にムツクリ起き上つた吾輩

は、大きな声で
「此処《ここ》は何処《どこ》けえ」

と眼の前に坐つてゐる両親に問ひかけると、その拍子に又もクシン〳〵と二つばかりクシヤミが出た。

ちやうど船の舳《へさき》の処に坐つてゐた両親は吾輩の声を聞くとハツとしたらしく振り返つた。さうして大慌てに慌てながら二人がゝりで吾輩をモトの板張りの上に押し付けると、頭の上からホコリ臭い茣蓙《ござ》をガサ〳〵と引つかぶせた。そのあとから女親が
「寝て居《を》らチタラ。外道《げだう》され……動《いご》くと水の中へ落つるぞ……」

と威嚇したが、その時に吾輩は女親が冠《かぶ》つてゐた手拭ひが、昨日《きのふ》警察署長が冠つてゐた二輪加面《にわかめん》の附いた手拭と同じものであることに気が付いた。同時に男親が中折《なかをれ》帽を眉深《まぶか》く冠つて、その下に青眼鏡《あをめがね》をかけて、風付《ふうつ》きをまるで変へてしまつてゐるのに驚いたが、それでも又、何処《どこ》かでドンタクでも初まるのか知らんと思ふと、別段不思議がりもせずに横向きになつてウト〳〵し初めた。

吾々の一行三人が、直方の近くの木屋《こや》の瀬《せ》といふ大きな村に着いたのはそれから間《ま》もなくの事であつた。追風《おひて》に乗つて来た船から引き起されて河岸《かし》に上《あが》ると、急に風が強くなつたのに驚いたが、女親はまだ足がフラ〳〵すると云ふし吾輩は寝足りなかつたし、男親は又昨夜《ゆふべ》の酔ひが残つてゐるらしく三人共吹き飛ばされさうな恰好で河堤《かはづつみ》を這《は》ひ上《あが》ると、すぐに村外れの木賃宿に這入《はひ》つた。さうして、ほかに相客が無いを幸ひに、飯を喰《く》つてしまふと枕を借りて、三人ともグー〳〵寝てしまつたのであつた。

ところで此《こ》の木屋の瀬といふ処は、今はどうだか知らないが、その当時まではかなり大きな村であつた様に思ふ。さうして現在も此《こ》の界隈は、賭博《とばく》の本場で、大抵の木賃には花札と骰子《さいころ》ぐらゐ転がつてゐる。直方の町に行《ゆ》くと乾電池仕掛けの本式のインチキ骰子《さいころ》まで売つてゐるといふ話であるが、吾輩は無論そんな事は知らなかつたらしい。夕方になつて眼を醒《さ》ましてみると、両親はモウ湯に這入《はひ》つて、飯を済ましたらしく、二人とも一パイ祝杯をあげたらしい上機嫌で、木賃宿に似合はない赤い、大きなツギハギだらけの座蒲団を借りて来て、吾輩の枕元に置いてパチリ〳〵と花を引いて居《ゐ》た。ところが、そのうちに男親は最早《もう》当座のお小遣ひを綺麗にハタカせられてしまつた上に若干《いくらか》の借りまで出来たらしく、スツカリ元気を無くしてしまつた。さうして如何《いか》にも詰まらなささうにモウ二三回くり返してゐたが、そのうちに
「モウアカン」

と札《ふだ》を投げ出して止《や》めにかゝつた。今までは負ければ負ける程カン〳〵になる男親だつたのにコンナ事は全く珍らしかつた。

しかし女親は、まだ男親が昨夜《さくや》の稼ぎでタンマリ金を残し

てゐるのを睨《にら》んで居《ゐ》るらしくナカ〳〵素直に手を引かなかつた。

「モウ止《や》めるのけエ、まだ宵の口でねえけえ。せめて今日《けふ》の借り貫だけでも返して退《の》かんけえ」

とニヤ〳〵笑ひながらボツ〳〵札《ふだ》を切り出した。

ところが此《こ》の時の男親は多少いつもと違つてゐた。それとも昨日《きのふ》の出来事で心気一転させられたものか女親の云つた事がドウヤラ虫に障つたらしく、後手《うしろで》を突いて反り返りながら、イクラか投げ遣り気味で皮肉らしい事を云つた。

「イヤ。もうアカン。あんたと花はモウ引かん」

「何《なん》でや」

と女親も多少聞き棄《ず》てにならんといふ気味合ひで座り直した。

「何《なん》でやちうて訳はあらへんけど、花ではトテモ敵《かな》はんよつて……」

「どうして敵はんチ事わかるけえ」

といよ〳〵聞き棄てにならんと云ふ格好で威丈高になつた。さう云ふ男の表情が、黒アバタで見当が付かない為に、自分のインチキを疑はれたのぢやないかと疑つたものらしい。

起き上るとすぐに横の窓から遠賀川《をんがかは》の流れを眺めてゐた吾輩も、何時《いつ》の間《ま》にか振り返つて耳を澄ましてゐた。

四十四

しかし女親が気色《けしき》ばんで来るに連れて、男親は正反対に冷静になつて行つた。うしろ手を支《つ》いたまゝ白い歯を見せてアハ〳〵〳〵と笑ひ出した。男親がコンナ風に男らしい笑ひ声を立てたのは吾輩も初めて聞いたのであつた。

「何《なん》で笑ふのケエ。妾《わて》から負けるのが何《なん》で可笑《をか》しいケエ」

と女親はイヨ〳〵気色ばんで赤い座蒲団を引き退《しりぞ》けた。

「アハ〳〵〳〵」

と男親はやはり恐れ気もなく笑ひ続けた。

「モウ八年も負け続けとるやないか。どないな人間でも大概飽きるがな」

さういふ男親の眼には薄い涙が鈍染《にじ》んで見えた。吾輩にはさうした男親の気持ちがよくわかつた様に思へた。

しかし芸術家肌でない、我利々々《がりがり》一点張りの女親には、さう云ふ相手の気持ちがサツパリわからないらしかつた。聊《いささ》か面喰《めんくら》つた形で小さな金壺眼《かなつぼまなこ》をパチ〳〵させたが、それでも自分のインチキ手段がバレたのでは無い事がわかつたのでいくらか安心したらしく、小さなタメ息を一つした。さうして逆襲的な冷笑をニヤリと浮かべて見せた。

「フーン。そんならもうワテエと花引かん云ふのけえ」

と云ひ〳〵又も名残り惜しさうに花札をチヨキ〳〵切り初

めた。

　男親は相手の顔を見ない様に眼を閉ぢて云つた。悄然《ぼんやり》とした口調で……

「……アイサ、ワテエはこれからワテエ独りで稼ぐがな」

「ナニイ」

　と女親は又も気色《けしき》ばんだ。切りかけた花札を左手にシツカリと握り込みながら片膝を立てた。

「何《なに》を吐《ぬ》かし腐るのケエ。芸シヤウモ無い癖に……」

　いつもなら斯様《かう》した女親の態度を見る迄もなく、男親は一ペンに縮み上るのであつたが、けふは不思議に縮み上らなかつた。スツカリ諦め付けてゐるらしく、依然としてうしろ手を文《つ》いたまゝ眼を閉ぢて居《ゐ》た。

「あんたは花の方が上手やから毎日花で稼ぎなはれ。ワテエは毎日自分で稼ぐがな。彼《あ》の児《こ》と一所に……、そんでえやろが……」

　さう云ふうちに男親はチヨツト眼をあけて吾輩の方を見た。吾輩も飛び上る程うれし喜んで、承諾の意味をうなづいて見せようとしたが間《ま》に合はなかつた。

　スパーン……。

　と云ふ大きな音《おと》がしてビツクリする間《ま》もなく、男親が畳の上に引つくり返るのを見た。女親が腕まくりをして、横たふしになつたまゝの男親の目面《めつら》へ、花札をタヽキ付けるのを見た。花札がバラ〳〵になつて、そこいら中に散らかるのを見た。こんな活劇を見るのも吾輩初めてゞあつた。

「……コ……コン外道《げだう》サレエ。恩知らず。義理知らずの、黒ジヤンコ……えゝツ……」

　と云ひさして女親は云ひ詰つた。あんまり逆上して口が叶《かな》はなくなつたらしい。

「……エヽツ……ココ……コンけだもの。・・・・片輪《かたわ》ヅラ……ダ誰のお蔭でその着物着た。誰のお蔭で飯喰《まま く》ふて来た……ソ……そんでもウチを邪魔んすんのケエ。三味線要《い》らんチウのけえ。エヽツ……ココ此《こ》の……」

　そのあとの言葉を何《なん》と続けていゝか考へる間《ま》もなく女親は、男親の横《よこ》ツ面《つら》へポコーンと一ツ拳固《げんこ》を喰《く》らはせた。男親は両手で顔を抱へたその指の間《あひだ》から涙がポロ〳〵と流れ落ちた。

　それを見ると女親はイヨ〳〵猛《たけ》り立つた。

「出て行《ゆ》くなら出て行《ゆ》き腐れ。ゴク潰《つぶ》しの餓鬼《がき》サレも連れて退《の》け。ケンド其《そ》の前に今までの借り貫払ふて行《ゆ》きクサれ。二百七十二円とけふの三円十五銭片付けてウセクサレ。……ダ……黙つとるチウたら付け上り腐る。コン外道〳〵〳〵〳〵〳〵」

四十五

　女親のヒステリー弁が非常な勢ひで速力化《スピードアツプ》し初めた同時に男親の頭の左右から雨霰《あめあられ》と握り拳《こぶし》が乱下し初めたのを、男親は両手で防ぎ止《と》めようとしたが、拳固《げんこ》の当つた処をあとから〳〵押へて行《い》くので何《なん》の役にも立たなかつた。

　吾輩は見るに見兼ねて、止《と》めに這入《はひ》りかけた。むろん張り飛ばされる覚悟で、せめて女親の向ふ脛《ずね》に喰《く》ひ付くか何《どう》かしたら、驚いて止《や》めるだらう。あとはどうなつても構はないと云ふ様な吾輩一流の無鉄砲な考へで窓から離れて、犬も喰《く》はないマン中へ走り込みかけたが、此《こ》の時遅く彼《か》の時早く、大急ぎで二階段を駈け上《あが》つて来て、二人の間《あひだ》に割り込んだ者があつた。

　それは此《こ》の木賃宿の亭主で、恐ろしく背の高い、馬鹿みたいな顔をした大入道であつた。

「……ま……ま……待ちなさつせえ。其様《そん》な非道《ひど》い事さつしやつたて話はわからん。ま……まあ待ちなさつせちうたら……」

　木賃宿の亭主はピカ〳〵光る坊主頭を振り立て〳〵両親の喧嘩を止《と》めた。その亭主の頭のマン中に一升徳利の栓ぐらゐの円い瘤《こぶ》があるのが吾輩の眼に付いたが、これは矢張《やは》り何処《どこ》かで喧嘩を止《と》めた際に出来たものに違ひないと、咄嗟《とつさ》の間《あひだ》に吾輩は考へた。

　ヒステリーを起した女親は、止《と》められると尚の事、猛《たけ》り立つて阿修羅の様に男親をタヽキ付け様としたが忽《たちま》ちのうちに息が切れて、口が利けなくなつて来た、矢張り心臓が弱いせゐであつたらう。腕力も男親よりは確かに強かつたに違ひ無いが、しかし六尺豊かの大男には敵ふ筈《はず》が無かつた。間《ま》も無く両腕を掴まれて、花札の上に尻餅を突かせられると、今度は袂《たもと》を顔に当て、メソ〳〵と泣き出したので、やつとの事で女らしい恰好になつた。

　その女親と、うつ伏せにヘタバツて伸ばされてしまつてゐる男親との間《あひだ》にかしこまつたツンツルテンの浴衣《ゆかた》がけの亭主は、ツル〳〵頭の瘤のまはりを撫で〳〵顔を長くした。

「いつたい是《これ》は何様《どう》した訳で御座すかいナ。南風《はえ》になりましたけんで彼《あ》の窓をば閉《せ》かうと思ふて上《あが》りかけた処へ此《こ》の様な……」

　と云ひかけて後《あと》は云ひ得ずにモウ一度瘤のまはりを撫でまはした。

　女親は袖を顔に当てたまゝ何事《なにごと》か弁じ出した。しかし非常な早口で、いつもとまるで違つた、泣く様な、訴へる様なヒステリー声を続け遣りにまくし立てるので、女親の言葉癖を聞き慣れてゐた吾輩も、よく聞き取れなかつた。

　けれどもツル〳〵頭の亭主は頭のマン中に瘤があるだけに女親のヒステリー語がよく解つたらしく、聞いてゐるうちに長い顔を一層長くしたのは奇観であつた。

「……ハハアーア……。それはまあ御尤《ごもつと》も千万な事で、折角今日《こんにち》まで仲よく暮して御座つたのに、お気の毒な事で御座います。……しかし何《なん》で御座います。モトはと申しまつすると、やつぱり貴方《あなた》がたお二人のお手慰さみからで御座いませう。

エヘツ。左様《さやう》で御座いませうがな……」

　女親は泣き声をやめてうなづいた。男親も伸びたまゝ耳を傾けて居《ゐ》るらしい。吾輩も子供心に、此《こ》の爺《とつ》さんがどんなロヂツクを持ち出して裁判をするだらうと耳を澄ました。禿頭《はげあたま》のまん中の瘤がピカ〳〵と光つた。

「それで何様《どう》で御座いませうか。今度は此《こ》のおやぢも仲間に入れて貰ふて、オン仲直りに機嫌よう一年引かうでは御座いませんか。幸ひけふは雨風もやうで巡査は廻つて来ん事が、チヤントわかつて居《を》りまするし、ほかに相客も御座いませんけんで、私も所在無いところで……アツハハ……へへへ………」

　此《こ》のロジツクは子供の吾輩にはわからなかつたが、賭博《とばく》好きの両親にはわかつたらしい。殊に此《こ》のおやぢが一端《いつぱし》の利いた兄哥《あにい》なら兎《と》も角《かく》、何様《どう》やら人の良《い》い愛嬌ものらしいので、大した相手では無いとタカを括《くく》つたのであらう。女親がシヤクリ上げ〳〵散らばつた札《ふだ》を拾ひ集めて切り直すと、男親も直ぐに起直つて頭を撫で〳〵座蒲団の位置を直した。バクチにかけると両親ともコンナ風に実に子供じみた朗らかな現金さを見せるのであつた。

　此《こ》の様子を見た瘤《こぶ》のおやぢは、何《なん》やら思ひ出した様にニヤリと笑ふと、チヤント其《そ》の積りで上《あが》つて来たものらしく、懐《くわい》中《ちう》から新しい金色《きんいろ》の帯封のかゝつた赤裏の札《ふだ》を二組出して座蒲団のまん中に置いた。

「ちやうど新しいとが二《ふた》アツ御座いましたけんで、これでお願ひしまつせう。初めで御座いますけんで……エへへ……」

四十六

　新しい二組の花札を見ると女親は不承無精に黒い札を引つこめた。さうして其《そ》の帯封のまはりをクルリと見まはしながら、指の腹でブツリと切つて、バラ〳〵にして掻きまはしながら、瘤おやぢと役の打ち合せを始めた。

　それから始まつたスポーツは後《あと》で考へるとハチ〳〵と云ふ奴であつたが、女親の札捌《ふださば》きが、今までにも増して勇壮活潑なのに反して、おやぢの手附きは世にも無器用を極めたものであつた。銭《ぜに》の代りに勘定するコマを間違へたり、最初に打ち合はせた花札の役を、途中で忘れて問ひ直したり、一度々々に取り落しさうな恰好で札を出したりしてゐるうちに、一勝敗毎《ひとしようぶごと》に大きく負けて行つた。

　此《こ》の様子を見ると、女親はイヨ〳〵調子に乗つて来たらしい。獅子鼻の頭に汗を掻き〳〵、櫛巻の頭に向ふ鉢巻をして、エンヤツとばかり片肌脱ぎになつた。男親は又男親で、心持ち青い顔になつて痩せ枯れた両腕を肩までマクリ上げて、オヅ〳〵と札を投げ出してくのであつたが、これは無理も無い話であつた。男親は今までに無く勝ち続けてゐて、半年（六回）くり返すか返さないうちに、ほかの二人のコマの半分以上を取り上げてゐるのであつた。

しかし是《これ》はハタから見てゐる吾輩に取つては、不思議でも何《なん》でも無かつた。女親が腕に撚《よ》りをかけて、インチキ手段のあらん限りを使ひまはしながら男親が勝つ様に〳〵と仕向けてゐるのだから、さうなるのは当り前であつた。殊《こと》に一枚々々めくられて行《ゆ》く場札のウラの特徴をチラ〳〵する窓明りに透かしながら、一枚残らず記憶《おぼ》えて遣らうと思つて、一生懸命になつてゐる吾輩の眼で見ると、三人が手札を起さない前から、札のウラをツラリと見まはした丈けで、三人の手役があらかた解つてしまつてゐた。今度の場がどうなるかと云ふ事が、最初から見当が付いて居《ゐ》たのだから詰まらない事夥《おびただ》しかつた。間《ま》もなく退屈してしまつたので、小さな欠伸《あくび》をしながらポツリ〳〵降り込んで来る南側の窓を閉めるべく立ち上つて行つた。それを見ると、又も負けてゐる瘤《こぶ》おやぢが瘤のまはりをツルリと撫でながら
「コレハどうも……済みまつせん。お悧口さん〳〵。あとでお菓子を上げますよ……アツハハ……」

と愛想笑ひをした。バクチを打つ人間はみんな向ふ鉢巻で血相をかへてゐるものだと思つてゐた吾輩は、聊《いささ》か変な気がしたので、さう云ふおやぢの顔を振り返り〳〵小さな雨戸を閉めた。

そのうちに日がトツプリと暮てしまふとおやぢはバクチを中止してラムプを点《つ》けに降りて行つた。両親も立ち上つて二階の雨戸を閉めまはつたが、その序《ついで》に二人が顔を見合はせてペロリと舌を出し合つてゐるのが、外の夕明りで影人形のやうに見えた。

瘤親仁《おやぢ》は又瘤親仁で、下の戸締りをゴト〳〵やつて、吊りラムプを点《つ》けて上《あが》つて来ると、吾輩を見て又お愛想を云つた。

「サア嬢ちやん、下に御飯《ごぜん》の仕度がしてあるけに喰べて来なさい。ぬるいお茶もかゝつとる。お菓子もチツトばかりお膳の横に置いといたげにな」

吾輩は案外に親切な親仁の言葉に面喰《めんくら》ひながら両親の顔を見たが、勝ち続けてゐる女親は無論上機嫌で、畳の上に手を突いてペコ〳〵と顔を下げた。

「ホンニなあ。済んまつせん。……コオレ。お礼云はんかチタラ」

吾輩は依然として面喰《めんくら》ひながら畳の上に両手を突いた。お合羽《かつぱ》さんを畳の上に擦《す》り付けながら
「オワリがトウ、ゴザイマス」

といつもの伝でやつゝけると瘤おやぢが又も瘤のまはりを撫で〳〵感心した。

「ウ――ム。感心なあ。まあ、あんた方の平素《ひごろ》のお仕込みがえゝけんで……行儀のえゝ事なあ……アツハハ……」

と笑つた。それが可笑《をか》しかつたと見えて男親が、女親のお尻《しり》の処に顔を持つて行つて声を忍んで笑ふのを、女親がお尻《しり》でグイと押し除《の》けて「笑つてはいけない」と警告したが、そ

れと一所に二人とも噴飯《ふきだ》してしまつたので折角の警告が何《なに》もならなくなつた。

　その笑ひ声を聞きながら吾輩は大急ぎに階段を駈け下りて行つた。

四十七

　階段を降りてみると、鼠の音一つ聞えないいくら暗《やみ》のまん中に、小さなカンテラの光りが赤黒くチラ〳〵と揺れて、粗末なお膳と、飯櫃《めしびつ》を照し出してゐた。

　吾輩の記憶に残つてゐる木賃宿の亭主といふものは大抵男に限つてゐた。しかも独身の老人が割り合ひに多かつた様に思ふが、此家《ここ》の主人も左様《さう》らしかつた。吾輩は、その亭主の手料理らしい茄子《なす》の味噌汁と、カマボコと、葱《ねぎ》の煮付けを、タツタ一人でガツ〳〵喰《く》ひ始めたが、そのうちに、だん〳〵嵐が非道《ひど》くなつて来て、家中《うちぢう》がメキ〳〵鳴り出したのには驚いた。二階の両親が花札に勝つてゐるらしいので、此上《このうへ》も無い幸福感に浸りながら唐米飯《たうまいめし》を顔中にブチマケてゐた吾輩も、時々箸を止《と》めて其処《そこ》いらを見まはしたくらゐ大きな音響が、家《いへ》のまはりを取り捲き始めた。棚の空鑵《あきくわん》が転がり落ちたり、入口の突《つッ》かひ棒が外れ落ちたりし始めたのであつたが、しかし吾輩はそのたんびに、直ぐ眼の前に黒光りしてゐる、巨大な大黒柱を見い〳〵、安心して尻《しり》を据ゑ直したものであつた。

　吾輩はかうして、いつもよりも何層倍か時間をかけて飯を仕舞《しま》つて、大黒柱のつけ根に在る火鉢の上の、生温《なまぬる》い渋茶をガブ〳〵と飲んだ。それから膳の横に置いてあつた小さな菓子の包みを取つて立ち上らうとすると、ちやうど其《そ》の時《とき》に床《ゆか》の下から吹き込んで来た一カタマリの風の為めにカンテラの火がフツと消えたので、仕方なしに手探りで菓子の包みを取り上げたが、中に包んであつた鉄砲玉が、雨風模様のお天気でスツカリ湿気《しつけ》て居《ゐ》たらしく、握り締めて立ち上る拍子に紙が破れて、中味がスツカリ脱け落ちてしまつた。

　吾輩はその鉄砲玉が、真暗闇《まつくらやみ》の畳の上を遠くの方へ逃げて行《い》く音《おと》を聞きながら、ドウしようかと思つた。とりあへず人生の無常を感じさせられた訳であつたが、すぐに又気を取り直して、真暗な畳の上を這ひまはつて、逃げた鉄砲玉を探りはじめた。

　ところで経験のある人間は知つてゐるであらうが、真暗闇の中で鉄砲玉を探してゐると、可なり情ない心理状態になるものである。闇夜に鉄砲といふのは此《こ》の事ぢや無いか知らんと思はれる位で、チヨイト指が触つただけで折角探り当《あて》た鉄砲玉が何処《どこ》へ消えたか解らなくなるのだから焦燥《いらだ》たしい事おびたゞしい。況《いは》んや其《そ》の探す相手の鉄砲玉が、吾輩の大好物の黒砂糖製で、闇の中に漂ふ甘つたるい匂ひを嗅いだだけでも、夢の様な陶酔を感ずるに於てをやである。

　だから吾輩は一生懸命になつて顔から滴り落つる汗を嘗《な》め

〱くら暗《やみ》の中を這ひずりまはつた。さうしてヤツトの事で五個《いつつ》ほど探し出したが、あとにまだ一つか二つ残つてゐる様な気がしたので、モウ一度広い範囲に亘つて大捜索をこゝろみる可《べ》く決心しながら、とりあへず五個《いつつ》だけを手探りで膳の上に置いて、其《そ》の膳のまはりを中心にしてだん〱遠くの方へ這ひ出して行《ゆ》きかけると、遠いと思つた大黒柱が案外近くに在つてゴツンとおでこを打《ぶ》つ付けた。それをヂツト我慢しながら、その大黒柱と火鉢の間《あひだ》に手を入れて掻きまはして居《ゐ》るうちに、大黒柱の附け根の処をチヨツト押へた様に思ふとパチリと妙な音《おと》がしたのでビツクリした。同時に何《なん》だらうと思つて手を出し探つてみると、柱の附け根の框《かまち》と境目の処にバネ仕掛の蓋が付いてゐて、そいつが押へられた拍子に開《ひら》いたものらしかつた。

其処《そこ》まで探り出すと吾輩はモウ二階のバクチも鉄砲玉の事も忘れる位《ぐらゐ》、好奇心に満たされてしまつた。とりあへず傍《そば》の火鉢のまはりを撫でまはして、タツタ一つ付いてゐた抽出《ひきだし》の中から附け木（薄い木の端《はし》に硫黄《いわう》を塗つたもの）を一枚探り出して、火鉢に残つてゐた蛍の様な火をカンテラに移してみると、そのバネ仕掛けの蓋の内側は小さな四角い穴になつてゐて、中には白い、滑めらかな、ピカ〱光る骰子《さいころ》が二個這《ふたつは》入《ひ》つてゐた。

吾輩の好奇心はイヨ〱高まつた。

四十八

大黒柱のつけ根の隠し蓋の中に骰子《さいころ》が二個這《ふたつは》入《ひ》つてゐる……と云へば其《そ》の家《いへ》の主人公がドンナ人物であるかは大抵想像が付くであらう。

ところが小供の悲しさには、そんな事を吾輩はミヂンも気付かなかつた。たゞ云ひ知れぬ好奇心に囚はれながら、その骰子《さいころ》を取り上げて、見様《みやう》見真似で畳の上をコロ〱転がしてゐるうちに、生得敏感な吾輩の指先は次第〱にその二個《ふたつ》の象牙の中に隠されてゐる秘密を感じ初めた。指の間《あひだ》をコロ〱と転がして振り出す準備をしてゐるうちに、二個《ふたつ》の骰子《さいころ》が互ひ違ひに重くなつたり、軽くなつたりするのをハツキリと感じて来た。

吾輩の好奇心はイヨ〱高まるばかりであつた。鉄砲玉の甘味《あまみ》でベタ〱する両手と骰子《さいころ》を、框《かまち》に掛けてあつた濡れ雑巾で念入りに拭ひ上げて、着物の端《はし》で揉み乾かしてから、モウ一度一心籠めて振り直して見ると間《ま》もなく真相が判《わ》かつて来た。

その骰子《さいころ》は二つとも一と五と三の間《あひだ》の突《と》んがつた処に、何《なに》かしら重みが仕込んであつた。さうして振り出す時の持ち方と、指の曲げ加減一つで、思ふ通りの目が出て来るのであつた。

これは最も熟練した賭博《ばくち》打ちの使用するもので、三の目の端《はし》の一粒から穴を明けて黄金《きん》か鉛《なまり》の小粒《こつぶ》を入れる。それから同じ三の目のまん中を利用して骰子《さいころ》の中心を空虚《うつろ》にしたものであるが、表面から見た処では象牙の目がキレイに揃つてゐるのだから、ナカ〱細工がわからないものだと『袁玄道夜《えんげんだうや》話《わ》』に書いてあるのを後《のち》に発見して、成る程と感心したが、其《そ》の時は無論、そんな秘密を知つてゐる筈《はず》が無かつた。これ以て生れて初めての事だつたものだから、骰子《さいころ》と云ふものはみんなコンナ物かと思ひ込んでしまつた。さうして成る程これなら花札よりも骰子《さいころ》の方が勝負が早い。こんな風にサイコロの一つ〱の癖を発見すればドンナ目でも自由自在に出るのだから、丁《てう》でも半《はん》でも百発百中するにきまつてゐる……としきりに感心しながら、熱心にコロ〱やつてゐるうちに、二階で……アツハツハ……と禿頭《はげあたま》のおやぢの笑ひ声がしたので、吾輩はハツとした。大急ぎで骰子《さいころ》を元の穴に入れた。さうして慌てゝ蓋を閉めてしまふと、やつと鉄砲玉の事を思ひ出したので、膳の上の五ツを左手に攫んで、あとから見付けた一個《ひとつ》を口の中に入れながら、カンテラを吹き消すと、一層烈しくなつた嵐の音《おと》を聞き〱、階子段《はしご》を二階に上《のぼ》つて来た。

見ると二階には、そんなに蚊も居《ゐ》ないのに大きな蚊屋《かや》が室《へや》一パイに釣つてあつて、其《そ》の片隅に吾輩の床《とこ》が取つてある。その反対側の蚊屋の外に釣るしてある煤《すす》けたランプの前に三人が座布団を取り囲んで、最前の通りに八八を続けてゐるのであつたが、蚊屋をまくつて中に這入《はひ》つて見るとすぐに、最前とは形勢がスツカリ一変してゐるのに気が付いた。

肩肌脱ぎで鼻の頭に汗をかいてゐた女親はいつの間《ま》にかスツポリと肌を入れてゐる上に、眼の球ばかり釣り上げた血の気の無い顔一面に髪をバラ〱と垂らしかけてゐる。無論唇をキリ〱と噛んでゐるので口を利く余裕なぞ無いらしい。その向ひに座つた男親は女みたいに抜き衣紋《えもん》をして正座してゐるが如何《いか》にも力無ささうに、痩せ枯れた手で手札をいぢりまはしてゐる。バクチを打つ幽霊のうしろ姿を見る様だ。

その中《うち》にタツタ一人異彩を放つてゐるのは瘤頭《こぶあたま》のおやぢであつた。只《ただ》さへ大きな身体《からだ》を威丈高に安座《あぐら》を搔いて、瘤を中心にした禿頭《はげあたま》に古ぼけた茶色の手拭を向ふ鉢巻にしてゐたが、ランプを真正面《ましやうめん》にした赤光りする顔を、いよ〱上機嫌らしく長くして、色々な文句を云ひ〱場札《ばふだ》を浚《さら》ひ上げてゐた。

その文句は初め何《なん》の事だか解らなかつたが、あんまり何度も〱繰返して云ふのでツイ記憶《おぼ》え込ませられてしまつた。

「アツハハ……青タンかけが残念か……」

「……坊主……」

と男親が気抜けした様に札《ふだ》を投げた。

「……アツハハ……松桐《まつきり》坊主が寺持《もち》だすと御座るかな……」

「メクツタツ……」

と女親が突然に一枚タタキ付けながら、カスレた様な声を立てたが、勢《いきほひ》よく次の札《ふだ》をめくると、又もキリ〱と眉を釣り上げて唇を噛んだ。

「アッハハ……坊主取られた六角堂……と……頂戴仕《つかまつ》つて置いて……と……ソーラ。キリトリ御免の、四揃《よんぞろ》バッサリと御座つた。雨は待たん方が利口でガンセウ。其方《そなた》の方に降りさうぢやから……アッハハ……」

女親はオヤヂがこんな文句を云ふたんびに、イヨ〳〵眼を釣り上げて唇を噛んだ。

男親も其《そ》のたんびに坐り直しては固くなり、固くなつては坐り直した。

四十九

吾輩はコンナ風にして花札に負けかけてゐる両親を横目に見ながら、サッサト寝床の中にモグリ込んで行つた。

云ふ迄もなく吾輩は、吾輩の女親がイツカドの瞞着屋《インチキや》である事を知り過ぎるくらゐ知つてゐた。だから其《そ》の女親と男親を束にしてタヽキ付けて行《ゆ》く瘤親爺《こぶおやぢ》が生やさしい腕前の持主であり得ないであらう事は、子供心にもチヤント察してゐた訳であるが、しかし夫《そ》れだからと云つて、さほど大した腕前とは無論、最初から思つてゐなかつた。又やつてゐるバクチも今迄、両親が水入らずでやつて来た小さなもので、タカダカ五円か三円ぐらゐの取引で済むものと思つてゐたので、却つて腕自慢の女親がタヽキ付けられてゐるのが面白いなあ……ぐらゐに考へて、見向きもせずに寝床に潜《もぐ》つた訳であつた。

ところが平常《いつも》の吾輩ならば、既に十二分に満腹してゐる上に、大好物の鉄砲玉にまで有り付いて居《ゐ》るのだから枕に頭をクツ付けると間《ま》もなく、無上の満足と安心の裡《うち》にグー〳〵と睡《ね》むり込む筈《はず》であつたが、今夜はナカ〳〵左様《さう》行《ゆ》かなかつた。昨夜《ゆふべ》博多から、遠賀川《をんががは》の川舟の中までズーツと睡《ねむ》り通して来たせゐか、それとも吾輩の子供らしい、純な第六感が、此時《このとき》既に大変な事が起りかけてゐたのを感じてゐたものか、何遍も寝返りを打つて眼が冴えて来て仕様が無かつた。

そこで吾輩は今一つ新しい黒砂糖の鉄砲玉を口の中に投《はふ》り込みながらクルリと寝返りを打つた。さうして腹ばひになつたまゝ両親と瘤おやぢの花の打ち方をベースボールでも眺める様な気もちで見物してゐると、果《はた》せる哉《かな》そのうちに大変な事を発見した。瘤親爺のインチキ手段が如何《いか》に玄怪《グロテスク》なスバラシイものがあるかを発見して、吾《われ》を忘れて見惚《みと》れさせられたのであつた。

その時に吾輩が発見した瘤親爺のインチキ手段は、あまり詳しい事を話すと、悪い奴に利用される恐れがあるから大略して話さうと思ふくらゐ素敵なものであるが、しかし、その発見の緒《いとぐち》は極めて些細な事からであつた。

……と云ふのは外《ほか》でもない。

最初この木賃宿の亭主の瘤おやぢが、吾輩の両親と三人で赤い座蒲団を囲んで車座になつた時に、自分の方から新しい赤裏の札《ふだ》を二組提供して、吾輩の両親が使ひ古した黒札を引つこめさした事は、前に話した通りである。これは今から考へると、亭主の瘤おやぢが何時《いつ》の間《ま》にか両親の花札の打ち方を透き見して、女親が一廉《ひとかど》のインチキ師である事を看破してゐたので、その女親のインチキ手段を封ずる為に、目印だらけの古札を引つ込めさしたものに相違なかつた。さうして其《そ》の代りに新しい赤札を投げ出した訳であるが、これはホンタウに新しい二組で、最初から目印も何《なに》も付いてゐない物と思つて吾輩は見物してゐたのであつた。

ところがチヤウド、吾輩の寝てゐる処は、蚊帳《かちやう》越しのラムプを背景にした、女親の真正面に当つてゐて、その右手に男親が小さくなつて坐つてゐるし、左手には瘤親爺が、魏々《ぎぎ》堂々《だうだう》と高座《あぐら》を掻いてゐる。だから女親の左の肩越しに来るラムプの光りは、座蒲団の上に散らばつた花札を横すぢかひ照してゐる訳で、花札の裏の凸凹《でこぼこ》やザラ〳〵が、一々極端にハツキリと照し出されてゐる。それを見てゐるうちに、手札や場札《ばふだ》の配合がザラリと判つてしまふのはむろんの事であつた。

ところで、それはまあ宜《い》いとして、こゝに一つ不思議な事には、そんな風にして吾輩が、目印の無い札の裏面《うら》の特徴を発見して、表面《おもて》の絵模様に考へ中《あ》てるのを楽みにしながら勝負の経過を見物してゐるうちに、最初から人間の手の痕跡《あと》がチツトモ付いて居《ゐ》なかつた筈《はず》の新しい札の赤裏の一隅《いちぐう》に、チヨツト蟹が挟んだ位の一点の凹《へこ》みが付いてゐるのが幾つも〳〵出て来るのを吾輩は見のがす事が出来なかつた。しかも其《そ》の小さな凹《へこ》みは青タンだの、五光だの云ふ重要な役札に限つて二ツも三ツも附いてゐる様で、点の無い所謂《いはゆる》ガラ札には付いてゐないのが多い。のみならず其《そ》の目印を、誰が、何時《いつ》何様《どう》して、何《なん》の為めに付けたものなのかサツパリわからないのであつた。

そこで吾輩はチヨツト変に思ひながら、なほも垢臭《あかくさ》い夜着《よぎ》の中から眼を光らして覗いてゐると、そのうちに勝敗がだん〳〵と重なつて、両親がイヨ〳〵負けて来るに連れて、その片隅の小さな疵《きず》が、今まで付いてゐなかつた札にもチヨイ〳〵と現はれて来る。しかも誰が、どうして付けて行《ゆ》くのかと云ふ事は、依然として判明しないのだから、サア吾輩は不思議でたまらなくなつた。

五十

吾輩は半分ぐらゐになりかけた黒砂糖の鉄砲玉をグツと丸呑みにして、あとに残つた甘い〳〵汁を飲み〳〵、一心不乱に瘤親爺《こぶおやぢ》の札の動きを凝視し初めた。瘤おやぢのインチキ手段らしい花札の裏の疵痕《きずあと》の曰く因縁を探偵し初めた。

すると其《そ》のうちに又も新しい事実を一つ発見したのであつた。……と云ふのは、ほかでもない。

瘤おやぢが投げ出す札の一枚々々をラムプの逆光線に透かして見てゐると、その中《うち》に時々息を吐きかけた様に曇つてゐるのが出て来る。しかも其《そ》の曇りは、横から透かして見てゐるうちにスーツと消えてしまふので真正面から見たつて到底わかりつこない。まして況《いはん》や負け通しでカン〳〵になつてゐる吾輩の両親の眼には絶対に止《と》まる気づかひが無いであらうホンの一時的の現象に過ぎなかつた。……のみならず、その曇つた札が瘤おやぢの手から投出されるたんびによく気を付けてみると、その札の片隅には必ず小さな凹《くぼ》んだ疵痕が一つ殖《ふ》えてゐるのであつた。

　この事実を発見した吾輩は、全身が眼の球になる程緊張させられた。一層深く夜着《よぎ》の中にモグリ込む恰好をしながら、息を凝らして瘤親爺の一挙一動を見上げ見下《みおろ》してゐるとは知るや知らずや、瘤親爺は最前から引続いて大《おほ》ニコ〳〵で、色々な文句を喋りながら目星《めぼし》い札を片ツ端から浚《さら》つてゐる。その口元を何気《なにげ》なく凝視してゐるうちにヤツト判然《わか》つた。此《こ》のオヤヂの驚くべきインチキ手段が次から次へと電光石火のやうに吾輩の眼に閃《ひらめ》き込んで来て、戦慄的な讃嘆の眼を睜《みは》らせたのであつた。こんな手にかゝつちや誰だつて敵《かな》ひつこないと、子供ながらに舌を捲かせられたのであつた。

　その瘤親爺のインチキ手段といふのは斯様《かう》であつた。

　瘤親爺は何《なに》しろ六尺豊かの大男で、顔が馬みたいに長いのだから口の幅も、それに相応して偉大なものがある。握り拳の二ツ位、束にして這入《はひ》り相《さう》に見える。ところで其《そ》の口元をチツト見てゐると瘤おやぢは、時々指に唾液《つば》を付ける様な真似をしながら、眼にも止《と》まらぬ早業で、札を一枚口の中に投げ込んで糸切歯の処あたりでチヨツト啣《くは》へるのであつた。しかも便利な事には、親爺の口の中が又並外れて大きいらしく、チツトモ唾液《つば》がクツ付かないのみならず、その札を啣へ込んだまゝ、唇をすこし動かすだけで、色んな憎まれ口を含んだ洒落文句を云つたり、アツハヽと咽喉《のど》の奥で笑つたりする事が自由自在に出来るのであつた。

　吾輩は後《あと》になつて、西洋に腹話術といふものが在る事を聞き及んで、自身に研究してみた事がある。と云ふのは口をチツトも動かさないまんまに、呼吸と口腔《こうかう》の使ひ方で色々な声《こわ》色《いろ》を出すので、可なり六箇《むつか》しい要領のものである事を知つたが、瘤おやぢのインチキ手段は正《まさ》に此《こ》の腹話術を応用したものに相違なかつた。つまり札を口に啣へてゐることを相手に覚らせないやうに、わざと刺戟的な憎まれ口を利いて、相手の神経を見当違ひに突《と》んがらせるのが、此《こ》のインチキ手段の山である事が此頃《このごろ》になつてヤツトうなづかれたのであつたが、その時には、そんな細かい処までは気が付かなかつたにしても、その遣り方の巧妙さと、手際の鮮やかさには驚目駭心《きやうもくがいしん》せずには居《ゐ》られなかつたのであつた。

　おやぢは、かうして別に帯の間《あひだ》に挟んでゐるインチキ用の役札を、口に啣へてはスリかへて行《ゆ》く。又は自分の手札がどうにも細工の利かない程悪い時には、その中の一枚を素早く口の中に隠して、一枚配り足り無いと云つて、撒き直しを遣らせたりするのだから堪まらない。吾輩の女親が向ふ鉢巻をし直して、肌を脱ぎ直して、腕に捩《よ》りをかけ直しても追つ付かないのは当り前の事であつた。

　しかし吾輩は、かうして瘤親爺のインチキ手段をドン底まで看破して終ふと、急に睡《ね》むくなつて来た。それは恐らく何《なに》もかも解つたので安心したせゐであつたらう。そこでモウ一つの鉄砲玉を口に入れて仰向けに引つくり返ると、モゴリ〳〵と口を動かしながら眼を閉ぢた。さうして瘤おやぢが饒舌《しやべ》り立てる皮肉まじりの洒落文句をネンネコ歌みたいに聞きながら何時《いつ》の間《ま》にか睡《ねむ》つてしまつたらしい。

「梅は咲いたが桜はまだか……とお出《い》でなすつたナ……」

「一杯呑んで云ふ事を菊……と行《ゆ》きますかな……」

「果報寝て待て猪鹿蝶《ゐのしかてふ》……」

「飛んで逃げたかホト丶ギス……か……アツハハ……」

「雨ツ……メクツタツ……」

「ドツコイ……梅に鶯サカサマ事……とはドウヂヤイ……アハハハハ……青が腐りましつらう……アハハハハハ……」

五十一

それから何時間眠つたかわからないが、フト眼が醒《さ》めたま丶ウト〳〵してゐると、枕元で何《なに》か云ひ争つてゐるらしい大きな声が耳に這入《はひ》つて来た。そのお蔭でホンタウに眼が醒めてしまつたので、何事か知らんと思つて夜着《よぎ》の中から顔を出してみると、吾輩の両親と瘤《こぶ》おやぢが、折角仲よくやつてゐた賭博《ばくち》を中止して睨《ねら》み合ひながら、何《なに》かしら一生懸命に云ひ争つてゐる。しかも其《そ》の一生懸命になつてゐるのは女親の方で、瘤おやぢの方は真白《ましろ》な歯を出しながらニタリ〳〵と、女親を嘲弄するやうな調子で相手になつてゐる。その向ひ側に男親が一縮みになつて畏《かしこ》まつてゐる様である。それをチラリと見遣りながら瘤おやぢは咳払ひをした。

「……オホン〳〵……私の云ふ理屈はモウわかつとりまつせうがな……。あんた方は今まで負け続けて、借り貫ばつかりで来《き》とんなさる。それが引つくるめて百三十一円と五十五銭になつとります。それをば今更になつて払はれんと云はつしやつても……」

「それが最前から云ひよるやないか。ワテ達の身上《しんじやう》で、百円といふ金《かね》持つとるかどうか考へて見なはれ。そんな金持つとれあ非人しはせん。借り貫は勝負の目当につけたのんやから、払はんでもえ丶ものと思うて……」

「アツハハ……そげな無理な事云ふたとて通りまつせんが。第一ドコからドコまでがホンマの借り貫で、どこから先がウソの借り貫と云ふ事がハツキリせんのに……」

「ハツキリしとるやないか。最初から終ひまでタヾの借り貫やがな」

吾輩は女親の押しの太いのに驚いた。むろん子供の吾輩には百円の金のねうちが、どれ位のものかと云ふ事はテンデわからなかつたが、それにしても金を賭けてゐればこそ女親は、向ふ鉢巻で眼の色を変へてゐるものと最初から思つてゐたのに、今更それが嘘だつたと云ひ張る女親の面《つら》の皮の厚さには、子供ながらアキレ返らざるを得なかつた。けれども又、今から考へると、ソンナ無茶な事を、高が一介の女乞食《こじき》に云ひかけられながら、憤《おこ》りもドウもしなかつた瘤おやぢも只《ただ》の曲者《くせもの》で無かつた事がわかるだらう。

「アツハハ。そげな理屈はヨソでは何様《どう》か知りまつせんけんど、此処《ここ》いらでは通りまつせんばい」

「通らんチウたて理窟は理窟やないか」

「アツハハ。まあ聞かつしやれ。……こゝいらは知つて御座るか知らんがバクチ打ちの本場でな。私もイクラか人に知られたオヤヂで御座いますけんでアンタの様なを女《おなご》さんを相手に喧嘩しても詰まらんと思うて穏かに云ひよりますが……」

「女やかて、男やかて博奕《ばくち》の法は変らへんがな、金賭けるのやつたら金賭けると、何《なん》で最初から断《ことわ》らはんかいな、ワテエ嘘はヨウ云はんよつて……」

「アツハハハ。嘘はよう云はんはヨウ出ましたな。アツハツハツハ……」

「ワテエが何時《いつ》嘘云ふたかいな」

と女親は血相をかへて詰め寄つた。しかし瘤おやぢは物ともせずに高笑ひした。

「アツハハハハハハ。あんたはタツタ今、百円チユ金は持たんと云はつしやつたが、あれは私の聞き違ひで御座いましつらうか」

「…………」

女親はチヨツトひるむだらしい恰好で口籠《くちご》もつた。男親が県知事や警察署長や、大友親分の蟇口から掻《か》つ浚《さら》つて来た大《たい》金《きん》を持つてゐる事を感付かれたかと思つて、些《すく》なからずギヨツとしたらしく、片目をまん丸にして瘤おやぢの顔を凝視した。しかし間《ま》もなく絶対にソンナ事が解かる筈《はず》は無いと考へたかして、思ひ切つて強く云ひ放つた。

「……そんな金持つとらへん。持つとる筈《はず》が無いや無いか」

「アハハハハ。これは可笑《をか》しい。アハハハハハ……」

「何《なに》がソナイに可笑《をか》しいのや」

「持つて御座るか御座らんか、チヨツと貴女《あなた》の背後《うしろ》の風呂敷包みをば開《あ》けて見なされ」

「エツ……」

「すぐにわかる事ぢやがな」

「…………」

「アツハハハハハ。あんた方は人を盲目《めくら》とばし思うて御座るかな……」

五十二

　この瘤《こぶ》おやぢの一言《いちごん》には、流石《さすが》の女親もギヤフンと参ゐつたらしい。否《いな》、女親ばかりでない。よもや人は知るまいと思つて隠して来た大金《たいきん》の在り家《か》を図星に指されたので、二人とも仰天の余り中腰になりかけたまゝ、瘤おやぢの指した方向を振り返つた。

　するとその眼を丸くして口をポカンと開《ひら》いた二人の顔を、瘤おやぢはサモ〳〵愉快相に見比べながら、ドツカリと座り直した。白い馬見たいな歯を一パイに剝き出してニヤリ〳〵と笑ひながら、ツルリと撫でまはした顔を二人の前にさし付けた。

「エヘヘヘ……文句を云ひなさんなよ。他人《ひと》の懐中《ふところ》を見るのは私どもの商売ぢや。宿屋にしても博奕《ばくち》打ちにしても夫《そ》れが本職ぢや。アツハツハ此《こ》の人が手の切れる様な札《さつ》を二三十枚持つとるチウ位のことは、一眼《ひとめ》でわかりまつする。そればつかりか、その金が、こげな木賃宿に這入《はひ》り込む筈《はず》の無い、不思議な金チウ事も、あんた方が昼寝をして御座る間《ま》に、チヤント見て取つて居《を》りまつするぞ」

「…………」

「けんどなア。わしや、そげな金を只《ただ》貰はうとは云ひまつせんわい。事を分けて穏かに分けて貰はれはせんかと思ふたけんで、今までお相手して居《を》りました訳ぢや。あツハハ」

「…………」

「どうしたもんで御座つせうかいな。アツハハ……」

「…………」

「それでも無いと云はつしやるなら云はつしやるで、えゝがな。払はんと云はつしやるなら云はつしやるでもえゝ。左様《さう》云はれん様にする此処《ここ》いらの風がありますがな」

　かうした瘤親父の冗談まじりの威嚇は百二十パーセントに効を奏したらしい。吾輩の両親はもう真青になつてヘタバリ座つたまゝ顔を見合はせるばかりであつた。その前に瘤おやぢはモウ一膝進めながら眼を細くして咳払ひをした。

「エツヘツ〳〵〳〵〳〵。どげなもんで御座いまつせうかいな、……勝負は時の運と云ひまつする位ぢやけんな。あんた方お二《ふた》ア人《り》が負けさつしやつたのは気の毒ぢやけんど、よう考へて見さつしやれ。左様《さう》ぢや無い事がわかりまつせうが。あんた方二《ふた》ア人《り》が此《こ》の宿に泊まらつしやつたのはホンニイ運がよかつたのぢや。悪い宿に泊つて見なさつせえ。その金をば寝て御座る間《あひだ》に盗まれても、あんた方は警察い届《とどけ》る事が出来まつせんぢやろーが。アツハハ。勝負事で取られたものなら、楽《たのし》うだ丈《だ》けでも得だつせうが。アツハハ……」

「…………」

「それとも其《そ》の金が是非とも無うしてはならぬ大切な金で、私に払ふ事が出来んとなら、何《な》んとか外《ほか》に方法を立てさつしやるか……」

「ほかに……」

と女親は妙な顔をして顔を上げた。男親もあとから怪訝な眼付きで瘤おやぢの顔を見上げた。

「ほかに方法云ふなら……証文でも入れたらえゝかいな」

瘤おやぢはモウ一度ツルリと顔を撫でた。

「アツハツハツハツ。証文が何《なん》になりまつせうぞ。あんた方の様な旅の人から借銭《しやくせん》の証文貰ふたとて何時《いつ》払ふて貰はれるやら分かりまつせんがな」

「……そりやワテエかて、払ふ云ふたら違《ちが》はんと……」

「アハハハハ。あんたの其《そ》の口は信用しまつせう。口は信用しまつせうが、金の方が信用出来まつせんでなあ。人間とおんなじ様に金が信用出来たら、世の中に間違ひはありまつせん」

「…………」

「それぢやから私は長し短かしは云ひまつせん。何《なに》かお金の抵当になるものを置いて行《ゆ》きなされと云ふのぢやがナ」

吾輩の両親は又も顔を見合はせた。

「……お金の抵当云ふたら……」

「アハハハ。わかりまつせんかな。ハハハ。何《なん》でも無い事ぢや。金を払ふのがイヤなら、其処《そこ》に寝て御座る娘御さんを置いて行《ゆ》かつしやれと云ふのぢや。ハハハ。わかりましたかな……」

五十三

吾輩の両親はモウ一度眼を丸くして顔を見合はせた。バクチの抵当《かた》に娘を置いて行《ゆ》けと云ふのだから面喰《めんく》らつたに違ひ無いが、夜着《よぎ》の中で聞いてゐた本人の吾輩も眼を丸くせざるを得なかつた。何様《どう》してミンナ斯様《こん》な風に吾輩を欲しがるのだらうと思ふと、不思議で〱仕様がなかつたが、しかし其《そ》の次の瞬間には、たまらない程可笑《をか》しくなつて、何様《どう》も我慢が出来なくなつたので、吾《わ》れ知らず蒲団の中にアト退《しざ》りをしつゝモグリ込んだのであつた。此《こ》の瘤おやぢも矢張《やは》り吾輩を女の児《こ》と間違へて、芸者か何《なに》かに売る積りらしい事がわかつたので……。

尤《もつと》も今から考へると瘤おやぢの斯様《かう》した思ひ付きはナカ〱考へたものであつたらうと思ふ。第一脛《すね》に疵《きず》持つ両親に取つては、吾輩は目下の処、逃走の足手まとひになるばかりでなく、警官たちの捜索上について、何《なに》よりの眼じるしになる事は請合ひであつた。だから此《こ》の際両親は、金よりも吾輩の方がズツと諦らめよかつたに違ひ無いので、其処《そこ》を瘤おやぢは付け込んだものらしい。さうして取りあへず吾輩を両親から取り上げて置いて、その次に現金を捲き上げる算段に相違なかつたことが後《あと》でわかつた。

しかし、まだ子供の吾輩には、そんな処までは見透せなかつた。それよりも瘤おやぢが又しても吾輩を女の児《こ》と間違へて居《ゐ》るのが、可笑《をか》しくて〳〵たまらなかつたので、早く両親が承知をするといゝがなあ。瘤おやぢに高値《たか》い金で売り付けて呉《く》れると面白いがなあ。……左様《さう》して其《そ》のあとで瘤おやぢに、吾輩が男であることを解《わ》からせてビツクリさせたら、どんなにか愉快だらう。万一まかり間違つたつて芸者になる迄のことだ。世の中に芸者になるくらゐタヤスイ事は無いのだから……なぞと思ひ〳〵又も夜着《よぎ》の中からソツと片眼を出してみると、吾輩の両親も、吾輩を借銭《かり》の抵当にしろといふ瘤おやぢの提議には大賛成らしく、揉み手をしい〳〵、下に筆墨を取りに行つた瘤おやぢを待ち兼ねてゐる体《てい》であつた。尤《もつと》も男親の方はイクラか吾輩の事が気になるらしく、セムシ見たいに背中を丸くして俯伏《うつむ》いて考へ込んでゐるのを女親が色々と説き伏せてゐる。それを聞きながら男親もウン〳〵とうなづいてゐたが、そのうちに是《こ》れで虎口《ここう》を逃れる事が出来るといふ様な嬉しさで一パイになつてゐる態度がアリ〳〵と見えて来た。

すると間《ま》もなく瘤おやぢが階下《した》から大きな掛硯《かけすずり》と半紙を一枚持つて上《あが》つて来た。さうして吾輩の両親は無筆《むひつ》といふので、自分で証文の文句を書いて読んで聞かせた。

証　文

一、わたくし二人の養女チイ当年とつて七歳ことお前様の子供として引きわたし申候上《まうしさふらふうへ》は後日いかなるわけありとも文句申すまじくそのため証文如件《くだんのごとし》

「こんでよろしいな。そんならアンタ方の名前を書いて爪印《つめいん》捺《お》して下され」

両親は無言のまゝうなづいた。

吾輩はさうした光景を面白半分に夜着《よぎ》の中から見物してゐた。さうしてコミ上げて来るをかしさを一生懸命に我慢して居《ゐ》たのであつたが、そのうちに両親が爪印を捺すべく、半紙に書いた証文を引き寄せて、覗き込む処まで来ると、今度は急に心配になつて来た。

と云ふのは外《ほか》でも無い、その証文を覗き込んでゐる両親の頭を、上から見下ろしてゐる瘤おやぢの顔が、見る〳〵悪魔のやうな気味の悪い顔に変つて来たからであつた。それは瘤おやぢが誰も見てゐないと思つて本性をあらはしたものであつたらう。何《なん》だか知らないが両親に対して非常な悪巧みを持つてゐるに違ひ無いことが一眼《ひとめ》でわかる顔付きになつた。今までの柔和な、お人好しらしい人相に引き換へて、血も涙も無い青鬼みたいな冷たい、意地の悪い表情に変ると、両親を取つて喰ふかの様に眼を光らしてニタ〳〵と笑つた。その形相があんまり恐ろしかつたので、これは此《こ》の証文に爪印を捺すと同時に両親はともかく吾輩が退《の》つ引《ぴ》きならぬ破目に陥るのぢや無いかと云ふ様な気がし初めたので、吾輩は思はず夜《よ》着《ぎ》の中から叫び出した。

「ワテエ。嫌《いや》や……」

さう叫ぶと同時に夜着《よぎ》の中から飛び出して、座蒲団の前に膝小僧を出して座り込むと、其処《そこ》に置いて在る爪印の済んだばかりの証文を、両手で引つ摑んで引き破らうとした。

五十四

吾輩のかうした不意打ちには三人も驚いたらしい。瘤《こぶ》おやぢの悪魔面《あくまづら》も、両親の安心顔も一ペンに消え失せてしまつた。同時に六本の手が一時《いちじ》に吾輩の両手を引つ摑むと声を揃へてガミ付けた。

「何《なに》しなさるのぢや」

「見とつたのけえ」

「起きとつたんけえ」

吾輩も三人の慌て方の大袈裟なのに驚きながら証文を放した。さうしてまだ両腕を摑まれながらに瘤おやぢの顔を見上げて笑つた。

「をかしなオヤヂやな。ワテエを芸者に売らう云ふのけえ」

「コレツ」

と女親が力を籠めて吾輩の腕をゆすぶつた。まるで血相が変つてゐる上に、死に物狂ひの力を入れて居《ゐ》るので、吾輩は腕が折れるかと思つた。

「痛い〳〵〳〵〳〵」

吾輩が斯様《かう》云つて金切声《かなきりごゑ》をあげると三人が一時《いちじ》に手をゆるめた。とたんにスポリと両腕が抜けた拍子に吾輩は引つくり返りさうになつた。

しかし吾輩は其《そ》のおかげでスツカリ調子付いてしまつた。畜生《ちくしやう》。どうするか見ろと子供心に思つたので、其《そ》の手を撫で擦《さ》すりながら座布団の上に散らばつた花札を整理しい〳〵瘤おやぢの方に向き直つた。

「オヂイ。ワテエが一番行《ゆ》かう。二《ふた》ア人《り》でも四人でもえゝ」

三人の大人は啞然となつて顔を見合はせた。その顔を見まはしながら吾輩は勢込《いきほひこ》んで札《ふだ》を切りはじめた。

「サア行《ゆ》かう。負けただけミンナ取り返すのや」

三人は啞然を通り越して茫然となつたらしい。申し合はせたやうに吾輩の顔を穴のあく程凝視してゐたが、そのうちに瘤おやぢが突然に笑ひ出した。

「アハハハ。これは面白い。アハハハ……」

しかし吾輩はそんな事にお構ひなしで、危なつかしい手附きをしながら札《ふだ》を切つて、四人の前に配り初めた。

「アツハツハハツ……」

と瘤おやぢはイヨ〳〵引つくり返らむばかり笑ひ出した。一方に女親は眼を丸くして吾輩の腕を摑んだ。

「コレツ……おチイ……汝《われ》ホン気ケエ……」

吾輩は自分の手札を持つたまゝ事もなげにうなづいた。

「ホン気やがな」

「花引いた事あるのけえ」

と女親はタタミかけて問ふた。

「イヽエ。一度もあらへん。そやけど此《こ》のオヂイに勝つくらゐ何《なん》でもあらへん」

「アツハツ〳〵〳〵〳〵……」

　と瘤おやぢは片手をうしろに突きながら、片手で証文を懐《くわい》中《ちう》に仕舞ひ込んだ。さうして嘲弄《からか》ふ様に吾輩を見下ろした。

「アハハハ。此《こ》のオヂイに勝つくらゐ何《なん》でも無いと云はつしやるか」

「サイヤ。花札でもサイコロでも何《なん》でもえゝ」

「アハハハ。これは面白い嬢ちやんばい。そんで何《なに》を賭けさつしやるかな」

「オヂイは今の証文賭けなされ。それから父《とと》さんと母《かか》さんは銭かけなされ」

「コレ。オチイ。そないな事がヨウ出来るか。百円もの金《かね》ドウして賭けられるケエ」

「ワテエ違《ちが》はんと勝《かつ》のんやから良《え》えやないか」

「アハハハハ。それはまあえゝがな。証文は後《あと》で今一度書かつしやれば済むことぢやがな。何《なに》も慰みやから気の済むだけ賭けさつしやれ。私も永年手遊びはして居《を》りまつするが、七ツになる児《こ》に負けたとなれば話の種になりまつする。アンタ方さへよければ一つ行《い》きまつせうかい。アツハハ。どうだすな」

　瘤おやぢは無論勝負を問題にしてゐなかつたらしい。それとも両親の金を根こそぎ捲き上げるのに持つて来いのキツカケと思つたものかも知れない。かう云つて両親の顔を等分に見比べると、何《なに》も知らない女親は流石《さすが》に躊躇したらしく、青い顔をして男親をかへりみた。するとその男親は矢張《やは》り何《なに》も云はずにヂツト考へてゐたが、やがて返事の代りに懐から、横腹の破れた蟇口を出して、五円札《さつ》を一枚座布団のまん中に投げ出した。さうして又ヂツトうつむいてしまつた。

五十五

　頭のトンチンカンな男親は、吾輩が、昨日《きのふ》福岡の警察署で云ひ張つた言葉を、ちやうど此処《ここ》で思ひ出したものらしい。さうして一も二もなく吾輩が花札の名手である事を信じ切つてしまつたらしい。事によると吾輩の男親は此時《このとき》既に吾輩の万能に達した神通力を、その半片輪《はんかたわ》式《しき》なアタマで直覚してゐたのかも知れないが、何《いづ》れにしても、かうして虎の子の様にして隠してゐた臍繰《へそくり》の中から、驚く勿《なか》れ五円札《さつ》の一枚を投げ出したといふことは、その頃のお金のねうちから云つても、又は男親の性分から云つても実に破天荒の冒険であつた。仮りに吾輩のバク才を百二十パーセントに信じてゐたにしても、たしかに福岡の俗諺《ぞくげん》で云ふ「宝満山《はうまんやま》から後飛《うしろと》び」式の無鉄砲には相違ないのであつた。

　果せる哉《かな》その手の切れる様な五円札を見ると、女親と瘤《こぶ》おやぢの眼が異常に光つた。中にも瘤おやぢの眼は、容易ならぬ驚きと疑ひの光りを帯びて、吾輩と男親の顔を何度も〳〵も見比べてゐたが、やがて何事か一つうなづいたと思ふと、吾輩の方に向つて居住居《ゐずまゐ》を正しつゝニツコリと笑つた。

「フーム。そこでアンタは何《なに》を賭けさつしやるのぢや」

「アイ」

と吾輩は返事をした……が、そのまゝハタと行《ゆ》き詰まつた。自分だけが何《なに》も賭けてゐないばかりでなく、何一つ賭ける物を持たない事に気が付いたからであつた。吾輩はそこで一瞬間、小さなお合羽《かつぱ》アタマを傾《かし》げて考へたが、結局どうにも仕《し》様《やう》が無い事がわかつたので、思ひ切つて斯様《かう》云つて遣つた。

「アイ。ワテエだけ何《なに》も賭けんでもえゝやないか。勝ちさへすればえゝのやろが」

三人の大人は又も唖然となつてしまつた。吾輩の大胆さと図々しさとに呆れ返へつたらしかつたが、其《そ》のうちに吾輩はフト思ひ出して両手をタヽキ合はせた。

「アツ。ソヤ〳〵父《とと》さん。其《そ》の風呂敷包みの中に入れたるワテエの着物出してんか。それワテエの着物や。ワテエ負けやつたら、あの着物着て、アネサン待ち〳〵踊つて見せるがな。父《とと》さん歌うたふてや。ソンデええやろが」

吾輩のかうした提議が、如何《いか》にも子供らしいナンセンスを極《きは》めたものであつた事は云ふまでもなかつた。しかし三人の大人は不思議にも笑ひ顔一つ見せなかつた。……と云ふのは、そんな事を云つてゐるうちに三人が三人とも別々の意味で、吾輩がドンナ風に花を引くかと云ふ事に対して焦付《こげつ》くやうな好奇心を感じ始めたものらしい。

その証拠に吾輩の提議を聞いた瘤おやぢは、無言のまゝ、承諾の意味でうなづいた。すると女親が矢張《やは》り黙つて吾輩の顔を見い〳〵五円札を一枚座蒲団の上に置いた。そのあとから瘤おやぢも証文を取り出して、二枚の札《さつ》と一所に座蒲団の下に入れると、席もかへないまゝ吾輩の配つた札《ふだ》を取り上げたのであつた。

ところが取り上げると間《ま》もなく瘤おやぢは、吾輩の配つた手札が気に入らなかつたらしく、その中の一枚を素早く口の中に啣《くは》へ込むと、残つた手札を表向きにしてバラリと座蒲団の上に投げ出した。

「アハハハ。一枚足りまつせん。今度は私が配りまつせうかな」

吾輩は折角順序を記憶しい〳〵配つた札《ふだ》がゴチヤ〳〵になつて行《ゆ》くので少々残念であつた。殊《こと》に瘤オヤヂのインチキ手段に引つかゝつて胡麻化《ごまか》されるのが些《いささ》かならず癪に障つたが、しかしイクラ配り直しても勝ちさへすればいゝのだ。いくら胡麻化したつて結局同じことだと思ひ直したから、黙つてする通りにさせて置いた。

ところが又、さう思つて、一生懸命で見てゐたせゐであつたらう。場《ば》札《ふだ》が引つくり返るまでに、皆《みな》の手札がアラカタ見当が付いてしまつたので吾輩はスツカリ愉快になつてしまつた。何《なに》しろ片隅に疵《きず》の余計に付いてゐる奴が、いゝ役に決まつてゐる上に、其《そ》の疵の附き工合を一々見おぼえて居《ゐ》るのだから訳は無い。

　ところが今度の札《ふだ》の配り工合を見ると流石《さすが》はインチキの大《たい》家《か》が配つたゞけに、吾輩の手のミヂメさと云つたら無かつた。札《ふだ》らしい札《ふだ》は雨だけで、あとはバラ〳〵のガラ札《ふだ》だから遣り繰の付け様が無い。今度の勝負は諦め様かな……と吾輩は思ひ〳〵手札を束《たば》にして手の中に握り込んでしまつた。

五十六

　ところが之《これ》に反して吾輩の後《あと》から悠々と手札を起した瘤《こぶ》おやぢは大きな掌《てのひら》の中を一わたり見まはすと如何《いか》にも得意らしくニヤリと笑つた。尤《もつと》もこれは笑ふ筈《はず》で、自分の手の中に青《あを》丹《たん》が三枚と、雨の二十と、坊主と、盃《さかづき》が一つといふステキな手を配り込んだ積りで配り込んだのが、その通りになつてゐたのだから喜ぶのが当り前であらう。しかも場札《ばふだ》の順が又、親爺のイタヅラかどうか知らないがしまひの方になつてバタ〳〵といゝ札ばかりが出て来て、そいつが又片ツ端から瘤おやぢの手に這入《はひ》る様に出来てゐるのだから、今度の場は全然おやぢの独り賭博《ばくち》になる訳であつた。

　このことがわかると吾輩はイヨ〳〵諦めてしまつた。万一負けたら仕方が無いから、瘤おやぢの手に渡つて芸者になつて遣らう。トンボ姐《ねえ》さんは男の子は芸者になれないと云つたけれどもお化粧をつけて三味線を弾くくらゐの事は何《なん》でもないのだから、吾輩だつて芸者になれない事は無いだらう。しかし、それにしても、せめて男親の手にだけはいゝ札が這入《はひ》る様にと思つて、男親の手と次の場札を見い〳〵役札《やくふだ》を片つ端から投げ出して行《ゆ》くと、そのうちにだん〳〵と札順がよくなつて来て、男親の手に短冊がゾロ〳〵集まりかけて来た。これは瘤おやぢが吾々《われわれ》をあんまり甘く見過ぎたせゐで、自分手にいゝ札《ふだ》をまはす可《べ》くマングリし過ぎた為めに出来た札順の弱点に外《ほか》ならなかつた。

　ところで此《こ》の形勢を見ると今度は瘤おやぢの方が小々あわて出して来た。何《なに》しろ子供々々と侮《あなど》つてゐた吾輩が、案外鋭く形勢を看破して、惜し気もなく犠牲打式の高等戦術を発揮し始めたので、それこそホンタウに驚いたらしい。お得意の洒落文句も云へないまゝに思ひ切つて雨の二十から打つて来ると同時に、場札をめくるふりをして、下の方の札を二三枚電光石花の早業で引つこ抜いて、上の方へ置き換へたが、其《そ》の鮮かだつた事。札の順を記憶してゐる吾輩でさへも、何時《いつ》の間《ま》に入れ換へたか解らない位であつた。さうして二たまはりばかりするうちに瘤おやぢは自分の青丹を二枚と盃《さかづき》を一枚取り込んでしまつた。

　又もオヤヂのインチキ手段に文句を入れる機会を失つた吾

輩はイヨ〳〵今度の勝負を諦らめなければならなかつた。さうして今度オヤヂが又何《なに》か手品でも使つたら、すぐに抗議を申し込んで、此《こ》の場を無効にして呉《く》れようと、そればつかりを考へながら一生懸命になつてガラ札《ふだ》ばかり集めて行《ゆ》くうちに、やがて半分以上済んだと思ふと、最前から真青になつてやつてゐた女親が突然に真赤になつて、眼の色をかへながら叫び出した。

「……ちよつと待つて……コレ、チイよ。お前の役はソレ何《なに》けえ」

「何《なん》でもあらへんがな」

「……あらへんけんど……それ素《す》十六でねえけえ」

「さいや……」

と返事はしたが、そんなステキな役がある事を忘れてゐた吾輩はビツクリしながら持つてゐる札を取り落した。夢のやうな気もちで自分の膝の前を見まはした。

両親も知らない間《あひだ》に出来たステキな大役に呆れ返つたらしく、眼を白くして吾輩の顔と瘤おやぢの顔を見比べた。

瘤おやぢは真青になつてしまつた。

「ウーム」

と唸りながら眼を白黒さしたが、何時《いつ》の間《ま》にか札を一枚口の中に入れてゐたので、そのまゝ文言《もんく》も云へずに固くなつてしまつた。その眼の前で急に調子付いた吾輩は、場札を一枚々々めくりながら喜び躍つた。

「……ワテエ負けたんかと思ふたよ。……ホレ……此《こ》の次がアヤメや。それから猪や、それからやつぱり萩《はぎ》や。それから次の次の……此《こ》の次がホレ……かゝさんに行《ゆ》く桐に鳳凰やけんど、これはトツサマの桐で取られるよつてにワテエ今度の場は負けたんかと思ふとつた……おゝ嬉し〳〵……勝つた〳〵……」

瘤おやぢはその間《ま》に慌てゝ左手で顔を撫でまはすふりをして、口の中の札を取り出すと、そのまゝ何《なに》も云はずに手札を投げて座布団の上でゴチヤ〳〵に掻きまはしてしまつた。

これは云ふまでもなく、甲《かぶと》を脱いだ証拠で、同時に自分のインチキが馬脚《ばきやく》をあらはしかけた処を、生命《いのち》から〳〵切り抜ける為めに、コンナ見つとも無い降参の仕方をしたものに相違無かつたが、何《なん》にしても、嘸《さぞ》かし残念であつたらう。それかあらぬか眼の色を変へてしまつた瘤おやぢは、そのまゝ物も言はずにズイと立ち上ると、ヤケに蚊屋《かや》を撥《は》ね上げて、トン〳〵〳〵と階子段《はしごだん》を降りて行つた。

吾輩の両親は色青褪めたまゝ其《そ》のあとを見送つた。

その間《ま》に吾輩は瘤おやぢが賭けた証文と両親が出した二枚の五円札《さつ》とを取り上げて、ふところの中へ押し込んだ。

五十七

瘤《こぶ》おやぢの後姿《うしろすがた》が、階段の下に見えなくなると、吾輩の両親は、やはり無言のまゝ申し合はせたやうに吾輩の顔を振りかへつたが、其《そ》の魘《おび》え切つた顔と云つたら無かつた。瘤おやぢが今の賭博《ばくち》の仕返しの為めに、出刃庖刀でも取りに行つたかの様に、外の嵐の音《おと》を聞きながら、互ひに白い眼を見交してゐたが、そのうちに瘤おやぢの足音が、又も、ミシリ〳〵と階段を上《のぼ》つて来て、蚊屋《かや》の中にニユツと顔を突込《つきこ》むと、何《い》時《つ》の間《ま》にか又、旧《もと》のニコ〳〵顔に返つてゐたのでホツと安心したらしかつた。

　実際コブ親爺はチヨツトの間《あひだ》にスツカリ機嫌を回復してゐた。顔色も何《なに》もかも最初の通りにテカ〳〵とした、ノンキさうな、愛嬌タツプリの態度に返つて、眼を糸のやうに細くしながら座布団の上の札《ふだ》を手早く片付けると、そのまん中の凹《くぼ》みの上にコロリと二つの骰子《さいころ》を投げ出した。

「サア。嬢ちやん。今度は二人切りぢや。さし向ひで運定めをしよう。あんたは今の証文を賭けなされ。わたくしは此処《ここ》に持つて来た十円札《さつ》を賭けますよつて……」

　吾輩はさう云ふ瘤おやぢの計略を、すぐに見透《みす》かす事が出来た。……此《こ》のオヤヂ奴《め》、花札では到底敵はんと見て取つたものだから骰子《さいころ》で凹《へこ》まさうと思つてゐるな……と直ぐに感付いてしまつたが、しかも其《そ》の二人切りの真剣勝負こそ此方《こつち》の本懐とする処だつたので、吾輩は大喜びで首肯《うなづ》いた。

「……アイ……骰子《さいころ》でも何《なん》でもえゝ。トツサマに勝つくらゐ何《なん》でもあらへん」

「アツハハハ。又その口癖《つれ》を云はつしやるか。ばつてんが骰子《さいころ》は花札と違ひまつするでな……」

　……インチキが出来まつせん……と云ふ積りで、ハツと気付いたらしく、慌てゝ口を噤《つぐ》んだので吾輩はイヨ〳〵可笑《をか》しくなつた。

「サイヤ。そやけどドウして勝ち負けを定《き》めるのんかいな」

「三番勝負にしまつせう。一度づゝ、振り合ふて、二度のうち二ン度勝つた方が勝ちにしまつせう」

「そんなら黒いポツン〳〵の多い方が勝ちかいな」

「さやう〳〵。骰子《さいころ》が一番正直な運だめしぢや。サテ振つて見なされ」

「チヨツト待つてや。わてえ振つチ見るけに……」

「さあ〳〵何《なん》ぼでも試して見なされ」

　吾輩は最前畳の上では練習したが、こんな風に柔かいスベ〳〵した、平《たひら》な座蒲団の上では転がり工合が変つて来るに違ひ無いと思つたから、よく手の中で振りまうて見い〳〵モウ一度二つの骰子《さいころ》の重さの偏《かたよ》り工合をたしかめた。それから手加減を見い〳〵最初に一二と振つてみた。それから三四と振つて見た。さうして最後には五六と振つてみて、イヨ〳〵思ひ通りに振れることがわかると、これなら大丈夫と一先づ安心をした。

　かうした吾輩の腕だめしは、子供らしいとは云ふものゝ随分思ひ切つた露骨なものであつた。誰でも一二三四五六と順序を逐ふて出て来る骰子目《さいころめ》を見たら、決して偶然でない事が直ぐに感付かれる筈《はず》であつたが、幸か不幸か瘤おやぢは、骰子《さいころ》ならば天下無敵と自信してゐたらしく、吾輩の手付きを見向きもしないで、大風の為めにメキ〳〵と鳴り出す家《いへ》の中を見まはしてゐたので、全く気付かないらしかつた。左様《さう》して吾輩が、念入りに掌《てのひら》を嘗めまはして、着物の膝で拭《ぬぐ》ひ上げるのを見ると、ニツコリとして座り直した。

「サテ来なされ。その証文出しなされ」

「これケエ」

「さやう〳〵。それぢや〳〵。わたしも此処《ここ》に十円出す。一所に座蒲団の下《もと》に入れときまつせう。サア。アンタから振んなされ」

「トツサマ先に振んなされ」

「まあえゝ。あんた子供ぢやから……」

「そんならヤンケンにしよう」

「それならそれでもえゝ。そらヤンケンポイ……」

「ソラ……ワテエが勝つた。トツサマが先や……」

「アツハハ。仕様が無いな。それならば行《い》きまつするぞ」

瘤おやぢは座蒲団の平面を平手で撫でゝ、一層平らかに広々とした。

五十八

座蒲団の平面をツルリと撫でまはした瘤《こぶ》おやぢは……これが、お前の一生涯の運命のわかれ目になる真剣勝負だぞ……とモウ一度念を押すかのやうに、吾輩の顔を見込んでニヤリと笑つた。

だから吾輩も……芸者になつてもえゝ……といふ風に、ニツコリと笑ひ返して遣つた。

すると急に真面目な顔になつた瘤おやぢは、大きな掌《てのひら》を合はせた中に二ツの骰子《さいころ》を入れて、ゴチヤ〳〵と振りまはすと、両手の腹の間《あひだ》から一粒づゝ、ポロリ〳〵と揉み落すやうな振り方をしたが、その掌《てのひら》の感触の鋭敏さには、流石《さすが》の吾輩もシンカラ感心させられた。その大きな掌《てのひら》の温《ぬ》くもりを受けた、象牙細工のインチキ骰子《さいころ》は、さながらに親爺の生命《いのち》の一部でも貰つたかのやうに、座蒲団の平面に触れると同時に軽い回転を起して、二三度位置を換へたかと思ふと左右に走りわかれながらチヨコナンと座つた。

「アツ……四と二が出た」

「死人《しにん》がシロモク六文銭といふ……えゝとこぢや」

と親爺は例によつて洒落文句を云ひ〳〵、鼻高々と腕を組んだ。

「ちやうどマン中が出たがドンナモンぢやえ」

「そんならワテエもえゝ処《とこ》振らう」

と云ふなり吾輩は引つ摑んで投げ出した。その骸《さい》子の目の一つがすぐに三を上にして居据《ゐす》わつた横に、いさゝか手許の狂つた残りの一つがクル〳〵と回転してゐる上から、両親と瘤おやぢの額《ひたひ》がブツ付かり合ふほどオツ冠《かぶ》さつて来た。

「ワテエも六ツや。三と三やから……」

「ウーム。これは豪《えら》い。サヾナミ和歌《わか》の浦《うら》と御座つたか。それなら今度は……ソレ……三と四ぢや。死産七文土器《しさんしちもんかはらけ》とは何《ど》様《う》ぢやい」

「そんならワテエも……ホーレ……五と二の七つぢや。これは何《なん》と云ふのけえ」

「具雑煮《ぐざふに》、七草汁《ななくさじる》……ウーム……」

瘤おやぢは又しても吾輩の腕前に驚かされたらしく、吾輩の顔を凝視しい〳〵唸り出した。さうして見る〳〵うちに、最前の兇悪な青ざめた顔に帰つて行つたが、それはさながらに吾輩を喰《く》つてしまひさうな恰好に見えた。

同じ様に最前から息を凝らして見物してゐた両親も、ちやうど親爺が振り出した数《すう》だけ振り出されて行く骸《さい》子の目を見ると、奇蹟のやうに感じたらしく、薄気味の悪さうな四ツの眼を吾輩に移しながら、殆んど同時に長い、ふるへた溜息をついた。まるで吾輩が見世物の片輪者か怪獣か何《なに》かに見えるらしい態度《やうす》なので、吾輩はクスグラれる様な可笑《をか》しさを感じながらアトを催促した。

「サア。トツサマ。アトを振つてや」

「ウーム」

と瘤おやぢは額《ひたひ》から流れる生汗《なまあせ》を拭き〳〵唸つたが、そのソボ〳〵した眼を一つ擦《こす》ると、何時《いつ》の間《ま》にか座布団の上で六六の目に変つてゐる賽《さい》の目を指した。

「今振つたトコぢやがな。畳六《ぜうろく》、地獄の底といふ目ぢや、サア。アンタも振つて見なされ」

と白い眼を据ゑて吾輩を睨《にら》んだ。

吾輩は瘤おやぢの狡猾《ずる》いのに呆れてしまつた。この骸《さい》子の目の重量《おもみ》の偏《かたよ》り加減では、一と六の目が一番出にくいのを親爺はチヤント知つてゐるのだ。だから他《ひと》が見てゐない隙《すき》に、指の先でチヨツト突ツついて、振つたと云つて誤魔化してゐるが、実はオヤヂの振り方では殆んど絶対に困難とも云ふ可《べ》き畳六の目を出して、最高点で押し付けようと巧《たく》らんでゐるのだ。

これがわかると吾輩は子供ながら、煮えくり返るほど癪にさはつて来た。六六だらうが八八だらうが骸《さい》子の目に刻んである限り手加減一つで出ない事はあるまい。オキヤガリ小法《こぼ》師《し》の赤い達磨さんだつてマカリ間違へば逆立ちするのを見たことがある。だから今度だけは六六にしてアイコで片付けて此次《このつぎ》に本当に振らして負かして遣らう。さうして其《そ》の後《あと》で、最初からのインチキ手段を残らずアバキ立てゝ呉《く》れよう……どうするか見ろ……と思ふと味噌ツ歯で唇を嚙みしめながら鷲《わし》摑《づか》みに骸子《さいころ》を取り上げた。

五十九

「お前、畳六《ぜうろく》の目をヨウ振るケエ」

と女親が額《ひたひ》から生汗《なまあせ》をしたゝらしながら片目をショボ〳〵さして吾輩の顔をのぞき込んだ。その云ひ方は吾輩の手腕を半分ぐらゐ信じてゐる言葉付きであつたが、しかし其《そ》の態度は半分以上諦めてゐる恰好であつた。しかし吾輩は平気の平《へい》左《ざ》で答へた。

「ワテエ知らんがな。運やから…………」

「運やからて……運やからて……」

と女親は唾液《つば》を呑み〳〵今にも泣き出しさうな顔になつた。男親も何《なに》に感激したのか知らないが眼に泪《なみだ》を一パイ湛へて吾輩の顔をのぞき込んだ。その珍妙な顔を見ると吾輩は又、フキ出し度《た》いくらゐ可笑《をか》しくなつて来た。

「……そやけどなあ。六と六より上は無いよつて、ワテエ六と六振らうと思ふとるがな」

「六と六……ゼウ六の上なら……」

と女親は殆んどふるへ出さんばかりにして瘤《こぶ》おやぢをかへりみた。

「デコ一ぢや」

と瘤おやぢは両膝を摑んだまゝ投げ出すやうにプツスリと云つた。さうして後《あと》で失敗《しま》つたと云ふ恰好で唇を噛んだが、最早追つ付かなかつた。

「デコ一て何《なに》や」

「一と一や……」

「そんなら訳ない……。ソラ一や……此方《こちら》も一や……ソーラ……」

吾輩は座蒲団のまん中を指さしながらケラ〳〵と笑つた。

ところが其《そ》の笑つた一瞬間であつた。

その吾輩が指さした左の手を、大きな毛ムクジヤラの右手でムズと摑んだ瘤おやぢは、グツト自分の方に引き寄せたので、ハズミを喰《く》つた吾輩は、右手に座蒲団の下の十円札《さつ》と証文を摑んだまゝ引つくり返りさうになつた。同時にシツカリと摑まれた左手が捻ぢれ返つたので、証文と十円札を懐に仕舞ふ間《ま》もなく、悲鳴をあげてしまつた。

「痛アイツ」

「何《なに》するのや……」

と女親が慌てゝ立ちかゝつたまゝ片膝を立てた。同時に男親も中腰になつて、引きずり寄せられて行《ゆ》く吾輩の片足を押へたので、吾輩の腕がイヨ〳〵ねぢれかゝつたお蔭で喰《く》ひ付かうにも引つ掻かうにも手の出しやうが無くなつた。

「何《なに》するのや……此《こ》の児《こ》を……どうするのけえ……」

と今にも摑みかゝり相《さう》な恰好をした女親は、そのまゝ瘤おやぢを睨《にら》み付けて赤くなり又青くなつた。之《これ》に反して吾輩の足を摑んだ男親は、やはりそのまゝガタ〳〵震へ出してゐる事が、吾輩の足にハツキリと感じられた。

　しかし左様《さう》なると、イヨ〳〵落ち付き払つた瘤おやぢは吾輩の腕を摑んだ指に一層強く力を入れた。その顔を下から見上げると、依然として血の気の無い白茶気《しらちやけ》た顔をして、額《ひたひ》に青すぢをモリ〳〵とあらはしてゐたが、それでも声だけは大きく高らかに笑ひ出した。

「アツハツ〳〵〳〵。何《なに》をしようと此方《こちら》の勝手ぢや。文句云ふなら云ふて見やれ」

「……エエツ……文句云ふなテテ……この児《こ》は勝つとるやないか」

「アツハハ。勝ち負けも糞《くそ》もあつたものかい。コラ……よう聞けよ……貴様たち夫婦は、今、警察のお尋ねものぢやらうが。利いた風な事を吐《ぬ》かし腐ると堪《こら》へんぞ。アツハツ〳〵〳〵〳〵〳〵」

　この瘤おやぢの一撃には、流石《さすが》の勝気な女親も参《ま》ゐつたらしい、中腰になつたまゝワナ〳〵とふるへ出して来た。それにつれて男親も吾輩の足を放して、ヂリ〳〵と風呂敷包みの方に後退《あとしざ》りし初めた。

　瘤おやぢはさうした恰好の二人を笑殺するかの様に、モウ一度高笑ひをした。

「アツハツ〳〵〳〵。どんなもんぢやい。文句は云はん方が良からうがな。折角コツチが穏やかに一晩泊めて遣つて、明日《あす》はイクラか小遣ひを持たせて、安心の行《ゆ》く親分の処へ送り届けて遣らうと思ふとつたに、案外な餓鬼サレどもぢやな貴様達《ワイたち》は……。カンのえゝ子供にインチキを仕込んで道中をするイカサマの非人とは知らなんだ。知らなんだ……」

六十

「……しかも、此《こ》の瘤様《こぶさま》の縄張りの中に失せ居《を》つて、利いた風な手悪戯《てんごう》をサラシ居《を》つたからには、片手片足コキ折つてタタキ放すが規則ぢやが、今度ばつかりは堪《こら》へて遣る……その代りに此《こ》の児《こ》と其《そ》の風呂敷包みをば文句無しに置いて行《ゆ》け……」

「……」

　かうした瘤おやぢの胴間声《どうまごゑ》のタンカは、今でもハツキリ印象に残つて居《ゐ》る。口真似をすると如何《いか》にも手ぬるい様であるが、その間《ま》の抜けた文句の切れ目〳〵に聞こえる、物すごい嵐の音《おと》と共に、何《なん》とも云へない重みを含んだ、場面にふさはしい名啖呵《たんか》として、子供の吾輩の耳に響いた。

　しかし吾輩は、あふ向けに引つくり返されたまゝ押へ付けられながらも……さうして押へ付けた奴の名タンカに敬服しながらも、何《なん》とかして逃げ出して遣らうと、一心に隙《すき》を狙つてゐた。片手で半身《はんしん》を支へながら、ヂリ〳〵とスタートをするやうな恰好に姿勢を変へてゐるうちに、女親と男親は意気地なくも畳に手を突いて、交り番こに米搗《こめつ》きバツタを始めてゐた。

もつとも之《これ》は無理もない話であつた。吾輩の両親が束《たば》になつて掛かつて行つたつて、腕力と云ひ度胸と云ひ、此《こ》の瘤おやぢに敵ふ筈《はず》がなかつた。況《いは》んや相手がコンナ方面で相当の場数《ばかず》を踏んで来たらしい剛《がう》の者であるに於てをやであつた。

「……すまん事致しました」

「……えらい事しまして……堪忍しとくんなされ……」

「文句があるなら云へ。……無いなら無いで今出て行《ゆ》け。渡すものも渡いて……」

「……ヘツ……」

「……エヘツ……」

と両親はいよ〳〵平ベツタクひれ伏してしまつたが、あんまり瘤おやぢが嵩《かさ》にかゝつて来たので返事が出来ないらしく、たゞミヂメにブル〳〵ワナ〳〵と震へ出すばかりであつた。

此《こ》の様子を見ると瘤おやぢはイヨ〳〵徹底的に両親をタタキ付けたと思つたらしい。さうしてイクラか安心したらしく、ホンの心持ち手を緩《ゆ》るめて来たので、吾輩は占めたとばかり、とりあへず戦闘準備に取りかゝつた。先づ右手に掴んだまゝの証文と十円札《さつ》を、ソーツと懐中《ふところ》にねぢ込んでから、次の作戦計画をめぐらしつゝ、なほも機会を窺つてゐると、其《そ》の機会は意外にも直ぐに来た。察するところ瘤おやぢは吾輩を、インチキと踊り以外には何《なん》の能力も無い女の児《こ》と侮《あなど》つて、スツカリ油断してゐたらしい。両親がヘタツタのを見ると、モウ大丈夫と思つたかして、片手で花札とサイコロを掻き集めて内ぶところに無雑作に仕舞ひ込んだ。それから今度は座蒲団の下に手を突込《つきこ》んで証文とお金を探しまはつたが、これは最早トツクの昔に吾輩が、電光石火の早業をもつて引つこ抜いてしまつたアトだから、いくら探したつて在りやうが無い。しかしそんな事とは知らない瘤おやぢは、何《なに》より大事な証文が無くなつてゐるので少々面喰つたらしく、ウツカリ吾輩の手を離して、両手で座蒲団を持ち上げて覗いてみた。

吾輩は此《こ》の機会を逃がさなかつた。電光のやうに起き上つて、両親の背後《うしろ》に在る布呂敷《ふろしき》包みを引つ掴むが早いか、アツと云ふ間《ま》もなくラムプと反対側の蚊帳《かや》の外に飛出して大きな声で叫んだ。

「とゝさん。かゝさん。早やう出て来んか」

「…………」

「…………」

「そないなインチキのお爺《ぢい》、怖いことあらへん。何《なに》も謝罪《ことわり》云ふ事あらへん。お爺の方が、よつぽど悪人《わるもん》やないか」

「ワテエ。福岡の髯巡査さんトコへ行《い》くけんで安心してや。そのインチキお爺の悪い事皆《みな》云ふたるけんで怖いことチヨツトモあらへん……」

六十一

コンナ調子に蚊帳《かや》の外で、吾輩が大威張りに威張りながら、思ふ存分に毒舌《アクタイ》を吐《つ》きはじめると、瘤《こぶ》おやぢは果せる哉《かな》、此方《こつち》の計略に引つかゝり過ぎるくらゐ引つかゝつて来た。

　最初、蚊帳の中《うち》に取り残された両親と瘤おやぢは、吾輩の行動があんまり神速《すばしこ》かつたので、呆気に取られたまゝ見送つてゐたが、続いて瘤おやぢを嘲弄し始めた吾輩の言ひ草が又、極端に傍若無人だつたので、一々肝《きも》を冷したらしく三人が三人とも首を縮めて息を殺して居《ゐ》た様であつた。……と思ふと間《ま》もなく瘤おやぢが、弾《はじ》き上げられた様に大きな身体《からだ》を四ツン這ひにした。さうして吾輩に摑みかゝる可《べ》く眼の前の蚊帳の内側に飛んで来たのであつたが、彼《か》の時遅く此《こ》の時早く、吾輩はイキナリ蚊帳の隅に飛び付いて、釣《つ》り紐《て》を引つ切つてしまつたので、瘤おやぢは急に出られなくなつて、手ごたへの無い蚊帳天井を摑みながらモガ〳〵し始めた。おまけに其《そ》の足か帯際《おびぎは》かに両親が獅嚙《しが》み付いたらしく、忽《たちま》ちドタン〳〵と組み打ちになつた。

　しかし組み付いたのは二人とは云へ、高が女と、女以下の腕力しか無いヘナ〳〵男だから、大した組打ちになる筈《はず》は無かつた。何《なん》の苦もなく左右へ突き放されてしまつたらしく、階段の下へ降りて行《ゆ》かうとする吾輩を、瘤おやぢは走り寄つて反対の方へ追ひ詰めながら蚊屋《かや》越しに大手を拡げて捉《とら》まへようとした。

　そこで吾輩は又、一隅《ひとすみ》の釣《つ》り紐《て》を引き落す。又一方から出ようとする。又釣《つ》り紐《て》を引き千切る。とう〳〵四隅《よすみ》とも引き落した蚊帳の中で、三人の男女のヤツサモツサが始まる事になつたが、その中《うち》にラムプの前に畳まつた蚊帳の天井から、まん丸い瘤おやぢのアタマが、青い蚊帳に包まれたまゝニユーツと突き出て来た。さうして蚊屋越しに見当を付けながら、倒れかゝる様にして吾輩を捉《とら》へようとしたが、ツイ眼の前にラムプが在るのに気が付いたらしく、よろめきながら立ち止《と》まつて、眼の珠ばかりをギヨロ〳〵回転さした。その恰好があんまり可笑《をか》しかつたので吾輩は逃げる事を忘れてしまつて、ついケラ〳〵と笑ひ出してしまつた。

「……おぢい……此処《ここ》までヨウ来んかい」

「……チ……畜生《ちくしやう》……ウムムツ……」

　瘤おやぢは青鬼みたやうに歯をバリ〳〵と嚙んだ。さうして蚊帳の中を泳ぐやうにして盲目《めくら》滅法界に飛びかゝつて来ようとしたが、その両足に両親が武者振り付いて居《ゐ》るので、ドタリと前にツン倒《のめ》つて、お尻を高くして四ツン這ひになつてしまつた。

　吾輩はイヨ〳〵笑ひ出した。

「ハハハ。面白いなオヂイ。まつと面白いインチキ見せたろか……コレ……」

と云ふなり吾輩は、風呂敷包みを下に置いて、両手で前をまくつて見せた。

「……コレ見い……おぢい。ワテエ男さがなハハハ……こんでも芸者になるならばア。三味線弾いたり踊つたりイ。チン〳〵ドン〳〵チンドン〳〵……」

と踊り出しかけたが途中で止《や》めた。それは瘤おやぢが此《こ》の時、憤怒の絶頂に達したらしくイキナリ両手で蚊帳の天井を引き裂いて首から上だけニユツと出したからであつた……が……その顔の恐ろしかつたこと……流石《さすが》の吾輩も大慌てに慌てゝ風呂敷包みを抱へるなり横つ飛びに逃げ出したほどであつた。

ところで梯子段を転がる様に駈け降りると下は真暗《まつくら》である。しかし夕方見当を付けて置いたから、手探りで上《あが》り框《かまち》の処へ来て、下駄を探して居《ゐ》るうちに、二階でドタンバタンといふ組打ちの音《おと》と、ガチヤン〳〵といふ物の毀《こは》れる様な音《おと》とを殆んど同時に聞いた。すると又、それにつれて真暗になつてしまつた二階から、雷《かみなり》の落ちる様なスバラシイ音《おと》を立てゝ、何《なに》かしら巨大《おほき》なものが畳の上までズシーンと落ちて来たので、吾輩はビツクリしてしまつた。そのまゝ下駄も穿《は》かないで、表の戸口にぶつかつて、やはり手探りで心張棒《しんばりばう》と掛け金を引き外した。そのまゝ小さな潜《くぐ》り戸《ど》を引きあけて表に飛び出すと、忽《たちま》ち風に吹き倒されさうになつて、戸口を閉める間《ま》もなくヨロ〳〵とよろめいた。

六十二

此《こ》の時の大風《おほかぜ》は明治十何年とか以来の猛烈なものだつたさうで、豪雨を含んでゐた為めに遠賀川《をんががは》や筑後川《ちくごがは》の下流には大氾濫が出来るし、倒壊流失家屋が何千、死人が何十とか何百とか云ふ騒ぎだつたさうであるが、其《そ》の大風の中を、大きな風呂敷包みに抱付きながら、一丁ばかり村の方へ走り出ると、けふの昼間、両親と一緒に帆かけ船から上陸した処に出る。其処《そこ》の河岸《かし》に一艘の小さな川舟が繋いであつたのを、昼間上陸しがけにチヤンと見て置いたから、それに乗つて河のまん中へ出れば、自然と川下《かはしも》へ流れて行つて、けふ汽車を降りた、ウドン屋の在る町（折尾《をりを》）へ来るに違ひ無い。だから其処《そこ》の石の段々を昇つて汽車に乗ればイヤでも福岡へ着くにきまつてゐる。そこで案内知つた警察へ乗り込んで行つて、髯巡査にスツカリ事情を話して、吾輩の身売り証文を見せたらば、瘤《こぶ》おやぢの悪い事がわかるだらう。さうして両親を助ける事が出来るだらう……と云ふ……如何《いか》にも子供らしい盲滅法な吾輩の計画であつた。

ところがサテ大風の中を這《は》ふ様にして川縁《かはぶち》に辿り着いて、薄い月あかりに透かしみると、川岸には舟らしい物の影も見当らない。それどころか水嵩《みづかさ》がずつと増して、堤防の半分以上の処をドブ〳〵と渦巻きながら流れてゐる。川の中心に近い処はゴー〳〵といふ音《おと》を立てゝ眼のまはる様なスピードだ。おまけに時々車軸を流すやうに降りかゝる雨は、まるで小石の様にピリ〳〵と、頬や手足を乱れ打つて、ウツカリすると川の中へタヽき込まれさうな猛烈さである。

吾輩はトウ〳〵立つてゐられなくなつて、風呂敷包みを抱《だ》いたまゝ、路《みち》ばたの草の上にヒレ伏してしまつた。さうして声を限りに

「……トトさん〳〵〳〵……カカサン〳〵〳〵……」

と叫んだが、其《そ》の声はまだ自分の耳にも這入《はひ》らないうちに、何処《どこ》かへ吹き散らされてしまつた。

それでも吾輩は又叫んだ。その声は又、風に吹き散らされた。それでも構はずに吾輩は又叫んだ。今度は頭をすこし擡《もた》げて……けれども何《なん》の役にも立たない処か、風呂敷包ごと猛烈な風に吹き起こされて、そのまゝ空中に持つて行《ゆ》かれさうな気がするので、なほもシツカリと草の根に獅嚙《しが》み付きながら、叢《くさむら》の中に顔を突込《つきこ》んだ。さうして襟元からチク〳〵と刺す様にタタキ込む雨の痛さをヂツト我慢しい〳〵顔を横向けてモウ一度叫んだ。

すると其《そ》の返事は依然として何処《どこ》からも聞こえなかつたが、その代りに、ゴー〳〵と云ふ風の音《おと》の下をビシヤ〳〵と云ふ人間の足音が、近付いて来た。しかも其《そ》の足音が、吾輩のすぐ傍《そば》まで迫つて来ると、不意に左右から腋の下に手を入れて抱へ起こされたので、ビツクリして顔を上げてみると、それは意外にも吾輩の両親であつた。のみならず二人とも三味線と鼓とをチヤント包んで荷造りをしてゐる上に、頬冠《ほほかぶ》りをして尻《しり》を端折《はしを》つて居《ゐ》る様子である。それを見ると吾輩は不思議に思つて

「瘤のオヂイは……」

と問ふたが、両親は何《なん》とも答へなかつた。或《あるひ》は聞こえなかつたのかも知れないが、そのまゝダンマリで吾輩を引き立てると、風呂敷包を吾輩の首ツ玉に引つかけて、グン〳〵と引きずつて行つた。

……それから先の恐ろしかつた事……それは吾輩の記憶にあんまり強く印象され過ぎて、却《かへ》つてハツキリした説明が出来かねる位であつた。

さうした途方もない大風の中を、親子三人が手を引き合ひながら横に並んで行《ゆ》くのは、まるで洪水を堰《せ》き止《と》めながら押し上げて行《ゆ》かうとするやうなもので、絶対不可能な仕事であることが間《ま》もなくわかつた。しかも、こんなに無理をしてまでも風上《かざかみ》の方に逃げる必要が、あるか知らん。それよりも風下《かざしも》の方に逃げた方がよつぽど楽で、歩きよかつたに違ひ無いと、その時に吾輩はチヨツト気が付かないでもなかつたが、そんな事を尋ねる隙《すき》もなく雨と風が吹きつけて来るので眼も口も開《あ》けられない。ウツカリすると三人とも手を繋ぎ合つたまゝ宙に浮いて行きさうな気持になるのであつた。

六十三

三人は何時《いつ》の間《ま》にか女親を先に立てゝ、その蔭に隠れる様に男親が行《ゆ》く。その又蔭に吾輩が跟《つ》いて行《ゆ》くといふ順序になつたが、それでも風に吹きまくられて思ふ様にあるけない。おまけに大きな包みを脊負《せよ》はされてゐる吾輩は何度も〳〵転んでは起き、起きては転びするのを、両親は無言のまゝ引き起しては歩るかせ、歩かせては押し遣りする。

前からは雨と風がタヽキ付ける。堤防の両側に並んだ櫨《はぜ》か何《なん》かの樹《き》の枝がポン〳〵と折れて虚空に飛ぶ。又は足もとにバサ〳〵とタヽキ付ける。よく気を付けてみると足もとの泥濘《ぬかるみ》の中は木《こ》の葉《は》で一パイである。頭の上には時々月が出て、四囲《まはり》が明るくなり又暗くなる。そのうちに其処《そこ》いら中が突然にパアーツと明るくなつたので、ビツクリして振り返ると又驚いた。

ツイ今しがた出て来たばかりの村外れの木賃宿が火事を起してゐる。屋根の上に出来た大穴から吹き上ぐる大火焔が、すこし離れて並ぶ村の家々《いへいへ》を朱《しゆ》の色に照し出しつゝ、地を這《は》ふ滝の水のやうに火の粉《こ》を浴びせかけてゐる。最前吾輩が寝しなに閉め切つた南側の雨戸は二枚とも倒れたらしく、二階一パイに満ち〳〵た火の光りが、風の為めに白熱されて、四角い太陽を見る様に眩《まぶ》しく照り輝やきつゝ、吾々《われわれ》の行《ゆ》く手《て》に続く櫨《はぜ》の並木を照し出してゐるのだ。

その大光明を振り返りながら吾輩は思はず風の中に立ち止《ど》まつた。……瘤《こぶ》おやぢは何様《どう》したらう……と子供心にモウ一度心配し始めたが、反対に吾輩の両親たちは此《こ》の光りを見ると急に慌て出した様であつた。やはり無言のまゝイキナリ吾輩の風呂敷包みを奪ひ取つた男親が真つ先になつて逃げ出す。あとから三味線の包みを逆さに抱へた女親が、大きな図体をよろめかしながら追つかける。そのあとから身軽になつた吾輩が一生懸命の思ひで跟《つ》いて行《ゆ》くのであつたが、何《なに》を云ふにも子供の足と大人の足だからイクラ走つても走つても後れ勝になるのは止むを得ない。そのうちに二三度風の為めに吹き転がされて泥まみれになつた吾輩は、トウ〳〵遣り切れなくなつて、

「ととサアーン……かかサアーン……」と叫んだ。

けれども其《そ》の声は両親の耳に這入《はひ》らなかつたのであらう。右に左によろめきながらグン〳〵と急ぎ足になつて、赤い光りに照らされながら見る〳〵小さく遠ざかつて行《ゆ》くのであつた。

それを見ると吾輩はイヨ〳〵絶体絶命の気もちになつた。ビツシヨリと雨に濡れて重たくなつた着物の裾《すそ》が、足首にまつはつて鞭でタタク様にヒリ〳〵するのを、両手で引き上げ〳〵走つた。跣足《はだし》の足の裏がヌカルミの底にある砂利に刺されて針の山のやうに痛いのも我慢しい〳〵走つた。けれども

其《そ》のうちに息が切れて苦しくてたまらなくなるのを何様《どう》する事も出来なかつた。今にも泣き出し度い位情なくなつたが、泣いたらイヨ〳〵後れてしまつて、此《こ》の嵐の中に取り残されることがわかり切つてゐるので、転《こ》けつまろびつ走りに走つた。持つて生れた性分とは云ひながら、此《こ》の時の吾輩の剛情さばかりは今でも吾《われ》ながら感心してゐる位で、思ひ出しても身の毛が棘立《よだ》つ体験であつた。

そのうちに大きな橋の袂《たもと》に来たが、両親はその橋を渡らずに、依然として真直に堤《つつみ》の上を走つて行つた。吾輩もむろん後《あと》を慕つて行つたが、間《ま》もなく道幅が次第に狭くなつて、草の中をウネ〳〵と走る小道になつた。しかし火事の光りはイヨ〳〵強くなるばかりで、川向うに並ぶ町らしい家々《いへいへ》をズラリと照らし出してゐる。今思ふと夫《そ》れは直方の町らしかつたが……その町の上の雲の破れから出て来る満月の光りの青かつたこと……余りの物すごさに思はず立ち止《とど》まつて、喘《あへ》ぎ〳〵振り返つてみると木賃宿の火はモウ木屋の瀬の本村に移つたらしく、空が一面に真赤になつてゐる。

吾輩は顔を流れる雨の雫《しづく》を嘗めてホツト一息《ひといき》した。けれども其《そ》の次の瞬間に顔にまつはるおかつぱさんの髪毛を撫で除《の》けながら振り返つてみたが、吾輩の両親は堤《どて》の上の遠くに豆のやうに小さくなつてゐるのであつた。

それを見ると吾輩は何《なに》かしら胸がドキン〳〵としたので思はず泣き声をあげてしまつた。

「ととさあ――ン……かかさあああん……」

さうして其《そ》の声がトテモ聞こえさうにない事がわかると又もヨチ〳〵と走り出した。けれども又トテモ追付《おひつ》けさうにない事がわかると、又立ち止《と》まつて叫んだ。

かうして叫んでは走り、泣いては立ち止《と》まりして物の二三町も行つたかと思ふが、其《そ》のうちに吾輩は夢のやうな気もちになつた様に思ふ。さうして遠賀川の堤防の涯《は》てしもない恐ろしい長さと、身に沁み入るやうな寒さとたまらない息苦しさと情なさとを腸《はらわた》の底まで印象しつゝ、何処《どこ》までも走つてゐる積りで、ブツ倒れてしまつた様に思ふ。

六十四

それから何時間経つたか、何日過ぎたかサツパリわからないが、気が付いた時には何処《どこ》かの立派なお座敷のまん中に、柔らかいフワ〳〵する蒲団に包まれて寝てゐた。コンナ上等の夜具の中に寝た事の無い吾輩は、まるで空中に浮いて居《ゐ》る様な気がしたが、それは可なり高い熱に浮かされてゐたせゐばかりでは無かつた様に思ふ。それと一所に何処《どこ》からかクツ〳〵と笑ふ若い女の声がきこえて来たが、これも何《なん》だか夢を見るやうな気もちで聞き流しながら、又もウト〳〵しかけてゐた。

すると間《ま》もなく枕元でパチヤンパチヤンと金盥《かなだらひ》に水の跳ね

る音《おと》がして、冷たい手拭ひが額《ひたひ》の上に乗つかつたので、急に気持ちがハツキリしてキヨロ〳〵と其処《そこ》いらを見まはしてみると、直ぐ枕元の左りつ側《がは》に、白い髯を長々と生やした、仙人みたいに品のいゝ老人が、濡れた手を揉み乾かしながらニコ〳〵と眼を細くして、吾輩を見下ろして居《ゐ》た。若い女の声は其《そ》のお爺さんの背後に在る襖《ふすま》の向ふから聞こえて来るのであつた。

その老人は血色のいゝスラリとした身体《からだ》に、灰色の着物を着て、黒い角帯《かくおび》を締《しめ》てゐた様に思ふが、吾輩が眼醒《めざ》ましたのを見ると、膝まで垂《たれ》た白い髯を長々としごいて一層眼を細くした。さうして如何《いか》にも親切さうな柔和な声を出した。

「……どうぢやな気分は……」

「キブンて何《なん》や……」

と吾輩はすぐに反問した。此《こ》の老人に、早くも云ひ知れぬなつかしさを感じながら……

「ハハハハ……」

と老人が如何《いか》にも朗《ほが》らかに笑ひ出した。それと同時に襖《ふすま》の向ふの若い女の笑ひ声が一層高くなつた。如何《いか》にも我慢し切れないと云ふ風に

「ホホヽヽヽ。ハハハホヽヽヽ……」

と聞えたが、さうした笑ひ声の中に、何《なん》とも云へない和ごやかな、ノンビリした家《いへ》の中の様子が感じられた。

「ハハハハハ。わしの云ふ事がわからんかの。気持ちはえゝかと尋ねて居《ゐ》るのぢや」

「ワテエの気持ちけえ」

「さうぢや〳〵、眼がまはりはせんかな」

「ワテエの眼の玉けえ。まはさうと思へばまはるがな」

「ハツ〳〵〳〵。いよ〳〵面白い児《こ》ぢやなウ。ハハハ」

「何《なん》でそないに笑ふのけえ」

「ハハハハ……いやなう。お前が寝言に面白い歌を唄ふたから、家《うち》の者が皆《みな》笑ふて居《ゐ》るのぢや」

「…………」

吾輩は思はず赤面した。今まで寝言を云つて笑はれたことは一度も無い上に、他人の寝言なら毎晩木賃宿で飽く程聞かされて、その醜体さ加減を知り過ぎる位知つてゐたからである。しかし夫《そ》れにしても一体ドンナ歌を唄つたのであらう。万一アネサンマチ〳〵の替へ歌でも歌つたのだつたら何様《どう》しようと思ふと、殆んど泣き出したいくらゐ情ない気持ちになつて、モウ一度そこいらをキヨロ〳〵と見まはした。

「ハツ〳〵〳〵。イヤ。心配せんでもえゝ。何《なに》を唄ふても構はんがの……わしは医者ぢやからノウ」

「お医者様けえ。トツサマは……」

と吾輩は小さな溜息をしい〳〵問ふた。

「ウム。左様《さう》ぢや。此《こ》の直方に住んで居《ゐ》る医者ぢや。悴は東京に上《のぼ》つて学問しよるから、今は娘と二人切りぢや。何《なに》も心配することは要らんぞ」

「そないなこと心配しやせんがな……」

「ウム。左様《さう》ぢや〳〵。さうしてゆつくり養生せえ。お前は今病気ぢやからの……」

「わてえ何《なん》ともあらへんがな。起きてもえゝがな」

と云ひも終らぬうちに吾輩はムツクリと起き上りかけた。それを白鬚《しらが》の老人は慌てゝ両手で押へ付けたが、その拍子に吾輩は座敷の天井、柱も、床《とこ》の間《ま》の掛物も何《なに》もかもがグル〳〵と回転し初めたやうな気持ちがしたので、両手でシツカリと眼を押へながら、モトの処に頭を押し付けた。

「ソーラ見い。眼がまはるぢやろ。静かにしとらんといかん」

「眼はまはりはへんがな。お座敷がまはるのぢやがな」

と吾輩は気持ちの悪いのを我慢して云つた。老人と少女の笑ひ声が一層高まつた。

「アツハハハハ……成る程負けぬ気な児《こ》ぢやな。県知事さんを睨《にら》み返すだけの器量は持つとるわい」

「エツ。県知事さんが居《ゐ》るのけえ。あの禿茶瓶《はげちやびん》が此処《ここ》に来とるのけえ……」

「アハハハハ。口善悪《くちさが》ない児《こ》ぢやな。アハハハハ……」

と老人は反り返つて笑ひながら、又も長々と白い鬚をしごいた。

「……県知事閣下は此処《ここ》にはお出でにならぬ。しかし荒巻《あらまき》といふ巡査部長が、知事閣下のお使ひで、わざ〳〵此処《ここ》へ見えてノウ」

「……アツ……髯巡査さんが来たのけえ」

「さうぢや、最前からお前の枕元に見えてなう。お前の事をくれ〴〵も宜しく頼むとお話があつたのぢや。お前は眠つて居《ゐ》たから知るまいが……」

吾輩は眼がまはるのも忘れてガバと寝床の上に飛び起きた。

「……髯巡査に会はしてや。大切な用があるのや……今すぐに会はしてや……」

六十五

「……何《なに》……髯巡査に会はせて呉《く》れと云ふのか……」

と老人は、白い髯を摑んだまゝ、眼を光らした。さうして吾輩を寝かし付ける事も額《ひたひ》から落ちた濡れ手拭を拾ふのも気が付かずに、吾輩の顔を見詰めて居《ゐ》たのだからよつぽど驚いたのであらう。それと同時に次の間《ま》の笑ひ声もピツタリと止んだ様であつた。

しかし吾輩は、そんな事を気にも止《と》めないまゝ無造作にうなづいた。

「サイヤ。髯巡査に会ひ度《た》いのや。あの瘤《こぶ》おやぢの悪い事申《と》告《ど》げて、父《とと》さんと母《かか》さんをば助けんならんよつてん……」

「フウ——ムムム……」

老人はいよ〳〵驚いたらしく眼を瞠《みは》つた。

「フムム……あの瘤おやぢの仙右衛門《せんゑもん》は、そのやうに悪い奴ぢやつたのかなう」

「サイヤ、インチキ賭博《ばくち》打つて父《とと》さんと母《かか》さんを負かしよつたんや。さうして一文《もん》も遺らんとワテエを買ふた様に証文書かしよつたんや……そんでワテエは寝とつたけんど起きて来て瘤おやぢのインチキをワテエのインチキで負かして遣つたんや」

　老人は驚きの余り眼をシヨボ〳〵さした。

「……お前が……あのカラクリ賭博《とばく》に勝つたと云ふのか……彼《あ》の名高い仙右衛門おやぢに……」

「さいや。何《なん》でもあらへん」

「……まあ……」

　といふ軽い嘆息の声が襖《ふすま》の向ふから洩れた。

　その声を聞くと吾輩は急に意気昂然となつた。

「……おぢい……おぢい様。彼《あ》の瘤おやぢはインチキ下手なんやで……。そやから花札でもサイコロでも皆《みな》ワテエに負けよつたんや。……ワテエが一番で証文取り返して遣つたんや。さうしたらな……彼《あ》の瘤おやぢがえらい憤《おこ》り出しよつてな……蚊屋《かや》の天井引き裂いて追つかけて来よつたから、ワテエ蚊屋の紐を引落《ひきおと》いて逃げたんや。さうした後《あと》から、父《とと》さんも母《かか》さんも来て、一所に逃げよつたけんどワテエ子供やから途中で後れたんや。……そやからワテエ、その証文と、勝つた時の金《かね》あんぢよ持つて来たんや。……コレ……此処《ここ》に在るがな」

　と云ひ〳〵吾輩は懐中《ふところ》を掻い探つたが、その時にやつと気が付いた。吾輩は何時《いつ》の間《ま》にか白ネルの小さな着物に着かへさせられて居《ゐ》て、大切な振袖は何処《どこ》へ行つたか解らない。懐中《ふところ》は無論カラッポで薬臭いやうな汗のにほひがプン〳〵出るばかりである。

　吾輩は又も其処《そこ》いらをキヨロ〳〵と見まはした。

「オヂイ様。此処《ここ》に入れといたのに何処《どこ》へ遣つたのけえ」

　老人は急に返事も出来ない位、何《なに》かに驚いて居《ゐ》るらしかつた。たゞマヂリ〳〵と吾輩の顔を見てゐるばかりであつたが、やがて思ひ出した様に切れ〴〵に云つた。

「……それは……荒巻巡査部長が……持つて行つたが……」

「……エ……荒巻巡査がけえ……髯さんが彼《あ》の証文見よつたのけえ。そんなら父《とう》さんと母《かか》さんが悪者で無いことモウ解つたんけえ」

　老人は又も思ひ出した様に渋々とうなづいたが、それを見ると吾輩は躍《をど》り上《あが》らむばかりに喜んだ。

「……お〻嬉し……そんならワテエ……もう髯さんに会はいでもえ〻。お〻嬉し〳〵……そやけど……そやけど……」

　と吾輩は急に思ひ出しながら、老人の顔と、室《へや》の中の様子を見比べた。

「……そやけど……そやけんど……と〻さんと母《かか》さんは今何《ど》処《こ》に居《ゐ》るのけえ」

けれども老人は返事をしなかつた。

県知事が吾輩にお辞儀をした時の通りに、両手を膝の上にチヤント置いたまゝ、眼を半眼《はんがん》に開《ひら》いて吾輩と向ひ合つてゐたが、その心持ち血の気を無くした顔色を見てゐると、ちやうど彫刻《ほりもの》の人形か何《なん》ぞのやうに静かで、少々気味が悪るかつた。

六十六

しかし吾輩は何《なに》が故に老人が、コンナ改まつた態度に変つて、謹しみ返つてゐるのか、その気持ちがわからなかつた、だから構はずに畳みかけて問ふた。

「……おぢい……おぢい様……。父《とと》さんと母《かか》さんは何処《どこ》に居《ゐ》るのケエ」

斯様《かう》云つて蒲団の上でムキ出しになつた膝を撫で〳〵乗り出したのであつたが、それでも老人は返事をしなかつた。その代りに、心持ち伏せた瞼の下から泪《なみだ》をポロ〳〵とこぼし初めたので、吾輩はイヨ〳〵妙な気もちになつた。何《なん》といふ可《を》笑《か》しなお爺さんだらう……？　それとも此方《こつち》が何《なに》かしら悪い事を云つたのぢや無いかしらんと、最前から話し合つた言葉を一つ〳〵に思ひ出さうとしたが、何様《どう》しても思ひ出せなかつた。仕方が無いからスツカリ手持ち無沙汰になつたまゝ、老人の泣き顔を見まいとして俯向《うつむ》いてゐると、そのうちに老人は突然にズイ〳〵と吾輩の前にニヂリ寄つて来て皺だらけの両手でピタリと吾輩の肩を押へたのでビツクリした。慌てゝ逃げ退《の》かうとしたが、そのソツと肩に掛けられた手の中に、何《なん》とも云へない親切な力が籠もつてゐる様で、逃げようにも逃げられない気持ちになつてしまつた。

老人は其《そ》のまゝ吾輩の顔をヂツと見た。さうして其《そ》の眼から溢れ出して来る泪《なみだ》を拭はうともしないまゝ、唇をワナ〳〵と震はした。

「コレ……お前は、彼《あ》の両親に会ひ度《た》いと云ふのか」

吾輩は面喰らつた。此《こ》の老人は前から吾輩の両親と心安いのか知らんと思つた。しかし、それにしても恐ろしく念入りに口を利くお爺さんだ……と考へ〳〵指を啣《くは》へたまゝ答へた。

「アイ……早う会ひ度《た》いのや。ワテエが居《を》らんと母《かか》さんが三味線弾いても、とゝさんが鼓を叩いても、銭呉れる人が居《を》らんのや、踊りををどるワテエが居《を》らんよつて………」

と老人はなほも唇をワナ〳〵と震はしながら、吾輩にお辞儀をする様に頭を下げた。それを見ると吾輩はイヨ〳〵困つてしまつて、弁解《いひわけ》をする様に切れ〴〵に云つた。

「……ワテエが居《を》らんと……父《とと》さんも……母《かか》さんも、お飯《まんま》ヨウ喰べんよつてに……」

「………………」

「……ワテエも……早う踊り度《た》いのや。会はしてや……」

「エツヘヘヘヘ……」

と老人が突然に妙な声を出した。それと同時に薄い白髪《しらが》を分けた頭をイヨ〱低く垂れたので、吾輩はタツタ今泣いて居《ゐ》た老人が急に笑ひ出したのかと思つて、下から顔をのぞき込んで見たら、豈計《あにはか》らんやの大違ひであつた。老人は吾輩の肩に両手を載せたまゝ感極まつた態《てい》でシヤクリ上げて居《ゐ》るのであつた。

それを見ると吾輩はもう、身の置き所も無いくらひ面喰つてしまつた。何《なに》しろ世の中に、声を出して泣く者は女と子供だけで、コンナ老人が、コンナ奇妙な声を出して泣くだらうとは夢にも想像して居《ゐ》なかつたのだから、ちやうど生れて初めて汽車を見たくらひにビツクリしたのは当然であらう。しかも其《そ》の上に驚いた事には、襖《ふすま》の向ふでタツタ今まで笑つて居《ゐ》た女の人がヒソ〱と声を忍んで泣き出してゐる気はひが、洩れて来たのであつた。……大人といふものはどうしてコンナ変テコな処で泣き出すのだらう……一体、何《なに》が悲しくて泣くのであらう……と思ふと、吾輩は呆れを通り越して可笑《をか》しくなつてしまつたくらゐであつた。

すると其《そ》の時に老人は、力を籠めて吾輩の肩をグイと一つゆすぶつたので、又ビツクリさせられた。さうして叱られるのか知らんと思ひながら、頭を下げ加減にしてゐると、老人は泪に曇つた激しい声で、吾輩に喰《く》ひ付く様に問ふた。

「……コレ……」

「……アイ……何《なに》や……」

「……お前は……あれほど無慈悲な双親《ふたおや》の事をまだソレほどに思ふて居《ゐ》るのか……」

吾輩は水ツ涕《みづばな》をスヽリ上げながら顔を擡《もた》げた。

「……ムジヒ……て何《なに》や……」

六十七

老人は吾輩の質問に答へないでなほも新しい泪《なみだ》を両眼《りやうがん》から湧き出さした。あんまり沢山に泪を流しだすので、鼻の頭の方へシタタリ落ちるのを拭はうともしないまゝ唇を震はした。

「無慈悲にも何《なに》も、お話にならん親たちでは無いか。あの両親は、何処《どこ》かの非人同士が引つ付き合ふたもので、お前は真実の子供では無い。お前を生みの親から引き離してカドワカシて来たものと云ふでは無いか」

「どうして其様《そない》な事知つとるのけえ」

「髯の荒巻巡査が、何《なに》も彼《か》も此《こ》の爺《ぢい》に話したのぢや。しかもお前の両親は、そのお前のお蔭で永年養はれて来た大恩を忘れて居《ゐ》るのぢや。お前の親孝行につけ込んで、人間の道を外れた盗人《ぬすびと》ぢやの、人殺しぢやのを教へて、その上に放《つ》け火《び》までさせて居《ゐ》るのぢや。……そればかりでは無い。今の話でやう〱訳がわかつたが、お前の両親たちは、自分たちの罪を逃れる為めに、何《なに》もかもお前に投げ付けて、行方を晦《くら》まして居《ゐ》るのぢや。……何《なん》と云ふ邪慳《じやけん》な親か。親で無うても其《そ》のやうな無慈悲な事が出来るものでは無い。……然《しか》るにお前は其《そ》の親でなし……人でなしの親を、なほも親と思ふて、行く末を案じて遣るとは……遣るとは……世が逆様《さかさま》とは此《こ》の事ぢや……此《こ》の事ぢや……エツヘツ〱〱〱……」

　吾輩は馬鹿々々しくなつて来た。親でなしであらうが、人でなしであらうが、永年一所に暮して来た父《とと》さんと母《かか》さんが何処《どこ》へ行つたか解からないとなれば、誰でも心配するにきまつてゐる。極めて自然な、当り前の事でしか無いのだ。大人といふものはドウしてコンナに下らない事ばかり感心するのであらう。おまけに泣いたり、お辞儀したりしてばかり居《ゐ》て、要領を得ない事おびたゞしい。此《こ》の品《ひん》のいゝ老人よりも、彼《あ》の仙右衛門おやぢの方が悪い奴には違ひ無いが、それでも悪いなりにヨツポド要領を得て居《ゐ》る。云ふ事がハツキリして居《ゐ》て、相手になつても張り合ひがある……と子供心に考へた。

　しかし、それにしても未《ま》だハツキリしない事が、あんまり沢山あり過ぎる。第一両親が吾輩にナスリ付けて逃げて行つたと云ふ、その罪の正体がわからない。吾輩の記憶によると、吾輩の両親は何一つ悪い事をして居《ゐ》ない様に思へるのに、何《なん》で警察から睨《にら》まれるのか知らん。そればかりか、知事の禿茶《はげちや》瓶《びん》と、大友の刺青《いれずみ》親分と髭達磨の荒巻巡査部長は仲よしにきまつて居《ゐ》るのだから、髭部長が吾輩の両親を睨んで居《ゐ》るとなると、知事も大友親分も髭部長の味方になつて、吾々《われわれ》親子に敵対する事にならないとも限らない。福岡で知事の禿茶瓶が威張り腐つた時には吾輩が思ひ切りヤツツケてあやまらせて遣つたが、今から考へるとアレが悪かつたかも知れない。是《これ》は容易ならぬ事になつて来たぞ……と子供心に思案をすると、今度は此方《こちら》から老人の方にニヂリ寄つた。

「……おぢい様……」

「……何《なん》ぢやの……」

「そんなら父《とと》さんと母《かか》さんは、ホンマニ何処《どこ》へ去《い》んだか解らんのけえ」

「ウム。けふで三日になるが、まだ捕まへられんのぢや」

「……三日……」

「さうぢや。あの遠賀川の川堤《かはづつみ》の上にお前がたふれて居《を》つたのを、消防組の若い者が、ワシの処へ担ぎ込んでから、けふで三日になるぢや」

「……その間《あひだ》ワテエは眠つとつたのケエ」

「左様《さう》ぢや。歌ばかり歌うて居《を》つたのぢや」

と云ふうちに老人はやつと鼻紙を取り出して泪《なみだ》を拭いた。

「どないな歌うたうとつたのけえ」

「一々は記憶《おぼ》えんがの……」

「アネサン、マチ〱やたら、カツポレやたら、棚の達磨さんやたら……」

「さうぢや〱。そのやうな歌ぢや」

吾輩は自分の顔が赤くなるのがよくわかつたくらゐ気まりが悪るかつた。

六十八

「そんなら父《とと》さんと母《かか》さんは、モウ髯さんから捕まへられん遠いところへ逃げてしまふたんけえ」

「左様《さう》ぢや〳〵。モウ大分県か何処《どこ》かの管轄違ひへ逃げ込んだのぢやらう。それぢやから、お前も安心して寝《ね》えく〳〵、寝とらんと又熱が出るぞ」

　吾輩は又もホツと一息安心をした。さうして老人に押へ付けられるまに〳〵フワ〳〵する夜具の中にモグリ込んだ。

「そんならお爺様《ぢい》……」

　吾輩はモグリ込むと直ぐに横を向いた。タツタ今額《ひたひ》に載せて貰つた新しい冷たい手拭を片手で押へながら……

「何《なん》ぢやな……」

「そんならお爺さま……その父《とと》さんと母《かか》さんが、ワテエにさせた悪い事云ふのは、どないな事や」

「……ウ――ム。それはなう」

　と老人は云ひ淀《よど》んだ。しかし間《ま》もなく、如何《いか》にも慈悲深い、気高い顔になつて、吾輩の額《ひたひ》の手拭に手を添へた。

「それはなう。お前に云うて聞かせても仕様のない事かも知れんが……物を盗んだ事と、人を殺した事と、よその家《いへ》に火を放《つ》けた事ぢや」

「……阿呆《あはう》らし……」

　と吾輩は思はず叫んだが、そのまゝ口を噤《つぐ》んで老人の顔を穴の明く程見上げた。……ドウして……何処《どこ》からそんなトンチンカンな、恐ろしい話が出て来たのだらうと疑ひながら……。ところが老人は吾輩が叫んだ言葉を聞くと、如何《いか》にも吾意《わがい》を得たりといふ風に何度も〳〵うなづいた。

「左様《さう》ぢやらうと思ふとつた。ウン〳〵左様《さう》ぢやらうと思ふとつた。わしは息も絶えぐ〳〵のお前を引き受けた最初から、お前には罪は無いと固く信じて居つたのぢや。わしは聊《いささ》か骨《こつ》相《さう》を見るでの」

「コツソーて何《なに》や」

「骨相とは人相を見ることぢや」

「……アレ……お爺様人相見るのけえ」

「フーム。ほかに人相を見る人をお前は知つとるのけえ」

「知らいでか、空家の前で提灯とぼいて、四角い木とサーラを机に並べて銭貰ふとる彼《あ》の爺さまやろ」

「アハハハ。よう知つて居《ゐ》るなウ」

「知らいでか。木賃宿に一所に泊つたこと何度もある。やつぱりお爺様のやうに白い髯引つぱつとつたがな。此《こ》の髯はわしの大切な商売道具や。そやけど、わしの人相見は当らんよつてに、一つ処に永う居《を》られん云《よ》ひ居つたがな」

「アツハツハツハハツハツ」

　と老人は又高らかに笑ひ出したが、それに連れて次の間《ま》でも又、ヒソ〳〵と笑ひ出す声がきこえて来た。よく泣いたり笑ひ出したりする連中だ。

「アハハハハ。口の悪い児《こ》ぢやなう」

「そんでもホンマやがな」

「左様《さう》ぢや〳〵。その通りぢや〳〵。しかし此《こ》の爺はなう。空屋の前で提灯もとぼさんし、お金も貰はんのぢやが、その代りに、わしの云ふ事は必ず当る。お前のこれから先の事でもチヤント見透いとるからなう。何《なん》でもこれから、わしの云ふ通りにするのぢやぞ。さうすればお前は今の病気が治つても、警察へ呼ばれんで済むのぢや」

「呼ばれてもえゝがな。恐いことあらへん。ワテエ。警察の裏で小便して遣つた」

「ウム〳〵。その話も聞いた。髯の巡査部長から詳しう聞いたが、しかし、それは罪が無うて呼ばれた時ぢや。悪い事をした疑ひを受けて警察に呼ばれると、それは〳〵地獄よりも恐ろしい眼に合ふのぢやぞ」

「ワテが何《なん》ぢやら悪い事したて、髯巡査が云ひよるのけえ」

「したにも何《なに》も大変な嫌疑《うたがひ》が、かゝつて居《ゐ》るのぢや。……それればかりでは無い。お前にはまだ〳〵世にも恐ろしい災難が、あとから〳〵附き纏うて来よるのぢやが、それを此《こ》の爺と娘《ねえ》が、タツタ二人で助けて遣らうと思うて一生懸命になつとるのぢや。お前はまだ子供ぢやから解り悪《にく》いかも知れんが、しかし、大凡《おほよそ》の道筋でも解つて居《ゐ》ると都合がよいと思ふから、話いて聞かして置かうと思ふが、よう聞けよ……えゝか……」

六十九

これから天沢《あまざは》老人が吾輩に話して聞かせたことは、所々むつかしい漢語が這入《はひ》るので、些《すく》なからず弱らされたが、それでも大体の意味はよくわかつた。その話と、今の吾輩の見聞や想像を綜合して考へてみると、まだ七つにしかならない吾輩が、この遠賀川ふちで捲き起した事件といふのは、実に二重三重の恐ろしい意味で附近を騒がしたのみならず、その前後に行はれた選挙大干渉以上のセンセーショナルな大事件として全県下の新聞に報道されたものであつた。

ちやうど其時《そのとき》から三日前のこと、直方から見ると遠賀川の川向ふ、木屋瀬《こやのせ》の南の村外れに在る一軒の木賃宿から火を発して、木屋瀬の全村に燃え移り、折柄の烈風に煽られて猛烈此《こ》の上もない火勢を示した。之《これ》を見た直方を初め附近各村の消防組は時を移さず馳け付けたが、何《なに》を云ふにも立つて居られない程の大風の中とて、自由な行動が出来やう筈《はず》が無い。遂《つひ》に木屋瀬全村を烏有《ういう》に帰《き》し、焼死者、負傷者各若干を《を》出して漸くの事で鎮火したのであつた。

然《しか》るに、一方に大風は、鎮火後《ご》も引き続いたのみならず、稀有な豪雨をさへ交へて、川筋の堤防が危険に瀕して来たので、警察と消防は全力を竭《つく》して警戒に当つたのであつたが、力及ばず、各方面に各種の被害が続出したので県当局は総出の有様で救護に奔走し、県知事筑波《つくば》男爵も、安永《やすなが》保安課長、荒巻巡査部長以下の一行を従へて直方地方まで巡視して来た。

此《こゝ》に於て直方の警察署内は非常な緊張を示し、とりあへず木屋瀬の出火の原因について極力調査を遂げてみると、火元の木賃宿は南側の柱二三本を残して殆んど完全に近く灰になつて居《ゐ》る。その中央の上《あが》り框《かまち》と思はれる処に、並外れて大きな人骨が、雨と風とに晒《さら》し出されて横たはつて居《ゐ》たが、その首の周囲《まはり》には、ラムプの釣り手に使はれたらしい、両端《りやうたん》に鉄の鈎《かぎ》の付いた銅線が捲き付いてゐたばかりでなく、その一方の端《はし》は大黒柱に捲き付けたものと見えて四角に折れ曲つてゐた。その状況によつて推察すると、一旦打ち殺して置いて、あとから息を吹き返しても急に起き上れない様にして、火を放《つ》けたまゝ逃げ去つたものと見ることが出来る。極めて浅墓な手口ではあるが、その残忍さに到つては近来出色の事件であつた。

そこで直方署ではイヨ〳〵緊張して此《こ》の事件に当る事になつたので、先づ此《こ》の死骸を近隣の人々に見て貰つたが、無論誰の骨だか解る筈が無かつた。ところが其《そ》の中に、木屋瀬の北の村外れに住んで居《ゐ》て、タツタ一軒類焼を免かれた火葬場の番人のオンバウ佐六といふ男が遣つて来て其《そ》の骨を一眼見ると、これは瘤《こぶ》おやぢ仙右衛門に相違無い。第一此《こ》の骨は普通人よりズツと大きくして六尺豊《ゆたか》の大男のものであるし、その上に仙右衛門は生前オンバウ佐六に冗談を云つたことがある。……俺が死んだら無料《ただ》で焼いて呉《く》れなあ。焼き賃には福岡で入れた金《きん》の奥歯を遣るけんな……と大きな口を開《ひら》いて見せたことがあるが、その時に見覚えのある歯が此《こ》の骸骨にも付いて居《ゐ》るから、イヨ〳〵仙右衛門に間違ひは無いと、警官の前で断言したのであつた。

そこで直方署では早速手をまはして博奕《ばくち》打ち仲間の噂を探つてみると、元来仙右衛門といふ男は直方の遊び人仲間でも一番の古顔で、此頃《このごろ》大友親分に対抗して売り出した荒親分、磯政事《いそまさこと》、磯山政吉《いそやままさきち》といふ男の大兄哥《おほあにい》筋《すぢ》に当る名人《なうて》であるが、その賭博《とばく》のインチキ手段が余りに卑劣で巧妙な為めに、所の人から忌み嫌はれて、殆んど仲間外れと同様の冷遇を受ける事になつた。そこで仙右衛門は仕方無しに木屋瀬の村外れの木賃宿を一軒買つて自分はその亭主となり、行き来《ゆきき》の旅人を相手にして小銭をカスリ始めたもので、此《こ》の頃《ごろ》はドンナ詐欺《いんちき》手段を用ひてゐたか、知つて居《ゐ》る者すら無い。だから仙右衛門の死骸が他殺ときまれば、その犯人は必ずや仙右衛門の為めに絞上《しぼりあ》げられた旅渡りの者に違ひ無い——と云ふ噂であつた。

然《しか》るに一方に直方署では、その大風の最中《さいちう》に、何処《どこ》かの村の若い者が、河岸にたふれて居《ゐ》る此辺《このへん》には見慣れない女の児《こ》を発見した。さうして其《そ》の女の児を此《こ》の介隈に徳望の高い天《てん》沢《たく》老先生の処へ持ち込んだと云ふ噂を聞き込んだので、事の序《ついで》に巡査に当らせてみると、意外にも其《そ》の女の児といふのは実は七八歳ぐらゐの男の児で、しかもその身体《からだ》には、仙右衛門の筆跡に相違無い仙右衛門宛の身売り証文と二十円の円札《ゑんさつ》が雨に濡れたまゝヘバリ付いて居《ゐ》た……といふ事実が挙がつた。

七十

此《こ》の事実を探り出した直方署内は又も一層の緊張を示した。

その子供の身体《しんたい》にヘバリ付いてゐた身売証文と円札《ゑんさつ》こそ、仙右衛門殺しの真相を物語る重大な証拠物件では無いかと睨《にら》んだので、直接に吾輩を取り調べて、事実を摑まうとこゝろみたが、生憎《あいにく》吾輩は雨風に打たれながら過度の激動をしたせゐか、天沢老人の処へ引き取られると間《ま》もなく高熱を発して歌ばかり歌つてゐるし、天沢先生も当分のうち重態と認めて取調べを遠慮して貰ひ度《た》いと主張して居《ゐ》るので手が付けられない。又吾輩を天沢医院に担ぎ込んだ二三人の若い者も、唯、川向ふの消防組と名乗つただけで、間誤々々《まごまご》すると橋が落ちて帰れなくなるからと罵しり合ひながら、殆んど死骸を投げ出す様にして風の中を駈け出して行つたので、此《こ》の上に探索の進めやうが無い事になつた。

ところが此《こ》の事を聞き込んだ知事随行の荒巻巡査部長は大いに驚いた。すぐに……若《も》しや……と感づいたので、早速、直方署長を同伴して天沢先生の処へ来て見ると果せる哉《かな》、福岡の警察署が、知事の厳命によつて懸命に探索してゐる其《そ》の当の本人の吾輩が寝てたので非常に喜んだ訳であつたが、同時に、その髯巡査の話と、天沢先生が提供した証文と、お金との二つの証拠物件によつて、吾輩……もしくは吾輩親子三人の罪状が、殆んど確定してしまつたのであつた。

吾輩の両親は其《そ》の頃まで珍らしくなかつた山窩《さんくわ》の一種で、警察仲間ではカゼクラヒと名付けて居《ゐ》る持て余し者の一類といふことになつた。

すなはちカゼクラヒと云ふのは、大道芸人を装ひつゝ各地で悪事を働いて行《ゆ》く無籍者の総称であるが、その悪事の手段の一つとして、乞食仲間でカゼと称する子供を使つて人眼を欺きつゝ、チボ、万引、走り込み、駈け抜け、掻つ浚ひ、シノビ、パクリ、インチキなぞ云ふ各方面に亘つて稼ぐのがある。しかも其《そ》の中でも吾輩の両親が使つてゐたカセ……すなはち吾輩は単に、見るからにイタイケなカセであり、且《か》つ、大道芸人として勿体無い程の舞踊《をどり》の天才であつたばかりでなく、実に世にも珍らしいインチキ賭博《とばく》の名人であり、且つ大胆不敵な窃盗《せつたう》の卵であることが、吾輩自身に公言した言葉や、東中洲《ひがしなかす》の待合《まちあひ》で、知事以下三四人のガマロを失敬した手口によつて遺憾なく証明されてゐる。こんな素晴らしいカセは乞食仲間でも非常に高価な売買価値を持つて居《ゐ》るもので、木屋《こや》の瀬《せ》の瘤《こぶ》おやぢが吾輩を狙つたのも多分其処《そこ》に着眼したものと考へられる。のみならずその身売証文を吾輩自身に持つて居《ゐ》たのは、吾輩が直接に瘤おやぢから盗み返したものとしか考へられないので何《い》れにしても吾輩は、まだ〱ドレ位、悪事の天才を隠し持つて居《ゐ》るかわからないシタタカ者でなければならぬ。後世恐るべしとは吾輩の為めに云ひ残された言葉に外《ほか》ならぬ……と云ふのが福岡県当局の定評であつた。

だから木屋の瀬の殺人と放火の犯人が、吾輩と認められて来るのは自然の結果として止むを得なかつた。その残忍さや拙劣さから推測して、子供の吾輩が手を下《くだ》したものでは無いかと考へれば、考へ得《う》る余地が充分に在るので、何《い》れにしても此《こ》の子供は決して取り逃がさない様に監視して貰ひ度《た》い。さうして一日も早く取調べの出来る程度に回復さして貰ひ度《た》い……といふのが、ツイ先刻《せんこく》まで来て居《を》つた荒巻部長の云ひ分であつた。

ところで、今から考へると荒巻巡査は、同伴した直方署長の説明か何《なに》かで、天沢老人の人格を信頼した結果、此《こ》の様な腹蔵のない意見を述べたものらしかつたが、しかし天沢老人は、かうした当局の「見込み」の内容と、事件の経緯《いきさつ》をチヤンポンに聞いて居《ゐ》るうちに非常な不愉快を感じ初めた。さうして荒巻巡査部長の言葉が終るのを待ち兼ねて、極力之《これ》に反駁を加へはじめたのであつた。

七十一

天沢家の奥座敷には、かうして時ならぬ法廷が現出したのであつた。すなはち黙つて聞いてゐる直方署長が差し詰め裁判長の立場で、吾輩に対する嫌疑を述べ立てゝゐる荒巻部長が検事格。又、之《これ》に対して反駁を加へて居《ゐ》る天沢老人が弁護士の役目を買つて出た訳で、襖《ふすま》の蔭にお茶を入れながら一言一句も聞き洩らすまいと耳を傾けてゐる此家《このや》の令嬢がタツタ一人の傍聴人、兼書記の役廻りになつた。しかも其《そ》のカンヂンカナメの被告人となつた吾輩が、寝床の中から時々飛んでもない猥歌《わいか》を歌ひ出す。ウカ〱すると夜具の中から飛び出して夢うつゝのまゝ尻振《しりふ》り踊りを始めるのを、検事と弁護士が慌てゝ元の穴へ押し込むといふのだから、トテモ珍妙な場面であつたに違ひない。

然《しか》るに吾輩の弁護に立つた天沢老人の弁論なるものが又、頗《すこぶ》る珍妙無類を極めたものであつた。すなはち天沢老人は、直方署長と荒巻部長を前に置いて、威儀堂々とコンナ意見を述べ立てたといふ。

「私《わし》は骨相学上から見て、当局と全然正反対の意見を主張しなければならぬ事を、非常な光栄とし且《か》つ、欣快とするものである。

元来骨相学なるものは古来一種の迷信、もしくは荒唐無稽な愚論として軽蔑されて来たものであるが、私《わし》が七十年間の経験によつて判断してみると決して根拠の無いものでない。殆んど恐ろしい位に適中するもので、現に古今《ここん》の名判官と呼ばれる人で、有意識無意識に此《こ》の骨相の観察を判決の土台にした例が、数限りなく記録に残つて居《ゐ》るのを見てもわかる。

ところで私《わし》は此《こ》の患者を引き受けた最初に此《こ》の児の骨相を一眼《ひとめ》見ると、心中深く驚いたのであつた。此児《このこ》が尋常の生れでない……必ずや身分家柄の正しい、立派な人物の血を引いた児でなければならぬのみならず、将来どのやうな偉大な人物になるかわからないと云ふ、殆んど理想に近い完全な骨相を持つて居《ゐ》ることを発見して、思はず襟《えり》を正したのであつた。

その中でも第一に御注意申上げ度《た》いのは、この児の天帝《てんてい》に暗帯濛《あんたいもう》の気《き》がミヂンも見えない事である。骨相学上で天帝といふのは、眉の間《あひだ》から額《ひたひ》の中央にかけた白い平たい処であるが、一度でも悪事を働いたもの、又は生れながらにして性質の曲つて居《ゐ》る者は、此処《ここ》の皮膚の下に、冬の日蔭のやうな暗い、つめたい気分が滞《とどこほ》つて居《ゐ》る者である。見なれた者の眼には其《そ》の暗帯濛の形がハツキリと見えるものであるが、此《こ》の児の天帝には、そんなもの〻影さへ無い。極めて天空快闊な、奔放自在な性格であることが一眼《ひとめ》でわかる。又、身分の正しい家柄の児であることは、その鼻梁《はなすぢ》の気品を保つた通り工合でわかり、偉人となる可《べ》き将来を持つて居《ゐ》ることは、その重瞳《ちようどう》が、遠くは豊太閤、近くは勝海舟なぞと同様、稀有のものであることによつて判断される。又、頭脳の明晰なことは、その顱頂骨《ろちやうこつ》の形によつてわかり、殺伐残忍な性格でない事は耳殻《じかく》と、顴骨《くわんこつ》の高さでわかり、正義を主張する意志の強固さは、その顎の形が表明し、芸術的技巧に秀れて居《ゐ》ることは、その鼻翼の彎曲が左右均斉して居《ゐ》るのでわかる。之《これ》を要するに此《こ》の児の性格を綜合してみると、悪人としての要素は、過去、現在、未来を通じてミヂンも認められないのみならず、却《かへつ》て諸悪の征伏者として世に輝く可《べ》き天分を十分、十二分に持つて居《ゐ》ることが証明されて来るばかりである。

だから私《わし》は、只今《ただいま》警察当局のお話を承はつて居《ゐ》るうちに、意外千万な感じに打たれざるを得なかつた。警察当局の此《こ》の児に対する嫌疑を根本的に否定せざるを得なかつた。同時に、たとひ其《そ》の嫌疑が全部、事実と認められる証拠が挙がつたとしても、此《こ》の児が悪人であるといふことだけは、何処《どこ》までも、天地神明に誓つて否定しなければならぬと、固い決心をした次第である」

云々《うんぬん》といふので、荀子《じゆんし》一流の性善説か何《なに》かを引き合ひに出しながら滔々《たうたう》一時間に亘つて、吾輩の骨相の効能書きを御披露に及んだものであつた。

ところで斯様《かう》した超時代的な、ウルトラナンセンス式な無罪論には、流石《さすが》に物慣れた二人の警官も頗《すこぶ》る面喰らはされたものらしい。第一漢学の素養が余ツ程出来て居《ゐ》ないと、一言半句も反駁の加へ様が無い訳で、二人の警官は互ひ違ひに

「成る程〳〵」を連発しながら、髯をひねるばかりであつたが、それでも髯巡査は老人のお説教が一段落付くと、次の様な薄気味の悪い挨拶を残して立ち去つた。

七十二

「イヤ。色々と御高話を拝聴致しまして誠に有り難う御座いました。実は此《こ》の児《こ》の罪状と申しましてもまだ未決定のもので、此《こ》の児の両親を捕《とら》へて訊問してみなければ判然しない訳であります。又私共とても御説の通りに罪人を作るばかりが能では御座いませぬ。過去の経験と、現在の証拠とによつて的確な判断を下《くだ》して行《ゆ》くばかりで御座いますから、其《その》点は決して御心配無い様にお願ひ致します。

但《ただ》し……かやうな無邪気な少年が、自発的に容易ならぬ大罪を犯しました例は、私どもの職掌柄、度々見聞致して居《ゐ》る事を申添《まうしそ》へさせて頂きます。すなはち或る異常な性格を持つて、特殊な境遇に育つた少年には、随分思ひ切つた事をする者がありますので、しかも、此《こ》の少年が特にさうした条件に叶《かな》つた境界に育てられて来ましたといふ事は誰人《たれひと》も否定出来ない事実であります。現に知事閣下の前に出ましても、目上の者を屁とも思はず、又、忠義とか孝行とか云ふ言葉を冷笑的な態度を以て見流し聞き流すところを見ますと、実に不敵な根性を持つて居《ゐ》るとしか思はれませぬ。つまり此《こ》の少年の人並外れた性格から其《そ》の様な嫌疑が割り出されて来ましたものでありますから其《そ》の辺は何卒《なにとぞ》、悪《あし》からず御諒察を願ひます。尚《なほ》、これはホンノ御参考までに申し上げて置きますが、万一此《こ》の児《こ》が今申しました様な大罪を犯したものと致しますれば、両親の罪が非常に軽くなると同時に、此《こ》の児は丁年《ていねん》未満の事ですから所罰する事が出来ない。実に困つたことになるのであります。又は両親が罪を引き受けて収監されるとしましても、福岡にも小倉《こくら》にもまだ少年を収容する設備が出来て居《を》りませぬから、何処《どこ》かでお預かりを願はねばなりませぬ。

一方に知事閣下は、此《こ》の少年に対して非常な興味を持つて居《を》られまして、失礼ながら費用は何程でも負担するから、何《ど》様《う》か大切に御介抱願ひ度《た》い。何《いづ》れは有罪無罪にかゝはらず、自分の手に引き取つて世話をする積りだから、何分《なにぶん》よろしくお頼みする……と云ふお話で御座いまして、実は只今《ただいま》伺ひましたのもさうした知事閣下のお言葉をお伝へに参りましたのが主要な目的で御座いました」

云々《うんぬん》といふ挨拶で、要領を得た様な、得ない様な事にして二人の警官は立ち去つたのであつたが、今から考へるとかうした言葉の裏には、万一犯人が擱まらぬ場合、吾輩に何《なに》もかも結び付けて、有耶無耶《うやむや》の裡《うち》に責任をのがれ様と云ふ、田舎警察一流のずるい方針が、ほのめかされて居《ゐ》た様に考へられる。しかし人の好い天沢老人は、自分の云ひ度《た》い事だけ云つてしまへば、それで清々したといふ恰好で、却《かへ》つて二人の警官が徹頭徹尾自分の言ひ分に敬服して帰つたものと思つたらしく、まだ子供の吾輩に向つて、さも〳〵得意さうに自分のお説教を繰り返して、噛んで含める様な註釈をつけて聞かせるのであつた。

ところが吾輩は、そんな話を聞いて居《ゐ》るうちに、済まない話ではあるが少々睡《ね》むたくなつて来た。それはタツタ今、少時《すこし》ばかり起き上つて居《ゐ》た疲れが出たものらしかつたが、さうして半分ウト〳〵と睡《ねむ》りながらも、コンナ風に大勢の大人たちが寄つてたかつて吾輩一人を問題にして騒ぎまはるのが、不思議で〳〵仕様が無かつた。罪があるとか無いとか、余計なオセツカイばかりされるのが、五月蠅《うるさ》くて仕様がなかつた。

こんな事なら、親切な人間の世話になるよりも、邪慳《じやけん》な両親と一所になつて、乞食《こじき》をして歩るいて居《ゐ》る方が、よつぽど気楽でアツサリしてゐる。仙右衛門爺《ぢい》が死んだのだつて両親がしたことかどうか解かつたもので無い。吾輩と両親が逃げてしまつたのを悲観して、自分で首に針金を捲き付けて、自分で火を放《つ》けて死んだかも知れないのを、現場《げんば》を見届けもしない人達が寄つてたかつて、何《なん》とか彼《か》とか云つて騒ぎまはるところを見ると、大人といふものは、よつぽど隙《ひま》なものと見える。

そんなに罪人がきめ度《た》ければ、何《なに》もかも吾輩が引き受けてもいゝ。左様《さう》すれば両親は罪が無くなるから、髯巡査にイヂメられなくて済む。吾輩も今の話によると、子供だから罪にならないとすれば、結局、何《な》にも無しになるから都合がいゝではないか。仙右衛門みたいな悪い奴はドウセ死んだ方がいゝにきまつてゐるのだから、罪にならないものと解かつて居《ゐ》たら、ホンタウに吾輩が殺してしまつたかも知れない。イヤ〳〵。これから後《あと》でもあること。罪にならないときまれば構ふことは無い。悪い奴は片つ端から殺して遣らうか知らん……と云つた様な事を考へ〳〵、嵐の晩の恐ろしかつた光景を眼の前に描《ゑが》いて居《ゐ》ると、そのうちに次の間《ま》から最前の令嬢の声がした。

「お父様……磯政さんの乾児《こぶん》で浅川《あさかは》さんといふ方がお見えになりました」

其《そ》の声を聞くと天沢老人は軽く舌打ちをして顔を撫でまはした。

「又遣つて来たか。浅川といふのは何度も来た若い男ぢやらう。死んだ仙右衛門の遠縁に当るとか云ふ」

「左様《さう》で御座います」

「……執念深く附き纏ふ奴ぢやなう。此《こ》の児《こ》もナカ〳〵人気者ぢやわい。アハハハ……」

七十三

天沢老人の笑ひ声を聞くと、令嬢は次の間《ま》でハツと片唾《かたづ》を呑んだらしかつた。左様《さう》して心持ち魘《おび》えた様な声で言葉を継ぎ足した。

「あの……今度は十人ばかり見えて居《を》りますが……」

「何人《なんにん》来たとて同じ事ぢや。今病人の傍《そば》に付いて居《ゐ》るから会はれんと云ふたか」

「ハイ。申しました。さう致しましたら、ホンの一寸《ちよつと》で、お手間は取らせませんからと申しまして……」

「よし〳〵。それならば今度は待合室へ通して置け。茶も何《なに》も出す事は要らん。お前は此《こ》の児《こ》の傍《そば》に付いて居《を》れ」

「大丈夫で御座いますか、お父様……」

「アハハハハ。心配する事は要らん。高がユスリ、カタリを仕事にするナラズ者ぢや。武芸のたしなみさへあれば十人が二十人でも恐るゝ事は無い。小太刀《こだち》を持たせたら、お前一人でもよからう。ハハハハハ……」

老人はコンナ事を云つてスツクリと立ち上つたが、その態度には瘠《や》せこけた老人に似合はないシヤンとしたものがあつた。さうして如何《いか》にも武芸の出来た人らしい悠々たる態度で室《しつ》を出て行つた。

そのうしろ姿が、廊下の障子の向ふに消えると間《ま》もなく、次の間《ま》に足音がして、隔ての襖《ふすま》がスーツと開《あ》くと、間《ま》もなく其処《そこ》から、眼を瞠《みは》らずには居《ゐ》られない位、美しい人の姿がニコ〳〵笑ひながら入つて来た。

それはツイ今しがたまで襖の向ふで泣いたり、笑つたりしてゐた此家《このや》の令嬢に違ひなかつたが、何《なん》の気もない子供の吾輩ですら眩《まぶ》しいやうな気持ちになつた位だからよほど美しい人であつたらう。年の頃や眼鼻立ちは説明の出来る程ハツキリと記憶して居《ゐ》ないが、眼に残つてゐる幻影をたよりに想像してみると十七か八ぐらゐであつたらうか。頭には何《なに》か金色《こんじき》の紐が結ばつてゐた様だから、島田か何《なに》かに結つてゐたものと考へられる。質素な、洗ひ晒《さら》した浴衣《ゆかた》を着て、幅の狭い赤い帯を太鼓か何《なに》かに結んだ、極めて色気の無い姿であつたが、それでもその顔の色が、桜の花のやうに美しくて、黒い眼の光りが、何とも云へず柔和であつたことだけは、今でもシミ〴〵と印象に残つてゐる。

その令嬢は百年も前から吾輩と一所に暮して来たかの様に親しみ深い態度で、吾輩の枕元に座ると今一度ニツコリ笑ひながらさし覗いた。

「……気分はどう……」

吾輩は此時《このとき》に初めて此《こ》の令嬢の言葉が、此処《ここ》いらの人間の言葉の調子と違つて居《ゐ》るのに気が付いたので、チヨツト面喰らつた。そのまゝ眼をパチ〳〵させてゐると、令嬢は又も優しく寄り添ひながら微笑した。

「咽喉が乾くでしよ」

吾輩は其《そ》の眼もと口もとの美しさを穴の明く程見惚《みほ》れながら、無言のまゝうなづいたが、其《そ》の時に飲ませて貰つた水の美味《おい》しかつたこと……美しいお嬢さんの親切と一所に、腸《はらわた》の底の底まで浸み透つて行《ゆ》くやうな気もちがした。

吾輩が間《ま》もなく其《そ》のお嬢さんと姉弟《きやうだい》のやうに仲よくなつたことは云ふ迄もなかつた。生れ落ちてから今日《こんにち》まで、女の人の親切といふものに接した事の無い吾輩は、かうした若いお嬢さんの心からの同情に包まれて、ほとんど悲しいくらゐの喜びを感じた。さうして其《そ》のお嬢さんと色々な話を始めたのであつた。

吾輩はお嬢さんから尋ねられるまに〳〵今までの身の上話を前後取り止めもなくして聞かせたが、お嬢さんは一々眼を丸くしたり、感心したりして聞いて呉《く》れた。ずいぶん乱暴な事や、碌《ろく》でもない事までもアケスケに話したのであつたが、お嬢さんは不愉快な顔をする処か、面白がつて聞いて呉《く》れたので非常に愉快であつた。それから最後に吾輩が、今迄誰にも話す機会の無かつた木屋瀬《こやのせ》の木賃宿の一件の真相をありのまゝに話して吾輩の無罪を一々承認して貰つた。さうして火事の光りに照らされながら、大風の中を逃げた時の恐ろしさを説明すると、お嬢さんは唇の色まで真白《まつしろ》になつて、満腔の同情をもつて其《そ》の時の苦痛に共鳴して呉れたので、滅多に感傷的な気持ちになつた事の無い吾輩もとう〳〵涙ぐましくなつてしまつた。

それから今度は、お嬢さんが話を引き取つて、吾輩が人事不省のまゝ、此《こ》の家《うち》に担ぎ込まれてから後《のち》に起つた出来事を、詳しく話して聞かして呉れたが、吾輩は、吾輩を中心にして此《こ》の直方の町中《まちぢう》に渦巻き起つてゐるモンチヤクが殆んど想像も及ばぬくらゐ猛烈なのに些《すく》なからず驚かされたものであつた。

七十四

お嬢さんは……妾《あたし》によくわからないけれど……と謙遜しい〳〵話して呉《く》れたが、実はスツカリ事情を飲み込んでゐるらしく、現在直方の町中《まちぢう》を脅やかして居《ゐ》る、吾輩中心の渦巻き事件の真相が、当の本人の吾輩にも、手に取るごとくハツキリとうなづかれたのであつた。

遠賀郡《をんがぐん》の堤防の上で打ちたふれて居《ゐ》た吾輩が、人事不省のまゝ天沢医院に担ぎ込まれたといふ噂が伝はると間《ま》もなくのことであつた。直方署から来た警官と入れ違ひに死んだ仙右衛門爺《ぢい》の縁家《えんか》の者と称する浅川といふ男が、タツタ一人で天沢医院に尋ねて来た、玄関に低頭平身しながら仙右衛門の筆跡を見せて呉れと頼み込んだ。すると好人物の天沢老人は、浅川といふ男がドンナ人間か知らないまゝ一図に仙右衛門の血縁の者と思ひ込んだので、まだ警察に渡して無かつた吾輩の身売証文を、半濡《はんぬれ》のまゝ、応接間の机の上に拡げて見せて遣つた。

ところがその浅川といふ男は、天沢老人の隙《すき》を窺《うかが》つて、半濡の証文の上に左手をピタリと載せると、刺青《いれずみ》だらけの腕を肩までまくり上げて脅喝を始めた。……此《こ》の証文はたしかに仙右衛門の物に相違ない。それを此家《このいへ》に匿《かく》まはれて居《ゐ》る子供か又はその両親かゞ、仙右衛門を殺して奪ひ取つたものに相違ないものと考へられる。だから此《こ》の証文の文句通りに其《そ》の子供を此方《こつち》へ引き渡せばよし。渡さぬとあれば此儘《このまま》には帰らぬぞ……と炭坑地方一流の猛悪な啖呵《たんか》を切つて、威丈《ゐた》け高《だか》になつたのであつた。

　しかし天沢老人はビクともしなかつた、旧直方藩の御典医であつた家柄として皇漢医学と、武芸の秘術を稟《う》け伝へて来た天沢老人は何《なん》の苦もなく荒くれ男の浅川の左腕《さわん》を拗《ね》ぢ上げて、叮嚀《ていねい》に下駄まで穿《は》かせて往来に突き出すと、机の上に粘《ねば》り付いて居《ゐ》た証文を傍《かたはら》の火鉢で乾かして、茶簞笥の中へ大切に仕舞ひ込んだのであつたが、しかし天沢老人は此《こ》の出来事を極めて些細なことに考へて居《ゐ》たので、別に警察へ届けるやうな事もしなかつた。

　ところが事件はソレツキリで済まなかつた。

　それから二三時間経つと浅川は又も天沢家の玄関へ遣つて来て低頭平身して最前の無礼を詫《わ》びながら、済まないが証文をモウ一度見せて呉れと頼み込んだ。むろん天沢老人は面会もせずに追払《おひはら》はせたのであつたが、其《そ》の時に取次に出た台所の婆やの話によると、浅川の背後には二三人の書生体《てい》のものが太いステツキを持つて跟《つ》いて来て居《ゐ》る模様で、天沢医院の横露路《よころぢ》や、診察室の奥の方を透かし覗いて居《ゐ》る処を見ると、何様《どう》やら家《いへ》の中の様子を探つてゐるらしい形勢である。それから昨日《きのふ》の正午《ひる》過ぎの事。久し振りに大風が晴れて日の目が出たので、婆やは洗濯して置いた吾輩の着物を干しに裏庭へ出て行《ゆ》くと、ずつと向ふの裏長屋の屋根の上に立つて居《ゐ》た二人の男が、此方《こちら》のお座敷を指しながら何か頻《しき》りに話し合つてゐた。さうして色の褪めた女の児《こ》の着物が、物干竿に引つかゝつて高く〳〵差し上げられるのを見ると、互に顔を見交《みかは》してうなづき合ひながら、大急ぎで屋根の上から降りて行つたので、妙な事をすると思つて気にかけて居《ゐ》たが、今から考へると、彼《あ》れは矢《や》つ張《ば》り浅川の一味で、此家《このや》に評判の子供が匿《かく》まはれて居《ゐ》るかどうかを慥《たしか》めに来た連中に違ひ無い……気味の悪い事……と云ふので婆やは早くも慄《ふる》へ上がつてゐるのであつた。

　此《こ》の話を聞くと天沢老人はチヨツト暗い顔になつた。其《その》まゝ吾輩の枕元に座り込みながら頻りに髯を撫で下ろして居《ゐ》たが、さうした天沢老人の心痛の原因は、お嬢さんによくわかつて居《ゐ》た。

　その当時の直方は現在の直方市の半分も無い小さな町であつたが、それでも筑豊炭田《ちくほうたんでん》の中心地として日本中《につぽんぢう》に名を轟《とどろ》かしてゐた。しかも其《そ》の当時の筑豊炭田といふものが又、まだ開《ひら》けてから間《ま》もない頃のことで、鉄道がやつと通じたばかり……集まつて来る人々は何《なに》よりも先に坑区の争奪戦に没頭して、毎日々々血の雨を降らすと云ふ有様であつた。

　ところで其《そ》の坑区の争奪戦の中心となつて、互ひに鎬《しのぎ》を削り合つてゐる二つの大勢力があつた。その一つは官憲派とも名付く可《べ》きもので、その当時の藩閥政府と、之《これ》に附随する国権党の一味であつたが、福岡県知事はいつも其《そ》の党勢拡張と炭坑争奪の直接の指導者、兼、援助者として赴任して来るものと見做《みな》されて居《ゐ》たので、吾《わ》が禿茶瓶《はげちやびん》のカンシヤク知事もむろん其《そ》の一人に外《ほか》ならなかつた。しかも、其《そ》のカンシヤク知事は、お手のもの〻官憲の威力と、近頃売り出しの大友親分の勢力を左右に従へて、最も峻烈にして露骨な圧迫を、各町村役場に加へつ〻、片ツ端から坑区を押へてしまつたので、一時《いちじ》筑豊の炭田は尽《ことごと》く、官憲派の御用商人の手に独占されてしまひさうな形勢であつた。

七十五

ところが、かうした筑豊炭田の争奪戦に関する官憲派の横暴に対抗して起つたのが、有名な福岡の玄洋社《げんやうしや》の壮士連であつた。

玄洋社と云ふのは誰でも知つて居《ゐ》る通り、維新の革命に立ち遅れて、薩《さつ》、長《ちやう》、土《ど》、肥《ひ》のやうな藩閥を作り得なかつた福岡藩の不平分子が、国士を以て任ずる乱暴書生どもを馳《か》り集めたもので、或《あるひ》は大臣の暗殺に、又は議会の暴力圧迫に、其《その》他《た》、朝鮮、満蒙の攪乱《かうらん》に万丈の気を吐いて、天下を震駭《しんがい》して居《ゐ》た政治結社であつた。しかも其《そ》の頭目と仰がれて居《ゐ》る楢山《ならやま》到《いたる》といふ男は、玄洋社の活躍の原動力として、是非とも此《こ》の筑豊の炭田を官憲の手から奪取せねばならぬと考へてゐたらしく、当時直方で生命《いのち》知らずの磯山政吉《いそやままさきち》といふ、やはり売り出しの荒武者を味方に付けて、大友親分に対抗させる一方に、玄洋社一流の柔道の達者な書生どもを多数に直方方面へ入《い》り込ませて、官憲の威力をタ〻キノメス気勢を示したのであつた。

直方の町々が、かうした二大勢力の対抗の為めに、極度の緊張を示したのは云ふ迄も無い事であつた。時ならぬ賑《にぎは》ひを見せたのは町々の飲食店ばかりで、一般の民衆は今にも戦争が始まりさうな息苦しさを感じつ〻夜《よ》を明かし日を暮して居《ゐ》る。その中に到る処で、書生やゴロ付きの衝突が起つて、血を見ることが珍らしくないので、素破《すは》こそと片唾《かたづ》を呑む人々が多かつた。サテなか〳〵本喧嘩が始まらない。筑豊の大炭田が果して何方《どちら》の手に落ちるかは、容易に逆睹《ぎやくと》出来ない形勢のま〻暫《しばら》く睨《にら》み合ひの姿になつた。

ところへ突如として吹き起つたのが三四日前の大暴風であつた。彼《か》の大暴風は、一面から見ると、かうした二大勢力の睨み合ひに一転期を劃する為めに吹き起つたものと見てもよかつた。

直方の形勢が危機に瀕して居《ゐ》ることを聞いて居《ゐ》ながら、自身に出かける機会を持たなかつた福岡県知事筑波子爵は、風が止むと間《ま》もない一昨日《いつさくじつ》の午後になつて、多数の警官を随行させ、大友親分の一味に取り捲かれつゝ、暴風被害視察を名として、堂々と直方の桜屋旅館に乗り込んで来たのであつた。さうして玄洋社側の壮士に睨み縮《すく》められて居《ゐ》る直方署の署員と大友親分配下の兄哥連《あにいれん》を激励しつゝ、八方の村々に手を分けて、石炭採掘の承諾書に調印をさせ始めたのみならず、既に玄洋社側の有志の手で押へてゐた坑区までも手を廻して、否応《いやおう》なしに官憲派の御用商人の名前に書き替へさせ始めたのであつた。しかも筑波子爵の蔭には此《こ》の様な仕事に慣れたものが附いて居《ゐ》るらしく、その手段が如何《いか》にも巧妙敏速で、玄洋社側の壮士連中は勿論のこと、磯政親分一味の手でも到底防ぎ止《と》め得ない事がわかつたので、此《こ》の上はイヨ〳〵腕力に訴へるより外《ほか》に致し方がない。すなはち多大の犠牲を払ふ覚悟をもつて知事以下の官憲一派を直方署と共にタタキ倒し、その勢《いきほひ》に乗じて一斉に筑豊炭田を官憲派の手から奪ひ返すよりほかに道は無い。左様《さう》して直方に於ける玄洋社一派勢力を確保して、社中以外の人間の炭坑経営を妨害し窒息させるよりほかに方法は無い。と云ふので、多賀神社の附近の民家へドシ〳〵暴力団を集結した。……サア官憲が勝つか……民権が勝つか。玄洋社の興廃此《こ》の一戦に在りといふので壮士連の勢は正に天に冲《ちう》せんばかり。……真《しん》に箸が転んでも血の雨が降り出し相《さう》な形勢となつた。

　ところが折も折とて大風の副産物として、瘤《こぶ》おやぢの仙右衛門が川向ふで焼け死んだ事を磯政の身内の者が、慌しく報告して来た。同時に女の姿をした男の児《こ》が、天沢先生の処へ担ぎ込まれて居《ゐ》る。しかも其《そ》の児の身体《からだ》には仙右衛門の筆蹟らしい証文様のものと円札《ゑんさつ》が二三枚へバリ付いて居《ゐ》た……といふ事実が、やはり磯政の身内に聞こえて来たので、それならば新聞で評判になつて居《ゐ》る県知事のお声がゝりの子供に違ひ無い。その子供に何《なん》とか因縁をつけて此方《こつち》の手に奪ひ取つてしまへば、喧嘩のキッカケには持つて来いの条件になるばかりでなく、此方《こつち》の強味になる事うけ合ひである。ことに依ると知事と直接交渉の材料《たね》になるかも知れない……とか何《なん》とか云ふので巧らんだものであらう。浅川嘉平《かへい》といふ乾児《こぶん》に天沢病院を当らせてみることゝなつたのであつた。

七十六

　この浅川嘉平といふのは一名タン嘉《か》と呼ばれてゐる脅喝の名人で、ナカ〳〵掛け引きの巧者な男であつたが、好人物とばかり思ひ込んでゐた天沢老人に見事に逆捻《さかねぢ》を喰《く》はれさたまゝスゴ〳〵と帰つて来た。けれども其《そ》のお蔭で天沢老人が世間で評判する通りの好人物の人格者であるばかりで無い、容易ならぬ度胸と腕前の持ち主である事が初めてわかつたので、今度は念入りに策略をめぐらし初めたものらしい。一方に浅川も名誉回復の為めか何《なに》か解らないが、さうした策略の一手段らしく、何度も〳〵遣つて来て訳のわからない文句を並べては様子を見い〳〵帰つて行《ゆ》くので気味の悪いこと夥《おびただ》しい。しかしその来るたんびに附き添つて来る壮士らしい者の人数が二三人宛《づつ》殖えて行《ゆ》くので、今にドンナ事をする積りか全く見当が付かない。天沢老人はたしかに、さうした形勢を心配して居《ゐ》たものに相違無かつた。

　しかし天沢老人は間《ま》もなく晴れやかな顔になつてコンナ事を放言したさうである。

「アハハハ。考へる程のことは無いわい。此《こ》の子供がワシの家《うち》へ来たのは、此方《こつち》の為めにも良いキツカケぢや。ノウ。左《さ》様《やう》ではないか」

　これを聞いたお嬢さんは、老父の言葉の意味がわからなかつたので、たゞ柔順《すなほ》にうなづいたばかりであつたが、天沢老人は構はずに言葉を続けた。

「……おれは此《こ》の児《こ》をダシに使ふて、知事公と、玄洋社の大将の楢山といふ男に会ふて見ようと思ふ。左様《さう》して此《こ》の大喧嘩がまだ起らぬうちに仲裁をして、仲よく筑豊の炭田を開発させてみようと思ふ。さうすれば此《こ》の児は、此《こ》の介隈の福の神になる訳ぢや。ノウ左様《さう》ではないか」

　何《なに》も知らない純真なお嬢さんが、かうした老人のスバラシイ思ひ付きに賛成しない筈は無かつた。殆んど涙を流さむばかりに嬉し喜んだのであつたが、老人は又チヨツト考へた後《のち》に、コンナ事を独言《ひとりごと》のやうにつぶやいたと云ふ。

「……しかし……急ぐことは無いわい。万事は玄洋社の楢山社長が直方に出て来てからの事ぢや。……楢山は近いうちに出て来るに違ひ無いからの……その時に両方を一所に集めて仲直りさせねば、効能は無いと云ふものぢや。何《なに》も老後の思ひ出ぢやからの……ハハハハ……」

　さう云つて高らかに笑ふ老人の顔が、お嬢さんの眼には神様の様に気高く見えたと云ふが、これは尤《もつと》も千万なことであつた。

　ところで吾輩はさうしたお嬢さんの話を聞いて居《ゐ》るうちに面白くて〳〵たまらなくなつて来た。吾輩を中心とする大人同志の騒動がイヨ〳〵眼まぐるしく大きくなつて行《い》くのが何《なに》かなしに愉快で仕様がなくなつた。何《なに》が馬鹿々々しいと云つてもコレ位馬鹿々々しい事は無いと思はれたが、それと同時に、そのスバラシイ大騒動がイヨ〳〵大きくなつたら面白いだらうと云ふ気がしたので、吾輩は勢ひよく寝返りを打ちながらお嬢さんに尋ねてみた。

「そんだら其《そ》の禿茶瓶《はげちやびん》とゲンコツ屋とドツチが悪いのけえ」

「ホヽヽヽ。まあ面白いこと云ふのねえ。禿茶瓶て何《なん》の事……」

「知事の禿茶瓶のことやがな。知事の頭テカ〳〵やがな」

「まあ……さう……妾《わたし》チツトモ知らなかつたわ。此《こ》の前をお通りになつたのを拝んだけど……」

「シヤツポ冠《かぶ》つとつたんけえ」

「……えゝ……黒い山高を召してゐらつしたわ。……だけど……左様《さう》云へばミンナがお辞儀をしたけど一度もお脱ぎにならなかつた様だわ。ホヽヽヽ……」

「あの禿茶瓶アホタレヤ。フーゾクカイラン見たがる二本棒や」

「……まあ……」

とお嬢さんは眼を丸くしたが、二の句が継げないまゝ顔を真赤にした。

「……ゲンコツ屋の親分も見たんけえ」

「ホヽヽ。ゲンコツ屋ぢや無いことよ。玄洋社よ」

「……どつてもえゝ……見たんけえ」

「いゝえ。まだ見ないけどエライ方《かた》だつて、お父様おつしやつたわ」

「そんだらゲンコツ屋の方が強いのけえ」

「そんな事あたしにはわからないわ」

「そんだらドツチが悪いのけえ」

「なほのこと解りやしないわ」

「そやけど……あんたドツチが好きや」

「ホヽヽヽ。あたしドツチも好きぢやないわ」

「何《なん》でや……」

「ホヽヽヽ。ドツチも嫌らしい男ばつかりだから妾《わたし》嫌ひなのよ」

「……姉《ねえ》さま男嫌ひけえ」

「……えゝ……あたし貴方《あなた》のやうな男の子が一番好きよ」

と云ふうちにお嬢さんはイキナリ顔を寄せて、吾輩に頬ずりをして呉《く》れた。

七十七

吾輩は生れて初めて女の人に頬ずりされたので思ひ切り赤面してしまつた。するとお嬢さんも真赤になつて笑つたが、吾輩がモウ一度

「あんたはホンマに男好かんけえ」

と尋ねたのでなほの事真赤になつてしまつた。

「ワテエも女大嫌ひや。ホヽヽヽ。まあ、お愛想のいゝ事……」

「ホヽヽヽ。まあ、お愛想のいゝ事……」

「真実《ほんま》やで……そやけど、あんたの言葉何処《どこ》の言葉けえ」

「ホヽ、。オカシナ人ねえ。どうしてそんな事尋ねるの……」

「どうして云ふたて違ふやねえけえ」

「そりや違ふわ。東京に居《ゐ》たんですもの」

「そんだら此処《ここ》の家《うち》の人ぢや無《ない》のけえ」

「いゝえ……此処《ここ》の家《うち》の者よ」

「どうして此処《ここ》の家《うち》へ来たんけえ」

「……貰はれて来たのよ」

と云ふうちに又もお嬢さんの顔が真赤になつた。しかし吾輩には其《そ》の意味がわからなかつた。

「どうして此処《ここ》の家《うち》に貰はれて来たんけえ」

「知らないわ。そんなこと……」

といふうちにイヨ〳〵お嬢さんは真赤になつた。

「そんだらお嬢さんは此《こ》の家《うち》に来て何《なに》しとるんけえ」

「何《なに》もして居《ゐ》ないわ。時々小太刀《こだち》のお稽固をして居《ゐ》る位のもんよ」

「コダチて何《なん》や」

「小さな刀のことよ。お父さまがね。此《こ》の直方と云ふ処は人気が荒いから、身体《からだ》を守る為めに覚えておけと仰言《おつしや》つてね、時々教へて下さるのよ」

「コダチ知つとると強くなるのけえ」

「えゝ。刀で向つて来ても大丈夫よ。女でも子供でも覚えられてよ」

「ワテエに教へてお呉《く》れんけえ」

「えゝ教へたげるわ。だけど今は駄目よ。貴方《あなた》が病気だから……」

吾輩は今にも起き上つて、小太刀を習ひ度《た》いのを我慢しい〳〵家《いへ》の中を見まはした。

「此《こ》のうちには男の人ほかに居《を》らんのけえ」

「えゝ。居《ゐ》らつしやるわ。今東京に行つて、お医者の学問をしてお出でになるのよ。その方がお帰りになつたら、あなたもキツト好きになれてよ」

「ワテエ此《こ》の家《うち》のお爺様の方が好きや」

「ホホヽヽ」

とお嬢さんは口に手を当て笑つた。

「此方《こつち》のお爺様占なひさつしやるのけえ」

「えゝ。占なひもなさるけど人相を御覧になるのがお上手よ」

「ワテエが悪い事しよらんこと顔見ただけでわかると不思議やな」

「ほんとにね」

「ワテエの額《でぼ》ちんにナタイモが這入《はひ》つとるてホンマけえ」

「オホヽヽ。奈多芋《なたいも》ぢや無いわよ。アンタイモウよ」

「そんならアンタ、イモ好きけえ」

と吾輩は大人の真似をして洒落を云つた。お嬢さんは引つくり返つて笑つた。

「好きならワテエが天帝になつた時にタンマリ喰べさせて遣るがな」

「ホヽヽヽヽヽ。ハハハヽヽヽヽ」

とお嬢さんは止《と》めどもなく笑ひこけたが、やがて急に真面目な顔になつて笑ひ止《や》めた。玄関の方で何事か談判をして居《ゐ》る天沢老人の朗かな声と、その相手になつて居《ゐ》る男のシヤガレた声とが、だん〳〵高くなつて来たからであつた。

「……成る程……浅川君の云はれることはよう解りました。あなた方が知事と張り合ひになつて居《を》られる事情も、今のお話で残らず判然しました。貴方《あなた》がたのお話の通りならば、私《わし》は是非とも玄洋社の味方になつて、官憲の横暴を懲らしめねばならぬ処ぢやが、しかし其《そ》の問題と、彼《あ》の児《こ》の問題とは全然別の話ぢや。彼《あ》の児は私《わし》が医者として預かつて居《ゐ》るのぢやから、彼《あ》の児の病気が回復する迄は、此《こ》の家《いへ》から一歩も出すことはなりません」

「楢山先生からのお話でもですか」

「無論ぢや。それが医者としての責任ぢやからなう。ハハハハ……」

七十八

「それでは彼《あ》の児《こ》はドウしても渡されんと仰言《おつしや》るのですな」

さう云ふ男の声は何《なん》となく息苦しく角張《かくば》つて来た。しかし天沢老人の声は依然として朗かに落ち付いてゐた。

「左様《さう》ぢや〳〵。たとひ又あの児が元気になつたとしても、あんた方より先に知事閣下からのお話を承はつて居《を》る以上、その方《はう》へお答へせずに、お渡しする事は出来ませぬ」

「八釜《やかま》しい……」

「……何《なん》と……」

「知事が何《なに》かい。俺達は相当の権利があつて来て居《を》るとぞ」

と今度は別の声が云つた。

「おれ達は彼《あ》の子供の両親から頼まれて来て居《ゐ》るのだ」

「ホホオ。これは意外ぢや」

「意外でも何《なん》でもないぞ。彼《あ》の子供の両親は昨日《きのふ》から吾々《われわれ》の友人の処へ来て居《ゐ》る。涙を流いて彼《あ》の子供の事を頼むから吾々は来とるとだぞ」

「ハハア。それならば其《そ》の両親を此処《ここ》へ連れて来なさい。私《わし》からヂカに尋ね度《た》い事がある。まことに良《よ》い序《ついで》ぢや」

「……エツ……」

「驚く事はない。彼《あ》の児の両親は彼《あ》の児を仙右衛門に売り渡いたとあんた方は云ふて居《を》られるでは無いか。それならば彼《あ》の児を引き取る権利はモウ無うなつて居《ゐ》るぢやらう」

「……………………」

「それとも彼《あ》の児を売り渡いて居《を》らんと云ふなれば、えゝ幸ひぢやから両親を連れて来なさい。わしから尋ねてみたい事がある。あれ程親孝行な子供に永年養はれた大恩を忘れて何《なん》であの様な恐ろしい証文に爪印《はん》を捺《お》いたか。あの子供は何時《いつ》、何処《どこ》の村里で誘拐《かどはか》いたか問ひ訊《ただ》してみたい」

「ウ――ム」

「あんた方の親分の磯政ドンや玄洋社長の楢山到といふ人は、其辺《そのへん》の事情を残らず承知の上でアンタ方をよこされたのか」

「……ソ……それは……」

「それとも両親に頼まれたのは嘘か……」

「……エツ……」

「アハハハハ。大方嘘ぢやらう。磯政ドンでも楢山君でも、そげな筋道の通らん事を云ふて遣る人間では無いぢや。アハハハハハ……」

「……イヤ……恐れ入りました。しかし……」

　と又別の男の声がした。

「……しかし……これには色々秘密の事情がありますことで……」

「ハハア。まだ秘密の事情がありますかな」

「……左様《さやう》で……実はその事に就きまして私《わたくし》と貴方と二人切りでお話し度《た》い事があるのですが……ほんの二三分でよろしいのですが……」

「ハハア……どのやうな事ぢやな」

　それから先の話声は、ドカ〳〵と廊下を出て行《ゆ》く足音と、扉《とびら》がギイーと閉まる音《おと》に掻き消された切りパツタリと聞こえなくなつてしまつた。

　吾輩は自烈度《じれつた》くなつた。今にも活劇が初まるだらう……初まつたら直ぐに飛び出して、天沢老人の武術の腕前を拝見して遣らう……事によつたら加勢して遣つてもいゝ……くらゐに考へながらワク〳〵して待つて居《ゐ》たが、サテなか〳〵初まらない。いや。初まらない処か、血気の壮士が十人も来て居《ゐ》ると云ふのに、一人残らず天沢老人の理屈に押し詰められたらしく、チウの音《ね》も挙げ得ない様子である。勿論、天沢老人も人格の点では福岡県知事や玄洋社長の上手《うはて》を行《ゆ》く人物だつたさうだから、流石《さすが》の我武者羅《がむしやら》連《れん》も自然と頭を押へ付けられたのかも知れない。そこで今度は「欺《だま》すに手なし」といふ訳で、密談に事を寄せて老人を診察室に閉ぢ込めて、其《そ》の間《あひだ》に或る仕事をする目論見《もくろみ》らしかつたが、しかしそんな事を知らない吾輩は甚《はなは》だ詰まらなくなつた。一体十人の男たちは何様《どん》な顔をして居《ゐ》るのか知らん。玄洋社の壮士なんてドンナ風体《ふうてい》のものだらう。ソーツと見に行つて遣らうか知らん……なぞと考へながら小豆枕《あづきまくら》を傾けて、見るともなしに横に座つてゐるお嬢さんの顔を見ると、驚いた。

　お嬢さんは顔色を真青にして、眼をマン丸く見張つたまゝ、吾輩の右手のお縁側の障子を見てゐる。吾輩もビツクリして何事か知らんと怪しみながら、其方《そのはう》を振り返つてみると、何《い》時《つ》の間《ま》に開《あ》いたものかお縁側の障子が一尺ばかり動いてゐて、其処《そこ》から、お庭の向ふ側に咲いて居《ゐ》る、赤と黄色の美事な鶏《けい》頭《とう》の花が見える。

　……と思ふ間《ま》もなく其処《そこ》から、頭の毛を蓬々《もやもや》さした、人相の悪い浴衣《ゆかた》がけのライオンみたいな男の顔が覗いた。

七十九

その人相の悪い男は、眉毛の上から太い一文字《いちもんじ》の刺青《いれずみ》をしてゐたが、その刺青《いれずみ》の両端《りやうはし》が、外の光りを受けてピカ〳〵と青光りに光つてゐたことを今でもハツキリと記憶して居《ゐ》る。

　その男は、その刺青《いれずみ》の下の凹《へこ》んだ眼で、お嬢さんと吾輩の顔を見比べると、白い歯を剝き出してニヤリと笑つた。……

と同時に、ほとんど鴨居に閊《つか》へさうなイカツイ身体《からだ》を障子の蔭から現はしたと思ふうちに、突然、吾輩を眼がけて疾風の如く飛びかゝつて来た。

お嬢さんはその時に

「……アツ………」

と小さな叫び声をあげた様であつた。その瞬間に吾輩も無我夢中になつて、額《ひたひ》に乗つてゐた濡手拭《ぬれてぬぐひ》を引つ摑みながら、片手ナグリに投げ付けたが、その手拭は四角に畳まつたまゝ、大男の鼻と口の上へヘバリ付いて、パーンと烈しい音《おと》を立てた。

……と思ふと其《そ》の次の瞬間に、不思議な現象が起つた。

その男は濡れ手拭を顔にクツ付けたまゝ、座敷のまん中に仁王立ちに立ち止《ど》まつた。眼の球《たま》を二三度クル〱と回転させてヒンガラ眼に釣り上げた。両手をダラリとブラ下げたまゝ仏倒《ほとけたふ》しにドターンと畳の上に引つくり返ると、間《ま》もなく、手足をヒク〱と引き釣らせながら、次第〱にグツタリとなつて行つた。

それは実に見て居《ゐ》る間《あひだ》の出来事で、驚く隙《すき》も、怪しむ余裕も無い場面の急変化であつた。

吾輩はそれからズツト後《のち》になつて、此《こ》の時の出来事の原因を理解する事が出来た。それは吾輩が、福岡に残つてゐる双《さう》水執流《すゐしりう》といふ、当て身や投げ殺しを専門みたいにする珍らしい柔道の範士に就いて「合ひ気の術」といふものを研究して居《を》るうちに成る程と首肯《うなづ》いたもので、此《こ》の時に此《こ》の屈竟の大男が、まだおかつぱさんの吾輩に、何《なん》の他愛もなく引つくり返されたのは、所謂《いはゆる》「逆の気合ひ」に打たれたものに相違無かつた。つまりアツと云ふ間《ま》に吾輩を奪ひ去る可《べ》く飛び込んで来た、その極度に緊張した一本槍の気合ひが、偶然に投げ付けた吾輩の濡れ手拭ひに顔を打たれて、ピタリと中断されたばかりでなく、最前から詰めて来た呼吸をスツと吸ひ込みかけた其《そ》のシヨツ鼻を、一気に、完全にハタキ止《と》められたので、その一瞬間に呼吸機能の神経的な痙攣を起して、気絶してしまつたものらしかつた。

しかし其《そ》の時の吾輩には、そんな事が理解されよう筈《はず》が無かつた。

眼の前の出来事がアンマリ意外なので、スツカリ面喰《くら》つてしまつた。吾《わ》れ知らず寝床の上に起き上つて、畳の上に伸びて居《ゐ》る男の姿を凝視した。さうして何様《どう》したらいゝか知らんと云つたやうな気持ちで、お嬢さんの顔を振り返ると、お嬢さんも真青になつたまゝ吾輩を振り返つた。そのうちに巨《おほ》男《をとこ》の戦慄が、又、一しきり烈しくなつて、手足がヒクリ〱と引き釣り縮まつて行《ゆ》く模様である。

それを見ると吾輩は、ヤツト自分の仕出来《しでか》した事に気が付いた。夢中で投げ付けた手拭が、此《こ》の巨男《おほをとこ》を殺しかけてゐる事に気が付いたので、今更の様に狼狽して、大急ぎで大男の傍《かたはら》へ馳け寄つて、顔の下半部にヘバリ付いてゐる濡れ手拭を取り除《の》けて遣つたがその序《ついで》に見るともなく見ると、唇の色がモウ変りかけてゐる模様である。

　吾輩は急に胸がドキン〳〵とし初めた。おなじ思ひに馳寄つて来たお嬢さんと二人がゝりで、巨男《おほをとこ》の襟首に手をかけて、エンヤラヤツと抱へ起こさうとこゝろみたがナカ〳〵動く事でない。そこで今度は方向をかへて、二人で左右の胸倉を摑んで、思ひ出した様に掛け声をかけた。

「いち……にの……さんツ……」

「ひの……ふの……みいツ……」

　と引き起しかけたが、生憎《あいにく》なことに、半分ばかり成功したと思ふと、死んだかと思つた巨男《おほをとこ》が突然反抗するかのやうに

「……ムムムムム……」

　と反りくり返つたので、二人とも引きずり倒されながらヨロ〳〵とブツカリ合つた。その拍子に巨男《おほをとこ》のドテツ腹をめがけて、左右から思ひ切り膝小僧を突《つ》いてしまつた。すると又その拍子に二人とも襟元を取り放したので、又も仰向《あふむき》に引つくり返つた、巨男《おほをとこ》は後頭部《うしろがみ》をイヤと云ふほど畳の上にブツ付けて弾ね返されながら、今度は御念入りに

「……ギヤ〳〵ツ……」

　といふ奇妙な叫び声をあげた。

八十

　お嬢さんと吾輩はモウ一度ビツクリして左右に飛び退《の》いた。同時に吾輩は落ちてゐた濡手拭《ぬれてぬぐひ》を引つ摑んで、モウ一度タタキ付ける身構へをした。

　一方にお嬢さんは、床《とこ》の間《ま》の横の袋戸へ走り寄つて、赤い房《ふさ》の付いた黒鞘《くろさや》の懐剣《くわいけん》を取り出すと、大男から一間《けん》ばかり隔たつた床柱《とこばしら》の前に片膝を突きながら、袂《たもと》を啣《くは》へて身構へたが、それはよく芝居の看板に描《か》いてある……アンナ様な、何《なん》とも云へない美《い》い恰好であつた。

　その間《あひだ》に大男はやつと意識を回復したらしかつた。畳の上に大の字になつて眼を閉ぢたまゝ、ペロ〳〵と舌なめづりをしてゐたが、やがて眼を開《ひら》いて天井をキヨロ〳〵と見まはすと、自分が何処《どこ》に来てゐるか忘れたらしく、しきりに眼をこすりまはしてゐた。

　それから誰か呼ぶ積りらしくモウ一度舌なめづりをして、オイ〳〵と呼びかけたが、その声は咽喉に詰まつて、蚊の啼《な》くやうなヒイ〳〵声にかはつてしまつた。

　大男は此処《ここ》で初めて、自分が他所《よそ》の家の中《うち》にブツ倒れてゐるのに気付いたらしい。さうして呼吸が辛うじてしか出来ないと云ふやうな奇妙な眼に会はされてゐることがヤツト判《わか》然つたらしく、ガバと跳起《はねお》きて左右を見まはした。

　吾輩とお嬢さんは、それと見るや否や、同時に一歩退《しりぞ》いて身構へた。

　そのお嬢さんの手に握られた懐剣の光りと、吾輩が振り上

げた濡れ手拭のピッチャー第二球式の構へを見ると、男はハツと息を引きながら、ライオン式の表情を真青にしてしまつた。辷《すべ》りたふれむばかりに飛び上つて猫のやうに四ツン這ひになつたが、その拍子に詰まつてゐた呼吸が出て来たらしく

「ワ――ツ」

と叫ぶなり身を飜《ひるが》へして、半分開《ひら》いた障子を蹴《け》離《はな》して椽側《えんがは》伝ひに玄関の方へ馳け出した。

すると、それと同時に今まで鳴りを静めてゐたらしい玄関の方から

「どうしたかい」

「遣り損なうたか」

「子供は居《を》つたか」

と口々に叫びながら、五六人ドカ〳〵と踏み込んで来る足音が聞こえたが、それに入れ交《かは》つて今の男の声が、押し戻すやうに響き渡つた。

「帰れツ……みんな帰れツ……あの児《こ》は幻術使《ドグラマグラ》ひぞ幻術使《ドグラマグラ》ひぞ。逃げれ〳〵ツ。殺されるゾーツ」

と怒鳴り続けるうちに、その声は表の方へ駈け出して忽《たちま》ち聞こえなくなつてしまつた。その足音がチツトモ聞こえなかつた処を見ると多分下駄を穿《は》かないまゝ飛び出して行つたものであらう。

「何《なん》や〳〵」

「どうしたとかい〳〵」

「ハンマの源太が青うなつて逃げて行つたぞ」

「奥座敷で遣られたらしい」

「何《なに》か居《ゐ》るとぢやろ」

「殺されるぞ……て云ふたが」

「ウン……何《なに》やら解らん……」

「源太が云ふならよく〳〵の事ぢやろ」

「帰つて見ようか」

「ウン。帰つて見よ――」

「ウン。帰らう〳〵」

コンナ問答をせはしなくしてゐるうちに、みんな臆病風に誘《さそ》はれたらしい。ガタ〳〵と下駄を穿《は》く慌しい音《おと》がした。それと一所に診察室の扉《とびら》が開《ひら》く音《おと》がして

「まア。……えゝではないか」

といふ落ち付いた天沢老人の声がしたが

「ヘイ。ヘイ〳〵。又いづれ……」

といふ挨拶もそこ〳〵に、あとから今一人帰つて行《ゆ》く下駄の音《おと》がした。その下駄の音《おと》が遠ざかるに連れて、玄関の方が急にシンとしてしまつた様である。

一方に奥座敷で身構へてゐたお嬢さんと吾輩は、当の相手のハンマの源太に逃げられたので、スツカリ張合ひが抜けてしまつた。思はず顔を見合せた二人は、そこで初めてお互の大袈裟な身構へに気が付いて、急に噴出《ふきだ》してしまつた。

「オホヽヽヽヽ」

とお嬢さんが、鞘《さや》に納めた懐剣を投げ出して笑ひこけると吾輩も
「ハハハハハハ。ヒヒヒヒ、、、」
と笑ひながら、濡手拭をモトの額《ひたひ》の上に載せようとすると、いくら押へ付けても、うまく額《ひたひ》の上に乗つからないで、バタリと畳の上に落ちてしまつた。その時に吾輩はヤツト、自分が起きてゐる事に気が付いたので、慌てゝ夜具の中にモグリ込んだが、それが又可笑《をか》しかつたので、お嬢さんと吾輩はモウ一度腹を抱へて、汗の出るほど笑ひこけたのであつた。

八十一

その翌々日の事であつた。

吾輩は朝早くから天沢老人に引き起されて、お嬢さんが縫つて呉《く》れた白飛白《しろかすり》の着物を着せられて、水色のサワイの帯を締めて貰つて、顔を洗ふと直ぐに、約三十分ばかりの約束で小太刀《こだち》の稽固を付けて貰ふことになつた。勿論熱はモウ前の日一日中、全然出なかつたばかりでなく、吾輩の身体《からだ》は生れ付き頑健に出来て居《ゐ》る上に、行《ゆ》く先々の雨風と、毎日々々の烈しい乞食《こじき》踊りと、重たい荷物に鍛ひ上げられて居《ゐ》たので、僅《わづ》か二三日の中《うち》に半死の疲労から回復したらしい。見る〱非常な食慾と元気が付き出して、ヂツとして居《ゐ》られない位、身体《からだ》がウズ〱して来たので、何《なに》か遣つて見たくて堪まらない処であつた。

一方に天沢老人も吾輩が、ハンマの源太を遣つ付けた時の情況をお嬢さんから聞いて、吾輩の度胸や気合ひが、とてもスゴイものがあると見込んだ結果、ためしに武芸を仕込んでみる気になつたものらしい。

「サア。来て見なさい。朝飯前の仕事に、これから毎日指南して遣る。えゝか。すべて武術といふものは人を殺すのが目的でない。自分の身を護ると同時に、刀を抜かずして相手の悪心を押へ付けるのが目的ぢや。えゝか。薬を使はずに病気を治すのが医者の一番上手と同じ事ぢやから、その積りで稽古せんといかん」

「何《なん》でも勝つたら良《え》えのやろ」

「ウム。まあそんなものぢや。そこで向ふに、わしと向ひ合つて座つて見なさい。今すこし間《あひ》を置いて……もう少し離れて……左様《さう》ぢや〱。その襖《ふすま》の付け根の処に座るのぢや。すべて此《こ》の小太刀《こだち》といふものは、ことさらに得物《えもの》が小さいのぢやから、何《なに》よりも先に、身体《からだ》の構へ一つで相手を押へ付けんといかん。長い刀や槍が正面に構へて居《ゐ》るのに、小太刀は背後《うしろ》に構へる場合が多いのぢやから、チヨツトでも身体《からだ》に隙《すき》があると、すぐに長い刀が切り込んで来るからの……サア此《こ》の糊押し箆《へら》を持つて構へて見なさい」

「これでお爺様を突くのけえ」

と吾輩は、尖端《さき》の丸い大きな竹箆《たけべら》をヒネクリまはしてみた。

「アハハハ。まだ突いてはいかん。気の早い奴ぢや。突く前に一度ソレを持つて坐つて見い。右膝を突いて、左足を前に出して……イヤ〳〵反対ぢや〳〵。左足を引くのは受け身の構へぢや」

「かうけえ……」

「左様《さやう》ぢや〳〵。ウーム。構へはなか〳〵立派ぢや。何処《どこ》かで小太刀の構へを見たことがあるな」

「アイ。一昨日《いつさくじつ》見た。お嬢さんが、こないな風にしてハンマの源に向ひよつた」

「成程。左様《さやう》か〳〵。しかし、それにしても初手《しよて》から左様《さやう》立派には行《ゆ》かぬものぢや。踊りの名人だけの事はあるわい。ウーム」

「突いてもえゝけえ」

「ハハハハ。突かれては堪まらんが、左様無暗《さやうむやみ》に人が突けるものでない」

「そんでも突いたら、あの懐剣呉《く》れるけえ」

「あの懐剣とは……」

「をとつひ、お嬢さんが使ふたのんや」

「あゝ赤い房《ふさ》の下《さが》つたのか。あれはイカン。あれは娘に遣つたのぢやから……」

「そやけどお嬢さんは、ワテエに約束したで」

「ホホオ。何《なん》と約束した」

「ワテエがお嬢さんに、あの懐剣欲しい云ふたら、お嬢さんが老父様《ととさん》に小太刀習ふて勝つ様になつたら遣る云ふたで」

「アハハハハ。馬鹿な奴ぢや」

「そやからワテエ。そんだら明日《あした》稽古して貰ふ時に、老父様《ととさん》を突いて見せる云ふたら、突いたらアカンけんど、老父様《ととさん》のアタマのツル〳〵した処を一つたゝいたら彼《あ》の懐剣を遣る。続けて二つたゝいたらお前のお嫁さんになつて遣る云ふたで……」

「アハヽヽ。イヨ〳〵途方もない奴ぢや。まあ、そんな事はドウでもえゝ。稽古ぢやから……」

「稽古でも何《なん》でもホンマにたゝいてえゝけえ」

「それは構はんが、それでは稽古にならんからなう」

「ならんでも大事ない。ワテは彼《あ》の懐剣貰ふのや。お嬢さん〳〵。チヨツト来て見てや〳〵。ワテエがお爺様のアタマのツル〳〵した処タタクよつてん……」

と云ふうちに吾輩は竹箆《たけべら》を持つて老人に突つかゝつて行つた。

八十二

むろん吾輩は、糊押しの竹箆で天沢老人を突《つ》く気は毛頭なかつた。たゞお嬢さんの秘蔵の懐剣が欲しさに、あはよくば老人に突つかゝる振りをして、その隙《すき》に乗じて天窓《あたま》の禿《はげ》た処を一ツピシヤリと叩いて首尾よく約束の通り懐剣をせしめる積りであつたが、それにしても吾輩の飛び込んで行《ゆ》き方が、あんまり素早やかつたので天沢老人は少々狼狽したらしい。元来が子供に教へる気構へで、何《なん》の用心もしないで居《ゐ》た処へ、飛び込まれたのでハツと面喰らひながらも、老人に似合はぬ素早さで身を交《かは》しながら

「コレツ。コレツ、待て待てと云ふに。あぶないく〳〵」

と云つて鬼ゴツコみたいな気軽さで逃げまはつた。それを吾輩が矢継早に飛びかゝつて追ひまはすので、冗談のつもりの老人は動《やや》もすれば座敷の隅に追ひ詰められさうになつた。

「アハ〳〵。これは堪らん。恐ろしい鋭い奴ぢや。コレ娘。チヨツト来い。此《こ》の児が俺を……おれのアタマをたゝくと云ふて聞かんのぢや。チヨツト来て呉れい……来て呉れい。この児を止《と》めてくれい。アハハハハ。アハハ〳〵〳〵。これは敵《かな》はん」

台所の方で何《なに》かガチヤ〳〵やつて居《ゐ》たお嬢さんは、此《こ》の声を聞いたらしく、バタ〳〵と走つて来たが、此《こ》の情景《ありさま》を見ると、襷《たすき》を半分外したまゝ、お縁側に笑ひこけてしまつた。

「オホヽヽヽヽヽヽヽヽ」

「コレ〳〵。笑つてはいかん。この児を捕まへて呉《く》れい」

「オホヽヽヽ。ハハハヽヽヽ」

「いかん〳〵。アハハハ。早う止《と》めい〳〵。突かれさうぢや。タタかれさうぢや」

と云ふうちに老人は火鉢の向ふ側に追ひ詰められて絶体絶命になつたらしく、うしろの襖《ふすま》を開《ひら》いて玄関の方へ逃げ出した。

「爺さん逃げるのけえ。逃げたら敗けやぞ。アタマ叩かれるよりも卑怯やぞ」

と叫ぶなり吾輩もすぐにあとを追つかけたが、老人は、そのまゝ玄関の方へ姿を消した様である。そこで吾輩も逃して なるものかと竹篦《たけべら》を逆手《さかて》に持ちながら玄関の前の板張りに飛び出す。とハツとして立ち止《ど》まつた。

広い玄関の正面の患者控室らしい八畳ばかりの畳敷のまん中に、お茶やお菓子や蒲鉾《かまぼこ》の切つたのがチヤンと出て、平服を着た五人の男が座つてゐる。それを見た最初に吾輩は患者が来て居《ゐ》るのかと思つたが、病人らしいものは一人も居《ゐ》ないばかりでなく、揃ひも揃つてイガ栗頭の色の黒い、逞しい屈竟の男ばかりで、眼の光りが皆《みな》それ〴〵に一癖も二癖もありさうな面魂《つらだましひ》である。のみならず昨日《きのふ》から顔馴染になつた台所のお徳婆さんと、俥屋の平吉さんと云ふのがお酌をして一杯飲ましてゐる処で、二三人はモウ真赤になつて居《ゐ》る処であつた。

その五人が五人とも通りかゝつた吾輩の足音をきくと一斉に振り返つて吾輩の顔を見たので、その鋭い視線の一斉射撃に遮り止《と》められて吾輩はハタと立ち止《ど》まつた。さうして竹篦を逆手に持つて身構へたまゝ五人の視線を一つ〳〵に睨《にら》み返したのであつた。

五人の男は、そのまゝ瞬《また》き一つせずに吾輩を凝視した。盃《さかづき》を持つたまゝ、酌しかけたお徳婆さんは燗瓶《かんびん》を持つたまゝ呆れ返つた様に吾輩の顔を見てゐたが、やがて正面の中央に、あぐらを掻いてゐた八の字髭のズングリした男が、思ひ出したやうにニヤリと笑つたと思ふと前に在る饅頭を三つ重ねて、吾輩の方に出して見せながら眼を細くして手招きをして見せた。

それを見ると吾輩はツイ以前の習慣を出して、竹篦を投げ棄てながら板張りに両手を突いて

「おわりがたう御座います」

と超特級のお辞儀をしてしまつた。

五人の男はそれを見ると一斉にドツと吹き出した。

それにつれて吾輩も、何《なん》だか冷かされた様な気がして、急に極まりがわるくなつたので、慌てゝ逃げ出さうとすると、その饅頭をさし出した八の字髭のズングリ男が慌てゝ吾輩を呼び止《と》めた。

「オイ。チビツ子〳〵」

「チヨツト待て〳〵。聞き度《た》い事がある」

と外《ほか》の男も口を添へた。

吾輩も実を云ふと、内心大いに饅頭が欲しかつたので、すぐに立ち止《ど》まつて振り向いた。

「何《なん》や」

八十二

「何《なん》でもえゝから此処《ここ》へ来て此《こ》の饅頭を喰べい。欲しければ未《ま》だいくらでも遣る」

「アハハハ。ドウセイ此《こ》の家《うち》から接待に出たものぢやからノウ。ナカ〳〵気前がえゝわい。アハハハハ」

と酔つてゐるらしい右側の大男が高笑ひした。その顔を八の字髭はチヨツト睨《にら》み付けた。

「要らん事を云ふな。大事な事を聞きよるのぢやないか」

大男はうなづいて黙り込んだ。

そんな事を云つてゐる間《ま》に吾輩は貰つた饅頭を三つともペロリと呑み込んだ。さうして舌なめづりをしながらモウ一度八の字髭に問ふた。

「ワテエに訊き度《た》い事て何《なに》や」

「ヤツ。貴様モウ三ツとも饅頭を喰《く》ふてしまふたか」

「アイ。久し振りやで美味《うま》かつた」

「途方もない喰《く》ひ方の荒い奴ぢやなう」

「三つぐらゐ何《なん》でもあらへん」

「ウーム。まつと喰《く》ひ度《た》いか」

「アイ。いくらでも喰べたい。そやけど訊き度《た》い事て何《なん》や」

「ウム。それはなう……」

と八の字髭は、言葉尻を残して其処《そこ》いらを見まはしたが、

お徳婆さんも俥引《くるまひき》の平吉も、何時《いつ》の間《ま》にか居《ゐ》なくなつてゐた。表の通りには、ちやうど人影が絶えてゐるやうであつた。

その様子を見定めると八の字髭の男は、吾輩の耳に口をさし寄せるやうにして問ふた。

「をとつひナア」

「アイ……」

「一昨日《をとつひ》、お前を誘拐《かどはか》しに来た男なあ」

「アイ」

「大きな男ぢやつたか小さい男ぢやつたか」

「大きな男ぢやつた。あそこへ達《とど》くくらゐ大きな……」

と吾輩は鴨居《かもゐ》を指して見せた。

「その男は眉毛に刺墨《いれずみ》しとらせんぢやつたか」

「アイ。しとつた」

「ウーム。それでわかつた。天沢老人が、自分は中立ぢやから内通は出来んと云ふて、詳しい事情を話さんものぢやから、昨日《きのふ》押しかけて来た奴どもの目星が付かんぢやつたが、それであらかた見当が付いた。やつぱり彼奴《あいつ》ぢや」

「ハンマの源ぢやらう」

「ウム」

皆《みな》顔を合せた。その顔を見まはしながら八の字髭は腕を組んで説明し出した。

「ウム、彼奴《あいつ》なら磯政親分の片腕と云はれとる直方一の乱暴者ぢやから、彼奴《あいつ》のした事を磯政が知らん筈《はず》は無い。磯政は一日も早う喧嘩のキツカケを作らうと思ふて焦燥《あせ》つとるに違ひ無いのぢや」

「焦燥《あせ》つとるて、何様《どう》して焦燥《あせ》るとかいねえ」

「それは斯様《かう》ぢや。磯政の一統は何《なん》でもかんでも玄洋社長の楢山が、直方に来る前に喧嘩を始めて知事閣下を初め、吾々《われわれ》官憲と、大友一派の勢《いきほひ》を直方から一掃して筑豊の炭田を残らず押へて呉《く》れようと云ふので、盛んに小細工をして見て居《ゐ》るのぢや」

「ウム。左様《さう》云へば事実らしいなう。つまり万一手違ひがあつても、楢山に責任がかゝらぬ様にしようと巧らんで居《ゐ》るのぢやらう」

「ウム。其《そ》の通りぢや。彼奴等《きやつら》は皆《みな》首領思ひぢやからなう。殊《こと》に彼奴等《きやつら》は吾々《われわれ》官憲を軽蔑し居《を》つてなう。吾々を直方から追ひ払ふのは此《こ》の子供が饅頭を喰《く》ふよりも容易《たやす》い様に思ふとるでなう。喧嘩さへ始まればと皆《みな》思ふとらしいのぢや」

「ウム。人数《にんず》から云へば玄洋社の壮士だけでも吾々の三倍ぐらゐ居《ゐ》るのぢやからなう」

「玄洋社の柔道は強いげななう」

「講道館へ持つて行《ゆ》けば二段三段の奴が、いくらでも居《ゐ》るちうぢや無かか」

「ウム。しかし喧嘩となれば別物ぢやと大友親分も云ひ居《を》つたがなう。近頃の柔道は体育を主眼としとるで武術の中《うち》には這入《はひ》らん。刃物を持つて蒐《か》かれば一も二もない……と署長も笑ひよつたが……」

「撃剣ならば自信があるわい。アハ〳〵」

と横から大男が笑ひ出した。その尻馬《しりうま》に付いてほかの三人も自信ありげに腕まくりをして見せた。……面白いな……と思ひながら吾輩は丼《どんぶり》の中の饅頭を二つ一所に引つ摑んだ。

八十四

「ところが此処《ここ》に一つ問題と云ふのは此《こ》の子供ぢや」

と八の字髭は仔細らしく腕を組んで皆《みな》の顔を見まはした。それにつれて四人の男が交る〴〵吾輩を振り返つたので、吾輩は二ツ一緒に頰張りかけた饅頭を一つに倹約した。

八の字髭はニヤ〳〵笑ひながら、説明を続けた。

「なう。此《こ》の子供は見かけの通りナカ〳〵ヨカ稚児《ちご》ぢやでなう。知事閣下がトテモ夢中になつて愛着して御座ることを、先方でもチヤント知つとるのぢや。そこで此《こ》の児《こ》を人質に取つて楢山社長のお手のものにして献上するとなれば、楢山社長も評判の稚児好きぢやから喜んで育てるにきまつとる。それればかりでなく、此《こ》の児を取られた事が知事の方に知れたなら、知事が夢中になつて逆上《のぼ》せ上つて、無理にも取り返しに来るに違ひ無いと見込んでヤンギモンギ連れて行《ゆ》かうとして居《ゐ》るのぢやが、天沢先生が此《こ》の児を押へて御座るもんぢやからナカ〳〵思ふ通りにならん」

「成る程……しかし天沢先生は温柔《おとな》しく此《こ》の児を知事に渡いたらよかりさうなものぢやが……」

「そこぢや。其処《そこ》が天沢先生の流儀違ひのとこぢや」

「流儀違ひとは……」

「ウン。その……流儀違ひと云ふと、すこし云ひ方が違ふかも知れんが、天沢老人はあの通り一寸《ちよつと》見たところ柔和な人格者ぢやが、あれが漢学仕込みの頑固おやぢで役人でもゴロ付きでも後《あと》へは引かんと云ふナカ〳〵の強情者ぢやさうぢや」

「成る程。さう云へばそげな処もある」

「そこで此《こ》の直方に居《を》つても人格者とか何《なん》とか立てられたもんぢやが、その天沢先生の眼から見ると知事が官憲の力を利用してこの筑豊の炭田を押へようとするのは大きな間違ひであると同時に、之《これ》に反抗して玄洋社が炭坑取りを思ひ立つたのも大きな心得違ひと云ふのぢや」

「アハハハハ。成る程。それならば公平でえゝな」

「イヤ。笑ひごとぢや無い。全く公平な議論に違ひ無いのぢや。のみならず今の通りぢやと直方の町々は何時《いつ》喧嘩が始まるかわからんと云ふので一軒残らず戸を閉め切りの有様ぢやから、商売も碌《ろく》に出来ん。そこで此《こ》の喧嘩を仲裁して直方の町をモトの繁昌に返すには、是非とも此《こ》の児を手の中に握り込んで置かねばならんと天沢老人が頑固に構へて居《ゐ》るらしい。一方に又知事閣下は知事閣下で、成る可《べ》く喧嘩を楢山が来るまで引つぱつて置いて、来ると同時にワーツと始めて、そのドサクサに乗じて楢山を縛り上げて監獄にブチ込むといふ方針ぢやから、とにかくにもそれまでは此《こ》の児を敵の人質に取られん様にせんければならん……と云ふ訳で、その用心棒として吾々《われわれ》は此《こ》の家《いへ》に派遣された訳ぢや」

「成る程なあ。道理でやつと理窟が飲み込めた。今朝《けさ》署長から、彼《あ》の天沢病院に居《を》る子供を保護しに行《ゆ》けと命ぜられた時までは、何《なん》の事やら意味が解からんぢやつたが……成程なあ」

「それぢやから万一此《こ》の喧嘩が、天沢老人の手で止《と》まるとなれば、直方の人民どもはドレ位助かるか解からん」

「さうなれば天沢老人は此《こ》の直方の守り神になる訳ぢやな」

「ウン。天沢老人に限らん。誰でもえゝ」

「しかし、此《こ》の炭田争ひは当分止《や》まるまいなあ」

「止《や》まるものか。神様の力でも困難《むつか》しからう、何《なん》にせい此《こ》の筑豊の炭田を皆《みな》押へたら日本帝国の世帯を引き受けるだけの財産ぢやさうぢやからなう。ことに将来支那や露西亜《ロシア》と戦争する段になれば何《なに》よりも先に立つものは石炭ぢやさうぢやからなう。政府でも一生懸命になる訳ぢや」

「しかし。今では其《そ》の炭田争ひがヨカチゴ争ひになりかけとるぢやないか。ハハハ」

「ウム。云はゞまあソゲナものぢや。アハハ。しかも其《そ》の争ひの中心を守つとるのぢやから、吾々の任務たるや頗《すこぶ》る重大なもんぢや」

「酒や饅頭が出る訳ぢやなう」

「アハハハ……」

「いかにもなう。見れば見るほどヨカチゴぢやなう」

「アハハハ。そこでチヨツト一杯酌をして貰はうか」

「馬鹿。そげな事すると首が落つるぞ。知事閣下のお気に入り様ぢや無いか」

「ヒヤツ。危ない〳〵。いかにも〳〵」

「やあ。お前はモウ彼《あ》れだけの饅頭を喰《く》ふて了《しま》ふたか」

不意に斯様問《かう》はれた吾輩は、ちやうど最後の一個《ひとつ》を頰張つて居《ゐ》たので、返事が出来なかつた。大急ぎで口をモグ〳〵やりながら、涙ぐんだ眼で八の字髯を見上げてうなづいた。同時に気が付いて見ると吾輩は、五人の話も一心に聞き〳〵、何時《いつ》の間《ま》にか七つ八つ在つた饅頭をペロリと平げてしまつて居《ゐ》るのであつた。

八十五

「呆れた喰ひ助ぢやなうお前は……。そげに喰《く》ひよると虎列剌《コレラ》にかゝるぞ」

吾輩はしかし依然として返事が出来なかつた。無言のまゝ咽喉に詰まつた饅頭をタタキ下げて、横に在つた茶碗を取り上げながら一口飲むと、渋茶と思つたのが酒だつたので、忽《たちま》ち噎《せ》せ返つてしまつた。

それを見ると五人の巡査は、又も引つくり返るほど笑ひこけたが、そのうちにヤツトの思ひで冷えた茶を飲まされて落ち付いた吾輩は流石《さすが》に久し振りの満腹を覚えると同時に、思はず大きなゲツプを一つした。

「ウ――イ美味《うま》かつた」

「アハハハ。成る程大きな顔をする児《こ》ぢやなう。アハハハハ」

「ドツチが美味《うま》かつたか。酒と饅頭と……」

「ドツチも美味《うま》かつた」

「アハハハ。トテモ物騒な稚児さんぢやなう。アハハハハ」

吾輩はさうした五人の笑ひ顔を舌なめづりしい〳〵見まはして居《ゐ》たが、やがて笑ひ声が静まると、今度は此方《こつち》から問ひかけた。

「叔父さんえ」

「何《なん》ぢや」

と八の字髭の横の大男が座り直した。

「戦争が初まるん真実《ほんま》かえ」

「ウム〳〵。本当ぢや〳〵」

と大男が腕を組んでうなづいた。

「何処《どこ》で戦争が初まるのけえ」

「それはなう」

と大男が、片手で茶碗酒をグイ〳〵と引つかけながら、玄関の横の方のはるか向ふを指して見せた。

「それはなう。此《こ》のズーツと向ふになう。鉄道線路を越して行《ゆ》くと多賀様と云ふ山の上の神様が御座る。そこの近くに陣取つとる玄洋社といふ国と、それから、此方《こちら》の方のズツト向ふの賑やかな通りに在る青柳《あをやぎ》といふ家《うち》に陣取つとる知事さんの家来とが戦争をするのぢや」

「何時頃《いつごろ》始まるのけえ」

「何時《いつ》始まるかわからんが、相手の大将が来ればすぐに始まる」

「相手の大将て誰や」

「玄洋社の大将の楢山到といふ男ぢや」

「此方《こつち》の大将は知事さんけえ」

「さうぢや〳〵」

「知事さんと玄洋社とドツチが悪いのけえ」

「そらあ玄洋社の方が悪いてや」

「そんならワテエは何方《どつち》の味方や」

「そらあ云ふ迄もない知事さんの味方や」

「あの禿茶瓶《はげちやびん》の味方けえワテエ」

「コレ。そげな事……」

「アハハハハ。いやナカ〳〵痛快な児《こ》ぢやなう。知事さんの味方好《す》かんちうのか」

「好《す》かん」

「アハハハ。面白いなう。何《なん》で好《す》かん」

「あの禿茶瓶スケベエやから……」

「アハハハハハ」

「ワツハツ〳〵〳〵〳〵」

「そんだら叔父さん」

「何《なん》ぢや。アハハ」

「そんだら玄洋社の大将はスケベエけえ」

「ウン。好色漢《すけべゑ》とも〳〵。知事さんよりマツト〳〵好色漢《すけべゑ》ぢや」

「そんだら二人とも悪いのやろ」

「その通り〳〵」

「そんだら二人の喧嘩止《や》めさせてもえゝやないか」

「アハハ。それがナカ〳〵止《や》められんのぢや」

「何《なん》で止《や》められんのけえ」

「アハハハハハ」

「何《なん》で笑ふのや。叔父さんは……」

「お前知らんけえ」

「知らんから聞くでねえけえ」

「お前があんまりヨカ稚児ぢやからよ」

「ヨカチゴて何《なん》や」

「知らんかなうお前は……」

「知らん。教へてや」

「アハハハ。これは困つたなう。教へて遣り度いのは山々ぢやがなう。アハハハハ」

「ワハハハハハ……」

酒に酔つた五人は止め度もなく笑ひ崩れてしまつた。その時に天沢老人が奥の方から慌たゞしく
「チイヨ〳〵」
と呼ぶ声がしたので、吾輩は素破《すは》こそ又も一大事御参《ござん》なれと云ふ勢ひで、足を宙に飛ばして廊下を一足飛《いつそくと》びに駈け付けてみたら何《なん》の事だ。一緒に朝飯を喰《く》へと云ふのであつた。

八十六

吾輩はもう饅頭でウンと云ふほど満腹してゐたので朝めしなんかどうでもよかつたのであるが、それでも沢庵がステキにお美味《いし》かつたので、三杯ほどお茶漬を掻つ込んだ。

それから天沢老人にねだつて最前の糊押しの竹箆《たけべら》を貰つて、硯箱《すずりばこ》の小柄《こづか》を借りて、短刀の形に削り初めた。

それは天沢老人が診察に出かけた留守中の事であつたが、お嬢さんも古い糸屑箱を貼り直すと云つて、秘蔵の千代紙を取り出して、火鉢で糊を煮初めたので、吾輩が其《そ》の横に座つて無調法な手付きで竹箆を削初《けづりはじ》めると、お嬢さんは、糸屑に交《まじ》つた竹屑を抓《つま》み除《の》けながら
「まあ、その箆《へら》を削つて何《なに》にするの」

と問ふた。

「何《なに》にするて、コレ短刀にするのや」

と吾輩は正直に答へた。

「まあ嫌……短刀を作つて何《なに》にするの」

「玄洋社と知事の喧嘩を止《や》めさせるんや」

「オホヽヽヽヽヽ」

　とお嬢さんは半分聞かぬうちに笑ひこけた。此《こ》のお嬢さんは実に申し分の無い親切な、天女《てんにょ》のやうに美しいお嬢さんであるが、タツタ一つの欠点は何《なに》を見ても笑ひ出すことであつた。

「知事と玄洋社の喧嘩やめさせるくらゐ何《なん》でもあらへんがな」

「まあ。えらいのねえ。オホヽヽヽ、どうして止《や》めさせるの」

「知事の禿茶瓶《はげちゃびん》と、玄洋社の楢山やたら云ふ馬鹿タレを此《こ》の短刀で突く云ふて威《おど》かすのや」

「オホホヽヽヽヽ。止《や》めやしないわよ。オホヽヽヽヽ」

「止《や》めん云ふたら真実《ほんと》に殺《ころ》いたる。さうしたら喧嘩ようせんやろ」

「オホヽヽヽ。面白いのね貴方《あなた》は……東京にだつてアンタみたいな児《こ》は居《ゐ》やしないわ」

「東京に居《ゐ》たんけえ。お嬢さんは……」

「えゝ。東京の伯母さんとこに居《ゐ》たわ」

「そんだら何《なん》でも知つとるんやろ」

「何《なん》にも知らないわ。女学校を卒業しただけよ」

「そんでもヨカチゴ云ふたら知つとるやろ」

「知らないわ。そんな事……」

「そんでも表に居《ゐ》る警察の人が、ワテエを見てヨカチゴ云ふたで」

「……………」

　お嬢さんは何《なん》と思つたか吾輩の顔から視線を外《そ》らすと、真赤になつてさしうつむいた。しかし吾輩にはその意味がわからなかつた。

「なあ。ワテエ真実《ほんま》にヨカチゴけえ」

　お嬢さんはヤツト泣き笑ひみた様な顔を取り繕つて吾輩をチラリと見た。

「知らないわ。そんな事……それよりもいゝものを上げませうか」

「アイ。何《なん》や」

　お嬢さんは無言のまゝ、膝の上に重ねた千代紙の中から、銀色のピカ〳〵光る紙を二三枚引き出して、その中《うち》の一枚を鋏で半分に切つて吾輩に渡した。

「ソレはねえ。妾《わたし》が東京から持つて来て大切にして居《ゐ》る銀紙よ。それを其《そ》の短刀に貼つて御覧。キット本物の様に光つてよ」

「コレ。どうして貼るのけえ」

「ちよつと妾に借して頂戴……その竹篦《たけべら》も一所に……妾が貼つたげるから……ね……」

　さう云ふうちにお嬢さんは箱貼りをソツチ除《の》けにして、吾輩の竹篦をイヂクリ初めたが、如何《いか》にも細工好きらしく、見る〳〵うちに竹篦が細身《ほそみ》の短刀の形に削り直されて、ピカ〳〵光る銀紙が本物みたいに貼り付けられた。それからお嬢さんは、古い砂糖の箱の馬糞紙を切つて、柄《つか》と鞘《さや》の形を作つて、その上から紫と赤のダンダラ模様の紙を貼つて、四ツ目《め》錐《ぎり》で目釘穴《めくぎあな》をあけて、其処《そこ》へ古い琴の飾りに使つた金糸《きんし》交《まじ》りの赤い房《ふさ》を通して結んで呉《く》れたのでトテモ立派な短刀が出来上つた。

お嬢さんは、それを日当りのいゝ縁側に吊して、乾くまで触つてはいけないと云つたが、吾輩はそれが待ち遠しくて〳〵たまらないので、何度も〳〵椽側《えんがは》から手を伸ばしかけては叱られた。ところが、それが日暮れ方になつてヤツト乾いたので、大喜びでお嬢さんから受け取つて、ちやうど診察から帰つて来た天沢老人に見せると、老人は眼を細くして吾輩の頭を撫でながら、自分の事の様に喜んでくれた。

「ウム〳〵。立派なもんぢやなう。それならば危なう無いから持つて居《を》つてもえゝぞ」

「お爺さま。これで戦争出来るけえ」

「おゝ〳〵。出来るとも出来るとも。武術の名人ぢやと竹篦でも人を斬ると云ふ位ぢやからなう。ハハハハ。明日《あす》から其《そ》の短刀で稽古をせい。さうして早やう小太刀《こだち》の名人になれ。ハハハハハ」

吾輩は躍り上らむばかりに嬉し喜んだ。さうして其《そ》の夜《よ》、次の間《ま》に寝かされる時に、出来立てのオモチヤの短刀を枕元に置いて寝たが、それを見てお嬢さんは又笑つた。

「まあ用心のいゝこと。泥棒が見たら怖がつて逃げて行《い》くでしよ。オホヽヽヽ」

八十七

ところが困つたことに吾輩は、此《こ》の晩に限つて眼がハツキリと冴《さ》えて睡むれなかつた。玄関の時計が十一時を打つても十二時を打つてもマンジリとも出来ないばかりでなく夜《よ》が更けるに連れて、途方も無い考へばかり頭の中に往来し初めて、トテモヂツとして居《を》れない気持ちになつた。

今から考へてみると此《こ》の晩、吾輩が眠れなかつたのは、やつぱり枕元に置いたオモチヤの短刀のせゐに違ひなかつた。何《なに》しろ臍《へそ》の緒を切つてから以来《このかた》オモチヤなぞ云ふ贅沢なものを一度も手にした事の無い吾輩が、本物と違はぬくらゐ立派な、赤い房《ふさ》の付いた短刀を貰つたのだから、その嬉しさといふものはトテも形容の限りでない。普通の家庭に育つた子供が、本物の豆自動車を買つて貰つた嬉しさの一万倍と形容してもいゝ位であつたらう。

眠られぬまゝに何度も〳〵暗闇の中に手を伸ばして枕元に短刀を探つてみる。探り当《あて》ると抜いてみる。又手探りで鞘《さや》に納めてみる。そのうちに鼠が出て来て、引いて行《ゆ》きさうな気がするので、シツカリと抱《いだ》いて寝ると、腐つた米で作つた糊の甘酸《あまず》つぱいにほひが、夜具の中でプン〳〵する。それが又嬉しくて色々な想像を描《ゑが》いてみる。……鬼を退治《たいぢ》る処だの……大蛇《だいじや》と闘ふところだの……瘤《こぶ》おやぢの幽霊を追ひかける処だの……そのうちに、だん〳〵自信が出来て来て、玄洋社だらうが、警察だらうが、此《こ》の短刀一本で撫で斬りに出来さうな気がして来たので、吾輩は思はずムツクリと起き直つた。同時に室《しつ》の隅に逃げ込む鼠の音《おと》がガタ〳〵としたが、あとは其処《そこ》いら中が森閑《しんかん》として、襖越《ふすまご》しの座敷に寝て居《ゐ》る老人と、お嬢さんの寝息とがスヤ〳〵と聞こえて来るばかりである。

吾輩はそのまゝ寝床の上に立ち上つて、味噌ツ歯で短刀を啣《くは》へながら、帯をシツカリと締直《しめなほ》した。それから、抜き足さし足で玄関へ出て見るとゴリ〳〵キユー〳〵と云ふ鼾《いびき》の音《おと》が聞こえる。これは今夜用心の為めに患者控室に泊り込んでゐる二人の巡査の中のドチラか一人なのだ。

吾輩はその奇妙な鼾の音《おと》が可笑《をか》しかつたので、一人でクツ〳〵笑ひ出しながら診察室に忍び込んだ。見ると外にはヤツト屋根の上に出たばかりの片われ月が光つてゐる。その月の下の西洋式の硝子《ガラス》窓のネヂ止めを音《おと》を立てない様にヂリ〳〵と捻《ね》ぢ外して、其処《そこ》から外に飛び降りると、ヤツト手の届くくらゐの高さの窓をモトの通りに念入りに押へ付けた。

ところが其処《そこ》から跣足《はだし》のまゝ横路地の闇づたひに往来の処まで来て、首をソーツと出してみると驚いた。すぐ向家《むかひ》の乾物屋の軒《のき》の下に、私服の巡査が二人立つてゐて此方《こちら》を見ながらヒソ〳〵と話し合つてゐるではないか。

「屋内《なか》には二人泊り込んで居《ゐ》るのだな」

「二人とも御馳走酒に酔つ払つて鼾を掻いて居《ゐ》るやうだ」

「吾々《われわれ》が二人新たに張り込んだ事を知らせて遣らうか」

「イヤ。それはいかん。近所に知れるといかん。秘密警戒ぢやからな」

二人はソレツ切り話をやめた。その中《うち》の一人のサアベルの鐺《こじり》が半分ほど月の下に突き出て、ピカ〳〵光つてゐるのがトテモ凄い。

吾輩は二人の話ぶりから、何《なに》かしら形勢が切迫してゐることを直感しい〳〵、ソーツと首を引つこめて、反対の方向に爪先走《つまさきばし》りをした。すると間《ま》もなく横路地が行き止《ゆ》まりになつて、張り物屋らしい広場と花畠がある。その花畠の向うはズーツと黒板塀になつて、その向うが往来か何《なに》からしく見える。

吾輩は、その黒板塀の内側の横木に飛び付いて、難なく幅の狭い板塀の冠板《かぶりいた》の上に突つ立つた。見ると其処《そこ》は往来でなくて、深い大きな溝《どぶ》になつてゐるので飛び降りる事が出来ない。仕方なしに吾輩は其《そ》の板塀の上を綱渡り式に渡つて、土塀に取り付いた。その土塀から煉瓦塀、煉瓦塀から又板塀と一町ばかり渡つて行《ゆ》くうちにやう〳〵の事で小さな橋の袂《たもと》に来たので、ヒラリと往来の上に飛び降りた。その拍子に懐中《くわいちう》から飛び出した短刀を拾ひ上げて念入りに懐中《ふところ》へ押し込むと、多賀様と思ふ方向へ一生懸命に走り初めた。

八十八

その頃の直方は今の三分の一ぐらゐしか無い、小さな町であつた筈《はず》であるが、子供の足で走つてみるとナカ〳〵広い町の様に思へた。ことに福岡市と違つて、吾輩に取つては全然不知案内の処だつたので、多賀様が町の何方《どつち》の方向に在るかマルキリ見当の付け様が無かつたが、何《なん》でも昼間大男の刑事巡査が指さした方向に走つて行つたら何処《どこ》かで鉄道線路に行《ゆ》き当るだらう。そのうちに汽車の音《おと》が聞こえたら其方《そのはう》へ走つて行つてもいゝ。そこで其《そ》の鉄道線路を越したら山にブツ突《つ》かるだらう。さうして其《そ》の山の中を探したら何処《どこ》かに神様の鳥居が在るだらう。それが多賀様で、玄洋社の根拠地に違ひ無い……と云ふ例によつて無鉄砲な見当のつけやうであつた。

そこで其《そ》の多賀様に着いたら、壮士が何人居《ゐ》やうが構はない。此《こ》の短刀を突き付けて、直方の町の人の為めに喧嘩を止《や》めるか止《や》めないか談判して遣らう。楢山と云ふスケベエの大将の云ふ事を聞くやうな奴の家来だつたらドツチにしても高が知れてゐる。知事でさへ吾輩に頭《かしら》を下げる位だから、大抵の奴なら睨《にら》めくらだけでも吾輩に降参するだらう。

万一云ふ事を聞かなければ片つ端から突き殺すまでの事だ。瘤《こぶ》おやぢやハンマの源太やぐらゐは云ふ迄もない。天沢老人でさへも吾輩に敵《かな》はない処を見ると、大人と云ふものは存外無調法な、意久地の無いものとしか思へない。

そこで玄洋社側をヤツツケたら今度は、青柳とか云ふうちへ行つて、ヂカに知事に会つて一と談判喰らはせて呉《く》れよう。さうして此《こ》の喧嘩を止《や》めさせて、直方中の人々を助けて遣つたらドンナに喜ぶ事だらう。世の中に商売の出来ないくらゐ辛い事は無い事実を、吾輩は此《こ》の年月《ねんげつ》の乞食《こじき》商売の経験で骨身に泌《し》みるほどよく知つてゐる。商売が出来ないと云つて吾《わが》児《こ》に八ツ当りをする親がまだ、ほかにドレ位居《ゐ》るか解らないのだから、そんなのをミンナ一時《いちじ》に助けて遣つたら吾輩はそれこそ無数飛び切りの日本一のヨカチゴさんになるだらう……。

……なぞと子供らしい空想を、次から次に湧かしながら、前後を振り返り〳〵、月あかりの町を走つて行《ゆ》くうちに、只《ただ》ある横町を曲り込むと間《ま》もなく、アカ〳〵と明りのさす、大きな西洋館が見えて来た。

吾輩は其《そ》の時チヨツト不思議に思つた。

第一此《こ》の界隈にコンナ大きな家《いへ》は一軒も無かつたし、ことに此《こ》の真夜中に、商売でもする様に表の戸を明け放してゐる家《うち》なんか滅多に在る筈《はず》は無いのだから、子供心に不思議に思ひ〳〵、懐中《ふところ》の短刀の柄《つか》を握り締《しめ》て、軒《のき》の蔭のドブ板を一つ〳〵に爪先で拾ひながら近づいて見ると、何《なん》の事だ。それは此《こ》の直方の警察署で、軒《のき》の上に取り付けてある大きな金色《きんいろ》の警察星と、赤い軒燈《けんとう》の光りが、満月のやうに明るい夏の夜《よ》の片割れ月の光りに紛れて居《ゐ》ることが間《ま》もなく吾輩にうなづかれたのであつた。

吾輩はさう気が付くと同時に、誰も居《ゐ》ない入口の石段の上に素足を踏みかけて、人民の受付口からソーツと室《へや》の中を覗いてみた。

見ると室《へや》の中は福岡の警察よりもずつと広い様であるが、高い〳〵天井裏から黒い鎖が一本ブラ下がつて大きな八分心《はちぶしん》のラムプが一個《ひとつ》つるして在る。その下の青い羅沙《らしや》を被《かぶ》せた大きなテーブルを取り囲んで三人の巡査が茶を飲みながら、何事か低声《こごゑ》で話し合つてゐたが、その言葉のうちに「天沢」とか「玄洋社」とか云ふ言葉がチラ〳〵聞えたから、吾輩は思ひ切つて石段を上《のぼ》ると、受付の窓口に取り縋《すが》りながら、自分の事の様に耳を傾むけた。

「楢山が今夜来ると云ふのはホンタウか」

「ホンタウとも、福岡から確《たしか》な情報が這入《はひ》つとる。それぢやから知事閣下は三池炭坑に居《ゐ》る兄弟分の鬼半《おにはん》の乾児《こぶん》を呼び寄せる様に電報打つたといふ話ぢや」

「楢山が来れば、すぐに喧嘩を初める積りぢやな」

「ウン。その積りらしい。何《なん》でもその鬼半の乾児《こぶん》が四十名ほど三時の貨物列車で直方に着くといふ話ぢやが。これはまだ誰も知らんさうな」

「ウム。まだ二時間ばかりあるな」

「しかし、そんな事をせずとも、楢山が直方に着く前に縛《くく》り上げてしまへばイザゴザは無からうが」

「それがナカ〳〵左様《さやう》行《ゆ》くまいて。第一何処《どこ》から来るかわからんし、それにシツカリした壮士が護衛して来る筈ぢやからなう」

「ところで、楢山が直方《こつち》へ着いたら、直ぐに多賀神社の方へ行《ゆ》くだらうか」

「それが、今云ふ通りで、直接に天沢老人を訪問するといふ説が多いのぢや」

「やはり彼《か》の子供の為めぢやらうな」

「左様《さやう》ぢやらうと思ふ」

「英雄色を好むかな。ハハハハ」

八十九

「ハハア。成る程。そこで今夜は天沢老人の家《いへ》を内外から警戒しとる訳ぢやな。来たら直ぐに有無を云はさず引つ括《くく》る方針で……」

「ウム。其《そ》の積りで此方《こつち》は居《ゐ》るし、大友一派もその積りで青柳に集結しとる訳ぢやが、玄洋社側では此方《こつち》の計略をチヤンと感付いて居《ゐ》て、楢山には指一本も指《さ》させんと豪語しとるさうぢや」

「知事閣下も彼《あ》の子供には指一本指させる事はならんと云ふ

て御座るさうぢやからなう」

「何《なに》にしても高が乞食《こじき》の児《こ》の癖に、途方もない大問題になり居《を》つたものぢやなう」

「イヤ。大問題になるのも無理は無いてや。署長の見込ではは容易ならぬ悪性《あくしやう》の無頼少年《チンピラ》か、それとも天下取りの卵かも知れんと云ふとる位ぢやからなう」

「それに天下無類のヨカ二世《にせ》チウ話ではないか」

「ヨカニセて何《なん》の事かい」

「知らんか……玄洋社の連中はヨカチゴの事をヨカ二世と云ふのぢや。二世さんとも云ふげなが、二世で契《ちぎ》るといふ訳ぢやらう。アツハツハツ……」

「それでもまだ七ツか八ツと云ふぢやないか」

「ウン。しかし一眼《ひとめ》見るとボーツとなる位、可愛《かあい》い顔しとるげなぞ」

「お前まだ見んのか」

「ウン。しかし村岡が云ひよつた。けふ天沢の処へ警備に行つたのでなう。酒の酌をさせたと云ふて自慢しよつたが……」

「ウーム。一眼《ひとめ》見たいものぢやなう」

「けれども饅頭の喰《く》ひ方の荒いのには魂消《たまげ》つたと云ふぞ」

「アハハハ。馬鹿な……」

「イヤ。全く呆れたと云ふぞ。二十近く在つたのを瞬《また》く間《ま》にペロツと喰《く》ふたちうぞ」

「……違ふ……」

吾輩は思はず斯様《かう》叫んだが、後《あと》から気が付いてハツとした。巡査が一斉に此方《こつち》を向いたので……しかし其《そ》の揃ひも揃つてビツクリした制服の顔がアンマリ可笑《をか》しかつたので、吾輩はモツト戯弄《からか》つて遣り度《た》くなつた。

「アアハハ。みんなで饅頭十一やアハハハハ……」

三人の巡査は魔者《ましや》にでも出会つた様に、青くなつた顔を見合せた……と思ふ間《ま》もなく一番向ふに居《ゐ》た青髯の巡査が、佩《はい》剣《けん》をガチヤリと机の脚《あし》にブツ付けながら、一足《いつそく》飛《と》びに駆け出して来たので、今度は吾輩の方が驚いて鉄砲玉の様に表に飛び出した。さうして飛び出すと同時に吾輩は左右を見まはす間《ま》もなく、警察の横路地に逃げ込んだが、入れ違ひに往来へ出た青髯の巡査のあとから、ほかの二人も往来へ出て来たと見えて頓狂な声で評議を初めた。

「何《なに》も居《を》らんぢや無いか」

「いや。たしかに子供の声ぢやつたぞ」

「ウン。饅頭は十一ぢや。アハハハと笑ひ居《を》つたが」

「不思議ぢやなう。居《を》らん筈《はず》は無いが」

「何《なに》かの聞き違ひぢや無いか」

「イヤ。二人とも聞いとるのぢやから間違ふ筈は無い」

「其処《そこ》いらの横路地に逃げ込んどりやせんか」

と云ふうちに一人の巡査の靴音が、向ふの家《いへ》の間《あひだ》を覗きに行つた。同時に吾輩は警察の奥へ逃げ込む可《べ》く身構へて居《ゐ》たが、間《ま》も無く一人の巡査が口を利き出したので、又立ち止《と》まつた。

「待て〳〵、これは事に依るに切支丹《きりしたん》の魔法かも知れんぞ」

「ナニ、魔法？」

「ウム。あの児供《こども》は魔法使ひと云ふ噂があるからの」

「アハハハ。そげな馬鹿な事が……」

「イヤ。あの磯政の乾児《こぶん》のハンマの源太でさへも、彼《あ》の子供に遣つ付けられたと云ふ位ぢや無いか」

「ウム。さう云へば、そげな話も聞いた」

「何《なん》でもあの子供がヤツと云ふ気合ひをかけると、ハンマの源は息が詰まつて引つくり返つたと云ふぞ」

「そげな話ぢやなう」

「彼《あ》の家《いへ》の評判娘が手裡剣《しゆりけん》を打つたとも云ふとるではないか」

「そげな話もあるが、しかしハンマの源は実際、何処《どこ》にも傷を負ふて居《を》らん。その代りに息が詰まつて、命から〴〵逃げて帰ると、大熱を出《だ》いて、まあだ寝とるチウ話ぞ」

「フーム。それが真実《ほんと》なら、やつぱり彼《あ》の子供の幻魔術《ドグラマグラ》かも知れんなう」

「ウーム。今の声もなう」

　三人の巡査が、そのまゝ黙り込んでしまつたので其処《そこ》いらが急に森閑《しんかん》となつた。三人が三人とも吾輩の魔法を信じて気味が悪くなつたらしい気はひである。

　吾輩は又も、たまらなく可笑《をか》しくなつて来た。しかし今度は一生懸命に我慢をして、三人の巡査が引つ込むのを待つてゐると、間《ま》もなく吾輩が来た方向の横町《よこちやう》から
「オーイ〳〵……大事《おほごと》ぞオー……」

と呼ぶ声と一所に、バタ〳〵と走つて来る靴の音《おと》が聞こえた。

九十

「オーイ。何《なに》かあ……」

「荒川ぢやないか。どうしたんかあ……」

と此方《こちら》の巡査が交る〴〵返事をした。そのうちに荒川と呼ばれた巡査の佩剣《はいけん》と靴の音《おと》が入り乱れて近づいて来た。

「オイ。大事件ぢや〳〵」

「何《なに》が……どうしたんか」

「天沢病院の子供がなう……」

「それがどうしたんか」

「誘拐されたぞツ」

「ナニ。誘拐された」

「……かどうかわからんがなう――家《いへ》の中に居《を》らん事がわかつたのぢや……小便に起きた天沢老人が発見して、今大騒ぎをしとるところぢや。……すぐ手配して呉《く》れい」

「手配して呉れいと云ふたとて、皆青柳《みなあをやぎ》に詰めかけとるで、

此処《ここ》に居《ゐ》るのは留守番の三人切りぢや。三人ではドウにもならんがなう」

「天沢病院の戸締りは全部検《あらた》めたんか」

「チヤンとして在つたさうぢや。それに子供はお嬢さんに懐いとるで、逃げて行《ゆ》く筈《はず》は無いと天沢老人は云ひよるげなが……」

「……そんなら今の声は……」

「何ぢや今の声とは……」

「タツタ今此処《ここ》で子供の声がしたんぢや」

「ナニ。彼《あ》の子供の声が、此処《ここ》でしたんか」

「ウム。其《そ》の子供の声かどうかわからんがなう。アハハと笑ふ声をたしかに聞いたんぢやが」

「そんなら、まだ其処《そこ》いらに……」

と云ふうちに四人の巡査は慌てゝ四方に別れながら、近まはりの路地を覗いてまはるけはひである。

此《ここ》に於て吾輩も慌てざるを得なくなつた。此処《ここ》に居《ゐ》ては袋の鼠と考へる隙《すき》もなく、警察の奥へ逃げ込んで、裏口からソーツと忍び込むと、最前三人の巡査が評議して居《ゐ》た室《へや》のまん中の大テーブルに掛かつた青い羅沙《らしや》の下へ這《は》ひ込んだ。同時に此処《ここ》へ這入《はひ》つてはイヨ〳〵袋の鼠と気が付いたがモウ遅かつた。

「居《を》らんなう」

「ウン。何処《どこ》にも居《を》らん様ぢや」

とガツカリした口調で話し合ひながら四人の巡査がドカ〳〵と這入《はひ》つて来て、吾輩の周囲を取り巻ながら腰をかけた。

「とにかく署長殿に報告して呉《く》れい」

「お嬢さんも、やはり誘拐されたと云ふて泣きよるげなが」

「そげな事はどうでもえゝ」

「署長殿は青柳に行つて居《ゐ》られる。知事閣下と一所に飲み御座るぢやろ」

「困つたなう。報告したら大眼玉を喰《く》ふがなう」

「それは左様《さやう》ぢや。又、知事閣下のカンシヤク玉が破裂するぞ。四人も張り込んどつて取り逃がいたのぢやから……」

「とりあへず貴公達四人は免職になるかも知れん」

「困つたなう。報告せんうちに探し出す工風は無いか知らん」

と荒川巡査は半分泣きさうな声を出した。

吾輩は四人の巡査が可愛《かあい》さうになつた。

今更に悪い事をしたと気が付いたので、すぐにテーブルの下から飛び出して、温柔《おとな》しく縛られて遣らうと思ひかけたが、まださう思ふか思はぬかに、又も突然表の方からバタ〳〵と走り込んで来る靴音がして、息も絶え〴〵に叫ぶ若い男の声がした。

「大変ぢ……タ……大変……」

「何《なん》だ〳〵。木村巡査。何《なに》が大変ぢや」

「あゝ苦しい〳〵。息が切れて……たまらん。署長殿は何処《どこ》に居《を》られますか」

「署長殿は青柳ぢや。福岡から来た私服連中と一所に御座る」

「そんなら其方《そちら》へ報告して下さい。私はモウ……眼が眩《くら》んで……」

「……何《なに》を……何《なに》を報告するんか」

「私は……直方駅の、南の踏切りの処から、多賀神社の方向を監視して居《を》りました。さうしたら……さうしたら彼《あ》の方向の、民家の燈火《あかり》が急に殖えて……見えたり隠れたり……あ苦しい」

「サア茶を飲め。燈火《あかり》が殖《ふ》えたのがドウしたんか……しつかりせい」

「ケヘン〳〵……それで私は……怪しみまして……思ひ切つて神社の裏手から、遠まはりをして近付いてみますと……玄洋社の壮士連中が皆《みな》起きて、出発の準備をして居《を》ります」

「ウーム。何処《どこ》へ行《ゆ》くんか解からんか」

「鬼半《おにはん》が加勢に来るから、その加勢が来んうちに、知事をタタキ伏せると云ふて……ケヘン〳〵」

「イヤア。それは大変ぢや……」

九十一

「一体何時《いつ》のことか、それは……」

「今……タツタ今のことです。まだ壮士連は多賀神社を出発して居《を》らん筈《はず》です。飯を喰《く》ひよりましたから……」

「ナル程。貴公は新米の癖にナカ〳〵機敏ぢや」

「機敏はえゝが、此方《こつち》も機敏にやらんと不可《いか》んぞ。すぐに報告しなくては……小早川……君はすぐに青柳に走つて呉《く》れい。それから瀬尾《せを》君……貴公はモウ一度線路附近へ行つて様子を見て来て呉れい」

「よし。心得た」

　二人の巡査は、そのまゝ表に駈け出すと、すぐに左右に分れて行つた。後《あと》に残つた二人の巡査は立ち上つてバタ〳〵と表の扉《とびら》や窓を閉め始めたが、吾輩は、その隙《すき》を狙《ねら》つて裏の方へ抜けると、最前忍び込んだ道筋を逆に往来へ飛び出して、一生懸命に瀬尾巡査の後《あと》を追跡した。

　瀬尾巡査は警察署の前から十間《けん》ばかりも離れると、間《ま》もなくユツクリ〳〵した大股になりながら帽子のアゴ紐をかけた。それから又小急ぎになつてゴミゴミした横町《よこちやう》を二三度曲つて行《ゆ》くと間《ま》もなく鉄道線路へ出た。そこで瀬尾巡査は線路に添うてズツト向ふの踏切の方へ行《ゆ》くらしかつたが、吾輩は其方《そちら》へは行かずにすぐに、線路と道路との仕切りになつてゐる、黒い焼木杭《やけぼつくひ》の柵に取り付いた。モウ瀬尾巡査に跟随《くつつ》いて行《ゆ》かなくともいゝ……多賀神社と思はれる鳥居の生えた山が、ツイ鼻の先のお月様の下に、クツキリと浮かみ出て居《ゐ》たからであつた。

しかし、よく気を付けて其《そ》の鳥居の近くを見ると、最前の巡査の報告と違つて、そこいらには何《なん》の燈火《とうくわ》も見えない。たゞ、鳥居の向ふにタツタ一つ焼籠《やきかご》の火か何《なに》かゞチラ〳〵して居《ゐ》るだけで、人影も見えず、山の上の大空から、山の下の線路へかけて、月の光りが大河の様に流れてゐる。夢の様に美しい夏の真夜中である。そこいらの草原《くさはら》には虫の音《ね》がシミ〴〵と散らばつて、トテモ殺気に満ち〳〵た直方の中心地帯とは思へない。

吾輩は何《なん》だか狐に憑《つま》まれたやうな奇妙な気持ちになつた。何《なん》だか吾輩タツタ一人が、大勢の大人から、寄つてたかつて馬鹿にされて居《ゐ》るやうな……又は現在自分は夢を見てゐるのぢや無いかと思はれるやうな、一種の奇妙な錯覚に囚はれたまゝ暫《しばら》くボンヤリと其処《そこ》いらを見まはして居《ゐ》た様であつたがそのうちに又気が付いて、線路の柵の間《あひだ》をスリ抜けると上《のぼ》りと下《くだ》りと四本並んだレールの上を、人に見つからない様に這《は》ひながら、ソロ〳〵と渡つて向ふ側に出た。

線路の向ふは幅の狭い草原《くさはら》になつて、山のつけ根まで青々とした田甫《たんぼ》になつてゐる。穂を出しかけた稲が、露を含んでギラ〳〵と美しい。その間《あひだ》をズーツと多賀神社の方向へ、一間《けん》幅ぐらゐの道がうねり曲つてゐる。

それを見ると吾輩はすぐに柵の間《あひだ》から飛び出して、多賀神社の方へ行《い》かうとしたが、その時に其《そ》の里道《りだう》を向ふから来る三人連れの男の影が見えたので、パツと傍《かたはら》の叢《くさむら》の蔭に身を伏せた。

月あかりで見ると其《そ》の三人は紛れも無い玄洋社の壮士であつた。三人が三人とも白地の浴衣《ゆかた》に白兵児帯《しろへこおび》を締めて、棒杭みた様な大きな杖を打ち振り〳〵、大きな下駄をゴロン〳〵引きずつて来る。如何《いか》にも傍若無人の態度である。しかも其《そ》処《こ》いら中筒抜けの大きな声で喋《しやべ》り合つて来るので、その用向きが手に取る様にわかつた。

「オイ。急がんと間《ま》に合はんぞ。三時と云へばモウ直《ぢつ》きに来るぞ」

「彼処《あすこ》いらへ大きな石が在ればえゝが」

「無い事はなからう。無い時にや彼《あ》の石橋の角石《かくいし》をば外《はづ》いて線路い寝せとくたい」

「遠い処から見えやせめえか」

「一町ぐらゐ離れとりや、わかるめえ」

「駅の入口で汽車が引つくり返つたなら、駅長が引つくり返らうやねえ。ハハハ」

「あんまり大きな声で笑ふな。敵に聞こえるぞ」

「聞こえた方がえゝ。早やう喧嘩が始まるだけの話ぢや。此《こ》の頃《ごろ》久しう人を投げんケンなう」

「ウム。俺も腕が唸りよる。鬼半《おにはん》の乾児《こぶん》が半分ぐらゐ生き残らうか」

「ナンノ。汽車が引つくり返つても怪我する位の事ぢやらう」

「丸々四十人が無事で汽車から出て来ても、一人で十五人宛《づつ》引き受くれば、相手が五人足るめえが」

「そら不公平ぢや。それよりか俺たちが二人で二十人宛投げ殺す方が割り切れて良《え》え。離れてあしらふ。隙《すき》を見て組み付く。当て殺いてから投げる……ちう塾頭《じゆくとう》の教へた型通りに行《ゆ》けば二十人位十分間で片付くぢやろ。貴様は横で月でも眺めて屁でもへヘリヨレ」

「アハハハ。それもよかろ。……あああ肥後の加藤が来るならばア……か……」

「弾丸硝薬ウ、、、……これエ、、、……ゼンシウウウウ……チエーストーオ」

「アハハハ、、、、……」

三人は吾輩の前を通り過ぎて高い茅原《かやはら》の蔭に隠れて行つた。アトには詩吟と天《あま》の川《かは》が一筋残つた。

九十二

あとを見送つた吾輩も、実を云ふと腕が唸つた。三人が三人とも見るからに腕つ節の強さうな壮士なので、ハンマの源なぞよりはズツト手応へがあり相《さう》に思へたが、ヂツと我慢して遣り過ごして、柵の間《あひだ》に身を退《ひ》いた。又も線路の上を這《は》ふやうにして向ふ側の柵へ取り付いて、柵の蔭をソロ〱と伝ひながら直方駅の軒《のき》の下の暗がりに這《は》ひ込んだ。

そこで頭を持ち上げてみると、直方駅の待合室には洋燈も何《なに》も点いてゐなかつた。その中に何人かの巡査が睡《ねむ》りこけてゐるらしい姿が見えたが、そんなものには構はずに、ピツタリと閉した入口を通り過ぎて、一番向ふの端《はし》のカン〱燈火《あかり》のついた駅長室を覗いてみると、思はずアツと声をあげる処であつた。

紋付袴《もんつきはかま》に黒山高《やまたか》の威儀堂々たる大友親分が、駅長らしい色の黒い制服制帽と、例によつて髯だらけの荒巻巡査と三人車座になつて、真赤に起つた七輪の炭火を囲みながら、汗を拭き〱何《なに》かやつてゐる。見ると夫《そ》れは鯣《するめ》を焼いては引き裂いてゐるので、左右の机の上と、窓の框《かまち》に置いた三ツの八寸膳の上には鯣と切り昆布の山が出来てゐる。傍《かたはら》には菰冠《こもかぶ》りの樽が二つ置いて在るのが見えたが、そのうちに焼き鯣のたまらないにほひが、腸《はらわた》のドン底まで泌《し》み込んだ。吾輩はソーツと手を伸ばして、窓の框上に在る膳の中から昆布と焼き鯣を引つ摑んでは懐中《ふところ》に捻ぢ込んでは引つ摑んだが、話に夢中になつてゐる三人はチツトモ気付かぬらしかつた。

「まだ汽車の笛が聞こえんなあ。モウ着く頃ぢやが」

と大友親分の声……。

「ハイ。しかし汽笛よりも先に轟々と音がします。今夜の様な静かな晩は三里位先から聞こえますから、それから乗降場《ホーム》へ出ては早過ぎる位です」

と駅長が何《なん》だか気の進まぬ調子で説明した。

「みんな多少は酔ふとるかもしれん。折尾《をりを》で夜食を喰《く》ふとる訳ぢやから」

「イヤ。喧嘩の前は奇妙に酔はんものですよ。それよりも吾々《われわれ》の計画が相手に洩れとりやせんかと思ふて、それを心配しよりますが」

「大丈夫です。駅員は皆《みな》帰しとりますから。ハハハ……」

と駅長が、やはり気の無さゝうに笑つた。

「心配せんでもえゝ。今からなら洩れてもえゝわい。玄洋社《げんやうしや》が狼狽《うろた》へて仕掛けて来れば、仕掛けた方が悪いことになるから、一人残らず引つ括《くく》るだけの話ぢや。ハハハ。事によると此《こ》の酒が、夜《よ》の明けぬうちに勝ち祝《いはひ》の酒になるかも知れんてや……」

「其処《そこ》です。私も考へて居《を》りましたて……ハハハハハ」

「ワハハハハヽヽヽヽ……」

「ヘヘヘヘヽヽヽ……」

そんな笑ひ声を聞き残しながら吾輩は、鯣《するめ》を一本口に押込み〳〵、駅の横の便所を抜けて、ポイントの前に在る焼木杭《やけぼつくひ》の柵を潜《くぐ》り抜けた。

その頃のポイントは今と違つて、吾輩の背丈ぐらゐある大きな鉄の簪《かんざし》みた様な恰好のものであつたが、そんなのが四ツ程、小舎《こや》の蔭の薄くらがりに並んで居《ゐ》た。その中でも左から二番目の奴がタツタ一本手前の方へお辞儀をして居《ゐ》るのであつたが、それを見ると吾輩はイキナリ、そのハンドルに手をかけた。

吾輩は今日《こんにち》まで津々浦々を歩いて来たおかげで、鉄道線路や駅の構内の模様は何度も〳〵見て知つてゐた。その中でもポイントの理窟は子供の目に面白いだけに、一番先にわかつてゐて、何時《いつ》か一度は自分でやつてみたくて〳〵たまらなかつた。駅長や駅夫になつて、思ふ通りに汽車を止《と》めたり走らしたりしたらドンナにか面白いだらうと、心窃《ひそか》にあくがれ願つてゐたくらゐであつたが、今夜計らずも玄洋社の壮士の話を聞くと同時に、思はずムラ〳〵と野心が起つて来たのであつた。

……玄洋社の壮士は三人がゝりで駅の入口の線路に石か何《なに》か置いて、汽車を引つくり返す計画らしい。さうして加勢に来た鬼半の乾児《こぶん》を一人残らずやつゝける計画らしい。

……一方に大友親分の一味の連中は、そんな事が相手に洩れてゐる事を知らないらしく、列車が着くのを待ち兼ねてゐる様である。さうして加勢の人数《にんず》が着くと同時に玄洋社側に戦ひを挑む計画らしい。

だから此《こ》の際、線路の遠くに在るシグナルを上げて、はるか向ふの田圃《たんぼ》の中で汽車を止《と》めたら両方ともアテが外れてガツカリするだらう。事に依つたら双方とも張り合ひが抜けて、此《こ》の喧嘩を止《や》めてしまふかも知れない……と云ふやうな、如何《いか》にも子供らしい、面白半分の計画で、ポイントを上げにかゝつたのであつたが、しかし、さうした考へのモウ一つ奥を云ふと、大きなポイントを自分の手一つで動かしてみたかつたのが一パイに相違なかつた。

九十三

ところが困つた事に鉄道のポイントなるものは、誰でも知つてゐる通り、容易ならぬ重たさのものである。その上にハンドルの白く光つてゐる処が、手の膏《あぶら》でヌル〳〵してゐて力を入れるたんびにツルリ〳〵と辷《すべ》つてしまふので、先天的に怪力を持つてゐる上に体力不相応な荷物持ちで鍛へ上げた吾輩の腕力を以てしても容易に歯が立ちさうにない。

そこで吾輩は一思案をして、両手に泥を一パイに塗り付けて、膏ダラケのハンドルをゴシ〳〵と擦《こす》つた。それから懐《ふところ》の中の昆布と鯣《するめ》がバラ〳〵と地面へ落ちるのも構はずに、必死の力で抱へ起すと、腕がモウ抜けるかと、思ふ頃やつと上の方へ一寸《いつすん》ばかり上《あが》つた。そこで最早スツカリ脱け切つた力を一生懸命に奮ひ起してグン〳〵引き上げると間《ま》もなく、惰力が付いたと見えて、さしもの大きな鉄の簪《かんざし》がグリ〳〵ゴトンと地響を打たして、向ふ側に引つくり返つた。それに連れて瞬《またた》はるか〳〵向ふに見える蛍のやうな青い火がチラリ〳〵と瞬いたと思ふと、クラ〳〵と赤い灯《ひ》に変つたが……その時嬉しかつたこと……。モウ一度やり直して見たくてたまらなかつたが、トテもそんな力が在り相《さう》にないので諦めた。懐から落ちた鯣と昆布を月あかりに透かしながら、大急ぎで拾ひ集めてゐると又も駅長室の方から大きな笑ひ声が爆発した。

「アハハハハ」

「ウワツハツ〳〵〳〵〳〵」

吾輩はその笑ひ声に追ひ立てられるやうに、駅の構内を上《のぼ》り線の方へ走り出した。今度は駅の入口の線路に置いてある石と、汽車の止《と》まる処が見たくなつたので……

ところが駅の入口の踏切の処に来てみると、案外にも石がまだ置いて無い。線路の左右には小さな溝川《みぞかは》があつて白い切《きり》石《いし》の橋が架かつてゐるが、それを取り外した模様もない。何《ど》うしたのかと思つて線路の上から遠くを見まはすと置いて無い筈《はず》だ。はるか向ふの溝川の処から、最前見た三人の書生がヨチ〳〵と歩いて来るが、その一人一人が、手に手に長さ三尺ばかりの四角の切石を一ツ宛《づつ》抱へたり担いだりして来るやうである。

吾輩はその腕力のモノスゴイのに感心してしまつた。玄洋社の壮士とはコンナにも強いものか。これでは巡査が百人かゝつても敵《かな》はないだらう……なんかと想像しながら傍《かたはら》の茅《かや》草《ぐさ》の間《あひだ》にモグリ込んで、なほも様子を見てゐると、三人はそのまゝヨタ〳〵と線路の側《そば》まで来て、往来のまん中へ石を投げ出したが、その地響が吾輩の足下《あしもと》までユラ〳〵と響いた。同時に其処《そこ》いらの草原《くさはら》の中で鳴いてゐた秋虫が一斉に啼《な》き止んだ位であつた。

「あゝ……汗ビツシヨリになつたぞ」

「線路の両方に乗せるか」

「イヤ片方に三つ固めて載せたがえゝ。その方が引つくり返り易からう」

「二人宛《づつ》で抱へようか」

「ウン。さう仕様……」

「オイ〳〵。チヨツト待て……」

と、うしろの方に突つ立つてゐた一人が驚いた様な声を立てたので、吾輩は見付かつたのかと思つて首を引つこめたが、耳を澄ましてみると違つてゐた。

「聞いて見い」

「何《なん》かい」

「汽車が来る音が聞こえるぞ」

「……………」

「ウン。聞こえる〳〵」

「……………」

三人は無言のまゝ大急ぎで切り石を抱へ上げて、線路の上に置き初めた。

吾輩は胸が躍つた。すぐにも首を出して線路の向ふを見渡し度《た》かつたが、三人が頑張つてゐては身動きが出来ないので、そのまゝヂリ〳〵と後《あと》しざりをして黒い柵の外に出た。さうして柵と並行した往来を一散走り《いつさんばし》りに駅の方へ走り戻つて、便所の横の柵から便所の屋根へ……便所の屋根から駅の本屋根へ登つてペタリと瓦に腹這《はらば》ひになりながら、ソーツと首を伸ばしてみると見えた〳〵……。

赤い信号の灯《ひ》の向ふに今一つ赤茶気た灯《ひ》がチラ〳〵して、その向ふに何《なに》やら黒い巨大《おほき》な物の姿がヂツトしてゐるのが、月あかりでボンヤリと見えてゐたが、やがて其《そ》の黒い固まりが白い蒸汽を継続して空中に噴出《ふきだ》した……と思ふ間《ま》もなく慌しい汽笛が、静かな夏の夜《よ》の空気を劈《つんざ》いて、直方の町々を振撼《しんかん》すると同時に、山から野原を鳴り渡り鳴り響いて、月の下を遠く〳〵消え去つた……と見る間《ま》もなく又も、前より一層激しい汽笛の音《ね》が火の付く様に迸り始めた。

九十四

「非常汽笛だ〳〵」

「事件《こと》だ〳〵ツ」

「皆《みな》起きろツ……起きろツ」

と叫ぶ声が、眼の下の駅の軒先から飛び出した。それは駅長と、大友親分と荒巻巡査部長であつた。

「どうしたんか」

「非常汽笛です」

「何《なに》か起きたんか」

「アツ、信号標が上《あが》つてゐる」

と叫ぶうちに駅長はポイントに飛び付いて引き起した。それに連れて遥か向ふの赤い灯《ひ》がチラリと青い灯《ひ》へ変化したが、それでも汽車は動き出す毛はひが無いばかりでなく、却《かへ》つて前よりも急激な笛を吹き立てはじめた。駅長が手提ラムプの青い灯《ひ》を振りまはして見せれば見せる程、その笛が猛烈になつて行《い》くのであつた。

「何《なん》だ〱……どうしたんか駅長……」

「何《なに》か故障が起きて居《ゐ》る様ですが……アツ。彼《あ》の線路の上の白いものは何《なん》だらう」

「ウム。何《なに》か四角いものが寝とる様ぢやなう」

「何《なん》だらう」

「何《なん》でせう」

　最前から腕を組んだまゝ黙つて其《そ》の方角を見て居《ゐ》た大友親分は此時《このとき》急に叫び出した。

「あツ……ダイナマイトだ。綿花薬《ハツパ》だ〱」

「ウン左様《さう》かも知れん。ソレツ。皆来《みな》い」

　と云ふうちに荒巻巡査は顎紐をかけて走り出した。四五人の巡査も其《そ》の後《あと》から走り出したが、その背後《うしろ》から大友親分は追ひかける様に怒鳴つた。

「気を付けんと危ないですぞ」

　荒巻巡査は振り返り〱首肯《うなづ》いて行つた。そのあとから巡査達は線路伝ひに、一直線になつて走つて行つたが、その行《ゆ》く手《て》の方を心配さうに見渡した大友親分は、前の通りにギツト腕を組んで考へてゐるうちに、フト思ひ出した様にうしろに突立《つつた》つてゐる駅長を振り返つた。

「駅長さん。済みまつせんが、チョツト駅の前の俥屋を起《おこ》いて来て下さらんか」

「ド……ドウしてですか」

　と駅長はアンマリ突飛な頼みに驚いたらしく呆然とした口調で問ひ返した。しかし大友親分は一向平気な態度でその顔をシゲ〱と見守りながら山高帽を脱いで頭を掻き〱高笑ひをした。

「アハハハハハ……。イヤ、是《これ》は私が遣り損ひです。これ程に事情が切り詰まつてゐるとは今の今まで気が付きませんでした。すぐに青柳へ知らせて乾児共《こぶんども》を全部呼び寄せて置かねば、あぶないと思ひますので……」

　吾輩は大友親分の炯眼《けいがん》に些《すく》なからず感服した。表面何《なん》の変りも無い月夜の直方駅の構内構外に、殺気が横溢して居《ゐ》ることが、屋根の上からハツキリと見え透いて来たので……しかし駅長は大友親分の言ふ事がわからないかの様にイヨ〱顔を長くした。

「そ……そんなに大事件……」

「ハツ〱。大事件ですとも……味方の計画が全部敵に洩れて居《を》りますわい。アツハツハツ……」

　大友親分の笑ひ声は、駅の構内に溢れて、ズツト向ふの多賀神社まで反響したくらゐ、高らかに響き渡つた。

　駅長は其《そ》の笑ひ声に圧倒されたかの様にワナ〱とふるへ

出した。膝小僧のガク〱して居《ゐ》るのが月あかりにハッキリと見えた。

「……どど……どうして此方《こちら》の計画が、玄洋社側に……洩れたのでせう」

「……貴様が洩らしたんぢやらう」

と云ひも終らぬうちに大友親分は、眼にも止《と》まらぬ早さで、駅長の横面《よこつら》を一つグワンと喰らはせた。駅長は其《そ》のまゝウンともスンとも云はずに線路の上に転がり落ちて、あとに手提《てさげ》ランプばかりが、チヤンと地面に突立《つつた》つたまゝ残つた。

「ウフフフ。馬鹿奴《め》。貴様は玄洋社長から学費を貰ふたことがあると聞いとつたが、果して居《を》つたわい。貴様よりほかに今夜の事を知つとる奴は居《を》らん筈《はず》ぢやからなう。フフフ……取りあへず今夜の血祭りぢや」

と憎さげにつぶやくうちに大友親分は、駅の内外を注意深く見まはしながら、悠々と手提ランプを持つて駅の構内を出た。さうして駅の向ひ側に並んで居《ゐ》る民家の中で「人力車」と書いた大きな提灯《ちやうちん》を下げた家《いへ》の表戸をポト〱と叩き初めた。

九十五

一方に月あかりの中を駅の外へ走り出した荒巻巡査の一隊四五人は、構外踏切の線路の上に置いた白い花崗岩《みかげ》の切石《きりいし》の処まで来ると手を揃へて石を抱へ除《の》け初めたから、どうなる事かとなほ伸び上り〱してゐると、果して、まだやつと一箇《ひとつ》抱へ除《の》けるか除けないかに、田甫《たんぼ》の青稲の蔭から四五人の壮士が躍り出して、髯巡査達の背後から襲ひかゝつた。巡査たちの白い服が見る〱うちに片つ端から稲田《いなだ》の中に投げ込まれるのがよく見える。その中《うち》に一人佩剣《はいけん》を抜いて、二三人の壮士と渡り合つてゐるのは荒巻巡査らしい。口には呼子《よぶこ》笛を啣《くは》へてゐるらしく、微《かすか》な笛の音《ね》が断続して聞こえて来る。

……と思ふうちに又、吾輩の背後《うしろ》の方から夥《おびただ》しい人声《ひとごゑ》が聞こえて来たので、何事かと思つて振り返つてみると、駅の前の本街道に通ずる横町《よこまち》から、足ごしらへをした若い者ばかりが五六人、手に手に得物《えもの》を持ちながらドヤ〱と走り出て来た。しかも其《そ》の中には消防の身姿《みなり》をして鳶口《とびぐち》の長いのや短かいのを持つてゐる者が多数に交《まじ》つてゐたが、それを見ると大きな俥屋の提灯《ちやうちん》の蔭に隠れてゐた大友親分は、ツカ〱と駅前の広場のまん中へ出て来たので、皆《みな》一斉に立ち止《ど》まりながら

「オ――ツ」

と声を挙げかけた。

紋付袴《もんつきはかま》に山高《やまたか》の大友親分は、その前に堂島（その当時流行した表付《おもてつき》の下駄）を踏みはだかつて、片手をあげながら制し止《と》めた。

「しつ声を立てるなと云ふに……」

五六十人の人間が一時《いちじ》にピッタリと静まつたが、それと同時にバラ〳〵と隊を崩して大友親分を取り巻いた。

「しかし、どうして此様《こげ》に早う来たか。今知らせうと思ふた処ぢやつたが」

大勢の中《うち》から一人の背の高い消防服の男が進み出た。新しい手拭で白鉢巻をして、長い鳶口《とびぐち》を金剛突《こんがうつ》きにしてゐるのがステキに勇ましく見える。

「ヘイ。その……玄洋社の方で今夜、鬼半の加勢が来るちう事をチヤント知つとるチウ知らせが本署から来ましたので……」

「ウ――ム。成る程……」

と大友親分は山高帽を阿弥陀《あみだ》に冠《かぶ》り直しながら駅の屋根を見上げた。吾輩は見つかりはしまいかと思つて吾知《われし》らず首を縮めた。消防服の男が鉢巻を取つた。

「ヘイ。そんで皆《みな》、身仕度しとる処へ、最前非常汽笛が長いこと鳴りましつらう」

「ウム。それで列車に事が起つたと思うて駈け付けたんか」

「ヘイ。そんで様子を見に来たのです」

大友親分は腕を組んで考へた。

「警察はどうしとるか」

「警察はズーと向ふの下《くだ》りの踏切の横町《よこまち》に隠れて居《を》ります。喧嘩が初まつたら、止《と》めるふりをして割り込んで、片つ端から壮士連中を斬ると云うて居《を》ります」

「ウム。何人位居《ゐ》るか」

「今集まつただけで二十人位居《を》りました」

「ウムよし〳〵。貴様達は皆《みな》駅の待合室に固まつてヂツト隠れとれ。俺が相図をする迄は一足《ひとあし》も出ることはならんぞ……ヤツ……呼子《よぶこ》が鳴つとるぢや無いか」

大友親分はさう云ひながらヂツト耳を傾けてゐたが、やがてモウ一度
「えゝか。待合室にヂツとしとれよ」

と念を押しながら急いで待合室を駈け抜けてプラットホームへ出た。

大友親分が小手《こて》を翳《かざ》し出て見た時に、線路の向ふでは喧嘩がグン〳〵拡大しかけてゐた。

田圃《たんぼ》に投げ込まれた巡査連中が皆《みな》這《は》ひ上《あが》つて来て、一斉に抜剣《ばつけん》をしたせゐか、相手になつてゐた壮士連が、すこし切立てられ気味になりかけると、その背後から又も十人ばかりの壮士が一斉に飛び出して来て、巡査の一隊を包囲しさうな形勢になつたので、巡査たちは思ひ〳〵に刀を引いて駅の構内へ逃げ込んで来た。その後《あと》から隙《す》かず壮士連の白い浴衣《ゆかた》がバラ〳〵と追ひ込んで来る模様であつたが、間《ま》もなく其《そ》の十四五人の壮士連が一人残らず立ち止《ど》まつて背後《うしろ》を振り返つた。

それは線路の上のはるか向ふから、鬨《とき》の声をドツと作つて、一隊の黒い人数《にんず》が、殺到して来たからであつた。

九十六

それは云ふ迄もなく鬼半の加勢の連中四十名が列車の中から飛び出して、駈け付けて来たものに違ひ無かつたが、それを見ると十四五人の壮士は一斉に身を飜《ひるが》へして立ち向つて行つた。同時に稲田《いなだ》の蔭から又も、十人ばかりの壮士の同勢が立ち現はれて、十四五人と一カタマリになつて線路の上を突《とつ》喊《かん》して行つた。

　吾輩は屋根の上で血沸き肉躍つた。生れて初めて見る大喧嘩の威勢のヨサに、仲裁たる事も何《なに》も忘れて陶酔してしまつた。同時に、これが武者振ひといふものであらうか。全身が止め度もなく、冷めたい屋根瓦の上で戦《をのの》き出したが、しかし、それは決して怖いといふ気持ちからではなかつた。

……彼《あ》のまゝ彼処《あすこ》に隠れて居《ゐ》ればよかつたものを……さうしたら自分も一所に飛び込んで行つて、何方《どつち》か敗けさうな方の味方をして遣るものを………

……と云つた様な自烈度《じれつた》さから出て来た身ぶるひらしかつた。

　ところが其《そ》の吾輩の念願が叶《かな》つたものか、喧嘩が急に此方《こつち》の方へ近付き初めたのであつた。

　玄洋社側は最初、破竹の勢ひで線路の上を猛進して行つた。白い浴衣《ゆかた》がけの一団がグン〳〵と黒い一団を追ひ返して行《ゆ》くのが屋根の上からハツキリと見えた。ところが其《そ》のうちにポン〳〵といふ鉄砲の音《おと》が二三発宛《づつ》、二三回断続して聞こえると、玄洋社側の一団は俄《には》かに退却を初めて、手に〳〵ステツキを打ち振り〳〵、バラ〳〵と駅の構内に走り込んで来たが、しかし、それは本当の退却では無かつたらしい。その白浴衣の一団の中で、タツタ一人黒い着物を着て、黒い袴《はかま》を穿《は》いた小柄な男が、一本の青竹《あをだけ》を振りまはして絶叫した。

「散らかれ〳〵ツ。散らかれば弾丸《たま》は当らんぞ。散らかれ〳〵ツ。……えゝかツ……ピストルを持つた奴を見付けたら、犠牲になつて引つ組めツ。わかつたかーツ」

「わかりました〳〵」

　と五六名の白浴衣が前後左右から返事をした。

「ううむ。彼奴《あやつ》が塾頭らしいなう」

　と云ふ声が吾輩の足の下で起つたので、ビツクリして振り返つて見ると、すぐ真下の便所の蔭から荒巻巡査と大友親分が覗いて居《ゐ》る。

「左様《さう》らしいですな。感心な奴です。よほど喧嘩には慣れて居《を》りますな」

「左様《さう》と見える。ナカ〳〵手剛《てごは》い奴ぢや」

「しかしピストルを撃つたのには弱りましたな。鬼半も詰まらぬ奴をよこしたものです。私の名折れになりますからな……今更苦情も云へませんが……」

「此処《ここ》で此方《こちら》の手勢を出して、挟み撃ちにしてバタ〳〵と片付けてはどうかな」

「まだです。まだ磯政の奴輩《やつばら》が出て来ませんからな。何処《どこ》を間誤付《まごつ》いとるか知りませんが……」

「ウム。それも左様《さう》ぢやな」

吾輩は二人の落ち付いてゐるのに又も感心させられたが、それよりも驚いたのは玄洋社側の壮士の勇敢さであつた。

玄洋社側は、吾輩の足の下の駅の待合室に、溢るゝほど敵勢が詰め込まれて居《ゐ》るのを知らぬらしく、駅の方を背中に向けたバラ〳〵の一人々々になつて、群らがり蒐《か》かる鬼半の同勢と向ひ合つた。

ところで、之《これ》に対する鬼半の同勢は、ちやうど昔の渡世人の果し合ひの様に、脚絆草鞋《きやはんわらぢ》の襷《たすき》がけでドスを引つこ抜いた連中ばかりであつたが、それを玄洋社側は物ともせずに、ステツキや素手で睨《にら》み合つて近寄せない。其《そ》のうちに隙《すき》をみて組付く。組付いたと見る間《ま》に投げ付けるといふ戦法で行《ゆ》く。しかも戦士達は皆《みな》玄洋名物の柔道家の中から一粒《ひとつぶ》選りにしたものらしい上に、前以て訓練が行《ゆ》き届いて居《ゐ》ると見えて、その戦法がまるで道場の稽古か何《なん》ぞの様に、一人残らず型に嵌《は》まつて行《ゆ》くのだから見てゐて気持のよい事夥《おびただ》しい。見る〳〵うちに三人五人とバタリ〳〵片付いて行《ゆ》く。投げられた者の中から起き上る者の尠《すく》ないのは当て身を喰《く》つたものであらう。中には肩越しに背後に投げ落されて、妙な音《おと》を立てながら首の骨を折つたらしい者が二三人見えたが、これは講道館流の柔道の手には無い。双水執流《さうすゐしりう》といふ福岡独特の柔道の手だとか云ふ話で、投げる前に当殺《あてころ》して置くのだから、左様《さう》なる訳である。しかも喧嘩の後《あと》で調べられても「殺す積りでは無かつた」と云ひ開《ひら》きが出来るといふ、極めて重宝な秘伝になつてゐるといふ話を後《あと》で聞いた。

九十七

壮士連はかうした戦法で、二倍に近い鬼半の同勢をグン〳〵圧迫して行つた。さうして物の十分と経たないうちに、線路の左右へ十四人もタタキ付けると、トテモ敵《かな》はないと思つたものか、鬼半の同勢の中から又も、ピストルを射ち出した。

それは最初から背後《うしろ》の方の線路に突つ立つて、形勢を見てゐた三人の一組であつたが、それが突然にバラ〳〵と前の方へ駈け出すと塾頭《じゆくとう》らしい男の真正面からキラ〳〵光る三挺のピストルを指し付けた。

それと見た塾頭は、其《そ》のピストルを遮るかの様に、青竹《あをたけ》を青眼《せいがん》に構へたまゝ仁王立ちに突立《つつた》つた。さうして四五秒の間《あひだ》モノスゴイ睨《にら》み合ひを続けてゐる様であつたが、その中《うち》にドンナ隙間《すきま》を見付け出したものか構へてゐた青竹を三人の中央《まんなか》めがけて発矢《はつし》と投げ付けたと思ふと、三人が慌てゝ身を避けようとする間《あひだ》に、電光の様に飛び込んで、まん中の一人を突き倒した。それを見て立ち直つた二人が左右からピストルを突き出す背後《うしろ》から、塾頭の護衛らしい二三人の青年が声を合はせて組み付かうとすると、振り返り様に撃ち出された一発に、その中《うち》の一番若いらしい青年が

「アーツ」

と叫びながらバツタリとたふれた。

それを見た玄洋社側の壮士連は憤激その極に達したらしかつた。青年が倒れた一瞬間に、揃つて、何《なん》とも形容の出来ないモノスゴイ唸り声を挙げたと思ふと、蝗《いなご》か何《なん》ぞの様に四五人宛《づつ》一かたまりになつてピストルを持つた二人に組み付くか付かぬかに手もなく地面にタタキ付けた。さうして起き上らうとする上から二三人折り重なつて何《なに》やら揉み合つてゐたと思ふうちにポキン〳〵と何《なに》か折れた様な音《おと》がしたと思ふとピストルを奪はれた二人の男が相前後して獣《けだもの》とも鳥とも付かぬ奇妙な叫び声を揚げながら鬼半の同勢の眼の前に投げ出されゐた。見ると柔道の手で両手と両脚《あし》を何様《どう》かされてゐるらしく、首と胴をクネ〳〵とうねらせながら起き上らうとして起き上り得ないまゝに、聞くに堪へない断末魔の悲鳴をあげ続けてゐる。

それを助けようとして鬼半の同勢が一斉に斬り込んで来る。それを向ふに廻はして一団となつた壮士連が、又も睨《にら》み合ふ。組み付く。投げる……の型を繰返しつゝ、右に左にバタリ〳〵と投げとばして行《ゆ》く。手に手に獲物は持ちながら鬼半の同勢は、又も無手《むて》の玄洋社側に圧倒されかけて来た。

すると此《こ》の体《てい》を駅の横から覗いてゐた大友親分は、最早見るに見かねたらしい。

「エーツ糞ツ。玄洋社は鬼半の身内で引き受くると云ふたから此処《ここ》まで辛棒しとつたが、モウ見ちや居《を》られん。それぢや後《あと》をお頼ん申しますよ」

と荒巻巡査に一礼しながら、羽織をバツと抜いで手近い木《もく》柵《さく》に引つかけた。さうして小急ぎに駅の屋根の下へ走り込みながら、構内に響き渡る大声で怒鳴り立てた。

「出ろ〳〵ツ。うしろから蒐《か》かれツ」

「ワ——ツ」

と云ふ鬨《とき》の声が、待ち兼ねてゐた様に大友親分の声の下から起つた。同時に長い得物《えもの》を持つた新手《あらて》の連中が、バラ〳〵と駅の中から駈け出しかけたが、此《こ》の時遅く彼《か》の時早く、最前大友親分の配下が押し出して来た左手の大横町《おほよこちやう》からと、ズツト下手《しもて》の下《くだ》り線の踏切の近くからと、相前後して鬨の声が起つて、左からは一揆の様な人数《にんず》が百人ばかり。又右からは白い制服に黒脚絆《くろきやはん》がけの巡査の一群が、佩剣《はいけん》を月の光りに閃《ひらめ》かしながら押し出して来て、両方とも駅の前の広場を目がけて殺到した。

これを見た大友親分の同勢は多少狼狽したらしかつた。改札口から飛び出した二十人ばかりも一斉に立ち止《ど》まつて振り返つたが、待合室に残つてゐた連中は大友親分の指図を聞く

間《ま》もなく引返《ひきかへ》して、駅前の広場に馳け出すとバラ〳〵と左右に拡がつて、思ひ〳〵の得物を構へた。

一方に駅の前の広場に這入《はひ》つたのは無論、百人の同勢の方が早かつたが、大友親分の組に比べると倍以上の大勢なので、殆《ほと》んど駅の前の広場を包囲する位に広々と左右に広がつて、圧倒的な気勢を示した。その中《うち》でもまん中の一番先に飛び出してゐるのは脚絆鉢巻の扮装《いでたち》こそ変つて居《を》れ紛ひも無いハンマの源太で、両手に一挺づゝ提《さげ》て居《ゐ》るのは腕におぼえの鉄槌《ハンマ》らしい。その鉄槌《ハンマ》を打ち振り〳〵又も二三歩前に進み出た源太は、月の光りに白い歯を剝き出して笑つた。

「アハハハ。俺を知らん者は無からう。ハンマの源太がドンナもんぢやい。アハハハハ。五十人でも百人でも束《たば》になつて蒐《かか》つて来い」

と云ふうちにハンマの源太は、白光りする程磨き上げた左右の鉄槌《ハンマ》をブン〳〵と風車《かざくるま》のやうに振りまはして見せた。

「ハハハハハ。どんなもんぢやい、アハハハハハ……」

九十八

大友親分の同勢はかうした源太の異様な武者振りを見ると、流石《さすが》に小々たぢろいたらしい。左右に張つた陣の中央が一しきりザワメキかけたが、その時に双方の横合ひから走りかゝつて来た巡査の一隊の中から、警部の帽子を冠《かぶ》つた美髯《びぜん》の警官が、佩刀《はいたう》を左手に提《ひつさ》げて大喝した。

「待て〳〵ッ。此《こ》の喧嘩待てッ……俺は直方署長だぞッ」

「……ナニ……直方署長ッ……」

とハムマの源太は振り向き様にセヽラ笑つた。

「署長が何《なん》かい。喧嘩の邪魔をする奴は、ドイツでもコイツでも木《こ》つ葉《ぱ》にするぞ」

「黙れ〳〵ッ」

と馳け付けて来た直方署長は息を切らしながらモウ一度大喝した。

「貴様はハムマの源太ぢや無いか。貴様の様な奴に用は無い。磯政は何処《どこ》に居《ゐ》る」

「アハハハ。親分が知つた事かい。親分は玄洋社長を迎へげ行《い》とる。喧嘩なら俺一人で余るわい。アハハハハハ」

と源太は又も物凄く高笑ひをした。

「此処《ここ》に居《ゐ》るのは皆《みな》、俺の手下の生命《いのち》知らずぞ。けふは署長とは云はさんから左様《さう》思へ」

「此奴《こやつ》。嘘を云ふか……貴様のやうなハシタ人足に何時《いつ》これだけの乾児《こぶん》が出来た」

「ハハハ。今夜から俺の乾児《こぶん》になつたチウ事知らんか。巡査ぢやらうが知事ぢやらうが、恐ろしがる奴は一人も居《を》らんぞ」

「おのれ反抗するか」

「喧嘩の邪魔ぢやい。えゝ退《の》かんか」

と罵しるうちにハムマの源太は右手の鉄鎚《ハンマ》を高々と振り冠つて身構へた。その勢ひの恐ろしかつた事……流石《さすが》の署長も驚いて身を退《ひ》きかけた。すると小石か何《なに》かに引つかゝつてヨロ〳〵とした序《ついで》に、自分の佩剣《はいけん》に足を絡まれてドタンと尻餅を突いた。其処《そこ》を附け込んでハムマの源太が一気に襲ひかゝらうとしたが、その間一髪に吾輩は、吾《われ》を忘れて屋根の上から叫んだ。

「ハムマの源太ア――コツチを見い――」

ところが其《そ》の声に連れて此方《こつち》を見たのはハムマの源太一人では無かつた。思ひもかけぬ高い処から甲走つた声が聞こえたので、驚いたらしく、広場に居《を》つた連中が一人残らず此方《こつち》を向いたが、その中でも真先に吾輩を見付けたハムマの源太は、振り上げた鉄鎚《ハンマ》を取り落しさうな恰好で、二三歩ヘタ〳〵と背後《うしろ》にたぢろいだ。

「アア……アイツが……彼処《あしこ》に……居《ゐ》る……」

その声は、今までの勢ひにも似気《にげ》ない魘《おび》え切つた空虚《うつろ》の声であつた。さうして鉄鎚《ハンマ》を高く挙げて吾輩の方を指しながら、又も二三歩うしろによろめいたが、それを見ると吾輩はなほも調子付いて叫んだ。

「わかつたけえ……アハハハ。動《いご》くとあかんで……ワテエが降りて行《ゆ》くまで……えゝけえ。ハムマの源……」

ところが吾輩の註文通りに動かなかつたのはハムマの源一人ぢやなかつた。駅の前の広場に詰めかけてゐた人間は、大友方も磯政方も警官も一人残らず、呆気《あつけ》に取られて吾輩を振り仰いだまゝ……喧嘩の姿勢を取つたまゝ……身動き一つしなかつた。

「幻魔術《ドグラマグラ》ぢや」

「忍術ぢや」

「バテレンの魔法ぢや〳〵」

と云ふ魘《おび》えた声が、其処此処《そこここ》でつぶやく様に聞こえた。

吾輩は急に可笑《をか》しくなつたので、思はず声を立てゝケラ〳〵と笑つた。さうして衆人環視の中を悠々と屋根から降《お》り初めた。

露を含んだ屋根瓦を辷《すべ》らないやうに軒先《のきさき》へ来て、便所の屋根から木柵《もくさく》に乗り移つて、一気に地面へ飛び降りたが、その間《あひだ》ぢう広場に居《ゐ》た二百人近い人間が、身動き一つしなかつた。今にも吾輩が魔法か忍術を使ふかと思つて一生懸命に吾輩の行動を見守つてゐるらしかつたが、しかし吾輩はナカ〳〵そんなものを使はなかつた。そのまゝ大手を振つて大友親分の同勢の中を分けて行《ゆ》くと、皆《みな》道をあけて通して呉《く》れたので吾輩はイヨ〳〵大威張りで広場のマン中に出た。

吾輩はそこで、ほかの者へは眼も呉《く》れずに、ハンマの源のマン前に来て懐中《ふところ》の短刀に手をかけた。

「ハンマの源……」

九十九

ハムマの源は返事をヨウしなかつた。一ツ目小僧にでも出合つた様に、眼を真白《まつしろ》に剝き出して顎をガク〳〵させた。ハムマを二本ブラ下げたまゝ、膝頭をワナ〳〵と震はして、又も二三歩うしろによろめき込むと、左右から抜き身を持つた荒くれ男が二三人出て来て、ハムマの源を庇《かば》ふ様にしながら、吾輩を睨《にら》み付けた。

しかし吾輩はビクともしなかつた。その男たちは武術の心得が無いと見えて、刀の構へ方が丸でなつて居《ゐ》ない。オツカナビツクリ刀をこといづかいつて来たかの様に、柄《つか》の処を両手でシツカリ握つてゐるので、ヤツと気合ひをかけたら自分の首でも斬りさうな恰好に見える。コンナ奴が邪魔をするのかと思ふと吾輩は少々癪に障つて来たので、なほも身構へをして詰め寄つた。

「何《なに》するのけえ。ワテエ源太に用があるのや。……邪魔するのけえ」

皆《みな》はシンとして誰も答へない。それを見ると吾輩はホンタウに腹が立つて来たので、又も二三歩詰め寄つた。

「邪魔するのけえ。邪魔すると斬るぞ」

と云ふうちに、懐中《ふところ》の短刀を抜く手も見せず、眼の前にドスを構へた男の右手から飛び込んで行《ゆ》くと、其処《そこ》いらの五六人が一時《いつとき》に

「ワツ……抜いたツ」

と叫びながら左右にパツと雪崩開《なだれひら》いた。そのマン中にハムマの源太がタツタ一人尻餅を突いたまゝ居残つたので、吾輩は得たりとばかり飛びかゝつて行《ゆ》かうとすると殆《ほと》んど同時に

「あぶないツ」

と叫んで吾輩の帯際《おびぎは》を摑んで引き戻したものがある。振返つて見るとそれは最前の署長だつたので、吾輩はイヨ〳〵腹が立つてしまつた。此《こ》の場合になつて抜いたもアブナイもあるものか。源太の相手にもなり得ない癖に、子供と思つて馬鹿にすると云つた様な気持ちで、イキナリ短刀を逆に振り廻して切り払はうとすると、その切先がグサと署長の手の甲に突き刺さつたので流石《さすが》の署長も驚いたらしい。

「アイタツ」

と叫んで手を離した。その隙《すき》に乗じて吾輩はなほも飛び込んで行《ゆ》かうとすると、一旦逃げ出した荒くれ男の四五人が、又も引返《ひきかへ》して来て、白刃《しらは》を吾輩に突き付けようとする。それを素早くかい潜《くぐ》つて飛び込んで行《ゆ》かうとすると、

「その子供を逃がすな」

「此方《こちら》で生捕《いけど》れツ」

「ソレツ。生捕られるな。知事閣下のお声がゝりの児《こ》ぞツ」

「危ない〳〵」

「えゝ邪魔するかツ」

と口々に罵しりながら三方から吾輩に追ひ迫つて来る。そのうちに彼方《あつち》でも此方《こつち》でも喧嘩のキツカケが出来たと見えて、ワーツ〳〵と云ふ鬨《とき》の声が起つた。

吾輩は面喰らつた。何時《いつ》の間《ま》にか吾輩を広場のまん中に放つたらかして、思ひ〳〵に斬り結んだりタヽキ合つたりしてゐる上に、何方《どつち》が敵だか味方だか解らないので加勢の仕様がない。それでもヂツとしては居《を》られないので、面喰らつたまゝ二三遍そこいらをキリ〳〵舞ひして居《ゐ》ると、そのうちに誰だか判然《わか》らないが、吾輩の横手で斬られたらしく、ギヤツと云ふ声に連れて頭からパツと血煙が引つ冠《かぶ》つて来たので、眼の前が一ペンに真暗《まつくら》になつた。

吾輩は又も面喰らはせられた。眼の中に血が這入《はひ》つたせゐか、そこいら中がボ――ツとして、何《なに》が何《なに》やらサツパリ見当が付かない。顔中が血だらけになつたらしい、がその血を拭ふ暇《ひま》もなく、闇雲《やみくも》に短刀を振り廻し〳〵逃げ出す中《うち》に、倒れた人間に躓《つまづ》いたり、流れた血に辷《すべ》り転んだり二三度ぐらゐした様であつたが、今から考へると、よく無事に助かつた事と思ふ。或《あるひ》は皆《みな》が皆《みな》、喧嘩の方に気を取られて、吾輩の方がお留守になつて居《ゐ》たものか、それとも怪我をさせない様に逃がして呉《く》れたものか、又はホンタウに魔法使ひと思つて恐れでもしたものか、その辺のところはよくわからないが、ベタ〳〵とクツ付き合ふ左右の睫《まつげ》を、両手でコスリ分けながら見まはしてみると、吾輩は何時《いつ》の間《ま》に、何処《どこ》へ来たものか解らないが、低い、みすぼらしい長屋の庇合《ひあ》ひの中途に来て、ボンヤリと突立《つきた》つてゐる。背後《うしろ》を振り返つてみると、ペン〳〵草の生えた長屋の上で、お月様がニコ〳〵笑つて御座る。何《なん》だか夢を見て居《ゐ》る様なアンバイである。

右の手を見ると短刀は、赤い房《ふさ》と一所に抜け落ちてしまつて、手の中にはボール紙の筒しか残つてゐない。懐中《くわいちう》の鰑《するめ》と切り昆布も半分以上、短刀の鞘《さや》と一所に消え失せてゐるが、それが何時《いつ》ドウして抜け落ちたか知らない処を見ると、吾輩はやはり暫くの間《あひだ》、喧嘩の勢ひに釣り込まれて無我夢中になつてゐたものであらう。

百

吾輩は其処《そこ》で短刀の鞘と、柄《つか》を捨てた。惜しくて仕様が無かつたが仕方が無い。

それと同時にオレは一体何《なに》の目的で、彼《あ》の喧嘩の中に飛び込んだのだらうと考へてみたが、イクラ考へても理屈がハツキリしなかつた。……これでは喧嘩を留《と》めに這入《はひ》つたのぢや無い。喧嘩のキツカケを作りに這入《はひ》つた様なものだとも考へ付いたので、タツタ一人で極りが悪くなつた。

しかしモウ喧嘩は見飽きてしまつた上に、方角さへわからなくなつて居《ゐ》るので、今更引返《ひきかへ》して何方《どつち》が勝つたか様子を見に行《ゆ》くほどの興味も無くなつてゐた。おまけに何《なん》だか疲れが出て眠むくなつた……なので、大きな欠伸《あくび》を一つした。すると夫《そ》れにつれて恐ろしく咽喉《のど》が乾いてゐる事に気が付いたので、何処《どこ》かに井戸は無いか知らんと思つて、キヨロ〳〵其処《そこ》いらを見まはすと、ズツト向ふの長屋の間《あひだ》を出抜けた処に井戸らしいものが見える。近づいて見ると果して背の低い車井戸で、まはりはチヨツトした草原《くさはら》になつてゐて、シイインと云ふ虫の声が、其処此処《そこここ》に散らばつてゐる。

吾輩は其《そ》の車井戸の桶釣瓶《をけつるべ》を一つ汲み上げると、井側《ゐがは》の外へ引き出して、頭と、顔と、手足の血をいゝ加減に洗ひ落した。

それから其《そ》の水を捨てゝ、モウ一パイ汲み上げて、井側の椽《ふち》に乗せかけて飲まうとしたが、髪毛から薄黒い、腥《なまぐさ》い血の雫《しづく》が滴るのでナカ〳〵うまく飲めない。それを片手で撫で上げ〳〵腹一パイ飲み終ると、今度は小便が詰まつてゐるのに気が付いた。

吾輩は井戸の横の草原《くさはら》に走り込んで、虫の声のする方に見当を付けて小便を垂初《たれはじ》めたが、その小便が思つたよりもズツト長いのに呆れた。考へてみると天沢老人の処を飛び出してから此処《ここ》へ来る迄の間《あひだ》、小便の事なんか考へる隙《すき》も無いくらゐ忙しくて、緊張してゐた上に、停車場《ていしやぢやう》の屋根瓦の上で長い間《あひだ》お尻《しり》を冷やして来たのだから無理もない。自分でもまだか〳〵と思ふくらゐ気持ちよく、あとから〳〵迸り出る。それが月の光りに透きとほつて銀色《ぎんしよく》の滝のやうに草の葉に落ちかゝつて、キラ〳〵と八方に乱れ散る其《そ》のおもしろさ……美しさ……。そのうちに何《なん》だかゾク〳〵と気持よく寒くなつて来たやうなので、二つ三つ身ぶるひをしながらクツサメをしてゐると、何処《どこ》から来たのかわからないが吾輩の背後《うしろ》の方から、黒い、大きな影法師がニユーと近付いて来たので、ビツクリして小便をやめた。さうして其《そ》のまゝの姿勢で振り返つてみると、何《なん》だかエタイのわからない案山子《かかし》の出来損ないみたやうな奇妙な者の姿が、吾輩のすぐ背後《うしろ》にノツソリと突立《つつた》つてゐる。

吾輩は流石《さすが》にギヨツとしながら其者《そのもの》の姿を見上げ見下《みおろ》した。新しい手拭で頰冠《ほほかぶ》りをしてゐるから顔付はハツキリとわからないが眼の玉の引つ込んだ、鼻の高い、天狗と狸の相の子見たやうな薄気味の悪い人相に、占者《うらなひしや》みたやうな山羊髯をヂヽムサく生やしてゐる。それが青だか紫だかのダンダラ縞のドテラに、赤い女の扱帯《しごき》をダラシなく捲き付けて、竹の皮の鼻緒の庭下駄を穿《は》いてゐたが、何《なに》を考へてゐるのか懐手《ふところで》をしながらヂツと吾輩を見下《みおろ》して突つ立つてゐる。むろん喧嘩をしに来た風体《ふうてい》では無いが、何《なん》だかニコ〳〵笑つてゐるらしい目付きを見ると田舎によく居《ゐ》る低能男《アニヤン》では無いかとも思はれる。何《いつ》れにしても大きな男ではあるが、吾輩に敵意を持つて居《ゐ》ない事だけはすぐに直感されたのであつた。

さうした相手の風采を見て取ると吾輩は安心して、又も小便を放《ひ》りはじめた。しかし何《なに》となく気にかゝるので、小便をしい〳〵うしろを振り向いて物を云つてみた。

「お前何《なに》や……」

その大男は返事をしなかつた。相変らず懐手をしたまゝ吾輩を見下《みおろ》してニヤ〳〵と笑つて居《ゐ》るらしいので、イヨ〳〵此《こ》の男は馬鹿かキチガヒに違ひ無いと吾輩は思つた。

「……お前馬鹿けえ……キチガヒけえ……」

「…………」

「人が小便しよんの何《なん》で見とんのけえ」

「アッハ〳〵ッ〳〵〳〵〳〵」

と其《そ》の大男が突然に笑ひ出した。しかも河童《かつぱ》みたいに大きな口を開《あ》けて、お月様が見える程あふむきながら心《しん》から、可《を》笑《か》しさうな無邪気な笑ひ声を出したので、吾輩は少々気味が悪くなつた。これはキチガヒに違ひ無いと九分九厘まできめてしまつた。

百一

大男はその時に褞袍《ドテラ》に掛かつた黒い襟《えり》の間《あひだ》から、大きな握り拳を出して、自分の鼻の頭を悠々とコスリ上げた。それから見かけに似合はない可愛《かあい》らしい、ユツクリとした声で問うた。

「……貴様は……何《なん》チウ奴ケ……」

吾輩は小便を放《ひ》り終つて身ぶるひを一つしながら向き直つた。キチガヒの癖に横柄な奴だと思ひながら……

「知らん。お前は何チウ奴ケエ」

と向ふの真似をして問ひ返した。すると大男は寒くも無いのに、又も悠々と懐手《ふところで》をしながら、吾輩をヂッと見下《みおろ》した。

「ウーム俺か……俺は玄洋社の楢山ぢや」

「ナニツ……楢山ツ……」

と吾輩は叫びながら飛び退《の》いた。タツタ今小便を振り撒いたばかりの叢《くさむら》の中に片足をさし込んだが、そんな事なんかドウでもよかつた。マサカに楢山がコンナ飛んでもない恰好の人間とは思はなかつたが、此処《ここ》で出会つたのはいゝ幸ひだ。カンシヤク知事と喧嘩をする位の奴だからドウセ利口な奴では無いにきまつてゐる。此処《ここ》で此奴《こやつ》を取つちめて、彼《か》の大喧嘩を止《と》めさせたら、天沢のお爺さまがイヨ〳〵感心するだらう……と思ひ付くには思ひ付いたが、生憎《あいにく》タツタ今短刀を棄てたばかりで、其処《そこ》いらを見まはしても竹片《たけぎれ》一本落ちてゐない。仕方なしに吾輩は両手で小さな拳骨を固めながら身構へた。

「……お前《ま》ホンマに楢山けえ」

「ウム〳〵」

と大男はユルヤカにうなづいた。

「俺を知つとるか」

「知らいでか……知事と喧嘩しとるバカタレやろ」

「アハ〳〵〳〵〳〵」

と大男は又も月の下で反り返つて笑つた。よく笑ふ男だ。

「さうぢや〳〵。よう知つとるなう」

「知らいでか。知事とお前《まへ》が喧嘩するよつてん、直方の町中《まちぢう》の人が泣きよるやないか」

「…………………」

大男は笑はなくなつた。さうして返事もしないまゝシゲ〳〵と吾輩の顔を見守つてゐたが、やゝ暫《しばら》くしてからヤツト口を利いた。

「どうして、そげな事をば知つとるとや」

「知らいでか……みんな其様《そげ》に云ひよるやないか」

「…………………」

大男は又も返事をしなくなつた。奇妙な光りを帯びた眼で又も吾輩の血だらけの姿を見上げ見下《みおろ》してゐたが、やがて又自分の鼻の頭を拳骨で叮嚀《ていねい》にコスリ上げた。それから赤い舌を出して唇のまはりをペロ〳〵と嘗めまはしたが、そのペロ〳〵が又、如何《いか》にも御念入りで、手数《てかず》のかゝる事夥《おびただ》しい。此《こ》の塩梅では何時《いつ》返事をするか解らないと思ふと、ふと自烈《じれつ》度《た》くなつたので、吾輩はすぐに先を云つて遣つた。

「そやからワテエ……その喧嘩を留《と》めに行《い》たんや」

「ウフ〳〵〳〵。貴様は喧嘩をば留《と》めに行《い》つたか」

「アイ……けんどワテエの横で誰か斬られた血が掛かつて、眼が見えんやうになつてしもたケニ、此処《ここ》まで逃げて来たんや」

「ウーム、怪我はせんやつたか」

「ワテエ。武術知つとるよつて斬られやせん。けれどほかの武術知らん奴云うたら皆《みな》死んどるやろ」

「ウーム。何処《どこ》で喧嘩しよるか」

「オイサン知らんけえ」

「知らん」

「停車場《ていしやぢやう》でしよるがな」

「彼方《あつち》の方ぢやな」

「何方《どつち》か知らん」

「ウーム。左様《さやう》か、しかし何方《どつち》が勝ちよるか」

「ドツチかわからん。そやけど玄洋社強いなあ。玄洋社が投げると皆《みな》死によるで……」

「ウーム。左様《さやう》か〳〵」

と楢山社長は大きくうなづいた。大方嬉しかつたのだらう。

「楢山のオイサン何処《どこ》から来たんや」

「アツチから来た」

「植木チウ処《とこ》けえ」

「左様《さう》ぢや。昨日《きのふ》まで彼処《あすこ》の友達の処で寝とつた。水瓜《すゐくわ》を喰《く》ひ過ぎて腹を下《くだ》いてなうハハハハ。しかしお前はドウして知つとるか」

「知《しら》いでか。皆《みな》云ひよつた。磯政の親分が迎へに行《い》たやろ」

「さうか。磯政が俺を迎へに行《い》とるか」

「サイヤ。ハンマの源が、そげに云ひよつた。警察の巡査も、今夜アンタを縛る云うとつたで……」

「アハハハハ。さうか〳〵」

「どうして縛られんで此処《ここ》まで来たんけえ」

「ウーム。どうもせん。あんまり月のよかけん、寝巻なりい散歩《ある》い来たとたい」

　と云ふうちに楢山社長は、相変らず悠々とした態度で横を向いて小便をし始めた。

百二

吾輩は指を啣《くは》へながら、小便をする楢山社長の姿を見上げてゐたが、よく見ると楢山社長は丸裸体《まるはだか》にドテラ一枚らしく、臍《へそ》の処まで剝き出してゐる。吾輩はこんなダラシの無い人間を生れて初めて見たので、内心些《すく》なからず呆れさせられた。しかし同時に、最前からの緊張した気分が、楢山社長と話し合つてゐるうちに、いつの間《ま》にかノンビリと融け合つてしまつて、何《なん》とも云へない親しい気持ちになつたのを子供心に不思議に思つた。それに連れて流石《さすが》は玄洋社長と云つた様な尊敬の気分もイクラか起つて来たので、今更のやうにお月様と、楢山社長のホイタウ姿を見比べてゐると、楢山社長は吾輩の真似をするかのやうに、なほも黄色い小便を長々と垂れながら頰冠《ほほかぶ》りを吾輩の方に向けた。

「貴様は天沢先生の処に居《を》つた奴ぢやろ」

「サイヤ。天沢のお爺様に生命《いのち》助けて貰ふたんや」

「ウム。恩義を知つとるか」

「オンギて何《なん》や」

「アハハハ、そげな事あインマわかるがなう。知事は何処《どこ》に居《ゐ》るか貴様は知らんか」

「知らんけど青柳に居《ゐ》るてゝ巡査が云ひよつた」

「青柳チユと料理屋か」

「サイヤ。スケベエの行《い》くとこや」

「アハヽヽ。途方もない事知つとるなう……アハヽヽ。その青柳に俺と一所い行《い》かんか」

「何《なに》しに行《ゆ》くのや」

「知事を叱りに行《ゆ》くのぢや」

「何《なん》で禿茶瓶《はげちやびん》を叱るのけえ」

「知事が巡査を使ふてなう……悪い事をばさせよるけんなう……云ふて聞かせて喧嘩をば止《や》めさせるとたい」

「ウン。そんなら行《い》かう」

「ウム。サア来い。俺が肩車に乗せて遣るぞ」

　と云ふうちに小便を放《ひ》り終つた楢山社長は、ニコ〳〵と笑ひながら吾輩を抱《いだ》き上げて、軽々と肩車に乗せた。普通の人間がダシヌケにコンナ事をしかけたら、すぐ逃げ出す処であつたが、此《こ》の時に限つて何《なん》だか有難いやうな、嬉しいやうな気持ちになつたのは、返す〳〵も不思議であつた。のみならず全身血まみれの上に、泥だらけの足をしてゐる吾輩を、絹の上等のドテラの上に担ぎ上げて、頬冠りの白い手拭ひが、吾輩の手に残つた血で汚《よご》れて行《ゆ》くのも構はずに悠々と歩き出した其《その》無頓着さに、吾輩はスツカリ愉快になつてしまつたのであつた。

吾輩はその楢山社長の頭を頬冠りの上から抱《いだ》きかゝへながら問ふた。

「オイサン……」

「何《なん》かい……」

「あんたスケベエけえ」

「ウン。スケベエぢや」

「…………」

今度は吾輩が行《ゆ》き詰まらせられた。多分否定するだらうと思つたのに、案外無雑作に肯定されてしまつたので、チヨツト二の句が継げなくなつた形である。同時にコンナ男がスケベエなら、スケベエと云ふものはそんなに嫌なものぢや無いとも考へさせられた。

吾輩は楢山社長の頭を平手でタタキながら又問ふた。

「そんならオイサン」

「何《なん》かい」

「知事さんはスケベエけえ」

「ウン。彼奴《あやつ》もスケベエぢや」

「あんたと知事さんと、何方《どつち》がスケベエけえ」

「知事の方が女好《をなごず》きぢやらう」

「アンタ負けるのけえ」

「ウム。負けもしまいが」

「そんなら知事さんとおんなじもんぢやろ」

「ウン。おんなじもんぢや」

「イヤアア……」

「アハハハヽヽヽ……」

「ワテエ女嫌《をなごきら》ひや」

「ウム。左様《さう》かも知れんなう。しかし大きうなつたら女《をなご》から好かれるぞ」

「大きうならんでも女《をなご》から好かれとるで」

「ウム。誰から好かれた」

「天沢の美しいお嬢さんが頬ずりして呉《く》れたで」

「アハハハハ……。タマラン奴ぢあ貴様は……アハハハ……」

「あぶない……そないに笑ふたら落ちるやないか」

「落ちて死んでしまへ。今のうちに……」

「ワテエ死んだらお嬢さんが泣くで……」

「イヤア……モウイカン……此処《ここ》で下りれ……アハハハ……。おらあキツウなつた」

「弱つぽうやなオイサンは……そないに弱いと女《をんな》が好かんで」

「女《をなご》に好かれんでもえゝ」

「ワテエも好かんで」

「アハハハハハ。それなら止むを得ん。アハハハ。貴様はナカ〳〵豪《えら》い奴ぢや。人間を御する道を知つとる。アハハハハハ……」

百三

　楢山社長はこんな風に傍若無人の高笑ひをしながら、悠々と歩いて行つたが、青柳といふ家《いへ》の在る所を知つてゐると見えて、小さな家《いへ》の間《あひだ》を迷ひもせずに右に曲り、左に曲りしながら抜けて行《ゆ》く。吾輩も生れて初めて乗つた肩車の気持よさにコクリ〳〵と居《ゐ》ねむりを初めたが、やがて大きな通りへ出てから一町ばかり真直に行《ゆ》くと、夜目にも料理屋らしく見える立派な門構《もんがま》への前に来た。その間《あひだ》人ツ子一人出会《でつくは》さなかつたが、その家《いへ》の前に来ても犬の影すら見えなかつた。

　楢山社長は、その忍び返しを打つた瓦葺《かはらぶ》きの門《もん》の前まで来ると、吾輩を首の上に乗せたまゝツカ〳〵と門《もん》の扉《とびら》に近づいたので、半分眠りかけてゐた吾輩は軒先《のきさき》の瓦にオデコをイヤと云ふ程打ち付けられてスツカリ眼が醒《さ》めてしまつた。

「痛いやないかオイサン」

「アハハハハ。其処《そこ》い居《を》つたか」

「居《を》らいでか。オイサンが自分で乗せたんやないか」

「ウム。忘れとつた」

「馬鹿やなあ。アホタレ……」

と吾輩は楢山社長の頬冠《ほほかぶ》りの上からコツン〳〵と拳骨を下《お》ろして遣つた。

「ウム痛い〳〵。堪《こら》へてくれい」

「そんだら堪《こら》へて遣る。あゝ痛かつた」

「首が除《の》きはせんぢやつたか」

「除《の》いたけんど又粘着《ひつつ》いた」

「ウム。それはよかつた」

　と云ふうちに楢山社長は腰を屈めて門《もん》の扉《とびら》に近付きながら、ドン〳〵と二ツ三ツ叩いた。すると家の中《うち》から待つてゐた様に

「ハア――イイ――」

　と云ふ女の声が聞こえて、カタ〳〵と敷石の上を走つて来る音《おと》が聞こえたが、その足音が門《もん》の傍《そば》まで来ると立ち止《ど》まつて

「……どなた……」

　と問ふた。何処《どこ》かの隙《す》き間《ま》から様子を見てゐるけはひである。

「ウム。俺ぢや。楢山ぢや」

「まあナア様……」

　と門《もん》の中の女は急に魘《おび》えた様な声を出したが

「……どうして此処《ここ》に……」

　と云つたなり後《あと》が言へないで息を詰めてしまつた。

しかし楢山社長は依然としてゆるやかな、平気な声で口を

利いた。

「お前はお近《ちか》か……」

「ハイ……」

「ウーム。女将《おかみ》は居《を》らんとか」

「ハイ。此間《このあひだ》から小倉の病院に入院して居《を》りまして……」

と云ふうちに女の声が次第に、蚊の啼《な》くやうな細い声に変つて行つた。

「ウム。左様《さやう》か。知らんぢやつた。……巡査どもは居《を》らんとか」

「ハイ……あの今……大友さんの方《はう》が……あの……怪我人が多いとか云ふて、お使ひの人が見えまして……」

「ウーム。皆《みな》加勢に行《い》たか」

「……ハイ……あの……そのお使ひが来ますと、知事様の御機嫌が損ぜまして、此処《ここ》は宜《え》えけに、皆《みな》加勢に行《ゆ》け……一人も居《を》ることはならん……あとは戸締りして、打ち破られても明ける事はならんと仰言《おつしや》いまして……」

「アヽヽ。例のカンシヤクを起《おこ》いたか」

「ハイ。大層な御立腹で御座いまして……私《わたくし》ども恐ろしうして〳〵……」

「アハヽヽヽ。俺が来ればモウ心配する事は要らん。喧嘩はモウ千秋楽ぢや。手打ち祝ひは貴様の処でするぞ」

「ありがたう御座います」

「開《あ》けてみやい」

「ハイ」

と云ひながら女は素直に閂《かんぬき》を外しにかゝつたが、それでも気味悪さうに……独言《ひとりごと》の様に云つた。

「……あの……只今……お休みで御座いますが」

「ウーム。知事は寝とるのか」

「ハイ。中《なか》二階でお休みになつて居《を》ります。ちよつとお起しして参りますから」

「ウン。楢山が会ひに来たと云へ」

「ハイ」

と云ふうちに門《もん》の扉《とびら》が開《あ》いたが、その間《あひだ》から出て来た三十位の仲居らしい女の眼の前に、楢山社長が吾輩を抱へ下《おろ》すと、女は一眼《ひとめ》見るか見ないかに、声を立てないで扉《とびら》に縋《すが》り付きながらヨロ〳〵よろめいた。

「アハヽヽ。此《こ》の児を知つとるぢやらう。俺が途中で拾ひ出して来た」

「ハヽ……ハイ…………」

「……恐ろしい事は無いけん、アトをばシツカリ堰《せ》いて置け。大友でも磯政でも、署長でも玄洋社の奴でも入れてはならんぞ。えゝか」

「……ハ……ハイ……」

百四

お近といふ仲居さんらしい女は楢山社長が口を利くたんびに慄《ふる》へ上がつて行つた。今にもブツ倒ふれさうなのを一生懸命に我慢してゐるらしく、門《もん》の扉《とびら》に取り縋《すが》つて唾液《つば》を飲み込み／＼してゐたが、その魘《おび》え切つたマン丸い眼は、片時《かたとき》も吾輩から離れなかつた。尤《もつと》もこれは無理もない話で、月の冴えた真夜中に、血塗《ちまみ》れのお合羽《かつぱ》さんの子供が、ニコ／＼笑ひながら這入《はひ》つて来たのだから、大抵の女なら気が遠くなるにきまつてゐる。それを一生懸命で踏みこたへた処を見ると、此《こ》のお近といふ女は可なりのシツカリ者であつたらう。それでも辛うじて一つうなづいたと思ふと、脱けかけた腰を引つ立てるやうにして、ガタン／＼と門《もん》を閉め初めた。

その間《あひだ》に楢山社長は吾輩の先に立つて、ノツソリと玄関から上《あが》つた。吾輩も後《あと》から上《あが》らうとしたが小便だらけの泥足のまゝなので遠慮して、其処《そこ》に脱ぎ棄てゝあつたお近さんの赤い鼻緒の上草履《うはざうり》を穿《は》いて上《あが》つて行つた。ちやうど内と外と反対になつてしまつた。

ところで玄関を上《あが》つた楢山社長は、うしろを振り返つてお近さんが上《あが》つて来るのを待つてゐたが、お近さんはまだ門《もん》の扉《とびら》に縋《すが》つたまゝ真青《まつさを》になつて吾輩の姿を見詰めてゐる。さうして吾輩が振り返つたのを見るとイヨ／＼気分が悪くなつたらしく、両手を顔に当てゝ門《もん》の扉《とびら》の蔭《かげ》に蹲《しやが》み込んでしまつたので楢山社長はチヨツト困つたらしい。玄関の奥の方を向いて

「オイ。誰か居《を》らんか」

と二三度大きな声で呼んでみたが、処々ランプが赤々と灯《つ》いたなりに、広い家《いへ》の中がシンカンとして鼠の走る音《おと》すら聞こえない。たゞ一度、何処《どこ》か遠くの隅から虫の啼《な》くやうなふるへ声で

「……ハ……イ……」

と返事した者があつた様にも思つたが、それでも出て来る者が一人も無かつた。深夜の玄関の明りの下《もと》に、泥棒然たる大男と、血だらけの子供が突立《つつた》つたら、男でも取次ぎに来ないのが当然であつたらう。

楢山社長は其処《そこ》で決心したらしかつた。予《かね》てから此《こ》の家《いへ》の案内を知つてゐるらしく、玄関横の階段の処へ来ると、吾輩の手を引いて遣りながらドシン／＼と二階へ上《あが》つて行つた。それから長い暗い二階廊下へ出ると、向ふの突き当りが知事の寝てゐる室《しつ》らしく、キリコ細工の置ランプの光りと、金屏風の片影が、半分開《ひら》いた硝子《ガラス》障子ごしに見える。その金屏風の片側には美しい裾模様の着物と、赤いダラリとした扱帯《しごき》が掛かつてゐるのが、幽霊のやうにホンノリと見えた。

楢山社長はさうした室《へや》の様子を見るとチヨツト躊躇したかの様に立ち止《ど》まつた。しかし間《ま》もなく又、思ひ返したと見え

て、吾輩の手を引きながら、その室《へや》に近づいて、半分開《ひら》いた硝子《ガラス》障子の間《あひだ》からノツソリと中に這入《はひ》つたが、室《へや》に這入《はひ》ると同時に、何《なん》とも云へない奇妙な、噎《む》せつぽい匂ひが鼻を撲《う》つたので、吾輩は思はず鼻を抓《つま》みながらキヨロ〳〵と見まはしてみると、それは正面の床《とこ》の間《ま》に据ゑて在る大きな瀬戸物の蛙《かへる》の口から出て来る煙の匂ひである事がわかつた。今から考へるとそれは蚊遣《かや》り香《かう》で、此《こ》の節《せつ》では格別珍らしいものでも無いが、其《そ》の当時は王侯貴人的な贅沢物であつたらう。

室《へや》は十二畳ぐらゐの大きな室《へや》で、まん中には大きな白い敷蒲団が二枚か四枚重ねて敷いて在つた様に思ふ。その上に被《かぶ》さつた薄青い掛蒲団の中から紫色の括《くく》り枕に乗つた知事の禿《はげ》茶瓶頭《ちやびんあたま》と、赤い房《ふさ》の下《さが》つた朱塗《しゆぬ》りの高枕が並んで見えてゐたが、イクラ知事でも枕を二つ使ふなんて馬鹿な奴だと、吾輩はすぐに軽蔑して遣り度《た》くなつた。

しかし楢山社長は左様《さう》でなかつた。室《へや》の中に這入《はひ》ると、何《ど》処《こ》となく恭しい態度に変つて、頰冠《ほほかぶ》りを取り除《の》けたばかりでなく、褞袍《どてら》の前をキチンと繕《つくろ》つて、知事の枕元にピタリと正座した。だから吾輩もベタ〳〵とクツ付き合ふ血だらけの着物の前を、いゝ加減に両手で合はせながら、畳の上に草履《ざうり》を脱ぎ棄てゝ、楢山社長の横にペタリと坐り込んだが、知事はグツスリと眠つてゐると見えて身動き一つしない。

頰冠りの手拭を鷲摑《わしづか》みにして膝の上へ載せた楢山社長は、そこでその禿茶瓶を見下《みおろ》しながら

「知事さん……知事さん……」

と二た声呼んだ。しかし知事は依然として身動き一つしなかつた。眠つてゐるのか起きてゐるのかわからない。その頭をヂツと見下《みおろ》してゐた楢山社長は、なほも顔を近付けながら呼んだ。

「筑波子爵閣下……起きて下さい。玄洋社の楢山がお眼にかゝりい来ました」

しかし筑波子爵閣下は依然として禿頭をテラ〳〵させたまゝ動かない。ちやうど御本人が死んでしまつて、禿頭だけが生き残つてゐるかのやうに見える。

百五

吾輩は可笑《をか》しくもあり自烈度《じれつた》くもなつた。すぐに立つて行つて鼻でも抓《つま》んで遣らうかと思つて腰を上げかけてゐる処へ、今来た反対側の廊下からペタリ〳〵と云ふ素足の足音と、サラ〳〵と云ふ絹ズレの音《おと》がして来たので、吾輩は中腰のまゝ振り返つた。……楢山社長がタツタ今、誰も来る事はならんと云つて居《ゐ》たのに……家中《うちぢう》の奴が震へ上つて動けないで居《ゐ》る筈《はず》なのに、コンナに悠々と此《こ》の室《へや》に這入《はひ》つて来る奴は、何者か知らん……と怪しみながら室《へや》の入口を凝視して居ると……驚いた。

半分開《あ》いた硝子《ガラス》障子の隙間《すきま》からしなやかに辷《すべ》り込んで来た

のは、若い、美しい、真白《まつしろ》にお化粧をした女であつた。頭に銀のビラ〳〵の付いた簪《かんざし》を一パイに挿《さし》て、赤や青のダンダラのキレをブラ下げて、燃え上るやうな真紅《しんく》の長襦袢を長々と引きずり〳〵這入《はひ》つて来たのであつたが、よく見るとまだ半分眠つてゐるらしく、両手で眼のふちをコスリ〳〵知事の枕元に近づくと、其処《そこ》でヘタ〳〵と坐り込んだ。さうして其《そ》の枕元に寄せて在る茶器盆の上から金色《きんいろ》の茶碗と、銀色《ぎんいろ》の急須を取り上げながら、何気なく吾輩二人の方を見たが……そのまゝピタリと動かなくなつた。

糸のやうに細くなつて居《ゐ》た左右の寝呆け眼《まなこ》が見る〳〵大きく開《ひら》き初めて、今にも飛び出すくらゐ真白《まつしろ》に剝き出されて行つた。

それに連れて小さな唇がダン〳〵竪長《たてなが》くなつて、腮《あご》が外れるかと思ふ位ゐ顔が長くなつたと思ふと、左右の手から急須と茶碗が脱《ぬ》け落ちてグワチヤン〳〵と音《おと》を立てた。同時に

「キヤ――ツ……」

と云ふオモチヤの笛みたいな音《おと》がしたと思ふと、赤い長襦袢が虚空に飜《ひるが》へつた、白い手足が眼まぐるしく交錯した。入口の硝子《ガラス》障子が一枚ブチ倒れて、廊下の板張りで二三度尻餅の反響がしたと思ふと、階段を転がり落ちる人間の遽《あわた》だしい物音と、モウ一度

「キヤ――ツツ……」

と叫ぶ咽喉笛《のどふえ》の音《おと》がゴチヤ〳〵になつて、階段の下の方へ消え失せて行つた。

すると其《その》声と物音が消えるか消えないかに

「何事か――ツ……」

と怒鳴る声がツイ鼻の先に起つて白い寝巻を着た知事の禿《はげ》茶瓶《ちやびん》がムツクリと跳ね起きた、その声は紛れもなく予《かね》てから印象づけられてゐた知事特有の癇癪声で、額《ひたひ》にはチヤンと二本の青筋まで出て居《ゐ》たが、しかし眼はまだ醒《さ》めて居《ゐ》ないらしく、真赤《まつか》になつた白眼《しろめ》を片つ方づゝ閉ぢたり開《ひら》いたりしながら坐り直した。大方いゝ心持で睡つてゐる処へ大きな音《おと》が聞えたので、夢うつゝのまゝカンシヤクを起したのであらう。膝小僧を出して坐つたまゝ、モウ一度眼を閉ぢて眉を逆立てながら

「何事か――ツツ」

と大喝したが誰も返事をしない。たゞ吾輩がタツタ一人、あんまり可笑《をか》しかつたので、ゲラ〳〵と笑つた丈けであつた。

ところが其《そ》の笑ひ声を聞くと、知事はヤツト気が付いたらしかつた。慌てゝ両手で顔をコスリまはしながら、真赤な眼を剝き出してキヨロ〳〵と其処《そこ》いらを見まはしたが、間《ま》もなく吾々《われわれ》二人の姿を見付けると、見る間《ま》に颯《さつ》と青くなつた……と思ふうちに又、見る間《ま》に真赤になりながら大喝した。

「……貴様達は……ナ……何者かアツ……」

その声は深夜の青柳の家中《うちぢう》をピリ〳〵させたかと思ふ程《ほど》スバラシク大きかつた。しかし楢山社長は一向平気で、膝の上

に両手を突いたまゝ静かに頭を下げた。極めて親しみ深い、落ち付いた声で云つた。

「知事さん。私ぢや。玄洋社の楢山ぢや」

「ナニツ……楢山……」

「……チヨツト用があるので会ひに来ました」

知事の額《ひたひ》から青筋が次第々々に消え失せて行つた。それに連れてカンシヤクの余波らしくコメカミをヒク〳〵嚙み締めてゐたが、しまひには夫《そ》れすらしなくなつて、たゞ呆然と吾々《われわれ》二人の異様な姿を見比べるばかりとなつた。

楢山社長は半眼《はんがん》に開《ひら》いた眼でその顔をヂツト見上げた。片手で山羊髯を悠々と撫で上げたり撫で下《おろ》したりしながら今までよりも一層落ち付いた声で云つた。

「知事さん」

「…………」

「……今福岡県中で一番偉い人は誰な」

「………………」

知事は面喰らつたらしく返事をしなかつた。又も青筋が額《ひたひ》にムラ〳〵と現はれて、コメカミがヒク〳〵し始めたので、何《なに》か云ふか知らんと思つたが、間《ま》もなくコメカミが動かなくなつて、青筋が引込《ひきこ》むと同時に、冷たい瀬戸物見た様な、白い顔に変つて行つた。

「誰でもない。アンタぢやらうが……あんたが福岡県中で一番エライ人ぢやらうが」

百六

楢山社長の言葉は子供を諭《さと》すやうに柔和であつた。同時にその眼は何《なん》とも云へない和ごやかな光りを帯びて来たが、之《これ》に対する知事の顔は正反対に険悪になつた。知事の威厳を示すべくヂツと唇を嚙みながら、恐ろしい眼の光りでハタ〳〵此方《こつち》を射はじめた。

しかし楢山社長は一向構はずに相変らず山羊髯を撫で上げ〳〵言葉を続けた。

「……なあ。左様《さやう》ぢやらうが。その福岡県中で一番エライ役人のアンタが、警察を使うて、人民の持つとる炭坑の権利をば無償《ただ》で取り上げる様な事をば何故《なし》しなさるとかいな」

「黙れ〳〵ッ」

と知事は又も烈火の如く怒鳴り出した。

「貴様達の知つた事では無い。此《こ》の筑豊の炭田は国家の為めに入り用なのぢや」

「ウム。左様《さやう》ぢやらう〳〵。それは解かつとる。日本は近いうちに支那と露西亜《ロシア》ば相手えして戦争せにやならん。その時に一番大切なものは鉄砲の次に石炭ぢやけんなあ」

「…………」

「……しかしなあ……知事さん。その日清戦争は誰が初めよるか知つとんなさるな」

「八釜《やかま》しい。それは帝国の外交方針によつて外務省が……」

「アハハハハハハ……」

「何《なに》が可笑《をか》しい」

と知事は真青になつて睨《にら》み付けた。

「アハハハハ。外務省の通訳どもが戦争し得《う》るもんかい。アハハハハ……」

「……そ……それなら誰が戦争するのか」

「私が戦争を初めさせよるとばい」

「ナニ……何《なん》と云ふ」

「現在《いま》朝鮮に行《い》て、支那が戦争せにや居《を》られんごと混ぜくり返やしよる連中は、みんな私の乾分《こぶん》の浪人どもですばい。アハハハハハ……」

「……ソ……夫《そ》れが……どうしたと云ふのか……ツ」

と知事は小々受太刀の恰好で怒鳴つた。しかし楢山社長はイヨ〳〵落ち付いて左の肩をユスリ上げただけであつた。

「ハハハ……どうもせんがなあ。そげな訳ぢやけん此《こ》の筑前の炭坑をば吾々《われわれ》の物にしとけあ、戦争の初まつた時い、都合のよからうと思ふとるとたい」

「……バ……馬鹿なツ……馬鹿なツ……此《こ》の炭坑は国家の力で経営するのぢや。その方が戦争の際に便利ではないかツ」

「フーン。左様《さう》かなあ。しかし日本政府の役人が前掛け当て石炭屋する訳にも行《い》かんぢやろ」

「そ……それは……」

「左様《さう》ぢやらう……ハハハ。見かける処、アンタの周囲《ぐるり》には三角《みすみ》とか岩垣《いはがき》とか云ふ金持ちの番頭の様な奴が、盛んに出たり這入《はひ》たりしよるが、あんたはアゲナ奴に炭坑ば取つて遣る為に、神聖な警察官吏をば使うて、人民の坑区をば只取《ただと》りさせよるとナ」

「……そ……そんな事は……」

「無いぢやらう。アゲナ奴は金儲けの為なら国家の事も何《なに》も考へん奴ぢやけんなあ。サア戦争チウ時にアヤツ共が算盤《そろばん》ば弾《はじ》いて、石炭ば安う売らんチウタラ、仲い立つて世話したアンタは、天子様いドウ云うて申訳しなさるとナ」

「しかし……しかし吾輩は……政府の命令を受けて……」

「……ハハハハハ……そげな子供のやうな事ば云ふもんぢや無か。その政府は今云ふ三角とか岩垣とかの番頭のやうな政府ぢや無かな。その政府の役人どもは其《そ》の番頭に追ひ使はるゝ手代同様のものぢや。薩州の海軍でも長州の陸軍でも皆《みな》金《きん》モールの服着た、金持ちのお抱へ人足ぢや無かな」

「…………」

「ホンナ事い国家の為をば思うて、手弁当の生命《いのち》がけで働きよるたあ、吾々《われわれ》福岡県人バッカリばい」

「…………」

「熟《よ》と考へてみなさい。役人でもアンタは日本国民ぢやらうが、吾々の愛国心《まごころ》が解からん筈《はず》は無からうが」

「…………」

知事は何時《いつ》の間《ま》にか腕を組んで、うなだれてゐた。今までの勇気は何処《どこ》へやら、県知事の威光も何《なに》もスツカリ消え失せてしまつて、如何《いか》にも貧乏たらしい田舎爺《おやぢ》じみた恰好で、横の金屏風にかけた裾模様の着物と、血だらけの吾輩の姿を見比べたと思ふと、一層悄気返《しよげかへ》つたやうに頭を下げて行つた。

その態度を見ると楢山社長は、山羊髯から手を離して膝の上にキチンと置いた。一層物静かな改まつた調子で話を進めた。

「私はなあ……此《こ》の話ばアンタに仕度《した》いばつかりに何度も〳〵アンタに会ひげ行《い》た。バツテンが貴下《あんた》は何時《いつ》も居《を》らん〳〵ちうて会ひなさらんぢやつたが、そのお蔭でトウ〳〵此《こ》様《げ》な大喧嘩いなつてしまふた。両方とも今停車場《ていしやば》の所で斬り合ひよるげなが、これは要するに要らぬ事ぢや。死んだ奴は犬死にぢや」

「…………………」

「そればつかりぢやなか。此《こ》の喧嘩の為めに直方中は寂《さび》れてしまひよる。是《これ》はみんなアンタ方役人たちの心得違ひから起つた事ぢや」

「…………………」

「あんた方が役人の威光をば笠に着て、無理な事ば為《し》さいせにや、人民も玄洋社も反抗しやせん」

「…………………」

「その役人の中《うち》でも一番上のアンタが、ウント云ひさへすりあ此《こ》の喧嘩ばすぐに仕舞へる。此《こ》の子供も熱心に夫《そ》れを希望しとる」

「ナニ。その子供が……」

と知事は唇を震はしながら顔を上げた。

「左様《さう》ぢや。此《こ》の子供は直方町民の怨みの声ば小耳に挟うで喧嘩のマン中い飛び込うだとばい。生命《いのち》がけで留《と》めようとしてコゲニ血だらけえなつとるとばい」

「ウーム」

と知事は青くなつたまゝ又腕を組んで考へ込んだ。それを眺めてゐた楢山社長は、山羊髯をナブリ初めた。

百七

吾輩は自烈度《じれつた》くなつた。

これ位わかり易い話がドウして知事にわからないのだらう。今まで解からなかつた喧嘩の底の底の理屈が、子供の吾輩にもハツキリと呑み込めたくらゐ噛んで含める様な談判をされてゐるのに、まだ腕を組んで考へてゐるなんて、ヨツポド頭の悪いアホタレに違ひ無い。しかも夫《そ》れを又、ニコ〳〵然と眺め遣りながら山羊髯を撫でまはしてゐる楢山社長も楢山社長で気の長いこと夥《おびただ》しい。四の五の文句を云はせるよりも、手ツ取り早く拳骨を固めて、ボカーンと一つ彼の禿茶瓶《はげちやびん》をナグリ付けたら宜《よ》ささうなものと思つたが、そのうちに又吾輩は、最前からの談判を聞きながら、たまらない空腹を感じ初めてゐる事に気が付いたので、横合ひから楢山社長の顔を見上げながら尋ねてみた。

「オイサン」

「何《なん》かい」

　と楢山社長はニコ〳〵しながら吾輩を振り返つた。

「下で御飯《ごぜん》喰べて来てえゝけえ」

「おう。左様《さう》〳〵。腹が減つつらうなう。えゝとも〳〵。お前だけ先に行《い》て喰《く》ふて来い」

「此処《ここ》い鯣《するめ》と昆布を持つとるけんど……」

「ハハハハ。そげな物《もん》な喰《く》はんでもよか。オイ〳〵誰か居《を》らんか」

　と云ふうちに楢山社長はポン〳〵と手を叩いた。すると直ぐに……ハ――イ……と云ふ返事が下の方から聞こえて、最前のお近といふ女が上《あが》つて来たが、見るとまだ青い顔はしてゐたけれども、気分はスツカリ落ち付いたらしく、モウ震へては居《ゐ》ない様である。

「此《こ》の子供に飯を喰《く》はして呉《く》れい、それから何《なに》か丁度えゝ着物は無いか」

「……あの……生憎《あいにく》男のお児《こ》さんのお召物が御座いませんが」

「ウム。何《なん》でも構はんがなう」

「……あの……女将《おかみ》さんの娘御の着古しをば私《わたくし》が頂いて居《を》りますが」

「ウム〳〵。それがえゝ〳〵」

「ハハイ……かしこまりました」

　お近さんは其《そ》のまゝ吾輩の手を引いて下に降りて行つた。見ると階段の下に続いて居《ゐ》る長廊下には、そこいらの女中と芸者を総動員した程立ち並んで何《なに》かしらヒソ〳〵と話し合つてゐたが、吾輩の姿を見ると皆《みな》一斉に口を噤《つぐ》んでしまつた。中には吾輩がまだ行《ゆ》かぬうちに顔色を変へて、廊下をコソ〳〵と逃げ出す者も居《ゐ》たが、これは血だらけの吾輩とスレ違ふのを嫌がつたのであらう。

　お近さんはその中の二三人に小さな声で、何《なに》か二言三言《ふたことみこと》云ひ付けると、先づ吾輩を湯殿《ゆどの》に連れ込んで、雑巾でも抓《つま》むやうな恰好で着物を脱がせて、洗粉《あらひこ》を身体中《からだぢう》にまぶしながらスツカリ洗ひ上げて呉《く》れた。それから女中が持つて来た袖の長い、赤と青の絞《しぼり》の着物を着せて、何《なに》か知らん桃色のキユー〳〵云ふ帯を捲き付けて呉れたが吾輩はその時に板《いた》の間《ま》に落ち散つてゐた鯣《するめ》と昆布を両手で掃き集めて、シツカリと懐中《ふところ》に捻ぢ込んだので、お近さんは青い顔を急に真赤《まつか》にしてクス〳〵と笑ひ出した。

　そこでやつと顔色の直つたお近さんは、吾輩を台所に連れ込んで、まだ生あたゝかい御飯《ごはん》を食《たべ》させて呉れたが、その副食物《おかず》の種類の多かつたこと……多分戸棚の中の余り物を総《そう》浚《ざら》ひにして呉れたものであつたらうが、何《なん》にしてもコンナに沢山の副食物《おかず》を貰つたことは生れて初めてだつた。参考の為めに勘定してみると容れ物の数が十一あつた。

「お近さん」

「ハイ」

「コレ……みんな喰べてえゝのけえ」

「……ヘエ……よござつせにやあコテ……」

「……おゝ嬉し……」

と吾輩は飛び上つて喜んだので、お近さんはトウ〳〵声を立てゝ失笑《ふきだ》してしまつた。

ところが残念なことに吾輩は、その副食物《おかず》を残らず平らげて見せる訳に行《ゆ》かなかつた。

否《いや》、全部どころか、まだ半分も片付けないうちに裏の方と、表の方からと同時にワ——ツと云ふ鬨《とき》の声が起つて、門《もん》の扉《とびら》か何《なに》かをドカン〳〵と叩く音《おと》が聞こえ出した。

ところで其《そ》の音《おと》を聞くと吾輩は直ぐに、これは玄洋社と磯政の同勢が喧嘩に勝つたので、此《こ》の家《いへ》をタタキ破りに来たものだと直感したが、しかし台所に集まつてゐた連中は、まだ何《なに》が何《なに》やら見当が付かなかつたらしかつた。たゞ真青になつて顔を見合はせて居《ゐ》るばかりであつたが、其《そ》の中《うち》に誰かゞタツタ一と口

「玄洋社」

と云ふ声が聞こえると、五六人の男女が一斉に、電気に打たれた様に悲鳴をあげた。同時に坐つたまゝ腰を抜かして這《は》ひ出すものや、当《あて》なしに面喰らつて右往左往に走りまはる者が、其処《そこ》いら中をドタバタ云はせ初めたが、間《ま》もなく誰かゞ台所のまん中にブラ下がつた洋燈に行《ゆ》き当つたらしくガチヤ〳〵ンと云ふ音《おと》と共に、四方が真暗《まつくら》になつてしまつた……と思ふ間《ま》もなく台所の板《いた》の間《ま》から一面に青い火がメラ〳〵と燃え上り初めた。

百八

「ウワ——ツ。火事々々ツ……」

「あらあ……火事ぢやが〳〵ア……」

と云ふうちに二三人走り寄つてタヽキ消しかゝつたが、何《なに》を云ふにも石油の火だからナカ〳〵思ふやうに消えてしまはない。そのうちに板《いた》の間《ま》の床《ゆか》の下からムウ——と黒い煙が噴き出したと思ふと、赤茶気た焔がメラ〳〵と伸び上つて、真黒な煤煙が吾輩の居《ゐ》る次の間《ま》まで一パイになつてしまつた。

ウロ〳〵してゐた男も女も、これを見ると又もや悲鳴をあげて逃げ迷つた。その中にお近さんの声がして

「知らせにや〳〵……早やう〳〵……」

と云ひながらバタ〳〵と走つて行《ゆ》く足音がしたが、ソレツキリ其処《そこ》いら中がシンとして、ボロン〳〵と燃え上《あが》る石油の音《おと》ばかりになつてしまつた。

ところで、あとに取り残された吾輩はタツタ一人でドウ仕

様かと思ひ迷つた。お箸と茶碗を両手に持つたまゝ顔中にモヤ〳〵と群らがり蒐《か》かる煤の渦巻きを撫でまはし〳〵してゐたが、やがて其《そ》の渦巻きがズン〳〵室《へや》の外へ流れ出し初めて、板張りから燃え上る焔の光りにヤツと眼の前のお膳が見え出すと、吾輩は又尻《しり》を落ち付けた。お手盛りで一杯飯を装《よそ》ひながら、残つた副食《おかず》を平らげ出した。むろん夫《そ》れは大急行で一番おしまひの楽しみに取つといた玉子焼を、一番先に口に入れたくらゐであつたが、そのうちに又、火が天井裏に這入《はひ》つたらしく、頭の上の天井板がミシリ〳〵と鳴り出したので、吾輩も小々慌て気味になつて、最後の一杯をお茶漬にしながらフウ〳〵云つて掻き込んでゐた。

　すると其時《そのとき》であつた。今まで聞こえてゐた裏口の扉《とびら》をタタキ破る音《おと》が、何時《いつ》の間《ま》にか静まつたと思ふ間《ま》もなく、台所の小潜《こぐ》り付きの大戸がメリ〳〵バリ〳〵と大音響を立てゝ内側へ倒れ込んだので、一旦内側へ靡《なび》いた天井の焔と煙が一斉に外へ流れ出し初めた。その光りで見ると裏口から雪崩込《なだれこ》んだ大勢の人間が、鳶口《とびくち》や竹槍で力を合はせて無理矢理に大戸をコヂ離した事がわかつたが、其《そ》の連中が真正面から火気を浴びて

「ウワア……火事ぞツ……」

「……消防々々……」

「井戸は何処《どこ》かい〳〵」

　と口々に叫んで雪崩退《なだれしりぞ》く中に、タツタ一人両眼《りやうがん》をカツと見《み》開《ひら》いて吾輩を凝視しながら、仁王立ちに突立《つつた》つてゐる大男があつた。その男は頭に白い布を巻いてゐたのでチヨツト誰だか解らなかつたが、よく見るとそれはハムマの源太で、両手に持つた鉄鎚《ハンマ》が、手首まで真赤《まつか》に染つてゐるのであつた。

　さう気が付くと吾輩も台所の次の間《ま》から、板の間《いたま》一面の焔を中に置いて、両手に茶碗と箸を持つたまゝ眼が痛くなる程睨《にら》み返して遣つた。その序《ついで》に口の中の蒲鉾《かまぼこ》と沢庵を、味噌ツ歯でモゴ〳〵と噛み初めたが、さうした吾輩の姿をハムマの源太の背後に犇《ひし》めいてゐた連中が見付けると、我勝ちにワイ〳〵騒ぎ出した。

「居《ゐ》るぞ〳〵ツ。子供が居《ゐ》るぞツ」

「真黒い顔して振袖ば着とるぞツ」

「また火放《つ》けといて飯喰《く》ひよるぞツ」

「仙右衛門ば焼き殺いた外道ぢやろ」

「此《こ》の序《ついで》に片付けてしまへツ」

「ニコ〳〵笑ひよる……不逞な餓鬼ばい」

「油断すんな。魔法《ドグラマグラ》かけられるな」

　そんな文句を罵り立てゝ、手に〳〵吾輩を指しながら押し合ひヘシ合ひしてゐたが、何《なに》しろ天井と屋根から燃え上《あが》る焔が、見る〳〵猛烈になつて来て、顔が熱くなる位なので、誰一人飛び込んで来る者が無い。それを見ると吾輩は急に面白くなつて来たので、大急ぎで沢庵と蒲鉾を嚥《の》み込んで、お茶を一パイ呑み干すと、無言のまゝ両手でベツカンコウをして

見せた。

　すると、それと殆んど同時に、大砲の弾丸《たま》のやうな音《おと》がして、膝の前のお膳や皿が粉微塵になつて飛び散つたので、吾輩は肝《きも》を潰して飛び退《の》いた。見るとハムマの源太が投げ付けたに違ひ無い血だらけの鉄鎚《ハムマ》がお膳の破片の中に逆立ちをしてゐる。これはと思つて振り返るとハンマの源太はモウ一つ左手に持つて居《ゐ》る鉄鎚《ハンマ》を右手に持ち換へて、タツタ今投げ付けさうなモーションを執つてゐた。

　吾輩は其《そ》の第二の鉄鎚《ハンマ》と殆んどスレ違ひに室《へや》を飛び出した。其鉄鎚《そのハンマ》が障子か襖《ふすま》かを突き抜けて戸板を撃ち破る猛烈な音響を振り返りながら、取りあへず楢山社長の処に帰るべく手近い所に在る二階段を馳け上《あが》らうとすると、早くも二階に火が廻はつてゐるらしく、白い煙が濛々《もうもう》と渦巻き降りて来る中から、逃げ迷つたらしい芸者が一人盛装のまゝ物も云はず真逆《まつさか》様《さま》に転がり落ちて来た。

　吾輩は又も小々面喰ひながら横に外《そ》れて、長い廊下を左へ一直線に走つた。すると間《ま》もなく真正面に、丸い月見窓が、薄い外あかりで透かして見えたので、コレ幸《さいはひ》と手を突込《つきこ》んで、障子と雨戸を引き明けて、二本渡した竹の棒の間《あひだ》から脱け出してみると……何《なん》の事だ。外はお庭かと思つたのが広い往来になつてゐて人ツ子一人通つてゐない。たゞズツト遠くの町の角《かど》から梯子《はしご》を持つて出て来る二三人の人影が見えるばかりである。月はモウ西に傾いて、夜《よ》が明けかゝつて居《ゐ》るのであつた。

　吾輩はその人影に見付けられないうちに一散走《いつさんばし》りで右手の横町《よこちやう》に逃げ込んだ。それから青柳の家《いへ》と離れる様に〳〵走り続けたら間《ま》もなく鉄道の踏切を越えて山の阻道《そはみち》にかゝつた。其処《そこ》でホツとして振り返つてみると、青柳の家《いへ》は直方の町の真中で盛んに黒烟《くろけむり》をあげて燃えてゐる。

　それを見ると吾輩は急に恐ろしくなつて又走り出した。昨夜《ゆふべ》の喧嘩も、今朝《けさ》の火事も、直方中の騒動は何《なに》もかも、みんな自分一人で仕出かした様な気持ちになりながら、何処《どこ》かわからなくなつた山の中を、滅法矢鱈《めつぽふやたら》に走つた走つた……走つた……

怪夢［1］

一、工場

厳《おごそ》かに明るくなつて行《ゆ》く鉄工場《てつこうぢやう》の霜朝《しもあさ》である。

二三日前からコークスを焚《た》き続けた大坩堝《おほるつぼ》が、鋳物工場《いものこうぢやう》の薄暗がりの中で、夕日のやうに熟し切つてゐる時刻である。

黄色い電燈の下で、汽鑵《ボイラー》の圧力計《は》指針《り》が、二百封度《ポンド》を突破すべく、無言の戦慄を続けてゐる数分間である。

真黒く煤《すす》けた工場《こうぢやう》の全体に、地下千尺の静《じやく》けさが感じられる一刹那《せつな》である。

……そのシンカンとした一刹那が暗示する、測り知れない、ある不吉な予感…………此《こ》の工場《こうぢやう》が破裂してしまひさうな……

私は悠々と腕を組み直した。そんな途方もない、想像の及ばない出来事に対する予感を、心の奥底で冷笑しつゝ、高い天井のアカリ取り窓を仰いだ。そこから斜めに、青空はるかに黒煙《こくえん》を吐き出す煙突を見上げた。その斜《なゝめ》に傾いた煙突の半面が、旭《あさひ》のオリーブ色をクツキリと輝かしながら、今にも頭の上に倒れかゝつて来るやうな錯覚の眩暈《めまひ》を感じつゝ、頭を強く左右に振つた。

私は、私の父親が頓死《とんし》をした為めに、まだ学士になつたばかりの無経験のまゝ、此《こ》の工場《こうぢやう》を受け継がせられた……さうしてタツタ今、生れて初めての実地作業を指揮すべく、引つぱり出されたのである。若い、新米の主人に対する職工たちの侮辱と、冷罵《れいば》とを予期させられつゝ……

しかし私の負《まけ》じ魂《だましひ》は、そんな不吉な予感のすべてを、腹の底の〳〵方へ押し隠してしまつた。誇《ほこり》かな気軽い態度で、バツトを横啣《よこぐは》へにしい〳〵、持場々々についてゐる職工たちの白い呼吸を見まはした。

私の眼の前には巨大なフライホキールが、黒い虹のやうにピカ〳〵と微笑してゐる。

その向うに消え残つてゐる昨夜《さくや》からの暗黒の中には、大小の歯車が幾個となく、無限の歯噛みをし合つてゐる。

ピストンロツドは灰色の腕をニユーと突き出したまゝ……

水圧打鋲機《だびやうき》は天井裏の暗がりを睨《にら》み上げたまゝ……

スチームハムマーは片足を持ち上げたまゝ……

……すべてが超自然の巨大な馬力と、物理原則が生む確信とを百パーセントに身構へて、私の命令一下《いつか》を待つ可《べ》く、飽くまでも静まりかへつてゐる。

……シイ——イイ……といふ音《おと》が何処《どこ》からともなく聞える

のは、セーフチーバルブの唇を洩《も》るスチームの音《おと》であらう

……それとも私の耳の底の鳴る音《おと》か……

私の背筋を或る力が伝はつた。右手が自《おのづか》ら高く揚《あが》つた。

職工長がうなづいて去つた。

……極めて徐々に……徐々に……工場《こうぢやう》内に重なり合つた一切の機械が眼醒《めざ》めはじめる。

工場《こうぢやう》の隅から隅まで、スチームが行き渡《ゆ》り初めたのだ。

さうして次第々々に早く……遂《つひ》には眼にも止《と》まらぬ鉄の眩《げん》覚《かく》が、私の周囲から一時《いちじ》に渦巻き起《おこ》る。……人間……狂人……超人……野獣……猛獣……怪獣……巨獣……それらの一切の力を物ともせぬ鉄の怒号……如何《いか》なる偉大なる精神をも、一瞬の中《うち》に恐怖と死の錯覚の中に誘《さそ》ひ込まねば措《お》かぬ真黒な、残忍冷酷な呻吟《しんぎん》が、到る処に転がりまはる。

今までに幾人となく引き裂かれ、切り千切《ちぎ》られ、タヽき付けられた女工や、幼年工の亡霊を嘲《あざけ》る響き……

此《こ》のあひだ打ち砕かれた老職工の頭蓋骨《づがいこつ》を罵倒する声……

ずつと前にヘシ折られた大男の両足を愚弄する音《おと》……

すべての生命《せいめい》を冷眼視し、度外視して、鉄と火との激闘に熱中させる地獄の騒音……

はるかの木工場《もくこうぢやう》から咽《むせ》んで来る旋回円鋸機《せんくわいゑんきよき》の悲鳴は、首筋から耳の付け根を伝はつて、頭髪の一本々々毎《ごと》に沁《し》み込んで震へる。あの音《おと》も数本の指と、腕と、人の若者の前額《ぜんがく》を斬り割《さ》いた。その血しぶきは今でも、梁木《はりぎ》の胴腹に黒ずんで残つてゐる。

私の父親は世間から狂人扱ひにされてゐた。それは仕事にかゝつたが最後、昼夜ブツ通しに、血も涙も無い鋼鉄色の瞳をギラ〳〵させ続ける、無学な、醜怪な老職工だからであつた。それが此《こ》の工場《こうぢやう》の十字架であり、誇りであると同時に、数十の鉄工所に対する不断の脅威となつてゐたからであつた。

だから人体の一部分、もしくは生命《せいめい》そのものを奪つた経験を持たぬ機械は、此《こ》の工場《こうぢやう》に一つもなかつた。真黒い壁や、天井の隅々までも血の絶叫と、冷笑が染み込んでゐた。それ程左様《さやう》にこの工場《こうぢやう》の職工達は熱心であつた。それ程左様《さやう》に此《こ》の工場《こうぢやう》の機械等《ら》は真剣であつた。

しかも、それ等《ら》の一切を支配して、鉄も、血も、肉も、霊魂も、残らず蔑視して、木ツ葉《こ》《ば》の如く相闘《あひたたか》はせ、相呪《あひのろ》はせる……さうして更に新しく、偉大な鉄の冷笑を創造させる……それが私の父親の遺志であつた。……と同時に私が微笑すべき満足ではなかつたか……

「ナアニ。やつて見せる。児戯に類する仕事だ……」

私は腕を組んだまゝ悠々と歩き出した。まだ〳〵これからドレ位の生霊《せいれい》を、鉄の餌食に投げ出すか知れないと思ひつゝ

……馬鹿々々しいくらゐ荘厳な全工場《ぜんこうぢやう》の、叫喚《けうくわん》、大叫喚を耳に慣れさせつゝ……残虐を極めた空想を微笑させつゝ運んで行《ゆ》く、私の得意の最高潮……

「ウワツ。タタ大将オツ。」

　といふ悲鳴に近い絶叫が私の背後に起つた。

「……又誰《たれ》かやられたか……」

　と私は瞬間に神経を冴《さ》えかへらせた。さうしておもむろに振り返つた私の鼻の先へ、クレエンに釣られた太陽色の大《おほ》坩堝《るつぼ》が、白い火花を一面に鏤《ちりば》めながらギラ〳〵とゆらめき迫つてゐた。触れるもののすべてを燃やす可《べ》く……

　私は眼が眩《くら》んだ。ポムプの鋳型を踏み砕いて飛び退《の》いた。全身の血を心臓に集中さしたまゝ、木工場《もくこうぢやう》の扉《ドア》に衝突して立ち止《ど》まつた。

　私の前に五六人の鋳物工が駆け寄つて来た。ピヨコ〳〵と頭を下げつゝ不注意を詫びた。

　その顔を見まはしながら私はポカンと口を開《あ》いてゐた。……額《ひたひ》と、頬と、鼻の頭に受けた軽い火傷《やけど》に、冷たい空気がヒリ〳〵と沁みるのを感じてゐた……さうして工場《こうぢやう》全体の物音が一つ〳〵に私を嘲笑して居《ゐ》るのを聴いてゐた……

「ヱヘヽヽヽヽヽヽ」

「オホヽヽヽヽヽヽ」

「イヒヽヽヽヽヽヽ」

「ハハヽヽヽヽヽヽ」

「フフヽヽヽヽヽヽ」

「ゲラ〳〵〳〵〳〵」

「ガラ〳〵〳〵〳〵」

「ゴロ〳〵〳〵〳〵」

「……ザマア見やがれ……」

二、空中

　Ｔ１１と番号を打つた単葉の偵察機が、緑の野山を蹴落《けおと》しつゝ、スバラシイ急角度で上昇し始めた。

「……オイ……。Ｙ中尉。あの１１の単葉なら止《よ》せ。君は赴任匆々《そうそう》だから知るまいが、アイツは今までに二度も、搭乗者が空中で行方不明になつたんだ。おまけに二度とも機体だけが、不思議に無疵《むきず》のまゝ落ちてゐたと云ふ曰《いは》く付きのシロモノなんだ。発動機も機体もまだシツカリして居《ゐ》るんだが、みんな乗るのを厭《いや》がるもんだから、天井裏にくつ付けて置いたんだ……止《よ》せ〳〵……」

　さう云つて忠告した司令官の言葉も、心配さうに見送つた同僚の顔も、みる〳〵うちに旧世紀の出来事のやうに、層雲の下に消え失せて行つた。さうして間《ま》もなく私の頭の上には、朝の清新な太陽に濡れ輝いてゐる夏の大空が、青く〳〵涯《は》てしもなく拡がつて行つた。

私は得意であつた。

機体の全部に関する精確な検査能力と、天候に対する鋭敏な観察力と、あらゆる危険を突破した経験以外には、何者をも信用しない事にきめてゐる私は、さうした司令官や同僚たちの、迷信じみた心配に対する単純な反感から、思ひ切つてかうした急角度の上げ舵《かぢ》を取つたのであつた。……そんな事で戦争に行《ゆ》けるか……といふ気になつて……

だが……ソンナやうな反感も、ヒイヤリと流れかゝる層雲の一角を突破して行《ゆ》くうちに、あとかたも無く消え失せて行つた。さうして、あとには二千五百米突《メートル》を示す高度計と、不思議なほど静かなプロペラの唸《うな》りと、何《なん》とも云へず好調子なスパークの霊感だけが残つてゐた。

……この１１機はトテモ素敵だぞ……

……もう三百キロを突破してゐるのに此《こ》の静かさはドウダ……

……おまけにコンナ日にはエア・ポケツも無い筈《はず》だからナ……

……層雲が無ければ此処《ここ》いらで一つ、高等飛行をやつて驚かして呉《く》れるんだがナア……

……なぞと思ひ続けながら、軽い上げ舵を取つて行《ゆ》くうちに、私はフト、私の脚下《きやくか》二三百米突《メートル》の処に在る層雲の上を、１１機の投影が高くなり、低くなりつゝ相並《あひなら》んで辷《すべ》つて行《ゆ》くのを発見した。

それを見ると流石《さすが》に飛行慣れた私も、何《なん》とも云へない嬉しさを感じない訳に行《ゆ》かなかつた。大空のたゞ中で、空の征伏者のみが感じ得《う》る、澄み切つた満足をシミ／＼味はずには居《ゐ》られなかつた。……真《しん》に子供らしい……胸のドキ／＼する……

……二千五百の高度……

……静かなプロペラのうなり……

……好調子なスパークの霊感……

私の眼に、何《なに》もかも忘れた熱い涙がニジミ出した。太陽と、蒼空《あをぞら》と、雲の間《あひだ》を、ヒトリポツチで飛んで行《ゆ》く感激の涙が……それを押し鎮める可《べ》く私は、眼鏡《めがね》の中で二三度パチ／＼と瞬《また》きをした。

……その瞬間であつた……

ちやうどプロペラの真正面にピカ／＼光つてゐる、大きな鏡のやうな青空の中から、一台の小さな飛行機があらはれて、ズン／＼形を大きくしはじめたのは……

私は不思議に思つた。あまりに突然の事なので、眼の誤りかと思つたが、さう思ふうちに向うの黒い影はグン／＼大きくなつて、ハツキリした単葉の姿をあらはして来た。

私は心構へしながら舵機《だき》をシツカリと握り締めた。

……二千五百の高度……

……静かなプロペラのうなり……

……好調子なスパークの霊感……

私は驚いた。片唾《かたづ》を呑んで眼を睜《みは》つた。向うから来るのは、私の乗機と一分《ぶ》一厘違《りんちが》はぬ陸上の偵察機である。搭乗者も一人らしい。機のマークや番号はむろん見えないが……

……二千五百の高度……

……静かなプロペラ……

……好調子なスパーク……

……青空……

……太陽……

……層雲の海……

私はアツト声を立てた。

私が大きく左舵《ひだりかぢ》を取つて避けようとすると、同時に向うの機も薄暗い左の横腹を見せつゝ大きく迂回して私の真正面に向つて来た。

私の全身に冷汗《ひやあせ》がニジミ出た。……コンナ馬鹿な事がと思ひつゝ慌てゝ機体を右に向けると、向うの機も真似をするかのやうに右の横腹を眩《まぶ》しく光らせつゝ、やはり真正面に向つて来る。

……鏡面に映ずる影の通りに……

私の全神経が強直した。歯の根がカチ〳〵と鳴り出した。


その途端に私の機体が、軽い、ヱア・ポケツに陥つたらしくユラ〳〵と前に傾いた。……と同時に向うの機もユラ〳〵と前に傾いたが、その一刹那に見えた対機《むかう》のマークは紛れもなく……T11と読まれたではないか……

……と思ふ間《ま》もなくその両翼を、此方《こつち》と同時に立て直して向うの機は、真正面から一直線に衝突して来たではないか……

……私はスヰツチを切つた。

……ベルトを解《と》いた。

……座席から飛び出した。

……パラツシユートを開《ひら》かないまゝ百米突《メートル》ほど落ちて行つた。

私と同じ姿勢で、パラシユートを開《ひら》かないまゝ、弾丸のやうに落下して行《ゆ》く私そつくりの相手の姿……私そつくりの顔を凝視しながら……

……はてしもない青空……

……眩しい太陽……

……黄色く光る層雲の海……

三、街路

大東京の深夜……

　クラブで遊び疲れたあげく、タツタ一人で首垂《うなだ》れて、トボ〳〵と歩きながら自宅の方へ帰りかけた私はフト顔を上げた。そこいら中がパアツと明るくなつたので……

　……そのトタン……飛び上るやうなサイレンの音《おと》に、ハツと驚いて飛び退《の》く間《ま》もなく、一台の自動車が疾風《はやて》の様に私を追ひ抜いた。……続いて起《おこ》る砂ほこり……ガソリンの臭《にほ》ひ……4444の番号と、赤いランプが見る〳〵うちに小さく〳〵……

　……ハテナ……あの自動車の主《ぬし》は人形ぢや無かつたかしら……あんまり綺麗過ぎる横顔であつた。着物はよくわからなかつたが、水の滴る様な束髪《そくはつ》に結《ゆ》つて、真白に白粉《おしろい》をつけて、緑色《みどりいろ》の光りの下にチンと澄まして……黒水晶の様な眼をパツチリと開《ひら》いて、こゝろ持ち微笑《ほほゑ》みを含みながら、運転手と一緒に、一直線の真正面を見詰めて行つた。あの反り身になつた澄まし加減がイカニモ人形らしかつた……と思ふ中《うち》に又一台あとから自動車が来た。

　私はすぐに振り返つてみた。

　その自動車の主《ぬし》はパナマ帽を冠《かぶ》つた紳士であつた。赭《あか》ら顔の堂々と肥《ふと》つた、富豪の典型の様な……それが両手をチヤンと膝に置いて、心持ち反り身になつたまゝ、運転手と一緒に、一直線の真正面をニコ〳〵と凝視しながら、私の前をスーツと通り過ぎた。自動車の番号は1111……

　……人形だ〳〵。今の紳士はたしかに人形だつた……ハテナ……ヲカシイゾ……

　……と考へてゐるうちに私は又、石の様に固くなつたまゝ向うから来かゝつた自動車の内部を凝視した。

　……今度は金襴《きんらん》の法衣を着た坊さんであつた。若い、品のいゝ宮様のやうに鼻筋のとほつた人形……それが心持ち眼を伏せて、両手を拝み合はせたまゝスーツと辷《すべ》つて行つた。

　私はブル〳〵と身震ひをした。あたりは森閑とした街路……大空は星で一パイ……

　……深夜の東京の怪……私がタツタ一人で見た……

　私は、私の周囲に迫りつゝある、何《なん》とも知れない、気味のわるい、巨大《おほき》な、恐ろしいものを感じた。一刻も早く家《うち》に帰る可《べ》くスタ〳〵と歩き出した。

　その時に私の前と背後《うしろ》から、二台の自動車が音《おと》もなく近付いて来た。

……私と……

……私の夢の……

……結婚式当日の姿……

　私は逃げ出した。クラブの玄関へ駈け込んで、マットの上にぶツ倒れた。

「助けて呉《く》れ。」

四、病院

私は何時《いつ》の間《ま》にか頑丈な鉄の檻の中に入れられてゐる。白い金巾《かなきん》の患者服を着せられて、ガーゼの帯を捲き付けられて、コンクリートの床《ゆか》のまん中に大《だい》の字型《じがた》に投げ出されてゐる。

……精神病院らしい……

しかし私は驚かなかつた。其《そ》のまゝ声も立てずにヂツと考へた。此処《ここ》が精神病院だとわかれば、騒いでも無駄だからである。騒げば騒ぐほど非道《ひど》い目に合ふ事がわかり切つてゐるからである。おまけに今は深夜である。可なり大きい病院らしいのにコツトリとも物音がしない。……騒いではいけない、憤《おこ》つてはいけない。否々《いないな》。泣いても笑つてもいけないのだ。いよ〳〵キチガヒと思はれるばかりだから……

私はそろ〳〵とコンクリートの床《ゆか》のまん中に坐り直した。両手を膝の上に並べて静坐をして、眼を半眼《はんがん》に開《ひら》いて、檻の鉄棒の並んだ根元を凝視した。神経を鎮める積もりで……

果して私の神経はズン〳〵と鎮静して行つた。可なり広い病院の隅から隅までシンカンとなつて……

その時であつた。私が正面してゐる鉄の檻の向うから、誰《たれ》か一人ポツ〳〵と歩いて来た。それは白い診察着を着た若い男らしく、私が坐つてゐるコンクリートの床《ゆか》よりも、一尺ばかり高くなつてゐる板張りの廊下を、何《なに》か考へてゐるらしい緩やかな歩度《ほど》でコトリ〳〵と近付いて来るのであつたが、やがて私の檻の前まで来るとピツタリと立ち止《ど》まつた。さうして両手をポケツトに突込《つっこ》んだまゝ、ヂツト私を見下《みお》ろしてゐるらしく、爪先を揃へたスリツパ兼用の靴が、私の上瞼《うはまぶた》の下に並んだまゝ動かなくなつた。

私はソロ〳〵と顔を上げた。

その私の視界の中には、先《ま》づ膝の突《と》んがつた縞のズボンと、インキの汚染《しみ》のついた診察着が這入《はひ》つて来た……が……それは何処《どこ》かで見た事のある縞ズボンと診察着であつた……と思つてチヨツト眼を閉ぢて考へたが……間《ま》もなく私はハツと気付いた。眼をまん丸く剝き出して、その顔を見上げた。

それは私が予想した通りの顔であつた。……青白く痩せこけて……髪毛《かみのけ》をクシヤ〳〵に掻き乱して……無性髪《ぶしやうがみ》を蓬々《ぼうぼう》と生《は》やして……憂鬱な黒い瞳《ひとみ》を伏せた……受難のキリストじみた……

……それは私であつた……嘗《かつ》て此《こ》の病院の医務局で勉強してゐた私に相違なかつた。

私の胸が一しきりドキ〳〵〳〵〳〵と躍り出した。さうして又ドク〳〵〳〵……コツ〳〵〳〵〳〵と静まつて行つた。診察着の背後《うしろ》の巨大な建物の上を流れ漂ふ銀河が、思ひ出したやうにギラ〳〵と輝いた。

……と……同時に私は、一切の疑問が解決した様に思つた。私を精神病患者にして、此《こ》の檻に入《い》れたのは、たしかに此《こ》の鉄格子の外に立つてゐる診察着の私であつた。此《こ》の診察着の私は、あまりに自分の脳髄を研究し過ぎた結果、精神に異状を呈して、自分と間違へて此《こ》の私を、此処《ここ》にブチ込んだものに相違無かつた。此《こ》の「診察着の私」さへ居《ゐ》なければ、私はこんなにキチガヒ扱ひにされずとも済む私であつたのだ。

さう気が付くと同時に私は思はずカツとなつた。吾《われ》を忘れて、鉄檻の外の私の顔を睨《にら》み付けながら怒鳴つた。

「……何《なに》しに来たんだ……貴様は……」

其《そ》の声は病院中に大きな反響を作つて、グル〳〵〳〵とまはりながら消え失せて行つた。しかし外の私は少しも表情を動かさなかつた。診察着のポケットに両手を突込《つっこ》んだまゝ、依然として基督《キリスト》じみた憂鬱な眼付で見下《みおろ》しつゝ、静かな、澄明《ちょうめい》な声で答へた。

「お前を見舞ひに来たんだ。」

私はイヨ〳〵カツとなつた。

「……見舞ひに来る必要は無い。コノ馬鹿野郎……早く帰れ。さうして自分の仕事を勉強しろ……」

さう云ふ私の荒つぽい声の反響を聞いてゐるうちに私は、自分の眼がしらがズウーと熱くなつて来る様に思つた……何《な》故《ぜ》だかわからないまゝ……しかし外の私はイヨ〳〵冷静になつたらしく、その薄い唇の隅に微《かすか》な冷笑《びせう》を浮かべたのであつた。

「お前をかうやつて監視するのが、俺の勉強なのだ。お前が完全に発狂すると同時に、俺の研究も完成するのだ。……もうデキだと思ふんだけれど……」

「おのれ……コノ人非人《にんぴにん》。キ……貴様はコノ俺を……オ……オモチヤにして殺すのか……コココノ冷血漢……」

「科学はいつも冷血だ……ハハ……」

相手は白い歯を出して笑つた。突然に空《そら》を仰いで……嘯《うそぶ》くやうに……

私は夢中になつた。イキナリ立ち上つて檻の中から両手を突き出した。相手の白い診察着の襟を摑んでコヅキ廻した。

「……サ……此処《ここ》から出せ……出して呉《く》れ……此《こ》の檻の中から……さうして一緒に研究を完成しようぢや無いか……ね……ね……後生だから……」

私は思はず熱い涙に咽《むせ》んだ。その塩辛い幾流れかを、咽喉《のど》の奥へ流し込んだ。

けれども診察着の私は抵抗もしなければ、逃げもしなかつた。さうして患者服の私に小突かれながら苦しさうに云つた。

「……ダ……メ……ダ……お前は俺の……大切な研究材料だ……こゝを出す事は出来ない。」

「ナ……ナ……何《なん》だと……」

「お前を……此処《ここ》から出しちや……実験にならない……」

私は思はず手をゆるめた。その代りに相手の顔を、自分の鼻の先に引き付けて、穴の明く程覗き込んだ。

「……何《なん》だと！　モウ一ペン云つて見ろ。」

「何遍《なんべん》云つたつておんなじ事だよ。俺はお前を此《こ》の檻の中に封じ籠めて、完全に発狂させなければならないのだ。其《そ》の経過報告が俺の学位論文になるんだ。国家社会の為めに有益な……」

「……エヽツ……勝手に……しやがれ……」

と云ひも終らぬうちに私は、相手のモシヤ〳〵した頭の毛を引つ摑んだ。その眼と鼻の間《あひだ》へ、一撃を喰らはした。さうして鼻血をポタ〳〵と滴《た》らしながらグツタリとなつた身体《からだ》を、力一パイ向うの方へ突き飛ばすと、深夜の廊下に夥《おびただ》しい音《おと》を立てゝ……ドターン……と長くなつた。そのまゝ、死んだ様に動かなくなつた。

「……ハツハツハツ……ザマを見ろ……アハ〳〵〳〵」

斜坑

上

地《ぢ》の底の遠い〱所から透きとほるやうな陰気な声が震へ起つて、斜坑の上《あが》り口《ぐち》まで這上《はひあが》つて来た。

「……ほとけ……さまあゝゝ……イヽ……ヨオヽヽイヽ……旧坑口ぞゝおゝ……イヽヽ……ヨオヽヽ……イヽ……イヽ……」

その声が耳に止《と》まつた福太郎《ふくたらう》はフト足を佇《と》めて、背後《うしろ》の闇《や》黒《み》を振り返つた。

それはズツト以前から、此《こ》の炭坑地方に残つてゐる奇妙な風習であつた。

坑内で死んだ者があると其《そ》の死骸は決して其場《そのば》で僧侶や遺族の手に渡さない。そこに駈け付けた仲間の者の数人が担架やトロツコに舁《か》き載せて、忙《せ》はしなく行つたり来たりする炭《たん》車《しや》の間《あひだ》を縫ひながらユツクリ〱した足取りで坑口《かうぐち》まで運び出して来るのであるが、その途中で、曲り角や要所々々の前を通過すると、其《そ》のたんびに側に付いてゐる連中の中の一人が、出来るだけ高い声で、ハツキリと其《そ》の場所の名前を呼んで、死人に云ひ聞かせてゆく。さうして長い時間をかけて坑口まで運び出すと、医局に持ち込んで検屍を受けてから、初めて僧侶や、身よりの者の手に引渡すのであつた。

炭坑《マブ》の中で死んだ者は其処《そこ》に魂を残すものである。何時《いつ》まででも其処《そこ》に仕事をしかけたまゝ倒れて居《ゐ》る積りで、自分の身体《からだ》が外に運び出された事を知らないで居《ゐ》る。だから他《ほか》の者が其《そ》の仕事場《キリハ》に作業《しごと》をしに行《ゆ》くと、其《そ》の魂が腹を立てゝ邪魔《ワザ》をする事がある。通り風や、青い火や、幽霊になつて現はれて、鶴嘴《つるはし》の尖端《さき》を掴んだり、安全燈《ランプ》を消したり、爆発《ハツパ》を不発《ボヤ》にしたりする。モツト非道《ひど》い時には硬炭《ボタ》を落して殺すことさへあるので、そんな事の無い様に運び出されて行《ゆ》く道筋を、死骸によつく云ひ聞かせて、後《あと》に思ひを残させない様にする……と云ふのがかうした習慣の起原《おこり》ださうで、年が年中暗黒の底に埋《うづも》れてゐる坑夫達に取つては、いかにも道理至極であり、涙ぐましい儀式のやうに考へられてゐるのであつた。

今運び出されて居《ゐ》るのは旧坑口に近い保存炭柱《はしら》の仕事場《キリハ》に掛つて居《ゐ》た勇夫《いさを》といふ、若い坑夫の死骸であつた。むろん福太郎の配下《うけもち》では無かつたが、目端《めはし》の利くシツカリ者だつたのに、思ひがけなく落盤に打たれてズタ〱に粉砕されたと云ふ話を、福太郎はタツタ今、通り縋《すが》りの坑夫から聞かされてゐた。又、呼んでゐる声は吉三郎《きちさぶらう》といふ年輩の坑夫であつたが、此男《このをとこ》は甞《かつ》て一度、この山で大爆発があつた際に、坑底で吹き飛ばされて死んだ積りで居《ゐ》たのが、間《ま》もなく息を吹き返してみると、いつの間《ま》にか太陽のカン〳〵照つてゐる草原《くさはら》に運び出されて、医者の介抱を受けてゐる事がわかつたので、ビツクリしてモウ一度気絶したことがあつた。だからそれ以来、一層深く此《この》迷信に囚《とら》はれたものらしく、死人があるたんびに駈け付けると、仕事をそつち除《の》けにして、かうした呼び役を引き受けたので、仲間からはアノヨの吉と呼ばれて居《ゐ》るのであつた。

　吉三郎の声は普通よりもズツと甲高くて、女のやうに透きとほつてゐたのみならず、ズタ〳〵になつた死体の耳に口を寄せて、シンカラ死人の魂に呼びかける可《べ》く一生懸命の声を絞つてゐるので、そこいらの坊さんの声なぞよりもはるかに徹底した……無限の暗黒を含む大地の底を、冥途《あのよ》の奥の奥までも泌み透して行《ゆ》くやうな、何《なん》とも云へない物悲《ものかな》しい反響を起しつゝ、遠くなつたり近くなつたりして震へて来るのであつた。

「……此処《ここ》はアヽヽ……ポンプ座ぞオヽヽ……イヨオヽヽ……イヽヽ……イヽヽ……イイ……」

　その声に聞き入つてゐた福太郎は、やがて何《なに》かしらゾ——ツと身ぶるひをして其処《そこ》いらを見まはした。吉三郎のすき透つた遠い〳〵呼び声を聞くにつれて、前後左右の暗黒の中に凝然《ぢつ》としてゐる者の一切合切が、一つ〳〵に自分の生命《いのち》を呪ひ縮めよう〳〵として押しかゝつて来るやうな気はひが感じられて来たので……。

　福太郎は元来こんなに神経過敏な男ではなかつた。工業学校を出てから凡《およ》そ三年の間《あひだ》、この炭坑で正直一途《いちづ》に小頭《こがしら》の仕事を勤めて来たお蔭で、今では地《ち》の底の暗黒にスツカリ慣れ切つて、自分の生れ故郷みたやうな懐かし味《み》をさへ感じてゐたばかりでなく、生れ付き頭が悪いせゐか、可《か》なり危険な目に会つても無神経と同様で、滅多に感傷的な気持になつた事は無いのであつた。

　ところが去年の暮近くになつて女房といふものを持つてからと云ふものは、何《なん》となく身体《からだ》の工合が変テコになつて、シンが弱つたやうに思はれて来るに連れて、色んな詰らない事が気にかゝり始めたのを、頭の悪いなりにウス〳〵意識してゐた。ことに此時《このとき》は一番方《いちばんかた》から二番方まで、十八時間ブツ通しの仕事を押付けられて、特別に疲れてゐたせゐであつたらう。頭が妙に冴えて来て、何《なん》とも云へない気味の悪さが、上下左右の闇の中から自分に迫つて来る様に思はれて仕様が無くなつたのであつた。

　……俺も遠からず、あんげなタヨリない声で呼ばれる事になりはせんか……。

　……ツイ今しがた仕繰《しくり》夫（坑内の大工）の源次《げんじ》を載せて、眼の前の斜坑口を上《のぼ》つて行つた六時の交代前の炭車《トロツコ》が索条《ロープ》でも断《き》れて逆行《ひつかへ》して来はせんか……
……それとも頭の上の硬炭《ボタ》が今にも落《おち》て来はせんか……。
と云つた様なイヤな予感に次から次に襲はれ始めると同時に、それが疑ひも無い事実のやうに思はれ出して、吾《われ》知らず安全燈《ランプ》の薄明りの中に立ち竦《すく》んでしまつたのであつた。

　すると、さうした不吉な予感の渦巻の中心に何《なに》よりも先に浮かんだのは、女房のお作《さく》の白い顔であつた。

　お作といふのは福太郎よりも四ツ五ツ年上であつたが、まだ何《なに》も知らなかつた好人物《おひとよし》の福太郎に、初めてにんげんの道を教へたお蔭で、今では福太郎から天にも地にも懸け換への無いタツタ一人の女神様のやうに思はれてゐる女であつた……だからその母親か姉《ねえ》さんのやうになつかしい……又はスバラシイ妖精《ばけもの》では無いかと思はれるくらゐ婀娜《あだ》つぽいお作の白々《しろじろ》と襟化粧をした丸顔が、モウ二度と会はれない幽霊か何《なん》ぞのやうにニコ〳〵と笑ひながら、ツイ鼻の先の暗黒《くらやみ》の中に浮かみ現はれた時に、福太郎は思はずヨロ〳〵と前にノメリ出しさうになつた。さうして初めてお作に会つた時からの色々な曰く因縁の数々を思ひ出しながら、今更のやうにホツと溜息をするのであつた。

　お作は元来福太郎の方から思ひかけた女ではなかつた。ちやうど福太郎が此山《このやま》に来た時分に、下の町の饂飩屋《うどんや》に住み込んだ流れ渡りの白ゆもじで、その丸ポチヤの極度に肉感的な身体《からだ》つきと、持つて生れた押しの太さとで、色々な男を手玉に取つて来たものであつたが、その中でも仕繰《しくり》夫の指導係《サキヤマ》をやつて居《ゐ》るチヤン〳〵の源次といふ独身《ひとりもの》の中年男が、仲間から笑はれる位打ち込んで、有らん限り入揚《いれあ》げたのを、お作は絞られるだけ絞り上げた揚句にアツサリと突放《つつぱな》して見向きもしなくなつた。……と云ふのは是《これ》が縁《えん》といふものであつたらうか、その頃から時々饂飩を喰ひに来るだけで、酒なぞ一度も飲んだ事の無い福太郎のオヅ〳〵した坊ちやんじみた風付《ふうつ》きに、お作の方から人知れず打ち込んで居《ゐ》たものらしい。去年の冬の初めに饂飩屋から暇を取ると其《そ》のまゝ、貯金の通帳と一緒に、福太郎の自炊してゐる小頭《こがしら》用の納屋《なや》に転がり込んで、無理からの押蒐女房《おしかけにようばう》になつてしまつたのであつた。

　その時には流石《さすが》に鈍感な福太郎もすくなからず面喰らはせられた。何《なに》もかも心得て居《ゐ》るお作の前にかしこまつて、赤ん坊のやうにオド〳〵するばかりであつたが、それでも何様《どう》していゝか解《わ》からないまゝ五日十日《いつかとをか》と経つて行《ゆ》くうちに、福太郎はいつの間《ま》にか、お作の白い顔を見に帰るべく仕事の仕上げを急ぐやうになつて居《ゐ》た。毎朝起きて見ると、自炊時代と打つて変つて家《うち》の中がサツパリと片付いてゐる枕元に、キチンと食事の用意が出来て居《ゐ》るのが、勿体ないくらゐ嬉しかつたばかりでなく、夕方疲れてトボ〳〵とうなだれて帰つて来る坑夫納屋《なや》の薄暗がりの中に、自分の家《うち》だけがアカ〳〵とラムプが点いて居《ゐ》るのを見ると、有り難いとも何《なん》とも云ひやうの無い思ひで胸が一パイになつて、涙が出さうになる位であつた。しかもそれと同時に翌《あく》る朝四時から起きて、一番方《がた》の炭坑入りをしなければならぬ事を思ひ出すと、タマラナイ不愉快な気持に満たされて、又も力なくうなだれさせられる福太郎であつた。

からして単純な福太郎の心は、物の半月も経たない中《うち》にグン〳〵と地底の暗黒から引き離されて行つた。さうしてこんな炭山《やま》の中には珍らしいお作の柔かい、可愛《かはい》らしい両掌《りやうて》の中に、日一日と小さく〳〵丸め込まれて行《ゆ》くのであつたが、それにつれて又福太郎は、さうしたお作との仲が、炭坑中《やまぢう》の大評判になつて居《ゐ》る事実を毎日のやうに聞かされて、寄ると触ると冷やかし相手にされなければならなかつたのには、少《すくな》からず弱らされたものであつた。しかもそんな冷《ひや》かし話の中《うち》でも、「源次に怨まれて居《ゐ》るぞ」といふ言葉を特に真面目になつて云ひ聞かせられるのが、好人物の福太郎に取つては何《なに》よりの苦手《にがて》であつた。

「源次といふ男は仕事にかけると三丁下《ちやうさが》りの癖に、口先ばつかりの何処《どこ》まで柔媚《やは》いかわからん腹黒《はらぐろ》男ぞ。彼奴《あやつ》は元来詐欺《いか》賭博《さま》で入獄《いろあげ》して来た男だけに、することなす事インチキづくめぢやが、そいつに楯突《たてつ》いた奴は、何時《いつ》の間《ま》にか坑《あな》の中で、彼奴《あいつ》の手にかゝつて消え失せるちう話ぞ。彼奴《あいつ》がソレ位の卑怯な事をし兼ねん奴ちう事は誰でも知つとる。彼奴《あいつ》に違ひ無いと云ひよる者も居《ゐ》るには居《ゐ》るが、なにせい暗闇の中で、特別念入りに殺《や》りよると見えて、証拠が一つも残つとらん。第一彼奴《あいつ》は水道鼠のごとスバシコイ上に坑長の台所に取り入つとるもんぢやけんタウトウ一度も問題にならずに済んで来とるが、用心せんとイカンてや。ドゲナ仕返しをするか解《わ》からんけになあ。元来お作どんの貯金ちうのがハシタの一銭まで源次の入れ揚げた金《かね》ちう話ぢやけんなう！」

と親切な朋輩連中からシミ〴〵意見をされた事が一度や二度では無かつたが、そんな話を聞かされるたんびに頭の悪い福太郎はオド〳〵と困惑して心配するばかりで、ドンナ風に用心をしたらいゝか見当が付かないので困つてしまつた。

「……そげに云うたて俺が知つた事ぢや無からうもん。」

と涙ぐんで赤面したり、

「源次は其様《そげ》な悪い人間ぢやらうかなあ……」

とため息しい〳〵、夢を見るやうな眼付をして見せたりしたので、折角親切に忠告して呉《く》れる連中もツイ張合抜けがして終ふ場合が多かつた。

しかし問題はそれだけでは済まなかつた。福太郎は自分が源次に怨まれてゐる原因が、単にお作に関係した事ばかりでは無い。それ以外にもモツト重大な、深刻な理由があることを、それから後《のち》も繰り返し〳〵聞かされなければならなかつた。

……と云ふのは外《ほか》でも無かつた。

福太郎は元来何《なん》につけても頭の働きが遅鈍《のろ》い割に、妙に小手先の器用な性質《せいしつ》で、その中でも大工道具イヂリが三度の飯よりも好きであつた。工業学校へ這入《はひ》る時でも、最初建築の方を志望して居《ゐ》たのを、死んだ両親に云ひ聞かせられて、不精無精に不得手《ふえて》な採鉱の方に廻つたお蔭で、ヤツト炭坑から学資を出して貰ふ事が出来たのであつたが、それでもチヨイ〳〵小遣を溜めては買ひ集めた大工道具の一式を今でもチヤント納屋《なや》の押入に仕舞ひ込んで居《ゐ》る位で、どんなに疲れて居《ゐ》る時でも、頼まれさへすれば直《す》ぐに、其《そ》の箱を担いで出かけるといふ風であつた。だから坑内の仕繰《しくり》の仕事なぞも、本職の源次よりかズツト見込みが良《よ》い上に、馬鹿念を入れるので、出来上りがガツチリして居《ゐ》て評判がなか〳〵よかつた。現にタツタ今潜《くぐ》つて来た炭坑の大動脈とも云ふべき斜坑の入口なぞも、去年の夏頃に源次が一度手を入れたものであつたが、間《ま》もなく其《その》源次が風邪を引いて寝て居《ゐ》るうちに、何時《いつ》の間《ま》にか天井の重圧《おもみ》で鴨井《かもゐ》が下《さが》つて来て、炭車《トロツコ》の縁《ふち》とスレ〳〵になつて居《ゐ》たので、知らないで乗つて来た坑夫の頭が二ツも暗闇の中でブツ飛んでしまつた。そこで取り敢ず福太郎が頼まれて指導者《サキヤマ》になつて手を入れた結果、ヤツト炭車《トロツコ》の縁から一尺許《ばか》りの高さに喰止《くひと》めたものであつたが、其時《そのとき》に、源次が材料を盗んで良《い》い加減な仕事をしてさへ居《ゐ》なければ、モウ二尺位上の方へ押上げられるであらう事が、立会つて居《ゐ》た役員連中の眼にもハツキリと解《わか》つたのであつた。

　かうした福太郎の晴れがましい仕事ぶりが、炭坑中《ちう》に知れ渡らない筈《はず》はなかつた。……と同時に本職の源次から怨まれない筈は無いのであつた。

　源次はかうして、ホンの駈出しの青二才に、仕事の上で大きな恥を掻かされた上に、入揚《いれあ》げた女まで取られてしまつたのだから、何《なん》とかして復讐《しかへし》をしなければ引込《ひつこ》みの付かない形になつてしまつて居《ゐ》るのであつたが、しかし其処《そこ》がチヤン〳〵坊主と云はれた源次の特徴であつたらうか、それとも源次が皆《みんな》の思つて居《ゐ》るよりもズツト怜悧《りかう》な人間であつたせゐであらうか。気の早い炭坑連中からイクラ冷笑《ひやか》されても、腰抜け扱ひされても、源次は知らん顔をしてゐたばかりでなく、却つてそれから後《のち》といふものは、福太郎に出会ふたんびにヒヨコ〳〵と頭を下げて、抜目なく機嫌を取らう〳〵とする素振《そぶ》りを見せ始めたのであつた。

　すると又さうした源次の態度が眼に付いて来るにつれて、他《ほか》の者はなほの事、源次の気持を疑ふやうになつた。……今に見てろ、源次が遣るぞ。福太郎とお作に何《なに》か仕かけるぞ……と云つたやうな炭坑地方特有の、一種の残忍さを含んだ興味を持つて見るやうになつたものであるが、しかも其《そ》のさ中にカンジンの福太郎夫婦だけは、そんな事を一向に問題にもして居《ゐ》ない模様だつたので、一層、皆《みな》の者の目を瞠《みは》らせたのであつた。お人好しの福太郎は源次に対しても、他《ほか》の者と同様に何《なん》のコダワリも無いニコ〳〵顔を見せる一方に、お作は又お作で、

「あの腰抜けの源次に何《なに》が出来ようかい。」

と云はぬ半分の大ザツパな調子でタカを括つて居《ゐ》るらしかつた。今までの白《しろ》ゆもじを燃え立つやうな赤ゆもじに改良したり、饂飩屋《うどんや》に居《ゐ》た時分の通りの真白な襟化粧を復活させたりするばかりでなく、その襟化粧と赤ゆもじで毎日々々福太郎の帰りを途中まで出迎へに行《ゆ》き始める。一方には坑長の住宅の新築祝ひに手伝ひに行つてから以来《このかた》、若い二度目の奥さんに取り入つて、恰《あたか》も源次の勢力に対抗するかのやうにチヨイ〱御機嫌伺ひに行つては、坑長の着古しの襯衣《シャツ》や古靴なぞを福太郎に貰つて来て遣つたりなぞ、これ見よがしに福太郎を大切にかけて見せたので、炭坑中の取沙汰はイヨ〱緊張して行《ゆ》くばかりであつた。

　福太郎は斜坑の入口で、自分の手に提げた安全燈《ランプ》の光りの中に突立《つった》つたまゝ、そんな取沙汰や思ひ出の数々を、次から次に思ひ出すともなく思ひ出してゐた。しかも其《そ》の中《うち》でも源次に関係した事ばかりは今の今まで……自分のせゐぢやない……と云つた様な気もちから一度も気にかけた事は無いのであつたが、此時《このとき》に限つてアリ〱と眼の前に浮かみ出て来るお作の白い顔と一緒に、そんな忠告をして呉《く》れた連中の眼付きや口付きを思ひ出してみると、そんな評判や取沙汰が妙に事実らしく考へられて来るのであつた。

　その当の相手の源次は、タツタ今上《のぼ》つて行つた十台ばかりの炭車《トロッコ》の真中あたりの新しい空函《あきばこ》の中に、低い天井の岩壁から反射する薄明りの中を、頭を打たない用心らしく、背中を丸くして突伏《つっぷ》したまゝ揺られて行つた。着てゐる印半纏《しるしばんてん》の背《せ》印《じるし》は平常《いつも》の┐《カネ》サとは違つて居《ゐ》たけれども、その半纏の腋の下の破れ目から見えた軍隊用の青い筋の這入《はひ》つた襯衣《シャツ》と、光るほど刈り込んだ五分刈頭の恰好が、源次のうしろ姿に間違ひ無いのであつた。しかもソンナ風に頭を抱へて小さくなつた源次のうしろ姿を今一度、お作の白い顔と並《なら》べて思ひ出した福太郎は、怖ろしいと云ふよりも寧《むし》ろ、何《なん》だか済まないやうな……源次に怨まれるのは当然《あたりまへ》のやうな気がして仕様が無くなつた。源次の姿を吸ひ込んで行つた斜坑の暗黒《くらやみ》に向つて、人知れずソツと頭を下げてみたいやうなタヨリ無い気持にさへなつたのであつた。

　しかし福太郎は間《ま》もなく其様《そん》な思出《おもひで》や、感傷的な気持の一切合切が、クラ暗《やみ》の中で冴え返つて行《ゆ》く自分の神経作用でしか無いやうにも思はれて来たので、そんな馬鹿げた妄想の全部を打切る可《べ》く頭を強く左右に振つた。すると其《そ》の拍子に左手に提げてゐる安全燈《ランプ》の光りがクル〱と廻転するに連れて、今度は眼の前の岩壁《がんぺき》の凸凹《でこぼこ》が、何処《どこ》やら痩せこけた源次の顔に似て居《ゐ》る様に思はれて来た。しかも誰かに打ち殺された無念の形相か何《なん》ぞのやうに、ヂツと眼を顰《しか》めて居《ゐ》て、一文字《いちもんじ》に嚙み締めてゐる岩の唇の間《あひだ》から流れしたゝる水滴が、血でも吐いてゐるかのやうに陰惨な黒光りをして居《ゐ》るのに気が付いた。

　ところが、その黒い水の滴たりを見ると福太郎は又、別の事を思ひ出させられて、吾《われ》知らず身ぶるひをさせられたのであつた。

その岩の間《あひだ》から洩れる水滴が奇怪にも摂氏六十度ぐらゐの温度を保つてゐる事を福太郎はズット前から聞いて知つてゐた。それは其《そ》の岩の割目の、奥の〳〵深い処に在る炭層の隙間に、此間《このあひだ》の大爆発の名残りの火が燃えてゐて、其《その》水の通過する地盤をあたゝめてゐるせゐである……而《しか》も炭坑側では夫《そ》れを手の附け様が無いまゝに放つたらかして、構はずに坑夫を入れて居《ゐ》るのであるが、そのうちにだん〳〵と其《そ》の火熱が高くなつて来る一方に坑内の瓦斯《ガス》が充満して来たら、又も必然的に爆発するであらう事が今からチヤント解《わか》り切つてゐた。だから此の炭坑《やま》に這入《はひ》るのは、それこそホンタウの生命《いのち》がけでなければならなかつたのであるが、併《しか》しさうした事実を知つて居《ゐ》るのは極《ご》く少数の幹部以外には、其《そ》の相談を偸《ぬす》み聞いた仕繰《しくり》夫の源次だけであつた。所がさうした秘密が何時《いつ》の間《ま》にか源次の口からコツソリとお作の耳に洩れ込んで居《ゐ》たのを、福太郎が又コツソリとお作から寝物語に聞かされて居《ゐ》たので、

「インマの中《うち》に他《ほか》の炭坑へ住み換へようか。それとも町へ出てウドン屋でも始めようぢや無いか。」

と其《そ》の時にお作が云つたのに対して、シンカラ首肯《うなづ》いて見《みせ》せた事を、福太郎は今一度ハツキリと思ひ出させられた。さうして今日《けふ》限り二度とコンナ危険な処へは這入《はひ》れない……と云つた様な突詰《つきつ》めた気持に囚《とら》はれながらオヅ〳〵と前後左右を見まはしたのであつた。

「書写部屋《ささべや》（事務所）ぞオヽ……イヽヽヨオヽ……イヽヨ……オヽイヽヽ……」

といふ呼び声がツイ鼻の先の声のやうに……と……又も遠い〳〵冥途《あのよ》からの声のやうに、福太郎の耳朶《みみたぼ》に這ひ寄つて来た。

その声に追ひ立てられるやうに福太郎は腰を屈《かが》めながら、斜坑の底の三十度近くの急斜面を十四五間《けん》ほどスタ〳〵と登つて行つた。さうして斜坑が少しばかり右に曲線を描いて、真西に向つて居《ゐ》る処まで来てチヨツト腰を伸ばしかけた。

……その時であつた。

福太郎はツイ鼻の先の漆《うるし》のやうな空間に真紅《しんく》の火花がタラ〳〵と流れるのを見た。それを見た一瞬間に福太郎は、

「彼岸の中日になると真赤な夕日が斜坑の真正面《まむかう》に沈むぞい。南無々々々々……」

と云つて聞かせた老坑夫の顔を思ひ出した様にも思つたが、間《ま》も無く轟然たる大音響が前後左右に起つて、息苦しい土煙に全身が包まれた様に思ふと、そのまゝ気が遠くなつた。

……何もかもわからなくなつてしまつた。

中

「福太郎が命拾ひをしたちうケ。」

「小頭《こがしら》どんがエライ事でしたなあ。」

なぞと口々に挨拶をしながら表口から這入《はひ》つて来る者……。

「どうしてマア助かんなさつたとかいな。」

「土《ど》金神《こんじん》さんのお助けぢやらうかなあ。」

と見舞を云ふ男や女の群《むれ》で、二室《ふたま》しか無い福太郎の納屋《なや》が一パイになつてしまつた。

そのまん中に頭を白い布片《きれ》で巻いた、浴衣《ゆかた》一貫の福太郎がボンヤリと坐つて居《ゐ》たが、スツカリ気抜けしたやうな恰好で、何《なに》を尋ねられても返事が出来ないまゝヒヨコ〳〵と頭を下げて居《ゐ》るばかりであつた。

福太郎は実際のところ、自分がどうして死に損なつたのか判らなかつた。頭の頂上《てつぺん》にチク〳〵痛んで居《ゐ》る小さな打ち破《わ》り疵《きず》が、何時《いつ》、何処《どこ》で、どうして出来たのかイクラ考へても思ひ出し得ないのであつた。

集《あつま》つて来た連中の話によると、福太郎は千五百尺の斜坑を、一直線に逆行して来た四台の炭車《トロツコ》が折重なつて脱線をした上から、巨大《おほき》な硬炭《ボタ》が落ちかゝつて作つた僅かな隙間に挟み込まれたもので、顔中を血だらけにして、両眼《りやうがん》をカツと見開《みひら》いたまゝ、硬炭《ボタ》の平面の下に坐つて居《ゐ》たさうである。しかもそれが丁度六時の交代前の出来事だつたので、山中《やまぢう》を震撼《ゆるが》す大音響を聞くと同時に、三十間《けん》ばかり離れた人道の方から入坑《はひ》りかけて居《ゐ》た二番方《がた》の坑夫たちが、スワ大変とばかり何十人となく駈付けて来た。それに後《あと》から寄り集まつた大勢の野次《やじ》馬《うま》が加はつて、油売り半分の面白半分と云つた調子で、ワイ〳〵騒ぎ立てたので、狭い坑道の中が芋を洗ふやうにゴツタ返したが、其中《そのうち》に、浮上《うきあが》つた炭車《トロツコ》の車輪の下から、思ひがけない安全燈《ランプ》の光りと一緒に、古靴を穿《は》いた福太郎の片足が発見されたのでイヨ〳〵大騒ぎになつたものだと云ふ。それからヤツト駈付けた仕繰《しくり》夫の源次が先に立つて硬炭《ボタ》や炭車《トロツコ》の代りに坑木の支柱を入れながら、総掛りで福太郎を掘出してみると、まだ息があるといふので其儘《そのまま》、程近い福太郎の納屋《なや》に担ぎ込んで、ラムプを点《とも》して応急手当をして居るうちに、幸運にも福太郎は頭の上に小さな裂傷《きず》を受けただけで、間《ま》も無く正気を回復した。さうして取巻いて居《ゐ》る人々の顔を吃驚《びつくり》した眼で見まはすと、ムツクリと起上《おきあが》つて、眼の前に坐つて居《ゐ》る仕繰《しくり》夫の源次に、

「此処《ここ》は何処《どこ》ぢやろか。」

と尋ねたのであつた。

皆《みんな》はこれを見て思はず「ワーツ」と声を上げた。表口に折《をり》重《かさ》なつて、福太郎の容態《ようす》を心配してゐた連中も、其声《そのこゑ》を聞いてホーツと安心の溜息をしたのであつたが、その中《うち》の二三人が早くもゲラ〳〵笑ひ出しながら、

「どこぢやろかい。お前の家《うち》ぢやないか。」

と云つて聞かせたけれども、福太郎はまだ腑に落ちないらしく、さう云ふ朋輩連中の顔をマヂリ〳〵と見まはして居《ゐ》た。

そのうちに付き添つて居《ゐ》たお作が濡れ手拭で、汗と、血と、

泥と、吹つかけられた水に汚《よご》れた顔を拭いて遣りながら、メソ〳〵と嬉泣《うれしな》きをし始めたが、それでも福太郎はまだキヨトンとした瞳をラムプの光りに据ゑて居《ゐ》たので、背後《うしろ》の方に居《ゐ》た誰かゞ腹を抱へて笑ひ出しながら、

「まあだ解《わか》らんけえ。おいアノヨの吉公《きちこう》。チヨツト此処《ここ》へ来て呼んで遣らんけえ。汝《われ》が家《うち》だぞオヽヽ……イヨオヽヽイ……イヽ……といふ風にナ……」

と吉三郎の声色《こわいろ》を使《つか》つたので、皆《みんな》は鬨《どつ》と吹出してしまつた。併《しか》し夫《それ》でも福太郎はまだ腑に落ちない顔で口真似をするかのやうに、

「……アノヨ……アノヨ……」

と呟《つぶや》いたので皆《みんな》は死ぬほど笑ひ転げさせられたと云ふ。

一方に炭坑の事務所から駈付けた人事係長や人事係、棹取《さをどり》、又は坑内の現場係なぞ云ふ連中が、ホンノ一通り立会つて現《げん》場《ぢやう》を調査したのであつたが、其《そ》の報告に依ると福太郎は帰りを急いだものらしく、迂回《うくわい》した人道を行《ゆ》かずに、禁を犯して斜坑の方へ足を入れた。しかも六時の交代前の十台の炭車《トロツコ》が、まだ斜坑を上《あが》り切つて終《しま》はないうちに跡を追ふやうにして、着炭場《ちやくたんば》（斜坑口）から徒歩で上《のぼ》り始めたものであつたが、折悪しく其《そ》の第七番目の鰐口《わにぐち》に刺さつてゐた鉄棒《ピン》が、ドウした途端《はづみ》か六番目の炭車《トロツコ》の連結機《ケツチン》の環《くわん》から外《はづ》れたので、四台の炭車《トロツコ》が繋がり合つたまゝ逆行して来て、丁度、福太郎が足を踏掛けて居《ゐ》た曲線《カーブ》の処で、折重《をりかさ》なつて脱線顛覆したもので、さもなければ福太郎は、側圧で狭くなつた坑道の中で、メチヤ〳〵に粉砕されて居《ゐ》た筈であつたと云ふ。

しかし元来、坑道に敷いてある炭車《トロツコ》の軌条《きでう》は、非常に粗末な凸凹《でこぼこ》した物なので、連結機《ケツチン》の鉄棒《ピン》が折れたり外れたり、又は索条《ワイヤロープ》が、結目《トツクリ》の附根から断《き》れたりする事は余り珍らしく無いのであつた。ことに最近斜坑の入口で二人の坑夫が遭難してからといふもの、危険を虞《おそ》れて炭車《トロツコ》に乗る事を厳禁されて居《ゐ》たので、その炭車《トロツコ》に誰かゞ乗つて居《ゐ》て、福太郎が上《あが》つて来るのを見かけて故意にケツチンのピンを抜いたらう……なぞ云ふ事は誰一人想像し得《う》る者が無かつた。又カンジンの御本尊の福太郎も、烈しい打撃を受けた後《あと》の事とて、其《そ》の炭車《トロツコ》に誰が乗つて居《ゐ》たか……なぞ云ふ事はキレイに忘れてしまつて居《ゐ》たばかりでなく、自分が何《なん》の為めに、どうして斜坑を歩いて居《ゐ》たかすら判然《はつきり》と思ひ出せなくなつて居《ゐ》たので、ヤツト気が落ち付いて皆《みんな》の話が耳に止《と》まるやうになると、一も二もなく皆《みんな》の云ふ通りの事実を信じて、驚いて、呆《あき》れて、茫然となつて居《ゐ》るばかりであつた。

そんな状態であつたから結局、出来事の原因は解らないづくめになつてしまつて、福太郎の遭難も自業自得と云つたやうな事で、万事が平々凡々に解決してしまつた。その後《あと》で他《よ》所《そ》から帰つて来た炭坑医も、福太郎の疵《きず》があんまり軽いのを見て笑ひ〳〵帰つて行つた位の事だつたので、集《あつま》つて居《ゐ》た連中もスツカリ軽い気持になつて、たゞ無闇と福太郎の運の

いゝのに驚くばかりであつた。さうして揚句の果は、

「お前《めえ》があんまり可愛《かはい》がり過ぎるけんで、福太郎どんが帰りを急ぐとぞい。」

　とお作が皆《みんな》から冷やかされる事になつたが、流石《さすが》に海千山千のお作も此時《このとき》ばかりは受太刀《うけだち》どころか、返事も出来ないまゝ真赤になつて裏口から逃げ出して行つた位であつた。

　しかしお作はそれでも余程嬉しかつたらしい。その足で飯《はん》場《ば》から酒を二升ばかり提げて来て、取りあへず冷《ひや》のまゝ茶碗を添へて皆《みんな》の前に出した。すると又、それに連れて済まないと云ふので、手に／＼五合なり一升なり提げて来る者が出て来る。自宅《うち》の惣菜や、乾物《ひもの》の残りを持込んで、七輪を起す女《をんな》連《づれ》も居《ゐ》ると云ふ訳で、何《なに》や彼《か》や片付いた十一時過になると福太郎の狭い納屋《なや》の中が、時ならぬ酒宴《さかもり》の場面に変つて行つた。

「小頭どん一つお祝ひに……」

「オイ。福ちやん。あやかるで。」

「生命《いのち》の方もぢやが、ま一つの方もなあ。アハヽヽ……」

　と云つた様な賑《にぎ》やかな挨拶がみる／＼室《へや》の中を明るくした。夫《そ》れに連れて後《あと》から後《あと》から福太郎に盃《さかづき》を持つて来る者が多かつたが、その中《うち》でも最前から何《なに》くれとなく世話を焼いて居《ゐ》た仕繰《しくり》夫の源次が、特別に執拗《しつこ》く盃《さかづき》を差し付けたので、元来がイケナイ性質《たち》の福太郎は逃げるのに困つてしまつた。

「おらあ酒は飲み切らん／＼。」

　の一点張りで押し除《の》けても、

「今日《けふ》ばつかりは別ですばい。」

　と源次が妙に改まつてナカ／＼後《あと》に退《ひ》きさうにない。そこへお作が横合ひから割込んで、

「福さんはなあ。親譲りの癖でなあ。酒が這入《はひ》ると気が荒うなるけん、一口も飲む事はならんチウテ遺言されて御座るげなけになあ。どうぞ源次さん悪う思はんでなあ。」

　と散々にあやまつたのでヤツト源次だけは盃《さかづき》を引いたが、他《ほか》の者は、其《そ》の源次へ面当《つらあて》か何《なん》ぞのやうに、無理やりにお作を押し除《の》けてしまつた。

「いかん／＼。源公が承知しても俺が承知せん。酒を飲んで気の違ふ人間は福太郎ばつかりぢや無からう。親代りの俺が付いとるけに心配すんな。」

　とか何《なん》とか喚《わめ》き立てながら、口を割るやうにして、日陽《ひなた》臭いほし酒《ざけ》を含ませたので、福太郎は見る／＼顔が破裂しさうになるくらゐ真赤になつてしまつた。平生《ふだん》から無口なのがイヨ／＼意気地が無くなつて盃《さかづき》を逃げ／＼後退《あとしざ》りをして行《ゆ》くうちに、部屋の隅の押入《おしいれ》の半分開《あ》いた襖《ふすま》の前に横倒しになつて、涙ぐんだ眼をマヂリ／＼と開《ひら》いたり閉ぢたりしながら、手を合はせて盃《さかづき》を拝むやうになつた。

　すると集まつた連中は、これで御本尊が酔ひ倒れたものと思つて満足したらしい。盃《さかづき》を押しつけに来る者がヤツト無くなつて、後《あと》は各自《めいめい》勝手に差しつ差されつする。その中《うち》にお作がタツタ一人の人気者になつて、手取り足取りまん中に引つ

ぱり出されて、八方から盃《さかづき》を差されたり、お酌をさせられたりして居《ゐ》たが、そのうちに何時《いつ》の間《ま》にかお作自身が酔つ払つてしまつたらしい。白い脂切つた腕を肩までマクリ上げると、黄色い声で相手構はず愛嬌を振り撒きはじめた。

「サア持つて来なさい。茶碗でも丼でも何《なん》でもよか。」

「アハヽ。お作どんが景気付いたぞい。」

「今啼《な》いた鴉《からす》がモウ笑《わ》ろた。ハヽヽヽ。」

「えゝこの口腐れ。一杯差しなさらんか。」

「ようし。そんなら此《こ》のコップで行《い》かうで。」

「まア……イヤラツサナア……冷たい盃《さかづき》や受けんチウタラ。」

「ヨウ〳〵。久し振りのお作どんぢやい。若い亭主持つてもなか〳〵衰弱《めげ》んなあ。」

「メゲルものかえ。五人や十人……若かりや若いほどよか。」

「アハヽヽ。なんち云うて赤いゆもじは誰《だ》が為かい。」

「知りまつせん。大方伜《おほかたせがれ》と娘の為めだつしよ。」

「ウワア。こらあ堪らん。福太郎は何処《どこ》さ行《い》たかい。」

「押入《おしこみ》の前で死んだごとなつて寝とる。」

「アハヽ。成る程。死んどる〳〵。ウデ蛸《だこ》の如《ごと》なつて死んどる。酒で死ぬ奴あ鰌《どぜう》ばつかりシヨンガイナと来た。」

「トロツコの下で死ぬよりよかろ。」

「お作どんの下ならなほよかろ。」

「ワハヽヽヽ。」

「おい。みんな手を借せ〳〵。はやせ〳〵。」

と云ふうちに皆《みんな》は、コツプを抱へたお作の周囲《まはり》をドヤ〳〵と取巻いた。さうして嘗《かつ》て、ウドン屋でお作を囃した時の通りに、手拍子を拍《う》つて納屋節《なやぶし》を唄ひ出した。

「白い湯もじを島田に結はせエ
赤いゆもじを買はせた奴はア
何処《どこ》のドンジヨの何奴《どんやつ》かア
ドンヤツ〳〵どんやつかア
ウワア――ア、ヽ――」

「ようし……」

とお作は唄が終るか終らぬかに、コツプの冷酒をグイと飲み干して立ち上つた。

「そんげに妾《あたし》ば冷やかしなさるなら、妾《わたし》もイツチヨ若うなりまつしよ。」

と云ふうちに、其処《そこ》に落ちてゐた誰かの手拭を拾つて姉《ねえ》さん冠《かぶ》りにした。それから手早く前褄《まへづま》を取つて、問題の赤ゆもじを高々とマクリ出したので、皆《みな》一斉に鯨波《ときのこゑ》を上げて喝采した。

「……道行《みちゆ》き〳〵……」

と叫んだ者が二三人あつたが、その連中を睨《にら》みまはしながらお作は、白い腕を伸ばしてラムプの芯を煤《すす》の出るほど大きくした。

「源次さん。仕繰《しく》りの源次さん……アラ……源次さんは何処《どこ》い行《ゆ》きなさつたとかいな。」

その声が終るか終らないかにモウ一度、割れむばかりの喝采が納屋《なや》を揺がしたが、今度は忽《たちま》ち打切つた様にピツタリと静まり返つた。

皆《みんな》はこの時お作が、饂飩屋《うどんや》時代に得意にしてゐた道行踊《みちゆきをど》りを踊らうとして居《ゐ》る事を、アラカタ察して居《ゐ》るには居《ゐ》た。併《しか》し真逆《まさか》に問題の黒星《くろぼし》になつて居《ゐ》る源次を相手にして踊らうとは思はなかつたのであつた。皮肉と云はうか大胆と云はうか。一度は思はず喝采をしたものの、流石《さすが》の荒くれ男共もかうしたお作のズバリとした思付きに、スツカリ荒胆《あらぎも》を奪《と》られてしまつて、其次《そのつぎ》の瞬間には、水を打つたやうにシンとして終《しま》つたのであつた。今にも血の雨が降りさうなハツとした予感に打たれて……。

しかしお作は平気の平左《へいざ》であつた。其《そ》の中央《まんなか》に突立《つつた》つて、アカ〳〵とした洋燈《ランプ》の光りの中《うち》にトロンとした瞳《め》を据ゑながら、ウソ〳〵と隅の方の暗い所を覗きまはつた。

「……源次さん。出て来なさらんか。マンザラ妾《わたし》と他人ぢや無からうが。」

皆《みんな》はイヨ〳〵片唾《かたづ》を飲んで鎮まりかへつた。その中で誰か一人、クスリと笑つた者があつたが、それが却《かへ》つて室《へや》の中の静けさを一層モノスゴク冴え返らせた。

「……嫌らツサなあ。タツタ今、其処《そこ》に御座つたとぢやが。小便に行《い》かつしやつたとぢやろか。」

と呟やきながらお作はチヨイト表の方の暗がりを振り返つた。すると皆《みんな》も釣り込まれた様に、お作と一緒の方向を振り返つたが、外の方には源次らしい咳払ひすら聞こえなかつた。

仕繰《しくり》夫の源次は、さうした皆《みんな》の視線とは正反対の方向に、小さくなつて隠れて居《ゐ》たのであつた。室《へや》の奥の押入《おしいれ》の前に立てた、新聞貼《ばり》の屏風の蔭に、コツソリと踞《うづく》まり込みながら、眼の前で、苦しさうに肩で呼吸《いき》してゐる福太郎の顔を、一心《いつしん》に見守つてゐた。ツイ今先刻《いまさつき》まで、真赤になつてゐた其《そ》の顔が、次第々々に青褪《あをざ》めて、眼を見開《みひら》いた行《ゆ》き倒れのやうに、気味の悪い、ゲツソリとした表情に変つて行《ゆ》くのを、驚き怪しみながら見とれて居《ゐ》るのであつた。

下

福太郎は最前から、押入《おしいれ》の前に横たふしになつたまゝ、割れるやうな顔を、両手でシツカリと抱へてゐた。思はず飲まされ過ぎた直し酒に、スツカリ参つてしまつて、暫くの間《あひだ》は呼吸《いき》が出来ないくらゐ胸が苦しくなつてゐた。耳の附け根を通る太い血管の鳴る音《おと》が、ゾツキリ〳〵と剃刀で削るやうに聞こえて、眠らうにも眠られず、起きようにも起きられない苦しさのうちに、ツイゾ今まで思ひ出した事も無い、子供の時分の記憶の断片が、思ひがけない野原となつたり、眩《まぶ》しい夕焼けの空となつたり、又はなつかしい父親の横顔になつたり、母親の背面《うしろ》姿になつたりして、切れ〴〵のまゝハツキリと、入れ代り立ち代り浮かみあらはれて来るのを、瞼《まぶた》の内側にシツカリと閉ぢ込めながら、凝然《ぢつ》と我慢して居《ゐ》たのであつた。

　ところが其《そ》の悪酔ひが次第に醒めかゝつて、呼吸《こきふ》が楽になつて来るに連れて福太郎は、自分の眼の球の奥底に在る脳髄の中心が、カラ〳〵に干乾《ひから》びて行《ゆ》くやうな痛みを感じ初めた。それに連れて何《なん》となく、瞼が重たくなつたやうな……背筋がゾク〳〵するやうな気持になつて来たので、吾《われ》ともなくウス〳〵と眼を開《ひら》いてみると、その眼の球の五寸ばかり前に坐つてゐる、誰かの背中の薄暗がりを透《とほ》して、今までとは丸で違つた、何《なん》とも形容の出来ない気味の悪い幻影《まぼろし》が、アリ〳〵と見えはじめて居《ゐ》るのに気が付いたのであつた。さうして其《そ》の幻影《まぼろし》が、福太郎に取つて全く、意外千万な、深刻、悽愴を極めた光景を描《ゑが》きあらはしつゝ、西洋物のフイルムのやうにヒツソリと、音《おと》もなく移りかはつて行《ゆ》くのを、福太郎はさながら催眠術にかけられた人間のやうな奇妙な気持ちで、ピツタリと凝視させられて居《ゐ》るのであつた。

　……その幻影《まぼろし》の最初に見え出したのは、赤茶気た安全燈《ランプ》の光りに照し出された岩壁《がんぺき》の一部分であつた。

　それは最前、斜坑の入口で、福太郎が遭難するチヨツト前に、立止《たちどま》つて見て居《ゐ》た通りの物凄い岩壁の凸凹《でこぼこ》を、半分麻痺した福太郎の脳髄が今一度アリ〳〵と描《ゑが》き現はしたところの、深刻な記憶の再現に外《ほか》ならなかつた。さながらに痩せこけた源次の死面《しにがほ》のやうに、ヂツト眼を閉ぢて、歯を喰ひ締めたまゝ永遠に凝固して居《ゐ》る無念の形相であつた……が……しかし其《そ》の一文字《いちもんじ》に結んで居《ゐ》る唇の間《あひだ》から洩れ出す、黒い血のやうな水滴のシタタリ落ちる速度は、現実世界のソレとは全く違つて居《ゐ》た。

　それはやはり、福太郎の麻痺した脳髄の作用に支配されて居《ゐ》るらしく、高速度活動写真機で撮つた銃弾の動きと同様にユツクリ〳〵した。何《なん》とも云へない、モノスゴイ滴たり方であつた。

　最初その黒い水滴が、横一文字《いちもんじ》の岩の唇の片隅からムツクリとふくれ上《あが》るとその膨れた表面が直ぐに、福太郎の手に提げて居《ゐ》る安全燈《ランプ》の光りをとらへて、キラ〳〵と黄金色《こがねいろ》に反射した。さうして虫の這ふよりもモツト、ユツクリと……殆《ほと》んど止《と》まつて居《ゐ》るか、動いて居《ゐ》るかわからない位の速度で、唇の下の方へ匍《は》ひ降りて行《ゆ》く。さうして唇の下縁《したふち》の深い、痛々しい陰影の前まで来ると、其処《そこ》でちよつと停滞して、次第々々にまん円い水滴の形にふくれ上《あが》つて行《ゆ》くと同時に、仄《ほの》暗《ぐら》い安全燈《ランプ》の光りを白々《しらじら》と、小さく、鋭く反射し初める。さうして完全なマン円い水滴の形になると、さながら、空中に浮いた満月のやうに、ゆるやかに廻転しながら、垂直の空間をしづかに、しづかに、下へ〳〵と降り初める。その速度が次第に早くなつて、やがて坑道の左右に掘つた浅い溝《みぞ》の陰影の中に、一際《ひときは》強い七色光《スペクトルくわう》を放ちながら、依然として満月のやうに廻転しつゝ、ゆつくり〳〵と沈み込んで行《ゆ》く……と思ふと其《そ》のあとから追つかけるやうに、またも一粒の真黒い、マン円い水滴が岩の唇を離れて、しづかに輝やきながら空間に懸かつて居《ゐ》る。

……そのモノスゴサ……気味わるさ……。

福太郎の両眼《りやうがん》は、何時《いつ》の間《ま》にか真白になるほど剝き出されて居《ゐ》た。その唇はダラリと垂れ開《ひら》いて、その奥にグルリと捲き上《あが》つた舌の尖端には、腸《はらわた》の底から湧き上《あが》つて来る不可思議な戦慄が微かに戦きふるへて居《ゐ》た。

その時にお作がアノヨの吉と一緒に踊り出した。道行を喝采するドヨメキが納屋《なや》の中一パイに爆発した。

それを聞くと源次は、思はずハツとしたやうに、屏風の蔭から部屋《へや》の中をさし覗いたが、其儘《そのまま》又も引付《ひきつ》けられるやうに福太郎の顔を振り向いて半身を傾けた。赤黄色いラムプの片明りの中に刻一刻と蒼白く、痛々しく引攣《ひきつ》れて行《ゆ》く福太郎の顔面表情を、息を殺して、胸をドキ〳〵させながら凝視して居《ゐ》た。

「……此奴《こいつ》はホンタウに死によるのぢや無いか知らん、……頭の疵《きず》が案外深いのを、医者が見損なふとるのぢや無いか知らん……死んで呉《く》れるとえゝが……」

と思ひ続けながら……。

しかし福太郎はむろん、源次のさうした思惑に気付く筈《はず》は無かつた。否《いや》、そんな気持ちで緊張し切つて居《ゐ》る源次の顔が、ツイ鼻の先にノシかゝつて居《ゐ》る事すら知らないまゝ、なほも自分の脳髄が作る眼の前の暗黒《あんこく》の核心を凝視しつゝ、底知れぬ戦慄を我慢しい〳〵、全身を固《こは》ばらせて居《ゐ》るのであつた。

その福太郎の眼の前には、稍暫《ややしばら》くの間《あひだ》、おなじ暗黒《くらやみ》の光景が連続して居《ゐ》た。しかし其《そ》の暗黒《くらやみ》の中に時々、安全燈《ランプ》の網目を洩れる金茶色《きんちやいろ》の光りがゆるやかに映《さ》したり、又静かに消え失《う》せたりする処をみると夫《そ》れは福太郎が斜坑の上《あが》り口《ぐち》から三十度の斜面へ歩み出した時の記憶の一片が再現したものに違ひなかつた。その仄《ほの》かな光線に照し出された岩の角々は皆《みんな》、福太郎の見慣れたものばかりであつたから……。

けれども、やがて其《そ》の金茶色の光りが全く消え失《う》せて、又、もとの暗黒《くらやみ》に変つたと思ふと間《ま》もなく、その暗黒《くらやみ》のはるか〳〵向うに、赤い光りがチラリと見えた。

それは福太郎が、炭車《トロツコ》と落盤の間《あひだ》に挟まれる前にチラリと見た赤い光りの印象が再現したものであつた。しかも其時《そのとき》は坑口に沈む夕日の光りでは無いかと思つただけに、ホンタウは何《なん》の光りか解《わか》らないまゝ忘れてしまつて居《ゐ》たのであつたが、現在眼の前に、其《そ》の刹那《せつな》の印象が繰返して現はれて来たのを見ると、其《その》光りの正体が判然《わか》り過ぎる位アリ〳〵とわかつたのであつた。

それは連絡を失つた四函《はこ》の炭車《トロツコ》の車輪が、一台八百斤宛《きんづつ》の重量と、千五百尺の長距離と、三十度近くの急傾斜に駈り立てられて逆行しつゝ、三十哩《マイル》内外の急速度で軌条《きでう》を摩擦して来る火花の光りに外《ほか》ならなかつた。しかも其《そ》の車輪の廻転して来る速度は、依然として福太郎の半分麻痺した脳髄の作用に影響されて居《ゐ》て、高速度映画と同様にノロ〳〵した、虫の這ふやうな緩やかな速度に変化して居《ゐ》た為めに、それを凝視して居《ゐ》る福太郎に対して、何《なん》とも云へないモノスゴイ恐怖感と、圧迫感とを与へつゝ接近して来るのであつた。

その炭車《トロツコ》の左右十六個の車輪の一つ〳〵には、軌条から湧き出す無数の火花が、赤い蛇のやうに撚《よ》ぢれ、波打ちつゝ巻付いて居《ゐ》た。さうして炭車《トロツコ》の左右に迫つて居《ゐ》る岩壁《がんぺき》の褶《ひだ》を、走馬燈《まはりどうろ》の様にユラ〳〵と照しあらはしつゝ、厳《おご》そかに廻転して来るのであつたが、やがて其《そ》の火の車の行列が、次から次に福太郎の眼の前の曲線《カーブ》の継ぎ目の上に乗りかゝつて来ると、第一の炭車《トロツコ》が、波打つた軌条に押上げられて、心持速度を緩めつゝ半分傾きながら通過した。すると其後《そのあと》から押しかゝつて来た第二の炭車《トロツコ》が、先頭の炭車《トロツコ》に押戻されて、空《くう》を探る蠶《かひこ》の様に頭を持上げたが、其儘《そのまま》前後の炭車《トロツコ》と一緒にユラ〳〵と空中に浮き上《あが》つて、低い天井と、向う側の岩壁を突崩《つきくづ》し〳〵福太郎に迫り近付いて来た。さうして中腰になつたまゝ固くなつて居《ゐ》る福太郎の胸の上に、濡れた粉炭《ふんたん》の堆積をドツサリと投掛けて、一堪りもなく尻餅を突かせると、其《そ》の眼の高さの空間を、歪《ゆが》み曲つた四ツの炭車《トロツコ》が繋がり合つたまゝ、魔法の箱のやうにフワリ〳〵と一週して、やがて不等辺三角形に折れ曲つた一つの空間を作りつゝ、福太郎の身体《からだ》を保護するかの様に徐々《しづしづ》と地面へ降りて来た。それに連れて半分粉炭《こなずみ》に埋《うづ》もれた福太郎の安全燈《ランプ》が、ポツリ〳〵と青い光りを放ちつゝ、消えもやらずに揺らめいたのであつた。

けれども其《そ》の安全燈《ランプ》の光りは、やがて又、赤い煤《すす》つぽい色に変るうちに、次第々々に真暗くなつて消え失せてしまつたかと思はれた。それは此時《このとき》福太郎の頭の上から、夥《おびただ》しい石の粉が、黒い綿雪のやうにダンダラ模様に重なり合つて、フワリ〳〵と降り始めたからであつた。さうして其《そ》の黒い綿雪が、福太郎の腰の近くまで降り積つて来るうちに、何時《いつ》の間にか小降《こぶ》りになつて、やがてヒツソリと降り止んだと思ふと、今度はその後《あと》から、天井裏に隠れて居《ゐ》た何《なん》千貫かわからない巨大《おほき》な硬炭《ボタ》の盤が、鉄工場《てつこうぢやう》の器械のやうにジワ〳〵と天降《あまくだ》つて来て、次第々々に速度を増しつゝ、福太郎の頭の上に近付いて来るのが見えた。さうしてやがて其《そ》の硬炭《ボタ》の平面が、福太郎の前後を取巻く三つの炭車《トロツコ》に乗りかゝると、分厚い朝鮮《てうせん》松《まつ》の板をジワリ〳〵と折り砕きながらピツタリと停止した……と思ふと其《そ》のあとから、又も夥しい土の滝が、炭車《トロツコ》の外側に流れ落ちて来たのであらう。山形《やまがた》に浮上《うきあが》つた車台の下から、濛々《もうもう》とした土煙はゆる〳〵と渦巻きながら這込《はひこ》み始めて、安全燈《ランプ》の光りをスツカリ見えなくしてしまつたのであつた。

その時に福太郎はチヨツト気絶して眼を閉ぢた様に思つた。けれどもそれは現実世界で云ふ一瞬間と殆《ほと》んど同じ程度に感じられた一瞬間で、その次の瞬間に意識を恢復《くわいふく》した時に福太郎はヒリ〳〵と痛む眼を一パイに見開《みひら》いて、唇をアーンと開《ひら》いたまゝ、落盤に蓋をされた炭車《トロッコ》の空隙《くうげき》に、消えも遣らぬ安《ラ》全燈《ンプ》の光りに照し出されて居《ゐ》る、自分自身を発見したのであつた。同時に、其《そ》の今までに無く明るく見える安全燈《ランプ》の光明《ひかり》越しに、自分の左右の肩の上から、睫《まつげ》を伝つて這《は》ひ降《お》りて来る、深紅《しんく》の血の紐をウツトリと透かして見たのであつたが、それが福太郎の眼には何《なん》とも云へない美しい、ありがたい気持のものに見えた。しかも其《そ》の真紅《しんく》の紐が、無数のゴミを含んでブル〳〵と震へながら固まりかけて居《ゐ》る処を見ると福太郎が気絶したと思つた一瞬間は、その実可なり長い時間であつたに相違ないが、それでもまだ救ひの手は炭車《トロッコ》の周囲《まはり》に近付いて居《ゐ》なかつたらしく、そこいら中が森閑《しんかん》として息の通はない死の世界の様に見えて居《ゐ》た。さうして其《そ》の中に封じ籠められて居《ゐ》る福太郎は、自分自身がさながらに生きた彫刻か木《み》乃伊《いら》にでもなつた様な気持で、何等《なんら》の感情も神経も動かし得《え》ないまゝ、いつまでも〳〵眼を瞠《みは》り、顎を固《こは》ばらせて居《ゐ》るばかりであつた。

　処がさうした福太郎の眼の前の、死んだ様な空間が、次第に黄色く明るくなつたり、又青白く、薄暗くなつたりしつゝ、無限の時空をヒツソリと押し流して行つたと思ふ頃、一方の車輪を空《くう》に浮かした右手の炭車《トロッコ》の下から、何《なに》やら黒い陰影が二つばかりモゾリ〳〵と動き出して来るのが見えた。さうして夫《そ》れがやがて蟹のやうに醜い、シヤチコ張つた人間の両手に見えて来ると、その次には其《そ》の両手の間《あひだ》から塵埃《ごみ》だらけになつた五分刈の頭が、黒い太陽のやうに静かにゆるぎ現はれて来るのであつた。

　その両手と頭は、炭車《トロッコ》の下で静かに左右に移動しながら、一生懸命に藻掻《もが》いて居《ゐ》る様であつた。さうしてやう〳〵の事で青い筋の這入《はひ》つた軍隊のシヤツの袖口と┐《カネ》サの印を入れた半纏の背中が半分ばかり現はれると、其儘《そのまま》ソロ〳〵と伸び上《あが》る様にして反り返りながら、半分土に埋《うづ》もれた福太郎の鼻の先に顔をさし付けたのであつた。

　それは源次の引攣《ひきつ》り歪《ゆが》んだ顔であつた。汗と土にまみれた……。

　福太郎はしかし身動きは愚か、眼の球一つ動かす事が出来なかつた。自分が死んで居《ゐ》るのか生きて居《ゐ》るのかすら判断出来ないやうな超自然的な恐怖に閉ぢこめられつゝ、全身が氷のやうにギリ〳〵と引締まつて来るのを感じて居《ゐ》るばかりであつた。

　その福太郎の凝固した瞳を、源次はヂイツと見入りながら、暫くの間《あひだ》、福太郎と同様に眉一つ動かさずに居《ゐ》た。それから其《そ》の汗と泥にまみれた赤黒い顔ぢうに、老人のやうな皺をジワ〳〵と浮上《うきあが》らせて、泣くやうな笑ふやうな表情を続けてゐたが、やがて歪《ゆが》んだ、薄い唇の間《あひだ》から、黄色い歯を一パイに剝き出すと、たまらなく気持よささうなニヤ〳〵した笑ひを顔一面に引拡《ひきひろ》げて行つた。さうしてサモ憎々しさうに……

同時に如何《いか》にも愉快さうに顎を突出《つきだ》しながら、何《なに》か云ひ出したのであつた。

その言葉は全く声の無い言葉であつたばかりでなく、非常にユツクリした速度で唇が波打つた為に、全然、意味を成さない顔面の動きとしか見えなかつた。それでも、福太郎には其《そ》の言葉の意味が不思議にハツキリと読めたのであつた。

「……わかつたか……おれは……源次ぞ……わかつたか……ハア……アハ……アハ……」

福太郎は其時《そのとき》にちよつと首肯《うなづ》き度《た》い様な気持になつた。しかし依然として全身が硬直して居《ゐ》る為に、瞬《またたき》一つ出来なかつた。

「……アハ……アハ……わかつたか……貴様は……俺に恥掻かせた……らうが……俺が何様《どげ》な……人間か知らずに……アハ……」

「…………」

「……それぢやけに……それぢやけに……」

と云ひさして源次は、眼を真白《まつしろ》く剝出《むきだ》したまゝ、ユツクリと唇を噛んで、獣《けもの》の様にみつともなく流れ出る涎《よだれ》をゴツクリと飲み込んだ。それを見ると福太郎も真似をするかの様に唾《つ》液《ば》を飲み込みかけたが、下顎が石のやうに固《こは》ばつて居《ゐ》て、舌の尖端《さき》を動かすことすら出来なかつた。

「……それぢやけに……それぢやけに……」

と源次は又も喘《あへ》ぐやうに唇を動かした。

「……それぢやけに……引導をば……渡いて呉《く》れたとぞ……貴様を……殺《ころ》いたとは……此《こ》のオレサマぞ……アハ……アハ……」

「…………」

「……お作は……モウ……俺の物ぞ……彼《あ》の世から見とれ……俺がお作を……ドウするか……」

「…………」

「……あゝハア〳〵……ザマを……見い……」

さう云ふうちに源次は今一度唇をムツクリと閉ぢた。それから左右の白眼《しろめ》を、魚《さかな》のやうにギラ〳〵光らせると、泥まみれの両頰をプーツと風船ゴムのやうに膨らまして、炭の粉《こ》まじりの灰色の痰《たん》を舌の尖端《さき》でネツトリと唇の前に押出した。さうしてプーツと吹き散る唾液《つば》の霧と一緒に、福太郎の顔の真正面《まつしやうめん》から吹き付けた。

その刹那に福太郎は思はず瞬《またたき》を一つした……やうに思つたが……それに連れて全身が俄《には》かに堪らなくゾク〳〵し始めて、頭の痛みが割れんばかりに高まつて来たので、又も両眼《りやうがん》を力一パイ見開《みひら》きながら、モウ一度鼻の先に在る源次の顔をグツと睨《にら》み付けた。すると又、それと殆《ほと》んど同時に福太郎は、自分を凝視して居《ゐ》る源次のイガ栗頭の背景となつて居た、岩の凸凹《でこぼこ》が跡型もなく消え失《う》せて、その代りにランプにアカ〳〵と照らされた自分の家《うち》の新しい松板天井《まついたてんじやう》が見えて居《ゐ》るのに気が付いた。さうして其《そ》の憎しみに充《み》ち満ちた源次の顔の上下左右から、ランプの逆光線を同じやうに受けた男女の顔が幾個《いくつ》も〳〵重なり現はれて、心配さうに自分の顔を見守つて居《ゐ》る視線をハツキリと認めたのであつた。

……その瞬間であつた。

たゞならぬ人声《ひとごゑ》のドヨメキが自分の周囲に起つたので、福太郎はハツと吾《われ》に返つた。

見ると眼の前には「《カネ》サの半纏を着た源次が俯伏《うつぶ》せになつて居《ゐ》て、ザクロの様に打ち破《わ》られたイガ栗頭の横腹から、シミ〲と泌み出す鮮血の流れが、ランプの光りを吸取りながらズン〲と畳の上に匐《は》ひ拡がつて居《ゐ》るのであつた。

左右を見廻すと近くに居《ゐ》た連中は皆《みんな》、八方へ飛退《とびの》いた姿勢のまゝ真青な顔を引釣《ひきつ》らして福太郎の顔を見上げて居《ゐ》たが、中には二三人、顔や手足に血飛沫《ちしぶき》を浴びて居《ゐ》る者も居《ゐ》た。

福太郎は茫然となつたまゝ稍暫《やゝしば》らくの間《あひだ》そんな光景を見廻して居《ゐ》たが、やがて其《そ》の源次の枕元に立ちはだかつて居《ゐ》る自分自身の姿を、不思議さうに振り返つた。

見ると両腕はもとより、白い浴衣《ゆかた》の胸から肩へかけてベツトリと返り血を浴びて居《ゐ》て、顔にも一面に飛沫《しぶき》が掛つて居《ゐ》るらしい気もちがした。さうして其《そ》の右手には、何時《いつ》の間《ま》にか取出したものか、背後《うしろ》の押入《おしいれ》の大工道具の中《うち》でも一番大切《だいじ》にして居《ゐ》る「山吉《やまきち》」製の大鉄鎚《おほかなづち》をシツカリと握り締めて居《ゐ》たが、その青黒い鉄の尖端《せんたん》からは黒い血の雫《しづく》が二三本、海藻《うみも》のやうにブラ下《さが》つて居《ゐ》るのであつた。

そんな光景を見るともなく見まはして居《ゐ》るうちに福太郎は、ヤツト自分が仕出かした事が判然《わか》つた様に思つた。さうして何《なん》の為にコンナ事をしたのか考へようとこゝろみたが、どうしても前後を思ひ出す事が出来ないので、今一度部屋の中をキヨロ〲と見まはした。その時にランプの向う側からバタ〲と走り出て来たお作が、殆《ほと》んど福太郎に打《ぶ》つ突かる様にピツタリ縋《すが》り付いたと思ふと、酔ひも何《なに》も醒め果てた乱れ髪を撫で上げながら、半泣《はんな》きの声を振り絞つた。

「……アンタ――ツ……どうしたとかいなア――ツヽ……」

すると、それに誘ひ出された様に五六人の男がドカ〲と福太郎の周囲《まはり》に駈け寄つて来て、手に〲腕や肩を捉《とら》へた。

「どうしたんかツ。」

「どうしたんかツ。」

「どうしたんかツ。」

しかし福太郎は返事が出来なかつた。現在眼の前にブツ倒れて居《ゐ》る源次の頭でさへも、自分が砕いたものか何様《どう》か、ハツキリと考へ得なかつた。さうして其代《そのかは》りにタツタ今まで感じて居《ゐ》た割れるやうな頭の痛みと、タマラない全身の悪寒戦慄《ぞくぞく》が、あとかたもなく消え失《う》せてしまつて、何《なん》とも云へない気持のいゝ浮き〲した酒の酔ひ心地がモウ一度ムン〲と全身に蘇つて来るのを感じたので、吾《われ》知らずウツトリとなつて、血だらけの鉄鎚《かなづち》を畳の上に取落して汚《よご》れた両手でお作を引寄せながら天井を仰いだ。

「……ハヽヽ……どうもしとらん……アハヽヽヽヽヽ……」

焦点《フオカス》を合せる

イヤア。失敬々々。李発《リーファ》君といふのは君かい。九大法文科の二年生……ウン〳〵。麻雀《マアヂャン》を密輸入して学資にして居《ゐ》るんだつてね。ウム。感心々々。当世の若い人間は、ソレ位の意気が無くちや駄目だよ。ウン〳〵。僕は名刺を持たないが……。ハヽア。王《ワン》君から聞いて知つて居《ゐ》るか。成る程〳〵。どうぞよろしく……ナニ。日本《にほん》語が拙《まづ》いから許して呉《く》れ。ナアニ。よく解るよ。それ位出来れあ沢山だよ。……ヤ……ドツコイシヨ……と……あゝ忙しかつた。どうだい葉巻を一本……何《なん》だ喫《や》らないのか。それぢや僕だけ失敬する。

ちやうど上海《シャンハイ》を出る間際に王《ワン》君の店から電話がかゝつて、君の事を頼んで来たからね。とりあへず僕の船室《ケビン》に案内する様に命じて置いたんだが……ドウかね。気に入つたかね僕の部屋は……尤《もつと》も気に入らないたつて、之《これ》より立派な部屋が無いんだから仕方が無いがね。ハヽヽ……此《この》船は荷物船《カーゴボート》だから、サルーンなんて気の利いたものは無いんだ。つまり荷物がお客様なんだから、人間の方が虐待されるんだ。堂々たる海牛丸《かいぎうまる》、二千五百噸《トン》の機関長が、コンナ部屋に蹐《かが》まつて居《ゐ》るんだから推《お》して知るべしだらう。ハヽヽ……迷惑だらうが長崎に着くまで、僕の寝台《ベッド》に寝て呉れ給へ。ナアニ僕は滅多に此《こ》の部屋で寝ないんだ。機関室の隅ツコにモウ一つ仕事部屋があるからね。毛布も枕も其処《そこ》に置いて在るんだ。君のは今持つて来さすからね。書物は無いが雑誌の古いのなら在る。持つて来させようか。

ウン〳〵。

実は早く君の様子を見に来ようと思つたけども、水先案内《パイロ》の野郎が乗つて居《ゐ》るうちは、機関室《しごと》の方が忙しいのでね。おまけに今日《けふ》の奴は知らない奴だつたが、新米と見えて、矢鱈《やたら》に小面倒な文句ばかり並べやがつたもんだからね。ナアニ、此処《ここ》いらの水先案内《パイロテージ》なら、此方《こつち》が教へて遣《や》り度《た》い位なんだが、新米でも何《なん》でも、水先を乗せるのが規則なんだから仕方がない。やつと今さつき水蒸汽《ランチ》で引上げて行《ゆ》きやがつた。君見たらう……ウン……。もう此方《こつち》のもんだ。エコノミカル・スピードでブラリ〳〵と長崎へ着いて、ダンプロの荷物をタヽキ上げれあ、後《あと》は南洋まはりと相場がきまつて居《ゐ》る。から排日《はいにち》が非道《ひど》くちや、荷物一つ動かないからね。ナアニ。済まない事があるものか。コンナ船に乗つたら、ソンナ小面倒な気兼ねは一切御無用だよ。国際的なルンペン船《ぶね》だからね。金儲けなら支那軍に売渡す鉄砲でも積込むんだ。怖いのは南支那海の三角波《さんかくなみ》だけだよ。ハヽヽヽ……。ナニ？　船賃？　そんなもなあ要《い》らないよ。王君《ワン》が左様《さう》云やあしなかつたかい。ウン。云つたけど気の毒だ。馬鹿な。納めるんなら十や二十の端《はし》た金《がね》ぢや駄目だよ。勿体なくも麻雀《マーヂャン》の密輸入ぢやないか。百や二百ぢや承知しないぜ……ナニ……それぢや算盤に合はない。それ見ろ、ハツ〳〵ハ。僕の好意で乗せてつて遣るんだ。他ならぬ王君《ワン》の頼みだからね。上陸してから鰒《ふぐ》でも奢《おご》り給へ。それで沢山だ。ハヽヽ。お礼には及ばないよ。

それよりもドウだね。一つ機関室を見に来ないか。君と話しながら仕事をしよう。何《なに》も話の種だ。ホンタウのドン底の地獄生活といふのは、コンナ襤褸《ぼろ》船《ふね》の機関室だつてことを、世間ではあまり知らないだらう。船底《ふなぞこ》一枚下は地獄とか何《なん》とか云ふけど、地獄の上に浮いた地獄があるなんて事は、船乗り以外には誰《たれ》も知らない筈《はず》だからね。尤《もつと》も知られた日にはコチトラの首が百あつても足りないがね。ハヽヽ。何《なに》も怖いことは無いよ。閻魔《えんま》大王の僕が御案内するんだから……。

ナニ……此《こ》の部屋かい。大丈夫だよ。此《この》鍵を預けとくからキチンと掛けて置き給へ。鍵は君が持つて居《ゐ》た方が便利だらう。部屋を出るたんびに締りをしとく事だ。船員なんてな泥棒みたいな奴ばかりだからね……其《そ》の鞄は寝台《しんだい》の下にブチ込んで置き給へ。ウン。鍵を掛けて封印して在るね。それなら大丈夫だ。中味の麻雀《マーヂャン》が船員に見付かると五月蠅《うるさい》からね。何《なん》とかカンとか云《い》やがつて、一杯飲ませなけあ納まらないんだ。

……此方《こつち》へ来たまへ。外はモウ涼しいね。二百廿日も無事平穏か……サツキの小蒸汽《こじようき》の煙がまだ見えてるぜ。引潮時《ひきしほどき》だもんだから港口で流されて居《ゐ》るんだ。君には見えない。成る程。その眼鏡《めがね》は紫外線除《よ》けかね。イヤに黒いぢや無いか。そいつを除《と》れば見えるだらう。……見えないかい。慣れないせゐだよ。船乗りになると遠い処の方がハツキリ見えるんだからね。アハヽ。ヨタぢや無いよ。

一体君はどうして王君《ワン》と識合《しりあ》ひになつたんだい。ドウセお楽しみ筋だつたのだらう。ハヽヽ。ナニ左様《さう》ぢや無い。両替をする積りで王君《ワン》のレストランへ這入《はひ》つた。ウム。彼処《あすこ》のビフテキは安くて美味《うま》いからね。国際的に評判がいゝんだ。あゝ左様《さう》か。君は初めてだつたのか。這入《はひ》つてみて立派なのに驚いた。当り前だ。あれ位の店はマルセールあたりにもチヨツト無いよ。表口はお粗末だがね。それよりも綺麗な女が大勢居《ゐ》たらう。ウン。引つかけてみたかい。ハヽヽヽ。引つかけてみれあよかつたのに。昼間だつて構ふものか。高級船員が行《ゆ》く処だからね。地階に立派な設備が出来て居《ゐ》るんだ。技巧《アーチー》なら上海一《シヤンハイいち》だつて云ふぜ。僕は彼処《あすこ》の常連なんだ。五六百両借りがあるがね。王君《ワン》は大きいから千両位まで貸すよ。尤《もつと》も女に馴染が出来なくちや駄目だがね。ハツ〳〵。チヨツト失敬して便所へ行つて来る。君もつき合ふか……

ウン……そんな事は全く知らなかつたのか。無理も無いね。ウン〳〵、麻雀《マーヂャン》買ひの手筋《てすぢ》なら何《なん》でも知つて居《ゐ》る。……此頃《このごろ》は蘇州へ行つて自分で指図をして日本人向きに彫らせる。……上海《シャンハイ》のはいけないのかい。フウン。彫りは派手だけれども牌《パイ》の出来は蘇州の方がいゝ……フウン。支那人と日本人の好みが違ふかね。僕はカラツキシ素人《しろうと》なんだが。フウン。あの団子みたいな模様と、鳥の恰好が、特に日本人は八釜《やかま》しい。そんなものかねえ。成る程。……日本内地では麻雀《マーヂャン》賭博が流《は》行《や》り出したかね。そんで密輸入の上物《じやうもの》が売れ出した。つまり日本の麻雀《マーヂャン》が本格になりかけて居《ゐ》るんだね。今に支那式のルールが復活する……左様《さう》かねえ。とにかく面白いもんらしいね。ウン〳〵。それで蘇州へ行つて麻雀《マーヂャン》を買ひ込んだ。ウン〳〵。帰りに小銭が無くなつたから切る積りで、王《ワン》君のレストランへ偶然に這入《はひ》つた。料理を一皿註文して珈琲《コーヒー》を飲んで居《ゐ》たら……酒は駄目なのかい君あ……そいつは話せんねえ。ダイナジンて奴を一杯御馳走しようと思つて居《ゐ》たんだが。ジンの中へダイナマイト……つまりニトログリセリンが割つてあるんだ。トテモいゝ心持ちに酔ふからね。ケープタウンで作り方を教はつたんだが。……ウン〳〵。そこで珈琲《コーヒー》を飲んで居《ゐ》たら女が大勢タカつて来た。フヽン。君はナカ〳〵シヤンだからなあ。おまけに貴公子然として居《ゐ》るからなあ。ハツ〳〵。御愛想ぢやないよ。ウン。それでどうした。無理矢理に奥へ引つぱり込まれた。アハヽヽ。上玉《じやうだま》と見られたな。そこへ王《ワン》君が出て来て最高級の御挨拶をした。アツハツハツハ。コイツは大笑ひだ。王《ワン》公一代の傑作だらう。滅多にお客を見損なふ男ぢや無いがなあ。それからどうした……。

それから女どもを遠慮して貰つて、王《ワン》君と差向ひになつて事情を打ち明けたと云ふのか。ポケツトを裏返して見せた。ハツ〳〵。そんな事だらうと思つた。正直だなあ君あ。ウンと飲んだり喰《く》つたりしてから打明ければよかつたに……ブチ殺されるもんか。王《ワン》君は却つて御馳走をして帰すよ。脅喝に来た奴でも温柔《おとな》しく抓《つま》み出すばかりだからね。だから評判がいゝんだがね。ウン〳〵。それから王《ワン》君が同情して此《この》船を教へて呉《く》れた。フ――ン。君の親孝行に同情して教へて呉れた。重慶《ぢうけい》にお母さんを一人養つて居《ゐ》る……タツタそれだけの理由かい。本当の事を云つてみたまへ。隠したつて駄目だよ。此《この》次に王《ワン》君に会へばわかるんだ。ナアニ、何処《どこ》へも聞こえやしないよ。機械の音《おと》が八釜《やかま》しいから……ナニイ……何《なん》だつて……。

ハヽヽ。ナアル程。そこで王《ワン》君は大学をやめて、レストランのボーイになれつて君に勧めたア？……アツハツハ此奴《こいつ》あイヨ〳〵傑作だ。二階の婦人専門のサルーンに出れば、最低千円のチツプは請合ふと云ふのか。いかにも読めたわい。王《ワン》公一目《ひとめ》で君のスタイルに参つたんだね。学生にしちやスマート過ぎるからな。そこで都合よく奥に引つぱり込んだんだ。やつぱり王《ワン》公は眼が高えや。ハヽヽヽ。今度上海《シャンハイ》へ来たら是非モウ一度寄つて呉れつて？……ナカ〳〵執念深いな。……ナニ……今のチツプの千円問題は僕に云つちやいけないつて？　ハヽヽ馬鹿にしてやがら。僕の俸給と桁違ひだもんだからソンナ事を云ふんだ。行《ゆ》き届いた男だが、しかし中華人一流の要《い》らざる心配だよ。まさか僕が雇はれに行《ゆ》けあしめえし。ハツ〳〵〳〵……

　サア来た。……此処《ここ》が機関室だ。此《こ》の垂直の鉄梯子を降りるんだ。油でヌラ〳〵して居《ゐ》るから気を付け給へ。落ちたらコツパ微塵だよ。ウンなか〳〵君は身が軽いね。運動をやつて居《ゐ》るんだね。スキーにダンスか。そいつあモダンだ。女が惚れる筈《はず》だ。オツト危ない……。

　此方《こつち》へ来たまへ。……聞えないかい。オイ〳〵。此方《こつち》へ来たまへつたら。此《こ》のベルトに触らない様に気を付けたまへ。

　これが僕の仕事部屋だ。此《こ》の椅子に掛け給へ。アツトツト……。濡れてたかい。イヤ失敬々々。暗いからわからなかつた。茶瓶か何《なに》か其処《そこ》へ置きやがつたな。オヤ〳〵。お尻がビシヨ〳〵になつちやつたね。アツハヽ。茶粕《ちやかす》が付いてらあ。仕方がない。此《こ》の鉄椅子に掛け給へ。そのうちに乾くだらう。……見たまへ。ちやうどマン中の汽罐《ボイラー》が真正面《まつしやうめん》に見えるだらう。忙《いそが》しくなると此《この》部屋に来て仕事を睨《にら》むんだ。時化《しけ》の時なんぞは一週間位寝ない事があるんだぜ。

　オーイ。誰《たれ》か来い。……聞こえないか……君チヨツト其《そ》の呼鈴《ベル》を押して呉《く》れたまへ。……何《なん》だボン州か。ウン。コツク部屋に行つて珈琲《コーヒー》と菓子を貰つて来い。普通のぢや駄目だぞ。船長《おやぢ》が上海《シヤンハイ》で買込んだ奴があるんだ。コツク部屋に無けあ船長室に在る筈《はず》だ。そいつを掻《か》つ払《ぱら》つて来い。なぐられるもんか。愚図《ぐづ》々々吐《ぬ》かしたら俺が命令《いひつけ》たと云へ。船長《おやぢ》には貸しがあるんだ。……行つて来い……。

　……どうだい。機関室つてものは這入《はひ》つてみると存外荒つぽいだらう。聞えるかい。僕の云ふ事が。きこえる……ウン……ボン州つてな綽名《あだな》だよ。……仏蘭西《フランス》語の挨拶かと思つた？……アハヽヽ大笑ひだ。あの垂直の鉄梯子を降りたら、ドンナ人間でも本名が無くなるんだ。地獄の一丁目だからね。みんな戒名で呼び合ふのが習慣になつて居《ゐ》るんだ。銀行泥棒上りが銀州、強盗前科が腕公《わんこう》、女殺しがヱテ公、凡クラがボン州……モウ暫くすると君だつて戒名を附けられるかも知れない。黒眼鏡《くろめがね》とか何《なん》とかね。ハツハツハ……ナアニ。みんな此処《ここ》へ来れあ年季を入れるんだよ。何《なん》でも白状しちまふんだ。娑婆《しやば》へ出れあ寿命の無い奴ばかりだからね。首と釣り換へで働きますといふ意味で、綺麗サツパリと白状しちまふんだ。だから僕の事を閻魔《えんま》様と云ふんだ。がそんな奴でないと、イザとなつた時にタタキまはしが利かないから妙だよ。……見たまへ。あれが最旧式の宮原式ボイラーなんだ。二三十年前に出来た骨董品だが博物館あたりへ寄附しても相当喜ぶシロモノだよ。ハツ〳〵。ナアニ大丈夫だよ。爆発なんかしないよ。出来は古いがガツチリしてゐるからね。安全弁があんなに白いスチームを吐いてゐるだらう……ブー〳〵云つてるのが聞えるかい。ウン……見えるけど聞えない……慣れないからだよ。

アツ……蓋を明けた。眩《まぶ》しいだらう。汽鑵《ボイラー》の蓋を明けたんだよ。まるで太陽だらう。アハヽ。もうあんなに白熱して居《ゐ》るんだからね。あれで千二三百度ぐらゐのもんだらうよ。それでも彼《あ》の中へ人間一人ブチ込んだら、五分間で灰も残らないよ。美味《おいし》さうな臭《にほ》ひだけは残るがね。ハツ〳〵〳〵。

人間をブチ込んだ事があるかつて……あるともさ。人間ばかりぢやない。品物だつて何《なん》だつて面倒臭いものはミンナ打《ぶ》ち込むんだ。この間《あひだ》なんぞは鉄砲を積んで呉淞《ウースン》に這入《はひ》りかけたら、その間際で船員の中《うち》に、スパイが二人混《まじ》つて居《ゐ》る事を発見したから、文句なしにブチ込んで呉《く》れたよ。ナアニ途中で波に湒《さら》はれたと云ひやあソレツキリだからね。

……ヤ……ちやうど茶が来た。一杯飲んで行《ゆ》き給へ。序《ついで》にモウすこしすると面白い事が初まるから見て行《ゆ》き給へ、今にわかるよ。トテモ面白い。簡単なバクチなんだ。見れば解るよ。

ハヽヽ……心配しなくともいゝ。地獄の珈琲《コーヒー》だつて麻酔薬《まやく》も何《なに》も入つてやしないよ。君を眠らして、麻雀《マアヂヤン》の十箱やそこら頂戴したつて仕様が無からう。第一君を殺《や》る積りならワザ〳〵こんな処まで引張り込みやしないよ。学生の癖に意気地が無いんだなあ君や。ハヽヽヽヽ。まあ珈琲《コーヒー》を一杯飲み給へ。スマタラ製だが非常に芳香《かをり》が高いんだ。度胸が据つて僕の話が面白くなるだらう。コンナ世界も在るつて事が解れば、将来キツト参考になるよ。トニカク徹底して居《ゐ》るんだからねえ機関室の地獄生活は……。

成る程なあ。君等に取つちや学校を卒業するのが目下の急務だらうよ。最早ヂキ試験が始まる……故郷にはお母《かあ》さんが待つて居《ゐ》るか。フウン。さうか〳〵。まあシツカリ遣り給へ。しかし試験の候《さふらふ》のつて云ふけど、今の学校の試験なんか甘いもんだよ。僕が機関長になつた時の体験を話したら身の毛が竦《よだ》つだらう。君等は……まあ聞き給へ……モウ船室《ケビン》には用は無いだらう。ナニ、書物を読み度《た》い。書物なんかは大概にしとくがいゝね。学校で習つた事なんか実際の役に立ちやしないよ。理窟通りに機械が動くもんなら機関長は要《い》らない。学者の思ふ通りに世の中がなるものなら、ボルセビキの理論は一《ひ》と通りで済むんだ。ナカ〳〵学者だらう。ハツ〳〵。

オイ。ボン州。チヨツト来い。モウ一パイ茶を入れて来い。今度は紅茶だ。俺のはウヰスキーを割つて来るんだぞ。それから其《そ》の扉《ドア》を閉めて置け。八釜《やかま》しいから……。

どうだい。かうして扉《ドア》を閉めとくと機械の音《おと》がウツスリしか聞えないだらう。扉《ドア》が厚いからね。しかしコンナに軽い騒音でも、機械の何処《どこ》かに故障があると、直《す》ぐに此方《こつち》の頭にピインと来るんだよ。故障の個所までチヤント解るから不思議だらう。ナアニ。永年の経験さ。此《この》部屋で寝て居《ゐ》ると夜中に何《なに》か知らんハツとして眼を醒ます。ハテ。何《なん》で眼を醒ましたのかと思つて、ボンヤリして居《ゐ》ると果《はた》せる哉《かな》だ。コンナ風に雑《ごちやごちや》然聞えて来る騒音の中のドレか一つが軽い変化を起して居《ゐ》る。ズツト奥の小さなピストンのバルブがをかしいな……とか何《なん》とか直《す》ぐに気が付く。そんな小さな音《おと》に眼を醒ます筈《はず》は無いと思ふかも知れないが、不思議なもので、機械のジヤズが順調に行つて居《ゐ》るうちはグツスリ眠つて居《ゐ》るが、すこし調子が変るとフツと眼が醒める。同じ船に長く乗つて居《ゐ》ると船の機械全体が、自分の神経みたいになつてしまふんだね。船が黒潮に乗ると同時に、運転手がポツカリと眼を醒ますやうなもんだ。

まだ驚く話があるんだ。

今君が見た彼《あ》の大きな汽鑵《ボイラー》ね。あの正面の電球の下に時計みたいなものが在つて、指針《はり》が一本ブル〳〵震へて居《ゐ》たらう。あれが汽鑵《ボイラー》の圧力計《プレシユアゲージ》なんだが、彼《あ》の圧力計《ゲージ》の前に立つて、彼《あ》の指針《はり》が、二百封度《ポンド》なら二百封度《ポンド》の目盛りの上に、ピツタリと静止して居《ゐ》るのを見た一瞬間に、此《こ》の指針《はり》はこれから上《あが》るか……下《さが》るかつて云ふことがピンと頭に来るんだ。静止して居《ゐ》る指針《はり》がだよ。そいつがピンと来る位の頭にならなくちや、一人前の機関長たあ云へないんだ。同時に圧力がコレ位しか上《あが》らない処を見ると石炭が悪いんだな……とか……何処《どこ》かに故障があるんだなとか云ふ直覚が来る。向うの港に着くまでに石炭が足りるか足りないかと云つた様な問題まで、同時にピーンと来るんだから、彼《あ》の指針《はり》一本がナカ〳〵馬鹿に出来ないんだ。サウ……第六感とでも云ふかね。

無論そこまで来るには僕も苦労したもんだよ。まあ聞き給へ……

……オーイ……這入《はひ》れえ……

……ヤツ来た〳〵。魔法瓶《テルモス》に入れて来たな。ボン州の癖に気が利いて居《ゐ》るぢやねえか。此《こ》のウヰスキーは誰のだ。何《なん》だ船長のか。イヨ〳〵気が利いて居《ゐ》るぞ貴様は……勿体なくもK、O、K、ぢやねえか。ステキ〳〵。どうだいチヨツピリ、ウヰスキーを入れようか。ナニ。奈良漬に酔ふ？　ナカ〳〵日本通だね君や。それぢやカステラを遣り給へ。上海《シヤンハイ》から逆輸入の長崎名物だ。吾輩の話の聞き賃だ。ハヽヽヽ……オイ〳〵……野郎。あとを閉めねえか。馬鹿野郎……。

イヤ。全く久し振りにコンナ話をするがね。吾輩が機関長の試験を受けたのが二十一の年だつた。イヤア君も二十一かい。そいつあ奇遇だね。ハヽヽヽ。ところでソイツが満点試験と来て居《ゐ》るから凄いだらう。ドレ位凄いか話してみなくちや解るまいがね。

何《なに》しろ此方《こつち》は、無けなしの貯金に借金の上塗りした何《なん》十円也を試験料としてブチ込んでゐる一方に、船乗片手間の独学と来て居《ゐ》るんだから絶体絶命だ。高等数学の本なんかテンデわからない奴を、片ツ端から一冊分丸諳記さ。そんな無茶をやつた事があるかい。無いだらう。トテモお話にならないんだ。兵庫の下宿の天井から、壁から、襖《ふすま》から、障子から、電燈の笠まで、公式を書いた紙をベタ〳〵貼り散らして寝床の中から眼を開け《あ》れば、直《す》ぐに眼に付くやうにして居《ゐ》る。諳記した奴は引つペガして、新しいのを貼るといふ寸法だ。下宿の婆さんが驚いて、コンナに沢山にまあ。これは及第のおまじなひですかつて聞くんだ。成る程おまじなひに違ひ無いね。丸めて嚥《の》んでしまひ度《た》いくらゐ大切なおまじなひだからね。ハヽヽ。

それから当日試験場へ行《ゆ》くと、初日は筆記試験ばかりだつたが、コイツは兎《と》も角《かく》も満点を取つて帰つたと見えて、明日《あす》の試験に出ろといふ通知が夕方下宿に届いた。

ところで翌《あく》る朝、勢ひ込んで試験場に来てみると驚いたね。七十何人居《ゐ》た受験者が、タツタ二人しきや居《ゐ》ないんだ。何《なに》かの間違ひぢや無いか知らんと思つて一寸《ちよつと》キヨロ〳〵したもんだよ。ナアニ。みんな振り落されたのさ。ホンタウの満点試験だからね。綴字《スペル》が一字違つてゐてもペケなんだから凄いよ。七十何人、試験料丸取られさ。これがお上《かみ》の仕事でなけあ、金箔付きのパクリだらう。

僕と一緒に居残《ゐのこ》つた奴は、島根県の何《なん》とか云ふ三十ばかりの鬚男《ひげをとこ》だつたが、広い教室のズツト向うと此方《こつち》に離れて製図を遣るんだ。……お互《たがひ》に顔を見交《みかは》して泣き笑ひみたいな顔をし合つたつけ。……ところが翌《あく》る日行つてみると、今度は其奴《そいつ》がノツクアウトされてゐる。つまり一番年の若い僕だけがタツタ一人残つた訳だが心細いの何《なん》のつてお話にならない。冥途《あのよ》の入口に一人ポツチで来たやうな気もちだ。しかし試験官は、それでも遠慮なんかミヂンもしない。一匹もパスさせなくたつて構はないんだから平気なもんさ。口頭試験で百三十ばかりの問題を立て続けにオツ冠《かぶ》せて来る。むろん片《かた》ツ端《ぱし》から即答さ。時計を睨《にら》みながら二三十秒ぐらゐ待つて呉《く》れるだけで、一分と過ぎたら其《そ》の場で落第の宣告だ。恐らく僕の顔には血の気が無かつたらうと思ふ。それでもヤツトの思ひで汗を拭き〳〵受け流して行《ゆ》くうちに試験官がパツタリと帳面を閉ぢたから、落第ぢや無いかと思つてハツとして居《ゐ》ると、その顔を見ながら試験官の奴ニツコリしやがつてね。イヤ、御苦労でした。成績は満点です。彼方《あちら》の室《へや》で茶を飲みませう。……と早口《はやぐち》で云つた時には、思はずポオーツと気が遠くなつたね。しかし、それでも嬉しかつたから尻尾《しつぽ》を振り〳〵、浮き足でクツ付いて行《ゆ》くと、廊下を一曲りした処の空《あき》部屋に僕を連れ込んで、熱い渋茶を一パイ御馳走した。その序《ついで》に室《へや》の中をグルリと見まはすと、試験官の奴モウ一度ニヤリと笑つたもんだ。

「この室《へや》に石炭が何噸《なんトン》、詰まるでせうかね」

と冗談みたいに吐《ぬ》かし居《を》つてね……しかも、その顔付きたるや、断じて冗談ぢや無いんだ。たしかにまだ試験の中《うち》らしい面構《つらがま》へをしてケツカルんだ。考へてみるとサツキ満点を宣告した時には、たゞ御苦労と云つたゞけで、お芽出度《めでた》うとは吐《ぬ》かさなかつた。チヨツクラ油断させて置いて、不意打ちにタヽキ落さうと云ふ寸法なんだ。こんなタチの悪い試験に引つかゝつた事があるかね……恐らく無いだらう。

さう気が付いた刹那に僕はモウ一度気が遠くなりかけたね。そいつを我慢すべく熱い茶を一杯グツと嚥《の》み込むと、破れカブレの糞度胸を据ゑたもんだ。

「さうですねえ。六十噸《トン》も這入《はひ》りますかね」

と冗談みたいに返事して遣つたら、試験官奴《め》、眼を丸くしやがつて

「ヘエ。そんなに這入《はひ》りますかね」

と吐《ぬ》かしやがつた。おまけに附け加へて

「室《へや》の容積といふものは見損ない易いものでね。誰でも初めて船に乗つて、石炭を積むとなると、此《こ》の見込みが巧く行《ゆ》かないので、下級船員から馬鹿にされる事になるのですが……ハヽン……」

と腮《あご》を撫で居《を》つた。……ナアニ。親切でソンナ事を云ふもんか。ドギマギさせようと云ふ策略に違ひ無いんだ。……ヘエ。それぢや五十噸《トン》ぐらゐですか……とか何《なん》とか。お付き合ひにでも云はうもんなら……ハイ。待つてました。九十九点九分九厘で落第……と来るんだらう。土に嚙じり付いても試験料をパクリ上げようといふ腹なんだからヒドイよ。そん時には流石《さすが》の僕も、思はずグツと来てしまつたね。何《なに》しろ若かつたもんだから……篦棒《べらばう》めえ。どうでもなれと云ふ気になつたもんだ。

「……えゝ……しかし六十噸《トン》といふのは試験の解答ですよ。天井までギツチリの勘定ですが、しかし実際を云ふと、此《こ》の問題は非常識ですね。本当に此《こ》の部屋に、それだけの石炭を詰め込んだら、壁と床《ゆか》が持たないでせう。エヘヽヽヽ……」

と冷やかし笑ひをして見せたら、試験官の奴、塩《しよ》つぱい面《つら》をして睨《にら》み付けたと思ふと、プリ〳〵して出て行《ゆ》き居《を》つた。そこで僕も土俵際で落第したもんだと諦めて、その晩は久し振りに酒を呷《かぶ》つてグツスリ寝込んで居《ゐ》るうちに、何時《いつ》の間《ま》にか夜が明けたらしい。下宿の婆さんがユスブリ起して「モウ九時だつせ。お手紙が来とりまつせ」と云ふんだ。むろん落第の通知だらう。見たつてドウなるもんか。勝手にしやがれと思ひ〳〵、何《なん》だか気になるから開けてみたら、豈計《あにはか》らんやだ。試験官の直筆だつたが及第も及第。とりあへずお芽出度《めでた》う存ずる。就《つい》ては目下、当港（神戸）に停泊中の病院船。十字丸、三千二百噸《トン》の機関長の補充として御乗船願ひ度《た》いが、御意嚮《ごいかう》は如何《いかが》でせうか。月給、百何十円。云々……といふ孫悟空みたいな話だ。そんな時に又、頭が又シイーンとしちやつたね。明治四十年頃の百円と云つたら大したもんだ。幅が利くにも何《なん》にもドエライ出世だ。おまけに若い機関長のレコード破りといふのが評判で、アタリ八方、持てたの候《さふらふ》のつてお話にならなかつたが、実を云ふとコイツが悪かつたんだね。若い時の苦労は買つてもしろと云ふ位だ。あんまり早くから

立身したり、世間に持てたりするのは碌《ろく》な事ぢやあ無いんだ。お蔭でスツカリ身体《からだ》をヤクザにした上に、今の十字丸に乗つてから一年目に、瀬戸内海で推進機《スクリウ》を振り落した。船に乗る時には十分に機械を調べて受取つた積りだつたが、推進機《スクリウ》までブン擲《なぐ》つて居《ゐ》なかつたのが運の尽きだつた。尤《もつと》も瀬戸内だから助かつたもんだ。ケープ沖か何《なに》かだつたら、南極へ持つて行《ゆ》かれたかも知れない。

……コイツがケチの付き初めで、それ以来僕の乗る船に碌な事は無い。新式タービンのパリ／＼が、ビスケー湾の檜舞台でヘタバツたり、アラスカ沖の難航で、陸地《をか》が鼻の先に見えながら、石炭が足りなくなつたりする。そんな時には石炭の代りに、メリケン粉を汽罐《かま》にブチ込んで、人間も船体《ふね》も真白にしてしまつたものだがね。もちろん此方《こつち》の手落ちだつた事は一度も無いんだが、不思議に運が悪いんだ。たうとうコンナ瓦落船《がらくたぶね》に乗つて、骨董みたいなお汽罐《かま》の番をする処まで落ちぶれて来た訳だがね。ハツハツ……しかし、お蔭で君達の喜びさうな冒険を、イクラ体験して来たか知れやしない。今サツキ話しかけた推進機《スクリウ》の一件を、モウ一度印度《インド》洋で蒸し返した時なんぞは、今思ひ出してもゾツとする目に会つたね。ちやうど欧洲大戦のショツ端《ぱな》で、青島《チンタオ》から脱け出した三千六百噸《トン》の独逸《ドイツ》巡洋艦エムデンが、印度《インド》近海を狼みたいに暴れまはつてゐる時分のことだ。

大阪商船の濠洲《メルボルン》通ひで、三洋丸といふ快速船《はやいの》があつた。七千噸《トン》ばかりの客船《メイル》だつたが、コイツが航路《コース》を切り変へて、一かバチかの欧羅巴《ヨーロツパ》行きを思ひ立つたもんだが、今のエムデンを怖がつて行《ゆ》くものが無いといふので、とりあへず僕が器械の方を引受けて、新嘉坡《シンガポール》まで来たのが忘れもしない、大正三年の九月の十五日……暑い盛りだ。彼処《あすこ》でポートサイドからマルセール直航の男船客ばかりを三百五十何人と上等の紅茶を積めるだけ積んだ訳だが、コイツが無事に地中海へ這入《はひ》れば、むろん大儲けさ。欧羅巴《ヨーロツパ》全体が敵も味方も咽喉《のど》を鳴らして待つてゐる極上飛切りの紅茶バツカリと、金《かね》づくを通り越したお客バツカリ満載して居《ゐ》るんだからね。紀州の蜜柑船《みかんぶね》どころの騒ぎぢやない。三井の遺る事は凄いよ……そこで聯合艦隊の無電を受けながら、勇敢に印度《インド》洋のマン中目がけて乗り出してみるとドウダイ。陸《をか》影を離れてから間もない三日目の、二十三日の朝早く、無電技手が腰を抜かしたまゝ船橋《ブリツヂ》から転がり落ちて来た。……昨夜《ゆふべ》の真夜中にエムデンが突然、向う岸のマドラス沖に現はれて、石油タンクの行列を砲撃した。エドワード砲台が泡を喰《く》つて、闇夜の大砲をブツ放《ばな》したが、その時には最早エムデンは居《ゐ》なかつた。三洋丸は其《そ》のまんまで行《ゆ》けば、そろ／＼エムデンの逃路《コース》にぶつかるかも知れない。気を付けろ……と云つたやうな無電が、ビーツ……ビ――ツと這入《はひ》つて来たと云ふんだ。

イヤモウ……みんな青くなつたの候《さふらふ》のつて……覚悟の前とか何《なん》とか、大きな事を云つて居《ゐ》た船長が、日本人の癖にイの一番に慌て出して、全速力《フルスピード》で新嘉坡《シンガポール》へ引返《ひつかへ》すと云ひ出したもんだ。つまりエムデンの死に物狂ひのスピードが、先《ま》づ二十七八節《ノット》で、三洋丸のギリ〳〵決着が二十三四節《ノット》だから、見付かつたら最後、物が云へないといふ算盤《そろばん》を取つたんだらう。しかも、それ位の算盤なら何《なに》もわざ〳〵、印度《インド》洋のマン中まで出て来て弾くが必要《もの》は無いのだ。忠兵衛さんぢやあるまいし。大阪を出た時からチヤンと見当が付いてゐる筈《はず》なんだが、要するに今の無電と一所に、新規蒔《ま》き直しの臆病風が、船長の襟元からビー〳〵ビーツと吹つ込んだんだね。

そいつを一等運転手《チーフメート》が腕づくで押し止《と》めようとする。そいつを又、乗客の中に居《ゐ》た、愛蘭《アイルランド》の海軍将校上《あが》りが感付いて、船中に宣伝して廻つたから堪《た》まらない。碧《あを》眼玉をギヨロ付かした乗客が、吾れも吾れもと船長室へ押しかけて、土気色《トンパ》になつた船長を取巻いて、ドウスル〳〵と小突《こづ》きまはす。一等運転手と事務長が、仲に這入《はひ》つて間誤々々《まごまご》する。船長の名前は勘弁して呉《く》れだが、国辱にも何《なん》にもお話にならない。エムデン艦長といゝコントラストが出来上つた。……結局、そんな連中で、寄つてタカつて、一か八かのコンニヤク押問答をフン詰まらせたあげく、僕が其《そ》の評議のマン中に呼び出される事になつたもんだ。

……今以上にスピードが出せるか出せないか。それによつてスエズへ直航するかしないか……又は新嘉坡《シンガポール》へ引返《ひつかへ》すにしても、荷物を棄てるか、棄てないかを決定する……

といふ問題を持ちかけて来たから、僕は占めたと思つたね。こゝいらで一番、身代を作つて呉《く》れようかな……序《ついで》に毛唐の肝つ玉をデングリ返して遣るか……といふ気になつて、ニツコリと一つ笑つて見せたもんだ。

「お前さん方は運のいゝ船に乗り合はせたもんだ。一万磅《ポンド》呉れるなら、速力を今よりも五節《ノット》だけ殖やして遣らう。むろん荷物は今のマンマで結構だ。モウ五節《ノット》速くなつたら、いくらエムデンでも追付《おひつ》かないだらう……しかし物には用心といふ事がある。万一お前さん方が、五節《ノット》でもまだ足りないと思ふ場合にブツカル様な事があつたら、ソレ以上一節《ノット》毎に、一万磅《ポンド》づゝ、奮発して貰ひたい。それでも足りなけあ紅茶を棄てる事だ。全速力三十一節《ノット》まで請合ふ。それでも追付《おひつ》かなけあ諸君が海へ飛び込むだけの事だ」

とチヨツピリ威嚇《おどか》して遣つたもんだが、毛唐の物分りの早いのには驚いたね。チヨツト別室で相談したと思ふ間《ま》もなく、シヤンとした奴が五六人引返《ひつかへ》して来て、二千磅《ポンド》の札束を僕の前に突き出した。むろんアトの八千磅《ポンド》はポートサイドへ着いてから渡すといふ、立派な証文附きだつたが、流石《さすが》の僕もソン時には、チヨツト頭が下がつたよ。何《なに》しろ大きな銀行が、ポケツトの中でゴロ〳〵してゐようといふ連中だからね。助かり度《た》いのが一パイだつたのだらう。船長や運転手までホツとしたやうな顔をしてゐたつけが、可笑《をか》しかつたよソレア。何《なに》はともあれエムデン様々々々と拝み度《た》くなつたね。

……と云ふのはコンナ訳だ。

　実を云ふと三洋丸ぐらゐの機械を持つてゐれあ、速力を五節《ノット》増すくらゐの事は屁《へ》の河童なんだ。新しい機械の力は可なり内輪に見積つて在るもんだからね。……と云つたつて、むろん船長や運転手なんかに出来る芸当ぢや無い。云はゞ僕一人の専売特許かも知れないがね。ずつと前、南支那海で海賊船がノサバツた時に、万一の場合を慮《おもんぱか》つて、何度も〳〵秘密《ないしよ》で研究して、手加減をチヤント呑込んで居《ゐ》たんだから訳は無い。僕は機関室へ帰ると直《す》ぐに、汽鑵《ボイラー》の安全弁《バルブ》の弾条《バネ》の間《あひだ》へ、鉄の切《きれ》つ端《ぱし》を二三本コツソリと突込《つつこ》んで、赤い舌をペロリと出したものだ。

　タツタそれだけで一万磅《ポンド》の仕事になつた訳だが、何《なに》を隠さうコイツは立派な条令違反なんだ。発見《みつ》かつたら最後、機関長の免状を取上げられる処ぢや無い。ドエライ罰金を喰《く》はせられた上に、懲役にブチ込まれる事になるんだから、ソレ位のねうちはあるだらう。況《いは》んや何百人の生命《いのち》と釣りかへの問題だからね。

　しかもタツタそれだけの手加減で、汽鑵《ボイラー》の圧力《プレス》がグン〳〵せり上《あが》つて、圧力計《ゲージ》の針がギリ〳〵一パイの処まで逆立ちしてしまつた。同時に推進機《スクリウ》の廻転がブルン〳〵高まる。速力《スピード》が出たどころの騒ぎぢやない。素人《しろうと》が見たら倍ぐらゐ早くなつた様に思へる。両舷《りやうげん》を洗ふ浪の音《おと》がゴオヽ……ツ……ゴオヽヽ——オヽツと物凄く高まつたもんだから、デツキに立つてゐた連中はスツカリ安心してしまつたらしいね。一人々々に船室《ケビン》へ帰つて今までの心配疲れも出て来たんだらう。グー〳〵寝てしまつた様子だ。そこで機械と睨《にら》めつくらをして居《ゐ》た僕も、此《こ》の調子なら大丈夫と思つて、椅子に腰をかけたまゝウト〳〵してゐた……まては良かつたが……アトが少々面白くなかつた。

　その翌《あく》る朝のまだ薄暗い中《うち》の事だ。ポートサイドで札ビラを切つて居《ゐ》る夢か何《なに》か見て居《ゐ》る最中《さなか》に、今の推進機《スクリウ》の中軸になつてゐる、一番デツカイ長い円棒《シヤフト》が、中途からポツキリと折れたもんだ。急にスピードを掛けた馬力《やつ》が、イの一番に円棒《シヤフト》へコタヘたんだね。

　アツハツ〳〵〳〵……そん時には流石《さすが》の吾輩も仰天したよ。折れると同時にキチガヒみたいに廻転し出した機械の震動が、白河夜船《しらかはよふね》のドン底まで響き渡つたもんだから、ウンもスンもあつたもんぢや無い。てつきりエムデンに遣られてゴースタンか何《なに》か掛けたものと、船長初め思ひ込んだらしいんだね。アツと云ふ間《ま》に船の中が、ワン〳〵〳〵と蜂の巣を突《つ》ツいたやうな騒ぎになつた。船員も乗客も一斉にデツキを目がけて飛び出して来た。御丁寧な奴は卒倒《ひつくりかへ》つたといふ話だが……しかし此方《こつち》は眼を眩《ま》はすどころの騒ぎぢやない。ともかくも機械の運転を休止《アツプ》して、予備のシヤフトを入れ換への事だ。

　さうすると又、大変だ。此《こ》の沖の只中《となか》で船を止《と》めて置くのは、エムデンの目標を晒《さら》して置くやうなものだと云ふので、乗客が血眼《ちまなこ》になつて騒ぎ出した。船長はもとより運転手までが、七面鳥みたいに気を揉み初めたものだから、イヨ〳〵もつて手が着けられなくなつた。一方に船の方は呑気なもんだ。そんな騒ぎを載せたまんま、エムデンの居《ゐ》さうな方向へブラリ〳〵と漂流し始めた。二三百尋《びろ》もある海《ところ》で碇《アンカ》なんか利きやしないからね。通りかゝりの船なんか一艘《さう》だつて見付かりつこない。ＳＯＳを打つてみても聯合艦隊が相手にして呉《く》れない……と云ふのだから、其《そ》の騒動たるや推《お》して知《し》るべしだらう。

……ところが又、生憎なことに、その円棒《シヤフト》の入れ換へが、キツカリ一週間かゝつたもんだ。つまり其《そ》の間《あひだ》ぢう、全然、機械の運転を休止《アツプ》して、行《ゆ》きなり放題に流れ廻はつて居《ゐ》た訳だ。

……何故《なぜ》……何故《なぜ》つたつてマア考へてみたまへ。あの直径二呎《フエート》何吋《なんインチ》、全長二百何《なん》十呎《フエート》と云ふ、大一番の鋼鉄《はがね》の円棒《シヤフト》だ。重さなんかドレ位あるか、考へたつてわかるもんぢやない。実際、傍《そば》へ寄つてみたまへ。これが人間の作つたものかと思ふと、物が云へなくなる位ステキなもんだぜ。そいつを索条《ワイヤ》や鎖《チエン》でジワ〳〵と釣り上げるだけでも、チヨツトやソツトの仕事ぢやない。おまけに彼《あ》の大揺れの中を、二日がゝりで荷物を積み換へて、ヤツト少しばかりお尻を持ち上げさした船のスクリウの穴の中へ、ソーツと押し込まうと云ふのだから、無理な註文だと云ふ事は最初からわかり切つて居《ゐ》るだらう。船渠《ドツク》の中で遣つても相当、骨の折れる仕事を、沖の只中《となか》で流されながら遣らうと云ふのだからね。……のみならず今も云ふ通り、七八千噸《トン》の屋台を世界の涯《はて》まで押しまはらうと云ふ鋼鉄《はがね》の丸太ン棒だ。ピカ〳〵磨き上げた上に油でヌラ〳〵して居《ゐ》る奴だから、手がゝりなんか全然《まるで》無いんだ。ワイヤとチエンで、どんなに緊《しつか》り縛り付けといたつて、一旦辷り出したとなれあ、人間の力で止《と》める事が出来ない。一分《ぶ》辷《すべ》つたら一寸《いつすん》……一寸《いつすん》辷つたら一尺と云つた調子で、アトは辷り放題の、惰力の附き放題だ。遠慮も会釈もあつたもんぢや無い。ズラ〳〵〳〵ツと辷り出したが最後の助。鉄の板でも何《なん》でもボール紙みたいに突き破つて、船の外へ頭を出すにきまつてゐる。そのまゝ、ズル〳〵ズツポリと外へ抜け出してしまつたら、ソレツキリの千秋楽だ。取り返しが付かぬどころの騒ぎぢや無い。飛び出しがけの置土産に巨大《おほき》な穴でもコヂ明けられた日には、本家本元の船体が助からない。シヤフトのアトからブク〳〵〳〵と来るんだ。……ハツ〳〵どうだい。わかるかね。シヤフトの素晴らしさが。ウン。わかるだらう。コンナ箆棒《べらばう》な苦心した機関長はタント居《ゐ》ないだらうと思ふがね。

ところが世の中は御方便なものでね。険呑《けんのん》な仕事なら、自慢ぢや無いが、慣れつこになつてゐる吾輩だ。尤《もつと》も吾輩が乗つたからシヤフトが折れたのかも知れないがね。ハツ〳〵、前以て、そんな間違ひが無い様に、二重三重に念を入れて、不眠不休で仕事をしたから、ヤツト一週間目に蒸汽《スチーム》を入れる処まで漕ぎ付けたんだが、その間《あひだ》の騒動つたら無かつたね。一万磅《ポンド》なんか無論立消《たちぎ》えさ。糞でも喰らへと云ふ気で、押し切るには押し切つたが、実の処寿命が縮まる思ひをしたね。……乗客の方は無論の事さ。その時分に印度《インド》洋のマン中で、一週間も漂流するなんて事を、ウツカリ最初から云ひ出さうもんなら、気の早い奴は身投げぐらゐ、し兼ねないんだ。毛唐なんて存外、気の小さいもんだからね。すぐに思ひ詰める奴が出て来るんだ。その証拠に、明日《あした》々々で云ひ抜けながら仕事をして行《ゆ》くうちに、三日ばかり経つたら乗客が、一人も寝なくなつてしまつた。みんな神経衰弱にかゝつちやつたらしいんだ。来る日も〳〵エムデンの目標になつて浮いてゐるんだから、考へて見れあ無理もないさ。此方《こつち》も無論エムデンが怖く無いことはなかつたが、怖いつたつて今更ドウにも仕様が無い。タツタ一本しか無い予備シヤフトを無駄にしたらそれこそホンタウに運の尽きだからな。

　そんな訳で、最初から腹を定《き》めて仕事をしたお蔭で、ヤツト船が動き出すには動き出したが、今度はモウ速力《スピード》を出さない。八千磅《ポンド》の証文をタヽキ返して、安全弁《セーフテイバルブ》の鉄片《てつきれ》を引つこ抜いてしまつた。すると又、そのうちに、乗客の中でも一番航海通の海軍将校上《あが》りが……サツキ話した慌て者さ……そいつが手ヒドイ神経衰弱に引つかゝつてしまつた。機関長を殺せとか何《なん》とか喚《わ》めきやがつて、ピストルを振りまはすので、トテモ物騒で寄り付け無い。……とか何《なん》とか事務長が文句を云ひに来たから、僕は眼の球の飛び出るほど怒鳴り付けて遣つた。

「……訳は無い。そいつを機関室《ここ》へ連れて来い。汽罐《かま》へブチ込んで呉《く》れるから……いくらか正気付くだらう」

　と云つて遣つたら事務長の奴、驚いて逃げて行つたつけ。

ハツ〳〵〳〵〳〵……。

オーイ。這入《はひ》れえ。オイ〳〵。這入《はひ》れえ……。

何《なん》だ。ボン州か。何《なん》の用だ。ナニイ。チツトモ聞えない。此方《こつち》へ這入《はひ》れ。さうして其《そ》の扉《ドア》を閉めろ……ちつとも聞えない。

　どうしたんだ……ウン〳〵……検査が済んだのか。恐ろしく〳〵手間取つたぢや無いか。ウン〳〵真鍮張りのトランクの中に麻雀《マーヂヤン》八筥《はこ》か……牌《パイ》の中味は全部刳抜《くりぬ》いて綿《わた》ぐるみの宝石か……古い手だな……

　オツト〳〵。待ち給へ李《リー》君……今頃ピストル何《なん》か出したつて間《ま》に合はないよ。君の背後《うしろ》の寝台《しんだい》の下に居《ゐ》る奴がスイツチを切ると、今君が腰をかけて居《ゐ》る鉄の床几《しやうぎ》に、千五百ボルトの電流が掛かるんだ。その為に君のお尻を濡らして置いたんだが、気が付かなかつたかい。ハヽヽ……

　先刻《さつき》から冗《くど》く説明して居《ゐ》るぢやないか。あの垂直の鉄梯子を降りたら運の尽きだと……ハヽヽ。解つたかい。わかつたらモウ一度腰を卸《おろ》し給へ。大丈夫だよ。まだ電流は来て居《ゐ》ない。君を黒焦げにしちやつちや、元も子も無くなるからね。ね。解つたらう。

君は此《こ》の船を普通《ただ》の船と見て乗つた訳ぢや無からう。最初から秘密があると睨《にら》んで虎穴《こけつ》に入つたんだらう。序《ついで》に此船《このふね》の秘密を看破《みやぶ》つて遣れといふ気になつて此処《ここ》まで降りて来たのは、いゝ度胸だつたかも知れないが、そいつがドウモ感心しなかつたね。

ナニ。彼《あ》の宝石は模造品だつて？　ハヽヽ。左様《さう》かも知れないが模造品で結構だよ。頂戴する分には差支へ無からう。ナニ、皆《みなく》呉れるから生命《いのち》だけは助けて呉れか。ハヽヽヽ……それは時と場合に依つては助けて遣らない事も無いが、それぢや王《ワン》君に済まない事になるんだ。王《ワン》君からの電話に依ると君は目下北平《ペーピン》でヨボ〳〵して居《ゐ》る白系露人の頭領、ホルワツト将軍の秘書役だつたが、日本の田中内閣が潰れてから、同将軍を支持する国が無くなつたので見切りを付けて、共産軍の方へ寝返りを打つたサイ・メイ・ロン君に相違ないといふんだ。それから君はツイ此頃《このごろ》になつてG《ゲー》・P《ペー》・U《ウー》の遊離細胞となつて、上海《シャンハイ》に流れ込んで来ると間《ま》もなく、最近上海《シャンハイ》で国際スパイ兼、排日団体の首領として売り出して居《ゐ》る、青紅嬢《チンオン》の一乾分《こぶん》となつたもので、Rの四号といふのはヤツパリ君の事らしいと云ふ王《ワン》君の報告だがね。

……ところで其《そ》のRの四号君が、ドレ位の腕前を持つて居《ゐ》るかと云ふことは、今云ふ通り経歴《すぢみち》がヤヽコシイからサツパリ判然《わか》つて居《ゐ》ないんだが、とにかく一当り当つて焦点《フオカス》を合はせてくれ、トランクの中味もまだ突止《つきと》めて居《ゐ》ないが、近いうちに日支関係が緊張するのを見越して、上海《シャンハイ》の巨商黄鶴号《わうかくがう》から、長崎の支店へ送るべく青紅嬢《チンオン》に委託された貴重品らしいといふ話だつたがね。ハヽヽ。王《ワン》君はナカ〳〵眼が高いよ。

……ナニ……王《ワン》君の正体は何《なん》だつて聞くのか。……フヽヽ……それを聞いてドウするんだい。王《ワン》君の親友が吾輩なんだから、大抵想像が付くだらう。序《ついで》に吾輩は此《こ》の船の機関長でも何《なん》でも無い。だから最前から饒舌《しやべ》り続けた経験談なんかは、ミンナ受け売りのゴツタ雑炊だ。トランクの中味がわかるまで君を釣つとく為のヨタだつた……と云つたら、尚の事、焦点《フオカス》がハツキリしやしないか。ハツ〳〵〳〵……ナニ……日本のスパイ船……僕が参謀将校……ウフ〳〵。当らずと雖《いへど》も遠からずと云つて置くかね。

……フーン。何《なん》だつて、僕に秘密の相談がある？　何《なん》だ。云つて見たまへ。ナニイ。聞いてる者が居《ゐ》ちや話せない。ウン。よし〳〵……。オイ。ボン州。此奴《こいつ》のオモチヤを取り上げて呉れ。モウ外《ほか》に何《なに》も持つて居《ゐ》ないな。万年筆と名刺だけか。よし〳〵。それだけ残しとけ、後《あと》で書かせる事があるかも知れないから……それから手前等《てめえら》は此《こ》の室《へや》を出て、扉《ドア》をピツタリと閉めて置け。用があつたらベルを押すから……ナアニ。俺の事は心配するな。此《こ》の坊ちやんは話がよくわかつて居《ゐ》らつしやるんだからな……。

サア。誰も居《ゐ》ない。鍵穴まで閉《ふさ》がつて居《ゐ》るんだ。その秘密の相談といふのを聞かうぢやないか。何《なん》だ〳〵。何《なん》だつて服を脱ぐんだ。ハヽア。裏に縫ひ込んだな。G《ゲー》・P《ペー》・U《ウー》の指令か。フウン。暗号だな。ウム。たうとう白状したね。日本の参謀本部が喜ぶだらう。青紅嬢《チンオン》が日本の諜報勤務を馬鹿にし過ぎたから君がコンナ眼に合ふんだよ。

……何《なん》だ。まだ着物を脱ぐのかい。まだ何《なに》か縫ひ込んで在るのかい……アツ……。君は婦人ですな……。

イヤツ……これあどうも……最前《さつき》から平気で色眼鏡《いろめがね》を外したり、僕と一緒に男便所へ入つたりされるから真逆《まさか》と思つて居《を》りましたが……ハヽア……貴女《あなた》がサイ・メイ・ロン君の青紅嬢《チンオン》で、同時にRの四号君。ウムヽヽ。チツトも知らなかつた。イヤもう解りました〳〵。ズボンは脱がなくともいゝです。わかつて居《を》ります……アツ……。

……ま……待つた〳〵。待つて下さい。此処《ここ》ぢや困ります。危険です〳〵。実際危険なんです。ま……ま……まあ着物を着て下さい。発見《みつか》ると都合がわるい……早く服装を直して下さい。さう〳〵。それからの御相談です。さう〳〵……イヤ。Rの四号君が貴女だと解れば、一番喜ぶのは日本の参謀本部でせう。G《ゲー》・P《ペー》・U《ウー》の指令系統がわからなくて困つて居《ゐ》るらしいんですからね。貴女に敬意を表さして下さい。さうして一つ僕と握手して下さい。これでも理解《わかり》は早い積りです。へヽヽ。さうです〳〵。これでも金儲けの為めに働いて居《ゐ》るコスモポリタンですからね。世界中が独裁政治《ファシスト》と共産政治《ボルセビイキ》の二つに別れる……ドチラも金《かね》が儲からないとあれあコスモポリタンになつた方が便利ですからね。世界中のインテリはみんな一種のコスモポリタン式エゴイストですからね。さうです〳〵……貴女と握手すれば随分大きな金儲《しごと》が出来ます。

済みませんがモウ一度腰をかけて下さい。ナアニ。外に聞えるもんですか。外の雑音の方が高いのですから……電流《でんき》が来て居《ゐ》るなんて云つたのは嘘の皮です。寝台《しんだい》の下には誰も居《を》りません。御心配なら僕の椅子を取り換へて上げませう。御覧なさい。コードも何《なに》も付いて居《ゐ》ないでせう。ハヽヽ……。

……いゝですか……耳を貸して下さい。とりあへず此処《ここ》で必要な事だけ話して置きますから。いゝですか……此《こ》の船の正体は最早お察しでせう。日本の参謀本部の無電一本で何処《どこ》へでも行《ゆ》く船なんです。第一長崎へなんか行《ゆ》きやしません。嘘だと思はれるならば甲板《デツキ》へ上《あが》つて、羅針盤《コンパス》を覗いて御覧なさい。チヤンと大連行《たいれんゆ》きのコースを取つて居《を》りますから、実は大連からツイ今さつき無線電信が這入《はひ》りましたのでね……この珈琲《コーヒー》茶碗の内側に電文が暗号で書いてあります。此《この》通り飲み残りを傾けると同時に出て来るでせう。……彼方《あつち》で又、似寄りの仕事があるのです。やつぱり王《ワン》君のやうな人間が網を張つて居《を》りますからね。……そればかりぢやない。貴女が専門家ならすぐに気が付くでせう。此《こ》の船がタッタ今出しかけて居《ゐ》る速力に……二十一節《ノット》一パイに出しかけて居《ゐ》る処ですからね。

……ね。貴女《あなた》と僕の立場が容易でない事がわかつたでせう。国事探偵としての貴女と僕の地位は、大将と兵卒ぐらゐ違ふのですが、此処《ここ》暫くの間《あひだ》は僕に任せて下さらないと困りますよ。いゝですか。貴女は依然として遊離細胞のR四号君ですよ。その積りで何《なん》でも僕の云ふなりになつて下さらないと……さう〳〵……それぢやいゝですね。

　とりあへず甲板《デッキ》の部屋へ帰りませうね。あそこでユックリ御相談しませう。ナアニ。此《こ》の船の中では船長以下が僕の命令通りに動きますから、心配は要《い》りません。問題は大連に着いてからです。大連から清津《せいしん》へ抜けて、彼処《あすこ》から浦塩《うらじほ》へ抜ける途《みち》がありますから……露西亜《ロシア》語ならお手のものでせう……ハラシヨ……済みませんが其《そ》のベルをモウ一度押して下さい。いくつでもよろしい。デツキの部屋へ二人分の寝床を支度させませう。へヽヽ……オイ。ボン州、銀州。ヱテ公。チヨツト来い。用がある……ウン。扉《ドア》を閉めて此方《こつち》へ這入《はひ》れ……。此奴《こいつ》を押さへろツ……其《そ》の万年筆を取上げろツ……毒瓦斯《ガス》らしいから……。

　アハヽ。どうです。身動きが出来ないでせう。僕の部下は素早いでせう。ハヽヽ。お断りして置きますが、今まで云つた事はみんな嘘です。此《こ》の船は国際的ルンペン船でもなけあ、日本の諜報《スパイ》船でも何《なん》でも無い。貴女はまだ御存じ無いでせうが、日本と支那の間《あひだ》を、荷物船《カーゴボート》に化《ば》けて往復して居《ゐ》るG《ゲー》・P《ペー》・U《ウー》の海上本部K・G・M号です。さうして僕は此の船の船長ですよ。わかりましたか。ハヽヽ。……貴女がG《ゲー》・P《ペー》・U《ウー》を裏切つて、日本に隠れようとして居《ゐ》ることを看破した王《ワン》君が、取りあへず僕に引渡したんですが、お気の毒ながら……ナニ……僕の国籍？　名前……へヽヽ。今は日本語を使つて居《ゐ》るから日本人ですが、浦塩《うらじほ》へ這入《はひ》れば露西亜《ロシア》人で通りませう。此奴等《こいつら》は皆《みな》日本語のわかる朝鮮人ですが、国籍を持つて居《ゐ》る奴なんか一匹も此《こ》の船に居《ゐ》ないんですよ。……まあ……そんな事はどうでもよろしい。……ナニ……僕の日本語が巧妙《うま》過ぎる？……大きなお世話だ。お前さんの露西亜《ロシア》語ぐらゐのもんさ。東京の寄席《よせ》には漫談をやつて居《ゐ》る露西亜《ロシア》人が居《ゐ》るんだぜ。……ニチヱウオ……オツト其《そ》の万年筆はソーツと其《そ》の棚の上に置いとけ。落ちたら大変だぞ……そいつが恐ろしかつたから呼んだんだ。序《ついで》に着物を引《ひ》つ剝《ば》いて呉《く》れい。ナイフで切り裂いても構はない。さうだ〳〵……。

　ハヽヽ……どうだ、驚いたか。女だらう。いゝ肉付きだ。ナアニ……可哀相《かはいさう》も糞もあるもんか。スツカリ引《ひ》つ剝《ぺ》がしてしまへ。着物は此《こ》の寝台《しんだい》の上に並べろ。靴も……ズロースも……俺が後《あと》で検査して遣るから。まだ別に日本内地のG《ゲー》・P《ペー》・U《ウー》の名簿と暗号の鍵を隠して在る筈《はず》だからな。コイツ奴《め》、日本の参謀本部に売り付ける了簡で持つて来やがつたんだ。

危ねえの何《なん》のつて……

　オツト。痛い目を見せなくともいゝんだ。女スパイには経験《おぼえ》があるんだ。これ位の女になるとモウ此《この》上に泥を吐く気づかひは無いんだ。それよりも身体中《からだぢう》をスツカリ調べろ。喰ひ付かれるなよ。誰《たれ》か片手で頭の毛を摑んでろ。それからスパナか何《なに》か持つて来て口をコヂ開《あ》けるんだ。開《あ》けなけあ其《そ》のナイフを嚙ませて見ろ。強情な女《あま》だな……さう〳〵。金歯かアマルガムがあつたらペンチで引つこ抜くんだ……血だらけで見えないか。懐中電燈を出せ。俺が見て遣る……ウム。みんな綺麗な歯だ……よし〳〵……今度は鼻の穴だ……イヽカ。唇をシツカリ抓《つま》んでろ。唾《つば》液でも吐きやがると穢《きたな》いからな……ちよつと此《こ》の電燈を持つてゝ呉《く》れ。動かすんぢやねえぞ。反射鏡を使ふんだから……ウム。何《なに》も無いと……耳の穴はドウダ。ウム。よし〳〵。チヤント掃除してやがる。学生らしくも無かつたな。ハツ〳〵。髪の毛の中はドウダ。何《なに》も無いか。よし〳〵。それでよしと……。

　そんならモウ此《こ》の剝身《むきみ》に用は無いな。ハラシヨ。貴様達に呉れてやるから、そつちへ持つて行つて片付けろ……ナニ……

　何《なん》だ〳〵……モウ一つ云ふ事がある。云つてみろ。ハヽア……貴方がたを疑つて済まなかつた。G《ゲー》・P《ペー》・U《ウー》を裏切つたのぢやない。裏切つた形にして東京の×××大使館へ重大な密書を運ぶんだ……成る程……密書の内容は？……ウム。上海《シヤンハイ》の排日で……上海《シヤンハイ》の排日で……それがどうした……オイ……シツカリしろ……サ……ブランデーを飲ましてやる……シツカリしろ。上海《シヤンハイ》の排日がどうした……ウム。上海《シヤンハイ》の排日で、世界大戦の導火線を作る見込みが充分に付いた……×××は他《た》の国と同盟せずにキヤスチングボートを握つて呉れ。……御要求の利権を承認する旨、本国へ取次いで呉れ……何《なん》だ。それあ南京《なんきん》政府の密書か……さうぢや無い。蔣介石の仕事か、フヽウ、そいつあ問題が大きいぞ。……本文は万年筆の鞘に塗り込んである。これか……ナアル程。エボナイトぢや無いわい。パラフイン塗りの紙細工か。ウマク細工したもんだ。……ウン。これが密書か。有難い〳〵。コイツはドエライ金《かね》になるぞ。尤《もつと》も若槻内閣へ売つちやドツチミチ損だが……。ウム。ヤツト本音を吐《は》きやがつた。……オイ姐《ねえ》さん。此《こ》の船を密輸入目当ての海賊船たあ思はなかつたかい。それよりも此《こ》の王《ワン》さんの顔をモウ見忘れたのかい。チツトばかり細工はして居《ゐ》るが、あんまり見識《みし》り甲斐が無さ過ぎるぢや無いか。眼付きを見たゞけでも日本人とわかり相《さう》なもんだが……アハヽヽ。姐《ねえ》さんにも似合はない。K・G・Mが海牛丸《かいぎうまる》の洒落と気付かなかつたばつかりにスツカリ底をハタイちやつたね。フヽヽ……。

　あゝくたぶれた。焦点《フオカス》が合はないので恐ろしく手間を喰《く》はせやがつた。女はドウモ苦手だ……ハヽン……。モウいゝから片付けちまへ。ホラツ……喰《く》ひ付かれるなとタツタ今云つたぢやないか。見ろ……

……オイ〳〵。扉《ドア》を開《あ》け放《はな》して行《ゆ》く奴があるか。馬鹿野郎。

ハツ〳〵。アトは汽鑵《かま》へブチ込むんだぞ……ハツ〳〵〳〵〳〵〳〵……。

怪夢［2］

七本の海藻

曇り空の下に横たはる陰鬱な、鉛色の海の底へ、静かに〳〵私は沈んで行《ゆ》く。金貨を積んで沈んだオーラス丸の所在をたしかめよ……といふ官憲の命令を受けて……

潜水着の中の気圧が次第々々に高まつて、耳の底がイヽヽ——ンヽと鳴り出した。続いて心臓の動悸がゴトン〳〵、ボコン〳〵といふ雑音を含みながら頭蓋骨の内側へ響きはじめる。それにつれて、あたりの静けさが、いよ〳〵深まつて行《ゆ》くやうな……。

……何処《どこ》か遠くで、お寺の鐘が鳴るやうな……。

灰色の海藻《かいも》の破片がスル〳〵と上の方へ昇つて行《ゆ》く。つゞいて、やはり灰色の小さい魚《さかな》の群《むれ》が、整然と行列を立てたまゝ上の方へ消え失せて行《ゆ》く。

眼の前がだん〳〵暗くなり初める。

……たうとう鼻を抓《つま》まれても解らない真《しん》の闇になると、そのうちに重たい靴底がフンワリと、海底の泥の上に落付いた様である。

私は信号綱を引いて海面の仲間に知らせた。

私は潜水兜《せんすゐかぶと》に取付けた電燈の光りをたよりに、ゆつくり〳〵と歩き出した。まん丸い、ゆるやかな斜面を持つた灰色の砂丘《しやきう》を、いくつも〳〵越えて行つた。

しかし行《ゆ》けども〳〵同じやうな低い、丸い砂の丘ばかりで、見渡しても〳〵船の影は愚《おろか》、貝殻一つ見当らなかつた。……のみならず私は暫く歩いて行《ゆ》くうちに、そこいら中が何時《いつ》ともなく薄明るくなつて、青白い、燐《りん》のやうな光りに満ち〳〵て来たことに気が付いた。……沙漠の夕暮のやうな……冥府《あのよ》へ行《ゆ》く途中のやうな……たよりない……気味のわるい……。

私は静かに方向を転換しかけた。何《なん》となく不吉な出来事が、私の行《ゆ》く手《て》に待つてゐるやうな予感がしたので……。けれども、まだ半廻転もしないうちに、私はハツと全身を強直さした。

ツイ私の背後の鼻の先に、何時《いつ》の間《ま》に立ち現はれたものか、何《なん》とも云へない奇妙な恰好をした海藻《かいも》の森が、涯《はて》しもない砂丘《しやきう》の起伏を背景にして迫り近付いてゐる。

……海藻《かいも》の森……その一本々々は、それ〴〵五六尺から一丈ぐらゐある。頭のまん丸いホンダワラのやうな楕円形をした……その根元の縊《くく》れたところから細い紐で海底に繋がつてゐる。並んだり重なり合つたりしながら、お墓のやうに垂直に突立《つつた》つてゐる。蒼白い、燐光《りんくわう》の中に、真黒く、ハツキリと……数へてみると合計七本あつた。

私は唖然《あぜん》となつた。取りあへずドキン／＼と心臓の鼓動を高めながら、二三歩ゆる／＼と後《あと》しさりをした。

すると其《そ》の巨大な海藻《かいも》の一群《ひとむれ》の中でも、私に一番近い一本の中から人間の声が洩れ聞えて来た。

低い、カスレた声であつた。

「モシ／＼……」

私は全身の骨が一つ／＼氷のやうに冷え固まるのを感じた。同時に、その声の正体はわからないまゝ、此上《このうへ》もなく恐ろしい妖怪に出遭つたやうな感じに囚はれたので、そのまゝなほもヂリ／＼と後《あと》しさりをして行つた。すると又、右手《みぎて》に在る八尺位の海藻《かいも》の中から、濁つた、けだるさうな声が聞えて来た。

「……貴方《あなた》は……金貨を探しに来られたのでせう。」

私の胸の動悸が又、突然に高まつた。さうして又、急に静かに、ピツタリと動かなくなつた。……妖怪以上の何《なん》とも知れない恐ろしいものに睨《にら》まれて居《ゐ》ることを自覚して……。

すると又、一番向うの背の低い、すこし離れて居《ゐ》る一本の中から、悲しい、優しい女の声がユツクリと聞えて来た。

「私たちは妖怪ぢや無いのですよ。貴方がお探しになつて居《ゐ》るオーラス丸の船長夫婦と……一人の女の児《こ》と……一人の運転手と……三人の水夫の死骸なのです。……今、貴方とお話したのは船長で、妾《わたし》はその妻なのです。おわかりになりまして……。それから一番最初に貴方をお呼び止《と》めしたのは一等運転手なのです。」

「……聞いてくんねえ。いゝかい……おいらは三人ともオーラス丸の船長の味方だつたのだ。」

と別の錆《さ》び沈んだ声が云つた。

「……だから人非人《にんぴにん》ばかりのオーラス丸の乗組員の奴等に打ち殺されて、ズツクの袋を引つかぶせられて、チヤンやタールで塗り固められて、足に錘《おもり》を結《ゆ》はへ付けられて、水雑炊《みづざふすゐ》にされちまつたんだ。」

「…………」

「……それからなあ……ほかの奴らあ、船の破片を波の上にブチ撒いて、沈没したやうに見せかけながら、行衛を晦《くら》ましちまやがつたんだ。」

「…………」

「……その中でも発頭人《ほつとうにん》になつてゐた野郎がワザと故郷の警察に嘘を吐《つ》きに帰りやがつたんだ。タツタ一人助かつたやうな面《つら》をしやがつて……此処《ここ》で船が沈んだなんて云ひふらしやがつたんだ……」

「ホンタウよ。オヂサン……その人がお父さんとお母さんの前で、妾《わたし》を絞め殺したのよ。オヂサンはチヤント知つて居《ゐ》らつしやるでしよ。」

といふ可愛《かあい》らしい、悲しい女の児《こ》の声が一番最後にきこえて来た。七本のまん中にある一番丈《たけ》の低い袋の中から洩れ出したのであらう……。あとはピツタリと静かになつて、スツ〱といふ啜り泣きの声ばかりが、海の水に沁み渡つて来た。

私は棒立ちになつたまゝ動けなくなつた。だん〱と気が遠くなつて来た。信号綱を引く力も無くなつたまゝ……。

私が、その張本人の水夫長だつたのだ……。

……どこかで、お寺の鐘が鳴るやうな……。

硝子世界

世界の涯《はて》の涯まで硝子《ガラス》で出来てゐる。

河や海はむろんの事、町も、家《いへ》も、橋も、街路樹も、森も、山も水晶のやうに透きとほつて居《ゐ》る。

スケート靴を穿《は》いた私は、さうした風景の中心を一直線に、水平線まで貫いてゐる硝子《ガラス》の鋪道をやはり一直線に辷《すべ》つて行《ゆ》く……どこまでも……どこまでも……

私の背後のはるか彼方《かなた》に聳《そび》ゆるビルデングの一室が、真赤な血の色に染まつてゐるのが、外からハツキリと透かして見える。何度振り返つて見ても依然としてアリ〱と見えて居《ゐ》る。家越《いへご》し、橋越し、並木ごしに……すべてが硝子《ガラス》で出来て居《ゐ》るのだから……。

私はその一室でタツタ今、一人の女を殺したのだ。ところが、さうした私の行動を、はるか向うの警察の塔上から透視してゐた一人の名探偵が、その室《しつ》が私の凶行で真赤になつたと見るや否《いな》や、すぐに私とおんなじスケート靴を穿いて、警察の玄関から私の方向に向つて辷《すべ》り出して来た。スケートの秘術をつくして……弦《つる》を離れた矢のやうに一直線に……。

それと見るや否《いな》や私も一生懸命に逃げ出した。おんなじ様にスケートの秘術をつくして……一直線に……矢の様に……。

青い〱空の下……ピカ〱光る無限の硝子《ガラス》の道を、追ふ探偵も、逃げる私もどちらもお互同志に透かし合ひつゝ……ミヂンも姿を隠すことの出来ない、息苦しい気持のまゝに……。

探偵はだん〱スピードを増して来た。だから私も死物狂ひに爪先を蹴立《けりた》てた。……一歩を先んじて辷《すべ》り出した私の加速度が、グン〱と二人の間《あひだ》の距離を引離して行《ゆ》くのを感じながら……。

私は、うしろ向きになつて辷《すべ》りつゝ右手を拡げた。拇《ぼ》指を鼻の頭に当てがつて、はるかに追ひかけて来る探偵を指の先で嘲弄し、侮辱して遣つた。

探偵の顔色が見る〱真赤になつたのが、遠くからハツキリとわかつた。多分歯嚙《はが》みをして口惜《くや》しがつてゐるのであらう。溺れかけた人間のやうに両手を振りまはして、死物狂ひに硝子《ガラス》の鋪道を蹴立《けりた》てゝ来る身振りがトテモ可笑《をか》しい……ザマを見やがれ……と思ひながらも。ウツカリすると追ひ付かれるぞと思つて、いゝ加減な処でクルリと方向を転換したが……私はハツとした。何時《いつ》の間《ま》にか地平線の端《はし》まで来てしまつた。……足の下は無限の空虚である。

私は慌てた。一生懸命で踏み止《とど》まらうとした。その拍子に足を踏み辷《すべ》らして硝子《ガラス》の鋪道の上に身体《からだ》をタヽキ付けたので、そのまゝ血だらけの両手を突張《つつぱ》つて、自分の身体《からだ》を支へ止《と》めようとしたが、しかし今まで辷つて来た惰力が承知しなかつた。私の身体《からだ》はそのまゝ一直線に地平線の端《はし》から、辷り出して無限の空間に真逆様に落込んだ。

私は歯嚙みをした。虚空を摑んだ。手足を縦横ムヂンに振りまはした。しかし私は何物も摑むことが出来なかつた。

その時に一直線に切れた地平線の端《はし》から、探偵の顔がニユツと覗《のぞ》いた。落《おち》て行《ゆ》く私の顔を見下《みおろ》しながら、白い歯を一パイに剝き出した。

「わかつたか……貴様を硝子《ガラス》の世界から逐ひ出すのが、俺の目的だつたのだぞ。」

「…………」

初めて計られた事を知つた私は、無念さの余り両手を顔に当てた。大きな声でオイ〳〵泣き出しながら無限の空間を、何処《どこ》までも〳〵落ちて行つた……。

狂人は笑ふ

一、青ネクタイ

「ホヽヽヽヽヽ……」

　だつて可笑《をか》しいぢやありませんか。

……妾《わたし》はねえ。失恋の結果世を儚《はか》なみて、何度も〳〵自殺しかけたんですつてさあ。

いゝえ。妾は知らないの。そんな事をした記憶《おぼえ》はチツトも無いのよ。初めつから失恋なんかしやしないわ。第一相手がわからないぢや無いの……ねえ。可笑《をか》しいでせう。ホヽヽヽヽ……。

　それあ変なのよ。女学校を出てからと云ふもの毎日々々お土蔵《くら》の二階の牢屋みたいな処に閉ぢ込められて、一足《ひとあし》も外へ出ちやいけないつて云ひ渡されて居《ゐ》たの。何故《なぜ》だかよくわからないけど……おまけに着物も何《なに》も取上げられちやつて、妾ほんたうに極《きま》りが悪かつたわ。着物を引裂いて首を縊《くく》るからですつてさあ。妾はもう情なくて〳〵……。

　御飯を持つて来て呉《く》れるのは乳母《ばあや》だけなの。お父さんは妾が生れない前にお亡くなりになるし、お母さんも妾をお生みになると直《す》ぐに、何処《どこ》かへ行つておしまひになつたんですつて……。ですから妾は、その頃まで独身者《どくしんもの》で、お金を貸してゐた叔父さんの手に引き取られて、その乳母《ばあや》のお乳で育つたのよ。それあいゝ乳母《ばあや》だつたの……。

　その乳母《ばあや》が、妾が小さい時に持つて居《ゐ》た、可愛《かはい》らしい裸体《はだか》のお人形さんを持つて来て呉れた時の嬉しかつたこと……。

……まあ。お前は今まで何処《どこ》に隠れて居《ゐ》たの。お母様と一緒に遠い処へ行つて居《ゐ》たの。よくまあ無事で帰つて来て呉れたのね……つてさう云つて頬ずりをして泣いちやつたのよ。

さうして妾は、それからと云ふもの、毎日々々来る日も〳〵、そのお人形さんとばつかりお話して居《ゐ》たの。お母様のことだの、お友達のことだの、先生の事だの……それあ温柔《おとな》しい、可愛《かはい》らしい、お利口な、お人形さんだつたのよ。

　さうしたらね。さうしたら或る夕方のことよ……。

　お土蔵《くら》の鼠が、そのお人形さんのお腹《なか》を喰ひ破つちやつたの。さうして中から四角い、小さな新聞紙の切れ端を引き出したのよ。妾がチヤンと抱つこして居《ゐ》たのに……えゝ。さうなのよ。そのお人形さんのお腹《なか》の壊れた処を新聞で貼つて、その上から丈夫な日本紙《にほんし》で貼り固めて在つたの。それが剝がれて出て来たの。大方《おほかた》鼠が其《そ》の糊を喰べようと思つて引き出したのでせう。可哀さうにねえ。

妾其時《そのとき》ドレ位泣いたか知れやしないわ。さうしてね、余《あんま》り可哀さうですから、頂き残りの御飯粒で、モト通りに貼つて遣りませうと思つた序《ついで》に、何《なん》の気も無しに、その切端《きれはし》の新聞記事を読んでみたらビツクリしちやつたの。妾、今でも暗記してるわ……あんまり口惜《くや》しかつたから……。

斯様《かう》なのよ……。

……彼女は遂に発狂して、叔父の家《いへ》の倉庫《さうこ》の二階に檻禁さるゝに到つた。此処《ここ》に於て彼女を愛してゐた名探偵青ネクタイ氏は憤然として起《た》ち、此《こ》の事実の裏面《りめん》を精探すると、驚く可《べ》き真相が暴露した。すなはち強慾なる彼女の叔父は、彼女の母親の財産を横領せむが為、窃《ひそ》かに彼女の母親を殺して、地下室の壁の中に塗籠《ぬりこ》めたもので、次いで其《そ》の遺産の相続者たる彼女を不法檻禁して発狂せしめ、法律上の相続不能者たらしめようとして居《ゐ》た確証が発見され、彼女の正気なる事が判明したので、彼女は巨万の富を相続すると同時に、青ネクタイ氏と結婚する事になつた。同時に悪《にく》むべき彼女の叔父は死刑の宣告を受けて……

……つて云ふのよ。ねえさうでせう。あのお人形さんは、妾に本当の事を教へに来て呉《く》れた天使だつたのよ。ねえ。さうでせう。妾、その晩、日が暮れると直《す》ぐに、お土蔵《くら》を脱《ぬ》け出しちやつたの……。

いゝえ。お土蔵《くら》を脱《ぬ》け出すくらゐ何《なん》でも無かつたのよ。妾あんまり口惜《くや》しかつたから、アノお土蔵《くら》の二階の窓に嵌《は》まつてゐた鉄の格子ね。あれを両手で捉《つか》まへて力一パイ引つぱつて遣つたら、まるで飴みたいに曲つてしまつて、窓枠と一緒にボロ〱ツと抜けて来たのよ。キツと鉄で無くて、鉛か何《なに》かだつたのでせう。何《なに》から何《なに》まで人を欺《だま》して居《ゐ》たことが、其《その》時《とき》に、初めてわかつたわ。妾は口惜《くや》し泣きしい〱、その窓から飛び降りたのよ。

それから人に見付からないやうに、お縁側から這《は》ひ上《あが》つて、奥の押入の中に在る長持と、壁の間《あひだ》に挟つてヂイツとして居《ゐ》たの。随分苦しかつたわ……でも叔父は用心深いんですからね。雨戸を閉めちやつたら、もうトテモ這入《はひ》れないのよ。そのうちに、やつとの思ひで夜《よ》が更けて来て、お台所の時計が十二時を打つのをチヤンと数へてから、ソーツと押入を出て行つて、叔父の蒲団の下に隠して在つた白鞘《しらさや》の刀を、中味だけソーツと引き抜いてしまつたの……叔父はいつもさうして寝てゐたんですからね。さうして素《す》ツ裸体《ばだか》のまゝお酒を飲んで寝てゐる憎らしい叔父の顔をメチヤ〱に斬つて遣つたの……お母さんの讐敵《かたき》……つて云つてね。

……それあ怖かつたわ。血みどろになつた素《す》ツ裸体《ばだか》の叔父が、死物狂《しにものぐる》ひになつて摑みかゝつて来るんですもの。それを彼方《あつち》に逃げたり、此方《こつち》に外《そら》したりしながらヤツトの思ひで斬り倒して遣つたわ。

それから大勢の雇人《やとひにん》が出て来て、妾の事をキチガヒだ〱

つて、ワイワイ騒ぎ出したの。妾口惜《くや》しかつたから思ひ切つて暴れて遣つたわ。大きな男が色んな物を持つて向つて来るのを、何人も〳〵斬つたり突いたりして遣つたけど、大勢にはどうしても敵《かな》はなかつたの……だつて撃剣の上手なお巡査《まはり》さんなんか呼んで来て加勢させるんですもの。妾、お床の間《とこのま》の前に追ひ詰められ乍《なが》ら、一生懸命に刀を振りまはして闘つてみたけど、トウ〳〵刀をタヽキ落されちやつたの。おまけに叔父さんの死骸に引つかゝつてドタンと尻餅を突いたお蔭で逃げ損つて、そのお巡査《まはり》さんに押へ付けられてしまつたのよ。デモ面白かつたわ。ホヽヽヽヽ……。

それから自動車で此《こ》の病院に連れて来られると、此処《ここ》の院長さんが思ひがけない親切な方で、トテモ〳〵頭のいゝ方《かた》だつたのよ。お美味《いし》い冷水《おひや》を何杯も〳〵御馳走して下すつた上に、妾の話をスツカリ聞いて下すつて、色んな事を云つて聞かせて下すつたのよ。……モウ暫くの間《あひだ》キチガヒになつた振りをして、此《こ》の病院に這入《はひ》つて居《ゐ》た方がいゝつてネ……さう仰言《おつしや》るの……お前の叔父さんはまだ生きて居《ゐ》て、青ネクタイ氏と裁判所で争ふつて云つて居《ゐ》るのだから、其《そ》の叔父さんの罪状が決定して、監獄に入《いれ》られる様になつたら、その時に病院から出して遣る。青ネクタイ氏とも結婚させて遣る。それまで辛抱して待つてゐないと、叔父さんが又ドンナ悪企《わるだく》みをして、お前の生命《いのち》を取りに来るか解らない。しかし此《こ》の鉄筋コンクリートの室《へや》に隠れて居《ゐ》れば、誰も近づく事は出来ないからつてネ……左様《さう》云つて下すつたから、妾スツカリ安心して、此処《ここ》に隠れて居《ゐ》るのよ。そのうちに青ネクタイ氏が、キツト会ひに来て下さると思つてネ……楽しみにして待つて居《ゐ》たのよ……。

さうしたら可笑《をか》しいの……まあ聞いて頂戴……此頃《このごろ》ヤツト気が付いたの……。

此処《ここ》の院長さんこそ名探偵の青ネクタイ氏なのよ。……ホラ御覧なさい。誰《たれ》だつてビツクリするにきまつて居《ゐ》るわ。妾だつてオンナジ事よ。あんなに頭が禿《はげ》て居《い》らつしやるのでチツトも気が付かなかつたのよ。

でも此頃《このごろ》、窓の前をお通りになるたんびに青いネクタイを締めていらつしやるでせう。新しい……派出《はで》なダンダラ縞の……ネ。ですから若《も》しや左様《さう》ぢや無いかと思つて気を付けて居《ゐ》たらヤツトわかつたのよ。

妾、感謝しちやつたわ。あんなにまで苦心して、妾を保護して下さるんですもの……。

何故《なぜ》つて彼《あ》の禿頭《はげあたま》は変装なのよ。仮髪《かつら》なのよ。オホヽヽヽ。可笑《をか》しいでせう。妾はチヤンと知つて居《ゐ》るけど知らん顔をして居《ゐ》るの。でも時々可笑《をか》しくて仕様が無くなるのよ。

あんな禿頭《はげあたま》の人と結婚するのかと思つてね。ホヽヽヽヽハヽヽヽヽ……。

二、崑崙茶

婦長さん……看護婦長さん。チヨツトお願ひがあるんです。ちよつと来て下さい。大至急のお願ひが……。

あのね……耳を貸して下さい。済みませんが……

……僕の不眠症の原因がわかつたんです。此処《ここ》へ入院してからと云ふもの、どうしても眠れなかつた原因が……。

僕は飛んでも無い呪詛《のろひ》にかゝつて居《ゐ》るのです。イヽエ。虚《う》構《そ》ぢやありません。卒業論文なんかに呪詛《のろ》はれて、神経衰弱にかゝつたんぢやありません。別にチヤンとした原因があるのです。事実の証拠が眼の前に在るのです。

僕はね……ビツクリしちやいけませんよ。僕はね。すぐ横のベツドに寝て居《ゐ》る支那《しな》の留学生ね。アイツに呪詛《のろ》はれて居《ゐ》るのですよ。あいつに呪詛《のろ》はれて殺されかけて居《ゐ》るのです。ですから此《こ》の室《へや》に居《ゐ》たら到底助かりつこないのです。

エツ……どの支那人かつて……？　……ホラ……其処《そこ》に寝て居《ゐ》るぢやありませんか。貴女《あなた》の背後《うしろ》の寝台《しんだい》に……エツ……そんなものは見えないつて……？……貴女は眼がドウかして居《ゐ》るんぢや無いですか。……ね。わかつたでせう。あいつですよ。ツイ今しがた先生に注射をして貰つたばかりなんです。ね、グー〳〵眠つて居《ゐ》るでせう。

何《なん》ですつて……？　……あの支那人を僕の脅迫観念が生んだ妄想だつて云ふんですか……？　……そ……そんな事があるもんですか。チヤンとした事実だから云ふんです。ね。御覧なさい。死人の様に頰《ほつ》ペタを凹《へこ》まして、白い眼と白い唇を半分開《あ》いて……黄色い素焼みたいな皮膚の色をして眠つて居《ゐ》るでせう。

僕は彼《あ》の顔色を見てヤツト気が付いたのです。此《こ》の留学生はキツト支那の奥地で生れたものに違ひ無い。あの界隈で有名な、お茶の中毒患者に違ひ無いと……。

イヽエ。貴女は御存じ無い筈《はず》です。

お茶に中毒した人間の皮膚の色は、みんなアンナ風に日暮れ方《がた》のやうな冷たい、黄色い色にかはるのです。光沢《いろつや》がスツカリ無くなつてしまふのです。さうして非道《ひど》い不眠症に罹《かか》つて、癈人みたやうになつてしまふのです。

イヤ。それが普通のお茶とは違ふのです。

普通のお茶だつたら僕なんかイクラ飲んだつてビクともするんぢやありませんがね。彼《あ》の留学生が持つてゐる奴はソンナ生やさしいもんぢやありません。崑崙茶《こんろんちや》と云つて、一種特別のタンニンを含んだお茶から精製したヱキスみたいなものなんです。ですからトテモロ先や筆の先では形容の出来ない、天下無敵のモノスゴイ魅力でもつて、タツタ一度で飲んだ奴を中毒させてしまふんです。トツテも恐ろしい、お茶の中のお茶と云つてもいゝ位な、お茶の中のナンバー・ワンなんです。

この崑崙茶のヱキスで作つた白い粉末で「精茶」つていふ

奴を彼《あ》の留学生は、何処《どこ》かに隠して持つて居《ゐ》るのです。何処《どこ》に隠して居《ゐ》るかわかりませんが……支那人の中には魔法使ひみた様な奴が多いのですからね。……そいつを僕の枕元の鎮静剤の中に、すこし宛《づつ》粘《ひね》り込んで居《ゐ》るんです。さうして誰にもわからない様に、僕の生命《いのち》を取らうとして居《ゐ》るのです……僕は時々頭から蒲団を冠《かぶ》る癖がありますからね。その隙《すき》に入《い》れるんだらうと思ふんですが……僕が頂いて居《ゐ》る鎮静剤はステキに苦いでせう。おまけにプンと臭《にほ》ひがするでせう。ですから「茶精」が仕込んで在るのが解らないんです。

エツ……そんな悪戯《いたづら》をする理由ですか。

それあ解り切つて居《ゐ》るぢやありませんか。貴女《あなた》はまだ不眠症にかゝつた事が無いんですね。さうでせう。……いつもかも、睡《ね》むくて困る……アハヽ……だから不眠症患者の気持がわからないのですよ。

……かうなんです。アイツは僕が先生の注射のお蔭でグーグー眠つて居《ゐ》るのを見ると、妙に苛立たしくなつて、癪《しやく》に障《さは》つて来るのです。さうして終《しま》ひには殺してしまひ度《た》いくらゐ憎らしくなつて来るんです。

イヽヤ。左様《さう》なんです。これが不眠症患者の特徴なんです。つまり極端なエゴイストになつてしまふんですね。いくら眠らう眠らうと思つても、思へば思ふほど眠れない事がわかつて来ると、だんだん気違ひみたいな気持になつて来るんですよ。……世界中の人間が一人残らず不眠症にかゝつて、ウンウン藻搔《もが》いて居《ゐ》る真中《まんなか》で、自分一人がグーグー眠れたらドンナにか愉快だらう……なんかと、そんな事ばつかりを、一心に考へ詰めてゐる矢先に、横の方から和《な》ごやかな寝息がスヤスヤ聞えて来たりなんかしたら、最早《もう》トテモたまらなくなるんです。神経が一遍に冴え返つてしまつて、煮えくり返るほど腹が立つて来るんです。聞くまいとしても其《そ》の寝息が一つ一つにスヤリスヤリと耳の奥に沁み込んで来る。そのたんびに腹立たしさがヂリヂリと倍加して行《ゆ》く。しまひには其《そ》の寝息の一つ一つが、極度に残忍な拷問か何《なん》ぞの様に思はれて来て、身体中《からだぢう》にビツシヨリと生汗《なまあせ》がニジミ出て来るのです。さうして、その寝息をして居《ゐ》る奴を殺すか、自分が自殺するか、二つに一つ……と云つた様な絶体絶命の気持になつて、彼方《あつち》に寝返り、此方《こつち》に寝返りし初めるのです。アイツは僕の為に、毎晩そんな気持を味はせられて居《ゐ》るんです。おまけに僕は肥厚性鼻炎なんですから、眠ると夜通しイビキを搔くでせう。その上に相手は個人主義一点張りの支那人と来て居《ゐ》るんですから、一層たまらない訳でせう。

ですからアイツは其《そ》の茶精を使つて、僕を絶対に眠らせまいとして居《ゐ》るのです。さうして僕を次第々々に衰弱させて、殺して終はうと巧《たく》らんで居《ゐ》るのです。

イヤ。それに違ひ無いのです。僕は昂奮なんかして居《ゐ》ません。キツト左様《さう》なのです。駄目ですく。僕の空想なんかぢやありません。……此室《このへや》に居《ゐ》ると僕はキツト殺されます。

……どうぞ助けると思つて僕を他《ほか》の室《へや》に……エッ……室《へや》が満員なんですつて？　そんなら野天《のてん》でも構ひません。どうぞ〳〵後生ですから、僕を別の室《へや》に……。

……何《なん》ですか。崑崙茶の由来ですか。……貴女《あなた》は御存じ無いのですか。

ヘエ。崑崙茶がドンナお茶か見当が付けば、中毒を解《と》くのは何《なん》でも無い。……成る程。植物性の昂奮剤は色々あるから、話をよく聞いて見ない事には見当の付け様が無い。……そんなものですかねえ。……そんなら訳は無いでせう。其《そ》の留学生が持つて居《ゐ》る「茶精」を取上げて分析してみたら直《す》ぐに判《わ》明るでせう。

……成る程。隠して居《ゐ》る処がわからないと困る……それも左《さ》様《う》ですね。キット魔法使ひみたいな奴に違ひ無いのですからね。……そればかりぢや無い。注射で眠つて居《ゐ》る奴を途中で起すと、利き残つた薬が身体《からだ》に害をする……そんなもんですからねえ。ヘエ……。

実は僕も崑崙茶の成分なんか知らないんですがね。イヽエ。与太話なんかぢやありません。そのお茶に関するモノスゴイ話だけなら、ズット以前に何《なに》かの本で読んだ事があるんですが……僕はモトから支那の事を研究するのが好きでね。支那は昔から実に不思議な国ですからね。僕の憧憬《あこがれ》の国と云つてもいゝ位なんです。今度の卒業論文にも支那の降神術に関する文献の事を書いて置いたんですが……。

ヘエ。貴女も支那のお話がお好きですか。御祖父《おぢい》さんが漢学者だつたから……あゝ左様《さう》ですか。それぢや聞かして上げませうとも。しかし、他《ほか》の話なら兎も角、崑崙茶の話だつたら、其《そ》の御祖父《おぢい》様から、最早《もはや》、トックの昔にお聞きになつて居《ゐ》るかも知れませんがね。有名な話ですから……ヘエ。全く御存じ無いんですか。妙ですね。それぢや貴女が思ひ出されるかどうか話《はなし》してみませう。

しかし其《そ》の支那人が眼を醒ましやしないでせうか。ヘエ。明日《あす》の朝まで大丈夫。さうですか。それぢやお話しませう。まあ腰をかけて下さい。

貴女は四川省《しせんしやう》附近に、お茶で身代を亡くした人間が多い事を御存じぢや無いですか。ヘエ。それも御存じ無い。アノ附近に限られて居《ゐ》るのですから可なり有名な事実なんですが……。

エヽ、さうです。随分珍妙な話なんです。酒や女で身代限りをするのなら当り前ですが、お茶の道楽で身体《からだ》を持ち崩して、破産すると云ふのですから、馬鹿々々しいのを通り越して居《ゐ》るでせう。トテモ支那でなくちや聞かれない話なんです。

御存じの通り支那人といふ奴は……聞えやしないでせうね……チヤン〳〵といふ奴は、国家とか、社会とか云ふ観念となると全然無いと云つていゝ位に、個人主義的な動物ですが、その代りに私的の生活に関する、享楽手段の発達して居《ゐ》る事と云つたら、世界一と断言していゝでせう。着物でも、住居《すまひ》でも、料理でも、酒でも、香料でも……ね……御存じでせう……エロの方面でも何《なん》でも、個人的な享楽機関と来たら、四千年の歴史を背景《バック》にして居《ゐ》るだけに、スバラシイ尖端的な処まで発達を遂げて居《ゐ》るんです。

……ですからタツタ一つのお茶と云つた様な問題に就いても、ドエライ研究が行《ゆ》き届いて居《ゐ》るに違ひ無い事が、すぐに想像されるでせう。

全く其《その》通りなんです。しかも日本人《にほん》なんかがイクラ想像したつて追付《おひつ》かない位、メチヤクチヤな発達を遂げて居《ゐ》るのですが、その中でも亦《また》、特別誂《あつら》への天下無敵の話つて云ふのが、この崑崙茶の一件なのです。

先《ま》づ、支那の奥地の四川省から雲南《うんなん》、貴州《きしう》へかけて住んで居《ゐ》る大富豪の中で、お茶の風味がよくわかつて、茶器とか、茶室とかの趣味に凝り固まつた人間が居《ゐ》るとしますかね。又は酒や、女や、阿片《あへん》や、賭博なんかでも、あらゆる贅沢をし尽した道楽気の強い人間が、今度は一つ、お茶の趣味に深入りして遣らうと決心したとしますかね。いゝですか。其処《そこ》で何《なん》でも彼《か》でも良《い》いお茶〳〵と金《かね》に飽かして、天井知らずに珍奇なお茶を手に入れては、それを自慢にして会合を催したり、ピクニツクを試みたりして行《ゆ》くうちには、キツト崑崙茶を飲み度《た》いと云ふ処まで、お茶熱が向上して来るのです。……むろん崑崙茶と云つたら、お茶仲間の評判の中心で、魅惑のヱースと認められて居《ゐ》る事だし、お出入りのお茶屋が又チヤン〳〵一流の形容詞沢山で……崑崙茶の味を知らなければ共にお茶を談ずるに足らず……とか何《なん》とか云つて、口を極《きは》めて誘惑するんですから、下地のある連中はトテモたまりません。それでは一つ……と云つた様な訳で、思ひ切り莫大なお金をお茶屋に渡して、周旋を頼むことになるのです。

ところで崑崙茶を飲みに行《ゆ》く連中が、雲南、貴州、四川の各地方の都会に勢揃ひをして出かけるのは、大抵正月過ぎから二月頃までの間《あひだ》ださうです。つまり崑崙山脈までの距離の遠し近しによつて、出発の早し遅しが決まるのださうですが、その行列といふのが又スバラシイ観物《みもの》ださうです。

真先《まつさき》に黄色い旗を捧げた道案内者が、二人か三人馬に乗つて行《ゆ》くと、その後《あと》から二三匹宛《づつ》、馬の背中に結び付けられた猿が合計二三十匹、乃至《ないし》、四五十匹ぐらゐ行《ゆ》くのです。その間々《あひだあひだ》に緑色の半纏を着た茶摘男《ちやつみをとこ》とか、黄袍《きはう》を纏うた茶博士《さはくし》とか云つたやうな者が、二三十人入り交《まじ》つて行《ゆ》くのですが、此《こ》の猿が何《なん》の役に立つかは後《あと》で解ります。それから些《すく》なくて三四台、多くて七八台から十台位の、美事に飾り立てた二頭立の馬車が行《ゆ》くので、其中《そのなか》に崑崙を飲みに行《ゆ》く富豪だの貴人だのが、めい〳〵に自慢の茶器を抱へて乗つて居《ゐ》る訳ですが、此時《このとき》に限つて支那富豪に附き物のお妾《めかけ》さんは、一人も行列の中に加はつて居《を》りません。全く男ばかりの行列なんださうですが、その理由も追々とわかつて来るでせう。

その後《あと》から金銀細工の鳳凰《ほうわう》や、蝶々なんぞの飾りを付けた二つの梅漬《うめづけ》の甕《かめ》を先に立てゝ、小行李《せうかうり》とか、大行李《だいかうり》とか云つた式の食料品や天幕《てんと》なんぞを積んだ車が行《ゆ》く。その後《あと》から武器を持つた馬賊みたやうな警固人が、堂々と騎馬隊を作つて行《ゆ》くので、知らない者が見ると戦争だかお茶飲みだかチヨツト見当が付かない。ちやうど亜剌比亜《あらびや》の沙漠を渡る隊商です ね。とにかくソンナ大騒ぎをやつて、新茶を飲みに行《ゆ》かうと云ふんですから、支那人の享楽気分といふものが、ドレ位徹底して居《ゐ》るものだか、殆《ほと》んど底が知れないでせう。

彼等《かれら》はそれから嶮岨《けんそ》な山道を越えたり、追剝《おひはぎ》や猛獣の住む荒野原を横切つたり、零下何度の高原沙漠を、案内者の目見当一ツで渡つたりして、やがて崑崙山脈の奥の秘密境に在る、遊神湖《いうしんこ》といふ湖の近くに到着するのです。そこいらは時候が遅いので、ちやうど其頃《そのころ》が春の初めくらゐの暖かさださうですが、其《そ》の景色のよさと云つたら、実に何《なん》ともカンとも云へないさうですね。

詳しい事は判然《わか》りませんが、其《そ》の遊神湖といふ湖の周囲には、歴史以前に崑崙国と云つて、素敵に文化の進んだ一つの王国があつたさうです。ところが、その国民は極端に平和的な趣味を愛好した結果、崑崙茶の風味に耽溺し過ぎたので、スツカリ気力を喪つて野蛮人に亡《しま》ぼされて終つたものださうです。今でも其《そ》の廃墟が処々の山蔭《やまかげ》や、湖の底からニヨキ〳〵と頭を出して居《ゐ》るさうですが、その周囲には天然の森が茂り、高山風の花畠が展開して、珍らしい鳥や見慣れぬ蝶が、長閑《のどか》に舞つたり歌つたりして居《ゐ》る。底の底まで澄み切つた青空と湖の中間には、新鮮な太陽がキラリ〳〵と回転して居《ゐ》る……と云つたやうな絵にも筆にもつくせない光景が到る処に展開して居《ゐ》る。その中でも一番眺望のいゝ処に、各地方から集まつた隊商たちは、先を争つて天幕《てんと》を張りまはすと、手に〳〵お香を焚いたり、神符を焼いたりして崑崙山神《さんじん》の冥護《めいご》を祈ると同時に、盛大なお茶祭《まつり》を催して、滅《ほろ》亡びた崑崙王国の万霊を慰めるのださうですが、これは要するに、迷信深い支那人の気休めでしか無いと同時に、お茶の出来る間《あひだ》の退屈凌《しの》ぎに過ぎないのでせう。

一方に馬から離れた茶摘男たちは、一休みする間《ま》もなく各自《めいめい》に、長い〳〵綱を附けた猿を肩の上に乗せて、お茶摘みに出かけるのです。鬱蒼《うつさう》たる森林地帯を通り抜けると、巖石《がんせき》峨々《がが》として天半《てんはん》に聳《そび》ゆる崑崙山脈に攀《よ》ぢ登つて、お茶の樹を探しまはるのですが、崑崙山脈一帯に叢生《そうせい》するお茶の樹と云ふのは、普通のお茶の樹と種類が違ふらしいのです。皆《みな》スバラシイ大木《たいぼく》ばかりで、しかも、切つて落した様な絶壁の中途に、岩の隙間を押分ける様にして生えて居《ゐ》るのださうですから、猿でも使はない事には、トテモ危険で近寄れない訳です。ところで其《そ》の猿が又、実によく仕込んだもので、そんなお茶の大木の梢《こずゑ》にホンノちよつぴり芽を出しかけて居《ゐ》る、新芽の中の新芽ばかりをチヨイ〳〵と摘《つ》み取ると、見返りもせずに人間の手許《てもと》へ帰つて来るのださうです。

そこでソンナ様な冒険的な苦心をした十人か十四五人の茶摘男が、めい〳〵に一握りか二握りのお茶の新芽を手に入れると、大急ぎで天幕張《てんとば》りの露営地に帰つて来ます。さうすると待ち構へて居《ゐ》た茶《さ》博士《はくし》……つまりお茶湯《ちやのゆ》の先生たちですね。それが崑崙茶の新芽を恭《うやうや》しく受取つて、支那人一流の頗付《すこぶるつ》きの念入りな方法で、緑茶に製し上げるのです。それから附近の清冽な泉を銀の壺に掬《く》んで、崑炉《こんろ》と名づくる手捏《てづく》りの七輪《しちりん》にかけて、生温《なまぬる》いお湯を湧かします。さうして其《そ》の白湯《さゆ》を凝りに凝つた茶碗に注《つ》いで、上から白紙《はくし》の蓋をして、その上に、黒い針みたやうな崑崙の緑茶を一抓《ひとつま》みほど載せます。さうして其《そ》の白紙の蓋がホンノリと黄色く染まつた頃を見計らつて、紙の上の茶粕《ちやかす》を取除《とりの》けると、天幕《てんと》の中に進み入《い》つて、安楽椅子の上に身を横たへた富豪貴人たちの前に、三拝九拝して捧げ奉るのです。

富豪貴人たちは其処《そこ》で、その茶器の蓋をした白紙を取除《とりのぞ》いて、生温《なまぬる》い湯をホンノ、チヨツピリ啜り込むのです。むろん一口味はつた時には、普通の白湯《さゆ》と変りが無いさうですけれども、其《そ》の白湯《さゆ》を嚥《の》み下さないで、ヂツと口に含んだまゝにして居《ゐ》ると、何時《いつ》とは無しに崑崙茶の風味がわかつて来る。つまり紙の上に載つて居《ゐ》た緑茶の精気が、紙を透《とほ》した湯気に蒸されて、白湯《さゆ》の中に浸み込んで居《ゐ》るのださうですが……。

……ドウデス。ステキな話でせう。それはもう何《なん》とも彼《かん》とも云へない秘めやかな高貴な芳香が、歯の根を一本々々にめぐりめぐつて、ほのかに〳〵呼吸されて来る。そのうちにアラユル妄想や、雑念が水晶の様に凝り沈み、神気が青空のやうに澄み渡つて、いつ知らず聖賢の心境に瞑合《めいがふ》し、恍然《くわうぜん》として是非を忘れると云ふのです。その神々しい気持よさといふものは、一度《いちど》味《あぢは》つたらトテモ忘れられ〳〵〳〵〳〵ないものださうです。

えゝ。無論さうですとも。夜《よる》になつても眠られないのは、わかり切つた事ですが、しかし富豪たちはチツトも疲れを感じません。影のやうに附添つて介抱する黄色い着物の茶博士《さはくし》たちが、入れ代り立ち代り捧げ持つて来る崑崙茶の霊効でもつて、夜《よる》も昼も神仙とおんなじ気持になり切つて居《ゐ》る。神凝《しんこ》り、鬼沈《きしづ》み、星斗《せいと》と相語り、地形と相抱擁《あひはうよう》して倦《う》む処を知らず。一杯をつくして日天子《にってんし》を迎へ、二杯を啣《ふく》んで月天子《げつてんし》を顧みる。気宇凜然《きうりんぜん》として山河《さんが》を凌銷《りようせう》し、万象瑩然《ばんしやうえいぜん》として清爽際涯《せいさうさいがい》を知らずと書物には書いてあります。

けれども其《そ》の間《あひだ》は、お茶の味をよくする為に食物《しよくもつ》を摂《と》りません。たゞ梅の実の塩漬と、砂糖漬とを一粒宛《づつ》、日に三度だけ喰べるのですから、富豪たちの肉体が見る〳〵衰弱して行《ゆ》くのは云ふ迄も無い事です。安楽椅子に伸びちやつたまゝ、黄色い死灰のやうな色沢《いろつや》になつて、眼ばかりキラ〳〵光らして居《ゐ》る光景は、ちやうど木之伊《ミイラ》の陳列会みたいで、気味の悪いとも物凄いとも形容が出来ないさうです。

ところが、おしまひには其《そ》の眼の光りもドンヨリと消え失せてしまつて、何《なん》の事は無いキヨトンとした空《から》つぽの人形みたいな心理状態になる。身動きなんか無論出来ないのですから、お茶は介抱人に飲まして貰ふ。その時のお茶の味が又、特別においしいのださうで、身体中《からだぢう》がお茶の芳香に包まれてしまつた様なウツトリとした気持になるのださうですが、やはり神経が弱り切つて居《ゐ》るせゐでせうね。その代りに糞《くそ》も小便も垂れ流しで、ことに心神消耗《しんしんせうもう》の極《きよく》、遺精を初める奴が十人が十人ださうですが、そんなものは皆《みな》、茶博士《さはくし》たちが始末して遣るのださうで、実に行届《ゆきとど》いたものださうです。

　かうして二三週間も経つうちに、最初は麓《ふもと》の近くに在つた新茶の芽が、だん〳〵と崑崙山脈の高い〳〵地域に移動して行《い》きます。それに連れて採取が困難になつて来る訳で、やがて新茶が全く採れなくなつたとなると、茶摘男と茶博士《さはくし》が一緒になつて、其《そ》の生きた死骸みたいに弱り切つて居《ゐ》る富豪貴人たちを、それ〴〵に馬車の中へ担《かつ》ぎ込んで、牛酪《ぎうらく》や、骨羹《こつかん》なぞ云ふ上等の滋養分を与へながら、来がけよりも一層ユツクリ〳〵した速度で、故郷へ連れて帰るのです。つまり日中を避《よ》けて、朝の間《ま》と夕方だけ馬を歩かせるので、あんまり速く馬を歩かせたり、モウ夏になりかけて居《ゐ》る日光に当てたり何《なに》かすると、眼をまはしてヘタバル奴が出来兼ねないからださうです。

　ところで、コンナ風にしてヤツトの思ひで、七八箇月ぶりに故郷に帰り着いても、まだ半死の重病人みたいになつて居《ゐ》る奴が居《ゐ》るさうですが、しかし何方《どつち》にしても此《こ》の崑崙茶の味を占めた奴はモウ助からないさうです。完全なお茶の中毒患者になつて居《ゐ》るんですから、来年の正月過ぎになると、今一度飲みに行《ゆ》き度《た》くて堪まらなくなる……尤《もつと》もこれは無理もない話でせう。支那人一流の毒々しいエロと、バクチと、酒池肉林式の正月気分に、ウンと云ふ程飽満《はうまん》したアトの富豪連ですから、さうした脱俗的なピクニツク気分を起すのは、生理上むしろ当然の要求かも知れませんからね。

　そこで又行《ゆ》く。その次の年も行《ゆ》く。度重なるに連れて、お茶仲間からは羨ましがられるばかりでなく、お茶の勲爵士《ナイト》としての無上の尊敬を受ける様になる。崑崙仙士とか道人とか云つた様な特別の称号なんかを奉られて、仙人扱ひにされるのださうですが、しかし、何《なに》しろ其《そ》の一回の旅行費だけでも一身代かゝる上に、頭も身体《からだ》も役に立たない廃人同様になつて、あらゆる方向から財産を消耗する事になるのですから、余程の大富豪で無い限り、四五遍も崑崙茶を飲みに行《ゆ》くうちには、財産《しんしやう》をスツカラカンに耗《す》つてしまふものださうです。又、それ程左様《さやう》に此《こ》の崑崙茶が、古今無双の、生命《いのち》がけの魅力を持つて居《ゐ》るらしい事は、モウ大抵おわかりになつたでせう。

　ドウデス、婦長さん、スバラシイ話でせう。ヤンキー一流の贅沢だつて、此処《ここ》まで徹底しては居《ゐ》ないでせう。ハヽヽ……。

ところが此処《ここ》に一つ困つた問題が残つてゐるのです。それは其《そ》の身代を耗《す》つてしまつた、中毒患者の崑崙仙士君です。むろん又と崑崙茶を飲みに行《ゆ》く資力なんか無いのですが、しかし其《そ》の味だけはトコトンまで腸《はらわた》に沁み込んでゐてトテモ〳〵諦められ〳〵〳〵ない。そこで仕方なしに、せめてアノ神凝《しんこ》り、鬼沈《きしづ》んだスバラシイ高踏的な気分だけでも味ひ度《た》いものだと云ふので、古馴染の茶店《ちやみせ》から「茶精《ちやせい》」といふものを買つて飲むんです。これは今お話した富豪連が、崑崙山の麓《ふもと》で使ひ棄てた緑茶の出《だ》し殻《がら》から精製した白い粉末で、相当高価なものださうですが、それでも我慢して、普通のお茶に交《ま》ぜて服《の》んでみると、芳香や風味は格別無い代りに、純粋のエキスですから神気の冴える事は非常なものです。毎日毎夜打《ぶ》つ通《とほ》しに眠れない。さうして、しまひには昼も夜《よる》もわからない、骨と皮ばかりの夢うつゝみたいになつて死んで行《ゆ》く奴が多い。しかも支那の事ですから、阿片《あへん》と同様に取締りが絶対不可能と来てゐる。中には崑崙茶の味なんか知らないまゝ、見様見真似に「茶精」の味ばかりに耽溺して、アツタラ青春を萎縮させてしまふ青年少女も居《ゐ》ると云つた調子ですが、今其処《そこ》に寝て居《ゐ》る支那留学生は、たしかに其《そ》の一人に相違ないのです。僕が此《こ》の病院に入院して以来、注射を受けなければ絶対に眠れない様になつたのは彼奴《きやつ》のせゐに相違無いのです。

……ね。婦長さん。ですから済みませんが僕の室《へや》を換へて下さい。イエ〳〵。口実ぢや無いのです。僕はソンナ恐ろしいお茶の中毒患者になつて、青春を萎《しぼ》ましてしまひ度《た》くないのです。どうぞ〳〵後生ですから……サ……早く……其奴《そいつ》が眼を醒まさないうちに……。

ナ……何《なん》ですつて……。支那の魔法ですつて……？……。

ヘエ……貴女《あなた》がお祖父《ぢい》様からお習ひになつた支那の魔法の中に、飛去来術《ひきよらいじゆつ》といふのがある。ヘエ。それはドンナ魔法ですか。

イヽエ。初めて聞いたんです。全く知らないんです。飛去来術なんて……ヘエ。その魔法を応用したら、僕の煩悶なんか他愛なく解決されてしまふ。ホンタウですか……ヘエ。コンナ密室でしか行《おこな》へないから都合がいゝ。ヘエ。貴女なら嘘は仰言《おつしや》らないでせう。教へて下さい。ヤツテ見て下さい。その飛去来術つて云ふのを……どうするのですか。

眼を閉ぢて居《ゐ》る……いゝです。閉ぢて居《ゐ》ます。……さうして一から十まで数へる……支那の数へ方で……えゝ。知つてますとも。大きな声で……よろしい。承知しました。いゝですか数へますよ。

……イイイ……。アルウ……。……サンン……。スウウ……。ウウウ……。リウウ……。チイイ……。パアア……。チウウ……。シイイツ……。……と……。

いゝですか。眼を開《あ》けますよ。

……オヤア……これあ不思議だ……。

留学生が居《ゐ》ない。寝台《しんだい》ごと消えて無くなりやがつた。コンクリートの壁になつてしまつた……確《たしか》に壁だ。寝台《しんだい》一つしか這入《はひ》らない狭い室《へや》になつて居《ゐ》る。……をかしいな……此間《このあひだ》から僕は彼《あ》の支那人のことばかり気にして居《ゐ》たんだが……変ですねえ。どうしたんですか婦長さん……。

……オヤツ……婦長さんも居《ゐ》ない。

いつの間《ま》に出て行つたんだらう。寝台《しんだい》の下にも……居《ゐ》ない。イヨ〳〵可笑《をか》しい。俺はサツキから独言《ひとりごと》を云つて居《ゐ》たのか知らん。チヨツと此《こ》の薬を嘗《な》めて……みよう。

……苦くも何《なん》ともありやあしない。塩《しほ》つぱい味がする……重曹の味だけだ。ヲカシイナ……ヲカシイ……。

……アツハツ〳〵〳〵。やつと解つた。

これが飛去来術なんだ。今の間《ま》に室《へや》と薬がかはつたんだ。

……エライもんだなあ婦長さんの魔法は……まるで天勝《てんかつ》みたいだ。有難い〳〵。お蔭でこれから安心して眠れる。

……あゝ驚いた……。

面白い国だなあ支那といふ国は……。

アツハツ〳〵〳〵〳〵……。

幽霊と推進機《スクリユウ》

元の日活会社長S・M氏と云つたら、其《そ》の方面の古い関係者は大抵知つて居《ゐ》るであらう。娑婆《しやば》の波風《なみかぜ》の中でも一番荒い処を渡つて来た人で、現在は香港《ホンコン》に居住して日本人《にほんじん》の父M翁《をう》と呼ばれてゐる。

左記は同氏が、筆者に書いて呉《くれ》ないかと云つて話した怪談の体験である。可なり古い出来事ではあるが、純然たる実際家肌の同氏が真剣になつて話す態度を見てゐると事実としか思へない。細かい部分は筆者から質問したものであるが、多少の記憶の誤りがあるかも知れない。謹しんで翁《をう》の是正を乞うて置《お》く。

明治十九年の夏、七月二十五日朝五時半に、ピニヱス・ペンドルといふ南洋通ひの荷物汽船《カーゴボート》が、香港《ホンコン》を出て新嘉坡《シンガポール》に向つた。噸数《とんすう》は二千五百。船長は背の高い、色の黒い、チヨツト仏蘭西《フランス》人に見える英国人であつた。経歴はよくわからないが、何《なん》となくスゴイ感じのする無口な男で、海員クラブでも相当押しが利いてゐた。

一等運転手は若いハイカラなヤンキー、客船《メイルボート》出身だけに淡水と、襟《カラ》と、ワイシヤツの最大浪費者だと聞いた。二等運転手は猶太《ジユー》系の鷲鼻を持つた小男で、人種はよくわからない。世界中の言葉を使つてクル／＼と働きまはる男、機関長は理窟つぽいコルシカ人と聞いたが成る程、憂鬱さうな風付きが何処《どこ》やらナポレオンに似てゐた。

それから水夫長は純粋のジヨンブル式ビール樽で、船長よりも風采が堂々としてゐた。おまけに腕力が絶倫と来てゐるので、頭の上《あが》らないのは古くから居《ゐ》る船長だけ……気に入らないと運転手にでもメリケンを喰はせると云ふのだから、船の中のぬしみた様な男に違ひない。水夫でもウツカリ反抗したら最後、足を捉《つか》まへて海に放り込むといふ評判を、まだ陸《りく》に居《ゐ》るうちに海員仲間から聞いた。ツイ此間《このあひだ》も香港《ホンコン》に着く前にチヨツトした口論から船医をノシてしまつたので、出帆間際まで船医が帰つて来なかつた。だからトウ／＼待ち切れないで船を出したといふ話を、船に乗ると直《す》ぐにボーイに聞かされた位である。

私はソンナ内幕を聞いてゐるうちに、コイツは物騒な船に乗つたもんだと思つた。しかし実を云ふと私は、その水夫長の世話で此《こ》の船へ便乗して、ボルネオに密航する積りだつたので今更驚いても追つ付かなかつた。

もつともサウ云ふ私もまだ若かつた。最近にヤンキーのインチキ野郎を一人、半殺しにしたのが八釜《やかま》しくなつて、領事の顔を立てる為めに香港《ホンコン》を飛び出した位の荒武者だつたから、普通人程にビク付きはしなかつた。殊に強慾な水夫長はシコタマ摑まされてゐる関係上、私を特別の親友扱ひにして、やたらにチヤホヤして呉《く》れたのであつたが、しかし、それでも私は、陸《をか》の上と海の上と、勝手が非常に違ふことを知つてゐたので、停泊中の二三日ばかりは頗《すこぶ》る神妙にして、水夫長の室《へや》に小さくなつてゐた。

香港《ホンコン》を出てから二日の間《あひだ》、コレダケの人間が皆揃《みなそろ》つて食堂に出た。つまり私を入れた都合六人の上級船員が、一番先に食事をするのであつたが、阿片《アヘン》を積む船だけに相当美味《うま》い物が喰《く》へた。

食堂は水夫長の室《へや》の前に在つた。別に広くもなく、綺麗といふ程でもなかつたが、通風の工合がよかつた上に、馬鹿に贅沢で安全な石油ランプが一個、中央にブラ下がつて居《ゐ》たから、その下で六人が、夜遅くまで、酒を飲みながらトランプをやつた。むろん手剛《てごは》い相手は一人も居《ゐ》なかつたが、新顔の私が交《まじ》つて居《ゐ》るので皆《みな》スバラシク気が乗つてゐた。おまけにワイシヤツの背中にまで札束を落《おと》し込んでゐた私は、出来るだけ景気よく負けたり勝つたりして遣つたので、スツカリ英雄《ヒーロー》扱ひにされてしまつた。

ところが三日目の昼の食事が始まると間《ま》もなく、給仕の黒ん坊が眼の球をクル〳〵まはしながら重大な報告をした。水夫の中で二人病人が出来た。熱が非常に高くて苦悶して居《ゐ》るといふのであつた。

背の高い、色の黒い船長は、静かにナイフを置きながら二人の水夫の名前を聞いた。それから左右に並ぶ五人の顔をズラリと見渡して、

「香港土産《ホンコンみやげ》のチブスだ。助かるまいナ。」

とつぶやいた。同時に……船医が居《ゐ》ない……と云ふ当惑の色をアリ〳〵と顔にあらはしながら、水夫長の顔をジロリと見た。

皆《みな》は森《しん》と静まり返つてしまつた。私もナイフとフオークを置いてナプキンで口を拭いた。

水夫長は非常に感情を害したらしかつた。大きな、灰色の眼を剝き出して真蒼《まつさを》になりながら、船長を見下《みおろ》すやうにソロ〳〵と立ち上つたが、それを見上げた船長はイヨ〳〵平気な顔になつて冷笑を含んだ。

「……フフ……消毒も出来んからなあ……フフ……」

そんな場面に慣れてゐた私は、今にもナイフか皿が飛ぶものと思つてコツソリ椅子を浮かしてゐた。しかし水夫長はヂツと我慢した。毛ムクジヤラの両の拳《こぶし》をワナ〳〵と震はして、禿げ上つた額《ひたひ》の左右に、太い青筋をモリ〳〵と浮き上らせてゐたが、突然にクルリとビール樽を廻転さしたと思ふと、モ

ウ水夫部屋に通ずる入口の扉《ドア》に手をかけてゐた。

その幅広い背中を船長はピタリと睨《にら》んだ。

「……オイ……何処《どこ》へ行《ゆ》くんだ。」

「……消毒しに行《ゆ》くんだ……」

と水夫長は見向きもせずに怒鳴りながら、ガチヤ〳〵と把手《ノッブ》を捻《ねぢ》つた。

「……馬鹿ツ……」

と、底力のある声で船長が云つた。腕を高やかに組みながら……

「……俺の部下を海に投《はふ》り込む様な真似をしやがつたら……貴様もだぞ……」

扉《ドア》の内側に半分隠れてゐた水夫長の巨大な尻がピタリと動かなくなつた。そのまゝ背後《うしろ》向きにソロ〳〵と引返《ひきかへ》して来ると、火の出る様な一瞥を船長に呉《く》れた……と思ふうちにツカ〳〵と自分の室《へや》に這入《はひ》つて轟然と扉《ドア》を閉めた。

そのあとから二等運転手と機関長が勢よく駈け込んで行つたが、これは水夫長を慰撫する為だと云ふ事がすぐにわかつた。だから私もそのアトから静かに這入《はひ》つて、運転手と機関長の背中越しにヂツと様子を聞いてみると、水夫長が激昂するのには、やはり相当の理由があつた。

そのチブスに罹《か》かつた二人の水夫といふのは、船長が最近に、新嘉坡《シンガポール》で拾ひ上げて、水夫長に押し付けたものであつた。むろん船長の見込だけあつて、腕は相当に立つし、温柔《おとな》しくもあつたが、しかし、その陰気臭い、妙に気取つた二人の姿を見た最初から、水夫長は何《なん》となく「虫が好かない」と思つた。……と云ふのは元来、新嘉坡《シンガポール》あたりで投げ出されてゐる船員《ボーイ》に碌なものが居《ゐ》よう筈《はず》が無かつた。密航者《インチキ》か、懶怠者《ヤクザ》か、喧嘩狂《アマサレ》か、それとも虐殺覚悟《ノサレ》の賭博専門《カスリ》か、海賊間者《クチビ》ぐらゐの連中に定《き》まつてゐるのに、此《こ》の二人に限つてソンナ態度がミヂンも無い。それこそ見付け物と云つてもいゝ位に柔順《すなほ》で、無口で、俺（水夫長）の目顔《めづら》ばかり見ながら、スラ〳〵と立ちまはるのだから、薄気味の悪いこと夥《おびただ》しい。ドツチにしてもコンナ荒稼ぎ（密輸入）の船員《ボーイズ》連中と肌が合はないのは、わかり切つてゐるばかりぢや無い。給料が又、滅法安かつた。何処《どこ》かの国のスパイぢや無いかと思はれる位なのを船長は、俺（水夫長）に一言《いちごん》も断らないまゝ約束《チャーター》してしまつたんだから結局、俺の顔を丸潰しにした事になる。

「だから俺は癪《しやく》に障つて〳〵たまらなかつたんだ。船長の昔なじみだか何《なん》だか知らねえが、あんな不景気な野郎が、一人半分でも此《こ》の船に乗つて居《ゐ》ると思ふと俺あクサ〳〵しちまつたもんだ。野郎等《ら》二人はドツチミチ此《こ》の船の貧乏神に違ひ無いんだ。……だから機会《をり》があつたら抓《つま》み出して呉《く》れようと思つてゐる処へ、ツイ此《こ》の間《あひだ》の事だ。香港《ホンコン》の奥の支那酒場《チンク》の隅ツコで、野郎等二人が飲んでゐる処を発見《めつけ》たから大勢のマン中で毒気を吹つかけて呉れた。散々《さんざつ》パラ罵倒して、二度と俺の顔《つら》を見られないくらゐ恥を掻かして呉れたもんだが、それでも野郎等、反抗《てむかひ》もしなければ船を降りもしなかつた……ノメ〳〵と船長のポケットにブラ下つて帰つて来やがつた……アンナ奴は船乗仲間の面《つら》よごしで此船《このふね》の穢《けが》れになるばかりだ……船長もヤキが廻つたらしいから此《こ》の船もオシマイだらう……俺がオン出るか船長をタタキ出すか二つに一つだらう……今に見ろ……ドウスルカ……」

……と云つたやうな事を喘《あへ》ぎ〳〵云ひながら水夫長は、寝台《ベッド》の上に引つくり返つて、ブランデーをガブ〳〵と喇叭《らつぱ》飲みにしてゐた。

さうした事情がアラカタわかると、私はソツと室《へや》を辷《すべ》り出た。此《こ》の仲裁は場違ひだと思つたから……。

船長はまだ食堂に残つてゐた。自分の椅子に反《そ》りかへつてマドロスを吹かしながら、マジリ〳〵と天井のラムプを仰いでゐたが、私が傍《そば》を通《とほ》つても眉一つ動かさなかつた。もしかすると病人の処置を考へてゐたのかも知れないが、とにかく薄気味が悪い人間だと思ひながらソツと甲板に出た……と……同時に素人《しろうと》ながら、これはと気が付いた。

一時間ばかり前までカラ〳〵に晴れ渡つてゐた空が、何時《いつ》の間《ま》にか蒸し暑い灰色に掻き曇つて来て、油を流した様に光る大ウネリが水平線の処まで重なり合つてゐる。ハイカラの一等運転手が其《そ》の舳《みよし》に突立《つつた》つて、高い鼻を上向《うはむ》けながら、お天気を嗅ぐやうな恰好をしてゐたが、私が近づいて行《ゆ》く靴音を聞くと、急に振り返つて片手を揚げた。

「……ヤツ……済みませんが……大急ぎで水夫長を呼んで来て呉《く》れませんか。」

言葉付《つき》は叮嚀《ていねい》であつたが、顔色は可なり緊張してゐた。

「……それからですね……今大きなスコールが来かけて居《ゐ》ますから、そいつが通過するまで君は甲板に出ないで下さいね。」

……果して……と思ふと、暴風《あらし》に慣れない私は少々ドキンとした。そのまゝ大急ぎで船室に引返《ひきかへ》したが、水夫長はモウ別の階段から出て行つたらしく、船室の扉《ドア》が開《あ》け放しになつてゐた。

私は船酔の薬を混ぜたウヰスキーを一息に嚥《の》み下《くだ》しながら、寝台《ベッド》に頭を突込《つつこ》んだ。夕食は無論喰はなかつた。

南支那海の三角波《さんかくなみ》といふのは、チヤウド風呂敷を下から突き上げる様な恰好に動くものださうで、船首に落ちかゝる波の頭だけでも大きいのは十噸《とん》ぐらゐの力がある。そんなのにタヽキ廻されると、イクラ馬力をかけても〳〵船が進まないどころか、逆戻りしてゐる事さへあるといふ。世界を股にかけた船員でも、真剣になつて其《そ》の恰好の恐ろしさを説明する位であるが、二昼夜の間《あひだ》角瓶を抱《いだ》いてヘベレケになつてゐた私は、トウ〳〵その珍らしい波を見ないでしまつた。

舷側《げんそく》のボートを一艘犠牲に供して、船が再び、明るい太陽の下に出ると、腹を減らしてゐた連中が期せずして食堂に集まつた。むろん船はまだ大揺れに揺れてゐたから皆《みな》、素足のまゝで、室《へや》の中に張り廻した綱に捉《つか》まつて、青い顔を見合せただけであつたが、その時に二等運転手がフト気付いたらしく皆《みな》の顔を見まはした。

「チブスの奴等あドウしたらう。チヤンコロ部屋に隔離さして置いたんだが、死にやしめえな……マサカ……」

皆《みな》は愕然となつた。

すると何《なに》を考へたのか水夫長が大急ぎで自分の部屋に飛び込んで行つたので、皆《みな》は又ハツとさせられた……ところが間《ま》もなく、その水夫長が片手に小さな提燈《ランタン》をブラ下げて出て来たので、ホツとした連中が訳もなくアトからゾロ〳〵とクツ付いて行つた。だから私も何《なん》の気なしに先を争つて行つたが、アトで止《よ》せばよかつたと思つた。

チヤンコロ部屋といふのは船尾の最下層に近い部屋で、ズツト以前に支那人の奴隷を積んだ寝床の取り崩し残りを、荒《あら》板《いた》で無造作に囲んだものであつた。その真暗な蠶棚《かひこだな》式の寝床の間《あひだ》を、突き当りまで行つた処で、ランタンの赤い光りが停止してゐる。それを目標にしてタマラナイ異臭がムン〳〵と蒸れかへる中を手探りして、行《ゆ》くと、そのうちにヤツト眼が慣れて来た。

一人の水夫は上半裸体の胴体を、寝床の手摺に結び付けたまゝ、床《フロア》の方へ横筋違《よこすぢ》ひにブラ下つてゐたが、左手の関節が脱臼するか折れるかしたらしく、ブラン〳〵になつて揺れてゐた。それから今一人は、これも半裸体のまゝ床《ゆか》の上に転がり落ちて、蠶棚の下を嘔吐《は》き続けながら、ズツト向うの船底《ダンブル》の降り口の所まで旅行してゐたが、何処《どこ》かに猛烈に打《ぶ》つかつたものと見えて、鼻の横に大きな穴が開《あ》いて、其処《そこ》から這ひ出した黒い血の塊まりが、頬から髪毛《かみ》の中に這《は》ひ上《あが》つてゐた。その惨《むご》たらしい死相《しにがほ》を、ユラ〳〵と動くランタンの光越しに覗いて居《ゐ》ると、何《なん》だか嬉しさうに笑つてゐるかのやうに見えた。

皆《みな》はシインとなつた。息苦しい程蒸し暑かつた。

「……ウ――ム……ムムム……」

と其時《そのとき》に水夫長が唸《うな》り出した。

白いハンカチで何度も〳〵禿げ上つた額《ひたひ》を拭いてゐるうちにランタンの火がブル〳〵と震へ出した。

「……オ……おいらの……せゐぢや……ねえんだぞ……いゝか……いゝか……」

私は水夫長の声が、いつもと丸で違つてゐるのに気が付いた。響きの大きい胴間声《どうまごゑ》が、難破船のやうに切れ〴〵にシヤガレて居《ゐ》て、死んだ水夫の声ぢや無いか知らんと思はれた位であつた。

その声を聞くと皆《みな》はモウ一度ゾツとさせられたらしい。足を踏み直す音《おと》が二三度ゾロ〳〵としたと思ふと、又シインとなつてしまつた。

そのうちに誰だかわからない二三人が、ダシヌケに私を押し除《の》けながら板囲ひの外へ出ようとした。だから私も押されながら狭い棚の間《あひだ》を食堂の方へ引返《ひきかへ》した。トタンにたまらない鬼気《きき》にゾク／＼と襲はれかゝつたが、これは大暴風《あらし》のアトの空腹と、疲労でヒヨロ／＼になつてゐた神経が感じた幻覚だつたかも知れない。もつとも斯様《かう》した状態は私ばかりではなかつた。水夫長もおんなじ様に気が弱つてゐたものに違ひ無かつたが、しかし場合が場合なので誰一人《たれひとり》ソンナ事に気付いては居《ゐ》ないらしかつた。

それから一時間と経たないうちに、いゝ加減に薄められた石炭酸だの、昇汞《しようこう》だの、石灰水だのがドシ／＼運びおろされて、チヤンコロ部屋一面にブチ撒かれた。するとどうした都合か、その猛悪な刺戟性の臭ひが、アノ忘れられない屍臭と、嘔吐臭を誘《さそ》ひながら、食堂の中一パイにセリ上《あが》つて来たので、綱にブラ下りながら受取つたパンと水が咽喉《のど》に通らなくなつてしまつた。

皆《みな》忌々しさうにペツ／＼と唾液《つば》を吐きながら、パンを噛《か》じつて水を飲んだ。

その中に交《まじ》つた黒ん坊の給仕も、生石灰《せいせきくわい》で火傷《やけど》をした手の甲の繃帯を巻き直しながら、不平さうに涙ぐんでゐた。

船長も片手で綱を掴みながら、その黒ん坊が給仕する生ぬるい水を二三杯、立て続けに飲んだが、ヨツポド胸が悪かつたのであらう。さうしてコツプの中をヂイツと透かして見てゐるうちに、間《ま》もなく低い声で、

「……ボン……」

と叫んだと思ふと、飲み残しの水をパツと床《ゆか》の上に投げ棄てながら、皆《みな》の顔を見まはして冷笑した。

皆《みな》は真青になつた。何《なに》かしら薄気味悪い、暗い気持に船全体が包まれてゐる事実を、船長とおんなじ様に感じてゐるらしかつた。

そのせゐか二人の死骸は、極力念入りに包装された。さうして大揺れの下甲板《げかんぱん》に粛々と担ぎ上げられると、午後の正《しやう》四時に船長がヒユーウと吹き出した口笛を相図にして、厳かな敬礼に見送られつゝ水葬された。

その黒長い二つの袋が、船よりもズツト大きい波の中に、泡の尾を引いて吸ひ込まれて行《ゆ》くと間《ま》もなく、私達の背後からケタタマシイ爆音が起つたので、皆《みな》ビツクリして振り向いた。それは、何処《どこ》から探して来たものか水夫長が、支那製の爆竹に点火して、二人の霊に手向《たむ》けたものであつたが、その花火筒のアクドイ色彩を両手にブラ下げて、起重機の蔭から舷側《げんそく》によろめき出た水夫長のうしろ姿が、不思議なほどゲツソリして見えた。

その夕方の夕焼けのスバラシサは、今でもハツキリと眼に残つてゐる。あらん限りの綺麗な絵の具に火を放《つ》けて、大空一面にブチ撒いたやうで、どんなパノラマ描《か》きでもアンな画《ゑ》は書けなかつたらう。眼が眩《くら》んで息が詰まる位ドエライ、モ

ノスゴイものであつた。

私は潮飛沫《しほしぶき》を浴びながら甲板の突端《トップ》に摑まつて、揺れ上《あが》つたり、揺れ下《さが》つたりしい〳〵暗くなつて行《ゆ》く、真青な海の向う側をボンヤリと見惚《みと》れてゐた。すると其《そ》の肩をダシヌケに叩いた者が居《ゐ》たのでビツクリして振り返つてみると、それは小男の二等運転手であつた。

その顔を見た瞬間に……又暴風《あらし》だな……と直覚した私は、空《から》つぽになつたウキスキーの瓶《びん》を頭の中で、クル〳〵と廻転させた。

小男の二等運転手は鈎鼻《かぎばな》をコスリ〳〵下手な日本語で云つた。

「水夫長ドコ行《ゆ》キマシタ。」

「先刻《さつき》頭が痛いと云つて降りて行つた様ですが？」

「困リマス、バロメーの水銀無クナリマス。」

「……驚いたなあ……また時化《しけ》るんですか。」

運転手は返事せずに、階段の方向へ駈け出した。同時に下から不安な顔をさし出した一等運転手と、肩を並べて降りて行つた。だから私も何《なに》かしら不安な気持に逐《お》はれながら、下甲板伝ひに食堂へ降りて行つたが忽《たちま》ち……アツ……と叫んで立ち止《ど》まつた。

船室の扉《ドア》が半開《はんびら》きになつてゐる蔭から、水夫長の巨大な身体《からだ》がウツムケに投げ出されて居《ゐ》る。襯衣《シャツ》の上のズボン釣りを片つ方外《はづ》して、右手《みぎて》は扉《ドア》の下の角《すみ》を、左手は真鍮張りの敷居をシツカリと摑みながらビク〳〵と藻掻《もが》いてゐる様である。ランプが点《つ》いてゐないせゐか、顔と手の色が土の様に青黒い。

私より先に立つてゐた二人の運転手が、同時にタヂ〳〵とよろめいた、船が揺れたせゐでは無かつた。同時に水夫長がウームと唸《うな》つた。

私はイキナリ駈け寄つて抱き起さうとしたが、まだ水夫長の身体《からだ》に触れないうちに、思ひがけない二人の人間が、水夫長の足の処に立つてゐるのを発見したので、ビツクリしながら手を引いた。その二人の背後からは、夕映《ゆふば》えの窓明りがピカ〳〵とさし込んでゐたが、それでも二人の服装が、細かい処まで青白くハツキリと見えたから不思議であつた。

それはツイ一時間ばかり前に、二重の麻袋《ドンゴロス》に入れて、松脂《チャン》やタールでコチン〳〵に塗り固めて、大きな銑鉄《せんてつ》の錘《おもり》を付けて、確かに海の底へ沈めた筈《はず》の二人の水夫に違ひ無かつた。

青い夏服をキチンと着た二人の姿は、消毒された時と一分一厘違つてはゐなかつた。向つて右側に立つてゐる水夫の鼻の横に出来て居《ゐ》る疵口《きずぐち》が、白くフヤケた一寸《いつすん》四方ばかりの口を開《ひら》いてゐる向うから、奥歯の金冠が二三本チラ〳〵と光つてゐた。その疵口《きずぐち》は水夫長が手づから強いアルコールで拭き浄めて遣つたものであつた。

その水夫は私の顔を見ると、二つの口を歪《ゆが》めてニヤリと笑つた。さうして明瞭な英語で、

「……水夫長を連れて行《ゆ》きますよ。」

と云つた。その声は二人の運転手も一緒に聞いたのだから間違ひ無い。口の横に大怪我をして居《ゐ》る人間とは思へない、ハツキリした、静かな口調であつた。

……轟然一発……

私は自分の頭が破裂したのかと思つた。振り返つてみると、それは一等運転手が、私の背中越しに、二人の水夫を目がけてピストルを発射したのであつた。給仕、水夫、コック、船長などが其《そ》の音《おと》を聞き付けたらしい。

「ドウシタ〳〵。」「……どうしたんだ……いつたい……」

と口々に叫びかけながら走り込んで来た。その中には、私達三人を幽霊ぢや無いかと疑《うたぐ》つた慌て者も居《ゐ》たさうであるが、これは考へてみると無理も無かつた。本物の幽霊はピストルの烟《けむり》と一緒に消え失せてしまつて、アトにはウン〳〵藻掻《もが》いてゐる水夫長の肉体だけが残つてゐたのだから、説明の仕様が無くなつた三人が、三人とも、思ひ切つた珍妙な顔をしてゐたのは当然である。

その水夫長の額《ひたひ》や手足は、火のやうに熱くなつてゐた。取り巻いた連中は皆《みな》、チブスに違ひ無いと云ひながら処置に困つた顔をしてゐたが、さう云ふうちにも水夫長は真鍮張りの敷居に必死と獅噛《しが》み付いたまゝ……

「勘弁して呉《く》れ〳〵。」

と叫び続けた。

後《うしろ》から這入《はひ》つて来た船長が、さうした水夫長の姿をヂツと見下《みおろ》してゐたが、やがて、超然たる態度で咳払ひを一つした。

「……三人が飲んだといふアノ支那人《チンク》の酒場が怪しかつたんだナ。……俺はサウ思ふ。……厄病神がドツカの隅に隠れてやがつたんだ。……さうして三人に取憑きやがつたんだナ。俺はサウ思ふ……。」

とユツクリ〳〵断言しながら、食堂のマン中に引返《ひきかへ》した。すると、その左右から二人の運転手が近付いて、私と一緒に見た通りの幽霊の姿を報告し初めたので、皆《みな》眼を光らして聞いて居《ゐ》たが、しかし船長は苦り切つたまゝ眼を閉ぢて、腕を組んで棒立ちに突立《つつた》つてゐるキリであつた。さうして二人の言葉が終つても暫くの間《あひだ》、おなじ様な状態を続けてゐたが、やがて青い眼をパツチリと開《ひら》くと、天井の一角《いつかく》を睨《にら》みながら薄笑ひをした。

「……フフン……恩を仇《あだ》にしやがるんだな……フン。連れて行《ゆ》くなら行《い》つてみろだ。水夫長は死んでも新嘉坡《シンガポール》まで持つて行つて呉《く》れるからな。アームストロングの推進器《スクリユウ》と、貴様等《ら》の幽霊の力とドツチが強いかだ……フフン……」

二人の運転手が同時に肩をユスリ上げた。申合せたやうに青白いタメ息を吐《つ》いた。

船長は其場《そのば》で命令を下《くだ》して水夫長の身体《からだ》を、下甲板に在る船長室のスグ横の行李《かうり》部屋兼、化粧室に移させた。あとの消毒と水夫長の介抱は私が引受けたが、これは皆《みな》から強ひられぬ先に申出《まうしいで》たものであつた。

スツカリ片付いた時は日が暮れてゐたが、同時に嵐の前兆もイヨ〳〵はつきりとなつて居《ゐ》た。デツキを駈けまはる足音が時々きこえて来る。

小さな丸窓から、厚い硝子《ガラス》越しに時々、音《おと》の無い波頭《なみがしら》が白く見えるのは、何処《どこ》かに月が出て居《ゐ》るせゐであらう。

流石《さすが》に無鉄砲な私も、さうした光景をヂツと見てゐるうちに、云ひ知れぬ運命の転変をゾツとする程感じさせられたものであつた。同時に何《なん》とも知れない恐ろしいものが、室《へや》の中に満ち〳〵て来るやうな感じがしたので、私は思はず身ぶるひをしてポケツトの五連発を押へた。それから水夫長の焼けるやうな額《ひたひ》に手を当てゝみた。

その瞬間に入口の扉《ドア》が、ひとり手《で》に開《ひら》いて真黒な烈風がドツと吹き込んだ。

私は慌てゝ扉《ドア》を押へながらシツカリと閉め直したが、その片手間に室内を振り返つてみると……ギヨツとした。

腰が抜けるとはあんな状態を云ふのであらう。扉《ドア》の把手《ノッブ》を後手《うしろで》に摑んでヤツと身体《からだ》の重量を支へた。

二人の水夫が又来てゐる。ほの赤いランタンの光りの中に、菜ツ葉色の作業服が、ハツキリと浮き出してゐる。何《なに》もかも先刻《さつき》の通りの姿で、しかも一人の水夫の片腕がブラン〳〵になつてゐるのが幽霊以上の恐ろしいものに見えた。

五連発を取出す間《ま》もなく二三歩進み出た私は、何《なに》やら狂気の様に大喝《たいかつ》した。すると二人は、無言のまゝ私の左右を通り抜けて扉《ドア》の方に行つた。それと同時に私は無我夢中で室《へや》の奥に突進して、今まで二人が立つてゐた寝台《ベッド》の前に来た。

入口に並んだ二人は、私の顔にマトモな冷たい一瞥を与へた。それから頰に傷をした水兵が、最前の通りに妙な、笑顔とも付かない笑顔を見せながら、静かな声で云つた。

「此《この》船はモウ沈みます。船長が馬鹿だつたのです。」

私は其《そ》の言葉の意味を考へたが、そのうちに二人は、今閉めたばかりの扉《ドア》を、音《おと》もなく開《ひら》いて出て行つた。

私も続いて出た。氷嚢《ひようなう》を摑んで悶《もだ》え狂ふ水夫長を手早く閉め込んで鍵をかけた、氷のやうな汗がパラ〳〵と手の甲に滴《したた》り落ちた。

しかし私は屁古垂《へこた》れなかつた。なほも二人の跡を逐《お》うて船首の方へ行《ゆ》かうとすると、出会ひ頭《がしら》に二等運転手が船橋《ブリッヂ》から駈け降りて来た。見るとこれも顔の色を変へてゐる。

「……今君の室《へや》へ……例の二人が……来たでせう。」

私は黙つて二人が立ち去つた舳《トップ》の方向を指《ゆび》さした。

今から考へてみると此時《このとき》に船は、スピードをグツと落してゐたらしい。風に捲き落された煙が下甲板一パイに漲《みなぎ》つてゐたが、その中で二等運転手が、突然に鋭い呼子《よびこ》笛を吹くと、待ち構へてゐたらしい人影が其処此処《そここゝ》から、煙を押し分ける様にして出て来た。船長、一等運転手、賄《まかなひちやう》長、屈竟の水夫、火夫、等々々、只、機関長だけは居《ゐ》なかつた様である。皆《みな》、手に手にピストルだの、スパナだの、ロープの切端《きれはし》だのを持つてゐた。その十四五人が、逆風と潮飛沫《しほしぶき》の中をよろめきながら船首まで行つたのは、私が扉《ドア》に鍵をかけてから三十秒と経たない中《うち》であつた。

風が千切れる程、吹き募つてゐた。切れ〳〵に渦巻き飛ぶ雲の間《あひだ》から、満月が時々洩れ出した。その光りで船首に近い海の上に二つの死骸の袋がポツカリと並んで浮いて居《ゐ》るのが見えた。

皆《みな》はあらん限りの弾丸を撃ちかけた。さうして、とう〳〵二つの袋が波の間《あひだ》に沈んで見えなくなると皆《みな》、ホツとして顔を見合はせた。

云ひ知れぬ恐怖が船全体に満ち〳〵た。

眼のまはる程忙がしいのをソツチ除《の》けにして、あらん限りの火薬を集めて、あらん限りの爆竹が作られた。船員の中で出られる限りの者は皆《みな》、船首に集まつて手に〳〵爆竹を鳴らしながら二人の霊を慰めた。

潮飛沫《しほしぶき》に濡れたのは其《そ》のまゝ海に投込んだ。空砲も打つた。短銃《ピストル》も放つた。

その音《おと》は轟々と吹く風に吹き散らされ、撞々《だうだう》と崩れる波に入り乱れて物凄い限りを極めた。

けれども、結局この船に付いた怪痴《けち》を払ひ除《の》ける事は出来なかつたらしい。

出帆してから一週間目に来た、その大時化《おほしけ》の最高潮に、メイン・マストも、舵も、ボートも、皆《みな》遣られた丸坊主のピニヱスペンドル号は、毅然としてゐる船長と、瀕死の水夫長と、狼狽してゐる船員を載せたまゝ、グン〳〵と吹き流され始めた。さうして一日一夜《いちにちいちや》の後《のち》に、何処《どこ》ともわからない海岸に吹き付けられて難破してしまつた。

私は水夫長の救命胴着《コルクチヨツキ》を身に着けて、真暗な舷側から身を躍らせた。

それから暫くの間《あひだ》暗黒の海上を、陸地らしい方向へ一生懸命に泳いでゐる積りであつたが、やがて、腕に火が付いたやうな感じがしたのでビツクリして眼を開《ひら》いてみると、意外にも私は、一等船室らしい見事なベツドの中に、リンネルの寝《ね》間着《まき》に包まれて寝かされてゐる。その二の腕に出来た原因不明の擦《すり》過傷を、黒いアゴヒゲを生やした医者らしい男が、

「……静かに……静かに……」

と云ひながら叮嚀《ていねい》に拭き浄めて居《ゐ》るのであつた。

その男が使ふ独逸《どいつ》ナマリの英語は実にわかりにくくて弱つた。しかし大体の要点だけは、暫く話してゐるうちにヤツと呑み込めた。

此《こ》の男はこの船の船医で、ブーレーといふミユンヘン出のドクトルであつた。船は昨日香港《きのふホンコン》を出て来たばかりのクライデウオルフ号と云ふ七千噸《とん》級の独逸《どいつ》汽船で、長崎から横浜へまはる客船《メイルボート》であつたが、今朝《けさ》早く浪の間《あひだ》を転々《ロール》して居《ゐ》る私を

助け上げてみると、宝石や札束を詰めた自転車のチューブを、胴体一面に巻き付けてゐたので、皆《みな》ビックリさせられた。しかし相当の身なりをしてゐたし、領事の名刺や手紙などを、旅行免状《パスポート》と一所に、チヤント肌身に付けてゐたので、然《しか》る可《べ》き身分の者と思はれたらしく、何《なに》もかも大切に……蘇蘭製《スコツトランドせい》のコルク・チヨツキまでも一緒にして事務長の手に保管して在るから、安心して養生なさい……と云ふのであつた。

　私はそれから急に元気付いた。

　ブーレー博士《はかせ》が質問するまに〳〵ポツ〳〵と遭難談を初めたものであるが、話が二人の水夫の幽霊のところまで来ると、不思議にもブーレー博士が一層熱心になつて、鼻眼鏡《めがね》をかけ直し〳〵謹聴してくれた。さうして話が終ると、ボーイが持つて来た美味《うま》い玉子酒をすゝめながらコンナ事を云ひ出した。

「……ヤ……お疲れでしたらう……ところで私は斯様《かう》して船医を専門にする片手間に、海上の迷信を研究してゐる者ですが……既に二三の著書も刊行してゐるやうな次第ですが……その中でも貴方《あなた》の様な体験は実に珍らしい実例であると信じます。その幻覚と、現実との重なり合ひが劇的にシツクリしてゐるばかりでなく、色々な印象が細かい処まで非常にハツキリしてゐる点が、特に面白い参考材料であると思ひます。……勿論……その幽霊の正体なるものは、学理的立場から見ますと、極めて簡単明瞭なものに過ぎないのですが……。」

「……エツ……簡単明瞭……。」

　と私は思はず叫び出した。流石《さすが》は独逸《ドイツ》の学者だけあると感心しながら……。

　ブーレー博士は厳《おご》そかにうなづいた。

「……さうです。極めて簡単明瞭な現象に過ぎないのです。お話のやうな幽霊現象は、遭難海員が屡々《しばしば》体験する処ですが、実は、其《そ》の遭難当時に感得した、一種の幻覚錯覚に外《ほか》ならないのです。」

「……と云ふと……ドンナ事になるのですか。」

「……といふ理由は外《ほか》でもありません。貴方は此《こ》の船に救ひ上げられる前後に、暫くの間《あひだ》失神状態に陥つて居《を》られたでせう。現に此《こ》のベツドの上に寝られてから今までの間《あひだ》でも、既に九時間以上を経過して居《を》られるのですがね。」

「九時間……。」

「さうです。……ですから……その間《あひだ》に貴方の脳髄が描《ゑが》き出した夢が、貴方の現実の記憶と交錯したまゝ、貴方の記憶の中に重なり合つて焼き付けられてしまつたのです。ちやうど写真の二重曝露式に、シツクリとネ……勿論それは極度の疲労と衰弱の結果であることが、学理的に証明出来るのですが……」

「……プツ……バ……馬鹿なツ……」

　と叫びながら私は起き上らうとした。トタンに口の中の玉子酒に噎《む》せ返りながらモウ一度、枕の上に引つくり返つてしまつた。

全巻購読者特典案内

「新聞型冊子・挿絵つき『犬神博士』」

全巻購読の方にもれなく進呈

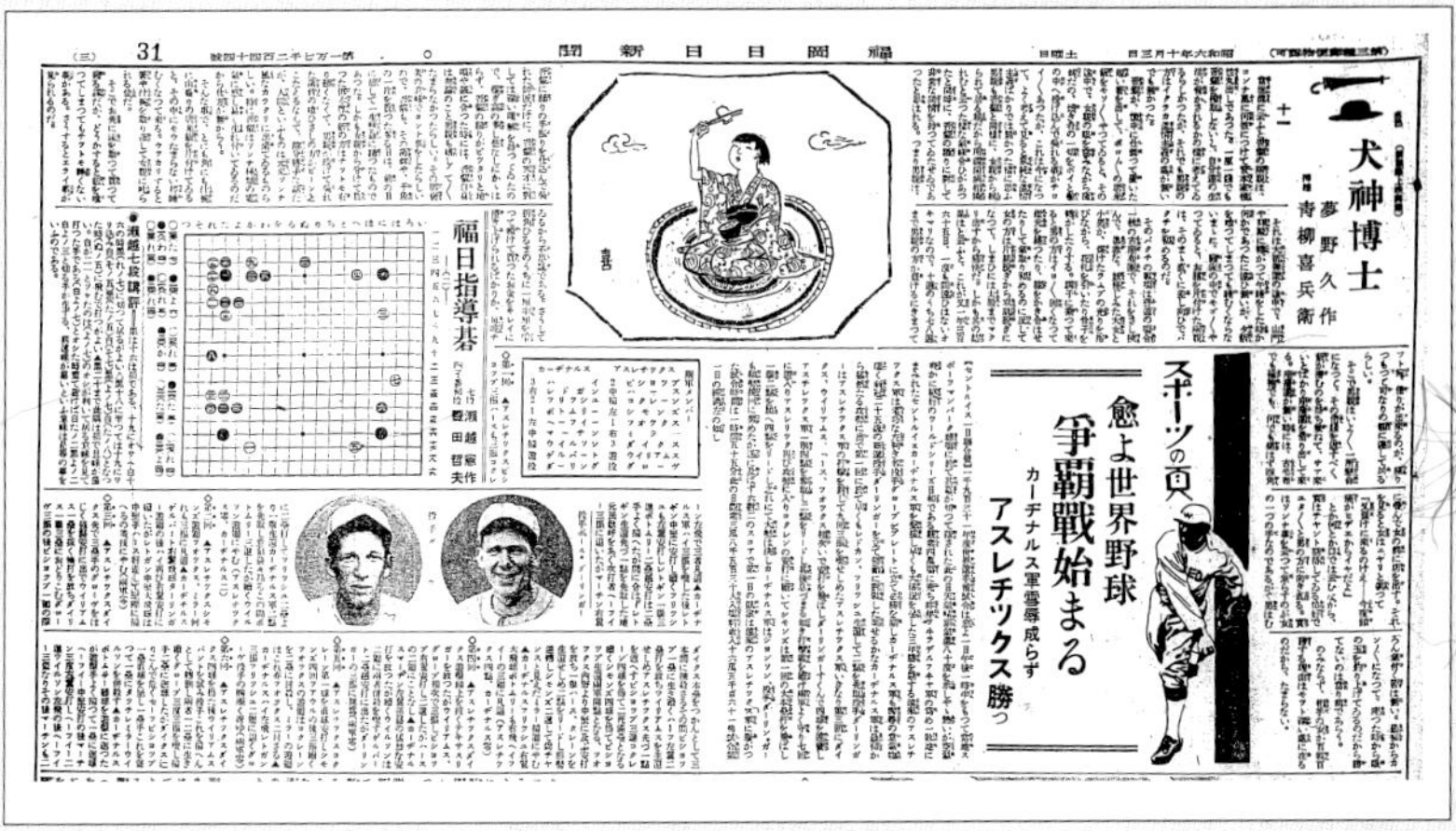
福岡日日新聞

犬神博士　十一
夢野久作　作
青柳喜兵衛　画

スポーツの頁
愈よ世界野球
争覇戦始まる
カーヂナルス軍雪辱成らず
アスレチックス勝つ

福日指導碁

【内　容】

夢野久作が昭和6年9月23日から昭和7年1月26日まで
『福岡日日新聞』に連載した傑作小説『犬神博士』を、
掲載時の形のまま収録した新聞型冊子。
夢野久作に「挿絵の力に押され気味で筆をすゝめるに苦吟する」と言わせた、
博多出身の挿絵画家・青柳喜兵衛の100点を越える挿絵とともに、
小説掲載時の雰囲気を味わいながら
『犬神博士』を楽しめます。

『定本　夢野久作全集』(全8巻)を購読された方々に、
もれなく「新聞型冊子・挿絵つき『犬神博士』」を無料で差し上げます。
下記の方法でご請求下さい。ご請求後、2か月以内にお届けします。

【請求方法】

『定本　夢野久作全集』の各巻の帯に刷り込まれている応募券を切り取り、
計8枚を郵便はがきに貼って「国書刊行会 営業部 夢野久作係」へお送り下さい。
請求締切は最終回配本の6か月後とします。

「……ゲヘ〳〵……ゲヘン〳〵……そ……そんな馬鹿な話が……あるものか……アレが夢なら何《なに》もかも……夢だ……」

「静かに……静かに……」

「……ぼ……僕と一緒に助かつた者は居《を》りませんか……一緒に幽霊を見た……現実の証人が……」

私は黄色い吸呑《すひのみ》を抱へながらキヨロ〳〵と其処《そこ》いらを見まはした。この室《へや》には寝台《ベッド》が一つしか無いのを知つてゐながら……。

しかしブーレー博士は私と反比例に、沈着《おちつ》いた態度で鼻眼鏡《めがね》を外した。微笑しい〳〵両手の指を組み合はせた。

「……イヤ……助かつたのは貴方お一人なのです。ほかには船具の破片すら見付からなかつたのです。」

ビルヂング

巨大な四角いビルヂングである。

窓といふ窓が残らずピツタリと閉め切つて在つて、室《へや》といふ室《へや》が全然、暗黒を封じてゐる。

その黒い、巨大な、四角い暗黒の一角に、黄色い、細い弦月《げんげつ》が引つかゝつて、ヂリ、ヂリ、と沈みかゝつてゐる時刻である。

私はその暗黒の中心に在る宿直室のベツドの上に長くなつて、隣室と境目の壁に頭を向けたまゝ、タツタ一人でスヤ〳〵と眠りかけて居《ゐ》る。

私は疲れて居《ゐ》る。考へる力も無いくらゐ睡《ね》むたがつて居《ゐ》る。

私の意識はグン〳〵と零《ぜろ》の方向に近づきつゝある。無限の時空の中に無窮の抛物線《はうぶつせん》を描《ゑが》いて落下しつゝある。

その時に壁一重《ひとへ》向うの室《へや》からスヤ〳〵といふ寝息が聞こえて来た。私の寝息にピツタリと調子を合せた、私ソツクリの寝息の音《おと》が……静かに……しづかに……


……壁一重《ひとへ》向うの室《へや》にモウ一人の私が寝てゐるのだ。私の頭の方に頭を向けて、私の寝姿を鏡に映したやうに正反対の方向に足を伸ばしつゝ、スヤ〳〵と睡りかけて居《ゐ》るのだ。

……その壁の向うの私も疲れてゐる。考へる力も無いくらゐ睡《ね》むたがつてゐる。さうして其《そ》の意識がグン〳〵と零《ぜろ》の方向に近付きつゝある。無限の時空の中に、無窮の抛物線を描《ゑが》いて……グン〳〵と……。

私はガバと跳ね起きた。眼がパツチリと醒めた。隣の室《へや》が覗いてみたくなつた。

しかし私は闇暗《くらやみ》の中で半身を起したまゝ躊躇した。若《も》し隣の室《へや》を覗いた時に、私と同じ私がスヤ〳〵と寝て居《ゐ》たとしたら、それはドンナに恐ろしい事だらう……とは云へ又、万に一つ隣の室《へや》に誰《たれ》も居《ゐ》なかつたとしたら、その恐ろしさが何層倍するだらう……と……。

私はさう思ひ〳〵何秒か……もしくは何分間か、眼の前の闇暗《くらやみ》の核心をヂーツと凝視してゐた。凝視して居《ゐ》た……。

……と……そのうちに或る突然な決心が私に襲ひかゝつた。その決心に蹴《け》飛ばされたやうに私は、素跣足《すはだし》のまゝ寝台《しんだい》を飛び降りた。宿直室を飛び出して、隣の室《へや》に通ずる、暗黒の廊下を突進した。

……すると其《そ》の途中で何《なに》かしら真黒い、人間のやうなものと真正面《まつしやうめん》から衝突したやうに思ふと、二つの身体《からだ》がドターンと人造石《じんざうせき》の床《ゆか》の上にたふれた。そのまゝウームと気絶してしまつた。
巨大な深夜のビルヂング全体が……アハ……アハ……アハ

……と笑ふ声をハツキリと耳にしながら……

キチガヒ地獄

……やツ……院長さんですか。どうもお邪魔します。

えゝ。早速ですが私の精神状態も、御蔭様でヤツト回復致しましたから、今日《こんにち》限り退院さして頂かうと思ひまして、実は御相談に参りました次第ですが……どうも永々御厄介に相成りまして、何《なん》とも御礼の申上げ様がありません。……えゝ。夫《そ》れから入院料の方は、自宅《うち》へ帰りましてから早速、お届けする事に致し度《た》いと思ひますが……。

……ハヽア……いかにも。なるほど。事情をお聞きにならない事には、退院させる訳には行《い》かぬと仰有《おつしや》るのですね。イヤ。重々御尤《ぢうぢうごもつと》もです。それでは事情を一通りお話し致しますが……しかし他人《ほか》へお洩らしになつては困りますよ。何《なに》しろ私の生命《いのち》にかゝはる重大問題ですからね……。

ナル……成る程。患者の秘密を一々ほかへ洩らしたら、医者の商売は成り立たない。特に病院といふものは、世間の秘密の保管倉庫みたやうなもの……イヤ。御信用申上げます。御信用申上るどころではありません。

　それでは事実を打ち割つて告白致しますが、何《なに》を隠しませう私は殺人犯の前科者です。破獄逃亡の大罪人です。婦女を誘拐した愚劣漢であると同時に、二重結婚までした破廉恥極まる人非人……。

　イヤ。お笑ひになつては困ります。そんな風にお考へ下さるのは重々感謝に堪へない次第ですが、しかし事実を枉《ま》げる事は断然出来ませぬ。御承知の通り現在、只今の私は、北海道の炭坑王と呼ばれてゐた谷山家《たにやまけ》の養嗣子《やうし》、秀麿《ひでまろ》と認められて居《ゐ》る身の上ですからね。私の実家も、定《さだ》めし立派な身分家柄の者であらうと、十人が十人思つて居《を》られるのは、むしろ当然の事かも知れませんが、遺憾ながら事実は丸で正反対……と申上げ度《た》いのですが、実はもつとヒドイのです。その証拠に、私が谷山家に入込《いりこ》みました、直前の状態を告白致しましたら、誰《たれ》でも開《あ》いた口が塞がらないでせう。

　私は大正×年の夏の初めに、原因不明の仮死状態に陥つたまゝ、北海道は石狩《いしかり》川の上流から、大雨《おほあめ》に流されて来た、一個のルンペン屍体に過ぎなかつたのです……しかも頭髪や鬚《ひげ》を、蓬々《ぼうぼう》と生やした原始人そのまゝの丸裸体《まるはだか》で、岩石の擦《こす》り傷や、川魚の突《つつ》つき傷を、全身一面に浮き上らせたまゝ、ヱサウシ山下《さんか》の絶勝に臨む、炭坑王谷山家の、豪華を極めた別荘の裏手に流れ着いて、其処《そこ》に滞在してゐた小樽《をたる》タイムスの記者、某《ぼう》の介抱を受けてゐるうちに、ヤツト息を吹き返した無名の一青年に過ぎなかつたのです。

イヤ。お待ち下さい。お笑ひになるのは重々御尤もです。話が一々脱線し過ぎて居《を》りますからね……のみならず此《こ》の話は、谷山家の内輪でも絶対の秘密になつて居《を》りますので、御存じの無いのは御尤も千万ですが、しかし私は天地神明に誓つてもいゝ事実ばかりを、申上げて居《ゐ》るのです。イヤ。まつたくの話です。それればかりぢやありません。只今から告白致します私の身の上話を、冷静な第三者の立場からお聴きになりましたら、それこそモツト〳〵非常識を極めた事実が、まだ〳〵ドレくらゐ飛び出して来るかわからないのです。……ですから、そんなのを一々御心配下すつたら、折角の告白がテンキリ型《かた》なしになつてしまふのですが、しかし同時に、それがホンタウに意外千万な、奇怪極まる事実であればあるだけ、それだけ谷山家の固い秘密として、今日《こんにち》まで絶対に外へ洩れなかつたもの……といふ事実だけはドウカお認めを願ひ度《た》いと思ふのです。殊に内地と違ひまして未開野蛮な……むしろ神秘的な処の多い北海道の出来事ですからね。其辺《そのへん》のところを十分に御斟酌下すつて、お聴き取りを願ひましたならば、此《こ》のお話がヨタか、ヨタでないか……精神病患者のスバラシイ幻想《イリウジョン》か、それとも正気の人間が告白する、明確な事実譚《ものがたり》かと云ふことは、話の進行に連れて、追々とおわかりになる事と思ひますからね。

……ところでゝす。その小樽タイムスの記者某と、近隣の医師の介抱によりまして、ヤツト仮死状態から蘇生しました私は、如何《どう》した原因かわかりませんが、自分自身の過去に関する記憶を、完全に喪失して居《を》りましたのです。もつとも其《そ》の当時は、私の頭にヒドイ打撲傷が残つて居《を》りましたので、多分、何処《どこ》か高い処から落つこつて、頭を打つた瞬間に、ソンナ変テコな状態に陥つたものぢや無かつたかと、今でも思つて居《ゐ》る次第ですが……しかしコンナ実例は、先生の方が失礼ながら、お詳しい事と存じますが……

……ハヽア。そんな実例を見た事は無いが、話にはよく出て来る。真面目な事実として在り得《う》るかも知れない……成る程。とにかく夫《そ》れから後《のち》といふもの私は、其《そ》の記者某から指導されるまに〳〵、自分自身の過去を、すつかりカモフラージして居《を》りました……

……自分は九州佐賀の生れで、親も兄弟も無い孤児である。むろん学問といふ学問もしてゐないが、最近、東京で事業に失敗して、此世《このよ》を悲観した結果、人跡未踏の北海道の山奥で自殺して、死骸を熊か鷲の餌食にする積りで、山又山を無茶苦茶に分け登つて行《ゆ》くうちに、過つて石狩川に陥入《おちい》つたもの……

とか何《なん》とか云つた様な出鱈目《でたらめ》で、別荘附近の人々を胡魔化してしまひました。それから伸び放台になつてゐた頭をハイカラに手入れして、見違へるやうなシヤンに生れ変りましたが、併《しか》しソンナ風にして生れ変りは変つたものの、モト〳〵

行《ゆ》く先も帰る先も無い、風来坊の身の上でしたから仕方がありません。其《そ》の記者が寝間着にしてゐた、古浴衣《ふるゆかた》を貰ひ受けまして、其《そ》の別荘の御厄介になりながら、毎日々々ボンヤリして居《ゐ》た訳でしたが……。

……エツ其《そ》の新聞記者の名前ですか。

……えゝつと……。オヤツ。をかしいな……何《なん》とか云つたつけが……ツイ今サツキまでハツキリと記憶《おぼ》えて居《ゐ》たんですが。……ヲカシイナ……ツイ胴忘《どうわす》れしちやつてチヨツト思ひ出せないんですが。エツ。何《なん》ですつて……

生命《いのち》の親様の名前を忘れるなんて、言語道断だと仰有《おつしや》るのですか……ト……飛んでもない。アンナ奴が生命《いのち》の親様なら、猫イラズは長生《ながいき》の妙薬でせう。

私が前に申しました様な、容易ならぬ大罪人の前科者といふ事実を、早くも其時《そのとき》に看破するや否《いな》や、一種の猟奇趣味の満足の為めとしか思へない、極めて残忍な方法でもつて、私の運命を手玉に取る可《べ》く、ソロ〳〵と手を伸ばしかけてゐた悪魔といふのは、誰でもない。その生命《いのち》の親様だつたのです。谷山家の獅子心中《ししんちう》の虫となつて、私を半狂人《はんきちがひ》になるまで苦しめ抜く計画を、冷静にめぐらしてゐたケダモノが、其《そ》の新聞記者だつたのです。……えゝ……さうですね。それぢやソイツの名前を思ひ出すまで仮りにAとでも名付けて、お話を進めて置きますかね。

何《なん》でも其《そ》のAといふ男は、谷山家の内情に精通してゐる、お出入り同様の新聞記者で、熊狩や、スケートの名人だと自称して居《を》りましたが、それは恐らく事実だつたのでせう。体格のいゝ、色の黒い、眼の光りの鋭い、如何《いか》にも新聞記者らしいツンとした男でしたがね。そんな風にして私を、谷山家の別荘に引止《ひきと》めながら、色んな事を質問したり、話しかけたりして、私の記憶を回復させよう〳〵と努力して居《ゐ》た様です。

えゝ。もちろん左様《さう》ですとも。とりあへず私の記憶を回復させた上で、素晴らしい新聞種を絞り出して呉《く》れようと、思つてゐたに違ひ無いのですが、生憎なことに其《そ》の結果は、全然、徒労に帰してしまひました。私の脳髄から蒸発してしまつた過去の記憶は、モウ疾《と》つくにシリウス星座あたりへ逃げ去つて居《ゐ》たのでせう。それから後《のち》、容易な事では帰つて来なかつたのですが……

もつとも其《そ》の時に万一、私が過去の経歴を思ひ出して居《ゐ》たら、話はソレツ切りで、目出度《めでた》し〳〵になつてゐたかも知れません。アンナ空恐《そらおそ》ろしい思ひをさせられないまゝ、音《おと》も香《か》もなく土になつてしまつたかも知れないのですがね……。

それから約二週間ばかり経つた、或る暑い日のことでした。炭坑王、谷山家の一粒種の女主人公で、両親も兄弟も無い有名な我儘者で、同時に小樽から函館へかけた、社交界の女王と呼ばれてゐた、龍代《たつよ》さんと称する二十三歳になる令嬢が、小母《をば》さんと称する、中年の婦人を二三人お供に連れて、愛別《あいべつ》から出来た新道をドライヴしながら、突然に、ヱサウシ山下《さんか》の別荘へ遣つて来たのです。さうして私は間《ま》もなく、其《そ》の令嬢のお眼に止《と》まる事になつたのです……え〻。さうなんです……お話のテムポが非常に早いやうですが、事実ですから致し方がありません。尤《もつと》も後《あと》から聞いてみますと、其《そ》の我儘女王の龍代さんは、小樽の本宅に廻つて来たA記者の報告によつて、私の事を承知するや否や、たまらない好奇心に馳《か》られたらしく、何《なに》も彼《か》も放つたらかして、私を見に来たものださうですが、しかも来て見るや否やタツタ一眼で、氏《うぢ》も素性も知れない風来坊の私を捉《つか》まへて、死んでも離さない決心をしたといふのですから、其《そ》の我儘さ加減が如何《いか》に甚《はなは》だしいものがあつたかゞ、アラカタお察し出来るでせう。

……どうも惚《のろ》けを申上る様で恐れ入りますが……しかし又一方に、私も私です。只今申しました通りに過去の記憶を喪《な》くし失《く》してゐることをハツキリ自覚して居《ゐ》たんですから、万一、ズツト以前に約束した女が居《ゐ》はしなかつたか……ぐらゐの事は、その時にチヨツト考へてみる必要があつたかも知れないのですが、ミヂンも其様《そん》な事に気が付かずに……むろん私共の背後《うしろ》で、Aが赤い舌を出して居《ゐ》ようなぞとは、夢にも気付かないま〻、妖艶潑剌《えうえんはつらつ》を極めた龍代の女王ぶりに、魂を奪はれてばかり居《を》りましたのは、何《なん》と云つても一生の不覚でした。……或《あるひ》はこれが運命といふものだつたかも知れませんがね。……ハ、ヽ、ヽ……。

その結果は、改めてお話する迄もなく、世間周知の事実ですから略させて頂きます。たゞ私が其《そ》の龍代の超特級な我儘と、A記者の不思議なほど熱心な仲介に依りまして、谷山家の養子に納まる事になりますと、何《なに》よりも先に驚かされた事実が三つありました事を、念の為め申上げて置きませう。

その第一といふのは、さしもに北海道切つての放埒者と呼ばれてゐた龍代が、意外にも処女《しよぢよ》であつた事です。それから第二はやはり其《そ》の龍代の性格が、結婚後になると急に一変して、極めて温良貞淑な、内気者に生れかはつてしまつたことです。

それから今一つは小々さもしいお話ですが、流石《さすが》の炭坑王、谷山家の財政が、其《そ》の当時の炭界不況と、支配人の不正行為の為めに、殆《ほと》んど危機に瀕する打撃を受けて居《ゐ》たことでした。……ですから詰るところ私は、龍代に見込まれたお蔭で、泰平無事の風来坊から一躍して、引くに引かれぬ愛慾と、黄金《わうごん》の地獄のマン中に、真逆様《まつさかさま》に突き落された訳で……しかもそれは私のやうな馬鹿を探し出す為に、心にも無い放埒振りを見せてゐた龍代の大芝居に、マンマと首尾よく引掛けられた物……といふ事が結婚後、半年も経たないうちに判明して来たのです。

しかし一方に私も今更、さうした二重の地獄から逃げ出すやうな、臆病者ではありませんでした。此点《このてん》でもやはり龍代の見込みが百パーセントに的中して居《ゐ》たのかも知れませんが、元来、風来坊の川流れであつた私が、夫《そ》れから後《のち》といふものは、龍代にも負けないくらゐ性格の一変ぶりを見せましたもので、何処《どこ》で得た知識かわかりませんが、自分でも驚くほどの才能を発揮し初めたものです。

何《なに》よりも先に、今申しました悪支配人をタヽキ出して、危機に瀕した谷山家の財政をドシ〳〵整理して行《ゆ》く片手間に、その当時まで誰も着眼して居《ゐ》なかつた、鰊《にしん》の倉庫業に成功し、谷山燻製鰊の販路を固めて、見る〳〵うちに同家万代《ばんだい》の基礎を築き初めましたので、谷山一家の私に対する信頼は弥《いや》が上にも高まるばかり……さう云ふ私も時折りは、吾れながらの幸福感に陶酔しい〳〵、モツト〳〵優越した将来の夢を、妻の龍代と語らひ誓つた事もありました。

併《しか》し今から考へますと、サウした幸福感はホンノ束《つか》の間《ま》の夢だつたのです。私の一身に絡まる怪奇な因縁は、中々ソレ位の事で終結《おしまひ》にはなりませんでした。

それは私共の間《あひだ》に、長男の龍太郎が生れてから、一年と経たない中《うち》の事でした。

妻の龍代が突然に……それこそホンタウに突然に、カルモチン自殺を遂《と》げてしまつたのです。同時に其《そ》の遺書《かきおき》によつて、谷山家の内輪の人々が何故《なにゆゑ》に永い間《あひだ》、龍代の放埒と我儘を見て見ない振りをしてゐたか……のみならず何処《どこ》の馬の骨か、牛の糞かわからない風来坊の川流れを、よく調べもせずに炭坑王後継者として承認したか……といふ理由がハツキリ判明《わか》つたのですが……斯様《かやう》申しましたら先生は、もうアラカタ事情をお察しになつて居《ゐ》るでせう。

谷山家は、容易に他家と婚姻出来ない、忌まはしい病気を遺伝した家柄なのでした。さうして其《そ》の血統と、財産とが、同時に絶滅しかけて居《ゐ》た処を、私のお蔭で辛うじて、繋ぎ止《と》めたといふ状態なのでした。

ところが其《そ》の危なつかしい血統が、龍太郎の誕生によつてヤツト繋ぎ止《や》められたと思ふ間《ま》もなく、龍代自身の肉体に、早くも其《そ》の忌まはしい遺伝病の前兆が、あらはれ初めたことがわかりましたので、まことに申訳無いが貴方《あなた》に……つまり私にですね……情ない姿をお見せしないうちにお別れする決心をしました。これが妾《わたし》の最後の我儘ですから、何卒《なにとぞ》おゆるし下さい。……妾は貴方を欺《だま》すまいとした妾のまごゝろを、欺し得ないで貴方と結婚しました。其《そ》の深い罪のお詫びは、仮令《たとへ》、この儚《はか》ない玉の緒が絶えましてもキツトお側に付添うて致します。……お別れし度《た》くない……子供の事を呉々《くれぐれ》もお願ひします。妾のまごゝろをタツタ一人信じて下さる貴方のお心に、お縋《すが》りして死んで行《ゆ》きます。今はたゞ天道様《てんだうさま》の無情を怨むばかり……と云つた様な、それは〳〵哀切を極めたものでしたが、その文句には全く泣かされましたよ。ハヽイ。昔の我儘はアトカタもない。……透きとほるほどの純情と、理智とに責められた……弱々しさと美しさとに満ち〳〵た……ハヽイ……。

むろん其時《そのとき》も私は、谷山家を出る考へなんか毛頭ありませんでした。ハイ。世の中の事はすべて運命ですからね。

しかし谷山家の連中は其時《そのとき》に、トテモ狼狽したらしいのです。何《なに》しろ、一生懸命になつて秘し匿《かく》してゐた、谷山家の忌はしい血統が、龍代の自殺をキツカケにして、世間に暴露しさうになつたのですからね。警察と新聞社に頼み込んで極力、事情を秘密にして貰ふ一方に、今となつて私に逃げられてては一大事と思つたのでせう。出来るだけ早く、私の気に入る様な後妻を探して遣らなければ……と云つた様な話が、まだ龍代の百ケ日も済まないうちから、谷山家の内輪で真剣に進められる事になりました。つまり其様《そん》な連中の私に対する信頼が、イヨ〳〵明白に裏書きされる段取りになつて来た訳ですが、サテそれでは誰《たれ》がいゝか。彼がいゝか……と云つた具体的な処まで話が進んで参りますと、不思議な事に、私の気がドウして進まなくなつて終《しま》つたのです。前に龍代と一所になつた時分とは、何《なん》だか気持が違ふ様に思はれて来たのです。

しかも夫《そ》ればかりでなく、さうした気持を自分自身でよく〳〵解剖してみますと、それは死んだ龍代に気兼ねをした気持でもなければ、子供の将来を心配した訳でも無い様に思はれるのです。なぜ気が進まないのか、自分でも判然《はつきり》しないまんまに、何《なん》だか恐ろしく気が咎《とが》めるやうな……何《なに》かしら大切な事を忘れてゐるのを、ヤツト思ひ出しかけて居《ゐ》るやうな気がしてなりませんので、実際、吾れながら妙チキリンな自烈《じれつ》度《た》い気持になつてしまつたものです。ですから私は親類達への返事をいゝ加減にして突然、旅行に出かけたり何《なに》かしながら、色々と、其《そ》の理由を考へ廻してみたものですが、解らないものはイクラ考へたつて解る筈《はず》がありません。のみならず、其《そ》の結果スツカリ憂鬱になつてしまつた私は、タウトウ皆《みな》をビツクリさせる様な事を仕出来《しでか》してしまひました。……つまり何《なん》となく石狩川の上流に行つてみたい。何処《どこ》だかわからないが自分の故郷は、石狩川の上流に在るやうな気がするから、其処《そこ》に行つてみたら、何《なに》もかも解るに違ひ無い……と云つた様な、タマラない悲壮な気持になりましたので、人知れず小型のカンバスボートや、食料などを買込みまして、無断で家《いへ》を飛出しますと、一直線にヱサウシの別荘に向つたものです。

すると又、生憎なことに、ズツト以前から、私のさうした素振りを不審に思つて、気を付けて居《ゐ》た者が、家《うち》の中に居《を》りましたので、難なく途中で押へられて、小樽へ引戻されてしまつたものですが……しかし先生はモウ疾《と》つくに、私のさうした気持を察してお出《い》でになるでせう。……ねえ先生。先生はソンナ病症の経過をイクラでも御存じでせう。さうした不可思議極まる潜在意識の作用を、知り尽《つく》してお出《い》でになるでせう。

ハヽア。西洋の古い記録にはさうした実例が出てゐるが、先生御自身にはソンナ患者を御覧になつた事が無い……それはいゝ都合です。私はソンナ実例の中でも特別誂《あつら》への標本ですからね。
何《なに》を隠しませう今朝《けさ》の事です。しかもタツタ今の出来事です。私は病室の床《とこ》の上にこぼれてゐた茶粕の上で、ウツカリ足を踏み辷《すべ》らして、ヒドク尻餅を突いたのですが、其《そ》のトタンに、トテモ素晴らしい大事件が持上つたのです。永い間《あひだ》忘れてゐた過去の記憶……石狩川に陥《お》ち込んだ以前の、身の毛も竦《よだ》つ記憶の数々が、一ペンにズラリツと頭の中で蘇つてしまつたのです。同時にモウこれで私は、自分の頭の故障から完全に解放された……と気が付きましたので、早速ながら斯様《かう》して、退院のお許しを受けに参りました次第ですが……。

ハイ……実を申しますと、此《こ》の秘密をお話しするのは、私に取つて身を切られるよりも辛いのです。むろん社会的にも、モノスゴイ反響を喚起《よびおこ》すに違ひない重大事件ですから、万一、公表でもされますと、私を中心とする一切合切が、破滅に陥るかも知れないと思はれるのですが、しかし私自身の一生涯が、此《こ》の病院の中《うち》で埋《うも》れ木《ぎ》になるか、ならないかの境ひ目と思ひますから、背に腹は換へられない気持ちで、先生にだけソツとお打明けする次第ですが……ハ、イ……ハイ。

先生はズツト前に、誰《たれ》からか、コンナ話をお聞きになつた事がありませう。

北海道は石狩川の上流、山又山の其《そ》の又奥の奥山に、一軒の原始的な小舎《こや》が建つてゐるのが見える。その家《うち》は北面の背後を、旭岳に続く峨々《がが》たる山脈に囲まれて居《ゐ》る一方に、前面は切立つた様な、石狩本流の絶壁に遮られて居《ゐ》て、人間業《にんげんわざ》では容易に近付けない位置に在るので、ツイ此頃《このごろ》まで、誰にも発見されないまゝになつて居《ゐ》たものらしい。

ところが最近に到つて、北海道特有の薬草採りが、霧に出会つて山道に踏み迷つた結果、偶然に、遠くから此《こ》の一軒屋を発見してからと云ふもの、急に評判が高くなつて、北海道中に拡がつてしまつた。……その一軒家《や》は、まだ誰も知らないアイヌ部落の離れ小舎《ごや》だらうと云ふ者が居《ゐ》る。一方に、それは北海道名物の、監獄部屋から脱出した人間が、復讐《しかへし》を恐れて隠れて居《ゐ》るのだ……と云つた様な穿《うが》つた説が出るかと思ふと、イヤ左様《さやう》ではあるまい。ことによると夫《そ》れは、太古以来生き残つてゐる原人の棲家かも知れない……なぞと云ひ出す凝り屋も居《ゐ》る。さうかと思ふと……ナアニそれは薬草採りが見当違ひをしたんだ。大方北見境に居《ゐ》る猟師の家《うち》を遠くから見たんだらう……などと茶化してしまふ者も居《ゐ》る……と云つた塩梅で、サツパリ要領を得ないまゝに、噂ばかりがヤタラに高まつて行つた。

そのうちに其《そ》の評判が、タウトウ新聞社の耳に這入《はひ》ると、イヨ〳〵騒ぎが大きくなつてしまつた。結局Aが奉公してゐた小樽タイムスの政敵、函館時報社の飛行機で撮影された、其《そ》の家《うち》の鳥瞰写真が、紙面一パイに掲載されることになつたが、其《そ》の写真をよく見ると、それは明らかに日本《にほん》人が建てたらしい草葺小舎《くさぶきごや》で、外国映画に出て来る丸太小舎《ロツグケビン》式の恰好をしてゐるばかりでなく、純日本式の野菜畑や、西洋式の放射状の花畑なぞが、ハツキリと映つてゐる処を見ると、皆《みな》の想像とは全然違つた文化人の住居《すまひ》に違ひない。しかも、それでゐて其《そ》の位置はと云ふと、確かに、北海道の脊梁《せきりやう》山脈の中でも、人跡未踏の神秘境に相違ないのだから、其《そ》の一軒家が何《なん》人《びと》の住家《すみか》であらうかは、容易に推測されない訳である。奇怪……不思議……と云つたやうな事実が、同乗の記者によつて詳細に報道された。さうして其《そ》のまゝ猟奇の輩《ともがら》の口端《くちは》に上《のぼ》つて、色々な臆説の種になつてゐるばかりである……といふ事実を、先生は多分、何《なに》かの雑誌か、新聞で御覧になつた事でせう。ハヽア。まだ御覧にならない……。御研究がお忙しいのでね。成る程……それでは致し方がありませんが、何《なに》を隠しませう其《そ》の一軒屋こそ、私が建てた愛の巣なのです。私が妻子と一所に、楽しい自給自足の生活を営んでゐた、第二の故郷に相違ないのです。……イヤどうも……御免下さい。どうも胸が一パイになりまして……ハヽイ……ハヽイ……。私は石狩本流の絶壁から墜落したトタンに、さうした記憶をスツカリ喪《うしな》つて居《ゐ》たのです。えゝ〳〵。事実ですとも〳〵……。

　私の戸籍が偽物であることは、私の生れ故郷の村役場に御照会下されば一目瞭然することです。その戸籍面を偽造して、私を初め谷山一家の人々を欺《あざむ》いてゐたのが、誰《たれ》でもない、新聞記者のAだつたのですからね。

　私が二度目の結婚問題に差し迫られたまゝ、旅行にカコ付けて家《いへ》を飛び出したのも、一つは誰《たれ》にも知れない様にAに面会してみたかつたからでした。Aは其《そ》の頃、小樽タイムスを罷《や》めて、九州地方をウロ付いてゐるといふ噂でしたからね。何《なに》かしら私の過去に就いて、探りに行つたのぢや無いか……と云つた様な気がしたからです。それから二度目に、モウ一度家《いへ》を脱け出した時も、さうした潜在意識に支配されてゐたのでせう。何《なん》となく石狩の上流に行つてみたい。さうしたら何《なに》もかもわかるに違ひ無い……と云つた様な気持になつたからでした。

　併《しか》し、最早そんな無駄骨折《むだぼねをり》をする必要は無くなりました。私が完全に過去の記憶を回復して居《ゐ》るのですからね……同時に、其《そ》のお蔭で、谷山家の養子事件を裏面《うら》からアヤツリ廻して来た、冷血残忍なAの手の動きを、ハツキリと見透かしながら、お話する事が出来るのですからね……。

　私は福岡県朝倉郡の造酒屋、畑中正作《はたなかしやうさく》の三男で、昌夫《まさを》と呼ばれてゐた者です。父の持山に葡萄を栽培するのが目的で、駒場の農科大学に入学して、卒業間際になつてゐた者ですが、九州人の特徴として、器量も無い癖に政治問題の研究に没頭した結果、当時の大政党憲友会の暴状に憤慨し、同会総裁、兼、首相であつた白原圭吾《しろはらけいご》氏を暗殺して終身懲役に処せられ、北海道樺戸《かばと》の監獄に送られて間《ま》もなく脱獄し、爾来《じらい》、杳《えう》として消息を絶つてゐた者……と申しましたら、其他《そのた》の細かい履歴は申上げずとも宜しいでせう。暗殺、逮捕、脱獄の前後を通じて、全国の新聞紙に業々しく掲載されてゐたものですからね……。

しかし其《そ》の中《うち》に唯一つ。私の脱獄の理由として新聞紙上に伝へられて居《ゐ》たものが皆《みな》、飛んでもない間違ひばかりであつた事は、誰《たれ》も気付かないで居《ゐ》るでせう。再度の暗殺決行とか、社会主義的潜行運動の為とか、又は露西亜《ロシア》への逃亡の為とか云つた様な風説が皆《みな》、御念の入《い》つた当てズツポーばかりで、天下を聳動《しようどう》した私の脱獄の動機なるものが、実は他愛もないモノであつた事を知つて居《ゐ》る人間は、さう沢山には居《ゐ》ない筈《はず》です。

私が樺太《からふと》に落付いてから間《ま》もなくの事でした。東京で恋の真似事をして居《を》りました女給の鞆岐久美子《ともえだくみこ》といふのが、遥々、北海道まで尋ねて来て、思ひがけなく面会に来て呉《く》れたのです。

此《こ》の事実は間《ま》もなく新聞紙上に伝へられまして、活動写真にまで仕組《しく》まれたさうですから、御存じの方もありませうが、何《なに》を隠しませう。私は其時《そのとき》に、彼女から受けました巧妙な暗示と、係官に怨恨《うらみ》を抱《いだ》いて居《を》りました同囚の者の同情とに依りまして、何《なん》の苦もなく脱獄を決行する事が出来たのです。……しかも其《そ》の脱獄の方法といふのが、特に私の生命に拘はる重大問題でありまして、同時に同囚の恩人たちにも、非常に迷惑のかゝる話ですから、こればかりは此《こ》の口を引裂かれてもお話出来ないのです。……が……ともかくも其様《そのやう》な事情で、首尾よく逮捕の手をのがれました私は、彼女と共に石狩川の下流を越えまして、例の絶対安全の神秘境に恋の巣を営むことになつたのです。

もつともコンナ風に話して参りますと、何《なん》のことはないお伽話みたやうな筋道になつてしまひますが併し、其処《そこ》まで来る間《あひだ》の私共の辛苦艱難《しんくかんなん》と、それから後《のち》の孤軍奮闘的生活と云つたら、優《まさ》にロビンソン・クルーソー以上の奇談を綴るに足るものがあつたのですよ。

私は樺戸を脱出すると其《そ》のまゝ、持つて生れた健脚を利用して、山又山を逃げ廻りながら、一心に久美子の行衛《ゆくへ》を探索し初めたものです。無論囚人服を着たまゝですから、夜しか人里に出られなかつた訳でしたが、私は盗みといふものを絶対にしない方針でしたので、何処《どこ》までも青いお仕着せ姿で、鳥獣と同じ生活をして行《い》かなければなりませんでした。ですから、その最初の間《あひだ》の苦しみといふものは、実に想像の外《ほか》でしたが、併《しか》し又一方から申しますと、さうした辛棒のお蔭で、私の逃げ足が絶対にわからなかつたのですから、詰るところ差引の損得は無かつたかも知れません。のみならず其《そ》の辛棒の甲斐がありまして、脱獄してから一個《いつか》月《げつ》目に、新旭川附近の只ある村外れで、彼女が私に暗示してゐた、小さな奇術劇団の辻《と》ビラがブラ下《さが》つてゐるのを発見しました時の、私の喜びはドンナでしたらう。忽《たちま》ち勇気を百倍しました私は、アラユル危険を物ともせずに、折からの暗夜《やみよ》に紛れて、旭川の町にかゝつてゐる其《そ》の劇団に付き纏うたものでしたが、そのうちに、タウトウ彼女と連絡を取ることに成功しますと私は、迅速に手筈《てはず》をきめまして、一気に彼女を引つぱり出してしまつたのです。

その時に生命《いのち》と頼むものは、大急ぎで彼女に買集めさした一挺の鍬《くは》と、一本の洋刀《ナイフ》と、リユクサツクに詰めた二つの鍋と、六貫目ばかりの食料だけでした。その以外には何《なん》の準備も出来ない囚人服のまゝ、舞台裏から飛出《とびだ》して来たばかりの、金ピカ洋装の彼女と手に手を取つて、涯《は》てしない原始林の奥を目がけて、盲滅法《めくら》に突進したのですからね。恋は盲目と申しますが、これくらゐ思ひ切つた盲目ぶりはチヨツトほかに類が無いでせう。

しかも其《そ》の途中では、深山幽谷《しんざんいうこく》に慣れた薬草採りでも震へ戦《をのの》く、寒い〳〵霧に包まれて、二日二晩も絶食したまゝ、土の中に穴を掘つて潜《もぐ》り込んだり、又は背丈よりも高い灌木林を、一反部《たんぶ》以上も掻き散らして、木の根を掘つた餓ゑ熊の爪の跡を見て、モウ運の尽《つ》きだと諦めて、二人で抱き合つて泣き出したり、それは〳〵喜劇とも悲劇とも付かない情ない目や、恐ろしい目に何度会つたものかわかりません。

ところで其様《そのやう》な次第で、木の実榧《かや》の実を拾ひながらヤツトのことで、念がけてゐた人跡未踏の山奥に到着しますと、私は辛苦艱難をして持つて来た鍬と、ナイフで木を伐《き》り倒して、頑丈な掘立《ほつた》て小舎《ごや》を造り、畠を耕して自給自足の生活を初めると同時に、小川の魚《さかな》を釣つて干物にしたり、木の実を煮て苞《つと》に入れたりして、冬籠《ふゆごもり》の準備を初めました。

二人は其処《そこ》で初めて、此上《このうへ》もなく自由な、原始生活の楽しさを悟つたのです。科学、法律、道徳と云つたやうな八釜《やかま》しい条件に縛られながら生きて居《ゐ》る事を、文化人の自覚とか何《なん》とか錯覚してゐる馬鹿どもの世界には、夢にも帰り度《た》くなくなつたのです。

二人は約束しました。……二人はこれから後《のち》イクラ子供が出来ても、年を老《と》つても、モウ人間世界へは帰るまい。アダムとイブが子孫を地上に繁殖させたやうにして、吾々《われわれ》の子孫を此《こ》の神秘境に限りなく繁殖させせよう。自然の儘の文化部落を作らせよう……と……

彼女はそれから年児《としご》を生みました。私が二十一の年から二十五までの間《あひだ》に、男の児《こ》と女の児《こ》を二人宛《づつ》、都合四人の子供を生みましたが皆《みな》、病気一つせずに成長しましたので、山の中が次第に賑やかになつて参りました。

処が忘れもしません其《そ》の二十五の夏の事でした。最前お話しました新聞社の飛行機が、突然に私の家《うち》の上を横切りましたのは……。

その時の子供たちの脅えやうと云つたらありませんでした。ちやうど私は家《うち》の前の草原《くさはら》に、放射状の花壇を作つて、山から採つて来た高山植物を植ゑかけて居《を》りましたが、思ひがけない西北の方角から、遠雷のやうな物音が近付いて来ますと、踊るやうな恰好をして逃げ迷つてゐる子供等《など》と一所に、慌てゝ家《うち》の中へ逃げ込んだものです。さうして軒下に積んだ寝床用の枯草の中から、青い〳〵石狩岳の上空に、消え失《う》せて行《ゆ》く機影を見送つて居《ゐ》るうちに何《なに》か知らタマラない不吉な予感に襲はれましたので、ホーツと溜息を吐《つ》いて居《を》りますと、その背後から久美子もソツと不安気な顔をさし出して

「妾達を探しに来たのぢや無いでせうか」

と云つたものです。それを聞くと私は、思はずドキンとしましたが、しかし顔ではサリ気なく微苦笑しまして

「ナアニ。俺たちみた様な人間を探すのに、ワザ〳〵あんな大袈裟な事をするもんか。しかも今頃になつて……ハヽヽ……」

と打消すには打消したものの、それでも押へ切れない不吉な胸騒ぎをドウする事も出来ないまゝ、立ち竦《すく》んでゐたことでした。

私はそれから後《のち》、四五日の間《あひだ》といふもの、ドウしても遠くに出歩《であ》るく気がしなかつたものです。むろん写真まで撮られてゐるやうなぞいふ事は、夢にも気付きませんでしたので、たゞ、私共の居《ゐ》る神秘境をダシヌケに掻き乱して行つた巨鳥の姿を、思ひ出しては溜め息しい〳〵、家《うち》の周囲の畠ばかりをいぢくつてゐたものですが、そのうちに又、眼の前に差迫つてゐる冬籠《ふゆごも》りの用意の事を思出《おもひだ》しますと、何《なに》がなしにヂツとしては居《ゐ》られなくなりましたので、お天気のいゝのを幸ひに、手製のタマ網を引つ担いで、鱒《ます》をすくひに出かけました。

久美子は其時《そのとき》にも、不安相な顔をして私を引止《ひきと》めましたが、矢張《やは》り虫が知らせたとでも申しませうか。それを振り切つて山を下《お》りまして、紅山桜《べにやまざくら》や、桂《かつら》の叢林を分けながら、屏風《びやうぶ》を切り立つたやうな石狩本流の崖の上まで来ますと、生木《なまき》の皮で作つた丈夫な綱をブラ下げまして、下の石原に降り立つて、岩の間《あひだ》の淀みに迷ふ鱒《ます》や小魚《こうを》を、掬《すく》ひ上げ〳〵して居《を》りました。

すると……どうでせう。まだホンの五六匹しか掬ひ上げてゐないと思ふうちに、ツイ向うの川隈《かはぐま》の岩壁の蔭から、中折帽を眉深《まぶか》に冠《かぶ》つた洋装の青年が、畳みボートを引つぱりながら、ヒヨツクリと顔を突き出したではありませんか……。

……私は其《そ》の青年と暫くの間《あひだ》、顔を見交したまゝ立ち竦《すく》んで居《ゐ》たやうです。しかし其《そ》の中に電光の様に……これはいけない……と気が付きますと、大切なタマ網を腰巻の紐に挿すや否や、崖にブラ下がつてゐた綱に飛付いて、一生懸命に攀《よ》ぢ登り初めました……が……しかしモウ間《ま》に合ひませんでした。まだ半分も登り切らないうちに、思ひがけない烈しい銃声が二三発、峡谷の間《あひだ》に反響して、私の縋《すが》つてゐた綱が中途からブツツリと撃ち切られました……と思ふと、一旦、岩の上に墜落しました私は、身神喪失の仮死状態に陥つたまゝ、苔だらけの岩の斜面を、急流の中へ辷《すべ》り落ちて、そのまゝ見

えなくなつてしまつたものださうです。

此時《このとき》に私を撃ち落した洋装の青年が、最前お話しました新聞記者のＡであつたことは、申すまでもありません。同時に、此時《このとき》に響いた二三発の銃声こそはＡが私の運命を手玉に取り初めた、その皮切りの第一着手であつたことも、トツクにお察しが着いて居《ゐ》ることでせう。

但《ただし》……こゝでチヨツトお断りして置き度《た》いのは、此《こ》の時までＡが、私に対して、別段に、深刻な野心を持つてゐなかつた事です。むしろＡは私といふ奇妙な人間を発見して、タマラナイ好奇心を挑発されて行《ゆ》くうちに、何時《いつ》の間《ま》にか悪魔的な、残虐趣味の世界へ誘ひ込まれて行つたもの……と考へて遺つた方が早わかりする事です。

手早く申しますとＡは、新聞記者一流の功名心に駆られた結果、夏の休暇を利用して、旭岳の麓の一軒屋の怪奇を探りに来た人間に過ぎなかつたのです。……政敵、函館時報社の飛行機に先鞭を付けられて、地団太《ぢだんだ》を踏んでゐた小樽タイムス社と、その後援者とも云ふべき谷山家の援助を受けまして、畳ボートと、食糧と、それから腕におぼえのある熊狩用の五連発旋条銃《ライフル》を担ぎながら、深淵と、急潭との千変万化を極めた石狩川を遡《さかのぼ》つて来た訳でしたが、幸運にも其《そ》の一軒家の主人公らしい怪人物を発見すると間《ま》もなく、取り逃がしさうになりましたので、思ひ切つて私を威嚇すべく、頭の上を狙つて二三発、実弾を発射したものに過ぎませんでした。

ですからＡが、その時にドレくらゐ狼狽致したかは、御想像に難《かた》くないでせう。すぐに畳ボートを押し出して、危険を犯しながら激流の中を探しまはりました。そのうちに、どうしても私の死骸が見付からない事がわかりますと、今度はタマラナイ空恐ろしい気持になつて来ました。

Ａは度々申しました通り、冒険好きの新聞記者です。つまり普通とは違つた神経を持つてゐた訳ですから、人間を一人や二人、ソツと見殺しにする位のことは、何《なん》とも思はない性格の男に相違ないのでしたが、しかし……何《なに》しろ人跡絶えた山奥の谿谷で、水の音《おと》ばかり聞こえる寂寞境《きやう》ですからね。そんな処で思ひがけなく、奇妙な恰好をした丸裸体《まるはだか》の人間を一匹撃ち落したのですからね。……何《なん》とも云へない鬼気に迫られたのでせう。四五日もかゝつて遡つた急流激潭を、タツタ一日で走り下《くだ》つて、ヱサウシ山下の谷山別荘に帰り着くと、人知れずホツトしい〳〵、ウヰスキーを飲んで眠つたものださうです。

ところが其《そ》の翌《あく》る朝のこと。何《なに》かしら近所の人々の騒ぎまはる声が耳に這入《はひ》つたので、何事《なにごと》かと思つてＡが飛び起きてみると……どうでせう。見覚えのある私の丸裸体《まるはだか》の屍体が、自分の寝てゐる離れ座敷の直《す》ぐ下の、石段の処に流れ着いて居《ゐ》るではありませんか。……その時の気味の悪かつたこと……。あの石狩川の上流で、私を撃ち落した時以上のイヤな気持ちに、ゾーツと襲はれたと云ひますが、それは左様《さう》でしたらう。世にも恐ろしい因縁と云へば云へるのですからね。

しかし其《そ》の屍体を、そのまんま知らん顔をして見逃がすことは、流石《さすが》にAの好奇心が承知しませんでした。のみならず、その屍体の血色や何《なに》かゞ、何《なん》となく違つてゐることが、素人《しろうと》眼《め》にもわかりましたので、附近の者に手伝はせながら、気味わる〳〵石段の上の芝生に引き上げて、馳け付けて来た医者と一緒に介抱をして居《を》りますと、そのうちに意識を回復しかけた私が、非常な高熱に浮かされながら、盛んに譫語《うはごと》を云ひ初めたものださうです。

ところが又、その譫語《うはごと》のうちに、普通人にはチンプン、カンプンの囚人用語が、チヨイ〳〵混《まじ》つて居《ゐ》るのに気が付きますと、Aは忽《たちま》ち、今までの恐怖心理から一ペンに解放されまして、見る〳〵持ち前の記者本能に立ち帰つてしまつたものださうです。つまり是が非でも私の告白を絞り取つて、有力な新聞記事にすべく、アラユル努力を払つた訳でしたが、その苦心努力の甲斐があつて、首尾よく私が意識を回復してみますと……三度ビツクリ……案外千万にも其《そ》の私が、完全に過去の記憶から絶縁されてゐる、一種の白痴同様の人間である事がわかつた時には、ガツカリにもウンザリにも……今一度タヽキ殺して遣り度《た》いくらゐ、腹が立つたものださうです。

ところがサテその私が、頭や顔の手入れをして、見違へるやうな青年に生れ変つたのを見ますと、Aの気持が又もやガラリと一変してしまひました。……と云ふのは外《ほか》でもありません。Aは其処《そこ》で、一つのステキもない巧妙な金儲けを思ひ付いたのでした。つまりA独特の猟奇趣味と、冒険趣味とを兼ねた、一挙三得《いつきよさんとく》の廃物利用を考へ出しましたので、其儘《そのまま》グン〳〵と仕事を運んで行つたものでした。

谷山家の内情……特に龍代の放埒の底意を、ドン底まで看《み》破《ぬ》いて居《を》りましたAは、それから一か八かの芝居を巧みに打つて、私を谷山家の養子に嵌め込んでしまふと、いゝ加減な口実を作つて、可なりの金を龍代から絞り取つたまゝ、パッタリと消息を絶つてしまつたのです。

しかも之《これ》を見た龍代は、愚かにも、スツカリ安心してしまつたものでした……と云ふのは、つまりAが自分の註文通りに、何処《どこ》か遠い処へ立去つたものと考へましたからで、こんな点では龍代も、普通の金持の子弟と同様に、お金の力を過信する傾向があつたのですね。むろん私にも夫《そ》れとなく打ち明けて、万事が清算済みになつた積りで居《ゐ》たらしいのですが、これが豈計《あにはか》らんやの思ひきやでした。なか〳〵夫《そ》れ位のことで諦らめ切れるAの悪魔趣味ではなかつたのです。モット〳〵大きく、私共夫婦を中心とする谷山家の全体を、地獄のドン底に落ちる迄絞り上げながら、高見の見物をして遣らうと云ふ、其《そ》の準備計画の為に、ホンの暫くの間《あひだ》、姿を晦《くら》まして居《ゐ》たものに過ぎませんでした。

Aは先《ま》づ、彼の記憶に残つてゐる私の言葉の九州訛《なまり》と、囚人用語との二つの手掛りを目標にして、探索の歩を進む可《べ》く、とりあへず小樽タイムスを飛び出して、九州北部の大都会、福岡市の片隅に在る小さな新聞社に就職しました。さうして其処《そこ》を中心にした同県下の警察や、新聞社方面に就いて、私の年齢に相当した前科者や、失踪者の名前を根気よく探してまはつたものですが、そのうちに偶然にも、福岡市の某大新聞社に保存して在る、六七年前《ぜん》の新聞の綴込《とぢこ》みの中から「青年刺客」といふ大活字を添へた、私ソツクリの大きな写真版を発見した時のAの驚ろきと喜びはドンナでしたらう。ほかの新聞に出てゐた囚人姿や、学生姿の写真が皆《みな》、私に似ても肖付《につ》かぬ朦朧写真であつたのに、タツタ一つ其《そ》の紙面にだけ掲載されて居《ゐ》た、私の少年時代の浴衣《ゆかた》がけのソレが現在の私に酷似してゐたことは何《なん》と云ふ奇蹟でしたらう。

しかも其処《そこ》までわかるとAの仕事は最早、半分以上片付いた様なものでした。其《そ》の社の整理係の連中に知れない様に、精巧な写真機を担ぎ込んで、その紙面ばかりでなく、私の生ひ立ちや、脱獄の記事を満載した紙面までも残らず複写して、一直線に北海道に帰つて来ましたAは、其後《そのご》の私の動静を、詳細に亙《わた》つて探りまはつた序《ついで》に、二人の間《あひだ》に愛の結晶が出来かけて居《ゐ》る事実まで、透かさずキヤツチしてしまひますと、なほも最後的な脅迫材料を摑むべく、もう一度、極秘密の裡《うち》に、石狩川の上流を探険に出かけたものです。

彼はモウ其時《そのとき》には、旭岳の斜面の一軒家が、私の棲家であつたことを確信してゐたものでせう。ですから其処《そこ》まで其処《そこ》まで突込《つつこ》んで、何《なに》かしら動きの取れない材料を摑んだ上で、今の新聞紙面か何《なに》かと一緒に、私へ突付ける心算《つもり》だつたのでせう。

ところが其処《そこ》まではAの着眼が百二十パーセントに的中して居《ゐ》たのですから、先《ま》づ〳〵大成功と云つてもよかつたのですが、それから先がどうもイケませんでした。

……といふのは外《ほか》でもありません。流石《さすが》に悪魔式の明敏なアタマを持つて居《を》りましたAも、こゝで一つの小さな……実は極めて重大な手落をして居《ゐ》る事に、気が付かないで居《ゐ》るのでした。すなはち樺太に訪ねて来ました、女給の久美子の行衛《ゆくへ》について、深い考慮を払つてゐなかつたことで、つまり久美子のあゝした行動は、テツキリ活動屋の宣伝に使はれたものとばかり考へて居《ゐ》たのです。さうして久美子自身は、新聞記事と一所に音《おと》も香《か》もなく消え失せたものと、信じ切つてゐたのですね。これは要するにAの頭が、アンマリ冴え過ぎてゐた処から起つた間違ひでしたが、しかも其《そ》のお蔭で折角のAの計画が実に意想外とも、ノンセンスとも云ひ様の無い、悲惨な結果に陥ることになつたのです。

それから約一箇月ばかり経つた、秋の初めのことでした。骸骨のやうに痩せこけた身体《からだ》に、ボロ〳〵の登山服を纏うて、メチヤ〳〵に壊れたカメラを首に引つかけた、乞食然たる男の姿が、ヒヨツコリ旭川の町に現はれて、何《なに》やら訳のわからない事を口走りながら、ウロ〳〵し初めました。その男はヒドイ紫外線か、雪ヤケにかゝつたらしい、泥のやうな青黒い顔をして居《を》りまして、そのボツクリと凹《へこ》んだ眼窩《がんくわ》の奥から、白眼《しろめ》をギラ〳〵と輝やかし、木の皮や、草の根の汁で染まつた黄金色《きんいろ》の歯をガツ〳〵と鳴らしながら、川を渡るやうな足取で、ヒヨロリ〳〵と往来を歩いてゐるといふ、世にもモノスゴイ風付きでしたが、更にモツト〳〵不思議な事には、その男の凹《へこ》んだ眼の底に、裸体か、もしくは裸体に近い女の姿がチラリとでも映ると、それが絵であらうと、実物であらうと見境ひは無い、破れ千切れた登山靴を宙に飛ばして、逃げ出して行《ゆ》くのでした。さうして知らない家《うち》でも、自働電話でも何《なん》でも構はない。行《ゆ》きなり放題に飛込んで、救けを求めるかと思ふと、進行中の電車や汽車に飛び乗りかけて、跳ね飛ばされたりするので、トテモ剣呑《けんのん》で仕様がないのです。……えゝ……さうなんです。近頃は方々の店先に裸体画が殖《ふ》えて来ましたからね。おまけに秋口と云つても、旭川の日中はまだ相当暑いのですからね。何《なん》でもソレらしいものを見さへすれば、絵葉書屋の前だらうが、川の中の洗濯女だらうが見境ひは無い。又は一里先だらうが鼻の先だらうがおなじこと。悲鳴をあげて狂ひ出すのでタウトウ旭川の町中の大評判になつてしまひました。

　ところが其《そ》のうちに、そのエロ狂の骸骨男が、ドウ戸惑ひをしたものか、旭川の警察署へ飛び込んで、保護を受けるやうになりますと、世間は又広いもので、意外にもその骸骨男を引取り度《た》いといふ、篤志家が現はれて来ました。

　その篤志家といふのは、東京の目黒に在る精神病院の副院長で、その当時旭川に帰省してゐた、何《なん》とか云ふ富豪の医学士でしたが、その骸骨男……すなはちAの事を書いた新聞記事の切抜を持つて、旭川署に出頭しますと、自分の研究材料としてAの身柄を引取り度《た》い旨を、恭しく申出たものださうです。もつとも最初のうちにAの精神状態を、新聞記事によつて判断した其《そ》の医者は、極めて著明な色情倒錯と思つて居《ゐ》たさうで、ステキに珍らしい実例として、論文の材料にする積りだつたさうですが……ちやうど又、警察でも願つたり叶《かな》つたりの処だつたので、厄払ひの積りで、よく調べもせずに引渡したものださうですが……さうなると其処《そこ》は流石《さすが》に専門家だけあつて、催眠剤や、鎮静剤を巧みに使ひ分けながら、無事に東京まで連れて来て、自分の受持の病室に、首尾よくAを檻禁してしまひました。さうして半年ばかり経過するうちに、栄養が十分に付いて来て、云ふ事がイクラカ筋立つて来た頃を見計つて、なだめつ賺《す》かしつしながら色々と事情を聞き訊《ただ》してみますと……色情倒錯どころの騒ぎではない。大変な事実をAは喋舌《しやべ》り初めたのです。

　Aは其《そ》の副院長の前で、谷山家の秘密を洗ひ渫《ざら》ひサラケ出したばかりでなく、自分の発狂の真原因までも思ひ出して、アツサリ白状してしまつたのでした。

　Aは石狩川の上流を探検して、千辛万苦の末に、やう〳〵の事で旭岳の麓の私の留守宅を探し当てたのです。さうして最早、スツカリ原始生活に慣れ切つて居《ゐ》る久美子と、四人の子供達が、澄み切つた真夏の太陽の下で、丸裸体《まるはだか》のまゝ遊び戯れてゐる姿を、其処《そこ》いらのトヾ松の蔭から、心ゆくまで垣間見た訳ですが、其時《そのとき》のAの驚きはドンなでしたらう。夢にも想像し得なかつた神秘的な光景に接して、開《ひら》いた口が塞がらなかつた事でせう……のみならず其処《そこ》でヤツト一切の事情を呑み込んだAは、懐中してゐた新聞紙面の複写の中に在る久美子の写真と、実物とを引き合はせてみた時の喜びは又ドンナでしたらう。これこそ谷山家の一切合切を、地獄のドン底まで突き落すに足る大発見と思つて、胸を轟かしたに違ひありません。……その時まではまだ龍代が自殺してゐなかつた筈《はず》ですからね……。

　けれどもAは此処《ここ》で又、第二段の失策に足を踏みかけて居《ゐ》ることに気付きませんでした。つまりAは其処《そこ》で、久美子と子供達の写真を、何枚か撮つただけで、一先《ひとま》づ探険を切上げて来ればよかつたのですが、さうしなかつたのがAの運の尽きでした。……もつとも其様《そのやう》な、エロともグロとも形容の出来ないスバラシイ情景を、遠くから眺めたまゝ引返すと云ふやうなことは、新聞記者根性のAに取つて絶対に不可能な事だつたかも知れません。或《あるひ》は其《そ》のエロ・グロの女主人公《ヒロイン》に対して、A一流の冷酷な野心を起したものかも知れませんが、とにかく吸ひ寄せられるやうにフラ〳〵となつたAは、吾れ知らず熊笹を押し分けながら、其《そ》の方向に近付いて行つたものです。

　すると間《ま》もなく大変な事が起りました。

　永い間《あひだ》、男気《をとこけ》無しのまゝ、人跡絶えたモノスゴイ山奥に、原始生活をして来た気の強い女……ことにタツタ一人でアラユル飢寒と戦ひながら、四人もの子供を育てゝ来た母性が、如何《いか》に慓悍《へうかん》狂暴な性格に変化するものかといふ事実は、普通人のチヨツと想像の及ばない処でせう。……まして況《いは》んやです。ずつと以前に石狩川の方向で、二三発の銃声が聞えて以来、パツタリと影を消してしまつた自分の夫を、監獄からの追跡者に殺されたものとばかり思ひ込んでゐた妻の久美子が、カーキ色の登山服に、ライフルを担いだAの姿をチラリと見るや否や、おなじ監獄からの追跡者と早合点したのは無理もない話でせう。……何《なん》の気もなく五連発の旋条銃《ライフル》を担いで、フキやイタドリの深草を潜《くぐ》りながら、一軒屋に近付いて行つたAは、背後から不意打に、猛獣みたやうな者に飛び付かれたので、アツと思ふ間《ま》もなく飛び退《の》いてみると、其処《そこ》にはタツタ今奪ひ取つたばかりの旋条銃《ライフル》を構へた、全裸体《まるはだか》の女が、物凄い見幕で立ちはだかつて居《ゐ》る。幸ひにして引金の転把《テンパ》が上がつてゐなかつたので、ダム〳〵弾《だん》の連発を喰らはされる事だけは助かつた訳ですが、それにしても女の見幕の恐ろしさには、流石《さすが》のAも震へ上つたのでせう。女が転把《テンバ》の上げ方を知らないで、間誤《まご》々してゐる隙《すき》を狙つて、一足飛びに逃げのくと、あとから銃身を逆手《ぎやくて》に振上げた女が、阿修羅のやうに髪を逆立てゝ逐蒐《おひか》けて来る。その恐ろしさ……道もわからない藪畳《やぶだたみ》や、高草《たかさう》の中を生命《いのち》限りの思ひで逃げ出して行つても、相手はソンナ処に慣れ切つてゐる半野生化した女ですから、それこそ飛ぶやうな早さです。おまけにドウしてもAをタヽキ倒して、息の根を止《と》めなければならぬ。……子供の安全を計らなければならぬと思ひ詰めた、母性愛の半狂乱で飛びかゝつて来るのですからたまりません。

息も絶え〳〵のまゝ野を渡り山を越えて、方角も何《なに》も判然《わか》らなくなつてしまつても、まだザワ〳〵と追ひかけて来る音《おと》がする……と思ふうちに思ひもかけぬ横あひから、銃身を振り翳した裸体女《はだかをんな》が、ハヤテの様に飛び出して来る。驚いて崖から転がり落ちると、女も続いてムササビのやうに飛び降りる。小川を躍り越せば女も飛び越す。それが男よりもズット敏捷で、向不見《むかうみず》と来て居《ゐ》るのですから、Aはイヨ〳〵仰天して、悲鳴を揚げながら逃げ迷ふ。其中《そのうち》に日暮れ方になると、女はヤツト転把《テンバ》の上げ方を会得したらしく、数十間《けん》うしろから立て続けに二三発撃ち出しましたが、その最後の一発が思ひがけなく、Aの帽子を弾《は》ね飛ばしたのでイヨ〳〵肝魂《きもだましひ》も身に添はなくなつたAは、それこそ死に物狂ひの無我無中になつて、夜となく昼となく裸体女《らたいをんな》の幻影に脅やかされながら、人跡未踏の高原地をさまよひ初めました。

日が暮れて、夜《よ》が明けても、まだ女が追掛けて来るらしい風の音《おと》が、四方八方に聞こえる。息も絶々《たえだえ》に疲れて打ち倒れても、睡《ねむ》るとすぐにライフルの音《おと》が聞えたり、女の乱髪が顔を撫でたりする。そこで又も、夢うつゝのまゝ起き上つて、青天井や星空の下をよろめきまはるといふ、世にも哀れな状態になつてしまひました。さうして何処《どこ》を、ドウ抜けて来たものか野垂死《のたれじに》もせずに、生きた木乃伊《ミイラ》と同様の浅ましい姿で、旭川の町にさまよひ出ると、裸体女《らたいをんな》が眼に付くたんびに飛び上つて悲鳴をあげる。さうかと思ふと何処《どこ》へでも駈け込んで

「……タ……大変だ……谷川家の重大秘密だ……二重結婚だ……脱獄囚の妻だ……天女《てんによ》の姿をした猛獣だ……」

なぞとアラレもない事を口走るやうになつた……といふのがAの発狂の真相だつたのです。

……ところで此《こ》の真相を聞き出した今の精神病院の副院長は、最初のうち半信半疑だつたと申しますが、それは当然の事だつたでせう。初めから終ひまで非常識を通り越した事実ばかりですからね。……しかも念の為めに病院に保管して在つたAのボロ〳〵の登山服を調べてみると……ドウでせう。Aの言葉が一言一句、真実に相違ない事を証明するに十分な、畑中昌夫と谷山秀麿の戸籍謄本や、新聞紙面の複写フイルムを、内ポケツトから探し出したばかりでなく、メチヤ〳〵に

壊れたAのカメラの中に、タツタ一枚無事に残つてゐた、私の妻子のグロ写真を現象する事にまで成功したではありませんか。

副院長は其処《そこ》で初めて、Aの精神異常の回復が、谷山家の重大問題となるであらう事実に気が付いたものでした。そこで早速、私に宛てた至急親展で、事のアラマシを通知して、事実かどうかを問ひ合はせて来た訳ですが、其《そ》の手紙を受取つた時には私も、思はずシインとなりましたよ。

むろん其《そ》の手紙には、学術研究の為めに問合せるのだから、仮令《たとへ》事実であつても絶対秘密にする……云々《うんぬん》といふ追而書《おつてがき》が添へてありましたし、問題の龍代も、最早トツクにお位牌になつてゐた時分のことですから、私の心配も半分以下で済んだやうなものでしたが、しかし、それにしても重大問題には相違無いので、取るものも取りあへず上京して目黒の精神病院を訪問してみますと……又もシインとするほど脅《おびや》かされたのでした。頑丈な鉄の檻の中に坐り込んでゐた、患者姿のAは、とりあへず見舞ひに来た私の顔を、ハツキリと記憶して居《ゐ》たばかりでなく、何《なに》やら訳のわからない紙布《かみきれ》を鉄棒の間《あひだ》から突出《つきだ》しながら、辻褄の合はない脅迫めいた文句を、私に向つて浴びせかけるではありませんか。むろん其《そ》の紙片《かみきれ》は、私の事を書いた新聞の複写か何《なに》かと思ひ込んでゐたものに違ひ無いのですが……。

私は其《そ》の複写拡大紙面の実物と、ブロマイドに焼付けられた妻子のグロ写真とを並べて、副院長の自室で見せて貰ひましたが、それを見て居《ゐ》るうちに初めて、自分の過去の記憶を電光のやうに呼び起す事が出来ました私は、あんまり烈《はげ》しいショツクを受けました為めに、一時失神状態に陥つてしまつたものです。

しかし間《ま》もなく、副院長の介抱によつて正気に帰りますと、私は、すぐに非常な勇気を奮ひ起しまして、Aが自白した一切の事実を確認しました上に、尚足りない処を詳細に、副院長の前で補足してしまひました。さうしてAの一身に関する相当の保護を依頼すると同時に、私の前身を公表するかしないかといふ重大な判断はタツタ一つ……副院長の自由意志に一任しまして、その旨を半狂人《はんきちがひ》のAに詳しく云ひ聞かせますと、そのまゝ北海道に引上げてしまひました。これは申すまでもなく、万一、私の前身が公表されました場合、落付いて刑に就くべく心用意をして置く為でした。……いくら他人の秘密を預るのが商売の精神病医でも、これ程の秘密を握り潰すのは、容易な事であるまいと思ひましたからね。

……エツ……何《なん》ですつて……

私の話がトンチンカンですつて……。

これは怪《け》しからん。何処《どこ》がトンチンカンですか。私は立派に順序を立てゝお話ししてゐる積りですが……。

何《なん》ですか……その新聞記者のAといふ男の本名は、まだ思ひ出さないかつて仰《おつしや》有るのですか……サア。それがまだ思ひ出せないのですが……モウヂキに思ひ出すだらうと思つてゐるんですが……。

……オヤ……何故《なぜ》お笑ひになるのですか。

ヘエ。此処《ここ》がその目黒の病院なんですか。ヘエツ。それぢやA君も此処《ここ》に居《ゐ》る訳ですね。ヘエ――ツ。ほんたうに居《ゐ》るのですか。……ちつとも知らなかつた。イツタイ何処《どこ》に……

エツ。……此処《ここ》に居《ゐ》る……。

……ナ……何《なん》ですか……私がその新聞記者のAだと仰《おつしや》有るのですか。御冗談ばかり……私は只今も申しました通り、谷山家の養嗣子《やうし》秀麿ですが。その久美子といふ、猛獣天女《てんによ》の亭主に相違ないのですが……龍代と二重結婚をしたアノ白痴同様の……

エツ。その秀麿……谷山家の養子になつた私が、此処《ここ》に入院した原因をお尋ねになるのですか。そ……夫《そ》れはその……その発狂当時の事ですからチヨツト思ひ出し兼ねるのですが……

……お笑ひになつちや困ります。鏡なんか見なくたつてい〻です。自分の顔は自分でちやんと知つて居《を》ります。

……ナ……ナ……何《なん》と仰《おつしや》有るのですか。その谷山秀麿は、今でもやはり谷山家の養子になつて、盛んに事業界に活躍してゐる。後妻には山の中から久美子を迎へ出して、谷山夫人を名乗らしてゐる……そ……それあ怪《け》しからんぢや無いですか……二人は今後、絶対に人間世界に帰らないと云つて、あれ程固く約束してゐたのに……イヤ〳〵。私の想像なんかぢや無いのです。事実に相違ないのです。実に……ジツに怪《け》しからんですなあ……。

ヘエ。何《なん》ですつて……こ〻の副院長から与へられた暗示で、美事に過去の記憶を回復した谷山秀麿は、北海道に引返《ひつかへ》してから間《ま》もなく、副院長の誠意を籠めた手紙を受取つたので、ホツト一息安心することが出来た。さうしてAの一生涯を、病院で飼殺しにして貰ふやうに、折返して返事を出すと、すぐにタツタ一人で極秘密の裡《うち》に、旭岳の麓《ふもと》へ久美子を迎へに行つたのですか。ヘエ……そこで流石《さすが》の猛獣天女《てんによ》だつた久美子も、なつかしい昌夫の泪《なみだ》ながらの告白に負けてしまつた。ハ、ア……作り飾りの無い、昌夫の純情に動かされた結果、龍代の身代りになつて、谷山家の一粒種……龍太郎を育て上げる可《べ》く、涙ぐましい決心をした。成る程……そこで四人の子供を左右に引連れた猛獣天女が、はる〴〵と人間世界に天《あま》降《くだ》る事になつたが、それに就ては昌夫の秀麿が、思ひ出深い石狩川の上流から、ヱサウシ山下の別荘まで、人に知れない様に連れ込むべく、アラユル苦心を払つたものである。いかにもねえ……それから久美子の戸籍面の届出や、子供の行儀作法のテストに至るまで、又もや惨憺たる苦心研究を積ませられたものであるが、さて其《その》あげく、イヨ〳〵一行《いつかう》を谷山家に乗込ませて見ると、案ずるよりも生むが易いで、久美子の奥様振りが頗《すこぶ》る板に付いたアザヤカナものだつたので、龍代の再来といふ評判が立つて、一躍、界隈《かいわい》の社交界をリードする様になつた。同時に家庭も極めて円満で、五人の子供達にミヂンの分け隔ても見せないから、将来、谷山家の秘密に気付くものは絶対に出ない見込である……だから其《そ》の事に就ては、絶対に心配しなくともいゝと仰有《おつしや》る……ナア──ンダイ。馬鹿にしやがらア……。

　イヤ……アハヽヽヽ……これあ失敗《しくじ》つた。うつかりネタを曝《ば》らしちやつた。

　アハヽヽ。実はね。先生をドウかして一パイ引つかけて、マンマと首尾よく退院してくれようと思ひましてね。この間《あひだ》から寝ないで話の筋を考へてゐたんです。さうしたらツイ今サツキ尻餅を突いた拍子に、自分の経歴を思ひ出したやうな気がしたもんですからね。こいつあ占《し》めたと思つて、すぐに先生の処へ来たんですが……ハアテネ……

　俺は一体、誰の経歴を思ひ出したんだらう……自分で調べた他人の経歴を思ひ出したんぢや無いか……ハテ……いけねえ〳〵。モツトよく考へて来れあよかつた。何処《どこ》かに辻褄の合はない処があつたんだ……。ヨオシ……今度こそは……。

　エツ。昨日《きのふ》も僕が同じ話をしに来たんですつて……一昨日《をととひ》も……ズツト前から何度も〳〵……アノ僕が……ヘエ……。だから先生の方でも、谷山さんに頼まれた通りに、繰り返し〳〵詳しい事情を説明して、ヤキモキしない様に云つて聞かせて居《ゐ》るが、ドウしてもわからない……僕がですか……ヘエ。おまけに自分の事と、他人の事とをチヤンポンにして考へたりするので、話がだん〳〵トンチンカンになつて来る。だから君のアタマはタシカでない。谷山家の事なんか忘れてしまつて、モツト気楽に養生しなければ、何時《いつ》退院出来るかわからない……ヘエ──……。それあ誰のことですか……エツ……僕のこと……ヘエ。さうして貴方《あなた》は……。失礼ですが、どなたですか。

　エツ。副院長の助手さん……一緒に僕の心理状態を研究してゐる……

　……ウワア……しくじつたア。それぢや何《なん》でも知つてゐる筈《はず》だ。僕は又院長さんかと思つた。院長さんなら、まだ一度も僕に会つたことがないから、もしかすると一パイ喰《く》ふかも知れないと思つたんだが……いけねえ〳〵……。

　アツハツ〳〵〳〵〳〵〳〵……。

　あゝア──ツ。くたびれたアツ……ト……。

　ねえ先生……話し賃《ちん》に煙草を一本下さいな………。

　……オヤア──ツ。誰も居《ゐ》やがらねえ……。

　此処《ここ》は檻房の中だ……をかしいな。俺あサツキから一人で饒舌《しやべ》つてたのかな……フーン……イツタイ何《なに》を饒舌《しやべ》つてたんだらう……。

　……桐の花が、あんなに散つてやがる………。

……アツ……忘れてゐたツ…………。

俺や龍代に復讐する積りだつたんだ……彼女《あいつ》は俺に肱鉄を喰《く》はせやがつたんだ……妾《わたし》をオモチヤにする積り……つて冷笑しやがつたんだ。だから其《そ》の通りにして遣つたんだ。前科者を亭主に持たして、一泡吹かしてくれようと思つたのが、間違つてコンナ事になつてしまつたんだ。あべこべに俺がキチガヒ扱ひされる事になつたんだ。

エ、ツ……コンナ篦棒《べらぼう》な……不公平な……。

俺あ谷山家に怨みがあるんだ。コ、を出して呉《く》れ。不法檻禁だぞ畜生……ドウスルカ見ろ……龍代の阿魔《あま》……。出して呉れ〳〵呉れ〳〵……出して呉れツ……。出して……くれエ、、――ツ……。

老巡査

睦田《むつだ》老巡査はフト立ち止《ど》まつて足下《あしもと》を見た。黄色い角燈《かくとう》の光りの輪の中に、何《なに》やらキラリと黄金色《きんいろ》に光るものが落ちてゐたからであつた。

老巡査は角燈《かくとう》を地べたに置いた。外套《ぐわいたう》の頭巾《づきん》を外して、シンカンと静まり返つてゐる、別荘地帯の真夜中の気はひに耳を澄ましたが、やがて手袋のまゝ外套の内ポケツトを探つて、覚束《おぼつか》ない手付きで老眼鏡《らうがんきやう》をかけながら、よく見ると、それは金口《きんぐち》の巻煙草《まきたばこ》の吸ひさしを、短い銅線の切端《きりはし》の折れ曲りに挟んで、根元まで吸ひ上げた残りであつた。そこいらに、すこしばかり灰が散らばつてゐる処を見ると、ツイ今しがた投げ棄てたものらしかつたが、しかし火は完全に消えてゐた。おほかた冷たい大地の湿気を吸つたものであらう。

睦田巡査は、いくらか失望したらしく、力ない手付きで眼《め》鏡《がね》を外した。さうして

「心配なことは無い」

と口の中でつぶやきながら、モウ一度そこいらの暗闇を見まはしたが、なほも念の為めに其《そ》の吸殻を泥靴でゴシ〳〵と踏みにじつて、火の気が無いことを確かめてから、老眼鏡をモト通りに、仕舞ひ込んで、外套の頭巾を頭の上に引上げると、又も角燈《かくとう》を取り上げながらポツリ〳〵と歩き出した。

……すこし睡《ねむ》くなりながら……

彼は、かうして幾カラツトのダイヤモンドにも優《まさ》る、スバラシイ幸運を踏みにじつて行つたのであつた。金口の煙草を、そんな風にして吸ふ人間が、ドンナ種類の人間であるか考へたならば……さうしてソンナ種類の人間が、此様《このやう》な真夜中の別荘地帯に、無暗《むやみ》に来るものか来ないものかを、その時にチヨツト考へてみただけでも、彼の一生涯の幸運を取返す筈《はず》であつたのに……。

もう五十の坂を越してゐながら、まだ部長にもなり得ないで居《ゐ》る睦田巡査は、かうして巡廻を続けながら、これぞといふ功績も過失も無かつた平々凡々の彼の巡査生涯を、何度くり返して考へ直したか、わからないのであつた。何《なに》か事件が起るたんびに、こんな仕事は自分に向かないと思つてビク〳〵しながらも、たゞ病身の妻と、大勢の子供が可愛《かはい》ばつかりに、思ひ切つて辞職もし得ないで来た彼の運命のみじめさを、幾度涙ぐんだか知れないのであつた。

だから最近に栄転した前署長のお情《なさけ》で、東京郊外の平和な別荘地になつてゐる、このK村の駐在所に廻されると、受持

区域に住んでゐる知名の人々からの附届《つけとど》けで、やつと息が吐《つ》けるやうになつた事をドレ位、感謝してゐたことか。その巡廻の一足々々毎《ひとあしひとあしごと》に……此《こ》の地域に事無かれかし……とドンナに誠意を籠めて祈つたことか。さうして又、それが泥棒一つ捕《つか》まへた経験の無い無能な彼の、心中からの……たゞ一筋の悲しい願ひでなければならぬ事を、彼自身に何度、自覚したことか。

しかし睦田巡査はまだ二十歩と行《ゆ》かないうちに、タツタ今踏み付けた奇妙な吸殻の事を、キレイに忘れてしまつてゐた。まん丸い背中を一層丸くして、外套の頭巾を深々と引下《ひきおろ》して、薄暗い角燈の光りの中に、何処《どこ》までも〳〵続くコンクリート壁や、煉瓦塀や、生垣の間《あひだ》をトボ〳〵と歩いて行つた。

寒い〳〵星の夜《よ》であつた。

その翌《あく》る朝であつた。

彼が踏み躙《にじ》つて行つた幸運が、ソレだけの悪運となつて彼の頭上に落ちかゝつて来たのは……

彼の受持区域内でも、屈指の富豪と眼指《めざ》されてゐる倉川《くらかは》男爵家の別邸に、二人組《ににんぐみ》の強盗が入つて、若い、美しい夫人と小間使を絞殺し、一人の書生に重傷を負はせ、夫人所有の貴金属、宝石類と、現金二百余円を奪ひ取つて逃走した事が、夜明けまで震へてゐた台所女中によつて、分署まで報告されて。さうして其《そ》の兇行の推定時刻が、彼の巡廻時刻とピツタリ一致したのであつた。

電話で「巡廻中異状は無かつたか」と尋ねられた時に、何《なん》の気もなく「ハイ」と答へた彼は、すぐにK駐在所から一里《り》ばかりを距《へだ》たつた、K分署に呼び付けられて、居残《ゐのこ》つてゐた法学士の分署長から、眼の玉の飛び出るほど叱責されなければならなかつた。さうして

「見舞に行《ゆ》くには及ばぬ。君の様な人間が現場《げんぢやう》に立会つたとて、役に立つものぢや無い。留守をして電話でも聞いてゐたまへ」

と小使の面前で罵倒されたのであつた。

署長以下の全員が出動したあとで、ガランとした室《へや》の真中の大火鉢に、椅子を寄せて屈《かが》まり込んだ睦田巡査は、その青ざめた顔に幾度も〳〵涙を流した。さうして電話がかゝるたんびに、水涕《みづつぱな》をスヽリ上げ〳〵立上《たちあが》つてゐたが、その電話を本署に取次いで居《ゐ》るうちに……遭難した倉川家の若い男爵は、旧友の某国大使を、神戸に出迎へに行つた留守中であつたこと……犯人はドチラも黒装束に覆面をした、専門の強盗らしかつたこと……倉川家の裏手のコンクリート塀を乗越える時に、電話線を切断してゐたこと……バンガロー風の二階の窓《まど》硝子《ガラス》を切つて、螺旋《ねぢ》止《ど》めを外して忍び入つたこと……夫人と小間使は眠つたまゝの位置で絞殺されてゐたこと……重傷を負はされた書生が間《ま》もなく死亡したこと……物置に隠れて震へてゐた台所女中が、夜《よ》の明けるのを待つて、お隣りから分

署に電話をかけたこと……そのほかは一切不明……と云つたやうな事実が判明して来た。

彼は非常召集を受けた巡査たちが、自宅から直接に現場《げんぢやう》へ行《ゆ》く姿を、真白《まつしろ》な霜の野原と一緒に思ひ浮かべた。さうしてそんな連中《れんぢう》が、無能な自分を怨《うら》んだり、冷笑してゐる顔付きまで想像してみた。それから事件が万一迷宮に入つた場合に、当然自分に落ちかゝつて来るであらう運命に就《つ》いて、繰返し〲考へてみたが、しかし、それはイクラ考へ直しても、わかり切つた事であつた。

睦田巡査はポケットから鉈豆煙管《なたまめぎせる》を出して、粉煙草を一服吸ひ付けた。思ひ諦めた投げ遣りのやうな気持で、フーツと煙を吹くうちに、思はず噎《む》せかへつてゴホン〲と咳《せき》をしたが、それにしても此際呉々《このさいくれぐれ》も残念なことは、自分の受持区域でありながら、被害者の家《うち》に見舞に行《ゆ》けない事であつた。

いつも彼の老体に同情して、色々と慰めた上に「主人が留守勝《がち》ですから、どうぞよろしく」と云つて十分の心付《こころづけ》をして呉《く》れた、あの美しい奥さんの霊前に、誰《たれ》よりも先に馳《か》け付けて、心からのお詫びの黙禱が捧げたかつた。さうして出来ることならば、新しい手がかりの一つか半分でいゝ、心安い台所女中の口からなりと引き出して、署長の機嫌を取直し度《た》い……当座の不面目を取繕《とりつくろ》ひ度《た》いと、暫くの間《あひだ》それればつかりを気にして考へ直してゐたが、しかし、それとても今となつては、力及ばない事であつた。

彼はかうして、誰《たれ》を怨む力も無くなつた彼自身の姿を、灰になりかけた火鉢の縁《ふち》に発見したのであつた。さうして彼の眼の底に蠢《うご》めくものは結局、痩せ衰へた彼の妻と、その周囲《まはり》を飛びまはつたり、匐《は》ひまはつたりしてゐる子供たちの姿ばかりになつてしまつた。

彼はさうした幻影を見まいとしてシツカリと眼を閉ぢた。すると最前から溜《た》まつてゐた生温《なまぬる》い泪《なみだ》が、ポタ〲と火鉢の灰の中に落ちた。その一粒が、消えかゝつた炭火の上に落ちたらしくチユー〲と音《おと》を立てたが、その音《おと》を聞いて居《ゐ》るうちに、又も新しい涙が湧出《わきだ》して来るのを、彼はドウする事も出来なかつた。

そんな事を考へまはして居《ゐ》るうちに、何時《いつ》の間《ま》にか時間が経つたらしい。彼の背後の柱時計が、夢のやうに一時《いちじ》を打つと間《ま》もなく、非常線に出てゐた同僚の二三名がバタ〲と帰つて来た。

「……あゝ……ねむい〲……」

「いくら云うたつて新米の署長は駄目ぢやよ。第一非常線からして手遅れぢや無いか。青年会なぞ出したつて何《なん》の足しになるものか」

「まあさう云ふなよ。お蔭で無駄骨折《むだぼねをり》が助かるぢや無いか」

「指紋も無いさうですね」

「ウン今頃は犯人等《やつら》、千里向うで昼寝してケツカルぢやろ。ハヽン。うまくやり居《を》つた」

さう云ふうちに古参の彼が居《ゐ》ることに気が付くと、慌てゝ敬礼をしい〳〵帯剣を外したが、そのまゝ各自《めいめい》の椅子に就いてヒツソリと口を噤《つぐ》んでしまつた。彼等は睦田巡査が、最前署長から叱られた事を知つて居《ゐ》るらしかつた。

睦田巡査は、もう現場《げんぢやう》の模様を聞いて見る勇気さへ出なかつた。たゞ、無能の標本みたやうに、火鉢のふちに曝《さら》し物にされてゐる自分自身を顧みて、力なくうなだれるばかりであつた。

それから、ちやうど満一年経つた。

睦田巡査は予想通り年度代りで首になつたが、それでも貰へるものだけは貰つたので、それをたよりに色々と縁故を辿《たど》つて運動した結果、二個月ばかり前から、市外の製作工場の門衛に雇はれてゐた。むろん俸給は安いし、夜勤もあるにはあつたが、しかし殆《ほと》んど門番と、受付を兼ねたやうな単純な仕事であつた上に、巡廻の区域が非常に狭かつたので、肥満した睦田老人に取つては、却つて極楽のやうな気がしたのであつた。

彼は毎日正午の休憩時間になると、会社の事務室に来て、新聞の続きものを読むのが、何《なに》よりの楽しみになつた。ビク〳〵と縮こまつたまんま、何《なん》の華やかさも無い生涯を送つて来た彼は、その小説や講談の中に出て来る気の毒な、憐れな運命の持主に満腔《まんかう》の同情を寄せると同時に、そんな人々が、正義の力によつて救はれて行《ゆ》く筋道を、自分の事の様に力瘤《ちからこぶ》を入れて読み続けた。ことに世の中の下積《したづみ》になつた温柔《おとな》しい人間が、思ひがけない幸運に出会つたり、お上《かみ》から御褒美を戴いたりする場面にぶつかると彼は、人に気付かれるのを恐れるかのやうに、ソツと眼鏡《めがね》を拭ひながら、二度も三度もくり返して読み直しては、人知れず溜息をするのであつた。

ところが、そのうちにツイ二三日前《ぜん》のこと、フト眼に付いた社会面の大標題《おほみだし》を、何心《なにごころ》なく見直してみると、彼は思はずドキンとして、老眼鏡《らうがんきやう》をかけ直した。

就職運動に逐《お》はれてゐるうちに、忘れるともなく忘れてゐたけれども、モウ、とつくの昔に捕まつて居《ゐ》るものとばかり思つてゐた、一年前《ぜん》のK村の強盗殺人犯が二人とも、まだ捕まつてゐないばかりでなく、益々兇暴を逞《たくま》しくしてゐるのであつた。

倉川家の幸福と共に、彼の運命まで蹂躙《じうりん》し去つた二人《ふたり》組《ぐみ》の黒装束は、若い倉川男爵が、涙のうちに大枚三千円の懸賞金を投出して、復讐を誓つたにも拘はらず、その後《ご》三回までも東京郊外を荒しまはつて警視庁の無能を思ふ存分に嘲笑したのであつた。そのあげく暫く消息を絶つてゐたが、此頃《このごろ》になつて、ズツト飛んで京大阪地方に河岸《かし》を変へたらしい。やはり閑静な住宅地が専門らしく、既に二軒ほど、おなじ二人《ふたり》連《づれ》の黒装束に襲はれてゐて、一軒の家《うち》では後家さんが絞殺され、モウ一軒の家《うち》では、留守番の男が前額《ぜんがく》を斬割《きりわ》られてゐた。

新聞は又も思ひ出したやうに当局の無能を鳴らし初めてゐた。さうして一年前のK村の惨劇《ぜん》を振出しにした、彼等の戦慄すべき兇暴な手口を、殆《ほと》んど称讃せむばかりに書立てゝ居《ゐ》るのであつた。

睦田老人は、殆んど新聞の半面を蔽うてゐる、其《そ》の長々しい大記事《だいきじ》を読んでゐるうちに、モウ、息も吐《つ》かれないくらゐタヽキ付けられてしまつた。……モウ沢山だ……モウ沢山だ……と叫んで逃げ出し度《た》い気持になりながらも、息も吐《つ》かれぬ心苦しさに惹き付けられて読んでゐる彼を……これでもか……これでもか……と押へ付けるかのやうに、峻烈を極めた筆付きで、今までの事件の記録が繰返されてあつた。さうして最後に、此等《これら》の数件の犯罪は、その手がゝりの絶無なところから、逃走の神速な点に到るまで、在来の日本《にほん》の警察能力をはるかに卓越し、且《か》つ之《これ》を冷笑して居《ゐ》るものと見るべきである。かゝる残忍大胆なる犯行を防止し得ない警察当局は、ソモ〳〵の責任を何処《どこ》に持つて行《ゆ》かうと思つて居《ゐ》るのか……と云つた様な激越な論調で結んでゐるのであつた。

睦田老人は病人のやうに青褪《あをざ》めたまゝ、事務室をよろめき出た。事件後間《ま》もない或る夕方のこと、小雨の降る中を人知れず、倉川家の門前《もんぜん》に行つて、心からお詫びをした時と同じ気持になりながら……さうして今となつては同じ様なお詫びをイクラ繰返しても追付かなくなつた、彼自身の無能な立場に気付きながら……。

睦田老人はそれ以来、事務室へ新聞を読みに行《ゆ》かなくなつた。五つ六つ読みかけてゐる続きものの後段《こうだん》が、たまらなく気にかゝるにはかゝつたが、しかし其《そ》の間に又もや挟《あひだ》まれてゐるかも知れない、二人組《ににんぐみ》の黒装束の記事のことを考へると、二の足を踏まずには居《ゐ》られないのであつた。

彼は今日も新聞を読みに行《ゆ》き度《た》いのをヂツと我慢しい〳〵、門衛の部屋に腰をかけながら、ボンヤリと火鉢に当つて居《ゐ》た。お天気がいゝので急に殖《ふ》えて来た蝿が、二三匹ブル〳〵ンと這ひまはつてゐる、汚《よご》れた硝子戸《ガラスど》を見詰めてゐた。

門の前の空地の向うには、大きなS製薬会社のコンクリート壁が屹立してゐて、ルンペンが三人ほど倚《よ》りかゝつてゐた。そこは日当りがいゝし、交番から遠くもあつたので、いつも一人か二人のルンペンが居《ゐ》ないことは無かつた。その姿を見ると彼は、いつも、自分の境遇に引き較べて、儚《はかな》い優越感を感じながら、心持ちだけ救はれたやうなタメ息をするのであつた。

今も睦田老人は、さうした気持で何気《なにげ》なく、そんなルンペン達を眺めて居《ゐ》たのであつたが、そのうちに中央《まんなか》の一人が、妙な手付きをして煙草を吸つてゐるのに気が付くと、睦田老人は、その青白く曇つた眼を急にギヨロ〳〵と廻転させた。慌てゝポケツトをかい探りながら老眼鏡をかけた。

ズツト前から、度が弱くなつてゐた古い鉄縁《てつぶち》の老眼鏡は、ちやうど其処《そこ》いらに焦点が合ふらしく、その鬚《ひげ》だらけのルンペンの口元がよくわかつた。

そのルンペンは、よく新聞や雑誌に出て来る外国の大政治家のやうに荘重な眼付をした、堂々たる鬚男であつたが、どこか其処《そこ》いらの道傍《みちばた》から引抜いて来たらしい、細い草の茎を折曲げた間《あひだ》に、短かい金口《きんぐち》の煙草を挟んで、さも勿体なさそうに吸つてゐるのであつた。

睦田老人は思ひ出した。ちやうど一年前に巡廻した彼《あ》の寒い真夜中の出来事を……。自分が踏み潰した金口煙草の吸ひさしの形を……。さうして死んだ倉川夫人の白い、美しい笑顔を……。

睦田老人は、思はず椅子から腰を浮かしながら、黒い詰襟のフツクをかけ直した。それは肥満した彼が、事件で出動する度毎《たびごと》にいつも繰返した昔の癖であつたが……。

門衛の部屋から出て来る制服制帽の彼を見ると、ルンペンの中の二人は、追ひ払はれるのかと思つたらしく逃げ腰になつた。しかし真中の鬚男だけは、なほも金口煙草に気を取られてゐるらしく、片眼をつぶつて、唇を横すぢかひにしい〱プカ〱と紫色の煙を吸ひ味はつてゐた。

睦田老人は、わざとニコ〱しながら其《そ》の前に近付いて行つた。今朝《けさ》、職工長から貰つたカメリヤの袋の中から三本を抜き出して、掌《てのひら》の上に載せながら……

彼のさうした態度を見《み》ると、三人のルンペンが急に帽子に手をかけて、ヒヨコ〱とお辞儀をした。

睦田老人は一世一代の名探偵になつたやうな気持ちがした。心安さうに三人の間《あひだ》に並んで壁に倚《よ》りかゝりながら、出来るだけ巡査口調を出さない様にして話しかけた。地面に投棄《なげす》てられた金口の煙を指しながら……

「そんな金口は、何処《どこ》から拾つて来るかね」

「コレケ」

と鬚男は破れたゴム靴の片足で、その煙を踏み付けながら答へた。

「これあ盛り場から拾《ひ》らつて来《く》んだ。別荘町《まち》だら長えのが落ちてるツテツケンド、俺《おら》、行つたコタネエ」

鬚男は腹からのルンペンらしく、彼等特有の突《つ》ツケンドンな早口で、彼等特有の階級を無視したルンペン語を使つた。巡査時代に乞食《こじき》を取調べた経験を持つてゐる睦田老人で無かつたら、到底聞き分けることが不可能であつたらう。睦田老人は何《なん》となく胸の躍るのを禁ずる事が出来なかつた。

「フーム。君たちの仲間で、わざ〱別荘地へ金口を拾ひに行《ゆ》く者があるかね」

「居《ゐ》ツコタ居《ゐ》ツケンド、そんな奴等、テエゲ荒稼ぎダア。コツトラ温柔《おとな》しいもんだ……へ、、、……」

鬚男は黄色い健康な歯を剥出《むきだ》しながら、工場《こうば》の上の青空を凝視した。

　睦田老人は強《し》ひてニコ〳〵顔を作らうと努力したが、出来なかつた。顔面の筋肉が剛《こ》はばつてしまつて、変な泣き顔みた様なものになつてしまつたことを意識した。

「フーン。荒稼ぎといふと泥棒でもやるのかね」

「何《なん》だつてすらア。本職に雇はれて見張りでもすれあ十日《とをか》ぐれ極楽ダア。トツ捕まつてもブタ箱だカンナ」

「ウーム、中には本職に出世する者も居《ゐ》るだらうな」

「たまにや居《ゐ》るさ。去年まで一緒に稼いだタンシユーなんざ、品川の女郎《アマツペヒ》引かして、神戸へ飛んだつチ位だ」

「……ナニ……何《なん》と云ふ……神戸へ……」

　睦田老人の声が突然にシヤガレたので、三人のルンペンたちが妙な顔をして振向いた。睦田老人は慌てゝ顔を撫でまはしたが、その時に自分の額《ひたひ》がジツトリと汗ばんで居《ゐ》るのに気が付いた。彼はわざとらしい咳払ひを一つした。

「フムー。エライ出世をしたもんだな」

「ウン。野郎……元ツカラ本職だつたかも知んねツテ皆《みんな》、左《せ》様《え》云つてツケンド……いつも仕事をブツタクリやがつた癖に、挨拶もしねえで消《き》えちまつた罰当りだあ。今にキツト捕まるにきまつてら」

「フーン。ヒドイ奴だなタンシユーツて奴は……」

「丹六つて奴でさ。捕まつたら警察で半殺しにされるんでせう……ネエ旦那……」

「……そ……さうとも限らないが、人を殺したら死刑になるだらう」

「ブル〳〵。真平《まつぴら》だ。危ねえ思ひ為《し》るより、この方が楽だあネエ旦那ア……」

「さうとも〳〵。しかし……その男……丹六とか云ふ男は人を殺したのかね」

「…………」

　鬚《ひげ》男は返事をしなかつた。ビツクリしたやうに眼をマン円く見開《みひら》いて睦田老人の顔を見たが、忽《たちま》ち首をキユツと縮めて、眼をシツカリと閉ぢて、長い舌を、ペロリと鬚の間《あひだ》から出した。……と思ふと一瞬間にモトの表情に帰つて、眼を剝き出しながら
「エヘヽヽヽ……」

と卑《いや》しい笑ひ方をした。

　そんな表情を見たことの無い睦田老人は思はずゾーツとさせられた。しかし一生懸命に注意力を緊張さしてゐたおかげで、その表情の意味だけは、わかり過ぎる位わかつた。さうして吾《われ》知らずカーツと上気したまゝ、鬚男の笑ひ顔を穴の明く程、凝視したのであつた。

　それから十分と経たないうちに、タツタ一通話の市外電話を受取つた警視庁は、俄然として極度の緊張振りを示した。

　すぐに刑事を製作所に走らして、まだ日陽《ひなた》ボツコをしてゐたルンペンの鬚男を引致《いんち》すると同時に、睦田老人を召喚して

立会はせながら、厳重な取調べを行ふ一方に、別の刑事を飛ばして、品川の女郎屋をシラミ潰しに調べ上げると、鬚《ひげ》男が話した通りの人相の男が、昨年の暮に落籍《ひか》した女の写真が手に入つた。……と……其夜《そのよ》のうちに二人の敏腕な刑事が、鬚を剃らして変装したルンペンと、女の写真を護《まも》つて、大阪に急行したのであつた。

それから、ちやうど二週間目の夕刊には東京、大阪とも同時に、二《に》人組《にんぐみ》の強盗が捕まつたことを特号標題《みだし》で報道した。尤《もつと》も京阪地方の新聞の大多数は、犯人の足が、意外な処から付いた様に書立てゝゐた。……といふのはかうであつた。被害者の家《うち》には申合はせた様にS・S式軽油ストーブが在つたところから、若《も》しやと思つて京阪神地方の煖房具店を調査すると、果せる哉《かな》、東京から廻送して来た写真の女が開《ひら》いてゐる、軽油ストーブ店が三の宮で発見されると同時に、その店の主人と、雇男《やとひをとこ》が犯人に相違無いことが判明したものである。しかも之《これ》を白昼に襲撃して、一挙に三人を逮捕することが出来たのは、何《なん》と云つても当局の偉功であると、極力賞讃して居《ゐ》るのであつたが、之に対して東京の新聞は申合はせたやうに、事件の殊勲者たる睦田老人の事ばかりを主《しゆ》として、堂々たる写真入りで掲載して居《ゐ》たので、両方の新聞を読んだ人は思はず微苦笑させられたのであつた。

警視庁に呼出された睦田元巡査は、総監以下、各係長、新聞社員等《ら》の立会の上で、倉川男爵の手から三千円の懸賞金を授けられたが、七ツ下《さが》りの紋付袴《もんつきはかま》を着けた彼は、殆《ほと》んど歩く力も無いくらゐ青ざめてふるへてゐた。

それでも辛うじて床《ゆか》の上を前の方によろめき出ながら、男爵の感謝の言葉を受けるには受けたが、同時に自分の失態の代償として、大枚のお金を受取る心苦しさを云はうとして云ひ得なかつた彼は、顔の筋肉をヒク〳〵と引釣《ひきつ》らせながら、涙をハラ〳〵と流して男爵の顔を見上げた。さうしてタウトウお礼の言葉さへ云ひ得ないまゝ、唇を二三度震はしただけで、覚束《おぼつか》ない廻れ右をして引退《ひきさが》らうとすると、その時に立会つてゐた総監が、自分の手で渡すべく準備してゐた金一封を取上げながら大きな声で

「まだありますぞ……」

と呼び止《と》めた。

その声と同時に睦田老人は、ストンと尻餅を突いて気絶してしまつた。

意外な夢遊探偵

一方、星田《ほしだ》代次《だいじ》と別れた雑誌記者の津村《つむら》は、殆《ほと》んど逃げる様にして新橋駅構内を出た。さうして何処《どこ》をドウ通り抜けて来たか、わからないくらゐ混乱しい〳〵銀座の左側の通りをセツセと歩き出した。

けれども、それから人ごみの中を二三百歩ばかり一直線に歩いて来ると彼はハタと足を佇《と》めた。両手をポケツトに突つ込んで、うなだれたまゝホツと溜息をした。殆んど不可抗的な力に直面させられた気持で……

……俺は星田を救はねばならぬ。……自分の先輩とも、兄とも、又は一種の保護者とまでも感じて、尊敬してゐた星田を、鉄のバイトみたやうにシツカリと摑んでゐる「完全な犯罪」の機構の中から救ひ出さねばならぬ立場に現在タツタ今置かれて居《ゐ》るのだ……かうして銀座の人ゴミの中をタツタ一人でテク〳〵歩きながら……

と云つたやうな感じを受けると、気の小さい彼は、殆んど身動きも出来ない気持のまゝ、又もソロ〳〵と歩き出したのであつた。

……誰《たれ》も加勢して呉《く》れる者は無い。……否《いな》……タツタ一人居《ゐ》る。

……村井……村井だ。……

さう気が付いた時に彼は又も脊髄までドキンとさせられながら立佇《たちど》まつた。

彼は眼を一パイに見開いた。唇をワナ〳〵と震はした。今までよりも更に数等深い鋭い恐怖に襲はれつゝ、白昼の夢遊病者のやうにノロ〳〵と自分の周囲を見まはした。

其処《そこ》はちやうど資生堂の横町らしかつた。左側の横町一パイに重なり合つて行列してゐたタクシーの先頭の一つが彼に向つて手をあげて見せた。彼はフラ〳〵と其《そ》の中へ転がり込んだ。

「日本橋の二〇二〇三……ぢやない。本石町《ほんこくちやう》の医療器械屋へ……イヤ……本石町へ行《ゆ》けばいゝんだ……」

と殆んど夢うつゝの様に彼がつぶやいたのと、自動車が動き出すのと殆んど同時であつた。彼はクツシヨンのマン中にドタンと尻餅を突いて引つくり返りさうになつた。

「……村井だ……村井だ……」

「完全な犯罪」の側杖《そばづえ》を喰《く》つて、星田以上の恐怖に打ち拉《ひし》がれてゐた彼は、最早《もう》、自分の意志を無くした空つぽの人形として動いてゐるだけであつた。たゞ頭の片隅に残つてゐる疑惑の指さし示すがまゝに、そつちの方角へヒヨロ〳〵と行つて見るよりほかに、何等《なんら》の判断力も、自制力も持たなくなつてゐる彼であつた。……しかも、そんなにまで打ち拉《ひし》がれた夢遊病者同様の人間が、時と場合によつては、どんなに恐ろしい事を仕出かすものか……超人的な頭脳と意志を持つた人間に取つて、ドレ位厄介極まる苦手として立ち現はれて来るものか……といふ事は、流石《さすが》の「完全な犯罪の計画者」も予想して居《ゐ》なかつたのではあるまいか。津村は人間最高の智力と、意力によつて計画された「完全な犯罪」の機構《しかけ》の中からフラ〳〵と洩れ出した無力な人形ではなかつたらうか……何《い》時《つ》、何処《どこ》へ行つて、ドンナ事を初めるかわからない……。

「アツ。此処《ここ》だ。」

と突然に叫んだ津村は、それでも五十銭玉を一個、運転手に渡すことを忘れなかつた。さうして「医療器械」と大きく「岩代屋《いはしろや》――電日《でんに》二〇二〇三」と小さく明朝体で書いた白地《しろぢ》の看板を見上げたまゝ暫くの間《あひだ》突つ立つてゐた。

彼は此処《ここ》まで来てヤツト「此処《ここ》まで来た理由」を思ひ出したのであつた。

彼は今日の午後一時頃、此《こ》の医療器械屋を出て、怪しい男女の乗つた自動車を東京駅まで跟《つ》けて行《ゆ》く途中で、星田に云つた自分の言葉を今一度その通りに自分の耳に云つて聞かせたのであつた。白地の看板を見上げながら……

「僕はヒヨツトしたら、是《これ》は村井さんのイタヅラぢや無いかと思ふんですが……」

さう云つて村井の行動の怪しい点を一つ〳〵に拾ひ出した時の自分の微苦笑じみた気持までもハツキリと思ひ出したのであつた。

つゝましやかな彼は、かうして自分の云つた言葉や、他人から云ひかけられた言葉をいつまでも〳〵丹念に記憶してゐる癖があつた。だから彼はそれと一緒に、ツイ四日前あの珈《カ》琲《フエ》店で、彼自身と星田と村井の三人が、女給の綾子《あやこ》を取巻いて交換した、印象の深い会話の数々までもアリ〳〵と思ひ出したのであつた。極めて自然ではあつたが、三人の話題を恐ろしい犯罪の方向に引つぱり込んで「完全な犯罪は在り得ない」と主張する星田を、冷笑的な態度で反駁してゐた村井の言葉を……さうして最後に何《なん》の苦もなく哄笑し〳〵サツサと別れて行つた村井の態度を……

ところが、そんな潜在的な記憶に心を惹《ひ》かれてゐたせゐでもあつたらうか。何《なん》の気もなく「村井君のイタヅラかも知れない」と云つた彼の言葉は果然《くわぜん》、重大極まる事実となつて彼の眼の前に立ち塞がつてしまつたではないか。さうして何《なん》でも彼《か》でも此《こ》の疑ひを晴らさなければトテモたまらない……と云つた気持にフラ〳〵と此処《ここ》まで追ひ遣られて来た彼自身ではなかつたか……。

さう思ひ〳〵彼は依然として、躊躇するでもなく、しないでもないフラ〳〵とした恰好で店の中へ這入《はひ》つたのであつた。

「いらつしやいまし。」

と云ふイガ栗頭の中小僧《ちうこぞう》の愛嬌顔と、縞の筒《つつ》ツポーが彼の眼に映つた。しかし空《から》ツポになつた彼の頭は、それ以外の事を何一つ印象し得なかつた。其処《そこ》で其《そ》の中小僧にドンナ事を尋ねたかすら記憶しないまゝ又もフラ〳〵と店を出た。

「イヽヱ。その方《かた》は御自分で新聞記者とは仰有《おつしや》つた様でしたが……主人がお相手を致して居《を》りましたので、よくわかりませんでしたが、別にお言伝《ことづけ》も何《なに》もありませんでしたよ。御座いましたら主人が出がけに申残して行《ゆ》く筈《はず》ですが。ハイ。お客様のお買物について何《なに》か二言三言《ふたことみこと》お尋ねになりましたきりで、その椅子に腰を卸《おろ》して煙草を召《めし》あがりながら、表の通りをボンヤリと眺めてお出《い》でになる様でしたが、そのまゝユツクリ〳〵出てお出《い》でになつたんですが……」

と云ふ雄弁な中小僧の言葉を片耳《かたみみ》に残しながら……。

……村井は吾々《われわれ》を撒く為に此《この》店へ立寄つたのだ。新聞記者である彼が……あんなにまで熱心な態度を見せてゐた彼が、事件を見かけてコンナに緩《ふつく》り〳〵した行動を執る筈《はず》はない。そんな傍道《わきみち》の仕事よりも、カンヂンの犯人の追跡の方が、はるかにお得意の彼ではなかつたか……

津村はソンナやうなモヤ〳〵した疑ひの雲を、今までの疑ひの上にモウ一つ包みかけながら何時《いつ》の間《ま》にか往来を歩き出してゐた。老人の様に背中を曲げて、眼の前の空間を凝視して、彼の頭の中のやうに夕霧の立籠めた中からポカリ〳〵と光り出して来る自動車の燈火《あかり》やネオンサインに魘《おび》え〳〵よろめいて行《ゆ》くうちに、余程長いこと歩いたのであらう。眼の前の半空《はんくう》に大きく「あづま日報社」と輝き現はした三色《さんしよく》のネオンサインの交錯を仰いだ。そのうちに

「ハヽア。これは村井が出て居《ゐ》る新聞社だな。そんなら俺は此処《ここ》へ村井を探しに来たんだな……」

といふ事実をやつと意識した彼は、いつも村井に会ひに行《ゆ》く時の習慣を無意識の中《うち》に繰返しながら、トラックの出口から中庭へ這入《はひ》つて、編輯局の裏梯子《うらばしご》を登つた。何処《どこ》をどう歩いて、ドンナ事を考へて来たかわからないまゝ、熱病患者のやうにヘト〳〵になつてゐる彼自身の身体《からだ》と頭を、無理矢理に上へ〳〵と押し上げながら……

鉄梯子の上の写真製版室から真白《まつしろ》い光明が、眼も眩《くら》むばかり射出《いだ》されてゐた。その蔭になつて彼が登つて行《ゆ》くのが見えなかつたのであらう。彼の頭がモウ二三歩で階段の上に出ようとした処へ、ちやうど編輯局の裏廊下に当る窓の処から、慌しい会話が聞えて来た。

「オイ。何処《どこ》へ行《ゆ》くんだ！」

「アツ。君だつたのか……君……村井は何処《どこ》へ行つたか知らないかい。」

「知らないよ。今日《けふ》は来ない様だがね……何《なに》か事件かい。」

「ウン。チツトばかり凄いんだ。星田が引つぱられたんだ。」

「星田……星田つて何《なん》だい。議員かい。」

「馬鹿。この間会《あひだ》つたぢや無いか。村井と一緒に……」

「アツ。あの星田が……探偵小説の……ヘヱッ。賭博《ばくち》でも打つたのかい。」

「……そんな処ぢや無いんだ。殺《や》つたらしいんだ。」

「アハハ。初めやがつた。モウ担がれないよ。」

「馬鹿……冗談ぢや無いぞ。警視庁に居《ゐ》る戸田からタツタ今電話がかゝつて来たんだ。各社とも騒いで居《ゐ》るんだが、何《なに》か一つ特種《とくだね》を市内版までに抜かなくちやならないんだ。」

「村井は居《ゐ》ないのかい。」

「チヱツ。だから君に聞いてゐるんぢやないか。彼奴《あいつ》が居《ゐ》ると星田の事は尻ベタのホクロまで知つて居《ゐ》るんだが、けふに限つて居《ゐ》ないもんだから編輯長《おやぢ》がプン／＼憤《おこ》つて居《ゐ》るんだ。」

「村井はモウ事件に引つかゝつて居《ゐ》るんぢや無いかな。」

「ウン。そいつもあるね。何《なん》とも知れねえ。しかし取りあへず困つた問題が一つ在るんだ。そいつに弱つてるんだ。」

「何《なん》だ……その問題つてのは。」

「〇〇《ヒミツ》だぜ……絶対に……」

「……むろん……見せ給へ。その紙を……」

「フ――ン。……サイアク……オククウ……何《なん》だいコリヤ……」

「……シツ……編輯長《おやぢ》にも伏せて在るんだ。戸田から掛かつて来た電話を俺が聞きながら書き止《と》めたんだ。何《なん》でもコイツが特種中の特種らしいんだ。」

「フウン。どうして……」

「ウン、それがね。本社《うち》の戸田と三田村がけふの警視庁詰《づめ》でね。新米の三田村を案内して遣る積りで裏口の方へまはると、例の正岡《まさをか》と刑事二三人に囲まれてコツソリ自動車から降りて来る若い奴の顔を見るなり探偵小説好きの三田村が大きな声で……アツ……星田さんが……と叫んだものだ。するとその声を聞き付けた星田が戸田の顔を見るなり、刑事に気付かれないやうに、口を二度ばかりパク／＼やつてみせた。そのまんま何《なん》とも云へない悲痛な微笑を浮かめると、又モトの通りにうなだれて行つたといふんだがね。その口の動かし方をアトから考へ合せてみると、たしかに二度ともサイアク、オククウと云つてゐるに違ひ無いと思はれた。だもんだから、これは何《なに》かのヒントぢやないかつて戸田の奴が電話で云つてよこしたんだ。日比谷の自動電話を使つて……」

「フーン。しかし夫《そ》れだけぢや特種にならないね。」

「だからさ。ヒントなら何《なん》のヒントだか、これから考へなくちやならないんだが、俺あトテモ苦手なんだ。こんな事が……しかも此《こ》の……サイアク……オククウは星田が村井に伝へてくれと云ふ意味で、特に村井と心安に戸田の顔を見かけて云つたことかも知れないんだ。戸田自身にソンナ気がすると云つてよこしたんだがね。」

「ウーム。サイアク、オククウ……逆様《さかさま》には読めないし……と……サイアク。ダイマク。カイサク。ナイカク。……トクキウ。ホクフウ……わからねえよ。ハハハ……」

「誰《たれ》か君、星田の懇意な奴を知らないかい。親類でも何《なん》でもいゝ。妻君のほかに……」

「それあイクラでも居《ゐ》るだらう。何《なん》とか云ふ雑誌記者と、いつもつながつて歩いて居《ゐ》るつて話だがね。」

「ウン。その雑誌記者の名前を思ひ出してくれよ。雑誌は何《なん》だい。」

「たしか淑女グラフだつたと思ふがね。」

「そいつの名前は……」

「ウン。何《なん》とか云つたつけ……ウーン。山口ぢやなし、大津ぢやなし……と……コーツト。」

津村記者は全身にジツトリと汗を掻き乍《なが》ら焦々《ぢりぢり》と後退《あとじさ》りをし初めた。急角度に折れ曲つた狭い鉄梯子《てつばしご》から何度も何度も辷《すべ》り落ちさうになつてヤツト地面の上に足が付くと、今来た道を逆に通《とほ》つて表へ出た。……と思ふうちに背後《うしろ》からパツと大光明が射して飛び上るやうなサイレンを浴びせられた。大方第何版かを積んだトラツクが出かける処であつたらう……。

しかし彼はモウ驚く力もなかつた。星田が捕まつた事さへも当然の事と思へるくらゐ痲痺してしまつた頭の片隅で、ただ無意味に「サイアク、オククウ」といふ言葉を考へながらヨロ〳〵とよろめき退《の》いた。さうして横の暗がりに在る赤いポストの上に手をかけた。

所が、そのポストに手をかけた瞬間であつた。彼はハツとして手を引いた。そのポストの生冷《なまつめ》たさが熱鉄のやうに彼の掌《てのひら》に感ぜられると同時に、彼は或る素晴らしいヒントを得たのであつた。サイアク、オククウの謎が解けたのであつた。

彼は星田が此頃《このごろ》、極端な西鶴《さいかく》の崇拝者になつてゐることを知つてゐた。ことに其《そ》の中でも「桜蔭比事《あういんひじ》」の研究に没頭してゐて、○○館発行の古い西鶴全集の下巻を振りまはしながら「……ドウダイ津村君……最近、和洋を通じてドヱライ発達を遂げた犯罪と探偵小説のトリツクのどの一つでも、此《こ》の中の何処《どこ》からか探し出すことが出来ると思ふんだがね」と怪気焔を揚げてゐたことを、昨日《きのふ》の事のやうに記憶して居《ゐ》たのであつた。だから彼は、殺人の嫌疑を受けた星田が、警視庁の裏手で自動車から降りた時にヤツト気付いた最後的なヒントを、絶体絶命の思ひで村井に伝へて貰はうとした。その物凄いセツナイ努力を、かうした思ひもかけぬ方法で、彼自身に受け取ることが出来たものであつたらう。

彼は慌てゝ外套の襟を直した。帽子を冠《かぶ》り直した。タツタ今出て来た新聞社の玄関から、受付の女に咎《とが》められるのも構はずに、一気に階上へ駈け上《あが》ると、何度も来たことのある調査部の扉《ドア》をたゝいて中に這入《はひ》つた。顔なじみの部員に古い○○館出版の西鶴全集の下巻を出して貰つて。それでも帽子を脱いで横に置きながら第六十九頁《ページ》を開《ひら》いた。サイカク……六九……サイカク、六九と口の中でくり返しながら……。

――本朝桜蔭比事。巻《まき》の四。第七章――「仕掛物《しかけもの》は水になす桂川《かつらがは》」

昔、京都の町が静かで、人々が珍らしい話を聞き度《た》がつてゐる折柄であつた。五月雨《さみだれ》の濁水滔々《だくすゐたうたう》たる桂川の上流から、新しい長持に錠を卸《おろ》して、上に白い御幣《ごへい》を置いたものが流れて来た。そこで拾つた人間が、御前《ごぜん》へ差出して処分方《しよぶんがた》を伺ひ上げたものであつたが、開《ひら》かせて御覧になると、中には古こけた髑髏《どくろ》が五個と、女の髪毛《かみのけ》が散らばつてゐたので、皆《みな》、肝《きも》を消して震へ上つた。然《しか》るに、お上《かみ》では格別に驚かれた様子も無いばかりか、あべこべに拾つた人間をお叱りになつて、

「おのれ。無用の者を見付けて人を騒がせるヤクタイ者。これより直ぐに四条河原へ行つて、桂川を流れ下《くだ》つた長持の風説を、芝居に仕組んで興行することまかりならぬと、乞食役者どもへ固く申付けよ」と仰せられた。これは狂言の種《たね》に苦しんだ河原乞食どもの仕業と、すぐにお気付きになつたからで……云々《うんぬん》……（意抄）

此処《ここ》まで読んで来た津村はパツタリと本を閉ぢた。そのまゝ宙に吊るされたやうな恰好で、眼を上釣《うはづ》らせたまゝ調査部を出て行つた。呆れて見送つてゐた調査部員が注意しなかつたならば彼は、帽子を置き忘れて行つたかも知れない。

「これが……これが……種に苦しんだ活動屋の思ひ付きだらうか……星田の推理した『完全な犯罪』の真相だらうか……これが……これが……」

津村は頭がジイーンと鳴り出したまゝ、かうした疑ひを氷のやうに脊骨に密着させて新聞社の階段を降りた。棒のやうに固くなつたまゝ眼の前に停止したタクシーに乗り込んだ。

けむりを吐かぬ煙突

外はスゴイ月夜であつた。玄関の正反対側から突出《つきで》てゐる煙突の上で月がグン〳〵と西に流れてゐた。

庭の木立の間《あひだ》の暗いジメ〳〵した土の上を手探りで歩いて行《ゆ》くうちにビツシヨリと汗をかいた。蜘蛛の巣が二三度顔にまつはり付いたのには文字通り閉口した。道を間違へたらしかつたが、それでも裏門に出ることは出た。

潜戸《くぐりど》から首だけ出した。誰も居《ゐ》ない深夜の大久保《おほくぼ》の裏通りを見まはした。今一度、黒い煙突の影を振返ると急ぎ足で横町に外《そ》れた。

東京市内の地理と警察網に精通してゐる新聞記者の私であつた。誰にも発見されずに深夜の大久保を抜け出して、新宿の遊廓街に出るのは造作ない事であつた。

そこで私はグデン〳〵に酔つ払つたふりをしながら濛朧《もうろう》タクシーを拾ひ直して来て、駿河台《するがだい》の坂を徒歩《かち》で上《のぼ》つて、午前四時キツカリにお茶の水のグリン・アパートに帰り着いた。

此《こ》のアパートは最新式の設備で、贅沢な暖房装置がある。出入《ではい》りはむろん自由になつてゐた。それでも私は細心の注意をして、音《おと》を立《た》てない様に三階の一番奥の自分の室《へや》に忍び込んで、内部からソツと錠を卸《おろ》した。

室《へや》の中央のデスクには受話機を外した卓上電話器と、昨夜《さくや》の十一時近くまで書いてゐた日曜附録の原稿が散らばつてゐた。点《つ》けつ放しの百燭光に照らされたインキの文字がまだ青々してゐた。その原稿の上に、内《うち》ポケツトから取出した裸のまゝので千円の札束を投げ出した。それから素裸体《すつぱだか》になつて、外套や服はもとより、ワイシヤツから猿股まで検査した。何処《どこ》にも異状の無いことをたしかめてから、モトの通りに着直した。少々寒かつた。

寝台の脚《あし》にかけたフランネルの布《きれ》で靴を磨き上げた。自動車のマツトで念入りに、拭ひ上げて置いたものではあつたが……。

室《へや》の隅の洗面器で音《おと》を立てない様に手を洗つた。立てゝも差支へないとは思つたが……。

最後に私は椅子の上に置いた帽子を取上げて叮嚀《ていねい》にブラシをかけた。細かい蜘蛛《くも》の糸が二すぢ三筋付いてゐたから、特に注意して摘《つま》み除《の》けた。ブラシに粘り付いたのと一緒に指先で丸めて、洗面器のパイプに流し込んだ。

とそのまゝ室《へや》の隅の帽子かけに掛けようとしたが、その序《ついで》に何《なん》の気もなく内側を覗いてみるとギヨツとした。JANYSKA

と刻印した空色のマークの横に、黒と金色《きんいろ》のダンダラになつた細長い生物《せいぶつ》がシツカリと獅嚙《しが》み付いてゐる。のみならず其《そ》の右の前足の一本だけを伸ばしてソロ〳〵と動かしかけてゐるやうである。

……お女郎蜘蛛《ぢよらうぐも》だ……あの南堂家《なんだうけ》の木立《こだち》の中に居《を》つた奴が クツ付いたまゝ此処《ここ》まで来たのだ。私が電燈の下《した》で掃除をする時に、持つて生まれた習性で暗い方へ〳〵と逃げまはつて巧みに私の眼を脱《のが》れながらコンナ処に落ち付いてゐたのであらう。……南堂未亡人《なんだうみばうじん》の執念……？……

私はフツと可笑《をか》しくなつた。少々センチになつたかな……と思ひながらソツと窓を開《あ》けた。帽子を打振つて逃がして遣つた、あとに糸が残つてゐないのを見定《みさだ》めてから頭の上に載せた。

何がなしにホツとした。

南堂伯爵未亡人の死と、私とを結び付けて考へ得《う》る者は、今逃がして遣つた一匹のお女郎蜘蛛以外に絶無である。心臓に短剣を刺された屍体が、私の名前を叫び立てでもしない限り……。

私は此《こ》の原稿を書上げ次第、雑誌社に居《ゐ》る友人に郵送する積りである。同時に新聞社へ宛てゝ神経衰弱がヒドクなつたやうだから一箇月ばかり静養して来る……といふ意味の届けを出して警視庁の手の届かない遠い処へ飛ぶ積りで居《ゐ》るのだから万に一つも捕まる心配はない。

しかし用心だけは何処《どこ》までも、して置くのが私の癖だ。此《こ》の原稿を受取つた私の友人は、いつもの通り内容をロクに見ないまゝ文選工場《ぶんせんこうぢやう》へまはすに違ひない。締切を突破した予告原稿だから……。

そこで此《こ》の原稿はバラ〳〵になつて職工の手に渡る。印刷されてもわかる気遣ひは無い。製本されて纏まつた文章になつて、蒸汽とガソリンの速力で全国の読者に配布されても地名や人名は仮名になつてゐるし、標題《みだし》に含まれてゐる暗示もよほど注意深く新聞を読んでゐる人か、又は実地を調査した係官の中でも可なり職務に忠実な人間でなければわからない様にして置いた。だから、これが彼《か》の事件の真相だと気付かれるのはドンナに早くとも二三週間の後《のち》だらう。その間《あひだ》に完全な失踪が出来ない位の私なら、捕まつても文句は無いだらう。

私のかうした行動が、この場合唯一の自白であり、且《か》つ手がゝりである事を私は知り過ぎる位知つてゐる。……にも拘《かか》はらずドウしてコンナ大胆な……むしろ馬鹿な行動を執《と》つたか。

その理由はたゞ一つ……事件の真相を何処《どこ》までも真実の形で認めて貰ひ度《た》いからだ。南堂伯爵未亡人との約束を果し度《た》いからだ。

私は捕まり次第、脅喝殺人の罪に問はれるにきまつてゐる。

うつかりすると謀殺か強盗の廉《かど》で首を絞められるかも知れない虞《おそ》れが十分に在る。そんなにまで恐しい事件にタツタ一人で触れて来たのだ。

私がすべての生命《せいめい》に対して特別に敏感《デリケート》な人間である事を証明し得《う》る者が何処《どこ》に居《ゐ》よう。

私は現代社会の堕落層に住む寄生虫である。卑怯者と呼ばれても悪党と罵《のの》しられてもビクともしないであらう一種の冒険を、特に「金《かね》」といふものに対して試み続けて来た人間である。……況《いは》んや今度といふ今度ばかりは、思ひがけない機会から非常に世間の為になる……被害者自身でさへも感謝してゐるであらう痛快な仕事を果して遣つた積りで居《ゐ》る。六千円位の報酬では足りないと思つてゐる位だ。

私はこれから後《あと》も此《この》意味で世間へ挑戦して遣らうと考へてゐる。此《こ》の事件を記録した一冊のノートと六千円を資本にして……。

身におぼえのある堕落資本家諸氏よ。警戒するがいゝ……外はモウ明るくなつて来たやうだ。

こゝいらで一服してみよう。

私は今朝《けさ》の零時半キツカリに、南堂伯爵未亡人を、その自宅に訪問した。

むろん、それは尋常一様の訪問では無かつた。手早く言へば脅喝の目的であつた。

私は日本屈指の大新聞、東都日報の外交部につとめる傍ら本郷西片町《ほんがうにしかたまち》の小さな活版屋で、家庭週報といふ四頁新聞を、毎日曜毎《ごと》に発行してゐた。その大部分は料理、裁縫、手芸なその切抜記事で、上流婦人や女優の消息、芝居、展覧会なぞの報道を申訳だけに掲載してゐたが、本来の目的は一箇月に一度位づゝ、女学校や、上流家庭の内幕を素破抜《すつぱ》いて、その新聞の全部を高価《たか》く売り付けるのであつた。むろん売付ける新聞紙は別に刷らしてゐたから、警察に睨《にら》まれるやうなヘマは一度もしなかつた。

ところが此《こ》の頃になつて、その脅喝が著しく利いて来た。近頃の大新聞が、上流社会の醜聞《スキャンダル》を昔のやうに書かなくなつたせゐらしい。しまひには原稿だけ……最近には単に口先でチヨツト耳を吹いただけで、五百や千の金《かね》には有付けるやうになつた。

資本主義末期の社会層には、不景気に反逆する上流社会の堕落例が夥《おびただ》しいものだ。だから私はチツトモ金《かね》に困らなかつた。さうして金《かね》を摑めば摑むほど、さうした堕落層の裏面《りめん》に深入りして行つた。女優を買ふ女、男優を買ふ男の名前なぞは、一人残らず知つてゐた。

南堂伯爵未亡人は、その尤《いう》なる者であつた。

巨万の財産を死蔵して、珍書画の蒐集に没頭してゐた故伯爵が四五年前《ぜん》に肺病で死ぬと間《ま》もなく未亡人は、旧邸宅の大部分を取毀《とりこは》して貸家《かしや》を建てゝ、元銀行員の差配《さはい》を置いた。自身は僅かに残した庭園の片隅の図書館に、粗末な赤煉瓦の煙突を取付《とりつ》けて住み込んで、通勤の家政婦を一人置いてゐた。

未亡人の美しさが見る〳〵年月を逆行し始めたのは、その頃からの事であつた。モウ四十に近い姥桜《うばざくら》とは夢にも思へない豊満な、艶麗な姿を、婦人正風会《せいふうくわい》の椅子に据ゑて、弁舌と文章に万丈《ばんぢやう》の気を吐き始めた。

彼女はスバラシイ機智と魅力の持ち主であつた。物質的にも精神的にも決して敵を作らなかつた。子供の無い残生《ざんせい》を公共の仕事に使ひつくす覚悟だと云ひ触らしてゐた。幼稚園や小学校に行つて子供を愛撫するのが何《なに》よりの楽しみだとも云つた。又、実際、彼女はそんな風に見えた。

彼女の事業に共鳴し、彼女の仕事の為めに奔走する紳士淑女が彼女の周囲に雲集した。彼女の事業を援助する興行物は必ず大入満員を占めた。

新聞や雑誌は争うて彼女の写真や、言葉や、文章を載せた。彼女の見事な筆跡で書いた半折《はんせつ》や色紙《しきし》短冊が飛ぶやうに地方へ売れた。天下は彼女の為めに魅了されたと云つてもよかつた。世間の評判以上の隠れた評判を彼女は保有してゐた。

その中に私だけがタツタ一人、彼女に眩惑されなかつた。或る不思議な動機から、出来るだけ彼女に遠ざかりながら、出来る限り真剣になつて彼女の裏面《りめん》を探りまはつてゐた。

その不思議な動機といふのは南堂家の図書館に新しく取付けられてゐる煙突であつた。

……事実……私が南堂伯爵未亡人の素行調査にアンナにまで夢中になり始めた、そのソモ〳〵の動機といふのは、アノ粗末な、赤煉瓦の煙突に外ならなかつたのだ。

大久保百人町《ひやくにんちやう》附近の人は知つてゐるであらう。昔風の鉄鋲《てつびやう》を打ち並べた堂々たる檜造りの南堂家の正門内には、粗末な米松《べいまつ》の貸家がゴチヤ〳〵と立ち並んでゐて、昔のアトカタも無くなつてゐることを……同時にその裏手へまはつてみると正反対に、同家の由緒を語るコンモリした松木立や、ナノミ、樫、椿、桜なぞの混淆林《こんかうりん》の一部が、高い黒土塀とがつちりした欅造《けやきづく》りの潜《くぐ》り門《もん》に囲まれて正門内の貸家とも、又は、附近の住宅ともかけ離れた別世界を形づくりつゝ昔ながらに取残されてゐることを……。

ところで其《そ》の杉木立の中にポツ然《ねん》と立つてゐる南堂家の図書館といふのは五間《けん》に四間《けん》ぐらゐの二階建の鉄筋コンクリートに茶褐色のタイル張りで、上等のスレート屋根の下に緑色に塗つた鉄のブラインドが並んでゐる。全体が耐震耐火のルネツサンス擬《まが》ひといふ、故伯爵の凝り性と用心深さを遺憾なく発揮したものであつた。

ところが伯爵の死後、玄関と正反対の位置に新たに取付けられた煙突といふのは、普通の赤煉瓦を真四《まつし》角《かく》に積み上げたデツカイ、不恰好なものであつた。理想化《リファイン》された図書館の様式《スタイル》とは全然調和しないばかりでなく、そのまはりを取囲むコンモリした杉木立の風趣までもブチコハしてしまつてゐた。

まるで何処《どこ》かの火葬場と云つた感じであつた。

私はズット前から、この煙突の正体を怪《あや》しんでゐた。……と云ふのは、この煙突が出来てから、一と冬越した翌年《よくねん》の春になつても、煙を吐《は》いた形跡が無かつたからであつた。

この事実を初めて発見した時には流石《さすが》の私も首をひねらせられた。往来のマン中に突立《つつた》つたまゝ暫《しばら》くの間《あひだ》、茫然と、その煙突の絶頂の避雷針を見上げてゐた。その避雷針の上を横切る鱗雲を凝視してゐたものであつた。

しかし、わからないものはイクラ空《くう》へ考へてもわからなかつた。

図書館にはズット以前から昼間の動力線と瓦斯《がす》が引いてあつた。同時に石炭やコークスの屑《くず》が附近に散らばつてゐた形跡はミヂンも無かつたばかりでなく、そんな商人が出入りした事実も未《ま》だ曾て発見されなかつた。……にも拘《かか》はらず石炭を焚く以外には必要の無さそうな赤煉瓦の煙突を、何《なん》の為めに取付けたものであらう。ストーブの火気抜《いきぬき》ならば立派な化粧煉瓦と対のものが、玄関に向つて右手の室《へや》の壁にチヤント附いてゐる。又、普通の意味の通気筒ならばモット手軽い、品のいゝ、理想的のものがイクラでも在る。台所も電気と瓦《が》斯《す》だけで片付けてゐるに違ひ無いのに、何《なん》の目的でコンナ殺風景なものをオツ立てたのであらう……なぞと考へれば考へる程、私は不思議でたまらなくなつて来た。一度室内に忍び込んで、様子を見て遣らうか……と思つた事も何度あるか、わからなかつた。

ところが又、そのうちに一年も経つて其《そ》の煙突に火の気が通らない証拠に、何《なん》とか云ふ葉の大きい蔓草《つるくさ》が、根元の方からグン〳〵這ひ登り始めた。その蔓草は麹町《かうじまち》区内のC国公使館の壁を包んでゐるのと同じ外国種《しゆ》の見事なものであつたが、生長が馬鹿に早いらしく、二夏ばかり過すうちに絶頂の避雷針の処まで捲き上げてしまつて、房々《ふさふさ》と垂れ下《さが》る位になつた。すると又それに連れて図書館の外側の手入れが不充分になつたらしく、スレート屋根の上にタンポヽだのペン〳〵草だのがチラ〳〵と生え始めた。緑色の鉄のブラインドには赤錆が吹き始めた。それにつれて煙突を登り詰めた蔓草が今度は横に手を伸ばしはじめて、二年も経つうちには殆《ほと》んど図書館の半分以上を包んでしまつた。その上にお庭の立木《たちき》にも植木屋の手が這入《はひ》らなくなつたらしい。枯れ枝がブラ下つたり、杉の木が傾いたりして、だん〳〵と廃墟じみた感じをあらはし始めた。

今まで不調和であつた煙突が、今度は正反対に建物や立木とよくうつり合つて来た。一種のヱキゾチツクな風趣をさへあらはすやうになつて来た。恰《あたか》も、その主人公の心理状態のあるものを自然に象徴してゐるかの様に……。

そんな光景を見過して来るうちに私は、いつの間《ま》にか煙突の不思議を忘れてしまつてゐた。煙の出ないのが当然の事のやうに思ひ込んでしまつて煙突とは全然無関係としか思へない、ほかのネタを探ることばかりに没頭してゐた。……思へばこれも不思議な心理作用ではあつたが……。

しかも私の頭が一旦、煙突の問題を離れると、彼女の裏面《りめん》の秘密に関する私の調査がグン〳〵進捗し始めたのは重ね〴〵の不思議であつた。

私は彼女が、わざ〳〵遠方から大久保の自邸に呼び寄せてゐるタキシーの番号を一々ノートに控へた。その番号から運転手の名前を探り出して、鼻薬を使ひながら未亡人の行先《ゆくさき》を尋ねてみると、私の着眼が一々的中してゐる事が裏書きされて来た。……のみならず、まだ私の知らない、意外な処に在るスキャンダルの坩堝《るつぼ》までも発見する事が出来た。そんな場所は、普通の記者や探偵の眼が届かない高い、奥深い処に隠れてゐるのであつたが、そんな方面の秘密に手蔓《てづる》の多い私に取つては、却つて便利であつたばかりでなく、そんな坩堝の中で彼女と熔《と》け合ひに来る紳士たちは皆《みな》、別に探索する必要を認めないくらゐ、世間に知れ渡つてゐる顔である事を発見した。

馬鹿々々しい話であるが、私は今更のやうに東京の広さに呆《あき》れさせられた。

そこで私は潮時を見計らつて南堂家に出入りしてゐるタツタ一人の家政婦の自宅を突き止めた。膝詰めで買収にかゝつてみた。

その家政婦の自宅と名前は可哀相《かあいさう》な筋合ひがあるからこゝには書かないが、××戦争で死んだ勇士の未亡人であつたことは間違ひ無い。その癖に、気の弱い中婆《ちうばあ》さんで、一人娘の嫁入り先に迷惑をかけ度《た》くなかつたから……とか何《なん》とか涙まじりにクド〳〵と云ひ訳をしながら、大久保の自邸に於ける未亡人の乱行《らんぎやう》と、その時刻と、それから相手を女装して、連れ込む其《そ》の奇抜巧妙を極めた方法とを、相手の種類と名前がアラカタ見当が付く程度にまで詳細に亙《わた》つて白状したのは時に取つての大収獲であつた。

しかし、まだ何《なに》かしら重大な秘密を隠してゐるらしい恐怖心が、その態度や口ぶりに見え透いてゐたので、モウ一度その自宅を訪問してネタをタタキ上げる可《べ》く心構へをしてゐると、意外にも其《そ》の家政婦が突然に行方《ゆくへ》を晦《くら》ましてしまつた。キチンと家賃の払ひを済まして何処《どこ》かへ引越したものらしく、大久保の南堂家へもパツタリと出入りしなくなつた。その代りに若い無邪気な小娘が、やはり昼間だけ通勤で南堂家へ通ふやうになつた。

これは、たしかに私の不注意であつた。重要な手がゝりを探す手がゝりが全く絶えた。せめて其《そ》の一人娘の嫁入り先だけでも聞いて置く処であつたが……。

しかし一方に伯爵未亡人が案外に手剛《てごは》いらしいのにも驚いた。これはモウすこし様子を見てシツカリした処を押へてから火蓋を切つた方が有効、かつ安全と思つたので、それから暫くのあひだ躊躇するともなく躊躇してゐた。

ところが、この家政婦の行方不明をキツカケにして、忘れかけてゐた煙突問題が、又もや、生き〳〵と私の頭に蘇つて来たから不思議であつた。

それは私の第六感といふものよりもモツト鋭敏な或る神経の判断作用らしく感ぜられた。むろん彼《か》の煙突が伯爵の死後に起工されたことも、かうした判断を有力に裏書して居《ゐ》るには居《ゐ》たが……。

しかし此《こ》の秘密を具体的に探り出すのはナカ〳〵容易な仕事でないことが最初からわかり切つてゐた。探りを入れるにしても大凡《おほよそ》の見当を付けてからの事にしなければならないと考へたが、そのアラカタの見当が、なか〳〵付かなかつた。

伯爵家の不動産が担保に這入《はひ》りかけてゐるといふ事実を、意外な方面からチラリと聞き出したのは、その頃の事であつた。

その話を聞かして呉《く》れたのはC国公使のグラクス君であつたが、さう聞いた瞬間に、これは棄《す》てゝ置けないぞ……と私は思つた。マゴ〳〵してゐるうちに粕《かす》を絞らせられるやうな事になつては堪らぬと気が付いたので、すぐに一通の偽筆《ぎひつ》、匿名の手紙を書いて、面会の時日《じじつ》を東都日報、中央夕刊の二つに広告しろと云つて遣つたら、その翌《あく》る朝、まだアパートで寝てゐるうちに、東都日報から……といふ電話がかゝつた。

私は慌てゝ飛び起きて受話器を取上げた。……又事件か……と思つて、本能的にイヤな顔をしながら……。

「……オーイ……何《なん》だア……」

「……あの……お手紙ありがたう御座いました。今夜の十二時半キツカリに自宅の裏門でお眼にかゝりませう。おわかりになりまして……今夜の十二時半……わたくしの家《うち》の裏門……」

といふ未亡人自身の声がした。さうしてソレツキリ切れてしまつた。

私は身内が引締まるのを感じた。

相手は何《なに》もかも知つてゐるのだ。……ことによると明日《あした》が私の休み日《び》になつてゐる事までも知つてゐるかも知れない。

さう思ひ〳〵私は充分の準備と警戒をしてコツソリとアパートを出た。

……何糞《なにくそ》……と冷笑しながら……。

指定された通りに裏門の潜《くぐ》り戸《ど》から這入《はひ》ると、そこいらのベンチに待つてゐたらしい訪問着姿の未亡人が出迎へた。無言のまゝシツカリと私の手を握つたので又も緊張させられた。私が時間にキチヤウメンな事まで知つてゐるらしい。

しかし恐るゝ事は無い。誘惑する積りなら、されても構はない。要点だけは一歩も譲らないぞ……と思ひながら、夜目《よめ》にも荒れ果てた庭草の間《あひだ》を手を引かれて行《ゆ》くと、森蔭《もりかげ》のジメ〳〵した闇の道伝ひに、杉木立の中の図書館の玄関から引つぱり込まれた。さうして燈火《あかり》も何《なに》もつけない短かい廊下を通り抜けると正面の真暗な室《へや》のマン中に立たされた。

そこで私の手を離した未亡人が、室《へや》の真中まで行つて電燈の紐をコチンと引つぱつた。

私はアンマリ眩《まぶ》しいので二三度瞬《またた》きをした。……が、そのうちに此《こ》の家《いへ》が、私の最初からの予想通り、名ばかりの図書館であることをたしかめた。

すくなくとも私が連れ込まれた室《へや》は、南堂伯爵が、生前に寝室にしてゐたものに相違なかつた。さうして伯爵の死後、未亡人が秘密の享楽場《きやうらくぢやう》としてゐたものに相違なかつた。ムン〱と蒸れかへる瓦斯《がす》仕掛の大暖炉の蘊気《うんき》と一緒に、早くも彼女の濃厚な化粧と、旺盛な肌の匂ひが漂ひ初めてゐた。

しかし私は平気であつた。入口と正反対側に在るグランド・ピアノの上に外套と帽子を置くと、黒い、薄い、婦人用の絹手袋をはめたまゝ、おなじ様に冷静な彼女と向ひ合つて椅子に就いた。

二人は手軽く頭を下げ合つて初対面の挨拶をすると同時に、申し合はせたやうにスピードアツプした会話を、剃刀《かみそり》で切つたやうに交換し初めた。お互ひに双方の顔色の動きに関心し合ひながら……。

「お電話ありがたう御座いました。……ほんとにお手数《てすう》をかけまして済みませんでした。お手紙はお返しいたします」

「……ハ……たしかに……」

「……で……あの新聞の原稿は、お持ちになりまして……」

「相済みません。原稿と申しましたのは嘘です。実は僕のアタマの中に在るんです。原稿にして差上げたつて同じ事だと思ひましたから……」

「……まあ……では、あの以外にまだ御存じなのですか」

「此《こ》の間《あひだ》、本国へ帰任したC国公使と貴方《あなた》との御関係以外にですか」

「えゝ」

「さう余計にも存じませんがね。大変に失礼ですけど、故伯爵とお別れになつた後《のち》の貴女《あなた》は、非常に皮肉な御生活をお始めになつた様ですね。婦人正風会長になつて日本中の婦人の憧憬《どうけい》を、御一身にお集めになる一面には、あらゆる方法であらゆる紳士方の裏面《りめん》を御研究になつたのですからね。尤《もつと》も貴女が研究の対象としてお選びになつた方々の全部は、さうした紳士道を心得て居《ゐ》る外国人や、秘密行動に慣れた貴顕紳士に限られて居《を》りましたので、そんな御研究の内容が今日《こんにち》まで一度も外へ洩れなかつた訳ですがね……実は貴女の御聡明に敬服して居《ゐ》るのですが」

「ホヽヽヽ。貴方の仰言《おつしや》る資本主義末期の女でせうよ。……ですけど……よくお調べになりましたのね」

私は相手が意外に早く兜《かぶと》を脱いでくれたので内心ホツとさせられた。同時に、かうした仕事に対する私の「顔」の効果《ききめ》を自認しない訳に行《い》かなかつた。

「……僕は……その末期資本主義社会の寄生虫ですからね」

「……まあ……でも、お話と仰言《おつしや》るのは、それだけでせうか」

「……モツト買つて頂けるでせうか」

「……え〵……なにほどでも……チビリ〳〵だと却つて御面倒ぢやないでせうか」

「……御尤《ごもつとも》です……では全部纏めまして、おいくら位……」

「貴方《あなた》の新聞をやめて頂くぐらゐ……」

「ハヽハ。御存じでしたか。それぢや、すこしお負けして置きませう。え〵と……只今二百五十七号を二千部ほど刷つて居《ゐ》る処ですから、全部、買収して頂くとなれば一万ぐらゐお願ひしなければならないのです。私としては毎月二百円位の収入が無くなる訳ですからね。しかし何《なに》もかも御存じの事ですから、ズツトお負けしまして半額の五千円ぐらゐでは如何《いかが》でせうか」

「それでおよろしいですの」

「結構です」

未亡人は卓子《テーブル》の下からハンドバツクを取出して札《さつ》を勘定し始めた。それを見ながら私は腹案を立てゝゐた。新しい名前で第一号から新聞を発行するには千円もあれば沢山だ。今度は学芸新聞を創刊してインチキ病院や、インチキ興業をイヂメて遣るかな……それとも全然河岸《かし》を換へて最新式の安アパートでも初めながら、原稿生活を続けて遣らうかナ……なぞと……。

そのうちに未亡人は札《さつ》を数へ終つた。

「……あの……六千二百円ばかり御座います。ハシタが附きまして失礼ですけど、用意して置いたのですから……」

「……それは……多過ぎます……」

「イヽエ。あの失礼ですけど、わたくしの寸志で御座いますから……」

「ありがたう存じます。お約束は固く守ります」

私は思はず頭を下げさせられた。今更に伯爵未亡人の名声が高大な理由を認めない訳に行《い》かなかつた。

しかも、こんな場合本能的に、さうした気前を見せる相手の心理状態に、是非とも探り入らずには措《お》かぬ習慣を持つてゐる私のアタマが、此時《このとき》に限つて麻痺したやうになつて居《ゐ》たのは何故《なぜ》であつたらうか。自分でも気付かないうちに未亡人の魔力に毒されてゐたのであらうか。それとも相手の頭の良さにまゐつてゐたのであらうか。……千円やそこらのお負けにポーツとなるやうな私では無かつたが……。

……さもあらばあれ……。

大小取交《とりま》ぜた分厚い札束を、い〵加減に二分《にぶん》して左右の内ポケツトに突込《つきこ》んだ私は、すこし寛《くつろ》いだ気持になつた。す〵められるまに〳〵細巻《ほそまき》の金口《きんぐち》を取つて火を点《つ》けた。此際《このさい》私に危害を加へるやうな、ヘマな相手でない事がハツキリと直感されたから……。

その間《あひだ》に未亡人は紅茶を入れて来た。さうして自分も細巻を取上げた。

「……では、あの、お伺ひ出来ますかしら……今のお話と仰言《おやしや》るのを……」

「……あ……お話ししませう。これはお負けですがね。お負けの方が大きいかも知れませんが……ハハ、、……」

「すみませんね。どうぞ……」

「ほかでもありませんがね。今申しました貴女《あなた》と古いお識合《しりあ》ひのC国公使のグラクス君が、ツイ此《こ》の間《あひだ》帰任しがけに面白いものを見せて呉《く》れたのです。云はゞ貴女の御不運なんですがね」

「……妾《わたし》の不運……」

「さうです。貴女はグラクス君が、世界でも有名なミステリー・ハンターといふ事を御存じなかつたでせう。……ね……そのグラクスが僕に素晴らしいネタを呉れたのです。僕が或る珍しい倶楽部《くらぶ》に紹介して遣つたので、そのお礼の意味で提供して呉れたんですがね。お思ひ当りになりませんか」

「……さあ。それだけではね。ちよつと……」

「さうですか。それぢや、もうすこしお話してみませう。つまりグラクスの話によりますと、貴方のやうな深刻な趣味を持つた婦人は何処《どこ》の国にも一人や二人は居《ゐ》る筈《はず》だつて云ふんです。さうして其《そ》の趣味が深刻化して行《ゆ》く経路が皆《みな》似てゐるつて云ふんです。もちろん其《そ》の中でも貴方は最も著しい特徴を持つた方《はう》で、しかも、今では、さうした猟奇趣味の最後の段階まで降りて来て居《ゐ》られるとグラクス君が云ふのです」

「……最後の段階つて……」

「さうです。その証拠はコレだと云つてグラクスが見せて呉れましたのは、白紙《はくし》に包んだ一摑みの爪だつたのです」

「……爪……？……」

「さうなんです。色んな恰好をした少年の爪の切屑なんです。十二三人分もありましたらうか……おわかりになりませんか」

「まあ。そんなものが妾と何《なん》の関係が……」

さう云ふうちに未亡人は何《なん》となく気味わるさうな表情になつた。わざと指輪をはめないで、化粧だけした両手の指を、これ見よがしに卓子《テーブル》の上に並べながら、ウツトリと遠い所に眼を遣つた。

私は其《そ》の視線を追つかけた。冷やゝかに笑ひながら……。

「そんなにシラをお切りになつちや困りますね」

未亡人は私の顔を正視した。

「……わたくし……何《なに》も白ばくれては居《を》りませんが……」

「それぢや僕から説明して上げませうか。これでも貴方ぐらゐの程度には苦労してゐる積りですからね。蛇《じや》の道は蛇《へび》ですよ」

と叱咤《しつた》するやうな口調で云つてみた。実は其《そ》の爪の屑が、何《なに》を意味するものなのか、此《こ》の時まで全然わからなかつたのだから……。

するると果《はた》して反応があつた。私の顔を穴のあく程みつめてゐた未亡人の頬に見る〳〵ポーツと紅《べに》がさして、眼が此上《このうへ》もなく美しくキラ〳〵と輝やき初めた。

「ホヽヽヽ。わかりましたわ。あの家政婦からお聞きになつたのでせう。説明なさらなくともいゝのよ。白状して上げるから待つてらつしやい」

未亡人の言葉つきが急にゾンザイになつた。同時に椅子に腰をかけたまゝ左手をズーツと白くさし伸ばして背後の書物棚から青い液体を充《み》たした酒瓶《さかびん》とグラスを取出した。

「……貴方《あなた》お一つどう……オホホ……おいや……では妾だけ頂くわ。失礼ですけど……まだ妾の気心がおわかりにならないんですからね。仕方がないわ。よござんすか……よく聞いて頂戴よ」

見る〳〵雄弁になつた未亡人は、深いグラスに注《つ》いだ青い液体をゴク〳〵と飲み干した。フーツと長い息を吐《は》くと、芳烈な緑色の香気が私の顔を打つた。

しかし私は瞬《またたき》一つしないまゝ未亡人の顔を凝視した。俄《には》かに変つて来た其《そ》の態度を通じて、告白の内容を予想しながら……。

「……まつたく……貴方のお察しの通りなのよ。妾は妾の手にかけた少年たちの爪を取り集めて、向ふの机の抽斗《ひきだ》しに仕舞つといたのよ。西洋の貴婦人たちが媾曳《あひびき》の時のお守護《まもり》にするさうですからね。その包みの中のどれか一つをグラクスさんが妾の寝て居《ゐ》る間《あひだ》に盗んで行つたのでせう。妾との関係が切れないやうにね。ホホホ」

彼女は又もフーツと青臭い息を私のマトモに吹きかけた。

私は固くなつてドキン〳〵と胸を躍らせながら……。

「……あたし主人と別れてから此方《こつち》といふもの時々たまらない憂鬱に襲はれることがあるの。あれが妾のヒステリーつて云ふものかも知れないけど、そのたんびに妾よく男装して方々《はうばう》に活動を見に行つたんですよ。ハンチングを冠《かぶ》つてロイドの色眼鏡《いろめがね》をかけて、ニカボカを着るとまるで人相が変るんですからね。帝劇のトーキー披露会で貴方とスレ違つたこともあるわ……御存じなかつたでせう」

私は正直にうなづいた。

「……ね……さうして不良少年《チンピラ》らしい顔立ちのいゝ少年《こども》を往来で見付けると、お湯に入れて、頭を刈らして、着物を着せて、此処《ここ》へ連れて来るのが楽しみで〳〵仕様が無くなつたの……もつとも最初のうちは爪だけ貰ふつもりで連れて来たんですけどね。そのうちに少年《こども》の方から附き纏つて離れなくなつてしまふもんですから困つてしまつてカルモチンを服《の》まして遣つたのです……さうして地下室の古井戸の中から、いゝ処へ旅立たして遣つたんです。こゝの地下室の古井戸は随分深い上にピツチリと蓋《ふた》が出来るやうになつてゐて、息抜きがアノ高い煙突の中へ抜け通つてゐるんです。妾が設計したんですからね。誰にもわからないんですの。……でも貴方《あなた》にはトウ〳〵わかつたのね……ホホホ……モウ随分前からの事ですから可なりの人数《にんず》になるでせう……御存じの家政婦も入れてね……ホヽヽヽ……」

　私は見る〳〵血の気を喪《うしな》つて行《ゆ》く自分自身を自覚した。タマラナイ興奮と、恐怖の為めに全身ビツシヨリと生汗《あせ》を流しながら、身動き一つ出来ずに居《ゐ》た。

　之《これ》に反して相手は一語一語毎《ごと》に、その美くしさを倍加して行つた。さうして話し終りながら如何《いか》にも誇らしげに立上ると、寝台《ベツド》のクシヨンの間《あひだ》に白い両手を突込《つきこ》んで探りまはしてゐたが、そのうちに一冊の巨大な緞子《どんす》張《ば》りの画帳をズル〳〵と引つぱり出した。重たさうに両手で引つ抱《かか》へて来て石の様に固くなつてゐる私の膝の上にソツと置いて、手づから表紙を繰りひろげて見せた。

　私は正直に白状する、重たい画帳を載せると同時に両方の膝頭がガク〳〵と戦《をのの》いてゐるのに気が付いた。画帳を開《ひら》かうとすると指がわなゝいて自由にならなかつた。話にしか聞いた事の無い恐ろしい変態殺人鬼が、現在タツタ今、眼の前に居《ゐ》ることをヤツト意識し初めて……その殺人鬼に誘惑されながら、ドウする事も出来なくなつてゐる自分自身を発見して……。

　未亡人は、さうした私の傍《そば》に突立《つつた》つたまゝ嫣然《えんぜん》と見下《みお》ろしてゐた。私の意気地なさを冷笑するかの様に……私を圧迫して絶対の服従を命ずるかのやうに……。

　私は、さうした妖気に包まれながら、わなゝく指で左右の手袋の釦《ボタン》をシツカリとかけ直してゐたやうに思ふ。……何故《なぜ》ともなしに……さうして絹本《けんぽん》を表装した分厚い画帳を恐る恐る繰り拡げてゐたやうに思《おも》ふ。

　それは歴史画の巨匠、梅沢狂斎《うめざはきやうさい》が筆を揮《ふる》つた殷紂《いんちう》、夏桀《かけつ》、暴虐の図集であつた。支那風の美人、美少女、美少年が、あらゆる残忍酷烈な刑に処せられて笞打《むちう》たれ、絞め殺され、焙《あぶ》られ、焼かれ、煮られ、引き裂かれ、又は猛獣の餌食《ゑじき》にあたへられて行《ゆ》く凄愴《せいさう》、陰惨を極めた場面の極彩色密画であつた。その一枚々々毎《ごと》に息苦しくなつてゆくやうな……それでゐて次の頁《ページ》を開《ひら》かずには居《ゐ》られないやうな……。

「ホホホ。感心なすつて……。妾にさうした趣味を教へてくれたのは此《こ》の画帳なんですよ。もつとハツキリ云ふと亡くなつた主人なのよ。……主人は亡くなりがけに、自分が生きてゐる間《あひだ》ぢう許さなかつた女の楽しみをスツカリ妾に許して行つたんです。そんなにまで主人は妾を愛してゐたんですの……ですから妾は、そんな遊戯の真似を、此《こ》の室《へや》でするたんびに、主人の霊魂が何処《どこ》からか見守つてゐて、微笑して居《ゐ》てくれる様な気がしてならないのよ」

「……ウ——ム……」と私は唸《うな》つた。同時に私の頭の中に高く〳〵積み重なつてゐた硝子器《ガラスき》の山が一時《いちじ》にガラ〳〵〳〵ツと崩れ落ち始めたやうな気がした。

「……ね。安心なすつたでせう……ホホヽヽヽ、これだけ打ち明けたらモウいゝでせう」

未亡人の声が神様のやうに高い処から響き落ちて来た。

私はブル〱と身ぶるひをした。

眼をシツカリと閉ぢた。

画帳の上に突伏《つつぷ》した。


それから私がドンナ事をしたか順序を立てゝ書く事が出来ない。

頭がグラ〱するほど酔つてゐたことを記憶してゐる。

何《なん》でもカンでも未亡人の云ふ通りになつて居《ゐ》たことを記憶してゐる。

その中《うち》に、たゞ一つ酔つ払ひ式の片意地を張つて、左右の手にはめた黒い手袋をドウしても脱《ぬ》がなかつたので、未亡人から臆病者とか何《なん》とか云つて散々に冷かされてゐた事も忘れて居《ゐ》ない。

併《しか》し最後にトウ〱其《そ》の手袋を脱《ぬ》がされた。さうして見るからに、外国製らしい銀色の十字型の短刀を夫人から渡されると、その冴切《さえき》つた刃尖《はさき》を頭の上のシヤンデリヤに向けながら、大笑ひした自分の声を、今でもハツキリと記憶して居《ゐ》る。

「ハツ〱〱〱〱、これで自殺しろと云ふんですか」

私は室《へや》の中央に突立《つつた》つたまゝ何度も〱舌なめずりをして居《ゐ》た。そのダラシの無い姿が、寝台《ベツド》の上に寝そべつてゐる夫人の姿と重なり合つて、室《へや》の奥の大鏡にアリ〱と映つてゐた。

「さうぢや無いのよ。妾《わたし》を殺して頂戴つて云ふのよ」

「……ハハハ……死に度《た》いんですか」

「……ええ……死に度《た》いの」

「……どうして……」

「……だつて妾は破産してゐるんですもの」

「……ヘエ……ホンタウですか」

「貴方《あなた》に上げたのが妾の最後の財産よ。今夜が妾の楽しみのおしまひよ」

「……ウソ……ウソバツカリ……」

「嘘なもんですか。妾は一番おしまひに貴方の手にかゝつて殺される積りで居《ゐ》たのよ。さうして妾の秘密を洗ひ泄《ざら》ひ貴方の筆にかけて頂いて、妾の罪深い生涯を弔《とむら》つて頂かうと思つて、そればつかりを楽しみにしてゐたのよ」

「……アハヽヽアハヽヽヽ……」

「イヽエ。真剣なのよ。貴方の手がモウ妾の肩にかゝつて来るか〱と思つて、待ち焦《こが》れて居《ゐ》たんですよ」

「……フーム……」

私は短刀を片手に提げたまゝ頭《くび》をガツクリと傾けた。理窟を考へよう〱としたが、自分の両足の下の藍色の絨壇《じゆうたん》と、その上に散乱した料理や皿の平面が、前後左右にユラリ〱

と傾きまはるばつかりで、どうしても考へを纏めることが出来なかつた。

私は鏡の中の自分の姿を、眩《まぶ》しいシヤンデリヤ越しに振り返つてみた。真白《まつしろ》く酔ひ痴れた顔が大口を開《あ》いて笑つてゐた。

「アツハツ〳〵〳〵。……よしツ……殺して遣らう……」

といふうちに私は、短剣を逆手《さかて》に振り翳《かざ》しながら、寝台《ベツド》の上に仰臥してゐる未亡人の方へ、よろめきかゝつて行つた。

縊死体

何処《どこ》かの公園のベンチである。

眼の前には一条の噴水が、夕暮の青空高く〳〵あがつては落ち、あがつては落ちして居《ゐ》る。

　その噴水の音《おと》を聞きながら、私は二三枚の夕刊を拡げ散らして居《ゐ》る。さうして、どの新聞を見ても、私が探して居《ゐ》る記事が見当らないことがわかると、私はニツタリと冷笑しながら、ゴシヤ〳〵に重ねて押し丸めた。

　私が探して居《ゐ》る記事といふのは今から一箇月ばかり前、郊外の或る空家の中で、私に絞め殺された可哀相《かはいさう》な下町娘の死体に関する報道であつた。

　私は、その娘と深い恋仲になつて居《ゐ》たものであるが、或る夕方のこと、その娘が私に会ひに来た時の桃割れと振袖姿が、あんまり美し過ぎたので、私は息苦しさに堪《た》へられなくなつて、彼女を郊外の××踏切り附近の離れ家《や》に連れ込んだ。さうして驚き怪しんで居《ゐ》る娘を、イキナリ一思ひに絞め殺して、やつと重荷を卸《おろ》したやうな気持ちになつたものである。万一からでもしなかつたら、俺はキチガヒになつたかも知れないぞ……と思ひながら……。

　それから私は、その娘の扱帯《しごき》を解《と》いて、部屋の鴨居に引つかけて、縊死《いし》を遂げたやうに装はせて置いた。さうして何喰《なにく》はぬ顔をして下宿に帰つたものであるが、それ以来私は、毎日々々、朝と晩と二度づゝ、おきまりのやうに此《こ》の公園に来て、此《こ》のベンチに腰をかけて、入口《いりくち》で買つて来た二三枚の朝刊や夕刊に眼を通すのが、一つの習慣になつてしまつた。

「振袖娘の縊死」

　と云つたやうな標題を予期しながら……。さうして、そんな記事が何処《どこ》にも発見されない事をたしかめると、その空家の上空《じやうくう》に当る青い〳〵大気の色を見上げながら、ニヤリと一つ冷笑をするのが、やはり一つの習慣のやうになつてしまつたのであつた。

　今もさうであつた。私は二三枚の新聞紙をゴシヤ〳〵に丸めて、ベンチの下へ投げ込むと、バツトを一本口に啣《くは》へながら、その方向の曇つた空《そら》を振り返つた。さうして例の通りの冷笑を含みながらマツチを擦らうとしたが、その時にフト足《あし》下《もと》に落ちてゐる一枚の新聞紙が眼に付くと、私はハツとして息を詰めた。

　それはやはり同じ日付けの夕刊の社会面であつたが、誰《たれ》か此《こ》のベンチに腰をかけた人が棄てゝ行つたものらしい。そのまん中の処に掲《だ》して在る特種《とくだね》らしい三段抜きの大きな記事が、私の眼に電気の様に飛び付いて来た。

空家の怪死体
××踏切附近の廃屋の中で
死後約一個月を経た半骸骨
会社員らしい若い背広男

私はこの新聞記事を摑むと、夢中で公園を飛び出した。さうして何処《どこ》を何《ど》うして来たものか、××踏切り附近の思ひ出深《ふか》い廃家《はいか》の前に来て、茫然と突つ立つてゐた。

私はやがて、片手に摑んだまゝの新聞紙に気が付くと、慌てゝ前後を見まはした。さうして誰《たれ》も通つてゐないのを見澄ますと、思ひ切つて表の扉《と》を開《ひら》いて中に這入《はひ》つた。

空家の中は殆《ほと》んど真暗であつた。その中を探り〳〵娘の死体を吊るして置いた奥の八畳の間《ま》へ来て、マツチを擦《す》つて見ると……

「…………」

……それは紛ふ方ない私の死体であつた。バンドを梁《はり》に引つかけて、バツトを啣《くは》へて、右手にマツチを、左手に新聞紙を摑んで……

私は驚きの余り気が遠くなつて来た。マツチの燃えさしを取り落しながら……これは警察当局のトリツクぢやないか……と云つた様な疑ひをチラリと頭の片隅に浮かめかけた様であつたが、その瞬間に、思ひもかけない私の背後《うしろ》のクラ暗《やみ》の中から、若い女の笑ひ声が聞えて来た。

それは私が絞め殺した彼女の声に相違なかつた。

「オホヽヽヽヽ……あたしの思ひが、おわかりになつて……」

解題

谷口基

〈凡例〉

一、以下の解題に於ける校異（補注を含む）では、次の略記号を使用した。
（初）＝初出
（瓶）＝日本小説文庫『瓶詰地獄』（春陽堂、昭和八年五月十五日発行）
（冗）＝日本小説文庫『冗談に殺す』（春陽堂、昭和八年五月十五日発行）
（氷）＝『氷の涯　夢野久作傑作集』（春秋社、昭和十年五月十五日発行）
尚、（　）が《　》になっているものは、本文として採用したことを示す。

一、校異は意義上の差異があるものだけを採り上げた。仮名遣い、送り仮名、句読点、ルビ等の異同は、特別なものを除き省略した。

一、表題や小見出し部分のアキも行数に加算した。

一、〈／〉は改行を示す。

『定本夢野久作全集』第二巻には、『文学時代』昭和六年（一九三一）二月号～四月号に連載の「一足お先に」から、『探偵クラブ』昭和八年（一九三三）一月号に発表の「縊死体」までの小説を収める。

夢野久作の文名がいよいよ高まり、複数の雑誌から原稿依頼が重なるなど、職業作家として生きていく自信が漲ってきた時期である。佐左木俊郎と相知ることで、『文学時代』への寄稿、『新作探偵小説全集』（昭和七年四月～昭和八年四月）への参加も実現している。他にも『改造』、『文藝春秋オール読物号』と、発表の舞台は確実に拡がっていった。

昭和六年初夏の頃、九州を訪れた大下宇陀児と博多で面会。中央から離れた土地に住む久作にとって大下は、探偵文壇でただひとり、親しい交流を結び得た作家であった。同年九月二十三日より、長篇小説「犬神博士」の連載を『福岡日日新聞』紙上で開始。連載中は担当編集者黒田静男より厳しい批評を受け、かつ未完のうちに連載を終えることを余儀なくされたが、この窮地にあって久作は、当初の予定であった連載回数を超過してまで、物語を落着させるべく腐心した。未完でありながら久作文学の多面的な魅力を一作に凝縮した代表的長篇として、今日評価は高い。甲賀三郎が「取材の範囲が羨しい程広い」と賞賛したように、この時期は特に、一作ごとに新しい舞台を設定し、精緻をきわめた描写で物語に奥行きをあたえ、読者を魅了している。四十歳をすぎて、周囲からの評価と本人の自信とが釣り合うことで、久作の筆に油が乗りきったことが窺われる。

昭和七年十二月、春陽堂より日本小説文庫『押絵の奇蹟』を刊行。夢野久作名義での二冊目の書籍であり、日本小説文庫からは初の刊行となった。倦まずたゆまず書き続けてきた「ドグラ・マグラ」の発表を目論見つつ、久作はいよいよ爛熟期を迎える。

一足お先に

『文学時代』昭和六年（一九三一）二月号から四月号（第三巻第二号～第四号）に三回にわたって連載。夢野久作名義。挿絵は内藤賛。総ルビ。初出題は「一足お先きに」。毎号タイトル脇に「連載探偵小説」の見出しあり。第三回のみ、巻頭に「前号迄の梗概」が付されている。一部の伏字を復元し、さらに改稿を施したのち、日本小説文庫『瓶詰地獄』（春陽堂、昭和八年五月十五日）に「一足お先に」と改題され収録。総ルビ。この際、三回の連載に分割された本文が、そのまま「一」「二」「三」の三章に章分けされた（初出掲載時には章分けはされていない）。さらに『氷の涯　夢野久作傑作集』（春秋社、昭和十年五月十五日）に収録。総ルビ。このテキストにも若干の異同があるが、前回以上の伏字復元はされていない。本全集ではこの春秋社版を底本とした。

初出掲載誌である『文学時代』は昭和四年（一九二九）五

月に創刊。同年四月に廃刊した『文章倶楽部』の後継誌として新潮社から刊行された月刊誌である。編集発行名義人は佐藤義亮、主幹は加藤武雄であったが、実務は主に佐左木俊郎が担当した。第一巻第一号（昭和四年五月）から第四巻第七号（昭和七年七月）まで全三十九冊。「文壇」のイメージを強く押し出すとともに、若手文学者の登場を期して様々なジャンルの投稿欄を充実させてきた『文章倶楽部』から一新、『文学時代』は、若手作家の純文芸作品やプロレタリア文学者たちの社会派小説と、一九三〇年代特有のエロ・グロ・ナンセンス趣味を共存させるという、硬軟おりまぜた誌面に生まれ変わった。

創刊号である第一巻第一号（昭和四年五月）には、小酒井不木の絶筆「鼻に基く殺人」が掲載。以後、江戸川乱歩、甲賀三郎、大下宇陀児、水谷準、横溝正史、橋本五郎ら探偵作家たちが常連執筆者に迎えられ、〈探偵趣味〉が濃厚な特集が多数企画されていく。第一巻第三号（昭和四年七月）「探偵小説号」、第二巻第九号（昭和五年九月）「『事実は小説より奇也』号」、第二巻第十一号（同十一月）「世界猟奇読物全集号」（風俗壊乱を理由に発禁処分）、第二巻第十二号（同十二月）「現代怪奇探偵小説集」、第三巻第八号（昭和六年八月）「世界秘密結社・秘話」、第四巻第一号（昭和七年一月）「猟奇・探偵・ユーモア」、第四巻第四号（同四月）「新聞記者が最もショックを受けた瞬間」等々……

ちなみに「一足お先に」第一回が掲載された第三巻第二号（昭和六年二月）の特集名も「現代怪奇探偵小説集」であった。甲賀三郎「亡命者」、角田喜久雄「狼罠」、城昌幸「たくらみ」、奥村五十嵐「新宿巴団の壊滅」とともに、この特集に探偵小説「秘密の錯覚幻想」を寄稿した佐左木俊郎こそ『文学時代』の実質的な編集責任者であり、探偵・犯罪・猟奇の要素をふんだんに同誌に盛り込み、「文芸雑誌と通俗誌との中間的な性格」（鈴木晴夫「文学時代」、長谷川泉編『近代文学雑誌事典』至文堂、昭和四十一年）を確立させた立役者である。

佐左木は宮城県出身の小説家、編集者。大正六年に上京して、はじめ弁護士を志したが、肋膜を病んで入院。療養中に文学書に親しみ、大正十三年八月「首を失つた蜻蛉」が『文章倶楽部』の懸賞に当選し、同誌編集長加藤武雄の助手となる。編集者としての能力はきわめて高く、やがて社主佐藤義亮に認められて正式に新潮社社員となった。小説家としては農民文学の書き手として出発し、大正十三年に加藤武雄、吉江喬松らが組織した農民文芸会に参加。『文芸戦線』に加わって「無智」（大正十五年三月）、「逃走」（同年十一月）等を同誌に発表しているが、完全な左傾はせず、プロレタリア文学とはつかず離れずの関係を保ち続けた。

また特筆すべきは、佐左木がいわゆる「純文壇的な存在」（大下宇陀児「佐左木俊郎氏の作品に就て」、『探偵クラブ』

第九号、昭和八年）でありながら、探偵趣味を解し、自らも探偵小説の筆を執ったことであろう。昭和四年十一月号発表の「錯覚の拷問室」を皮切りに『新青年』には、長篇「恐怖城」（昭和七年一月号〜七月号）を含めて八篇の探偵小説を寄稿している。『文学時代』にも「猟奇の街」（第一巻第八号）、「或る嬰児殺しの動機」（第三巻第一号）、「密会場綺譚」（第四巻第四号）など、近代社会の暗黒面に取材した探偵小説を発表し、また、第一巻第三号「探偵小説号」の目玉である「探偵小説座談会」（江戸川乱歩、甲賀三郎、浜尾四郎、大下宇陀児、森下雨村、加藤武雄）では、自身も探偵作家として発言。「科学の進歩に伴れて犯罪の方法も変つて来れば、探偵の方法も変つて来る」、「科学の上で新しい発見がされて、若しくばされようとすると、探偵小説作家の知識なり空想なりが、そこ迄游いで行つて色々な新しいものを取り入れることが出来る」と斬新の気風を示していて注目される。

　なお「怪夢［２］」の解題で詳述するが、佐左木は「斯界初の画期的な試みであり、昭和十年前後の探偵小説第二の隆盛期の口火を切った」（山前讓「早世した社会派探偵作家・佐左木俊郎」、『恐怖城』春陽文庫、平成七年）と今日高く評価される新潮社『新作探偵小説全集』の刊行に実作者と編集者の両側面から力を注ぎ、自身の書き下ろし長篇『群狼』を執筆中に急逝、これを生涯最後の仕事としている。

　久作の『文学時代』における最初の仕事が本作「一足お先に」の連載である。実際はこれに先立ち、佐左木と久作のあいだには同誌への原稿依頼を通じての関係が成立しかけていたのであるが、本名で送られてきた久作の原稿が、佐左木の思い違いで宙に浮くという珍事が発生。この間の経過については「怪夢［１］」の解題を参照して戴きたいが、こうしたトラブルで互いに心中穏やかならざる情況にありながら、なお佐左木は『文学時代』最初の連載小説を久作に依頼し、久作もまた、これに応じて三回分を書き下ろして佐左木に託したのである。佐左木がいかに久作を評価していたか、また、久作がいかに佐左木、あるいは『文学時代』を買っていたか、という点について、想像を逞しくさせる逸話である。

　なお、久作は佐左木俊郎を通じて、新潮社に「ドグラ・マグラ」原型にあたる作品の刊行について打診していたことが、佐左木から久作に宛てられた昭和六年二月二十八日付の書簡から確認することができる。大鷹涼子の調査報告「夢野久作宛、佐左木俊郎書簡―翻刻と解題―」（『岡大国文論稿』第三十三号、平成十七年三月）によれば、当該書簡の裏面には久作の自筆で「狂人解放」の梗概がメモ書きされており、これは佐左木への返信の下書きと推測できるという。

「一足お先に」第一回が掲載された『文学時代』第三巻第二号の編輯後記「記者より」には、以下のようにある。

▼読物といふと、どうしても連載物が無いとさびしい

ので、本号から、下村、夢野二氏の中篇を、それ〴〵二三ヶ月に亙り連載することに致しました。下村氏のは、所謂調べた小説で、社会の実相を、探訪的努力によつて描写したもの、夢野氏は探偵小説界の異彩としての氏の近来の力作です。

当時「ルンペン文学者」の異名をとった下村千秋の「瀕死の浮浪女群」とともに、『文学時代』の二枚看板を「一足お先に」は担ったのである。

同作品は、「幻肢」を素材とした、戦前文学においては稀少な試みである。悪性腫瘍によって右足切断を余儀なくされた語り手・新東青年の苦しみと喪失感は、素木しづの自伝的諸作――「三十三の死」（『新小説』大正三年五月号）や「青白き夢」（同、大正四年一月号）など――を髣髴させるすぐれた心理描写であるが、翻って、もはや失われたはずの足の生々しい存在感、すなわち「足の幽霊」に新東が夢中で襲われるという、痛ましくも不気味なリアリズムは、実際に結核性関節炎のため隻脚となった素木にも書き得なかったものなのだ。久作以前にこの現象について言及した作家にはプロレタリア文学者の黒島伝治がいる。

かつて、本所の××病院で助手をしてゐた頃、私は、機械に喰はれて、手を失つたり、足を切断した男を五六人目撃したことがある。〔中略〕けれども彼等には、最初のうち、自分の手足が、切落されたことが本当のやうに思へないのだ。痲睡薬が消えると、切られたさきはずき〴〵疼きだす。が、彼等には、まだ足が、ついてゐるまゝ、疼いてゐるやうにしか感じられない。のみならず、痛みがやんでからも、やはり足――或は手は、元のまゝについているやうに感じられる。一ケ月あまりたつてからも、彼等は、頭が痒ゆかつたりすると、ひよいと、無い手を持上げてかきに行かうとする。

眠ると、草履をはひて方々を歩きまわつてゐる夢を見る。鼻緒が趾の間にはさまつてゐる感覚をはつきり感じる。眠からさめても、足が布団に触れてゐるのが感じられるやうだ。（「脚を折られた男」、『文芸戦線』昭和二年五月）

こうした感覚は「幻肢（Phantom limb）」と呼ばれている。

幻肢のもっとも一般的な医学的説明は、〔中略〕かつて手に走っていた神経が、断端に分布しはじめるというものだ。切れた神経の末端が神経腫と呼ばれる小さな瘢痕組織の塊を形成し、これが非常な痛みを生じることがある。刺激を受けた神経腫は、脳のなかにあるもとの手の領域にインパルスを送り、そのために脳が「だまされて」まだ手があると思い込む。したがって幻肢とそれにともなう痛みは、神経腫が痛むために生じるという説明である。（V・S・ラマチャンドラン『脳のなかの幽霊』山下篤子訳、角川書店、平成十一年）

また「一足お先に」は、「幻肢」に加えてもうひとつ、語り手に「夢中遊行」という病を負わせ、江戸川乱歩の「二癈人」（『新青年』大正十三年六月号）に近似した趣向を取り入れている。学生時代、夢中遊行中に殺人を犯したと自覚する「二癈人」の主人公・井原は、湯治先で知り合った斎藤から、二十年前のその事件が他者の暗示によって捏造された虚偽である可能性を指摘され、昏迷する。ほどなく、斎藤こそが当時の自分の親友であり、井原の宿痾を利用して罪をなすりつけた真犯人ではなかったかと疑念を募らせていくが、真相は明らかにされぬまま物語は終わる。「二癈人」では、過去の悲劇的体験に、他者からの暗示によって全く別の局面が示唆されるのみならず、終幕に際して浮上してくるあらたな疑惑にも錯誤の可能性が付随するという、終わりのない循環構造が看取できる。これに対して、久作が「一足お先に」で提示したのは、柳井副院長による推理と弾劾、それによって惹起させられた「強盗・強姦・殺人」の記憶までを含めた、重層的な「夢」の裡に実際の犯罪をおかしてしまった語り手が、すべての原因が自分の「足の幽霊」にあることを確信する絶望的な構図なのだ。本作の冒頭に引用された『新約聖書』マタイ伝第五章第二十九節「もし右の眼なんぢを躓かせば、抉り出して棄てよ、五体の一つ亡びて、全身ゲヘナに投げ入れられぬは益なり。もし右の手なんぢを躓かせば、切りて棄てよ、五体の一つ亡びて全身ゲヘナに往かぬは益なり」は、咎なくして「切り棄て」られた足が、主人を「躓かせ」たならば、裁かれるべきものは誰（何）なのか、という新東青年の絶望的な問いかけを意味する。神のロジックは彼を裁くことができない。ゆえに彼は「悪魔」になるしかないのである。

ところで、本作品の語り手新東のモデルとして近年、村上知行の名が指摘されたことをここで記しておきたい（張桂娥「夢野久作「一足お先に」の成立背景をめぐって――創作過程と主人公新東の造形のもととなった実在人物に関する一考察」国立台湾大学日本語文学系主催「2015年台大日本語文創新国際学術研討会」、平成二十七年十月二十五日）。

中国通のジャーナリスト、作家、翻訳家として知られる村上知行は明治三十二年、福岡市生まれ。九歳の年に英語教師であった父を喪い、小学校教育も満足に受けられぬまま、住み込み給仕や商家の丁稚をつとめつつ糊口をしのいだ。門司の西川雑貨店で小僧をしていた十三歳当時、関節炎に罹り、これがもとで、のちに右足を切断（切断の時期は不明）、義足をつけて生活することとなった。行商人となり山口県下の炭鉱地をめぐり歩くうちに病を発し、困窮したところを偶然、詩人加藤介春に助けられ、九州日報社に入社（入社時期は不明）。大正七年頃、いったん退社して上京したものの、生活に行き詰まり、翌年には再入社。この間、神田で米騒動を目撃、その折の印象を臨場感にあふれた筆致で『九州日報』（大正九年一月二日）に書いている。同紙では主として演劇欄を担当、奈良和夫の調査（「村上知行覚え書（一）（二）」『日中藝術研究』三十六、三十七号、平成十年八月一日、平成十四年四月一日）によれば、大正十一年の秋頃まで同社に勤務していたことが確認できるという。また、村上は、同年八月二十一日から三十回にわたって『九日』に小説「遊ぶ男女」を連載。同作品は、村上自身の脚色を経て、地元の人気役者が上演したが、これが彼をして、演劇界へと進ませる転機となったようだ。再度の退社ののちは、女優木下八百子の一座に加わり、台本作者兼舞台監督として名古屋以西の各地を旅役者たちと経めぐっている。この時期、映画『米一丸』の原作も手がけたが、やがて女優村田栄子の死を機として劇壇を退き、福岡に帰来。博多日日新聞に入社し、再度記者生活に入るが、ほどなく博多中州検番取締役の信濃梅吉と相知り、以後は親子同様の親交を結んだ。信濃が昭和五年に死去すると、時をおかず母国を離れ、上海、朝鮮、満洲を放浪。北平（北京の旧称）に落ち着き、『北平在行邦字新聞』『新支那』『順天時報』の編集者、『読売新聞』北京支局長を歴任、中国人女性と結婚した。この間、『九日』の海外特派員も兼任、中国の政治、社会、文化、文学について寄稿している。

以後、日本の敗戦まで当地に住み、『北平――名勝と風俗』（北平・東亜公司、昭和九年）、『九・一八前後』（福田書房、昭和十年）、『支那及支那人』（中央公論社、昭和十三年）、『三国志物語』（同前、昭和十五年）、『北京の歴史』（大阪屋号書店、昭和十六年）、『紫禁城哀史』（北京泰山書店、昭和二十年）等、多数の著作を手がけている。村上の視点は真摯に中国の民衆とその生活・文化に注がれ、その筆致は、東亜平和を口にしつつ大陸を侵蝕し、中国人を劣等民族と蔑視して憚らない日本国および日本人への痛烈かつ稀少な批判とみなされる。しかし、北京において家族（妻・麦莉《まり》、長女・璐《る》璐《る》）を得ながら、敗戦によって同地にとどまることができなくなり、苦難の末、帰国。この顛末は随筆『北平より東京へ』（桜井書店、昭和二十二年）に詳しい。帰国後は著述生活に入り、『西遊記』や『金瓶梅』の翻訳とともに、中華人民共和国の成立を言祝ぐ『新中国（目ざめた五億の人人）』（昭和二十八年）等を世に送り出したが、昭和五十一年、自らの手で七十七年の生涯を閉じた。

夢野久作との交友関係から村上知行の存在に注目し、彼を「一足お先に」の語り手・新東のモデルとする論証を試みた張桂娥は、前掲の論文において、大正十五年九月三日から同二十七日の日記中に記される「一歩先へ」、「足の幽霊」等の作品を「一足お先に」の原型とみなし、この期間中（九月二十五日）に面談した「村上知行君」こそが、同作品に造形された語り手「新東」のモデルであると指摘する。またこの面談は、同作品を公表するための許諾を村上から得るために設定されたものと推測している。加えて、久作逝去の直後に村上が『社会及国家』二四二号（昭和十一年五月号）に寄稿した随筆「夢野久作と私」において、村上が隻脚となった経緯には久作が関与していたと記した点に注目し、両者の交友関係の親密さにも言及している。村上の「夢野久作と私」を以下に引用する。

彼〔夢野久作〕は私の意地と、ひねくれ根性と、不遠慮とを最も寛大に待遇してくれた人間であつた。私に片脚を切断させ義足をはかせたのは彼だつた。私がどうしても癒らない脚の病気を、何糞といふ気で一生懸命我慢してゐると、そんなことをしてゐれば、今に死んでしまうぞと心配して、無理に切断しろ〳〵と勧めてくれた。しかも切断するとも何とも返事もしないのに、彼は一人でサッサと何とかいふ医学博士の所へ行つて、相談して、私を病院に担ぎ込んでクロヽホルムを嗅がしてしまつたのだつた。彼が死んだ今日まで、私はまだ此の一件について礼を言つてゐない。彼の方でも勿論礼を言つて貰ひたい気はなかつたらう。

『中国』昭和三十五年八月号に発表された「北京生活二十年」中の記載および遺族からの聞き取りによって、村上が隻脚となったのは「門司の西川とかいう雑貨店の小僧」として昼夜を問わず使役されていた「十三ぐらいの時」に罹った関節炎が原因であったことを奈良和夫は明らかにしているが、右足切断という大手術を受けた時期は正確にはわかっていない。「日中戦争前夜北平の一日本人ジャーナリスト――村上知行の小澤正元宛て書簡1935-36――」（『近きに在りて』四十一号、平成十四年）に付された解説（奈良和夫、臼井勝美、今井清一）では、「一三歳ぐらいのとき、関節炎（？）で右足切断、義足による生活となる」と記されているが、明治三十二年生まれの村上が十三歳であった門司時代を明治四十五年＝大正元年の前後と仮定しても、同時期に生活の拠点を東京においていた久作との接点を見出すことは困難だ。前掲した「夢野久作と私」の文脈から判断すると、十代で発症した関節炎は、その後長きにわたって村上を苦しめ続け、その苦しみを見るにみかねた久作が、入院・手術の周旋をしたと考えることも可能ではないだろうか。「夢野久作と私」では、続くくだりに、隻脚となった村上に「謡曲師匠の免状も立派に持つてゐた」久作が、能の稽古を勧めるエピソードが記されている。西原和海の調査では、久作が喜多流の謡曲教授となったの時期は大正七年頃と推定されているが、ここから手術の時期を、村上が九州日報社に在籍していた大正六年前後から、「一足お先に」の原型が執筆されたとおぼしい大正十五年九月までの期間に限定できるかも知れない。

なお、村上の義足に関する記載は、先に紹介した『北平より東京へ』の本文中にもわずかに認められる。同書の記載によれば、敗戦時の中国脱出の折に装着していた義足は、日本にいた頃に愛用していた古い義足ではなく、信濃梅吉から新たに贈られたものであるという。

私は斯うして出来た今の義足を、新調早々自分の手で、勝手に改造してしまつた。義足を作る職人は、自分でそれを穿かないので、ほんとうのコツが分らない、義足は結局、その義足を穿く人自身考案すべきものであるといふのが、私の持論なので、先づ物々しい幾条かの革のバンドを全部はづした。体を箍締めにするやうな、あんなバンドをしよつちうかけてゐたならば、体はその窮屈さと疲労とに堪えられないだらう。次いで複雑な仕掛けの、小さい滑車などのやうな金具類をみな棄てゝ、結局細い五寸ばかりの革片を、腰に締めた革帯にひつかけるだけで結構に歩けるやうにしたのであつた。

村上はこのように工夫した義足を装着して、最長で「四里」を踏破した経験があるという。強い忍耐力と高度な身体能力とを兼ね備えた人物であったことが窺われよう。

ちなみに、柳井副院長に逆襲する新東青年が口走った「カリガリ博士の眠り男」はいうまでもなく、ロベルト・ヴィーネ監督が一九二〇年に製作した映画『カリガリ博士』に登場する主要人物のひとりである。常に睡っている状態で犯罪に使嗾される「眠り男」チェザーレと、彼を操るカリガリ博士の物語は、すべての事件が精神病院に収監された人物の妄想であることが終幕において暗示される。谷崎潤一郎や江戸川乱歩、渡辺温ほか、多数の文学者に強い影響をおよぼしたこのフィルムを、久作は大正十五年四月五日、銀座の活動小屋で鑑賞している。

以下、主な校異を示す。

7頁上段11〜19行目
……聖書に曰く〔中略〕いいのかしら……
〈この9行は2字下ゲ〉（初・瓶）
〈本巻と同じ〉《氷》
7頁上段19〜20行目
〈1行アキ〉（初・瓶）
〈本巻と同じ〉《氷》
7頁上段22行目
刺された様な痛みであつた……〈〵〵〉……と思ひ〳〵、
刺された様な痛みであつた……と、（初）

〈本巻と同じ〉《瓶・氷》
7頁下段1行目
両手で探りまはしてみると……〈／〉……私は又ドキンとした。
両手で探りまはると、〈／〉私は又ドキンとした。（初）
〈本巻と同じ〉《瓶・氷》
7頁下段14行目
森閑とした真夜中である。〈／〉黒いメリンスの
森閑とした真夜中である。黒いメリンスの（初）
〈本巻と同じ〉《瓶・氷》
7頁下段16行目
ブラ下がつてゐる。〈／〉窓の外には
ブラ下がつてゐる。窓の外には（初）
〈本巻と同じ〉《瓶・氷》
7頁下段17行目
屹立《きつた》つてゐる。〈／〉その電燈の
屹立《つつた》つてゐる。その電燈の（初）
〈本巻と同じ〉《瓶・氷》
7頁下段21行目
横顔を見せてゐる。〈／〉その枕元の
横顔を見せてゐる。その枕元の（初）
〈本巻と同じ〉《瓶・氷》
8頁上段8行目
私は思はず毛布の上から、其処を圧へ付け
私は思はず其処を圧へ付け（初）
〈本巻と同じ〉《瓶・氷》
8頁上段14行目
そのうちにハツと眼を据ゑると、私の全身が
そのうちに私の全身が（初）
〈本巻と同じ〉《瓶・氷》
8頁上段15行目
両方の眼を拳固で力一パイ
両方の眼を両方の拳固で力一パイ（初）
〈本巻と同じ〉《瓶・氷》
8頁上段16行目
足の先の処をヂイツと凝視たまま
足の先の処を凝視たまま（初）
〈本巻と同じ〉《瓶・氷》
8頁上段18行目
右足がニユーと其処に突つ立つてゐる。
右足が其処に立つてゐる。（初）
〈本巻と同じ〉《瓶・氷》
8頁上段20行目
引つ括つてゐる。……そのまん中から
引つ括つて……そのまん中から（初）
〈本巻と同じ〉《瓶・氷》

8頁上段21行目
抜け出してゐる。……その膝つ小僧の
抜け出して……その膝つ小僧の（初）
〈本巻と同じ〉《瓶・氷》
8頁下段1行目
ヂツとしてゐたものらしい。リノリウム張りの床
ヂツとしてゐたものらしく、リノリウム張りの床（初）
〈本巻と同じ〉《瓶・氷》
8頁下段3行目
中心を取るかの様に
中心を取る様に（初）
〈本巻と同じ〉《瓶・氷》
8頁下段8行目
心臓が二度ばかり
心臓が二つばかり（初）
〈本巻と同じ〉《瓶・氷》
8頁下段10行目
一本々々ザワザワザワと
一本々々にザワザワザワザワと（初・瓶）
〈本巻と同じ〉《氷》
8頁下段11行目
私の右足は、さうした私の気持を感じないらしく、悠々と
私の右足は、悠々と（初）

〈本巻と同じ〉《瓶・氷》
8頁下段12行目
五足ほど歩いて行つたと思ふと、窓の下の
五足ほど歩いて、窓の下の（初）
〈本巻と同じ〉《瓶・氷》
8頁下段18行目
やがて薄汚れた窓硝子の
やがて窓硝子の（初）
〈本巻と同じ〉《瓶・氷》
8頁下段19行目
真暗い廊下の
暗い廊下の（初）
〈本巻と同じ〉《瓶・氷》
9頁上段1行目
ドターン
ドタ――ン（初）
〈本巻と同じ〉《瓶・氷》
9頁下段7行目
肉腫が
肉腫れが（初）
〈本巻と同じ〉《瓶・氷》
9頁下段8行目
W大学のトラツクで

Wトラックで（初）
〈本巻と同じ〉《瓶・氷》

9頁下段9行目
説明不可能な……しかも癌以上に恐ろしい生命取りだと云はれて居る、肉腫の
説明不可能な肉腫れの（初）
〈本巻と同じ〉《瓶・氷》

10頁上段15行目
細君といふのが又、
細君といふのが、又（初）
〈本巻と同じ〉《瓶・氷》

10頁下段7行目
私が夢を見てゐるうちに
夢を見てゐるうちに（初）
〈本巻と同じ〉《瓶・氷》

10頁下段12行目
驚いたもんでせう。
さうでせう。（初）
〈本巻と同じ〉《瓶・氷》

10頁下段13行目
事だらうと思ひましたよ。
事だらうと思ひました。（初）
〈本巻と同じ〉《瓶・氷》

10頁下段14行目
居なすつたんですからね。
居られましたからね。（初）
〈本巻と同じ〉《瓶・氷》

10頁下段18行目
経験があるんですよ。この病院
経験がありますので、この病院（初）
〈本巻と同じ〉《瓶・氷》

11頁上段1行目
夢を見るものなんです。
夢を見るんです。（初）
〈本巻と同じ〉《瓶・氷》

11頁上段4行目
「足の幽霊……」
「足の幽霊。」（初）
〈本巻と同じ〉《瓶・氷》

11頁上段7行目
調子が悪いんですが
調子が悪いんですか（初・瓶）
〈本巻と同じ〉《氷》

11頁下段1行目
実は私《あつし》も
実は私《わたし》も（初）

〈本巻と同じ〉《瓶・氷》
11頁下段4行目
神経の親方つてえ奴が、片つ方の
神経の親方は、片つ方の（初）
〈本巻と同じ〉《瓶・氷》
11頁下段6行目
居るんださうでね。つまり其の神経の親方はドコ〳〵までも両脚が生れた時と同様に、チヤンと
居るんださうで、つまり両脚がチヤンと（初）
〈本巻と同じ〉《瓶・氷》
11頁下段10行目
痛み出すと、その親方が、そいつを
痛み出すと、そいつを（初）
〈本巻と同じ〉《瓶・氷》
11頁下段11行目
膝の節の痛み
膝つ節の痛み（初・瓶）
〈本巻と同じ〉《氷》
12頁上段2行目
「どうも……ありがたう。」
「そいつあ有り難い……」（初）
〈本巻と同じ〉《瓶・氷》
12頁上段3行目
気色のわるい事
気色のわりい事（初・瓶）
〈本巻と同じ〉《氷》
12頁上段9行目
ですから義足のそこん処を、
ですからそこん処を（初）
〈本巻と同じ〉《瓶・氷》
12頁下段6行目
そんな理窟のもんですか
そんなもんですか（初）
〈本巻と同じ〉《瓶・氷》
12頁下段7行目
思つてゐるには居るんですが
思つてゐるんですが（初）
〈本巻と同じ〉《瓶・氷》
12頁下段15行目
ハツハツハツ……でもヒヨツト
〈本巻と同じ〉《初・瓶》
ハツハツハツでもヒヨツト（氷）
12頁下段23行目
笑ひ出した。けれども、それに連れて
笑ひ出したが、それに連れて（初）
〈本巻と同じ〉《瓶・氷》

13頁下段4行目
チヨ〳〵〳〵〳〵チヨツト……
チヨチヨチヨチヨチヨチヨ……（初）
〈本巻と同じ〉《瓶・氷》

13頁下段16行目
千里眼々々々
千里眼々々（初・瓶・氷）

14頁下段4行目
昨夜の夜中
昨夜夜中（初）
〈本巻と同じ〉《瓶・氷》

15頁上段3行目
指の先まで……贅沢だな。
〈本巻と同じ〉《初・瓶》
指の先まで贅沢だな。（氷）

15頁下段2行目
さうよ。
さ――よ。（初）
〈本巻と同じ〉《瓶・氷》

16頁上段17行目
プーツ。まさか。まさか。新東さん
まさか。オホホホホ。新東さん（初）
〈本巻と同じ〉《瓶・氷》

16頁下段4行目
下等の病院
下等な病院（初・瓶）
〈本巻と同じ〉《氷》

16頁下段15行目
柳井副院長が、新米らしい看護婦を
柳井副院長が、看護婦を（初）
〈本巻と同じ〉《瓶・氷》

17頁上段9行目
御遠方ですから……
御遠方ですから（初）
〈本巻と同じ〉《瓶・氷》

17頁上段12行目
お蔭様で……お蔭様で……
お蔭様でお蔭様で。（初）
〈本巻と同じ〉《瓶・氷》

17頁上段23行目
副院長の前に
副院長の鼻の先に（初）
〈本巻と同じ〉《瓶・氷》

17頁下段1行目
……ハハア……昨日とかはりませんな。
昨日とかはりませんな。（初）

〈本巻と同じ〉《瓶・氷》

17頁下段5行目

頭を下げた。われながら見すぼらしい恰好で……「罪人は、罪を犯した時には、自分を罪人とも何とも思はないけれど、手錠をかけられると初めて罪人らしい気持になる」と聞いて

頭を下げた。罪人は罪を犯した時には自分を罪人とも何とも思はないけれども、手錠をかけられると初めて罪人らしい気持ちになると聞いて（初）

〈本巻と同じ〉《瓶・氷》

17頁下段12行目

……何なら今日

何なら今日（初）

〈本巻と同じ〉《瓶・氷》

18頁上段1行目

私《あつし》も足が

私《わたし》も足が（初）

〈本巻と同じ〉《瓶・氷》

18頁下段3行目

ヘエ、そいつあ

ヘエ。そいつあ（初）

〈本巻と同じ〉《瓶・氷》

18頁下段22行目

ナアル程、思ひ当る

ナアル程。思ひ当る（初・瓶）

〈本巻と同じ〉《氷》

19頁下段19行目

キマリわる〳〵廊下に

キマリわるく廊下に（初）

〈本巻と同じ〉《瓶・氷》

20頁上段8行目

その上に、久し振りに歩るく気持よさと、持つて生れた

その上に持つて生れた（初）

〈本巻と同じ〉《瓶・氷》

20頁上段13行目

花崗石と、木煉瓦と、蛇紋石と、

花崗岩、と木煉瓦と蛇紋石と、（初）

〈本巻と同じ〉《瓶・氷》

20頁上段15行目

組上げた、華麗荘重な

組上げた華麗荘重な（初）

〈本巻と同じ〉《瓶》

組上げた。華麗荘重な（氷）

20頁上段20行目

真鍮の把手《ノッブ》

真鍮の把手《ハンドル》（初）

〈本巻と同じ〉《瓶・氷》
20頁下段20行目
換気法がいいせゐか、そんな標本
〈本巻と同じ〉《初・瓶》
換気法がいいせゐか。そんな標本（氷）
21頁上段1〜2行目
〈1行アキ〉（初）
〈本巻と同じ〉《瓶・氷》
21頁上段5行目
右足が其処に立つてゐるのであつた。
右足が其処に立つてゐた。（初）
〈本巻と同じ〉《瓶・氷》
21頁上段8行目
屈んだままフオルマリン液の中に突つ立つて
屈んだまま突つ立つて（初）
〈本巻と同じ〉《瓶・氷》
21頁下段6行目
限らないと思つたのであつた。
限らないと思つた。（初）
〈本巻と同じ〉《瓶・氷》
21頁下段11行目
神経組織の中に遺伝してゐないとは、誰が保証出来よう。
神経組織の中に軽く遺伝してゐないとは保証出来ないであらう。（初）
〈本巻と同じ〉《瓶・氷》
21頁下段19行目
無けなしの学費
無けなしの学資（初）
〈本巻と同じ〉《瓶・氷》
22頁上段10行目
右足が、巨大な硝子筒の中にピツタリと封じ籠められて、強烈な薬液の中に
右足が、たしかに薬液の中に（初）
〈本巻と同じ〉《瓶・氷》
22頁上段12行目
凝固させられたまゝ、確かに、標本室の
凝固させられて、巨大な硝子瓶に封じ籠められて、標本室の（初）
〈本巻と同じ〉《瓶・氷》
22頁上段14行目
それ以上に有効な
その以上に有効な（初・瓶）
〈本巻と同じ〉《氷》
22頁下段15行目
さう思ひ〳〵私は、変り果てた姿で、高い処に上がつてゐる自分の足を見上げて、

さう思ひ思ひ私は自分の足を見上げて、（初）
〈本巻と同じ〉《瓶・氷》
23頁上段15行目
疲れてしまつたらしい。私は思はず
疲れてしまつたらう、私は思はず（初）
〈本巻と同じ〉《瓶・氷》
24頁上段7行目
……が……しかし……ナゼ
……が……しかしナゼ（初）
〈本巻と同じ〉《瓶・氷》
24頁上段15行目
想像した、嘲りの意味の
想像した。嘲りの意味の（初）
〈本巻と同じ〉《瓶・氷》
24頁上段16行目
此時の私が、妙に冷静な
此時の私は妙に冷静な（初）
〈本巻と同じ〉《瓶・氷》
24頁上段17行目
辷り降りたことは事実であつた。それから悠々と片足をさし伸ばして
辷り降りて、悠々と片足をさし伸ばし乍ら（初）
〈本巻と同じ〉《瓶・氷》

25頁上段8行目
全身を硬直さして、副院長の顔を一瞬間、穴の明くほど凝視した……が……その次の瞬間には、もう、全身の骨が消え失せたかと思ふくらゐ力が抜けて来た。そのまゝフラ〳〵と寝床の上にヒレ伏して
全身を硬直さしたが、その次の瞬間には、全身の骨が消え失せたかと思ふくらゐクタクタになつて、寝床の上にフラフラとヒレ伏して（初）
〈本巻と同じ〉《瓶・氷》
25頁上段19行目
出来事であつた。〈／〉私はマザマザとした
出来事であつた。私はマザマザとした（初）
〈本巻と同じ〉《瓶・氷》
25頁上段23行目
しかも、その大罪に
しかし、その大罪に（初）
〈本巻と同じ〉《瓶・氷》
25頁下段8行目
それは確かに私の夢中遊行に違ひ無いと思はれた。〈1行アキ〉
〈1行アキ〉それは確かに私の夢中遊行に違ひ無いと思はれた。（初）
〈本巻と同じ〉《瓶・氷》

25頁下段10行目
……フト気が付いて
フト気が付いて（初）
〈本巻と同じ〉《瓶・氷》
25頁下段14行目
光りを、不思議さうにキヨロキヨロと見まはしてゐる
光りをキヨロキヨロと見まはしてゐる（初）
〈本巻と同じ〉《瓶・氷》
25頁下段18行目
コンナペンキ塗りの扉
コンナ扉（初）
〈本巻と同じ〉《瓶・氷》
25頁下段22行目
標札を読んでみると、小さなゴヂツク文字で「標本室」と書いてあることがわかつた。
標札を読むと、小さなゴチツク文字で「標本室」と書いてあつた。（初）
標札を読んでみると、小さなゴチツク文字で「標本室」と書いてあることがわかつた。（瓶）
〈本巻と同じ〉《氷》
26頁上段7行目
タオル寝巻の片袖で、手の先を
片袖で手の先を（初）
〈本巻と同じ〉《瓶・氷》
27頁上段9行目
……逃げる早さだつて
逃げる早さだつて（初）
〈本巻と同じ〉《瓶・氷》
27頁下段3行目
……ヤツチマヘ……ヤツチマヘ……。
……ヤツチマヘヤツチマヘ……。（初）
〈本巻と同じ〉《瓶・氷》
28頁上段6～7行目
〈1行アキ〉私は出来るだけ手早く仕事を運んだ。
〈本巻と同じ〉《初・瓶》
〈1行アキナシ〉私は出来るだけ手早く仕事を運んだ。（氷）
28頁下段6行目
婦人雑誌を拡げて
婦人の雑誌を拡げて（初）
〈本巻と同じ〉《瓶・氷》
29頁上段1行目
眼を眩《ま》はしたり
眼を眩《くら》ましたり（初）
〈本巻と同じ〉《瓶・氷》
29頁上段13行目
螺鈿《らでん》の茶棚

ラテンの茶棚（初）
〈本巻と同じ〉《瓶・氷》
29頁上段21行目
タオル寝巻一枚の
夕方に寝巻一枚の（初）
〈本巻と同じ〉《瓶・氷》
29頁下段3行目
離被架《リヒカ》
枠《ヒリカ》（初）
〈本巻と同じ〉《瓶・氷》
29頁下段8行目
蠱惑的に見えた
×××に見えた（初）
〈本巻と同じ〉《瓶・氷》
29頁下段9行目
絹房の付いた黒い紐
絹の付いた黒い紐（初）
〈本巻と同じ〉《瓶・氷》
29頁下段16行目
藁布団に凭たれかかりながら
×××××かかりながら（初）
〈本巻と同じ〉《瓶・氷》
29頁下段17行目
羽根布団と離被架とを、静かに片わきへ引き除けて、寝顔をヂイツと覗き込んだ。
夜具とリヒカとを、静かに××××××××××、寝顔を覗き込んだ。（初）
〈本巻と同じ〉《瓶・氷》
30頁上段1行目
限り無い精力と、巨万の富
限り無い××と、巨大の富（初）
〈本巻と同じ〉《瓶・氷》
30頁上段11行目
まん丸い乳房
まん丸い××（初）
〈本巻と同じ〉《瓶・氷》
30頁上段12行目
雪のやうな乳房
雪のやうな××（初）
〈本巻と同じ〉《瓶・氷》
30頁上段19行目
その左右の乳房の
その××××の（初）
〈本巻と同じ〉《瓶・氷》
30頁下段4行目
左の乳房を光線に

左の××を光線に（初）
〈本巻と同じ〉《瓶・氷》
30頁下段6行目
乳首と肋とを
××と肋とを（初）
〈本巻と同じ〉《瓶・氷》
30頁下段10行目
片つ方の乳房を喪つた
片つ方の××を喪つた（初）
〈本巻と同じ〉《瓶・氷》
30頁下段18行目
嚙み出した乳房
嚙み出した××（初）
〈本巻と同じ〉《瓶・氷》
30頁下段23行目
緞子の羽根布団
緞子の夜具（初）
〈本巻と同じ〉《瓶・氷》
31頁上段1行目
黒繻子の細帯
黒繻子の×（初）
〈本巻と同じ〉《瓶・氷》
31頁上段3行目
それは幅の狭い帯の下に
それは未亡人の×の下に（初）
〈本巻と同じ〉《瓶・氷》
31頁上段8行目
その緩やかな黒繻子の帯を
黒繻子の×を（初）
〈本巻と同じ〉《瓶・氷》
31頁下段1行目
私がドンナ事を
ドンナ事を（初）
〈本巻と同じ〉《瓶・氷》
31頁下段7行目
野蛮人のやうに
蛮人のやうに（初）
〈本巻と同じ〉《瓶・氷》
31頁下段11行目
それは唯それだけであつた。私の記憶はそこいらからパッタリと中絶
それも唯それだけで、私の記憶はパッタリと中絶（初）
〈本巻と同じ〉《瓶・氷》
32頁上段20行目
這ひ上つたのであつた……。
〈本巻と同じ〉《初・瓶》

這ひ上つたのであつた。（氷）
32頁下段16行目
一層烈しく全身が
烈しく全身が（初）
〈本巻と同じ〉《瓶・氷》
33頁上段15行目
犯人の手がかりを集められるだけ
犯人の手がかりも集められるだけ（初）
〈本巻と同じ〉《瓶・氷》
33頁下段1行目
証言によつて判明
証言で判明（初）
〈本巻と同じ〉《瓶・氷》
33頁下段13行目
調査して居ゐた様です。〈／〉……一方に
調査して居ゐた様ですが……一方に（初）
〈本巻と同じ〉《瓶・氷》
33頁下段21行目
事実を聞きました。チヤウド
事実を聞きましても、さうした捜索方針が窺はれるやうです。しかもチヤウド（初）
〈本巻と同じ〉《瓶・氷》
34頁上段1行目
睨んでゐるのかも知れません。
睨んでゐるかも知れないと思はれるのです。（初）
〈本巻と同じ〉《瓶・氷》
34頁上段3行目
思つて居りますうちに
思つて居りますと（初）
〈本巻と同じ〉《瓶・氷》
34頁上段6行目
歌原未亡人が
……歌原未亡人が（初）
〈本巻と同じ〉《瓶・氷》
34頁上段20行目
私がオセツカイを
私がイタヅラを（初）
〈本巻と同じ〉《瓶・氷》
34頁下段11行目
在りはしまいかと思つて……。
〈本巻と同じ〉《初・瓶》
在りはしまいかと思つて。」（氷）
35頁上段14行目
その軽いコルク
軽いコルク（初）
〈本巻と同じ〉《瓶・氷》

35頁上段20行目
　間違ひがありますか。」
〈本巻と同じ〉《初・瓶》
　間違ひがありますか。（氷）
35頁上段22行目
　気が付いた。さうして
　気が付いた。〳〵さうして（初）
〈本巻と同じ〉《瓶・氷》
35頁下段7行目
　今迄より一層
　今迄よりも一層（初・瓶）
〈本巻と同じ〉《氷》
36頁上段2行目
　フラ〳〵ヨロ〳〵とした、たよりのない
　フラフラヨロヨロした、たよりない（初）
〈本巻と同じ〉《瓶》
　フラ〳〵ヨロヨロ〳〵とした、たよりのない（氷）
36頁上段7行目
　アキレス腱
　アキレス健（初・瓶・氷）
36頁下段9行目
　絶対に無い。」と答へて
　絶対に無い、と答へて（初）
〈本巻と同じ〉《瓶・氷》
36頁下段11行目
　宮原君が念の為め
　念の為め（初）
〈本巻と同じ〉《瓶・氷》
36頁下段14行目
　指紋はコレダといふ
　指紋はコレダ……といふ（初）
〈本巻と同じ〉《瓶・氷》
36頁下段22行目
　知れませんネ。しかし……
　知れませんネ、しかし……（初）
〈本巻と同じ〉《瓶・氷》
37頁上段10行目
　ブツツリと
　プツツリと（初）
〈本巻と同じ〉《瓶・氷》
37頁上段15行目
　繰返してみながら……。さうして、
　繰返してみながら……。〳〵さうして、（初）
〈本巻と同じ〉《瓶・氷》
37頁下段7行目
　研究して居られたもので

研究して居られたので（初）
〈本巻と同じ〉《瓶・氷》
37頁下段16行目
置きつ放しにして、殺してしまはれた
置きつ放しにされた（初）
〈本巻と同じ〉《瓶・氷》
38頁上段2行目
出て行かれたりしてゐる処は
出て行かれたりする処は（初）
〈本巻と同じ〉《瓶・氷》
38頁下段5行目
準備行為だつたのです。私があの時に、
準備行為だつたのです、私があの時に、
〈本巻と同じ〉《瓶・氷》
38頁下段19行目
貴重品を盗んだり
お金を盗んだり（初）
〈本巻と同じ〉《瓶・氷》
39頁上段8行目
極めて鋭敏な、
……極めて鋭敏な、（初）
〈本巻と同じ〉《瓶・氷》
39頁上段9行目
相違無かつた事を、有力に裏書する
相違無かつた事を裏書する（初）
〈本巻と同じ〉《瓶・氷》
40頁下段9行目
「……………。」
「………。」（初）
〈本巻と同じ〉《瓶》
〈1行アキ〉（氷）
40頁下段20行目
相違無かつた。〈／〉しかし私は
相違無かつたが、私は（初）
〈本巻と同じ〉《瓶・氷》
40頁下段21行目
のみならず、その音を
ただ、その音を（初）
〈本巻と同じ〉《瓶・氷》
41頁上段10行目
何もして居なかつた……
何もして居なかつたのだ……（初・瓶）
〈本巻と同じ〉《氷》
41頁上段22行目
イヤツ……ソ……
イヤツ…ふ…ソ……（初）

〈本巻と同じ〉《瓶・氷》

41頁下段3行目
私は私自身が徹底的に
私は徹底的に（初）
〈本巻と同じ〉《瓶・氷》

42頁上段18行目
撞木の方が上になつて
撞木の方を上にして（初）
〈本巻と同じ〉《瓶・氷》

42頁上段19行目
ワナワナと震へてゐる。……その下に、全く
ワナワナと震へて……その下に全く（初）
〈本巻と同じ〉《瓶・氷》

43頁上段1行目
ホホホホホ。
オホホホホ。（初）
〈本巻と同じ〉《瓶・氷》

43頁上段5行目
お兄様は昨夜の
……お兄様は昨夜の（初・瓶）
〈本巻と同じ〉《氷》

43頁下段10行目
お土産ですよ。約束の
お土産です。お約束の（初・瓶）
〈本巻と同じ〉《氷》

43頁下段15行目
アハハハハ……ハ。
アハハハハ……。（初・瓶）
〈本巻と同じ〉《氷》

43頁下段19行目
ワハハハハハ。
ワハハハハハハ……。（初・瓶）
〈本巻と同じ〉《氷》

霊感！

『猟奇』昭和六年（一九三一）三月号（第四年第一輯）および四月号（第四年第二輯）に分載。夢野久作名義。パラルビ。この初出誌を底本としたが、本文にほとんどルビが振られていないため、若干のルビを補った。

掲載本文に添えられた表題は分載二回分ともに「霊感！」であるが、三月号表紙には「霊感・夢野久作」、同号目次には「感霊」と表記されている。また、三月号巻末の「編輯手帳」に滋岡透は以下のように記している。「巻尾を飾る夢野久作氏の逸篇「悪夢」こそエロテイシズムとグロテスクとナンセンスの大シンフオニイ。はたして「奇」の次号を手にしない者ありや？！」。久作の昭和五年十一月十六日付日記の

記載にも「「悪夢」の原稿書き。」とあるが、これが「霊感！」の原題であるか否かは不明である。

校訂上の主な問題点を記す。

49頁上段2行目、「居りました」は、底本「居るました」を改めた。

50頁下段8行目、「老夫婦のレミヤの可愛がり様といふものは」は、底本「老夫婦のレミヤを可愛がり様といふものは」を改めた。

51頁下段22行目、「世にも」は、底本「世には」を改めた。

54頁下段2行目、「寧《い》つその事」は、底本「寧ろその事」を改めた。

59頁上段13行目、「本当の親」は、底本「本落の親」を改めた。

「欠伸」↔「欠呻」や、「有頂天」↔「宇頂天」の混用は底本のママである。

なお、底本は登場人物名をはじめ、カタカナがゴシック体になっているが、これは初出雑誌に掲載されている他の作品もすべて同様の形式なので、明朝体に改めた。

ココナットの実

『新青年』昭和六年（一九三一）四月号（第十二巻第五号）に発表。夢野久作名義。挿絵は竹中英太郎。総ルビ。この初出誌を底本とした。

「あやかしの鼓」、「死後の恋」、「押絵の奇蹟」、「鉄鎚」など初期を代表する諸作品と同様、すでに起こってしまった事件を当事者が回想しつつ語るという、久作一流の倒叙法を用いた本作品中には、「共産党」の青年が「印度のインターナショナル」を介して爆裂弾を入手する経緯が物語の背後に暗示されている。このように、左翼系政治運動を一種の社会的脅威として描いた戦前の探偵小説には、前年に発表された江戸川乱歩の「猟奇の果」（『文芸倶楽部』昭和五年一月号〜十二月号。七月号より「白蝙蝠」と改題）があることはよく知られているが、本作発表ののち、さらに久作は「女坑主」（『週刊朝日』昭和十一年五月一日）や「人間レコード」（『現代』昭和十一年一月号）を発表する。ただしいずれの作品においても、久作の筆は、〈公共の敵への断罪〉などといったモチーフを軽々と飛びこえ、政治も思想も党派性も笑殺する人間の業の深さ、虚無の上に立つ無限の欲望を衝くところにまで到達している。

本作品で「ココナットの実」に喩えられているものは、爆裂弾であるが、この武器は、ロープシン（サヴィンコフ）の『蒼ざめた馬』（一九〇九年）ではナロードニキのテロリストが用い、わが国では、未発に終わったものの幸徳秋水門下の急進派たちが密かに製造し、また玄洋社の刺客・来島恒喜が大隈重信に投ずるなど、思想的立脚点を異にしつつも、革命を希求する者たちの最後の一手に選ばれてきた。ところがヱラ子は、原因不明の「淋しさ」と退屈に責められたあげくに爆裂弾を窓から落とし、資本家も共産党員も労働者も巡査も一緒くたに吹き飛ばしてしまうのである。

「ココナット」という譬喩は久作一流のものであるが、何人もの生命が失われた大事件の動機にヒロインの些細な気まぐれを配した趣向から鑑みるならば、樹上から猿が落とした一個の「椰子」（ココナット）によって、十数年ぶりに再会した父と娘の未来が無惨に打ち砕かれる岡本綺堂の「椰子の実」（『探偵夜話』春陽堂、昭和二年）に通じる運命の皮肉、喜劇性が、ここには認められる。

犬神博士

『福岡日日新聞』夕刊に昭和六年（一九三一）九月二十三日から昭和七年（一九三二）一月二十六日まで、百八回（＝百八章）にわたって連載された。夢野久作名義。挿絵は青柳喜兵衛。パラルビ（ただし総ルビに近い）。

　のちに黒白書房版『夢野久作全集』第六巻（第一回配本、昭和十一年五月一日刊行）に収録されたが、同書は久作歿後の出版であるゆえ、本全集の底本は初出紙によった。黒白書房版は、基本的に『福岡日日新聞』版のテクストをそのまま使用したものだが、細かな文章の遺漏等が多くある。また、生前に久作の手が入った痕跡はみとめられない。

　連載第二回目（九月二十四日）以降は、題名右脇に「（禁無断上映興行）」の表記が小文字で付され、これは最終回まで継続している。紙面には毎回の挿絵の他に、題名上に不定期に替わるカット（全十種）が配された。「挿絵と闘つた話」（『青柳喜兵衛筆 神風連 犬神博士 挿絵展覧会』昭和八年五月）によれば、福岡日日新聞社から「突然」に来た連載小説の依頼に対して、当初久作はかなり及び腰であったようだ。そんな彼を奮起せしめたものは、「挿絵は生れて初めてだが、夢野君のものなら扱つてみたい」という青柳の一言であったという。続くくだりでは、「もちろん私も新聞ものは生れて初めてでしたので、「新米同志なら一丁来い」といふ気持が主になつてゐた事は否定出来ません。青柳君も、馬琴の八犬伝を「俺の絵で売れるんだ」といつた北斎ぐらゐの自信は持つてゐたことでせう」と回想されているが、久作と喜兵衛の共同作業は、『八犬伝』執筆時の馬琴と北斎のそれよりも、もっと若々しく、野心に満ちたものであったと推測される。喜兵衛の異才を的確に衝いた久作のことばを今少し「挿絵と闘つた話」より引用しておきたい。

　青柳君の芸術は貪慾の深い芸術です。これが同君の持つて生れた因果かも知れませぬが、同君の挿絵を一眼見たらわかるでせう。一見飄逸なやうな、わがまゝなやうな、投げ遣りなやうな構想と筆致の中に、一筆一点でも他人に指させまいとする緊張味が籠つて居ります。内外の古典、写実……純正、立体、超現実に致るまでのあらゆる風派の味と力が用意、不用意の中に取り入れられて居ります。

「犬神博士」が連載された『福岡日日新聞』は、森泰と藤井孫次郎が創刊した『筑紫新聞』（明治十年三月二十四日発行）を濫觴とする。西南戦争のさなかに産声をあげたこの小新聞は四十号までを出して同年九月に廃刊。だが藤井は、翌年十二月十五日に個人で『めさまし新聞』を博多で創刊、明治十二年には『筑紫新報』と改名し、紙面の刷新と会社組織の拡充に成功した。福岡共愛会が組織され、国会開設、条約改正の建白を元老院に提出しようというこの時期、天下の耳目を集めたものは、いうまでもなく政治参加を訴える地方民衆の熱い叫びであった。こうした情勢にあって新聞の需要と役割は飛躍的に高まり、『筑紫新報』は地元の活版所・観文社（社長の諏訪楯本は団琢磨の実兄）と合併、明治十三年四月十七日、福岡日日新聞社が誕生することとなったのである。『福岡日日新聞』は福岡地方最初の日刊新聞であり、同地における自由民権運動の機関紙を標榜するものであった。発足時の陣容は、社長・諏訪楯本、主筆・郡利（明石元二郎の岳父）、編集長・野村䔍、記者兼印刷長・藤井孫次郎。自由党の躍進と議会開設を叫ぶ民衆の声を追い風とし、『福日』の出発は順風満帆にみえたが、「藩閥政府の言論・集会・政社に対する圧迫」（高野孤鹿編『西日本新聞七十五年史』西日本新聞社、昭和二十六年）の激化にともない、ほどなく受難の時代を迎えることとなる。国会開設の勅諭（明治十四年十月十二日）が出され、明治十七年に自由党が解党すると、各地の政社もあいついで解散。寂寞感が漂う中で『福日』は、県内外の民党（自由党、立憲改進党など反藩閥政府を標榜した政党）支持者に呼びかけ、あらたな政務研究の場である「政談社」を組織すべく、その先頭に立った。しかし、これが後に、明治十九年八月に起こった長崎事件に憤り一気に国権論に転じた玄洋社系と対立していく火種となったのである。

明治十九年はまた、新任の福岡県知事安場保和の支援を受け、玄洋社が『福陵新報』（『福新』）を発行した年でもあった。『西日本新聞七十五年史』には、「九州政界の一大勢力である玄洋社を背景とする競争紙の企ては、単にそれだけでも相当の脅威を福日に与えた」とある。事実、この後、『福日』は経営不振に陥り、発行部数も全盛期の四分の一近くにまで下落しており、明治二十二年、すなわち帝国憲法発布の同年九月、旧自由党員で県下政界の実力者であった岡田孤鹿ら八名の有志が株主となって一大改組を敢行するまで低迷を続けていたのである。しかし、改組後には十七銀行（福岡銀行）からの融資も取り付け、息を吹き返した『福日』は数年間で『福新』を凌駕するまでに勢力を伸張、同時に『福新』

の背後にあった玄洋社との緊張感も高まっていった。

これが臨界に達したところで起こったのが、第一次松方内閣による明治二十五年の第二回衆議院議員総選挙における民党排除策――いわゆる選挙大干渉事件であった。「日本憲政史上に汚点を印する」「不祥事」と後に『玄洋社社史』（玄洋社社史編纂会、大正六年）に記された、政府主導の民党議員候補者への迫害は、全国の地方都市を血に染めた大抗争へと発展した。福岡でも、民党と吏党（藩閥官僚政府支持の政党）の武力衝突が繰り返され、双方のイデオロギーを代弁する言論機関である『福日』と『福新』も不倶戴天の敵となったのである。後述するが、「犬神博士」のクライマックスともいうべき、筑豊炭田坑区の利権をめぐる官憲派対玄洋社の争闘は、この事件とほぼ「前後」した時間域に設定（六十九回）されていることは注意を要する。

その後も『福日』は、大正政変に際して憲政思想擁護のために闘い、大隈内閣の対華二十一箇条要求を攻撃し、米騒動関連の報道を差し止めた寺内内閣を弾劾すべくライバル『九州日報』（旧・福陵新報）と共同戦線を展開するなど、社会の木鐸たる道を進む。大正十年二月には、日本初の東京・福岡間長距離専用電話の実用化に成功、中央と地方のニュースを速やかに連絡せしめ、西日本地方における新聞界から一頭地抜け出ることとなった。

大正十三年の第二次憲政擁護運動にも『福日』は力を尽くしたが、創業以来一貫して自由民権思想を基底としたその言論活動も、昭和期に入り、遂に「国際的な狂瀾怒濤」に呑み込まれ、国家による無惨な蹂躙を受けることとなる。それは満洲事変の発端である柳条湖事件の勃発を前兆としているのだが、「犬神博士」の連載はまさにこの時期に始まっていたのである。

なお『福岡日日新聞』ならびに『九州日報』は、太平洋戦争勃発後、内務省によって厳しく引き締められた新聞統制政策のため、昭和十七年八月十日に合併、一県一紙の『西日本新聞』へとあらたまり、今日に至っている。

「犬神博士」終盤間際、舞台は福岡市の北東五十キロにある直方《のおがた》に移る。林芙美子が『放浪記』の第一回（昭和三年十月）に「明けても暮れても煤けて暗い空」と記した炭坑の町は、大正四年頃の直方である。十二歳の芙美子が小学校をやめて父母とともに行商に出る決意をする、つまり「宿命的に放浪者」である人生の一歩を踏み出したこの地で、およそ四半世紀前におこった石炭坑区をめぐる闘争劇が、「犬神博士」最後の山場であり、久作はそれを、『福日』『福新（九日）』因縁の選挙大干渉事件とほぼ同時期の出来事として明記していることは既述した通りである。頭山満が玄洋社の活動資金を捻出するために炭鉱経営に手を染め、久作の実父・杉山茂丸が実務面からこれを支えた事実は『頭山満翁正伝未定稿』（葦書房、昭和五十六年）にも記されているが、これを裏付ける史料として、『筑豊石炭礦業史年表』（筑豊石炭礦業史年表編纂委員会編、西日本文化協会、昭和四十八年）には、明治二十三年七月三十日に、頭山が藤田伝三郎に競合して田川郡の炭坑借区二百万余坪のうち百四十万坪を獲得した旨、記載がある。同年表によれば、頭山は平岡浩太郎らと協働して同年中に上記借区の一部を三井物産に譲渡し、また翌二十四年までに所有坑区をさらに二百万坪以上拡張していることが確認できるのだ。これは永末十四雄もいうように、炭坑経営ならぬ「坑区ころがし」（『筑豊万華――炭鉱の社会史』三一書房、平成八年）である。

この時期、急激な近代化を遂げた国内の石炭鉱業の中でも、もっとも飛躍的な変貌をみせたのが、筑豊炭田であった。明治二十一年一月、農商務省は福岡県からの申し出により、筑豊鉱業資源の合理的開発のため小坑区を合併し、筑豊五郡を二十一区とする撰定坑区を発表した（翌二十二年までに三十四区となった）。次いで明治二十三年九月二十五日、「日本坑法」（明治六年七月二十日制定）が廃止され、「鉱業条例」が公布された。これは農商務大臣と所轄鉱山署長の絶対的な決定権を前提として、試掘の際に土地所有者に許されていた特権を廃し、試掘・採掘の出願を先願制とするなど、撰定坑区制ともども開坑の先鞭をつけた土着の功労者たちを排除し、中央からの資本家の参入を容易ならしめる内容であった。ゆえに森秀人は「犬神博士」の作品内時間を「明治二十四年」と推定、独占資本によって九州が植民地化されつつある危機的状況のさなか、玄洋社が乗り出してくる展開を「後半を飾る一つのドラマ」と評したのである（森秀人、谷川健一「日本的情念の解放」、『夢野久作全集5』三一書房、昭和四十四年十一月十五日）。しかし、付け加えておかなければならないことがある。直方を舞台に繰り広げられる県知事筑波子爵率いる官憲派と玄洋社の対決図そのものは、飽くまでも久作の想像の産物、フィクションであるということだ。

頭山満が石炭坑区の採掘権を拡充させていったその起点を、『頭山満翁正伝　未定稿』は「明治十九年」と定めているが、彼はほぼ同時期に男爵安場保和を県知事として擁立している。頭山の意志に従い、安場を「引張り出し」た人物こそ、久作の実父・杉山茂丸であった。安場知事の就任期間は明治十九年から二十五年。この時間帯は、頭山が茂丸や結城虎五郎らに指示して坑区の拡大に力を注いだ時期とぴったり重なり合う。「頭山は世俗に超然としているかにみえて、多方面に情報を収集する能力にすぐれ、しかも絶対に情報源を明かさないことでカリスマ性を保った。明治二十一年の時点で、彼が安場をつうじ撰定坑区について豊富な情報を入手していなかったはずがない」と永末十四雄は指摘している（『筑豊万華』）。

同時期における、安場と玄洋社の蜜月を語る史実はこれだけにとどまらない。既述したように、松方内閣の内務大臣・品川弥二郎が指揮した選挙干渉に際して、安場知事と玄洋社は提携して吏党の擁護と民党の切り崩しに従事、二百余名の玄洋社壮士は民党の候補者、支持者を襲撃し、福岡に文字通り血の雨を降らせたのである。この抗争には「一百円の大資」が投入され、犠牲者は全国で死者二十五人、負傷者三百九十人にものぼったが、選挙の結果、民党は三百議席の過半数を確保し、この敗北に松方正義は「腰砕け」となり、爾後の闘いを放棄。その醜態に「大いに失望」（『頭山満翁正伝未定稿』）せられた頭山は松方と袂を分かつことになった。頭山満の曾孫にあたる頭山統一は著書『筑前玄洋社』（葦書房、昭和五十二年）にいう。「頭山の主張は解散と徹底した選挙戦だった。吏党が絶対多数を占めるまで何度でも解散・選挙を繰り返せという一点である。〔中略〕この主張が実践されたとき、対決の様相は激しい選挙戦を超えて日本全国を巻き込むクーデター的武力戦にエスカレートする可能性が強いことを予測したに相違ない。頭山はむしろその事態を待望したのではないだろうか」。

とまれ、頭山満と玄洋社、ひいては杉山茂丸には拭いきれない負の歴史と、福岡日日新聞社にとって屈辱と栄光が表裏となった日々は、夢野久作という作家の上で交叉する運命にあったのである。双方に浅からざる因縁を持つ久作が、「犬神博士」の連載に臨み、明治二十年代の福岡を描くにあたって、腐心した痕跡が本作からは窺われる。物語の時間域を敢えて朧化しつつも、直方における坑区争奪戦を選挙大干渉の「前後」と記したところに、「玄洋社や父茂丸を正当化する」意図や久作一流の「頭山びいき」（多田茂治『夢野一族』三一書房、平成九年五月十五日）をこえた心理を見出すことはできないだろうか。白刃が閃き、ハンマーが唸りをあげ、福岡が誇る凄絶の柔術・双水執流が警官隊をなぎ倒す……資本家と癒着し地場産業を衰頽させた官憲派に膺懲を加える玄洋社の闘いには、圧政に抗し、父祖の地を護る、本来あるべき彼らの姿が活写されているのではないか。かつての盟友であった民権派に向けられた剝き出しの暴力と坑区拡大のために用いられた隠然たる暴力、この二種の暴力が入れ替わり、理想化された大活劇。そこには、国権派に転じ、藩閥政府に与した〈変節〉の後ろ暗さは微塵もない。

そして注目すべきは、県知事筑波子爵の不心得を諄々と諭し、来るべき「支那と露西亜」との戦争に備えるべく共闘を提案する「玄洋社長」楢山到の登場だ。玄洋社を代表する国士として雷名を轟かせた頭山満と、「極度に徹底した正義観念――もしくは病的に近い潔癖」（「近世快人伝」、『新青年』昭和十年七月号）を貫き不遇の生涯に耐えた快男児として久作が愛した奈良原到の名を一身にとどめたこの人物は、資本主義に抗い、民族の誇りと「愛国心《まごころ》」だけをよりどころとして生きる、真の「志士」のすがたとして造型されている。政界、財界、言論界への怪物的な影響力を有する政治家・頭山だけでは、この理想像を支えることは、やはり困難であったのだろう。久作は、野人ともいうべき純粋性を体現する奈良原と頭山を融合させることで、志士・楢山到像を造形し、ありうべき玄洋社のすがたを完成させることで、実際の頭山や玄洋社が世に示したさまざまな瑕瑾を乗り越えるためのよすがとしたのではなかったか。すなわち、「犬神博士」には、久作の文学的〈禊《みそ》ぎ〉が見出されはしないだろうか。なぜ頭山ではなく、楢山なのか――ここに躓くことは、「父の茂丸にアンビバレントな感情を抱きつづけた夢野も、頭山のカリスマ性には呪縛されたままであった」（『筑豊万華』）という永末十四雄の厳しい批判に応えるための、ささやかなヒントがあるようだ。

表題となった「犬神」は、土佐を中心にふるくから中国、四国、九州地方に広く分布していた伝承にきざす存在であり、近代社会におけるそのイメージは、本文に記されたように、穢れと聖性を表裏におさめたアニミズムに貫かれている。民俗学者桂井和雄の「犬神統その他」（谷川健一編『日本民俗文化資料集成第七巻（憑きもの）』三一書房、平成二年）によれば、近代社会における「民俗的集団排除」の人権問題を惹起する「血統」の「最も強烈なもの」が、「犬神憑き」のそれであるという。「犬神」は、その本体は一般に鼠のような小動物であり、憑依した人間に使役され、あるいはその人間の意識を忖度して他者に害をなすと信じられてきた。「犬神」が憑依した家は「犬神持」、「犬神筋」、「犬神憑」、「犬神統」などと呼ばれ、この家と縁組した家もまた、「犬神統」となるといわれた。

本作の語り手チイこと本名・大神二瓶は、自身の波瀾に富んだ半生を新聞記者に語りはじめる前に、箱崎八幡宮の地所に巣喰う浮浪者たる彼を目して世間が「キチガヒ博士」、「山高乞食」、「犬神博士」等々と称していることを聞かされ、反証を試みる。しかし「世間の奴等の方がよつぽどキチガヒじみている」という二瓶のロジックは、狂人の理屈として笑殺されるだろう。本作は久作得意の談話筆記の体裁で語り進められているが、この設定からは、「外界と自己と齟齬、離背しても、少しも意に介する所でなく、自分独りで済まして居る」（森田正馬『迷信と妄想』実業之日本社、昭和三年）と記された蘆原将軍こと蘆原金次郎から、競って奇矯な時事談話を引きだそうと群がった同時代新聞記者のすがたが髣髴する。時あたかも満洲事変勃発の頃、「おれに満洲の王様になつてくれといふので、とりあへず松平丹波守の息女をあの地へさし立てゝある」（下村海南『南船北馬』四條書房、昭和七年）と嘯いた蘆原金次郎が自称した「将軍」という肩書きと、大神二瓶につけられた「博士」の仇名は、談話をもちかけた〈記者〉の意識では同等のものとみなされていたかも知れない。

「犬神」は九州地方では「インガミ」「インガメ」等と発音され、大神二瓶が記者に語った「故事来歴」と近似した事例も確認することができる。前掲した『日本民俗文化資料集成第七巻』から二例、引用しておく。いずれも熊本県人吉市における調査に基づくものである（鈴木通大の報告による）。

犬を首から上を残して生埋めにし、魚を犬の眼前におき、それを食べようとするところを打ち殺す。すると、その魚に犬の魂がうつる。その魚を人が食べると、「インガミの魂をもらう」といって、その人自身が犬神となる。

インガメは、うらみを持った人が苦しさに、「犬バリ」をして、祟りをつくったものである。犬バリとは、犬に美味しいものを食べさせ、食べている時、首をサッと切って、インガメをつくることをいう。

忌まわしい呪法によって超常的な力を獲た人物、すなわち穢れと聖性を併せ持った存在に喩えられた大神二瓶はまた、その居所を箱崎八幡宮においていたことから、中世の神宮に属した非人である「犬神人《いぬじにん》」をも髣髴させるようだ。

さてここで、少年時代の大神二瓶＝チイとその両親に眼を転じてみたい。彼らは、明治元年以来、新政府から監視・取締の対象とされ続けた「祭文、チヨボクレ、辻講釈、音曲、手踊等ノ遊芸ヲ演シ各地ニ徘徊スル者」（内務省警保局編『警務要書』博聞社、明治十八年）であり、チイが特にその母親から強制された卑猥な所作をともなう舞踊や、父親が観衆の反応を窺いながら唄う替え歌の文句などは、明治十三年布告、同十五年一月一日より施行された刑法では第二百五十八条「公然猥褻ノ所行ヲ為シタル者ハ三円以上三十円以下ノ罰金ニ処ス」に抵触する。資本家や官憲たちの認識において、チイたちは「乞食」「非人」「山窩」と同様に周縁的存在とみなされていたのである。

こうした人びとの日常から官憲によって禁じられたものの中には、笑いとエロティシズムによって観衆・聴衆の心を摑む大道芸の常套手段があったことも看過できない。たとえば本文では、チイの父親が、近辺に警官がいないことを見澄まして、「活惚」の「沖の暗いのに白帆が見ゆる」を「奥の四畳半」云々と替え、「奴さん」の「いつも奴さんは高端折り」を「いつも御寮さんは」云々と替えて、高々と唄いあげる場面にその片鱗を窺うことができるだろう。この場面からは、明治政府が標榜した文明開化の理想と、民衆の生活意識との擦れ違いが鮮やかに浮かび上がる。

ちなみに、チイの父親にとっては伝家の宝刀ともいうべき「アネサンマチマチ」であるが、これは天保二年頃に流行した「はねだ節」から派生し、明治四年頃に盛んに唄われた「コチャエー節（「お江戸日本橋」とも）」の変形であることが指摘されている（伊藤里和「夢野久作、音の表現」、『國文目白』第五十四号、平成二十七年二月）。同曲は東海道を往来する大名旅をモチーフとしており、各節に繰り返される「コチヤエヽ」という囃子は、「こちらへゝ」または「こちらはええ」の意で、ここには「女郎の客引き」や「各宿場の遊郭」が詠み込まれているという。高野辰之、大竹舜次編『俚謡集拾遺』（六合館、大正四年）には、同曲の「本唄」として「おまへまち〳〵蚊屋の外、蚊に食はれ、七つの鐘の鳴るまでも、コチヤカマヤセヌ、〳〵」という「はねだ節」の文句が記されているが、松の家美登利編『大流行歌曲独稽古』（盛陽堂、大正八年）には、この文句は「コチャエー節」の第一節として記載されている。また、三田村鳶魚は『瓦板の流行唄』（春陽堂、大正十五年、三田村玄龍名義）の巻末において、『俚謡集拾遺』の「本唄」説を「是は如何にも御説のようだ」と切り捨てている。一方、吉武常吉の『吹風琴唱歌軍歌俗曲清楽独案内』（秀友堂、明治三十一年）収録の譜面には、「あねーさんーまち〳〵ーかやのそとー。」「かにくはれー。ななつのかあねのなあるまで。こちやなゝつのかあねの。なあーるうまで。こちやえーこちやえー」と、チイの父親が唄った通りの文句が確認できるのだ。先に「コチャエー節」の「変形」と記したのは、このように、場所や唄者によって千変万化する俚謡、俗謡の性質を踏まえてのことである。付言しておくならば、文部省文芸委員会が大正三年九月に発行した『俚謡集』（国定教科書共同販売所刊行）には、「福岡県」の部に「姉さんまちまち替歌」として、福岡市に以下の俚謡が存在したことが紹介されている。

　足下に待す待す蚊帳外、蚊に食せられ、五更の鐘の報ずるまで、僕不㆑関焉。足下と知らずに閉戸した。憐すべし屋露点々身を汚す、余不㆑知矣。

　チイたちの同情者、あるいは味方となる人びとにも、明治政府が強要する論理や価値観に容易になびこうとしない、反骨の気風が漲っている。資本主義を批判し、真に民衆と国を思う天沢老人は「骨相学」でチイの運命に天籠を見る預言者であり、その娘である「お嬢さん」は小太刀の名手である。玄洋社が得意とする武術は、嘉納治五郎が明治十五年に確立した近代武道としての柔道ではなく、致死的な打突技を残した、古流の柔術である。さらに、チイがハンマの源太を相手に披露した「合気の術」は、「幻魔術《ドグラ・マグラ》」として玄洋社の壮士や地元の侠客らの心胆を寒からしめる。俚謡、大道芸、預言、古武術、魔術……近代社会の成立とともに忘れ去られ、捨て去られる運命にあった古来からの文化とそれを支える精神性が、物語世界のなかで、生き生きと、そして楽しげに描かれ、そのさなかにチイの神性は飛躍的に高まっていくのである。「彼の言動の一つ一つが、明治政府の秩序世界を破壊する意味をになってもいる」と山本巖は評価している（『夢野久作の場所』葦書房、昭和六十一年十二月十日）。

「正調博多弁」（多田茂治『夢野一族』）でテンポよく進められる諧謔味に満ちた語りからも、不意に「よく「社会の裏側を研究するには木賃宿に泊つて見るべし」とか何とか物の本には書いてあるやうだが、あれは嘘だね。要するに真実《ほんたう》のドン底生活をやつた事のない半可通のブルジヨアが云ふ事だ」などという批判的な言辞が飛び出してくる点も油断ができない。いうまでもなく、これは明治二十五年「独り自ら暗黒世界裡の光明線たるを期し、細民生活の真状を筆端に掬はんと約して羈心に鞭ち飄然と身を最下層飢寒の窟に投じぬ」（『最暗黒之東京』民友社、明治二十六年）と勢い込んで下谷万年町の木賃宿に潜入した国民新聞記者・松原岩五郎に代表されるスラム探訪者たちを皮肉ったものである。近代資本主義の批判者たるジャーナリズムをさらに批判する「犬神博士」の造形に、一筋縄ではいかない久作の反骨精神が躍如としているようではないか。

本作は西原和海が指摘するように、久作の「執筆意欲において」未完を余儀なくされたいきさつを持つ。久作自身は前掲した「挿絵と闘つた話」に「不慣れなのと、追ひかけられるのと、母の大病と、そのほか何やかやゴチヤ〳〵した為に思はぬ失態が百出しまして、とう〳〵打ち切られてしまひました」と述べているが、この弁解の前半にあたる事情については、福岡日日新聞の担当者・黒田静男と久作との間に交わされた書簡を調査した西原和海によって明らかにされている（「解題」、『夢野久作全集5』ちくま文庫、平成三年十二月四日）。連載開始後まもなく久作に送った書簡において黒田は、物語の進行の遅さと芸人生活をめぐる細かい描写に難色を示し、めりはりをつけた展開を要求。さらに販売部からの苦情を伝えるとともに、将来的な読者からの離反をもほのめかし、つまりは「相当きびしい注文」を突きつけたのである。当初の約束では、連載は九十回くらいで終了が予定されていたらしいが、百回を数えても物語が終わる気配はない。久作としてみれば、「最後の山」（昭和六年十二月二十五日付黒田静男宛書簡）である直方炭坑区をめぐる知事と玄洋社の闘いを完成させねば、終わるに終われない心持ちであっただろう。しかし、せめて百十回まで、という彼の懇願は黒田には通じず、物語は、チイが山中を疾走する場面で途絶してしまったのである。同書簡から一部を引用しておく。

拝復　御電拝見しました。結局軽々しく御請致しまして貴紙の御面目を穢し折角の御厚意を無に致しました段何とも御詫の致し様も御座いませぬ。其上になほ厚顔まし く御無理な事御願ひ致しましては重々相済まぬ次第で御座いますが最初より百回以内の予定で出来るたけ早く切り上げて御迷惑のかゝらぬ様に致し度い考えで居りました処此間からお願ひ致しました様な次第で最後の山を少々作り過ぎました為に却つて長く相成りまして百回では打ち切れなくなりました。〔中略〕只今既に九十七回まで青柳君にお渡しして居りましてアト百十回で終結致します浄書三回分が明日中に出来上りますので私と致しましては最早圧縮する力も御座いませぬ。たゞ此上は叶ひませぬまでも失敗なりに最後の形と面目だけ保たせて頂きましてフイルムの切れた様に相成りませぬやうに御高配相願ひ度く繰り返して御諒恕の程、御機嫌をも顧ず万祈致す次第で御座います。〔後略〕

幼い時分に誘拐されて流浪の民となったチイが、福岡での活躍を経て、「犬神博士」と呼ばれるようになるまでに、どのような人生を辿ったのか。（ちなみに、チイの「父母」はその言葉づかいから、関西出身であるようだ。）書かれなかった物語のなかには、『白髪小僧』に通じる貴種流離の構想が久作によって企まれていたのかも知れない。

校訂にあたっては、極力底本の表現を残すよう試み、一般的でない表記であってもなるべくそのままとした（例：骸子、羅沙、田甫、稽固、不精無精）。ただし、底本の初出誌は、誤植や脱字欠字が夥しく、また底本のマイクロフィルムの状態が劣悪であるため、黒白書房全集版を中心にした諸版を参照した上で本文を定めた。

久作の文体の特徴でもあるカタカナ書きについては、本全集の他の作品同様に、底本のままの表記とし、誤用や不統一であっても改めることはしなかった。ただし、「エ」「ヱ」に関しては、現存するマイクロフィルムの状態上、判別の不可能な場合がきわめて多かったため（例：ヒエー↕ヒヱー）、すべてを「エ」にした。

以下に、校訂上の問題箇所のうち、主なものを記す。（矢印の前が本巻の表記、後が底本の表記）

82頁・下段8行　自分で名前をつく　＊底本のママだが、「名前をつくる」の誤植とも考えられる。
82・下20　構は無いから云つて見ろ。吾輩の綽名を云つて見ろ。←構は無いから云つて見る。吾輩の綽名を云つて見る。
84・上10　真野君←浜野君
94・下5　thank you ← tan kyou
97・下1　金冬瓜←金東瓜
112・下19　「フーム」〈／〵〉と髯巡査は←「フーム」と〈／〵〉髯巡査は
115・上3　吾輩←私
126・下19　我慢し切れなくなつた←我慢し切れなくなくなつた
126・下21　ありますかいな←ありますな

128・下8　吾輩の↑吾等の
143・下15　吾輩には↑吾等には
150・下14　「ワハヽヽヽヽ」〈／〉「オホヽヽヽヽ」〈／〉「オホ「イヒヽヽヽヽ」↑「ワハ…………」〈／〉「オホ…………」〈／〉「イヒ…………」
162・上2　穴↑右
170・下20　両親はともかく吾輩が↑吾輩はともかく両親が
171・上9　揃へてガミ付けた↑揃へシガミ付けた
172・下13　花札の名手である↑花札の名のである
178・上3　三を上に↑五を上に
186・下8　泌み入るやうな寒さ↑泌み入るやな寒さ
200・下22　天沢老人↑天岡老人
205・上17　民家↑民衆
206・下23　えゝ↑え！
208・下8　ほんとにね↑あほんとにね
209・下8　居られる↑居られぬ
218・下23　一も二もない……と署長も笑ひよつたが……」↑一も二もない……」〈／〉と署長も笑ひよつたが……
223・上17　面白いのね貴方は……東京にだつて↑面白いのね貴方は……」〈／〉「東京にだつて
228・上10　二世で↑二世て
230・下6　居られる。知事閣下と↑居られる知事閣下と
240・下15　荒巻巡査↑荒牧巡査
243・下4　振り向き様↑振り様
260・上1　空腹↑空気

なお、前述したように、黒白書房版には遺漏が多くみられるが、特に、六十三章の最後の三パラグラフが全て脱落している。これを踏襲している版は、注意を要する。

怪夢［１］

『文学時代』昭和六年（一九三一）十月号（第三巻第十号）に「怪夢」の総題で、「一、工場」「二、空中」「三、街路」「四、病院」の四篇が掲載された。夢野久作名義。挿絵は内藤賛。総ルビ。若干の改稿を経て、春陽堂『瓶詰地獄』に収録。総ルビ。この春陽堂版を底本とした。

三一書房版『夢野久作全集』以来、本作は『探偵クラブ』第三号（昭和七年六月二十五日）に発表された「怪夢」と合わせて一つの作品として扱われるのが慣例であったが、本全集では、『文学時代』掲載作品を「怪夢［1］」、『探偵クラブ』掲載作品を「怪夢［2］」として収録した。日本小説文庫（昭和八年五月刊）に『文学時代』掲載の「怪夢」四篇が収録される一年近く前に、『探偵クラブ』版の「怪夢」二篇が発表済であったことも、根拠となっている。

佐左木俊郎が久作に宛てた昭和六年一月二十七日付書簡によれば、「怪夢」は本来、『文学時代』昭和六年の「新年号」

に掲載されるはずであったようだ。当時まだ久作と面識がなかった佐左木は、依頼状のみ自分の手で認め、宛先の確認と発送を他の編集者に委ねたらしい。「小生は、貴下のペンネエムだけを知つてゐて、御本名を存じませんでした。あのとき依頼状だけを自分で書き、貴下の御住所を、「新青年」から訊いて手紙を発送してくれるやう頼んで置いたのですが、後に、「杉山泰道」と云ふ人から、原稿を書いて送ると云ふ手紙を貰つたときには、実は、意外な気がしてゐたのです。〔中略〕そこで、その「杉山泰道」と云ふ人からの原稿は、開封をせず、机の上に置いたのですが、今度、「一足お先きへ」の第一回分を受取りましたとき、初めてわかつて、赤面もし、新年号へ載掲の出来なかつたことを残念に思つたりいたしました」とある。

昭和六年二月十八日付の久作宛書簡によれば、「怪夢」の原稿はいったん久作の手許に返却され、「三ヶ月連載〔「一足お先に」〕のが終りますれば、中一ヶ月を置いて、六月号に「怪夢」を頂き度い」という希望が伝えられているが、実際に掲載されたのは、解題劈頭に記したように十月号であった。

「工場」には、「超自然の巨大な馬力と、物理原則が生む確信とを百パーセントに身構へ」、労働者を殺戮する工場機械群が描かれる。これはまるで、「一足お先に」の解題で紹介した、黒島伝治「脚を折られた男」冒頭の挿話の背景を思わせるものであるが、プロレタリア作家が描きえなかった、猛獣のように牙を剝く機械のデフォルマシオンを久作の筆は見事にとらえている。

「空中」には、高度二千五百メートルの上空に自己像幻視《ドッペルゲンガー》を演出する単葉偵察機が登場する。高度飛行中の飛行機から操縦士が消失した謎を発端とする先行文学には、コナン・ドイルの「大空の恐怖（The Horror of the Heights）」（一九一三年）があるが、ドッペルゲンガーの趣向は、マルセイユ・パリ間を結ぶ急行列車「一八〇号」の機関士が、突如闇のなかから現れた、車体も乗務員も鏡に写したかのようにそっくりな「〇八一号」と併走するうちに、その客車の一室で自分の兄がコレラで死にゆく様を幻視するマルセル・シュオッブの短篇小説「列車〇八一（Le Train 081）」（一八九一年）のそれを髣髴させる。同作が収録された矢野目源一訳『吸血鬼』が『海外文学新選』全三十九冊の第十一巻として新潮社から刊行されたのは大正十三年七月であるが、久作がこれに目を通していたか否かは不詳である。ちなみに『新青年』には久作の死後である昭和十二年八月夏季増刊号に「死の列車」として滝一郎の訳が掲載されている。

「空中」では、恐怖の根源が「蒼空」、「偵察機」、「私」自身のいずれにあったのかが明瞭に示されぬまま終幕を迎える顚末や、高高度の空を行く異次元的な感覚が詩的なリフレインで抜群の効果を上げている文体が、久作の独自性を強く主張している。

「街路」には、人形だけを乗せた自動車を疾走させる深夜の大都会が描かれ、「病院」には「冷血」な科学実験により「檻」の外と内とに分裂した研究者が収容された病院が描かれる。それぞれを単なる怪異譚としてとらえるのではなく、怪異の背後に、近代社会が生み落とした大都会の陰惨な意志と愉悦とを想定するならば、他の二篇との関連性は緊密なものとなるだろう。四篇に試みられた機械と都市の擬人化は、有機体としての資本主義と近代主義の、〈理〉の裏に秘めた人類への悪意と害意を象るものと受け取ることができよう。

以下、主な校異を示す。

264頁上段18行目
　そのシンカンとした一刹那が
　その一刹那が（初）

265頁下段7行目
　血も涙も無い鋼鉄色の
　血も涙も鋼鉄色の（初）

265頁下段8行目
　ギラ〳〵させ続ける、
　ギラ〳〵させる、（初）
　ギラ〳〵させ続ける。（瓶）

265頁下段11行目
　人体の一部分、もしくは
　人体の一部もしくは（初）

266頁上段9行目
　ギラ〳〵
　キラ〳〵と（初）

266頁上段19行目
　私を嘲笑して
　嘲笑して（初）

268頁下段3行目
　対機のマークは
　翼のマークは（初）

268頁下段12行目
　……パラッシユートを
　わざとパラッシユートを（初）

269頁上段22行目
　堂々と肥つた、
　堂々と肥つた。（初・瓶）

269頁下段16行目
　音もなく近付いて来た。
　音もなく近付いて来た。私の前でスレ違ふべく（初）

269頁下段18行目
　……私と……〈〳〵〉……私の夢の……〈〳〵〉……結婚式当日の姿……
　〈ナシ〉（初）

269頁下段21行目
私は逃げ出した。
私は一生懸命で逃げ出した。（初）
270頁上段20行目
一人ポツ〳〵と
一人ノロ〳〵と（初）
271頁上段8行目
グル〳〵〳〵とまはりながら
グル〳〵まはりながら（初）
271頁上段20行目
微な冷笑《びせう》
微な冷笑《れいせう》（初）
271頁下段2行目
コノ俺を……オ……オモチヤにして
コノ俺をオモチヤにして（初）
272頁上段5行目
アハ〳〵〳〵
アハ〳〵〳〵〳〵……（初）

なお、昭和六年に久作は、『朝日新聞』七月二十四日～二十七日に「冗談に殺す」を、また『新青年』十月号に「自白心理」を発表している。この二作品はのちに合体されて、「冗談に殺す」のタイトルで春陽堂『冗談に殺す』（昭和八年五月）に収録されたため、本全集では第三巻に収めることにした。

斜坑

『新青年』昭和七年（一九三二）四月号（第十三巻第五号）に夢野久作名義で発表。挿絵は横山隆一。総ルビ。「下」における相当量の加筆を含め、ほぼ全篇にわたる改稿を経て日本小説文庫『冗談に殺す』（春陽堂、昭和八年五月十五日）に収録された。総ルビ。この春陽堂版を底本とした。

『新青年』からの依頼を受けた久作が、同誌編集長の水谷準に宛てた返信（昭和七年一月十一日付）が現存しているが、当初の構想や情報提供者の存在を行間から読み取ることができ、興味深い。

拝復　私こそ御無沙汰致して居りまして申訳ありませぬ。
いつもながら私の様な者を御忘れなく御下命の程光栄之に過ぎません。御好意に甘へましてお間に合ふかどうか存じませぬが差出させて頂きます。幸ひ去る二日以来書きかけて居るものがありますからお間に合ふかどうかまとめて見ませう。標題は「逆行」と致し度いと思ひます。闇黒に慣れた頭のわるい青年（炭坑の小頭）の頭に起つた不思議な精神作用から意外な惨劇が起る状態を三菱系の某炭坑幹部の体験談を基礎として描きましたもの

です。〔後略〕

なお、同日付の喜多実宛書簡の冒頭に「朝日に寄稿の予定で書いてゐたもの新青年からの急な註文で其の方へまはすことにしたが、いゝかね」という一文がある。喜多実は久作が師事した喜多流十四世宗家・喜多六平太の養嗣子であり、久作が二十五六歳、実が十五六歳の頃に、両者ははじめて出会っている。このいきさつは喜多流の機関誌『喜多』に久作が寄せた随筆「みのる君の悪口」に詳述されているが、以後久作は十歳以上年少の実と「無二の親友兄弟同然の間柄」（喜多実「夢野久作回想」、『別冊宝石』昭和三十三年七月号）になったという。その喜多実への書簡によれば、本作品は当初他誌掲載のために準備していたものであったことがわかる。ここに記されている『朝日』とは、朝日新聞社から発行されていた『アサヒグラフ』を指すものと思われる。前年の昭和六年十二月三十一日付喜多実宛書簡に「今年は朝日グラフに何か紹介して貰ひ度いと願つてゐる。むろん確信のあるものを出すから、君はたゞ軽く見せてくれるだけにして欲しい」とあるが、背後関係は不明である。

水谷への返信にみられる「逆行」という表題が「斜坑」と改められた経緯についても明らかではないが、この書簡を綴った時点において、記憶中枢に焼き付けられた視覚映像の再現によって自己を謀殺せんと仕組んだ犯人を無意識裡に認識した主人公が、その相手をまた無意識裡に撲殺するという大筋が、ある程度以上決定していたことが窺われる。ちなみに、ここに記された「三菱系の某炭坑幹部」とは、父・茂丸と縁の深かった炭鉱事業主・中島徳松を指すものだろうか。

中島徳松は明治八年佐賀県に生まれた。父、兄が付近の炭鉱に関係していたため、年少から炭鉱での仕事に親しんだ。明治二十八年に熊本第六師団工兵隊に入隊。三十一年に満期除隊となった後は、筑豊炭田の檜舞台である田川に赴き、たちどころに頭角を現し、大納屋頭領・獅子鹿初太郎の代理をつとめるまでになった。当時は空前の炭鉱景気に湧いていたが、人事面においては旧弊な納屋制度が支配し、荒くれた炭鉱労働者をまとめあげるには、並外れた胆力と腕力が要される世界であった。「天成の素質にはこれら任侠の徒と共通なもの」（麓三郎『三菱飯塚炭礦史』三菱鉱業、昭和三十六年）があった中島は、抜群の人心掌握力で多くの労働者たちから「兄貴分」として慕われたが、彼の目的は、近代産業としての炭鉱事業に自らが乗り出すことであった。明治三十五年の小松ヶ浦炭坑の経営を皮切りに、三十八年には大日本炭礦株式会社を創立、四十一年には糸飛炭鉱の経営、と着実に地歩を築いていった。大正三年には杉山茂丸を補佐して博多湾大築港計画に協力。大正四年に大徳炭鉱（のちの飯塚炭礦）の経営に着手し、同七年に中島鉱業株式会社を設立。大正十三年、同社の経営を三菱鉱業株式会社に委託し、昭和四年には中島鉱業の全株式を三菱鉱業に譲渡し、自身も同社の重役に収まっている。以後長きにわたって九州の炭鉱事業に尽力し、その傍ら、少年保護事業や教育機関への援助を続けた。昭和二十一年五月、貴族院議員に勅撰。昭和二十六年十二月二日、七十七歳で永眠した。

中島に対する杉山茂丸の信頼は厚く、彼の斡旋で九州一と謳われた侠客吉田磯吉（「犬神博士」に登場する磯山政吉親分のモデル）ならびに「船成金」中村精七郎と、中島は五分の兄弟盃を交わしている。中島の回想によれば、第一次世界大戦が終結した頃であるという。この回想は、吉田磯吉の歿後に刊行された『吉田磯吉翁伝』（小野賢一郎編、吉田磯吉翁伝記刊行会、昭和十六年）に寄せられた「金の勘定をせぬ仲」という談話中に認められるが、同書にはさらに、中島の人となりが以下のように記されている。「中島氏は翁とちがつて事業一点張の方で、その事業も炭鉱が生命ともいふほど事業に没頭してゐた。多くの社長は不在社長なのに、中島氏は自身石炭を掘るマブ（坑）の底まで下りていつて坑夫に頭を下げ炭山に生活するといふ行き方であつた」。

また、先に紹介した水谷、喜多宛の二通の後に出されたと思しい、昭和七年一月付の三木道夫宛書簡にも、炭坑の業務や風俗について、かなり細かい質問がされていることが確認できる。三木道夫という人物についても未詳であるが、口語文を用いた親しげな本文から推察するに、中島徳松同様、鉱山業に通暁しており、ただし年齢や社会的地位は久作により近い人物であったと思われる。

処で突然じやが、方々の炭坑で小頭が交代をする時間は何時頃かいな。朝昼晩と色々な例をば知つとんなる限り知らせて貰へれば好都合じやが。三時か四時頃の交代は無いかなあ。実は一度調べに行かうかと思ふたが原稿を急き立てられるので御迷惑ながら手紙で尋ねる。

さらに追伸として、「キリハ、三バンカタ、ケツチン、ピン、トロの漢字教えて。〈／〉小頭の居る家はドン位の大きさか。やはり納屋といふかどうか。」という二行が加筆されている。

こうした綿密な調査の結果、「斜坑」に繰り広げられた地下世界の描写と、そこに特有の風俗・風習に関する記載は驚くほどに詳細をきわめ、かつ精彩を放つことになった。殊にこの一篇では、冒頭におかれた葬送儀礼が戦慄的な印象を与えるが、これも炭坑特有の風習に裏付けされて、実際に坑内で守られ続けているしきたりであるという。

坑内で死者が発生した場合、その屍体が坑外に搬出されても、死者の魂は地下にとどまり、幽霊となって坑内をさまようと信じられていた。そのために、救護隊員は坑外へ死体を搬出する際に、死者の魂を坑外へ導く所作を行った。救護隊員は死者の名前を呼び、坑外へ運び出す動作や坑内の通過地点を死者に知らせた。たとえば、「××（死者の氏名）さん、いまから上がるぞー」と大声で叫び、「いま、××（坑内の場所）まで上がってきたぞ。××（坑内の地点）にたどりついたぞ」と連呼しながら、坑外に死者を搬出するのが一般的であった。炭鉱労働者は死者の魂の存在を信じ、哀悼の意を示すだけでなく、死者の魂が再び災いをもたらすことのないようにという意図があったのである。（若林良和「炭鉱労働と宗教的伝承——危険労働にかかわる俗信・信仰を中心に——」、伊藤唯真編『宗教民俗論の展開と課題』法蔵館、平成十四年）

　物語の終幕間際、主人公福太郎は無意識裡に愛用の「大鉄鎚」を振るう。久作の作品には、「鉄鎚」や「ハンマ」による闘争のイメージが何度も描かれる。「鉄鎚」では、脂ぎった資本家の脳天を砕く「悪魔」の武器として語り手に幻視され、「犬神博士」では、直方の俠客磯山政吉の配下に、二挺の「鉄鎚《ハンマ》」を操る「ハンマの源太」なる人物が登場する。それぞれの物語で、これら小道具がまとう象徴性は異なってくると思われるが、その原点にあるものは、久作が放浪時代、東京の隅田川土手で偶然、対岸に目撃した殺人ではなかっただろうか。杉山龍丸が、父・久作から聴かされて、深く心にとめたエピソードとして『わが父・夢野久作』（三一書房、昭和五十一年十月三十一日）に記した事件である。大正三年頃、継母・幾茂らのおこした廃嫡運動に苦しみ、久作は生家を出て、東京の下町界隈を放浪していた。江戸川の或る町工場に住み込み、労働者の群に入っていたこともあったという。その当時の出来事だ。工場の昼休み、久作は隅田川まで歩き、土手の上で弁当をつかうという日々をおくるうち、対岸の土手の斜面に同じ時分に一服しにくる人物と挨拶を交わすようになった。


　夢野久作は、新聞紙に包んだ弁当を開いて、握り飯をつまみ、口に持ってゆこうとして、先方を見ますと、彼に挨拶して煙草を喫っている人の背後から、緑黒色の、作業服を着た人が近づいてゆくのが見えました。

　そおっと彼の背後に行ったと思うと、かくしていた背から、ハンマーが出て来て、両手で高くかざして、いきなり煙草を喫っている人の頭を打ちつけました。

　ハンマーに打たれた人の頭は、メリ込んだハンマーで半ばへこんだようになったまま、ぐらりと横に、その人は倒れました。

作業着の男は、死体を隅田川に蹴り落とすとハンマーを肩にして、姿を消した。久作はその間、声もなく惨劇の一部始終を見守るばかりであった。この殺人は、その後新聞にも報道されず、事件の原因も、動機も、加害者と被害者の関係も彼には不明のままであったという。「それで、彼は、自分が求めていた人間らしい社会は、何処にもないということと、また、名もなく、地位もなく、理由もなく、殺され、殺している世間、世界というものがあることと、人間の社会の恐ろしさを知ったと申していました」。

以下、主な校異を示す。

273頁下段7行目
炭坑《マブ》
炭抗《たんかう》（初）

273頁下段17行目
道理至極であり
道理至極した（初）

273頁下段19行目
保存炭柱《はしら》
保存炭柱《ほぞんたんちう》（初）

274頁下段2行目
押しかゝつて来るやうな
ゐるやうな（初）

274頁下段22行目
仕繰夫（坑内の大工）の
仕繰夫の（初）

275頁下段16行目
仕事の仕上げを
仕事の仕上《きりあ》げを（初）

275頁下段21行目
坑夫納屋の薄暗がりの
薄暗がりの（初）

276頁上段16行目
口先ばつかりの
口先ばつかりは（初）

277頁下段14行目
他《ほか》の者はなほの事
他《はた》の者はなほの事（初）

277頁下段14行目
今に見てろ、源次が遣るぞ。
今に見てろ。源次が遣るぞ。（初）

278頁上段1行目
居るらしかつた。
居るらしく、（初）

279頁下段2行目
書写部屋（事務所）ぞオヽ

281頁下段6行目
……書写部屋（事務所）ぞオオ（初）
遭難してからといふもの
遭難した後で（初）
281頁下段21行目
軽いのを見て
軽いので（初）
282頁上段9行目
すると又
すると（初）
282頁上段20行目
仕繰《しくり》夫の源次が
サキヤマの源次が（初）
282頁下段22行目
その中にお作が
その中に取残されたお作が（初）
284頁上段14行目
アカ〳〵とした洋澄の光の中に
明明とした洋澄の光に（初）
284頁上段16行目
……源次さん。
源次さん。（初）
284頁上段21行目
嫌らツさなあ
イヤラツサなあ（初）
284頁下段1行目
方向を振り返つたが
方向を見たが（初）
284頁下段3行目
視線とは正反対の
視線と反対の（初）
284頁下段5行目
新聞貼の屛風
新聞貼の枕屛風（初）
284頁下段6行目
一心に見守つてゐた。
一心に凝視して居た。（初）
284頁下段8行目
次第々々に青褪めて
洋燈の片明りの中で次第々々に青褪めて（初）
284頁下段8行目
行き倒れのやうに、気味の悪い
死人の様に気味悪い（初）
284頁下段9行目
ゲツソリとした表情に
物凄い表情に（初）

284頁下段14行目
横たふしになつたまゝ、割れるやうな顔を、両手でシツカリと抱へてゐた。
横たふしになつたまゝ頭を抱へて凝視《じつ》として居た。（初）

284頁下段19行目
起きようにも起きられない
起きようにも身動き出来ないタマラナイ（初）

284頁下段20行目
ツイゾ今まで思ひ出した事も無い、子供の時分の記憶の断片が、思ひがけない野原となつたり、眩しい夕焼けの空となつたり、又はなつかしい父親の横顔になつたり、母親の背面姿になつたりして、切れ〴〵のまゝハツキリと、入れ代り立ち代り浮かみあらはれて来るのを、瞼の内側にシツカリと閉ぢ込めながら、凝然と我慢して
眼をシツカリと閉ぢて横になつて（初）

285頁上段5行目
脳髄の中心が
脳味噌の中心が（初）

285頁上段7行目
それに連れて
それと同時に（初）

285頁上段9行目
眼を開いてみると
眼を開いて居ると（初）

285頁上段10行目
今までとは丸で違つた、何とも形容の出来ない気味の悪い幻影が、アリ〳〵と見えはじめて居るのに気が付いたのであつた。さうして其の幻影が、福太郎に取つて全く、意外千万な、深刻、悽愴を極めた光景を描きあらはしつゝ、西洋物のフイルムのやうにヒツソリと、音もなく移りかはつて行くのを、福太郎はさながら催眠術にかけられた人間のやうな奇妙な気持ちで、ピツタリと
半分麻痺して居る自分の脳髄が、何とも形容の出来ない気味のわるいハツキリとした幻影を描き現はし始めた。さうして其の幻影が一続きのフイルムの様に、次から次へヒツソリと音もなく移りかはつて行くのを、福太郎はまだ酔ひから醒め切れないまゝに、夢ともつかず現実ともつかない奇妙な気持のまゝヂイツと（初）

286頁上段15行目
痛々しく引攣れて
物凄く引攣れて（初）

287頁下段2行目
安全燈が
安全燈の光りが（初）

289頁上段8行目
ハア……アハ……アハ……

アハ……ハア……アハ……（初）
289頁上段18行目
唇を噛んで
口を噛んで（初）
289頁下段10行目
左右の白眼を、
白眼を（初）
289頁下段10行目
泥まみれの両頬を
左右の頬を（初）
289頁下段21行目
その代りにランプに
ランプに（初）
289頁下段22行目
松板天井が見えて
松板天井に変つて（初）
289頁下段23行目
充ち満ちた
満ち〳〵た（初）
290頁下段22行目
畳の上に取落して汚れた両手で
畳の上に取落した。汚れた両手で（初）

焦点《フォカス》を合せる

『文学時代』昭和七年（一九三二）四月号（第四巻第四号）に「焦点《フォカス》を合はせる」の表題で発表された。夢野久作名義。挿絵は坪内節太郎。総ルビ。タイトルを「焦点《フォカス》を合せる」とし（ただし、目次は「焦点を合はせる」）、相当量におよぶ改稿を施したのち、春陽堂『冗談に殺す』に収録。総ルビ。この春陽堂版を底本とした。

甲賀三郎は随筆「探偵小説の制作室から」（『文学時代』昭和四年十一月号）のなかで、久作が描く作品世界の広汎さを讃えて以下のように記している。「夢野久作氏などは、一々調査してゐるのか、材料を供給してくれる人があるのか、取材の範囲が羨しい程広い。押絵のことを書いてゐたかと思ふと、株屋の事を書いたり、今度は新聞記者の事を書いてゐる。取材の範囲の広いのはいゝ事である」。

本作はそうした「取材の広さ」が特に際立った一篇といえよう。風雲急を告げる国際情勢を後景として、地上とは異世界の感がある船上生活の一端が仄めかされ、狂気すら感じさせる機関長の資格試験が語られ、その間にスパイ対スパイの、二転三転と立場が顛倒する騙しあい、詐術の粋が凝らされた心理戦が静かに火花を散らす。これが登場人物ふたりの会話によるものではなく、一貫して一人称の饒舌体で進められていく構造も、先の見えない心理戦の緊張度を飛躍的に高めることに効果を上げている。異界としての船上生活や、異界のなかのさらなる地獄である機関室の描写は、谷譲次の「上海された男」（『新青年』大正十四年四月号）に既に試みられているが、本作が孕む情報量はさらに凄まじい。これらの情報はおそらく、父・茂丸や、朝鮮の水産業に長く携わっていた叔父・林駒生など多数の人物からもたらされたものであろう。それに加えて、常に世界情勢のなかでアジアおよび日本の立ち位置を模索し続けていた玄洋社系の新聞『九州日報』の記者として鍛えられた久作の国際感覚と取材能力もまた、こうした作品の成立には大いに生かされたであろうことも推察される。

　語り手がそろそろと正体をさらけだす終盤、こんなことをいう。「最前から饒舌り続けた経験談なんかは、ミンナ受け売りのゴッタ雑炊だ」。このことばの通り、久作はさまざまな「受け売り」の情報、知識、ことばを駆使し、独自の世界を造りあげているのだろう。

　以下、主な校異を示す。

292頁下段15行目
　新米でも何でも、水先を乗せるのが規則なんだから
新米でも何でも水先乗せるのが規則だから（初）

293頁上段22行目
　中味の麻雀が船員に見付かると
中味の麻雀でも見付かると（初）

295頁上段14行目
　お尻がビショ〱になつちやつたね。
お尻がビショ〱になつたね。（初）

295頁上段16行目
　此の鉄椅子に掛け給へ。
此の鉄椅子に掛け給へ。此の新聞紙で拭いとき給へ。（初）

295頁下段16行目
　がそんな奴でないと
そんな奴でないと（初）

296頁下段8行目
　身の毛が竦つだらう。
身の毛が竦つだらうよ（初）

296頁下段9行目
　モウ船室には用は無い
モウ船室に用は無い（初）

297頁上段2行目
　ドレか一つが軽い変化を起して居る。
〈本巻と同じ〉((初))

297頁下段7行目
　ドレか一つが起して居る。（冗）

297頁下段18行目
　船長
船長《おやぢ》（初）

何しろ此方は、無けなしの貯金に借金の上塗りした何十円也を試験料としてブチ込んでゐる一方に、船乗片手間の独学と来て居るんだから絶体絶命だ。

しかも此方は、船乗片手間の独学と来て居るんだから遣り切れないんだ。（初）

298頁上段15行目

綴字が一字違つてゐてもペケなんだから凄いよ。七十何人、試験料丸取られさ。これがお上の仕事でなけあ、金箔付きのパクリだらう。

綴字が一字違つてゐてもペケなんだから凄いよ。（初）

298頁上段20行目

……お互に顔を見交して

お互に顔を見交して（初）

298頁下段11行目

彼方の室で茶を飲みませう。……と早口で

彼方の室で茶を飲みませう……と早口で（初）

298頁下段16行目

ニヤリと笑つたもんだ。

ニヤリと笑つたものだ。（初）

298頁下段19行目

その顔付きたるや、

その顔が（初）

298頁下段21行目

宣告した時には、たゞ御苦労

宣告した時に御苦労（初）

298頁下段23行目

チヨツクラ油断させて置いて

チヨツクラ油断をさせて置いて（初）

299頁上段16行目

ドギマギさせようと云ふ策略に違ひ無いんだ。……ヘエ。それぢや五十噸トンぐらゐですか……とか何とか。お付き合ひにでも云はうもんなら……ハイ。待つてました。九十九点九分九厘で落第……と来るんだらう。土に噛じり付いても試験料をパクリ上げようといふ腹なんだからヒドイよ。

ドギマギさせようと云ふ策略に違ひ無いのだ。（初）

299頁上段20行目

そん時には流石の僕も、思はずグツと来てしまつたね。何しろ若かつたもんだから……篦棒めえ。

そんな時には僕もまだ若かつたもんだからツイ、グツと来てしまつたね。篦棒めえ。（初）

299頁下段2行目

しかし実際を云ふと、此の問題は非常識ですね。本当に此の部屋に、それだけの石炭を詰め込んだら、壁と床が

しかし本当に此部屋に夫れだけの石炭を詰めたら壁と床が（初）

299頁下段6行目
と冷やかし笑ひをして見せたら、試験官の奴、塩つぱい面をして睨み付けたと思ふと、ブリ〱して出て行き居つた。そこで僕も土俵際で落第したもんだと諦めて、その晩は久し振りに酒を呷つてグツスリ寝込んで居るうちに、何時の間にか夜が明けたらしい。下宿の婆さんがユスブリ起して「モウ九時だつせ。お手紙が来とりまつせ」と云ふんだ。むろん落第の通知だらう。見たつてドウなるもんか。勝手にしやがれと思ひ〱、何だか気になるから開けてみたら、豈計らんやだ。
と冷やかし笑ひをして見せたら試験官奴、苦い顔をして出て行き居つた。そこで僕も土俵際で落第したもんだと思ひ込んで、その晩は酒を呷つてグツスリ寝込んで居たら、翌る朝九時頃に下宿の婆さんが飛んで来て手紙が来て居ると云ふんだ。むろん落第の通知だらう。見なくたつていゝと思ひ〱気になるから開けて見たら豈計らんやだ。(初)

299頁下段15行目
当港(神戸)に停泊中
神戸に碇泊中(初)

299頁下段15行目
十字丸、三千二百噸の機関長の補充として御乗船願ひ度いが、御意向は如何でせうか。
兵庫丸の機関長の補充に採用し度いが意向はドウダ。(初)

299頁下段16行目
御意向は如何でせうか。
意向はドウダ。(初)

299頁下段18行目
頭が又シイーンと
頭がシイーンと(初)

299頁下段19行目
明治四十年頃の百円
〈本巻と同じ〉(初)
明治四十年頃の百両(冗)

299頁下段22行目
若い時の苦労は買つてもしろと云ふ位だ。あんまり早くから立身したり、世間に持てたりするのは碌な事ぢやあ無いんだ。
若い時の苦労は買つてもしろと云ふ位だが、あんまり若いうちから立身したり持てたりするのは碌な事ぢや無いよ。(初)

300頁上段2行目
身体をヤクザにした上に
身体をヤクザにしてしまつた上に(初)

300頁上段2行目
十字丸
兵庫丸(初)

300頁上段8行目〜303頁下段20行目に至るくだりは初出テクストでは以下の通り。

……コイツがケチの付き初めで僕の乗る船に碌な事は無い。新式タービンのパリ〳〵がビスケー湾でヘタバツたり、アラスカ沖の難航で石炭が足りなくなつたりする。そんな時には石炭の代りにメリケン粉を汽鑵《かま》にブチ込んで船中を真白にしてしまつたもんだがね。しかも此方《こつち》の手落ちだつた事は一度も無いんだが不思議に運が悪いんだ。とう〳〵コンナ二千五百噸《トン》のガラクタ船に乗つて骨董みたいな汽鑵《かま》の番をする処まで落ちぶれて来た訳だがね。ハツ〳〵。しかしお蔭で君達の喜びさうな冒険をイクラ体験して来たか知れやしない。今サツキ話しかけた推進機《スクリウ》の一件をもう一度繰り返した時なんぞは、今思ひ出してもゾツとする眼に会つたね。ちやうど欧州大戦で。青島《チンタオ》に這入り損ねた独逸《ドイツ》の練習艦エムデンが、印度《インド》近海を狼みたいに暴れまはつて居《ゐ》る時分のことだ。

大阪商船で濠州通ひの三洋丸といふ七千噸ばかりの客《メイル》船《ボート》がある。スチームタービンで船足は早かつたが、エムデンを怖がつて誰も行くものが無いので僕が引受けて新嘉坡《シンガポール》まで来たもんだ。彼処《あしこ》でポートサイド行きの毛唐の男船客ばかりを二三百人と、上等の紅茶を積めるだけ積んだ訳だがコイツが無事に着けば無論大儲けさ、極上飛切りのお客と紅茶を満載して居《ゐ》るんだから紀州の蜜柑船どころの騒ぎぢや無い、三井の遣る事は凄いよ……そこで聯合艦隊の無電を受けながら、勇敢に印度洋のマン中目がけて乗り出したもんだが、陸《りく》を離れて間も無い二日目の夜《よる》になると、エムデンが彼南《ペナン》を砲撃したと云ふ無電がピー〳〵ツと這入つたもんだ。

サア。みんな青くなつたの候のつて……覚悟の前とか何とか大きな事を云つて居た船長が日本人の癖にイの一番に慌て出して、全速力《フルスピード》で新嘉坡へ引返すと云ひ出したもんだ。そいつを一等運転手《チーフメート》が腕づくで押し止《と》めようとする。そいつを又、乗客の中《うち》の海軍将校上りが感付いて船中に宣伝したからたまらない。毛唐の乗客が総出で船長室に押しかけて、土色になつた船長を取り巻いてドウスル〳〵と小突きまはす。結局、僕が其の最中《さなか》に呼び出されて、今以上にスピードが出せるか出せないか。それによつてスエズへ直航するかしないか……荷物を捨てるか捨てないかを決定するといふ問題になつたから、僕は占めたと思つたね。此処で一番身代を作つて呉れやう。序に毛唐の肝ツ玉をデングリ返らして遣れと云ふ気になつてニツコリと笑つたもんだ。一万磅《ポンド》　呉れるなら速力《スピード》をもう五哩《まいる》だけ増やして遣らう。むろん荷物は今のまゝでよろしい。モウ五哩速くなつたら、いくらエムデンでも追付《おつつ》けない筈だと云つて遣つたが、毛唐の物解りの早いのには此方《こつち》が驚かされたね。チヨツト別室で相談したと思つたら間もなく五六人引返《ひつかへ》して来て一千磅の札束を僕の前に突き出したよ。あとの九千磅は向うへ着いてから渡すといふ証文付きで助かり度いのが一パイだつたのだらう。船長や運転手までもホツとした様な顔をして居たつけが可笑しかつたよ。何はともあれ僕だけはエムデン様々々々と拝み度くなつたね。

……と云ふのはコンナ訳だ。実を云ふと三洋丸ぐらゐの器械を持つて居れあ、速力を五哩増すくらゐの事は屁の河童なんだ。むろん船長や運転手なんかには出来る芸当ぢや無いが、ずつと前御用船に乗つてゐた時分に、万一の場合を慮つて、何度も〳〵秘密で研究してチヤント手加減を呑込んで居たんだから訳はない。僕は機関室へ帰ると直ぐに汽鑵《ボイラー》の安全弁《セーフチイバルブ》のバネの中へ鉄棒を二三本コツソリと突込んだものだ。タツタ夫れ丈で一万磅の仕事になつた訳だが何を隠さうコイツは立派な条例違反なんだ。見付かつたら最後機関長の免状を取上げられる処ぢやない懲役にブチ込まれるんだからソレ位のねうちはあるだらう。おまけに何百人の生命と釣りがへの問題だからね。しかもタツタ夫れだけの手加減で汽鑵《ボイラー》の圧力《プレス》がグン〳〵上《のぼ》つてギリ〳〵一パイの処まで来てしまつた。同時に推進機《スクリウ》の廻転がブルン〳〵高まる。速力が増えたどころぢやない。素人が見たら倍位早くなつた様に思へる。両舷を洗ふ浪の音がゴーツ〳〵と物凄く高まつて来たもんだから、デツキに立つてゐた連中はスツカリ安心してしまつたらしい。一人々々に船室《ケビン》へ帰つてグー〳〵寝てしまつた模様だ。そこで器械と睨めくらをして居た僕も、此の調子なら大丈夫と思つて椅子に腰をかけたまゝウト〳〵して居た……まではよかつたが、その翌る朝のまだ薄暗いうちの事……ポートサイドで札ビラを切つて居《ゐ》る夢か何か見て居《ゐ》る最中に、今の推進機の中軸になつて居《ゐ》る一番デツカイ長いシヤフトが真中からポツキリと折れたもんだ。スピードを増したのがコタエたんだね。

アツハツハツ……ソンな時には流石の吾輩も仰天したよ。折れると同時にキチガヒの様に廻転し出した器械の振動が、船全体に響き渡つたもんだからタマラナイ。てつきりエムデンに遣られてゴースタンか何か掛けたものと船長初め思ひ込んだんだね。アツと云ふ間にワン〳〵〳〵〳〵と蜂の巣を突ツついたやうな騒ぎになつた。船員も乗客も一斉にデツキへ飛び出したんだ。御丁寧な奴は卒倒《ひつくりかへ》つたと云ふ話だか……しかし此方《こつち》は眼を眩《ま》はすの処騒ぎぢやない。ともかくも機械の運転を止めて、予備のシヤフトを入れ換への事だ。

さうすると又大変だ。此の沖の只中で船を止めて置くのはエムデンの目標を晒すやうなもんだと云ふので乗客が血眼になつて騒ぎまはる。船長はもとより運転手まで青くなつて気を揉んで居るんだからイヨ〳〵始末が悪い。……ところが又生憎なことに其のシヤフトの入れ換へがキツチリ一週間かゝ（マヽ）たもんだ。つまりその間ぢう全然器械の運転を止めて漂流に任せて居たんだ。二三尋もある海に碇《アンコ》なんか利きやしないからね。おまけに船なんか無論一艘だつて見つかりつこない。ＳＯＳを打つても聯合艦隊が相手にして呉れない……といふのだから其の騒動たるや推して知るべしだらう。

　何故つてマア考へてみたまへ。あの直径何吋《いんち》といふ大一番の長い鉄棒《シャフト》だ。重さだつてレールを十二三本束にした位ある。実際傍に寄つて見たまへ。ステキなもんだぜ。そいつを索条《ワイヤ》や鎖でジワと〳〵釣り上げて、あの大揺れの中で、お尻を持ち上げさして船のスクリウの穴の中へソーツと押し込まうと云ふのだから、無理な註文だと云ふ事は最初からわかり切つて居《ゐ》るだらう。船渠《ドック》の中だ遣つて《（ママ）》も相当骨の折れる仕事を沖で遣らうと云ふのだからね。……のみならず何を云ふにも七八千噸の屋台骨を突張るマン円い鋼鉄《はがね》の棒だ。ピカ〳〵磨き上げた上に油でヌラ〳〵して居る奴だから手がゝりがまるで無いんだ。ワイヤでドンナニ確《しつ》かり縛り付けといたつて、一旦辷り出したとなれあ、人間の力で止める事が出来ない。一分《ぶ》辷つたら一寸《すん》……一寸辷つた一尺、あとは惰力で辷り度い放題だ、ズラ〳〵〳〵〳〵〳〵ツと辷り出したが最後の助、鉄の板でも何でも突破つて船の外へ頭を出すにきまつてゐる。そのまゝスツポリと外へ抜け出してしまつたらソレツキリの千秋楽だ。取返しが付くか付かぬどころの話ぢやない。ウツカリすると船の方が危ない。船から飛び出しがけに巨大《おほき》な穴でもコヂ開けられたら、それこそ事だからね。ドウダイ。わかるかねシヤフトの素晴らしさが。ウン。わかるだらう。コンナ篦棒な苦心をした機関長はタント居ないだらうと思ふがね。

304頁上段1行目
前以て、そんな間違ひが無い様に
前以てソンナ間違ひが出来ない様に（初）

304頁上段4行目
糞でも喰らへと云ふ気で、押し切る
糞を喰らへと云ふ気で此方も押切る（初）

304頁上段5行目
実の処寿命が縮まる思ひをしたね。……乗客の方は無論の事さ。その時分に印度洋のマン中で
其の頃の印度洋のマン中で（初）

304頁上段7行目
なんて事を、ウツカリ最初から云ひ出さうもんなら、
なんて事を最初から云ひ出したら（初）

304頁上段14行目
此方も無論エムデンが怖く無いことはなかつたが、怖いつたつて今更ドウにも仕様が無い。
此方もむろん怖かつたがドウにも仕様が無いんだ。（初）

304頁上段17行目
ホンタウに運の尽きだからな。〈／〉そんな訳で、最初か

ら腹を定めて

ホンタウに運の尽きだからな。最初から腹を定めて（初）

304頁上段20行目

八千磅の証文

九千磅の証文（初）

304頁上段21行目

そのうちに

その一週間のうちに（初）

304頁上段23行目

手ヒドイ神経衰弱に引つかゝつてしまつた

手ヒドイ神経衰弱に陥つてしまつたさうだ（初）

304頁下段3行目

怒鳴り付けて遣つた。

怒鳴り付けて遣つたよ。（初）

305頁上段11行目

助けて呉れか

助けて呉れんか（初）

305頁上段21行目

一乾分

一乾児（初）

305頁上段22行目

報告だがね。〈／〉……ところで其のRの四号君が

報告だがね……ところで其のRの四号君が（初）

305頁下段6行目

眼が高いよ。〈／〉……ナニ……王君の正体は

眼が高いよ。ナニ……王君の正体は（初）

305頁下段11行目

ミンナ受け売りのゴツタ雑炊だ

出鱈目の嘘ツパチだ（初）

305頁下段21行目

それから手前等は此の室を

さうして此の室を（初）

306頁上段4行目

指令か。フウン。

指令か、フウン。（初）

306頁上段16行目

……ま……待つた〳〵

待つた〳〵（初）

307頁下段18行目

女だらう。いゝ肉付きだ。

女だらう。（初）

308頁上段1行目

危ねえの何のつて……〈／〉オツト。

危ねえの何のつて……オツト。（初）

308頁上段2行目

女スパイには経験が

女スパイにや経験が（初）

怪夢【２】

『探偵クラブ』第三号（昭和七年［一九三二］六月二十五日）に「怪夢」の総題で、「七本の海藻」と「硝子世界」の二篇が発表された。夢野久作名義。総ルビ。この初出誌を底本とした。

『探偵クラブ』は新潮社『新作探偵小説全集』全十巻の附録として刊行された小冊子である。四六判、全十冊（昭和七年四月十三日〜昭和八年四月二十四日）。一冊の総頁は四〇頁前後である。定価は十銭であったが、奥付には「新作探偵小説全集の読者に限り無料進呈」とある。全集の配本順に従って、以下のように発行された。

第三巻　甲賀三郎『姿なき怪盗』（昭和七年四月十三日）／『探偵クラブ』第一号（昭和七年四月十三日）
第八巻　森下雨村『白骨の処女』（昭和七年五月二十一日）／『探偵クラブ』第二号（昭和七年五月二十一日）
第二巻　大下宇陀児『奇蹟の扉』（昭和七年七月五日）／『探偵クラブ』第三号（昭和七年六月二十五日）
第十巻　横溝正史『呪ひの塔』（昭和七年八月十八日）／『探偵クラブ』第四号（昭和七年八月二十五日）
第七巻　水谷準『獣人の獄』（昭和七年十月五日）／『探偵クラブ』第五号（昭和七年十月五日）
第一巻　江戸川乱歩『蠢く触手』（昭和七年十一月二十二日）／『探偵クラブ』第六号（昭和七年十一月二十四日）
第五巻　橋本五郎『疑問の三』（昭和七年十二月二十日）／『探偵クラブ』第七号（昭和七年十二月二十六日）
第九巻　夢野久作『暗黒公使』（昭和八年一月十五日）／『探偵クラブ』第八号（昭和八年一月二十六日）
第六巻　浜尾四郎『鉄鎖殺人事件』（昭和八年三月二日）／『探偵クラブ』第九号（昭和八年三月六日）
第四巻　佐左木俊郎『狼群』（昭和八年四月二十五日）／『探偵クラブ』第十号（昭和八年四月二十四日）

『探偵クラブ』第一号の「編輯後記」（無署名）には以下のように記されている。

▼新作探偵小説全集の刊行を機として、此の全集の顔触れ、江戸川、大下、甲賀、佐左木、橋本、浜尾、水谷、森下、夢野、横溝の十氏編輯同人となり、「探偵クラブ」が創刊されました。その第一号は御覧の通りのものとなりました。小さいながら何と充実した内容ではありませんか。

▼本誌は当分新作探偵小説全集の附録の形式として発行されるのですが、本全集刊行の終了後は、本誌は本誌

として独立させ型も菊版に直す予定です。

「一足お先に」の解題でも触れたように、『新作探偵小説全集』は当時新潮社社員であり、また『文学時代』編集長でもあった佐左木俊郎の肝煎りで実現した書き下ろし探偵小説全集である。完結直前に佐左木が肋膜炎を悪化させ、急逝するという不幸に見舞われながらも、全十巻は無事に世に送り出された。『探偵クラブ』第十号では、江戸川乱歩を筆頭に、楢崎勤、橋本五郎、近藤一郎、水谷準、奥村五十嵐、横溝正史、大下宇陀児、甲賀三郎が、佐左木の早過ぎる死を惜しみ、哀悼の辞を捧げている。『探偵クラブ』の独立刊行が立ち消えとなった背景に、この佐左木の死があったことは容易に想像できるが、同誌最終号「編輯後記」（無署名）には、前年夏に創刊した『日の出』が予想外に売れ行きを伸ばしたため、新潮社が『探偵クラブ』継続に戦力を割くことが困難になった旨、事情が記されている。

『探偵クラブ』毎号の誌面は、全集執筆者十名による連作探偵小説「殺人迷路」の連載、該当する配本の作者をめぐるエピソードやプロフィール紹介、次回配本の作者に関する評論、その他の作家による短篇小説が中核となって構成されている。久作は、第一号に森下雨村の作品を評した「本格小説の常道」、第三号に短篇小説「怪夢」、第五号に同じく「ビルヂング」、第七号に「殺人迷路」第七回の「意外な夢遊探偵」、第八号に短篇小説「縊死体」をそれぞれ寄稿している。「怪夢」が掲載された第八号巻末の「編輯後記」に奥村五十嵐は、以下のように久作を紹介している。

▼夢野久作氏は、本号、夢野久作氏の横顔の中で、大下宇陀児氏が書いてゐられるやうに九州の一角で探偵小説の創作に従事してゐられる人。時折、用事で上京されることはあつても、大下氏も言つてゐられるやうに、文壇人で氏に会つたことのあるのは大下氏くらゐのものらしいのです。――その交際ぎらひな、風がはりな氏の作品が如何にユニークな香気を放つてゐるかは、大方の読者諸氏がすでに御承知のことと思ひます。中篇に於ては出世作「押絵の奇蹟」新青年二月号の「氷の涯」など、すでにその非凡の手腕を示してゐますが、恐らく氏のはじめての長篇六百枚の「暗黒公使」の出来栄は？　手前味噌を並べるのは止します。どうか、御味読下さい。

「怪夢」をめぐっての佐左木と久作とのすれ違いも、こうした事情があってのことだろう。

前述したように、「怪夢［2］」は「怪夢［1］」とは別の雑誌に発表され、久作生前の単行書には後者だけが収録された事実があるため、本全集では発表順にふたつに分けて収録したが、両者はその内容にも多少の差異をみせている。「怪夢［1］」には、怪物化した機械と都市の貌に近代社会と資本主義の悪夢的実相が、三篇の共通したモチーフとして透かし見られたが、「七本の海藻」にはもっと直截な超自然的怪異が描かれているようだ。一方、「硝子世界」は意識・行動のすべてを他者から監視され、コントロールされる、精神病院や獄舎の隠喩だろうか。

狂人は笑ふ

『文学時代』昭和七年（一九三二）七月号（第四巻第七号）に夢野久作名義で発表。「青ネクタイ」と「崑崙茶」の二篇より成る。挿絵は坪内節太郎。総ルビ。大きな改稿はほとんどないまま、春陽堂『瓶詰地獄』に収録。総ルビ。この春陽堂版を底本とした。

二篇とも「狂人」と目された人物が語り手であり、このスタイルは同年十一月発表の「キチガヒ地獄」にも踏襲されている。とくに「崑崙茶」と「キチガヒ地獄」の構造は近似している。

昭和七年三月頃に喜多実に宛てた書簡の末尾に以下のようにある。

「斜坑」は後半が得意なんだが。それから君に頼む原稿二三日中に書上げて送る。「狂人は笑ふ」といふ題だ。格別新しくもないが。

久作が『喜多』に寄せた文章は多数にのぼるが、そのなかに「狂人は笑ふ」という表題の作品は存在しない。「斜坑」の時と同様、急な依頼を受けて、先に約束してあった原稿を転用してしまったのだろうか。この件についても詳細は不明である。実が九州の杉山家に泊まった折、久作は「ドグラ・マグラ」の原稿を蜿蜒と朗読して辟易させたというが（喜多実「夢野久作回想」）、あるいは新作を仕上げる度、久作は年下の親友から批評を仰いでいたのかも知れない。

以下、主な校異を示す。

314頁上段11行目
「ホ、、、、、、、……」
ホ、、、、、、、……。（初）

314頁下段18行目
お腹を喰ひ破つちやつた
お腹を喰ひ破いちやつた（初）

315頁上段3行目
モト通りに貼つて
モトの通りに貼つて（初）

321頁上段20行目
スツカリ気力を喪つて野蛮人に亡ぼされて

スッカリ気力を喪つて、未開野蛮に亡ぼされて（初）
324頁上段6行目
鬼沈んだ
気沈んだ（初）
324頁上段21行目
相違ないです。
相違ないのです。（初）

幽霊と推進機《スクリユウ》

『新青年』昭和七年（一九三二）十月号（第十三巻第十二号）に発表。夢野久作名義。挿絵は竹中英太郎。総ルビ。相当箇所にわたる改稿を経て、春陽堂『瓶詰地獄』に収録。総ルビ。この春陽堂版を底本とした。

タイトル「推進機」のルビは初出では「スクリウ」とあるだけで、本文タイトルにルビはない。ただし、本文中に「スクリユウ」とあり、底本では目次タイトルに「スクリユウ」とあり、底本の語句があるため、本巻ではこれを統一のルビとした。底本の目次タイトルに施されたルビには一字分の空白があり、誤植の可能性が高いことも、根拠となっている。

本作品は初出掲載時、『新青年』誌の第一回「懸賞読者採点」の対象とされた八作品のひとつである。他の七作品は掲載順に、延原謙「金・金・金」、葛山二郎「染められた男」、大勝伸枝「これでいゝのかい」、甲賀三郎「川波家の秘密」、大阪圭吉「デパートの絞刑吏」、渡辺啓助「美しき皮膚病」、海野十三「爬虫館事件」。この試みは、「近来にない多大の好評」を博し、「合計五千数百通」の応募があったという（「当選発表」、『新青年』昭和七年十二月号）。総得点数及び平均点による順位を以下に記しておこう。

海野十三（総得点五〇、七四二八　平均点　九〇）
大阪圭吉（総得点四七、七八〇八　平均点　八五）
渡辺啓助（総得点四六、五五四〇　平均点　八三）
甲賀三郎（総得点四五、九七五六　平均点　八二）
夢野久作（総得点四五、五三五二　平均点　八一）
葛山二郎（総得点四五、二八六四　平均点　八〇）
延原　謙（総得点四三、八三六〇　平均点　七八）
勝　伸枝（総得点四三、二七四〇　平均点　七七）

第一巻の解題にも記したように、本作品は久作が『黒白』大正六年（一九一七）九月号に「ＳＵ生」名義で発表した短篇小説「二人の幽霊」を原型としている。

記録者と語り手が同一人物に設定されていた「二人の幽霊」とは異なり、本作では「元の日活社長Ｓ・Ｍ氏」の体験談を「筆者」が書き下ろした、という体裁になっている。他者の体験に基づく怪異談を披露する、という枠組みの追加は、物語の怪奇性をより高める効果を狙って久作が仕掛けた実話風のレトリックであろう。すでに大正期において「赤の意義」や「五法の金貨」など、翻訳の体裁をとった創作を手掛けている久作にとって、このような技巧はお手のものであったと推測される。

明治十九年、香港から新嘉坡《シンガポール》に向かう荷物汽船《カーゴボート》「ピニエス・ペンドル」（「二人の幽霊」では「ピニヱスペンドル」と表記）の船上で物語の大半が進行する構造、そして船医不在のまま大洋に乗り出した「ピニエス・ペンドル」にチブスが発生し、病死した二人の水夫の幽霊に祟られた同船がついに嵐の海に没するまでを、船客である日本人「私」が語る、というスタイルは、細部の修正、加筆を除けばほぼ同一である。しかし、船が沈み、外国船に救助された「私」が意識を取り戻すところで幕が降ろされた「二人の幽霊」にはない、その後の展開が「幽霊と推進機《スクリユウ》」には追加されている。終始一貫して超自然の怪異現象を語った「二人の幽霊」から十五年を経て、久作はほぼ同一のプロットの末尾に、「脳髄が描き出した夢」にきざす、記憶の逆転形成という疑似科学的な解釈を投入したのである。これによって終幕間際に付与された探偵小説的結末は瞬時に反転し、解けぬ謎を孕んだまま、テクストは永遠の循環運動を呈する。

もう一点、特記すべき変更事項は、二人の幽霊が生者に向けていった「水夫長を連れて行きますよ」という一言を、異界からの挑戦と受けとった船長が傲然と言い放つ「アームストロングの推進器《スクリユウ》と、貴様等の幽霊の力とドッチが強いかだ」ということばに暗示された、非科学対科学、あるいは幽霊対近代主義という決闘の構図にある。とはいうものの、本作品の結末からは、「アームストロングの推進器」が「幽霊の力」に敗北を喫した事実を読み取ることはできない。科学の力に「幽霊の力」が勝利したという事実をとどめたはずの「私」の記憶そのものの真偽が不分明なまま、物語の行方は謎そのものに呑み込まれてしまう。

以下、主な校異を示す。

326頁上段22行目
二千五百。船長は
二千五百、船長は（初）

327頁上段6行目
呉れたのであつたが、しかし、それでも
呉れたのであつた。だがそれでも（初）

327頁下段5行目
背の高い、色の黒い船長は
船長は（初）

328頁上段5行目
見向きもせずに怒鳴りながら、
見向きもせずに怒鳴つた。（初）

328頁上段12行目

半分隠れてゐた水夫長
半分隠れかけてゐた水夫長（初）

328頁上段19行目
ヂツと様子を聞いてみると、水夫長が激昂するのには、やはり相当の理由があつた。〈／〉そのチブスに罹かつた二人の水夫
ヂツと様子を聞いてみると、そのチブスに罹つた水夫（初）

328頁上段23行目〜329頁上段1行目「反抗もしなければ」に至るくだりは、初出テクストでは以下の通り。

むろん腕は立つて温柔しくもあつたが給金が法外に高かつたから結局、俺（水夫長）の顔を潰したことになる……ツイ此間も香港の奥の支那人酒場で二人が飲んで居るのを発見《めつけ》たから、大勢のマン中で罵倒して恥を掻かして遣つた事があるが、それでも二人は手向ひもしなければ

329頁上段6行目
……今に見ろ……ドウスルカ……」〈／〉……と云つたやうな事を
……今に見ろ……ドウスルカ……と云つたやうな事を（初）

329頁上段13行目
マジリ〳〵と天井のラムプを仰いでゐたが
天井のラムプを仰いでゐたが（初）

329頁上段19行目
蒸し暑い灰色に掻き曇つて来て
蒸し暑く曇つて来て（初）

329頁下段15行目
そんなのにタヽキ廻されると、イクラ馬力をかけても〳〵船が進まない
イクラ馬力をかけても船が進まない（初）

330頁上段4行目
皆の顔を見まはした。
皆の顔を見まはして、（初）

330頁上段5行目
チブスの奴等あドウしたらう
チブスの奴等がドウしたらう（初）

330頁上段23行目
ブラン〳〵になつて
ブラ〳〵になつて（初）

330頁下段6行目
その惨たらしい死相を、ユラ〳〵と
それをユラ〳〵と（初）

330頁下段11行目
と其時に水夫長が唸り出した。〈／〉白いハンカチで何度も
と其時に水夫長が唸り出した。白いハンカチで何度も（初）

330頁下段21行目
又シインとなつてしまつた。

又シインとなつた。（初）

330頁下段23行目
誰だかわからない二三人が、ダシヌケに
誰だかわからない、二三人が（初）

331頁上段12行目
アノ忘れられない屍臭と、嘔吐臭
アノ忘れられない屍臭や嘔吐臭

331頁上段22行目
透かして見てゐるうちに、間もなく
透かして見てゐたが間もなく（初）

331頁下段3行目
薄気味悪い、暗い気持
薄気味悪い。暗い気持（初・瓶）

332頁上段2行目
甲板の突端《トップ》
甲板の突端《とつさき》（初）

332頁上段10行目
小男の二等運転手は
運転手は（初）

332頁上段18行目
だから私も何かしら
私も何かしら（初）

332頁下段9行目
夕映《ゆふば》えの窓明りがピカ〳〵と
夕燦《ゆふばえ》の窓明りがカーツと（初）

332頁下段18行目
向うから、奥歯の金冠が二三本
向ふから奥歯が二三本（初）

333頁上段20行目
獅嚙み付いたまゝ……
獅嚙み付いた。（初）

333頁下段1行目
やがて、超然たる態度で咳払ひを
やがて、咳払ひを（初）

333頁下段2行目
支那人《チンク》の酒場が怪しかつたんだナ。……俺は
支那人《しなじん》の酒場が怪しいんだナ……俺は（初）

333頁下段3行目
ドツカの隅に隠れてやがつたんだ。……さうして三人に取
憑きやがつたんだナ。俺はサウ思ふ……。」
ドツカの隅に隠れてやがつたんだ。（初）

333頁下段6行目
とユツクリ〳〵断言しながら、食堂のマン中に
と食堂のマン中に（初）

333頁下段14行目
恩を仇にしやがるんだな……フン。

恩を仇にしやがつて……。（初）

333頁下段16行目
貴様等の幽霊の力とドツチが強いか
貴様等の力とドツチが強いか（初）

334頁上段5行目
丸窓から、厚い硝子越しに時々
丸窓から時々（初）

334頁下段15行目
顔の色を変へて
眼の色を変へて（初）

334頁下段17行目
舳《トップ》
舳《みよし》（初）

335頁上段1行目
ピストルだの、スパナだの、ロープの
ピストルだのロープの（初）

335頁上段6行目
雲の間から、満月が
雲の間から片割月が（初）

335頁下段1行目
メイン・マストも
マストも（初）

335頁下段23行目
今朝早く浪の間を転々して居る私を
今朝早く私を（初）

336頁上段3行目
手紙などを、旅行免状と一所に、チヤント肌身に付けてゐたので、然る可き
手紙などを持つてゐたので然る可き（初）

336頁上段11行目
不思議にもブーレー博士が
ブーレー博士は（初）

336頁下段8行目
……と云ふと……ドンナ事に
……と云ふとドンナ事に（初）

336頁下段20行目
「……プツ……バ……馬鹿なツ……」〳〵と叫びながら
「……プツ……バ……馬鹿なツ……」と叫びながら（初）

337頁下段3行目
しかしブーレー博士は私と反比例に、沈着いた態度で鼻眼鏡を
ブーレー博士は鼻眼鏡を（初）

ビルヂング

『探偵クラブ』第五号（昭和七年［一九三二］十月五日）に夢野久作名義で発表。総ルビ。この初出誌を底本とした。

自己像幻視（ドッペルゲンガー）が近代文学における重要なテーマであることはここで繰り返すまでもないが、日本の戦前探偵小説の分野では、特にこの趣向を得意とした作家たちが存在した。江戸川乱歩は双生児や、双生児と見紛うばかりに相似した人物たちを、交換可能の一対として物理的トリックを組み上げ、その破綻までを描いた。渡辺温は、「影の自殺」という古典的主題を逆手にとる戦略で、ドッペルゲンガーに扮した犯人を主人公が刺殺する展開を導き出した。西尾正は、芥川龍之介や梶井基次郎からの強い影響のもとで、壊れゆく精神のはざまから湧き出たデーモン、自己のなかの他者としてのドッペルゲンガーを造形し続けた。

久作もまた、この奇現象を愛した文学者のひとりであるが、本作に登場するドッペルゲンガーは他に類のない、ユニークなものである。つまり視覚による認識という、同テーマにおける最大の特徴を、物語のなかから徹底的に排除してしまっている点においてである。最初に聴覚で、続いて想像力で、最後に触覚で、語り手は「壁一重向うの室」にいる「私と同じ私」の存在感に接するのみだ。そしてこの一篇は、最後に〈影との正面衝突〉と、それに続く「ビルヂング」の哄笑が配されていることで、「怪夢［1］」および「怪夢［2］」の系列に連なる傾向を明らかにしているかに思われるのである。

キチガヒ地獄

『改造』昭和七年（一九三二）十一月号（第十四巻第十一号）に発表。夢野久作名義。パラルビ。初出タイトルは「キチガヒ地獄（怪奇小説）」と表記されている。改稿の上、春陽堂『冗談に殺す』に収録。総ルビ。この春陽堂版を底本とした。

初出掲載誌である『改造』は、主催者山本実彦の急進的な編集方針によって、『中央公論』とともに大正デモクラシー運動の〈知の拠点〉となった総合雑誌である。大正八年（一九一九）四月三日創刊、以後昭和三十年二月号（第三十六巻第二号）まで四百五十五冊を発行した。発行所は改造社、初代編集長は横関愛造、編集者に高須梅溪、滝井孝作、上林暁、山本健吉らがいた。執筆陣には河上肇を筆頭に大杉栄、伊藤野枝、堺利彦、山川均・菊栄、荒畑寒村ら社会主義を背景とした論客が轡をならべたが、同時に文芸欄にも力が注がれ、創刊号には幸田露伴が「運命」を寄稿。大家ばかりではなく、佐藤春夫、宇野浩二ら若手作家を積極的に起用し、林芙美子、横光利一、堀辰雄、島田清次郎、石坂洋次郎、吉行エイスケ等、昭和期に至るまで多数の新進作家の作品が誌面を飾り、ゆえに、長く文壇への登龍門的存在と目された。

改造社の戦前の文学界への貢献、影響は深甚なものがあり、その出版戦術の独自性も夙に知られているが、就中、大正十五年、日本初の文学全集である『現代日本文学全集』を企画・刊行し、いわゆる〈円本ブーム〉を惹起した件はその筆頭に挙げられねばなるまい。関忠果、小林英三郎、松浦総三、大悟法進編『雑誌「改造」の四十年』（光和堂、昭和五十二年）の記載によれば、同全集の刊行以後、文学者たちとの関係が密接化したことが、先行誌『中央公論』に一歩をゆずると評されていた『改造』の創作欄を、「活気あり、充実したものにした」とある。

また、「『改造』は固い」という世評を打破すべく、同社の視点は、後続した平凡社の円本全集＝『現代大衆文学全集』によって大いに知名度を高めた江戸川乱歩ら探偵小説の作家たちに抜け目なく注がれていたことも看過できない。乱歩の「虫」が『改造』に掲載されたのは昭和四年六月号から七月号であるが、同年五月、改造社は『日本探偵小説全集』全二十巻の企画を起ち上げているのだ。この第十一篇には『夢野久作集』がおさめられている。『日本探偵小説全集』は改造社の『世界大衆文学全集』（昭和二年〜六年）全八十巻の刊行が進められていく途上に派生したもので、先の円本よりもさらに廉価な一冊五十銭の菊半裁版書籍を二冊一組で配本する、という同全集の体裁を踏襲し、大評判をとった。ほぼ時を同じくして、博文館からは「新青年版」と銘打った『世界探偵小説全集』全二十四巻の配本が開始。翌六月には平林初之輔、甲賀三郎の編纂で春陽堂『探偵小説全集』全二十四巻の予約が始まり、七月には直木三十五の肝煎りで平凡社から『世界探偵小説全集』全二十巻の刊行が告知されている。この同時多発的現象を山口直孝は「円本によって開拓された読者層にさらに働きかけるため、新たな材料をたえず求めていた出版社側の事情が、未成熟な探偵小説の自立を急がせ」（「「探偵小説」の現在との接続―円本時代における「文学全集」概念の変容」、庄司達也、中沢弥、山岸郁子編『改造社のメディア戦略』双文社出版、平成二十五年）た結果を見出すが、その端緒をつくり、なおかつ、その先陣を切ったのが改造社であった。

もっとも、『改造』誌上にあって探偵小説の掲載数は決して多くはなかった。乱歩登場前後に注目しても、佐藤春夫「黄昏の殺人」（昭和三年十二月号）、浜尾四郎「殺された天一坊」（昭和四年十月号）、大下宇陀児「恐るべき教師」（昭和六年八月号）、評論に森下雨村「探偵小説の変遷」（昭和四年七月号）等が見られる程度である。「キチガヒ地獄」が発表された昭和七年には、大下宇陀児「魔法街」（一月号）、同「探偵戯曲　殺人犯」（十月号）、海野十三「ラヂオ殺人事件」（四月号）、水谷準「迷宮事件妄談」（九月号）のほか、佐藤春夫の「維納の殺人容疑者」（三月号〜九月号）が連載されるなど、探偵小説や犯罪小説が豊作であったが、これは一時的な現象であった。とはいうものの、その後も小栗虫太郎（「夢殿殺人事件」昭和九年一月号、「オフイリア殺し」昭和十年二月号ほか）や木々高太郎（「迷走神経」昭和十年三月号）の創作、乱歩や雨村の探偵小説評論に紙幅を割くことに『改造』は吝《やぶさ》かではなかった。久作の「戦場」が昭和十一年五月号に「遺稿」として掲載されたことも、その一例と考えられよう。

本作に描かれた「エサウシ」はアイヌ語で「岬」の意。現在の枝幸町《えさしちょう》である。明治の半ばには、金の採掘で賑わった町である。北海道の炭坑借区権も、かつて結城虎五郎によって転売され、玄洋社の活動資金となった歴史があるが、もうひとつの重要な地点である「石狩川の上流、山又山のその又山奥」の「神秘境」は、「瓶詰地獄」の舞台であった絶海の孤島を思わせる別天地として描かれている。

以下、主な校異を示す。

340頁上段16行目
……ハ、ア……いかにも。
いかにも。（初）

340頁下段5行目
人非人……。
人非人…………。（初）

343頁上段6行目
A記者
A君（初）

343頁下段14行目
見込まれたお蔭で
見込まれましたお蔭で（初）

344頁上段14行目
夢だつたのです。私の一身に
夢で、私の一身に（初）

344頁下段17行目
貴方のお心に、お縋りして
貴方にお縋りして（初）

346頁上段3行目
茶粕
お茶粕（初）

346頁下段13行目
さうかと思ふと……ナアニ
さうかと思ふとナアニ（初）

346頁下段23行目
丸太小舎式《ロツグケビン》
〈本巻と同じ〉《初》
丸太小舎式《ロツグケン》（冗）

347頁上段6行目
住家であらうかは
住家であるかは（初）

347頁上段21行目
御照会
御紹介（初・冗）

347頁下段1行目
私が二度目の結婚問題に
私が結婚問題に（初）
347頁下段2行目
一つは
〈本巻と同じ〉《初》
かつは（冗）
347頁下段16行目
福岡県朝倉郡
福岡県朝倉全部（初）
348頁上段22行目
非常に迷惑のかゝる話
非常な迷惑のかゝる話（初）
348頁下段5行目
コンナ風に話して
コンナ風にお話して（初）
348頁下段14行目
青いお仕着せ姿で
赤いお仕着せ姿で（初）
349頁上段10行目
涯てしない
涯てしもない（初）
350頁下段13行目
顔を突き出した
顔を差出した（初）
350頁下段18行目
登り初めました……が……
登り初めましたが……（初）
351頁下段1行目
ドレくらゐ狼狽致したか
ドンナに狼狽したか（初）
351頁下段3行目
探しまはりました。そのうちに、どうしても
探しまはりましたが其の揚句、どうしても（初）
351頁下段6行目
新聞記者です。つまり普通とは違つた
新聞記者で、普通人と違つた（初）
351頁下段7行目
持つてゐた訳ですから、人間の一人や二人
持つてゐたのですから人間を一人や二人（初）
351頁下段9行目
男に相違ないのでしたが
男でしたが（初）
351頁下段9行目
しかし……何しろ
しかし何しろ（初）

351頁下段10行目
寂寞境ですからね。そんな処で思ひがけなく、奇妙な恰好をした丸裸体の人間を一匹撃ち落したのですからね。……何とも云へない
寂寞境ですからね。何とも云へない（初）

351頁下段13行目
急流激潭
急潭激流（初）

351頁下段15行目
人知れずホツトしい〳〵、ウヰスキーを飲んで眠つたものださうです。
人知れずホツとしたものださうです。（初）

351頁下段17行目
何かしら近所の人々の騒ぎまはる声が耳に
近所の人々の騒ぎ声が寝耳に（初）

351頁下段18行目
Aが飛び起きてみると……どうでせう。
飛び起きて行つてみると……Aは思はずハツと息を詰めました。（初）

351頁下段23行目
襲はれたと云ひますが
襲はれたさうですが（初）

352頁上段1行目
云へば云へるのです
思へば思へるのです（初）

352頁上段2行目
しかし其の屍体を
しかし其の死骸を（初）

352頁上段4行目
何となく違つて
何となく普通と違つて（初）

352頁上段5行目
気味わる〳〵石段の上の芝生に引き上げて
気味わるく別荘裏の芝生の上に引き上げて（初）

352頁上段8行目
私が、非常な高熱に
私が高熱に（初）

352頁上段9行目
初めたものださうです。
初めました。（初）

352頁上段10行目
ところが又、その譫語の
ところが、その譫語の（初）

352頁上段10行目
普通人にはチンプン、カンプンの囚人用語が
普通人にはわからない囚人用語が（初）

352頁上段11行目
チヨイ〳〵混つて居るのに
チヨイ〳〵と交つてゐるのに（初）
352頁上段12行目
に解放されまして
に解放されて（初）
352頁上段13行目
持ち前の記者本能
持前の猟奇本能（初）
352頁上段13行目
立ち帰つてしまつたものださうです。つまり是が非でも
立帰つてしまつたものださうです。さうしてなほのこと一生懸命になつて介抱に手をつくしたものださうです。（初）
352頁上段15行目
新聞記事《だね》
新聞種（初）
352頁上段21行目
サテその私が、頭や顔の手入れを
又その私が頭髪や顔の手入れを（初）
352頁下段5行目
看破いて居りました
看破いてゐた（初）
352頁下段10行目
愚かにも、スツカリ
スツカリ（初）
353頁上段13行目
酷似してゐたことは
酷似してゐたとは（初）
353頁下段14行目
ものとばかり考へて居た
ものと考へて居た（初）
353頁下段18行目
ノンセンス
ナンセンス（初）
354頁下段8行目
申出たものださう
申出たさう（初）
355頁上段13行目
一切合切
一切合財（初）
356頁下段16行目
聞き出した今の精神病院の副院長
聞き出した副院長（初）
358頁下段13行目
作り飾りの無い

ミヂンも作り飾りの無い（初）

359頁下段9行目

エツ。副院長の助手さん……一緒に僕の心理状態を研究してゐる……〈／〉……ウワア……

エツ。副院長の助手さん……ウワア。（初）

359頁下段22行目

……桐の花が、あんなに散つてやがる…………。〈1行アキ〉……アツ……忘れてゐたツ…………。

……桐の花が、あんなに散つてやがる…………。〈／〉……アツ……忘れてゐたツ…………。（初）

老巡査

『文藝春秋オール読物号』昭和七年（一九三二）十二月号（第二巻第十二号）に発表された。夢野久作名義。挿絵は吉田貫三郎。総ルビ。若干の改稿の上、春陽堂『冗談に殺す』に収録。総ルビ。この春陽堂版を底本とした。

『文藝春秋オール読物号』は第一巻一号（昭和六年四月）から第二巻第十二号（昭和七年十二月）まで『文藝春秋』の特集号として刊行され、第三巻第一号（昭和八年一月）以降、月刊誌『オール読物』となり、第十三巻第九号（昭和十八年九月）から『文芸読物』と改題し、第十四巻第五号（昭和十九年五月）から『文藝春秋』本誌に吸収され、さらに終戦後の昭和二十年十一月から、再び『オール読物』（第十五巻第一号）として独立、現在に至っている。出発当初から、文藝春秋社の他の雑誌と同じく、読者からの投書を積極的に取り上げる試みをしているが、本作品に対する批評のことばは同誌投書欄に認められない。創刊号には野村胡堂「銭形平次捕物控」の連作第一回を掲げ、やがて直木賞の創設以後は、歴代の受賞作を掲載する栄誉をになう戦前大衆小説、すなわち時代小説の殿堂においては、異能の作家・夢野久作の探偵小説も影が薄かったようだ。

　本作において、主人公の睦田巡査が、倉川男爵夫人を殺害した犯人へとたどりつく端緒をひらいたものは、「金口の煙草」であったが、この趣向は江戸川乱歩の出世作「二銭銅貨」（『新青年』大正十二年四月号）を髣髴させる。「芝区のさる大きな電気工場」から大枚五万円を盗みおおせた「紳士盗賊」が、エジプト煙草を愛飲する奢侈な趣味が仇となって捕縛されるという、物語本題の導入部にひっそりと描写されたエピソードである。このエジプト煙草が「金口」、すなわち金箔を貼った吸口のものか否かは不明であるが、犯人逮捕の決め手として、場に不相応な遺留品が配置されているという設定は共通している。

　また、久作にとってはもっとも親しい同業者であった大下宇陀児のデビュー作が「金口の巻煙草」（『新青年』大正十四年四月号）という好篇であったことも忘れられない。足尾鉱山から逃亡してきたと称する少年に同情した一高生・順さんが、彼を郷里に帰してやろうと奮闘するのだが、「ネオ・ピューリタン」の仇名がつくほど純情でロマンチストの順さんに替わって、少年の正体を見抜いたのが、寮で同室の木野さんであった。少年が一服つけて棄てた吸殻が「少年に不似合ひな金口」であることに不審感を覚えた木野さんは、そこから一気に少年の嘘を看破する。同作においても、身分不相応の「金口の巻煙草」が謎を解く手がかりとなっているのである。同作は、久作のホームグラウンドであった『猟奇』の第四年第三輯（昭和六年五月）に発表された龍登雲「大下宇陀児論」で酷評され、大下はそのことについて、久作に宛てた書面のなかで、かなり気にかけている様が窺われる。久作は「老巡査」のプロットを構想した時に、この折の大下の憂いを想起したのかも知れない。

そしてもう一点、「老巡査」において重要な設定は、「ルンペン」が犯人特定の重要な鍵を握っていたことだ。「階級を無視したルンペン語」を用いる「腹からのルンペン」が登場し、長く第一線で巡査を勤めてきた睦田老人が、その「特有の」言語をしっかりと解しつつ、捜査を進める場面は本作品のハイライトシーンでもあるが、これは旅芸人、傀儡師、山窩など、近代社会のマイノリティ及びアウトサイダーに強い関心を抱いていた久作ならではの展開といえるだろう。

第一次世界大戦を境に資本主義国家としての立場を固めた日本では、昭和期に入ると国内の富は大都市に集中し、都市文化が爛熟した反面、貧困者、失業者が増加した。農業経営経済学者・宮出秀雄の『ルンペン社会の研究』（改造社、昭和二十五年）によれば、この当時、東京市及びその近郊では常時百七八十人から二百人を越えるルンペンが徘徊していたという。「この高度資本主義時代の浮浪者は如何なる生き方をして生活していたか、この当時は尚物資も豊富であり、衣料も、住宅も豊富に存在する時代であつた。従つてこれら浮浪者の生き方も、ルンペンの名の如く破れたボロをつけ、汚い服装はしていても、極めて楽天的な世界観をもち、その生活は「なり・ふり」さえ構わなければ何とか喰えるという至極悠長なものであつた」。

超人的な活躍をする名探偵ではなく、不器用な人間臭い「巡査」にスポットライトを当てた社会派風の作品として、久作には他に「巡査辞職」（『新青年』昭和十年十一月号〜十二月号）がある。

以下、主な校異を示す。

361頁上段19行目
おほかた冷たい
ほかに冷たい（冗）
〈本巻と同じ〉《初》

361頁下段4行目
仕舞ひ込んで、外套の頭巾を

外套の頭巾を（初）
361頁下段14行目
五十の坂を越して
五十を越して（初）
361頁下段16行目
過失も無かつた平々凡々の
〈本巻と同じ〉《初》
過失も無かつた。平々凡々の（冗）
362頁上段5行目
心中からの
〈本巻と同じ〉《初》
中心からの（冗）
363頁上段4行目
野原と一緒に
〈本巻と同じ〉《初》
野原と一緒と（冗）
363頁上段15行目
色々と慰めた上に
色々と問ひ慰めた上に（初）
364頁下段15行目
彼の運命まで蹂躙
彼の運命までも蹂躙（初）
365頁下段6行目
二の足を踏まずには居られないのであつた。〈1行アキ〉
彼は今日も新聞を読みに
二の足を踏まずには居られないのであつた。〈／〉彼は今
日も新聞を読みに（初）
366頁上段7行目
さも勿体なささうに
さも大切さうに（初）
368頁上段8行目
標題《みだし》
標題《へうだい》（初）
368頁上段10行目
……といふのはからであつた。被害者の家には
つまり被害者の家には（初）
368頁下段6行目
青ざめてふるへてゐた。
青ざめてゐた。（初）
368頁下段11行目
涙をハラ〳〵と
涙をダラ〳〵と（初）
368頁下段15行目
取上げながら大きな声で
取上げて（初）

意外な夢遊探偵

『探偵クラブ』第七号（昭和七年［一九三二］十二月二十六日）に連作探偵小説「殺人迷路」の第七回として発表された。夢野久作名義。総ルビ。この初出誌を底本とした。

「殺人迷路」は以下のような順番で執筆されている。

第一回　森下雨村「意外な挑戦状」（『探偵クラブ』第一号、昭和七年四月十三日）
第二回　大下宇陀児「殺人前奏曲」（同第二号、昭和七年五月二十一日）
第三回　横溝正史「鎌倉へ」（同第三号、昭和七年六月二十五日）
第四回　水谷準「赤い屋根のマドンナ」（同第四号、昭和七年八月二十五日）
第五回　江戸川乱歩「インパーフェクト・クライム」（同第五号、昭和七年十月五日）
第六回　橋本五郎「見えざる敵」（同第六号、昭和七年十一月二十四日）
第七回　夢野久作「意外な夢遊探偵」（同第七号、昭和七年十二月二十六日）
第八回　浜尾四郎「十日の勝負」（同第八号、昭和八年一月二十六日）
第九回　佐左木俊郎「洋装の女」（同第九号、昭和八年三月六日）
第十回　甲賀三郎「親友？　仇敵？」（同第十号、昭和八年四月二十四日）

この連作は、昭和二十二年七月に探偵公論社から『殺人迷路』として刊行された。その際、橋本五郎は、戦後に用いた筆名である女銭外二に名義を変更している。

『新作探偵小説全集』第一回配本『姿なき怪盗』の著者甲賀三郎は、「殺人迷路」では掉尾を飾る執筆者に配せられていることがおわかり頂けるだろう。同連作で劈頭に筆を揮ったのは第二回配本『白骨の処女』の著者森下雨村であったが、以後の順番は配本のそれに準じている。

探偵小説家の星田代二は、新聞記者村井、雑誌記者津村とともにカフェで「完全な犯罪《パーフェクト・クライム》」の可否をめぐって談笑するうち、斜向かいの卓子にいた男からの鋭い注視を感じる。その視線を意識しつつ、星田は完全犯罪は成立しえぬという持論を披露するが、その夜遅くに帰宅した彼を待ち受けていたのは、謎の人物からの不気味な挑戦状であった。「「完全なる犯罪」を遂行し得ることを確言する者」と自称するその人物は、「昭和×年三月二十日」に「鎌倉」にて実行予定の犯罪を予告してきたのである。果然、予告された日時・場所において犯罪は行われたが、犠牲となったのは、なんと星田の元愛人で映画女優の宮部京子であった。それだけではない。怪しい先触れに導かれるようにしてたどり着いた殺人現場で、旧知の正岡警部が示して見せた犯罪の痕跡――容疑者の遺留品から指紋に至るまで――のことごとくが、星田自身が犯人であることを裏付けていたのだ。窮地に落ちた星田から事情を打ち明けられた津村は、この間に不審な行動をとっていた村井を疑い、独自に事件を調査することを決意する……。

久作が担当した「意外な夢遊探偵」はここからスタートを切るのだ。終盤には、京子殺害の容疑者として拘束された星田が、井原西鶴の『本朝桜陰比事』の一エピソードに託して「あずま日報社」の記者たちに向けてメッセージを発するなど、本格探偵小説的な展開を志向した試みが窺われて興味深い。しかも、他の執筆者と比較して、明らかに久作の担当回は頁が多い。「編輯後記」を確認すると、本来は「十枚」の依頼に対して、久作は「十七枚」の原稿を編集部に送っていたことがわかる。「夢野氏が、如何に熱心に書いて下さつたかは、この一事でも証されてゐると思ひます。そのためにサロン・Q、他一二原稿の組置をつくつたことを、筆者及び読者にお詫びいたします」。

『本朝桜陰比事』は、元禄二年（一六八九）正月に刊行された全四十四話より成る短篇小説集である。西鶴のいわゆる「雑話物」のひとつであり、表題は中国宋代の裁判ものである『棠陰比事』に因む。「比事」とは裁判における判決、あるいは広く裁判の意であり、すなわち『本朝桜陰比事』は日本における公事捌きの体裁をとった物語集ということになる。探偵小説にとりこむには絶好のテクストといえよう。久作が選んだのは、巻四第七話「仕掛物は水になす桂川」であるが、このエピソードの要点は「世間にある噂を流して一儲けを企むという趣向」（麻生磯次、冨士昭雄『対訳西鶴全集十一』明治書院、昭和五十二年）であるが、後続する執筆者三名は、どのように久作から託されたバトンを繋いでいっただろうか。

第八回の浜尾四郎は、元検事の職歴を活かし、星田の尋問場面を書いたが、星田が秘匿していた一身上の秘密を検事が暴くという驚愕の展開で幕を下ろしている。これを受けて第九回の佐左木俊郎は、星田の過去が五万円の籠抜詐欺で指名手配されていた山川牧太郎であるとし、さらに、その犯罪の犠牲となって自殺をとげた女性の妹が、この事件に一枚嚙んでいることを示唆した。最終話の甲賀三郎は、これらのすべてが、星田を陥れるべく、山川が自分の指紋や靴跡などの痕跡と、星田のそれとを逐一入れ替えつつ、周到に準備した計画に基づくものであったことを明らかにして、全篇の結びとしている。つまり真犯人山川が、「完全犯罪の遂行」を隠れ蓑として、星田もろとも自己の忌まわしい犯罪履歴をこの世から消滅させようと仕組んだことから、この事件が動きだした、という顚末に落着させられたのである。

ただし、この展開では、第七回の時点で星田が山川のたくらみの一切を感知していなければならないはずであり、第八回、第九回と続く意外事の乱れ打ちに為す術もなく立ち竦む星田の姿からは、そうした確信は殆ど見うけられない。事件の解決も、津村と村井のふたりが共同して導き出しており、久作が勢い込んで仕掛けた『本朝桜陰比事』の秘密は、いささか不完全燃焼な解釈で処理されている。

けむりを吐かぬ煙突

『新青年』昭和八年（一九三三）一月号（第十四巻第一号）に「読者懸賞採点探偵小説八篇」の劈頭に夢野久作名義で発表。挿絵は竹中英太郎。総ルビ。この初出誌を底本とした。

タイトル左上の円内に「本篇以下読者採点」の文字あり。また、同頁下部に「採点の懸賞規定は巻頭綴込ハガキにあり」と横書きしてある。既に「幽霊と推進機《スクリユウ》」の解題で触れたように、「懸賞読者採点」は同誌昭和七年十月号にて第一回が試行されており、今回は二回目にあたる。他の七篇は角田喜久雄「怪盗Q」、海野十三「キド効果」、甲賀三郎「アラデインの洋燈《ランプ》」、瀬下耽「罌粟島の悲劇」、葛山二郎「古銭蒐集家の死」、横溝正史「面影双紙」、南沢十七「人間剝製師」である。前回一位の海野、本格派の驍将・甲賀と列び、久作も連続登場したところに、当時の『新青年』読者間における彼の人気を窺うことができよう。結果は同誌昭和八年三月号に発表されているが、前回を凌ぐ大好評で応募は「総数七千四百通を数へた」という。今回は平均点のみが掲載されているが、順位は以下の通りである。

横溝正史（八二点）
甲賀三郎（八二点）
南沢十七（八〇点）
夢野久作（七九点）
葛山二郎（七八点）
瀬下　耽（七七点）
角田喜久雄（七七点）
海野十三（七二点）

前回首位であった海野が最下位に降る大波瀾のなかで、平均点こそ若干下がったものの、久作の作品は安定した人気を保っているようだ。

本作に先行して、高貴な美貌の陰に病的なサディストの性向を押し隠した未亡人による犯罪を扱った探偵小説には、誘拐、殺人、遺体損壊、共犯者の殺害など、アンモラルの極致をきわめた喜多川夏子が登場する江戸川乱歩「恐怖王」（『講談倶楽部』昭和六年六月号～昭和七年五月号）や、十二年もの間、美少年を飼い殺しにしながら、なお、その愛を購わんとする青年たちを決闘せしめる、美貌の未亡人を描いた横溝正史「丹夫人の化粧台」（『新青年』昭和六年十一月号）があるが、これら作品の大先蹤と称すべきは、大正九年六月九日から十二月二十二日まで一九六回にわたって『大阪毎日新聞』『東京日日新聞』に連載された菊池寛の『真珠夫人』であろう。冒頭に突発する自動車事故、醜貌の中年男と美しい貴族の娘のコントラスト、若い継母を慕う白痴の息子、崇拝者たる青年たちを女王然とはべらす「妖婦」のサロン風景など、同作品の随所に配されたエピソードはきわめて探偵小説的である。しかし久作は、こうした、フィクションの世界においてのみ存在すると一般には信じられていた背徳の光景が、関東大震災を契機として、東京市中の随所に公然の秘密となってあふれ出したことを「東京人の堕落時代」（『九州日報』大正十四年一月二十二日〜五月五日）で摘発しているのだ。「上流婦人」や「智識階級の婦人」「金のある未亡人」たちの「自然（獣性）」を抑圧してきた「不自然（良心）」が、大震災の「土煙と火煙」によって脆くも粉砕されたのだと。

現在の東京には、此様な浅ましい傾向が、どれ丈け増大して行くかわからぬ勢である。さうして此中に浸る東京の上流婦人の中に次第にサヂスムス性のソレが殖えてゆくのは男性のソレと同様止むを得ない事である。

此様な婦人は、愛慾と云ふ言葉の中に含まれて居る「快感」が、必ずや「残忍」と「苦痛」とに依つて強められなければ本当の満足は得られないものと考へて居る。此様な要求に応ずる男性は初めから自分に征服されに来る者で無ければいけない。学問あり見識ある智識階級の婦人が、特にかうした傾向を有する事は無論である。

ところで、幸ひにして其様な性格を持つた男性とスヰートホームを作り得た婦人は、それこそ例の文化生活を徹底的に味はひ得るわけであるが、さも無い限り、かうした要求は、自分の夫以外の「私のお馬鹿さん」や「お人形さん」に求めねばならぬ。

上記の論法に則って、久作が最初に造形した「変態性慾」の体現者こそ、「あやかしの鼓」の鶴原子爵未亡人であることはいうまでもないだろう。

そして、震災の衝撃と恐慌の波を乗り越え、復興した東京を中心にモダンな文化・風俗が蔓延し、資本主義社会が爛熟するその移行期と、南堂伯爵夫妻の最後の蜜月から夫を喪った後の夫人の乱脈までは、時間的に一致する。脅迫者である語り手を前に、「資本主義末期の女」を夫人が自称し、語り手が「末期資本主義社会の寄生虫」と自嘲した背景に、久作は震災後東京の「堕落」を見据えていたのかも知れない。

校訂上の主な問題点を記す。

375頁上段10行目、「グングン」は、底本「ゲンゲン」を改めた。

375頁下段5行目、「卓上電話器と」は、底本「卓上電話器が」を改めた。

376頁上段1行目、「と刻印した」は、底本「□（一字欠）刻印した」を改めた。

383頁上段8～9行目、底本は「おいくら位……貴方の新聞をやめて頂くぐらゐ……」」だが、本巻のように改めた。

縊死体

『探偵クラブ』第八号（昭和八年［一九三三］一月二十六日）に夢野久作名義で発表。総ルビ。これを底本とした。

『猟奇』昭和三年（一九二八）十一月号（第一年第六輯）に発表された「猟奇歌」の第四首目が、同作の原型ともいうべき題材を詠んでいる。

あの娘を空屋で殺して置いたのを
誰も知るまい
藍色の空。

このように既発表の「猟奇歌」から小説へと変じた作品には、他に「自白心理」等がある。

なお、本作と同じ昭和八年一月には、長篇小説「暗黒公使」が刊行されている。「縊死体」の発表（奥付上は一月二十六日）は「暗黒公使」の発表（奥付上は一月十五日）より少し遅いが、「縊死体」は、「ビルヂング」とともに同じ『探偵クラブ』に掲載され、その長さや形式も明らかに「怪夢」の系列の作品であると判断されるので、本巻に収録することとした。編年体を原則とする本全集としてはいささか例外的だが、諒せられたい。

定本　夢野久作全集

全8巻

2

2017年5月10日　　初版第1刷印刷
2017年5月15日　　初版第1刷発行

著者　夢野久作

発行者　佐藤今朝夫

発行　株式会社国書刊行会
東京都板橋区志村1-13-15
電話03(5970)7421　FAX03(5970)7427
http://www.kokusho.co.jp

印刷　中央精版印刷株式会社

製本　株式会社ブックアート

ISBN978-4-336-06015-0